미스터 션샤인

陽光先生

劇本 金銀淑

小說 金洙蓮

翻譯 黃秀華、宋美芳

目錄

兩發槍響

為了觀賞街燈的點燈儀式，人潮湧上了鍾路大街。和人群熙攘的大街相比，街旁的高級日式餐館花月樓顯得寂寥冷清。傍晚夕陽西下，穿著華麗和服的藝妓掛著冷靜的微笑迎接客人，羅根在日本浪人的保護下，走進花月樓的二樓榻榻米房，在包廂內相迎的是朝鮮外交大臣李世勛。

在羅根和世勛面前擺設的酒席令人醺醺然，兩人的兩隻膀子挽著藝妓女人，眼神流動著某種貪念。

「今天，美國的技術照亮了朝鮮，朝鮮應該向美國致敬。」

「這點無庸置疑啊！來，我做為朝鮮代表，敬一杯。」

羅根說著日語，世勛跟著以日語幫腔舉起酒杯。桌上個人火爐炙的燒肉冒出煙氣，正夾菜來吃的羅根不禁皺起眉頭，開始咳嗽。

「好像是被煙嗆到了。」

坐在羅根旁的藝妓機靈地起身，快速打開木窗。窗外的遠處傳來了機械運轉的聲音，這聲音來自為了點燈而啟動的發電機。羅根滿意地笑著，舉起酒杯：「現在開始蛻變成現代國家吧，敬我們未開發的朝鮮！」

這一瞬間——砰……砰！

伴隨明快的槍聲，從窗外飛來的子彈擊中羅根的心臟。

「槍……另外還有一把？」

花月樓對面建築的屋頂上，有位蒙面男子思索著，快速再將子彈上膛。擊中羅根心臟的子彈是一發，但有兩次槍聲。

花月樓的浪人們因為羅根遭受奇襲而奔出院子，朝子彈飛來的地方掃射。受驚嚇的群眾因為突來的掃射四處哀號，浪人射擊的一發子彈，從男子身旁掠過，男子踩踏的瓦片瞬間破裂。他壓低了身軀瞄準浪人。就在這時候，從他後方飛來一顆子彈，擊中正在瞄準他的浪人胸膛。之後，接二連三的子彈，一一精準地擊倒浪人。瞄準羅根的另一把槍正在幫著男子，出乎他的意料之外。

「非常出色的射手。」

男子回過頭，幫助他的狙擊手立即回避，朝反方向奔去。男子則開始沿著屋簷朝另一個方向逃亡。從一個屋簷跳上另一個屋簷，跨過再一個屋簷，踏著圍牆飛快奔跑。湧出的浪人們則分頭追擊男子和另一位狙擊手。

羅根雖然是美國人，卻向日本販賣美國和朝鮮之間的情報而獲取利益。這分明是有損名譽的事。對美國而言，朝鮮是立足於太平洋的要塞，是面對中國的重要戰略之地。因此，上級無法放過羅根。白宮挑中一位從美西戰爭中帶著勝利歸來的男子，對他下達了命令：帶著「和藹的話語和嚴厲的鞭子」去朝鮮斃了羅根吧！

「狙擊如果成功我就是美國人，失敗的話還是朝鮮人，就是這次發布命令的用意吧。」

男子的名字叫尤金崔，是美國海軍陸戰隊太平洋司令部的大尉。尤金在朝鮮出生，有個韓文名字叫宥鎮，很久以前離開故鄉到了美國，又再次回到朝鮮，這次狙擊如果幸運成功的話，他就繼續是美國人尤金崔。

避開浪人逃離花月樓的巷弄，宥鎮瞬間戴上絨帽走入大街。有位在街上等著看點燈的行人，四處左右張望，不停叨唸著：「剛剛沒有聽到奇怪的聲音嗎？好像槍聲……」

「槍聲？不是發電機的聲音嗎？」

宥鎮毫不猶豫混入行人間，仔細觀察四周，突然間放慢了腳步，在他深邃黑色的眼中，見到一位穿著漂亮韓服的女子，用銀色發出光澤的綢緞斗篷圍著頭部，她有著雅致的臉蛋。他和女子的距離漸漸縮短，兩人擦過衣角走過對方身旁，卻無法再多走幾步，宥鎮停下腳步回過頭，槍上膛時併發的聲音，有一個足以抓住他腳踝的東西：「火藥的味道！」
「是那位男子？」
被逮住的不是只有宥鎮，女子也停下腳步慢慢回過頭。
面對面站著的兩人，透過來來往往的路人間隙中相互對望，但黑夜妨礙了視線，這時在他們之間燃起了希望之光，一排街燈瞬間被點亮，現場響起了歡呼聲，聚集的人群開始騷動，所有的東西變得明亮清晰，在鬧哄哄的吵雜聲中，兩人終於可以好好看清對方。
「那位……是女人？」
宥鎮回想不久前在屋頂上幫助自己的狙擊手，矯健又嬌小的身形，和面前這位女子一模一樣，宥鎮的表情頓時呆了。
「有人死了！」「洋人死了！」街上傳出喊叫聲，引起了騷亂，路上的人開始成群移動。浪人們正撥開人群，不分青紅皂白在街上搜索，主要鎖定看似會帶槍的男人。宥鎮觀察這幫浪人，再次看向女子。
女子正快速從人群間逃出去，宥鎮不假思索朝漂亮的綢緞身影追趕。

一直到達了人跡稀少之處，女子才放慢腳步，放眼望去，只看見房子和房子之間經過的行人，在後頭追趕的人不見蹤影，終於可以歇口氣，這時卻從後方傳來低沉的聲音：「如果是在找我的話，我在這裡。」
腳步居然沒有一點聲音，女子心一震，咬了一下下唇讓自己鎮定。從巷弄後方走出來的宥鎮步伐從容，女子盯著他的容貌，回答道：「我沒有在找閣下。」
她的語調如同所顯露的門第一樣高昂。女子的回答令宥鎮覺得很有意思，明明很驚慌，卻完全不露聲色。
「分明在找。」

「您誤會了。」
「你往那個方向走？」
「為什麼如此問？」
「想跟你同個方向，四處都是浪人，而我們彼此都好像被揭穿了什麼。」
宥鎮溫柔又低沉的嗓音別具一股壓迫感。
「被揭穿？」
女子的眼神似有所動搖，不過就算揭穿，如同這位男子所言，被揭穿的不是只有自己，女子沉著地望著宥鎮：「是同志嗎？」
雖然槍口瞄準共同的目標人物，但到底是同志還是敵人，還沒能確切地斷定。女子將圍著頭的斗篷解下披在肩上，瞬間露出了臉蛋，窄窄的鼻翼、粉色端正的唇，仰著頭望著宥鎮的女子，眼裡散發著銳利的光芒，她見到宥鎮端詳自己的臉，不由得冷笑了一下。
「您好像看錯人了，不過因為是異鄉人，我會救一命的。」
異鄉人？因為這句話，宥鎮緊鎖了眉間，在美國常被人這麼說。但在這裡，除了這身洋服，自己的容貌和來來往往的人群並沒有不同，為何會立即判斷我來自外地，實在無法理解。
「這身稀有的華服，放肆的說話語氣，最重要的是，再怎麼觀察也不明白所以然的眼神，閣下不知道我是誰吧。」
女子的話透著某種威嚴。
「在朝鮮，不管什麼樣的男人都不敢讓我駐足街頭。」
自己錯過了什麼嗎？女子的話依舊無法理解，宥鎮皺了下眉正打算反駁的時候，藥房老闆和腳夫剛好經過，發現了女子馬上跑過來。他們的歲數看來比女子大了許多，對待她卻像對待尊長似的，謙遜地行禮。

「啊！是小姐。」

「您還好嗎，小姐，這麼晚了有什麼事嗎？怎麼沒帶上咸安大嬸！」

他們對這位女子站在街上所顯露的忐忑不安，似乎印證她剛剛說的話。女子回答時望著宥鎮，像是要他聽好：「我讓他們跑腿去了，約在藥房門口見面。」

服侍女子的人剛好提著大包小包抵達，咸安大嬸和行廊大叔向藥房老闆和腳夫兩人打招呼，大叔語帶失神地說：「大家為什麼這樣站著，這裡也發生什麼事嗎？現在泥峴那邊出亂子了！」

「泥峴那邊，那個有日本女人的酒樓，裡頭死了洋人，完全搶了點燈的鋒頭。」

咸安大嬸加油添醋一番，藥房老闆和腳夫馬上做出驚慌的神色。

「天色不佳，街頭又混亂，看來得抓緊時間了。」

女子裝作初次聽到這個消息，沉著逃離當下的僵局。宥鎮不為所動看著女子所做的一切，就算想多留住一刻，她好像也不是可以留住的人。女子指著宥鎮向腳夫說：「他迷路了，關照一下。」

「是，請慢走，小姐。」

腳夫低頭送行，女子再度將斗篷圍住頭頸。

「您要去哪裡，老爺？」

「美國公使館在哪裡？請告訴我該往哪裡走？」

直到剛才和女子對話都還用朝鮮語的宥鎮，脫口而出的卻是英文，對西洋話完全聽不懂的腳夫一臉驚慌。

而宥鎮卻望向遠處，看著已經走掉的女子背影。

能夠開槍射擊，和我兩眼相視，視線卻一點都不散亂的女子的背影。

「是朝鮮變了，要不，只是那女子很特別？」

宥鎮一邊想著，一邊望向周圍四處。朝鮮不過就是個在地圖上被標示的作戰地區，這地方索然無味，即使街上點亮了路燈好像改變許多，但其實沒有什麼不同。對於朝鮮，宥鎮的感觸除了一項之外沒有別的。

望著女子的背影，被觸動的心思在某一刻又恢復了僵硬。在陌生的美國土地上活了下來，用自己的手剪掉母親所綁的髮束，從那一天起朝鮮對於宥鎮只是個出生地，不再具有其他的意義。母親和父親在這裡死去，九歲的自己也跟著死去。

在朝鮮這塊土地上。

望向天空的少年

在險惡山路上，有個孩子肩上背負沉重的木柴。背架上的柴火比個頭高出好幾倍，那時的宥鎮僅僅只有九歲。但是，即使被稱為孩子，卻避不開奴僕的生活。

踏著堅定的步伐走下險峻的山路，宥鎮不時抬頭仰望天空，雖然由於刺眼不由得皺起臉，但是只要看得見天空，他便一直抬頭望著。

岩石上一位坐著休息的老士大夫，靜靜地看著這樣的孩子，一旁侍候的行廊大叔問起宥鎮，在看些什麼。

「我看天空啊。」

聽宥鎮這麼說，老翁也跟著抬頭望向天空。

天空上有隻黑色的烏鴉鳴叫著飛過，大叔似乎不明白其中含意，問道：「天空怎麼了嗎？」

被這麼一問，宥鎮才轉頭看向大叔，答道：「我只是在想，一隻黑色的烏鴉也會毀掉整個天空呢。」

小宥鎮的回答讓老翁皺了一下眉，孩子的模樣看起來就像某個人家的奴僕，但舉止又非等閒之輩。

「你哪家的奴僕？」

「您為何這樣問？」

「看著地上過活吧！天空太遠了，奴僕眼光放太遠的話，會短命的。」

這位老翁便是朝鮮君王的老師高士弘，學問自不在話下，在民間也以清廉獲得極高的名望。孩子沒有回避大人的視線，老人家的話一句都沒有錯，因為這正是他的命運，小宥鎮嘴角帶著一絲苦澀：「小的也知道這點。」

宥鎮低下頭向士弘告別，繼續拄著樹枝朝下山的路走去。

下山的宥鎮推開了主子的大門，進到院子，這間宛如宮殿的瓦簷宅第主人是金判書。這時，寬敞的院子裡有數十名的僕人如罪人般害怕得直發抖，宥鎮察覺氣氛非比尋常，放下背架，緊張得眼珠骨碌碌地轉。

「我昨晚才做了個好夢，居然就發生這種好事啊，身為奴僕竟然企圖逃跑？而且偏偏是你這個傢伙！剛好是你這個傢伙！」

金判書站在大廳走廊邊叫邊笑。

不久前，金判書擺了一桌豪華酒席和李世勛兩人暢飲一番，面對官場得意的李世勛，因此不可能只談客套話，正好一位負責酒席的婢女過來張羅，結果被李世勛看上了。金判書看出李世勛的心意，答應一定將此婢女送到他府上去，婢女已有夫君了，但婢女的貞潔怎麼能與李世勛答應給的漢城判尹這職位相比呢。

現在跪在金判書面前的這兩個人，就是李世勛垂涎的婢女和她的夫君。

「爹！啊，娘！」

這兩個人是宥鎮的父母，宥鎮的叫聲越過眾僕人背後傳了過來，因此大家都回頭看他，每人臉上閃過一絲憐憫的神情。他的父親知道金判書要將自己的夫人送給李世勛的消息後，企圖脫逃但被金判書發現了，奴僕在脫逃中被抓到，結果就只有悲劇的下場。

他的父親被幾名壯丁圍打，襤褸的衣服綻裂開來，鮮血淋漓的臉孔已血肉模糊。一個被解開的包袱滾落到他母親腳邊，他的眼睛不久前還在仰望天空，這時看著地面。金判書一看到他，翻著白眼大喊：「那傢伙一定知情，把他拖過來！」

他的母親聽到這話，差點沒嚇昏，狂喊宥鎮什麼都不知道。但無濟於事，壯丁們接到金判書的命令，立即將他拉過來摔到地上。

「父母的罪就是子女的罪，你們都給我睜大眼睛看仔細，違反奴僕的法則將會有什麼下場，都要牢記在心裡。」

金判書說完，大聲下令再狠狠棒打宥鎮父親。壯丁們將意識不清的宥鎮父親用草蓆捲起來，然後抬腳猛踹，隨即從草蓆上，不，從他的父親身上發出黏膩的聲音。父親咬緊牙根忍住哀號，但母親眼睜睜看著自己丈夫痛苦的模樣，哭得越發響亮。在院子裡發出的所有聲音聽在宥鎮的耳裡，都有如噩夢一般。

宥鎮朝站在群眾角落的金判書兒子跑去，緊緊抓住他說：「少爺，求求您救救我爹！少爺，再這樣打下去，我爹會被打死的。」

在肅殺的氣氛下，臉色慘白的安平狠狠地推開宥鎮，因為自己沒有理由去救一個奴僕，再說一旦惹怒父親，連自己都遭殃。這時，金判書看到染血的草蓆，無動於衷地說：「殺了他！看到財產損失是有點心疼，但能給下人們起個殺雞儆猴的作用，倒也不算是損失。」

一來能給其他企圖逃走的奴僕一個警惕，二來又能藉此除掉要送給李世勣那個婢女的丈夫，對金判書來說是有益無害，不論死的是誰。

一股憤怒在小宥鎮的心中竄起，他拾起地上的背架支棍，朝金判書跑去，他的母親為了制止他而放聲呼喊。但金判書的壯丁們在宥鎮到達之前就已抓住他，並把他摔倒在地上。宥鎮小小身軀無力地倒了下來，那些原本用腳踹父親的壯丁們，轉而朝他猛踢。

他的母親看到他被踢，真是肝腸寸斷，心想丈夫已奄奄一息，至少要搶救這個孩子，於是眼神裡充滿一股殺氣，隨即奔向安平夫人好善。夫人的髮髻上優雅地嵌插著一根玉簪，他母親搶下那根玉簪往石階一摔，斷裂的髮簪尖端正如一把利刃，她將利刃尖端指向好善的脖子。

事出突然讓人措手不及，架在脖子上的冰冷感覺，令好善驚嚇得哭喊，安平也驚恐地往後躲。金判書一時驚慌，隨後便派壯丁前往壓制，但也遏止不了宥鎮的母親。因為壯丁越靠近，他的母親將髮簪越貼近少夫人的脖子，並大吼：「不准動，誰敢動的話，我就殺了少夫人！」

為了證明自己的意圖，她的母親將手中的髮簪朝好善的脖子深深劃了一刀。

「啊！」

好善的脖子鮮血直流，他的母親緊握髮簪大喊：「大監大人就守護你自己的子孫吧，我要保護好我的孩子。」

好善正懷著傳承金判書家的骨肉，殘暴地下令殺人的金判書在面臨自己孫子生死存亡之際，也顯現出焦慮的神情。他的母親抓住機會，瞬間扯下好善胸前衣襟的配飾，丟給宥鎮，說道：「那個可以賣到三斗米，再少你就別賣了，帶著那個趕快逃走吧！」

那是身為人母，想拯救自己孩子的垂死掙扎。

「再也不要回來，走，快走！」

「娘！」

母親那句令人椎心的話，讓宥鎮痛入心扉。

金判書這時怒氣衝天命令壯丁們去抓宥鎮，壯丁們一靠近宥鎮，他的母親立刻將髮簪尖端指向少夫人的腹部。安平一想到自己的夫人和孩子可能都會喪命，嚇得趕緊往宥鎮背部一推，希望在事態擴大之前把宥鎮趕走。

但宥鎮完全挪不開腳步，不知所措地站立著。他的母親看到他那個樣子，兩眼充血，那是自己含在嘴裡都生怕化掉的心肝寶貝，應該長久陪在身邊的孩子，當她和宥鎮那雙水汪汪的大眼睛對望時，瞬間眼淚撲簌簌地流了下來，說道：「快走，求求你，至少你要活下來，我們才不會死得冤枉啊，遠遠地，逃得越遠越好，宥鎮啊！」

宥鎮握著母親丟過來的粉紅配飾，開始朝大門跑去。

勃然大怒的金判書拔弓射箭，心想派人都抓不到的話，就算用弓箭也要射死他，但那一箭射偏了。

宥鎮母親一直望著宥鎮，直到他逃得無影無蹤時，才和好善一起跌坐在地上。

「殺了我吧！」

送走了孩子，此生已一無所有，母親對死已毫無畏懼。那個請求，連在旁觀看的人都聽得心如刀割。金判書揚起嘴角，嘲笑宥鎮母親說：「雖然迫切想殺了你，但我還要靠你揚名立萬，就暫且忍一忍。」

金判書話說完，便朝宥鎮的父親拉弓射箭，頓時鮮血從草蓆流了出來，染紅了院子。正當聚攏圍觀的家奴們被這悽慘的景象震懾住時，一心求死的宥鎮母親起身開始奔跑。

跑到院子一角的水井邊縱身一躍，跳進那個深不見底的井裡。

從深不可測的井裡傳來如同這女人怨恨般的聲響，夾在水井石頭縫裡被撕裂的一截女人裙襬在飄動著。昏厥過去的好善清醒之後，慘叫一聲，是陣痛，肚裡的胎兒要出生了。有人死去，但也有人誕生，不論是誰都和這個悲劇時代共生共存。

宥鎮死命地逃，直到山腰才回過頭來，風吹拂著被汗水濡溼的頭髮。似乎有股血腥味飄過他的鼻尖，劇烈的苦痛撕扯著他的心，他咬緊牙根，如今父親、母親都已不在人世了。

宥鎮一夕之間失去雙親，淪為被推奴們一路追趕的處境，只得不停地逃。翻山越嶺、跋山涉水、跨過田野，但沒有一處能讓小小身軀喘氣休息的地方。

宥鎮就這麼日以繼夜地逃跑，最後到達深山裡一個陶窯址。他走進陶窯址的廚房，為了充飢顧不了那麼多，看到什麼全都往嘴裡塞，兩眼警戒，雙手抓取食物，不知有多久沒吃東西了，不論怎麼吃感覺永遠都吃不飽似的。

「飯菜還合你的口味嗎？」

突然從身後傳來問話，宥鎮驚訝地回頭看。那是陶窯址主人黃殷山，他聽到廚房有聲響，手裡拿著一根長竹菸斗，過來看看是不是遭小偷，但沒趣地，發現是一個飢餓的小孩。

「你那樣狼吞虎嚥會嗆到的，水井在那邊。」

殷山搖頭嘆息，擺動著雙手走到陶窯前面點火。

宥鎮察看殷山的表情，最後索性癱坐下來，將廚房的食物吃個精光。吃飽了，這時才有閒情環視陶窯址四周的環境，以及正在陶窯前面點火的殷山模樣。殷山是朝鮮陶藝最精湛的陶瓷工匠，不同於他生硬的長相，經由他的雙手燒製出來的陶瓷既精緻又優美，被譽為朝鮮第一陶。為了取得他的陶瓷，許多來自朝鮮、中國、日本各地的慕名者排隊等候購買。

宥鎮走到殷山的面前伸出配飾，說道：「這個可以賣到三斗米，我只收你兩斗半就好，剩下的就抵飯錢吧。」

「我買這個要做什麼？你這小子，難道要我佩戴在身上不成？」

「您拿去賣的話，也許還有賺頭。」

「快滾開，看你這樣子不是逃跑的奴僕，就是被屠夫階級的父母遺棄的小孩，臭小子，我怎能把你偷來的東西拿去賣呢？」

「這不是偷來的。」

宥鎮更加使力握住配飾，說：「這是用我娘的命換來的。」

「算了，拿著它趕緊滾開！」

殷山稍微停頓了一下，然後揮了揮手。

一個年幼孩子挨餓逃到深山裡來，不用問大致也猜得到其背後故事是多麼曲折。

殷山不願被複雜的事情牽扯上，所以趕他走。但宥鎮並不走，繼續說：「那麼，您只要給二斗米，外加讓我住一晚就行了。」

即使是極短暫的時間，只要能避開推奴，讓疲累的身子躺下來休息是再好不過的了。

宥鎮極其懇切，因為已經無路可退，無處可逃了。離開這裡至少你要活下來，母親那句話深深烙印在他的心中，不想活，也得活下來，為了不讓父母死得無代價，他必須這樣做。

宥鎮這句話抓住了殷山的心，孩子已疲累得不像一個孩子，就在殷山望著宥鎮的時候，一位金髮碧眼的男子走進陶窯址。

「我……累壞了。」

約瑟夫是一位來朝鮮傳教的美國人。

宥鎮看到約瑟夫，倒退了好幾步，就算看到追捕自己的推奴出現，也不會這麼驚恐。因為他生平第一次看到約瑟夫這種長相的人，在他的眼裡，那不是人的臉孔，而是如鬼怪般非常怪異的長相。

「美國船來了，我今天有錢，請你把陶瓷賣給我，好不好？」

正當宥鎮失神的時候，約瑟夫纏著殷山賣給他陶器，他打算用陶瓷做為回美國的利器。

他原本抱著某種決心過來傳教的，但在朝鮮的傳教活動超乎想像的困難，因為大院君強調「不與洋人和平協商」，並用鎖國政策來守護朝鮮。稍有不慎的話，自己哪天會淪為跟法國神父們一樣的下場都不知道。

美國的軍艦剛駛進朝鮮的近海，現在正是返回美國的最佳時機，殷山的陶瓷絕對可以討得統率軍艦的海軍上將的歡心，如此一來他就上得了船。

宥鎮一臉驚訝地靜聽約瑟夫和殷山的對話，明明約瑟夫也是和自己一樣說朝鮮話，但他不流利的朝鮮話聽起來非常彆扭。

「那你就回去呀，快走，你也是。」

殷山冷淡地搖頭，同時對約瑟夫和宥鎮下逐客令。

剛才倒退在一旁的宥鎮，本能地向前緊緊拉住約瑟夫的袖子問道：「美國在哪裡？」

對宥鎮來說，只要能逃，只要能活下來的話，哪裡都行。約瑟夫突然被拉住，帶著慌張的神情低頭看宥鎮，小男孩衣衫襤褸顯得虛弱無力，然而兩眼卻炯炯有神。約瑟夫徐徐開口說道，美國和朝鮮用的語言不一樣，擁有不同於朝鮮的強大力量。突然從遠處傳來爆炸聲，隨即一群黑鳥飛向陶窯址的上空。

美國要求朝鮮門戶開放，軍艦首先在廣城堡近海發射大砲，砲彈的威力撼動著大地，那裡正在展開一場激烈的戰鬥。古老的城堡因一枚砲擊，瞬間崩塌了，朝鮮海軍的屍體飄浮在海面上，雙方戰力相當懸殊，稱不上激烈的戰役，但將它打造成激戰的是朝鮮軍人。

朝鮮軍人即使在這種慘敗的情況下，仍不退縮，意圖決一死戰，看起來必敗無疑的戰局，卻沒有一名逃兵，面臨著持槍侵入朝鮮國門的敵軍毫不退縮。

城堡倒了，登陸的美軍向朝鮮軍人狂亂掃射，子彈貫穿了朝鮮軍人單薄的鎧甲，嵌進他們的肉體。但朝鮮軍人一次又一次地爬了起來，他們所持簡陋的刀槍輕易地被美軍大砲打斷，沒了刀槍就用石頭或泥土來抵抗，最終所剩無幾的士兵在頑強奮戰中壯烈殉國了。

這是一場悲慘的戰役，淒涼的大雨洗刷著朝鮮軍人的鮮血，浸溼了朝鮮的土地。下著雨的廣城堡上，豎著一面星條旗。二百四十三名的朝鮮人與美軍艦隊奮戰，最後陣亡了。

戰到最後大約二十名存活下來的朝鮮人成了俘虜，美軍希望和平協議，但坐在偏集殿的大臣卻認為和平協議就等同於賣國。

「那些被抓去當俘虜的人，都是一群沒能完成任務而存活下來的懦弱的人，朝鮮朝廷不歡迎他們，叫他們別回來了！」

朝鮮人民為了守護朝鮮而戰，但朝鮮朝廷卻無法保護自己的人民。山腰上的景象相當悽慘，山丘成了墳場，埋在這裡的亡者都是為正義而捐軀的人，為了生活在這塊土地上的子孫而犧牲的，卻遭到國家遺棄。

當天夜晚，推奴們如同侵入朝鮮國門的美軍，突然走進陶窯址，他們仍在追捕逃跑在外的小奴僕宥鎮。這時，殷山下山為慘遭侵入者殺害的弟兄們哀悼正好回來，看到推奴們，他便拿起長竹菸斗狠狠地把他們趕走，隨後環視自己的陶窯址，發現有一截衣角露在放置陶器的木箱子外面。那是宥鎮，正蜷曲著身子冒著冷汗躲藏在箱子裡面。

等到沒有推奴的動靜之後，他才臉色蒼白地從箱子裡爬了出來。

「我不是叫你滾嗎？」

殷山朝宥鎮大聲喝斥。小宥鎮驚魂未定地抖個不停，儼然就要死去，臨死之際，反倒更想活下去，已經心灰意冷的他，再度燃起了求生的慾望。如委屈蜷縮在箱子裡的身體，內心裡湧起一股冤屈。再怎麼聰明機伶，畢竟一個九歲的孩子要挺過這些磨難是相當困難的。

「我爹被亂棒打死，我娘投井自盡，您也看到推奴們正在追捕我，如果被抓到我就會被打死，沒被抓到我就會活活餓死，朝鮮八道沒有我生存的地方，求求您，救救我吧！」

宥鎮一句一句懇切地說出來，從金判書家的大門跑出來之後，一直忍住的淚水終於奪眶而出。

宥鎮只是將真實的感情隱藏在冷漠的表情後面，因憤怒而內心沸騰的殷山又何嘗不是這樣。朝鮮八道沒有容得下宥鎮的地方，朝鮮人能存活的地方已經消失了，想到這裡，殷山長嘆了一口氣。此時，纏人的約瑟夫再度來到陶窯址，美軍取得勝利，軍艦發出勝利訊號正要啟航回美國。

殷山眼睛掃向一身汙垢的宥鎮，然後下了決心，對約瑟夫拋了一句話：「我會給你陶瓷，但你把這孩子帶走吧。」

「這是什麼意思……？」

「就當作是替你們殺死朝鮮百姓贖罪，帶這孩子走吧，帶回你那個叫美國，還是什麼的故鄉去。」

推奴隨時都有可能再來這裡，並且顯然宥鎮沒有棲身之處。宥鎮聽到殷山的話，瞪大了眼睛，彷彿看到了一絲透進老鼠洞裡的微光，即使那是從地獄透進來的光芒，恐怕他也會去，因為已經沒有其他的希望和選擇了。殷山不理會約瑟夫驚慌萬分，還是什麼反應，已不再多說。宥鎮大聲向殷山道謝並道別。

他再次拿出懷裡的配飾，對殷山說：「這個，大人請拿去用吧，您的這份恩情我一定會好好報答的，哪怕是豁出性命，也一定會報答您的。」

宥鎮的聲音裡透露出堅強的意志，殷山將配飾再次擲回給他，他緊握配飾，望著轉過身去的殷山背影。

這是第一次有人對孤伶伶活下來的宥鎮，做出善意的回應。他下定決心：如果活了下來，並且活下來又回到這塊土地上的話，一定要償還這份恩情。

持槍的花朵

「那男子……」

愛信來到陡峭的山上，想起在街上遇到的那位男子，他明明就是在屋頂上與自己同時開槍的那個人，而且他也看到自己了。如果是同志，便應該快速離開，如果是敵人，更應該迅速避開，但那男子卻提議往同一方向走。

「他是大膽，還是毫無計畫呢？」

黝黑的皮膚，深邃的瞳孔，這位連我是誰都看不出來的男子，越想越令人感到疑惑。任務完成了，卻沒有痛快的感覺。遠處掛著一排代表敵人的破損陶碗，她端正姿勢閉上一隻眼睛。

「目標只有一個，狙擊手卻有兩名，似乎是信不過我，所以別的組織出動了。」

砰，伴隨著槍聲，愛信發射的子彈準確地擊中陶碗，陶碗碎片掉落在地上滾動著。坐在後方的莊勝具看著那些碎片，問道：「別的組織？」

「譬如活貧黨？或是師父義兵隊裡面的人？如果都不是，便是江原道的『牡丹雪』，或是智異山『秋雪』那邊的人吧。雖然他看起來毫無計畫，但知道有了同志的存在，覺得還不錯。」

愛信說完，再度扣動扳機。

「就算目標相同，也不一定都是同志。」

發出陶碗破碎聲音的同時，愛信放下槍枝，望著勝具。如今對勝具來說，穿著粗布練習服、手持著槍的愛信，比身穿絲綢韓服的愛信更習慣，即使如此，勝具還是擔心地說：「今日的同志，有可能是明日的敵人，所以你不能相信任何人，包括我在內。」

愛信並不知道自己父親就是這樣喪命的，他因為遭到一名同志的背叛，而招來了殺身之禍。救國是一件出生入死的事業，但帶著必死的覺悟和面臨死亡又是兩回事，因為恐懼有時會侵蝕掉覺悟。她默默地看著冷淡地說這些話的勝具，其實她也理解勝具的憂慮。

「我老早就不相信師父了。」

「什麼？」

「一個無家可歸的人，叫我怎麼相信呢？」

「那你就快走吧。」

「是，師父。那麼，今天我就先行下山了。」

聽到愛信這種面無表情的玩笑，勝具搖了搖頭，他當愛信的師父兼同志已有十幾年了。

在一個雷電交加，淒風苦雨的夜晚，剛出生的愛信被一名陌生人抱著離開東京，回到漢城。那位是為了守護朝鮮，在日本與愛信父母並肩作戰的人，他一手抱著她，另一手提著裝有兩個骨灰罐的包袱。

他將裝著她父母的兩個骨灰罐並排放在士弘的面前，說道：「……這是相完所愛的女人生下的……孩子，是個女嬰。」

士弘看到兒子的骨灰罐，身子微微顫抖。而她似乎肚子餓哇哇大哭，咸安大嬸馬上跑過來抱她，這是她第一次見到自己的親祖父。

從那天起她便在士弘家中長大。

因為甲午改革，廢除身分制度，解放奴婢，下達短髮令，人人都必須將長髮剪短。朝鮮已不屬於朝鮮人的國家，而是屬於其他人的，即便如此，也不是一切都消失殆盡。

雖然貴族與平民的階級消失了，但士弘在社會上依然是個地位高、受尊崇的長者。他的么孫女愛信同樣地在朝鮮人的呵護下長大，在大家爭先恐後接受洋人的新事物時，她梳得油亮的髮辮，高雅的韓服明顯成了朝鮮人的自豪。

但長大之後，她所閱讀的書籍並不是稱得上「有格調」的東西，她正在閱讀夾在論語書裡的朝報，坐在亭子裡閱讀時，眼睛閃閃發亮，她想要了解的已經不再是古老的故事了。

「今日世界也正在變化。」

世界在劇變，她也在變化中。

愛信將夾著朝報的論語書揣在懷裡，從涼亭下來朝自己房間走去。但當她一打開房門，手頓時停住了，從打開一半的房門縫中看到房內一片狼藉，所有的抽屜、衣櫃全都敞開著，連藏匿得好好的朝報也全部被翻了出來。

「小姐！剛才大監大人……」

咸安大嬸跑過來轉告士弘在找她，但看了房內後，表情僵住了，說道：「天啊，該不會……是那個吧？不會是報紙吧？」

「我被逮到了吧？」

「啊呀，這下可好了？」

難怪剛才士弘要找愛信的表情非常嚴肅，咸安大嬸顯得不知所措，焦急地催促著愛信。

愛信跪坐在士弘面前，啪的一聲，士弘將一疊朝報丟到她的面前，她的後面站著伯母趙氏和趙氏女兒愛純，還有咸安大嬸。

「你竟敢這樣！你讓女商販半個月出入一次就為了這個！我告訴過你多少遍，要你別關注世上的事！」

果然如預期的，士弘嚴厲的責罵鋪天蓋地而來，但愛信只是緊閉雙唇，沒有任何回應。士弘看到固執地緊咬嘴唇的愛信，不禁想起了自己的兒子，那個兒子一心關注世事，結果比自己早離開人世。所以愛信待在家裡過著安穩的日子，是他最大的心願，但愛信的所作所為卻與他的心願背道而馳，完全和她父親一樣。

「一個貴族家的閨女，以後又不是要當官走仕途，為什麼要這麼關心報紙，實在是令人難以理解，爺爺。」

愛信的堂姐愛純令人憎惡地在一旁煽風點火，向士弘告狀愛信看朝報這件事的人就是愛純。趙氏夫人朝愛純使個眼色，然後告誡愛信說：「你在做什麼？還不快點向爺爺認錯。」

聽了趙氏夫人的話，愛信才勉強開口說：「……我知道錯了。」

「我不相信。」

「……我是真心的。」

「你在說謊。」

雖然她口頭上說，知道錯了，但內心裡並不覺得自己有錯，士弘並非不明白這一點，因此嚴厲地問道：

「你知道明成皇后為什麼會早早離開人世的嗎？」

「不就是因為國力薄弱嗎？」

「錯了，是因為她親近洋鬼子後，開始干預國政，並且插手處理國君的事務，才因此命喪黃泉的。」

聽了士弘的話，她緊緊抓住自己的裙子，堅定地說：「朝鮮正在改變。」

「錯了，朝鮮並不是正在改變，而是走向滅亡。」

有人冒著生命危險要守護朝鮮，但朝鮮在迎戰美國艦隊時瓦解了，在面臨十四名日本海軍侵入時也垮了，國家這麼毫無招架能力，百姓、領土、主權正遭受各國的侵略。

但她仍不屈服地辯解道：「只求您讓我一個月看一次報紙，在這個連賤民學習新知識都能當官的時代，身為女人怎能毫無用處呢？」

「不要有用處，我叫你不需要有任何可用之處。」

祖父的擔憂她並非不知道，但國家的安危比自己的安危更令人憂慮。

「學問到了這個程度，你可以不用再學了，報紙的事，我絕不允許。」

對士弘毫不通融的反對，她感到異常氣憤，無處可發的氣憤，她極力忍住奪眶欲出的眼淚，聲音顫抖地回答：「我不要。」

她認為，朝鮮不是走向滅亡，而是正在改變。

「不要？」

「中國、法國和德國，全都爭先恐後地侵入朝鮮，倭人們甚至連米糧都搶走，朝鮮的命運變得這樣……」

「正因為這樣，我才會禁止你，正因為這樣！這個國家難道沒有君王嗎？朝中沒有大臣嗎？不，即使都沒有，也輪不到你來操心，在這個家族裡，擔憂朝鮮的命運就會變成你父親，以及你大伯那樣！」

士弘的聲音也充滿著怒氣，經歷兩次白髮人送黑髮人，不希望連捧在手掌心長大的愛信也往火坑裡跳，世界動盪，世事紛擾，靜觀其變是為上策。但愛信不再回話，只是坐著，表現出一副絕不妥協的堅決意志。

「你只需要在閨中待嫁，日後在夫君的庇護下，如花朵般生活著，在家中繡繡蝴蝶、繡繡花草度日，這有那麼困難嗎？」

「那，我願一死了之！」

聽到愛信堅定地吐出那句話，士弘受到衝擊，眼角抽搐著。愛信毫不退讓，她並不是馬上要做什麼，只是要學習而已，不是學古人的話，而是想了解變化中的世界情勢，但祖父連這個都不允許。

「那你就死吧！」

這次換愛信現出震驚的神色，毫不讓步的意志，士弘也是一樣的。

士弘和愛信兩人就這樣展開互不相讓的對決，從那天起，愛信不吃不喝地躺在床上，遵照祖父叫她去死的話做，真的打算尋死一樣。四天過了，連早晚送飯菜的咸安大嬸也大叫小姐快死了，並哭喊著要跟隨小姐一起死，那哭聲響遍整個院子。

行廊大叔跑過來稟告坐在涼亭看書的士弘：「小姐已經四天不吃不喝了。」

士弘聽到行廊大叔憂心忡忡的話，眼睛眨都不眨一下，甚至翻閱書籍的手勢，還一副悠閒的樣子。行廊大叔看了，不禁露出怨恨的眼神，似乎只有自己乾著急，心想，連咸安大嬸都要尋死鬧得不可開交，不會真的要辦喪事了吧。不同於面不改色的外表，其實士弘的內心也是心急如焚，思緒一片雜亂，漫不經心地翻閱紙張，其實書上的字一個也沒看進眼裡。

國家因新文明流入而變得膚淺無知，執政者們與賣國賊沒有兩樣，年輕儒生們失去目標，四散各地，朝鮮日益岌岌可危，這樣的朝鮮現況，令士弘感到極度不悅，還有為了這樣的朝鮮而犧牲的兒子，以及似乎想和自己父親一樣，將畢生精力都花在當個隱身鬥士的愛信，也讓他難以接受。

難道自己這份不想失去愛信的心意也算是貪婪嗎？他心想：「都這樣拚命攔阻了，若是她還執意走這條路的話，若我再也阻擋不住的話，那我就該教她生存的方法吧。」

風吹過亭子上方，輕輕吹拂的春風也無法讓士弘的心情變得輕鬆，他面色凝重地叫住行廊大叔：「我想吃山豬肉，去幫我叫莊獵人過來。」

山路險峻，愛信緊緊抓住裙角，上氣不接下氣地爬著山，她遵照祖父的命令跟著莊獵人走，但這樣走下去似乎會窒息而死。不服氣就去死，祖父的意思是要殺我嗎，應該不至於這樣，然而莊獵人肩上背著的槍枝總是映入她的眼簾。

最後，他們兩人到達的地方是莊獵人的茅屋，用稻草隨意編織搭建的茅屋外觀鬆散、髒亂，她強忍住氣喘吁吁與好奇心，用警戒的眼神觀察四周。莊獵人看到愛信那個樣子，便遞給她一個水壺，說道：「這裡離溪水很遠，請節省一點喝。」

莊勝具獵人是朝鮮神槍手之一，他投擲水壺的手上有一道明顯的燒傷痕跡，辛未年和美軍艦隊奮戰中，他失去了父親，也失去了自己正常的手。

她停下來喝水，從離開家裡之後，在登山時一直思考著爺爺為什麼要把自己交給莊獵人，但都找不到解答。

「小姐，從現在這一刻起，小的就是小姐的師父。」

「……師父？」

或許和自己理解的師父意思有誤，所以她詫異地反問，身為獵人的他，到底能教自己什麼。

「是槍砲術。」

「槍砲術？你要教我嗎？」

她相當驚訝再次反問，但聲音裡已經沒有警戒，又恢復了活力。如花朵般生活著，士弘這句話在她的耳邊迴蕩，至今還沒有持槍的花朵，因為十分興奮，心臟跳動得非常快。槍是保護自己，也是守護別人和朝鮮的最好武器，至少愛信能保護她自己，因此士弘才將愛信託付給莊獵人。但她的想法又不一樣，至今生活得像花朵、像圖畫的人生，終於找到有用處的地方。

「如果有槍的話……」

想要推翻朝鮮的人固然很多，但同樣地要保護朝鮮的人也不少，守護的方法有好多種，可以寫文章刊登在報紙上，也可以辦夜校教書。

但是，她認為光是文字仍顯不足，朝鮮的國君逃到其他國家的公使館，發文向各國尋求支援，但大國們卻以此做為威脅，接連干涉朝鮮的國政，要拯救朝鮮，連君王寫的文章所發揮的力量都太過薄弱。

「……所以我要靠槍砲的力量戰鬥，並且要有必死的覺悟。」

握著從莊獵人手中接過來的槍，她的手心直冒汗。就這樣，勝具成了她的師父，而她的覺悟不知不覺化為子彈，朝羅根射擊，那是在深山裡長久練習的成果。

黑色瞳孔

愛信下山回來時，在院子看到行廊大叔和美國公使館的翻譯官在爭執。

「美國人死了，朝鮮的立場也變得危難，我真的很惶恐，但有人說看到小姐，所以必須請小姐……」

行廊大叔聽到翻譯官冠秀的話，氣憤得大叫：「你說什麼？要帶小姐去哪裡？你不知道這裡是哪一戶人家嗎？」

冠秀也是住在漢城的朝鮮人，當然認識高士弘大監家的小姐，他也是無數受過士弘恩惠的漢城人之一，並不是不知道才要勞駕她的。而是因為在調查羅根的槍擊案時，有幾位目擊者說當天在街上看到小姐，當然沒有人會懷疑她，也沒有人提議要傳喚她，但冠秀有他自己的想法。

冠秀也是相信愛信的。第一，相信她絕對不可能是嫌疑犯；第二，為了調查案件才傳喚她，相信明辨事理的小姐應該不會拒絕。法律之前，必須人人平等，如果她在那裡目擊到什麼，若能得到她的協助，讓陷入膠著的調查得以進展，那是再好不過的了。因為在朝鮮境內發生的美國人被槍殺事件，朝鮮正承受美國的逼壓，因此不論用什麼方法，都必須儘早查出凶嫌。

「今明兩天我都不方便，後天可以嗎？」

從激動的行廊大叔後方傳來愛信清亮的聲音，愛信的姿態高貴典雅，冠秀一看到她，馬上和顏悅色地回答：「我會這樣轉達的，小姐，很抱歉打擾您了。」

「我能理解。」

聽到愛信的回答，冠秀露出欣慰的表情，覺得畢竟是小姐明理。愛信送走冠秀後，表情凝重地思考：「是誰說看到我了……？」

毫無疑問是「他」，說發現了彼此的祕密並提議一起走的那位大膽男子。一向神色從容的愛信，這時露出了冷酷的表情，說：「呵，一定是他！」

同時內心的疑惑加深，因為實在猜不透此男子的真實身分和意圖。

一頂花轎緩緩地抬進美國公使館庭院，那是愛信的花轎。守護在轎子兩旁的行廊大叔和咸安大嬸一踏進院子，兩人都張大了嘴。高大監大人的宅邸在漢城算是宏偉又典雅，但大國公使館的規模更是不在話下，櫛比鱗次的挑高屋瓦，細心整理的花草樹木讓庭園增添幾許情趣。愛信跨出轎子，也禁不住對公使館的氣派發出驚嘆，然而她卻將頭抬得更加挺直。

在館內辦公的冠秀看到愛信一行人便跑了出來，說道：「您來了，小姐，裡面請。」

冠秀微笑著引領愛信走進館內，但愛信在原地不動，視線盯住窗戶，身穿制服的宥鎮正倚窗望著她，意外的第二次見面，她皺著眉頭問道：「那位也是被叫來問的嗎？」

冠秀聽到愛信的提問，也順著她的視線望去，隨即笑著搖頭說：「那位大人不是被叫來問的，他原本就在這裡的。」

「這是什麼意思？什麼叫原本就在這裡？」

「他在這裡工作，那位大人是代理領事，正在調查這件案子。」

他的身分著實讓人訝異，愛信腦海一片混亂。美國公使館的代領領事，當然是站在美國那一邊，但這男子殺的是美國人，而這個男子正在調查此事件。宥鎮望著愛信，那眼神好像第一次見面沒有任何反應。愛信沒有回避，並且直愣愣地看著宥鎮，彼此對望的眼神中帶著某種無法言喻的緊張感。

單看宥鎮的外表，沒有人會認為他是美國人。跟在冠秀後面，愛信的步伐不知不覺加快了，因為她迫切想了解這位不明男子的真實身分。

公使館內的辦公室非常華麗，宥鎮站在掛著紅色窗簾的窗戶邊，一面大的星條旗豎立在書桌旁。愛信不看宥鎮所在的方向，理所當然地走到最上座的椅子坐下。

那是宥鎮的位子，冠秀看到相當驚慌，但愛信也是身分地位高的人，所以為難地望著宥鎮。

「你問他，為什麼要見我？」

是同志，還是……不同於堅決的口吻，愛信的視線如混亂的思緒一般，失去焦點而望向虛空。

「幾天前，點亮路燈的那個晚上，在鐘路街上有沒有看到什麼奇怪的事，或可疑的人？」

愛信叫冠秀傳話，但宥鎮直接望著愛信回答。

「昨天的事都記得模模糊糊了，真是的，你有看到什麼可疑的嗎？」

行廊大叔的語氣裡表明自己一無所知，然後問咸安大嬸。咸安大嬸顧左右而言他回答道，叫小姐來這裡是不對的。宥鎮打量著行廊大叔和咸安大嬸後，露骨地將視線拋向愛信說：「這是對你們三位所問的問題。」

愛信望著正前方，緊咬嘴唇，這位身穿制服的男子十分粗魯、無禮，至少沒有哪一個朝鮮人會對自己這麼無禮，她看著宥鎮不甘示弱地回答：「近來，朝鮮發生許多稀奇古怪的事，現在我面前就有一個。」

接著對冠秀說：「你問他，具體地說，我應該看到什麼？」

「大人，小姐她……」

中途插話的冠秀感到手足無措，不知如何是好，但宥鎮反而對愛信這個樣子感到興趣。她的冒失莽撞讓人懷疑她是朝鮮女人，白天穿著如此高雅的韓服，頭上綁著辮子的女人，夜晚卻持槍在屋頂上奔跑，想到這裡，宥鎮笑了笑看著愛信。這時咸安大嬸趕忙說：「我跟你說，我們家小姐可不是會看到什麼可疑事物的人，她走路時都目不斜視，眼睛就像琉璃珠子一樣閃閃發亮！我們家小姐是個什麼都不懂的孩子啊，孩子！」

宥鎮又不是要傷害小姐，咸安大嬸真的把愛信當小孩子看待，處處袒護著她，宥鎮不滿意聒噪的咸安大嬸，說：「你答非所問。」

「不好意思，我什麼都不懂。」

即使如此，愛信也知道咸安大嬸並沒說錯，只是裝蒜而已。像這樣有兩位袒護愛信的人在旁邊，顯然無法完成正常的問話，因此宥鎮用英語吩咐冠秀帶行廊大叔和咸安大嬸出去。突然聽到英語，不只咸安大嬸和行廊大叔，連愛信的表情也僵硬了，冠秀立刻將宥鎮的話說明給他們聽。

咸安大嬸相當激動地大叫：「你說什麼？把小姐一個人留在這裡，叫我們出去？」

愛信沉著地叫她退下：「你們出去吧，不用擔心我。」

「怎能不擔心？小姐您聽得懂那嘰哩呱啦洋鬼子的話嗎？還是看得懂洋文嗎？您可是一句話都不會說，對洋文又一竅不通的……」

咸安大嬸袒護到最後，急得索性把小姐當傻瓜看待，忽然看到愛信憤怒的眼神，她乾咳一聲後，立即閉上嘴巴，轉身和行廊大叔一起走出辦公室。冠秀隨後護送他們兩人，順手把門帶上。

重重的關門聲後，室內陷入一片寂靜，如今辦公室裡只剩下知道那天夜晚真相的宥鎮和愛信兩個人。

「你看起來並不像很無知，所以不用擔心，你就像一幅畫。」

像一幅畫，宥鎮這句話的語氣裡帶著些許戲謔的意味。愛信原本理直氣壯的表情有些慌亂，朝宥鎮瞟了一眼。其實宥鎮也是帶有幾分真心的，愛信腰背挺直，雙手交叉坐著的模樣，真的有如掛在宮廷某面牆上的肖像畫。宥鎮原本看著愛信，隨後將視線投向遠方，說道：「那現在言歸正傳，案發當天有路燈點燈儀式，發電機的聲音大到掩蓋了槍聲，所以最適合舉事後混入人群隱匿蹤跡，因此才會刻意選在那一天，對嗎？」

這樣問話，好像真的在訊問，愛信冷笑著回答：「這種事為什麼要問我？」

「我只是在尋求幫忙。」

「我不想幫你。」

宥鎮往前靠近愛信一步，凝視著出言不遜的愛信，繼續問：「子彈從兩個方向飛來，你真的沒有看到任何一方的狙擊手嗎？」

「沒看到。」

兩人的距離越發靠近，宥鎮抬起手來如蒙面般遮住愛信的口鼻，露在寬大的手掌上方的愛信黑色瞳孔裡反射著宥鎮。

「可是我好像看到了。」

宥鎮渾厚的嗓音朝愛信傳導過去。愛信如沉靜湖水般的眼眸泛起了漣漪，但她立即掩飾戰慄，隨後也如宥鎮一樣抬手遮住宥鎮的口鼻，說：「如果你說可疑的事是指這個，那麼我好像也看到了呢。」

彼此的臉都被手掌遮住，如此反而更加確信那天夜晚看到的是彼此的臉，如同那晚一樣，兩人之間只用眼神傳遞。

不單是愛信好奇宥鎮的身分，同樣地宥鎮對全然毫不畏縮的愛信，也是相當好奇，他看著愛信的眼神越發深邃。

先放下手來的人是宥鎮，他的手一放下，愛信也慢慢地把手縮回去。

「你的真實身分是什麼？」

「那不關異鄉人的事，那麼閣下的真實身分又是什麼？是活貧黨的人，還是義兵？」

愛信似乎不放過宥鎮每一個眼神，緊盯著他看，然後發問。宥鎮聽了愛信的問話，低聲反問：「如果我是的話，那我們是同一陣營嗎？」

這時，愛信才移開視線，目前自己對宥鎮仍然十分不了解，反而覺得自己完全暴露了。

「我不明白你的意思，抱歉，我向來一無所知，除了像一幅畫，我什麼都不會。」

宥鎮看著愛信，覺得她連慌張的解釋都顯得那麼特別。

「閣下在這裡做什麼工作？既然你是代理領事，應該不只是一個翻譯官。」

「這裡只有我能提問題。」

愛信對這麼嚴厲劃清界線的宥鎮，更加感到混亂，同時覺得生氣，直瞪著宥鎮。但宥鎮宛如事情已處理完畢，在清理座位，說道：「你可以走了。」

說得好聽是可以走了，其實就是下逐客令。愛信對宥鎮再次的無禮，不滿地緊抓著裙子，站了起來。

宥鎮站在窗戶邊，視線投向從公使館院子離去的轎子，想起坐在轎子內的愛信，他習慣性地問冠秀：「是什麼原因？」

「什麼？您指的是什麼呢？」

「那個女子，你們口中的小姐，為什麼大家都認識她，而且都極力袒護她？」

「啊，您是說小姐，原來我還沒向您報告啊，愛信小姐是朝鮮第一名門士大夫高氏家族年紀最小的小姐，也就是noblewoman（貴族之女）。」

才一會兒工夫，宥鎮的視線裡僅剩下整理庭院的園丁。自己大致也猜得到愛信的身分，但有種奇妙的感覺，他的嘴裡不斷複誦「貴族之女」這個名詞。

「每年春荒時期，為了讓百里之內居民免受挨餓，高家便會打開倉庫發放救濟糧，所以附近百里之內沒有哪一個人沒有受過高家的恩情。」

冠秀也是蒙受大監一家恩情的居民之一，所以他十分激動地說：「剛才您看了應該也知道，小姐原本就相貌出眾，而且又不懂人情世故，所以全漢城的朝鮮人都很愛戴、呵護小姐。」

宥鎮只是默默地聆聽，無法理解似的望著冠秀。

「您怎麼了？」

「不懂……人情世故？」

「是啊，她就是那麼嬌貴。」

不懂人情世故，就是因為太不懂人情世故才持槍的嗎？宥鎮苦笑地搖搖頭。雖然一直感到十分好奇，那位身分高貴的人為什麼會走上那條危險的路，但目前對宥鎮來說，可以暫時拋下這個疑問，因為他的目的只有一個，就是槍殺羅根。

由義兵黨羽造成的狙擊事件，形式上調查到這裡已告一段落，他預定就此結案。

裙角的紅鮮血

愛信在搖晃的轎子裡，回想起宥鎮的眼睛，她輕輕地抬起手來，嘗試遮住自己口鼻，瞬間剛才的緊張感再度湧上來，但依舊毫無線索。

「朝鮮人出人頭地了，竟然當上了洋鬼子的老大。」

「應該是很早就被教化了吧。」

從轎子外傳來行廊大叔和咸安大嬸的對話，突然一陣刺耳的怪聲震動耳膜。愛信打開轎子的小窗，看到電車從停止的轎子外疾駛而去，電車疾駛而去的畫面，不論什麼時候看都非常吸引著她。電車不是用馬或牛來拉，也不是人在推，而且它的車輪比任何車種的輪子都大又快速。

甚至搭電車的乘客似乎都帶著興奮的表情望著窗外，一群綁著辮子的孩子在路面上追逐電車嬉戲，但電車將孩子們抛在後面消失在遠方。咸安大嬸看著喧囂消失的電車，感慨地說：「聽說因為那個，害得人力車夫收入減少了許多，還有泥峴那邊賣彩球糖之後，害得麥芽糖小販的生意像麥芽一樣軟趴趴的。」

聽到咸安大嬸的話，愛信大笑，說道：「咸安大嬸，將轎子掉頭吧。」

「怎麼了？要上哪兒去嗎？」

「既然你提到，我想就去泥峴吃個彩球糖吧。」

聽到愛信這麼說，咸安大嬸的眼睛亮了起來，於是轎子往泥峴去了。

一進入泥峴街上，穿著和服和浴衣的日本人熙來攘往，熱鬧非凡。糖果店前面轎子大排長龍，生意十分興隆，轎夫站在轎子旁，每人嘴裡咬著一顆彩球糖。

咸安大嬸和行廊大叔的手裡也握著彩球糖，兩人第一次吃彩球糖，眨巴著眼睛，對那特殊的味道驚叫不已。愛信看到兩人誇張的表情，抱著傳說不會騙人的心態，將彩球糖放進口中。

「天啊！」

令人不禁讚嘆的甜味，她嚼著彩球糖，嘴角自然泛起微笑。

開朗又優雅的微笑。

那個宛如孩子般的微笑，對面屋子的露台上有一位穿著浴衣的人一直凝視著。那個男子有著寬厚的肩膀，胸口到手臂刀傷累累，蓬亂的長髮以及絡腮鬍似乎表露了他粗獷的個性。具東魅著迷似的望著愛信，乍看顯得很粗魯的人，唯獨眼神有些迷濛。

「那個朝鮮女人一看就像是個貴族家的女人。」

「要玩弄朝鮮貴族的女人很容易，因為她們一旦失去貞潔就會自盡。」

東魅聽到屋子樓下喧鬧的日語聲音，便挑起一邊眉毛。那兩人是彩球糖店家附近店鋪的商人，身穿絲綢韓服的愛信，當然十分引人注目，東魅一邊臉頰上的傷口尚未癒合，使得他的臉孔看起來更加凶暴。

東魅凝視著愛信，問坐在後面的小螢：「我今天的運勢怎麼樣？」

穿著紅色和服的小螢靜靜地拿起筆來，用細長的毛筆書寫著，她正在卜卦。

「重逢」。

寫完，小螢的毛筆再度移動。

「相見不如不見」。

東魅轉身看白紙上的那些字後，嘴角上揚苦笑了一下，那表情卻讓小螢感到好酸楚。

東魅面無表情看著落日，瞬間轉而面帶邪惡，倏地從二樓露台一躍而下，腰間佩戴著一把長刀。

他拔刀靠近日本商人，剛才調侃愛信的兩個商人臉上的笑容頓時消失了。一看到他拔刀出現，行人們亂哄哄的。

「好像要打架啊？」

「不是打架，好像又有誰讓他看不順眼了，那個帶刀的人叫做具東魅，他是掌管這一帶的首領……」

彩球糖商人對行廊大叔說明到一半，但無法繼續說下去。

要砍人了，可是彩球糖商人的叫聲太細柔，這時東魅的長刀已朝那兩位日本商人砍了下去，商人們來不及發出慘叫，身上立即噴出血來，迸出來的鮮血飛濺到了東魅的臉上，他的眼神因噴灑在臉上的血腥味，顯得更加殘暴，彷彿一頭嗅到血腥的猛獸。

愛信連轉頭回避的時間都沒有，已看到那一幕，驚訝地瞪大了眼睛。東魅慢慢地回過頭來看愛信，日本人的血從他的臉上滴了下來，愛信差點停止呼吸。

她記得那張滴血的臉孔。

「那，那個傢伙，不就是當時轎子裡的那個傢伙嗎？小姐救的那個人？」

咸安大嬸驚嚇得叫了出來。

東魅看著愛信，他的眼神更加深邃了，彷彿已經等待這一天很久了，但又像是不期而遇。不過可確信的是他思念著那張臉，那張光是見到血都認為是被侮辱的，美麗、高貴又冷酷的臉龐。

十幾年前。

庶民村的街上，大白天就鬧哄哄的，因為那喧鬧的聲音，一頂打從那經過的轎子停了下來，咸安大嬸打開轎子小窗，告訴小愛信：「好像發生了什麼事故，路上擠滿了人，行廊大叔去打聽了，請小姐在這裡等一等。」

小愛信的眼中充滿著好奇，往窗外望去，只聽到路人嘈雜的聲音，視線被人群擋住，根本無法得知為什麼引起騷動，當她轉頭時，看見一個少年。

躲在巷子後面的少年和她同年紀，但不同的是一身汙泥，邋邋遢遢的模樣，密密麻麻的汙垢幾乎蓋住了他整張臉，但望著騷動方向的眼睛卻是黑白分明，眼裡充滿極度的憤怒與悲傷。她被少年那高深莫測、含有強烈感情的眼睛所吸引。察覺到她的眼神，少年轉而望著她。

正好過去打聽的咸安大嬸回來，低聲說道：「聽說在庶民村那邊有個屠夫女人刺死了一名良民男人，結果那對屠夫夫婦被抓了出來，才引起這麼大的騷動，還聽說他們的兒子已經逃跑了。」

小愛信看到少年在咸安大嬸後方緊盯著自己，心裡相當難過地說：「他沒有逃。」

「什麼？」

最後她讓少年搭上自己的轎子，因為在這個庶民村街上沒有比她的轎子更安全的地方了。上了轎子，少年緊盯著她看，她也觀察著這個少年，近距離一看，少年的模樣更是慘不忍睹。

端正的五官不僅布滿塵土，還血跡斑斑和瘀青，相當疼痛的樣子。看到她逐一掃視著那些傷口，一直緊閉雙唇的少年開口說：「沒關係的，被胡亂鞭打反而比較不痛。」

他的內心裡到底累積了多大的怨恨，光聽聲音大抵也能揣測得出來，似乎稍微刺激一下，便會垮了下來。少年按捺住怒氣，問道：「……為什麼幫我？」

「不希望你被抓到。」

「所以小姐為什麼要這樣做……？」

「因為有人說過，人的生命都是寶貴的。」

沒有任何傷痕，光滑細緻的臉龐，小巧而美麗的雙手，梳得整齊的頭髮，少年看著和自己有如天壤之別的小愛信模樣，他的瞳孔放大了。

少年出身於屠夫階級，屠夫們屠宰禽獸，卻過著比禽獸還不如的生活，連與平民階級交談都得趴伏在地，並且在對方說話之前絕對不能先開口。屠夫階級的男人們雖然手裡握著刀，但無法砍殺任何人，因此每天都生活在屈辱中。少年的母親經常跪地求饒，但得到的回報卻是辱罵與毒打，甚至遭到強暴，在忍無可忍之下，終於向強暴者揮刀，就因為那個罪，今天在街上遭受群體丟石頭而即將死去。

對待螻蟻也不會那麼殘忍，如果人的生命是寶貴的，那麼母親、父親還有我就都不是人了。

但小愛信卻對少年說，人的生命都是寶貴的。少年對雙目炯炯有神看著自己的小愛信問道：「……是誰說的？」

「孔子說的。」

聽到愛信的回答，少年用力咬著下嘴唇，頓時滲出血來。母親在行人來往的街上被踐踏，而轎子裡的小姐卻在遵循著孔子的教誨，他覺得可笑，又氣憤。

少年滿是傷痕的手抓住她的裙角，當她驚嚇地看著少年時，少年將裙角貼著他自己的嘴唇，然後故意做給她看似的，再用裙角擦拭自己嘴角的血。她的身體僵直，緊握住裙子，美麗的綢緞沾上了鮮血。

「養尊處優的貴族丫頭。」

少年的聲音在她內心裡翻騰。

她抓著裙子的手顫抖著，生平第一次遭受的侮辱，腦海裡像龜裂的鏡子，現出一道鮮明的裂痕，那些破裂的碎片不斷地折磨著小愛信。

「養尊處優的貴族丫頭……」

愛信換好衣服，陷入沉思，那句話長久以來多麼折磨著她，少年，東魅一定不知道。

「唉喲，那個不懂得感恩的傢伙，也不想想看自己是託什麼人的福才能活下來，居然用那條寶貴的生命做那種凶殘的事，真是的。」

咸安大孀鋪好棉被撫平皺褶，回想起白天見到的東魅。愛信把手浸泡在洗臉盆裡，好像白天被東魅砍殺的日本人血跡沾到了自己的手似的，又好像東魅以前留在裙角的鮮血轉到自己的手上似的，她在水裡不停地揉搓著手，然後搖了搖頭。

萬里無雲的午後，燦爛的陽光照進辦公室，宥鎮慵懶地坐在辦公室椅子上喝茶。菊花茶香在鼻尖緩緩飄散開來，聞著幽幽的香氣，他想起愛信。

正確的說法是，想起愛信離開辦公室時，佩戴在短襖前襟那個五彩的配飾。他的母親從好善身上扯下來丟給他的，也是那樣的配飾，那是富裕的貴族家女人的象徵。原本陶醉在淡雅茶香而上揚的嘴角，瞬間低垂了下來，因為想起了母親，使得情緒轉為哀傷。

冠秀端著放著藥果甜點的盤子走進辦公室，觀察一下宥鎮後，問道：「您在想什麼，想得那麼投入？」

「……正在思考該去哪裡？」

宥鎮拋開沉思，望著桌上的茶杯，其實沒什麼好猶豫的，但他仍然無法欣然上路。因為有好長一段時間遺忘了拋棄自己的朝鮮，想要忘卻，自己也認為幾乎已忘得一乾二淨了，然而忘得了國家，卻忘不了在他內心裡層層堆積的感情。

「我應該追尋配飾去找仇家呢？還是追尋陶碗去找恩人呢……？天氣這麼好，還是乾脆去郊遊呢……？」

「什麼？」

「我不斷地前往遠方，不知道哪裡是盡頭，不，還是我已經到了？」

放下一切，到了不知名的目的地，那一天會到來吧，宥鎮邊想邊搖頭。

冠秀坐在對面，認為那些話好像不是為了讓他聽得懂才說的。他看著自己的上司，光看外表，想到新上任的美國公使館主人是朝鮮人，當時還覺得相當高興，但那也是短暫的。宥鎮是美國人，會講朝鮮話，但偶爾會說一些莫名其妙的話讓冠秀感到驚慌失措。雖然宥鎮不會吹毛求疵，可是有時候還真難以侍候。宥鎮臉色舒展開來說道：「肚子餓了，我們先去吃飯吧。」

冠秀相當高興，和宥鎮一起離開公使館。

兩人來吃飯的地方是市場裡的湯飯館，的確，這時候來看，以長久居住美國的人來說，宥鎮算是很能吃朝鮮菜的。冠秀坐在對面舀著湯飯吃，然後看了一下宥鎮的眼神，開口問道：「大人，我想了一下，那位被殺害的美國人，羅根．泰勒……您不覺得有點奇怪嗎？」

聽到羅根的名字，宥鎮稍微停頓了一下，馬上又若無其事地將飯舀進嘴裡。冠秀壓低嗓音，環視左右，小聲地說：「我覺得他的死因背後，似乎存在著大人和我都不知道的巨大內幕。」

宥鎮的湯匙停了下來。

「您聽我說，他是朝鮮朝廷的外交顧問，又是有名的親日派，他這一死，光是牽扯上的國家就有美國、朝鮮、日本三個國家，但怎麼會如此出奇地平靜呢？會不會，暗殺他的那個凶手也是美國人呢？」

的確推理得很好，但這個推理卻讓宥鎮感到困窘，他帶著一副渾然不知的神情問：「美國有什麼理由要這樣做？」
「啊，那麼就是日本了！」
冠秀一看到宥鎮聽進了自己的推理，高興地提出自己的想法，他將疑惑投向朝鮮之外的兩個國家。
「再說羅根葬禮那天，武臣會闖進那個大人家，翻箱倒櫃搜查了一番，他們鐵定是在找什麼東西，他的遺孀和孩子目前暫時住在艾倫公使府上，他們分明是在躲避什麼吧。」
「武臣會？」
一直默默傾聽的宥鎮開口反問。
「是的，那是一個名叫具東魅的人所帶領的組織，您看了就會明白，很明顯就能……」
冠秀滔滔不絕的故事被打斷了。
冠秀被抵在脖子上那股冰冷銳利的觸感，嚇得倒吸一口氣。突然走過來，將刀子架在冠秀脖子上的是一群穿著日本浴衣的浪人，其中一名浪人對冠秀說：「翻譯官大人，我們需要翻譯，不想死的話，就乖乖跟我們走。」
「啊，這群人就是武臣會的人嗎？」
宥鎮沒有一絲驚訝，盯著浪人們問。
「站起來，你就安靜吃你的飯，少管閒事！」
冠秀聽不懂日語，不了解情況，只是害怕地看著宥鎮。但是宥鎮對浪人們揮了揮手，表示你們要把人帶走也無所謂。於是浪人們好像抬行李一樣，架著冠秀走了。湯飯館主人和周圍的客人們看到那光景，生怕遭受魚池之殃，都噤若寒蟬，他們不是能與腰際配大刀的浪人對抗的人物。冠秀被浪人拖走時，朝宥鎮方向大喊救命，但那呼叫聲漸行漸遠。

宥鎮朝冠秀消失的方向看了一會兒，又若無其事地舀了一湯匙的湯，這時耳邊傳來店家主人和客人們的對話，每個人都覺得難過，但又束手無策。

「這可怎麼辦啊，聽說被拖走的人，就沒有一個活著回來的……」

「昨天在泥峴街上，也不曉得哪個人讓具東魅看不順眼了，他就動刀砍人了呢。」

宥鎮放下湯匙，從坐位上站了起來。

敢強行拖走任職於美國公使館的翻譯官，顯然武臣會的人迫切需要會英語的人，宥鎮朝泥峴方向走去。轉眼間太陽已下山了，泥峴街上的夜晚呈現出不同於白天的風情，大部分的店家已關門，亮著燈光的商店全都是日本人開的。雖然在朝鮮的土地上，但不是朝鮮人的世界，也有人只穿著丁字褲，宥鎮看到這種光怪陸離的景象，皺著眉頭四處尋找冠秀。

被抓走的冠秀發現了宥鎮，呼喊大人，宥鎮看到面色蒼白的冠秀，便堵住浪人的去路。

「我說過叫你安靜吃你的飯，別管閒事。」

當浪人中有一位拔刀指向宥鎮時，宥鎮立即拿出腰際的手槍瞄準，「砰」開了一槍，隨著清脆的響聲，浪人握著的刀子飛了出去。

浪人們被突如其來的射擊頓時嚇住，但立刻群體拔刀。冠秀從浪人手中掙脫，一溜煙跑到宥鎮後面緊貼著他。銳利的刀鋒從四方靠攏過來，將宥鎮圍住。

冠秀以為得救了，結果宥鎮惹怒了浪人，他在宥鎮的背後顫抖個不停，說道：「若大人一槍不能打中十個人，那我們兩人就死定了。」

「所以我才先開槍啊，好讓朝鮮警務廳能聽到槍聲，最重要的是，你不覺得我的槍法很好嗎？」

冠秀都急死了，宥鎮還悠閒地問這種問題，他驚恐地問：「大人，您原本就是這樣的個性嗎？」

「我們只要堅持到他們來就行。」

宥鎮持槍朝浪人們問：「誰是具東魅？」

浪人的刀鋒更往宥鎮靠近，宥鎮警戒地再次問道：「再問一次，具東魅……」

「我就是具東魅。」

從浪人後方傳來自報姓名的朝鮮話，東魅一出現，浪人們放下刀子朝兩邊挪動。宥鎮觀察著東魅，果然像武臣會首領，具有相當粗獷、凶狠的氣勢，露在袖子外面的手腕有著長長的傷疤。

「這麼晚，還在泥峴街上亂開槍，是會大禍臨頭的，大人。也許無法參加您的喪禮為您送終，所以在此請您先自我介紹吧。」

雖然用尊敬的用語，但態度粗暴無禮，是挑釁的語氣，不過和傳聞不同，他不是動不動就揮刀砍人那種目中無人的人。

「我是美國公使館的代理領事尤金崔。」

從對視的眼神，東魅本能地感覺對方不是泛泛之輩，原本因為緩慢的動作而顯得從容的他，這時眉頭一皺問道：「朝鮮也有這樣的姓氏嗎？」

「這位不是朝鮮人，而是美國人。」

聽到東魅的話，站在後面的冠秀代替宥鎮回答。說朝鮮話，長得像朝鮮人的美國人，這個說明更令人無法理解。

「為什麼需要翻譯？」

「當然是為了錢，大人，我辦了事卻沒收到報酬，當然要見見委託人才行。啊，他好像死了吧？被槍打死的。」

宥鎮聽到羅根的事，吞嚥了一下口水，他只是奉上級的命令暗殺了羅根，但顯然羅根有自己不知道的隱情。東魅大大的單眼皮眼睛緩緩地上下打量著宥鎮，接著說：「那四名護衛羅根大人而丟掉性命的浪人是我的手下，夫人應該支付報酬的，但自從她住在艾倫公使家以後，我一直沒辦法連絡到她，所以正打算寫信拜託她。怎麼樣，你這位美國大人願意幫忙嗎？」

「啊，若是這樣的問題，那就很抱歉了，雖然很想幫你，但我沒有寫作的天分。」

東魅看到一副抱歉的表情卻毫無誠意的宥鎮，皺起了眉頭。

東魅逃到日本，然後手握日本刀回到朝鮮，第一件做的事不是別的，就是告訴大家自己就是以前那個逃跑的屠夫之子。然後找出當年朝自己母親丟擲石頭的那些女人，毫不留情地殺死，或者是砍斷她們的腳，讓她們一輩子生活在痛苦中。自己和父親不一樣，因為他可以砍殺任何人。

因此，如果有人鄙視他，不論那個人是誰他隨時都會去砍殺。宥鎮是否看不起自己，最好不是，但不論他內心怎麼想，宥鎮已表明不想再插手這件事，讓人心裡覺得不舒服。

但就算是掌管武臣會的東魅，也無法任意處置美國人，況且又是美國公使館的代理領事。

東魅凝視著掉頭而去的宥鎮背影，再度握住刀柄。

渡船的同行者

羅根的死亡牽引了各方的角力，他是周旋於朝鮮、日本和美國三個國家的人，因此事情變得複雜也是理所當然的。即使如此，宥鎮也沒必要介入這個亂局，對已完成任務的他來說，重要的不是繞著羅根的陰謀打轉，而是自己。自己如今該往何處去，既然踏上朝鮮土地，不管哪裡他都會前往。

考慮的結果，第二天他前往渡船頭，抵達時，望了好一陣子如同內心般盪漾的河水，然後下了馬來，將馬拴在岸邊，這時渡船頭前面客棧的老闆洪波走過來問：「要坐船嗎？」

宥鎮聽到洪波的問話，抬頭一看嚇了一跳，因為愛信就站在洪波的身後。

來搭船的愛信也對意外的相會現出驚訝的神情，她走到宥鎮身邊，警戒地低聲問道：「你在做什麼，你在跟蹤我嗎？」

「不論誰看都會認為是你站在我身後的。」

愛信聽了宥鎮的回答，一時語塞，便轉過頭挺直腰桿朝渡船停泊的地方走去。宥鎮看著愛信，請洪波幫忙雇請前往陶窯址的船夫。聽到目的地是陶窯址，洪波冷笑了一下，因為不分階級、國籍從世界各地來陶窯址找殷山的人何止一兩位，為了取得殷山燒製的白瓷，甚至窩在客棧三個月的都大有人在。

「您沒聽過黃殷山的傳聞嗎？窩在這裡三個多月，連個醬油碟子都拿不到而離開的人是多到數不清呢，不過也託他的福，我的生活才能過得去。」

「難道那位陶瓷工匠大名叫黃殷山？」

「你連陶工匠名字都不知道，還想來求得陶瓷？」

洪波聽到宥鎮的話後，搖了搖頭。但靜靜地坐在渡船上的愛信瞄了一下宥鎮，說道：「他連我是誰都不知道，怎麼會知道黃殷山呢？」

不愧是愛信，聲音冷冰冰的。洪波問：是小姐認識的人嗎，然後看宥鎮的眼神變得不一樣了。宥鎮望向愛信，這時愛信才和宥鎮對視，問道：「你會划船嗎？」

在這種情況下，縱然不會也得回答會，他明白愛信的意思，不假思索地拿起槳，騎馬過來時萬萬沒想到要親自划船，但他默默地搖著槳。

渡船順著河水前進，河水沖刷船頭，發出嘩啦嘩啦的聲音。宥鎮瞄一下愛信隆起的美麗顴骨，說：「我欠你一份人情。」

愛信看著划槳的宥鎮袖口，因船槳的撥動，水花濺到船上來，聽到宥鎮那麼說，她便望著遠處說：「那就還我吧。」

宥鎮心想：總是不服輸的女人。河遠方山麓的風景宛如一幅畫，和眼前這位穿著高雅韓服的女子十分相襯，挺直腰桿目不斜視的女子，每次看都像一幅畫，甚至外罩黑色大衣越過屋頂逃跑的時候也是如此。

「有機會的話我會還的。」

「若有心要還，機會當然有。」

「……你去陶窯址做什麼？」

「審問還沒結束嗎？這不是你這個異鄉人該管的事。」

宥鎮什麼苦難都經歷過，對世事已漠不關心了，但這女子卻總是激起他的好奇心。愛信的回答冷淡地讓人無法再問下去，他不再提問，只是搖著槳。開心去見恩人的途中，遇見了愛信，這是偶然，還是緣分，如今要下結論似乎還言之過早。沉默和陽光一起籠罩在船上，暖和的秋日陽光照耀著河水以及彼此對視的眼睛，不只河對岸的山麓像一幅畫，渡船上的兩個人也是畫中的一部分。

到了渡船頭，看見黃殷山和他的日本人徒弟小剛。殷山和小剛從陶窯爐裡取出陶器，正在挑出有裂痕的瑕疵品。那個場景對愛信來說是熟悉的，但宥鎮卻不是。正在和徒弟小剛無傷大雅拌著嘴的殷山，就是幾十年前用刻薄的言語叫約瑟夫帶他走的那個殷山，從花白的頭髮和鬍鬚感覺得出歲月的痕跡，但毫無疑問他就是曾經救過自己的殷山，宥鎮極力忍住溼潤的眼睛。

感覺到後頭的動靜，殷山回過頭來，然後說：「……我知道小姐的來意，可是這位已開化的大人來這裡做什麼呢？洪波不可能無緣無故讓您過來的。」

一直忍住淚水的宥鎮，這時笑了一笑，開心看到恩人依然過得很好，回答道：「我是小姐的船夫。」

「船夫就應該守著船隻啊，為什麼爬到這裡來？」

「聽說這裡有位了不起的陶工匠，所以上來看看，今天好像不在呢。」

即使看到殷山一副氣呼呼又冷淡的模樣，他仍然感到欣慰。然而殷山卻對嘻皮笑臉耍嘴皮子的宥鎮生氣，皺起眉頭說：「哈，我！還是第一次見到這種初次見面就亂開玩笑的傢伙。」

「您沒有老很多。」

「這又是什麼鬼話？請問您認識我嗎？」

「您的性格真是古怪，口口聲聲這傢伙那傢伙的，怎麼突然又用起尊稱來了，您應該看得出來我不是那種可以隨意對待的人吧？」

宥鎮一味的傻笑惹怒了殷山，但殷山也拿他沒辦法，然後將所有的氣往無辜的愛信身上發洩，說道：「你是從哪裡帶來這種傢伙的……」

「莊獵人要我來向你請安，轉告你一聲，他很好，和平常一樣。」

愛信生起氣來，也不是好惹的，殷山看在請安的莊獵人分上就放她一馬。勝具的父親是他的朋友，他把失去父親的勝具當兒子看待，但不知不覺勝具變成和自己同輩，這一點他感到有些惱怒。

不管殷山說什麼，宥鎮好像都很開心似的，嘴角翹得高高的。不過看在殷山眼裡，總覺得那是在嘲笑他。宥鎮對殷山不悅的眼神視若無睹，乾咳了一下，輕聲地問：給我一個陶瓷吧。當然那是不可能的事。

「是誰說要賣？」

殷山賭氣地斥責徒弟小剛，隨後去打理要給愛信的陶碗。宥鎮失神地望著殷山的背影，令他感到啼笑皆非，愛信在一旁注視著宥鎮的表情。

來陶窯址之後，宥鎮的表情始終令她感到陌生，前幾回看到的表情都是既嚴肅又凝重，但現在的宥鎮宛如一個孩子，露出孩子般純真的微笑，讓她覺得驚訝。

「但要說像孩子又……」

宥鎮俯視放置陶瓷器的箱子，流露出相當悲傷的表情。

他回憶起蜷曲在陶器箱子裡的那段幼年時光，當時總是想著今天會死吧，明天能活下來嗎？箱子裡面非常狹窄、黑暗，透著一絲光線的木頭裂縫是他唯一的通氣孔。他想起往事，輕輕地閉上眼睛，然後又睜開來。愛信看到宥鎮悲傷的表情，那是一張讓人無法移開視線的側臉。

不只宥鎮覺得愛信奇怪，同樣地對愛信來說，宥鎮是個奇特的男子，雖然自己認為他是同志，但又好像不是，他為什麼高興，又為什麼那麼哀傷，叫人完全猜不透。

倘若不是殷山走過來，否則他們兩人就那樣靜止不動地站立著。

走出陶窯址在回程的渡船上，多了一個裝著陶碗的包袱，包袱裡面盡是一些有裂紋或是破損的毫無價值的陶碗。

「你和獵人有交情，還親自過來買破裂的陶碗……看來這些陶碗並不是用來裝東西，而是練習射擊用的吧？」

宥鎮搖著槳詢問愛信，太陽照耀著河水，愛信俯視著流經船下的河水，回答：「我不知道你在說什麼？」

「看你的表情明明懂我的意思。」

宥鎮反駁愛信裝蒜的回話，然後將船槳輕輕地往河面上一彈，頓時，水花濺到愛信的臉上，她用力擦掉臉頰上的水珠，皺著眉頭，聳了聳肩。

「請別誤會，我只是不擅長划船。」

愛信聽到宥鎮的辯解，便在坐位上左右搖晃身體，因為她的動作，船晃動起來。宥鎮搖著槳回頭看愛信，她卻裝著若無其事的樣子，她真的是個不會輕易放過別人的女子，他竭力忍住，怕自己笑出來。

「閣下為什麼去陶窯址？我看你的目的似乎不是陶瓷。」

「我是去見他的。」

「你們好像並不認識。」

「我認識他，只是他忘了我。」

「什麼……？」

「我國製的栓動式步槍槍身長，後座力強，體型嬌小的話是很難操作的。」

為了不讓愛信再問下去，他轉移話題。愛信訝異得不斷眨眼睛。

「不過，它的命中率比德國製的高，就算在有效射程外，只要拿穩，失敗的機率很小，練習射擊前，你應該先練習把槍拿穩。」

他對愛信分析了該槍種的優缺點，但她猜不透宥鎮此話的用意，直直地盯著他看。

「這是我的建議，雖然你可能不明白我在說什麼。」

「我當然不明白。」

宥鎮的話裡有許多的含意，但愛信回說不明白，隨後整理自己的衣服，摸一摸前襟掛的配飾和手指上的玉戒指。宥鎮看到愛信的配飾，不禁皺了眉頭想起冠秀的話：「愛信小姐是第一名門士大夫高家最年幼的小姐，也就是貴族之女。」

她的美麗穿著不論走到朝鮮八道任何地方，都毫不遜色，然而自己剛才竟然為她說明槍枝的事，也許因為第一次見面時的印象太深刻，他總是忘了愛信的身分。

「那樣的配飾……值多少？」

「你是問價格嗎？」

「大約三十年前的話。」

「三十年前的話，大約可賣到一袋的米……」

聽到可賣一袋的米，他笑了出來，那是苦笑。可以賣到三斗米，母親的聲音仍清晰地在耳邊縈繞。河邊的晚霞和他的唇邊都帶著一絲淒涼，划槳的手漸漸慢了下來，最後停住了。他陷入沉思，母親望著開在院子角落的野花，說來生願當野花，當時看到母親微笑的臉龐，他的內心裡似乎已有某種悲傷的預感。

「不划船了嗎？」

聽到愛信的聲音，宥鎮拋開回憶，回過神來說道：「我只是一時心不在焉。」

「……為了與便服做出區別，所以平常我都會佩戴飾品。」

愛信心想，宥鎮會心不在焉似乎是因為配飾，但又不太確定。他在美國公使館工作，但針對那晚的事並沒有多加盤問，他問陶碗的用途，她回說不知道，卻還為她說明對她有益的槍枝知識，再加上去陶窯址這件事，因為這些原因讓她認為宥鎮是同志。

因此愛信開口了，因為是同志，同時對宥鎮感到好奇，而且也想聽聽宥鎮的回答，他是誰，在想什麼，有許許多多的事都想了解。

「報紙上說，現在是浪漫的時代，或許是吧，那些開化的人享受的咖啡、法國的洋裝、各國的舶來品，我也是一樣，只是我的浪漫存在於德國製的槍口。」

宥鎮端坐之後，望著袒露心懷的愛信，她的臉上充滿果斷與堅強的意志。

「說不定，那天晚上我被閣下發現也許就是我的浪漫。」

愛信一邊說，一邊對著宥鎮默默地微笑。這是她第一次對宥鎮微笑，那微微一笑宛如吹拂過悠悠河面上的輕風，在宥鎮的心房裡激起了一陣漣漪，宥鎮划槳的手更加使力，說道：「對朝鮮最有名望的士大夫小姐來說，這種浪漫似乎太過激烈了。」

「沒錯。」

聽到宥鎮迎著風所表達的想法，愛信如同孩子般興奮地點頭同意，並說道：「幸會。」然後伸出手來，她原本一直維持警戒而顯得僵硬的表情，這時洋溢著活力，雖然宥鎮還無法接受那份幸會，但她的確是感到幸會，竟然有如此見面的同志，繼續說道：「若需要陶碗就說一聲，沒想到在這麼近的地方，居然會有同志。」

這時，宥鎮才明白愛信誤會了，愛信天真燦爛的笑容在晚霞下綻放開來，令人不禁感嘆她的美麗。可惜這一切都是來自於誤會，那笑容本不應該是針對他的，但無可否認，即使是短暫的時間，他也想留住那個笑容，那是自己不曾有過的貪念，連誤會都覺得浪漫的愛信的笑容。

愛信帶著咸安大嬸和行廊大叔去洋服店，她每年都會在洋服店訂做洋服，名義上是訂做然後寄給自己的未婚夫。她認為德國製槍桿才是自己的浪漫，但知道這一方面的人並不多，對外，她只是如宥鎮說的是士大夫的小姐，因此誰也不會對小姐有未婚夫這件事感到奇怪。原本應當舉辦婚禮，但不知是幸或不幸，她的未婚夫踏上留學之路後便音信全無。

洋服店的學徒宗民遞過洋服後，察看她的眼色說：「看來熙星少爺還沒回來的樣子，因為小姐每年都來幫他訂做新衣服。」

宗民當然相信這些洋服是要寄給熙星的，她費心地轉移話題說：「男子漢既然抱著遠大志向漂洋過海，就應該以學業為重吧？」

「您的心地可真善良，愛純小姐也是這麼說之後，買了……」

「我姐姐？這是什麼意思？」

「愛純小姐訂做了一雙洋鞋*，她說您來了會幫她結帳，所以賒帳後就離開了……」

聽了宗民的苦衷，一直站在後面的咸安大嬸嘆氣說，要是趙氏夫人知道的話，肯定不得了的。雖然愛信也不滿意到處賒帳的愛純，但也不能為難洋服店的學徒，正要代為付款，但突然想到什麼，問道：「我聽說洋鞋是在濟物浦的本店製作的，是嗎？」

「是的，小姐。」

「那麼，我會付這筆錢，你幫我再訂製一雙和姐姐一樣的鞋，我會親自去本店拿，你只要連絡他們就可以了。」

以前從漢城市中心去濟物浦並不是那麼容易去的，就算騎馬也要花不少的時間，但搭乘火車的話就另當別論了。愛信打算利用這個機會去搭搭看火車，想要親自體驗一下火車究竟有多快。

宗民聽到愛信的話，臉上立刻恢復血色，說：「洋鞋和唐鞋**的尺寸不一樣，麻煩小姐到裡面一下。」

在宗民的引導下，愛信走進洋服店的裁縫室。

裁縫室裡，大型的縫紉機和一些別著粗線的洋服排成一列，五顏六色的絲線和鈕釦攤在桌上。愛信坐在椅子上脫下唐鞋，腳上只穿著布襪。就在宗民量著愛信的洋鞋尺寸時，裁縫室另一邊的窗簾拉開，一位男子走了出來，那位穿著肩膀上別著別針洋服的男子，就是宥鎮。

又一次的偶遇，宥鎮和愛信兩人都露出驚訝的眼神，愛信和宥鎮對視後，低下頭望著腳趾，因為覺得脫了唐鞋只穿白布襪的腳怪害羞的。宗民量完尺寸，想要拿起愛信的唐鞋，但愛信說：「放著就好。」

宗民本來是要拿鞋給愛信穿，但看她有些猶豫，便會意出她想自己穿，因此先走出裁縫室。結果愣愣站著的宥鎮和腳穿布襪的愛信兩人共處一室，愛信趕緊穿上唐鞋。

「我只帶了幾套衣服過來。」

看到慌張的愛信，雖然沒人問他，宥鎮卻自己先解釋。愛信內心裡高興又見到宥鎮，聽到宥鎮的話，她面露訝異，想起宥鎮是從美國來的，不自覺地帶著失落的語氣說：「看來你在朝鮮只是短暫停留。」

「我打算長久停留才來訂做衣服的。」

---

* 主要是皮革製的西洋式鞋子。

** 朝鮮時代婦女穿的皮鞋。

愛信聽到宥鎮的回答，讓短暫掠過的失落感消失了，馬上稱讚宥鎮：「這洋服很適合你。」

「我想你應該不知道這件洋服是什麼顏色。」

這時愛信穿好唐鞋站了起來，才仔細看著宥鎮身上的洋服，說道：仔細看還是覺得非常適合。聽到愛信的稱讚，宥鎮笑了。

「像這樣巧遇並不常見……而且你在公使館工作，又說一口流利洋人的話，不知道可不可以問你一個問題？」

宥鎮微微點了點頭。

「摟哺是什麼？」

突如其來的問題，令宥鎮感到十分驚慌，他的眼睛不自覺地看著愛信清澈透明的眼睛。

「摟哺」（Love）是愛信從布料行尹家的女兒南鍾那裡聽來的單字，南鍾上木棉學堂，學西洋文字。愛信從來沒仔細聽過的洋人的話，南鍾卻說得非常流暢。她說洋人說的話叫「引個女婿」（English）。愛信問她，學「引個女婿」要做什麼用時，南鍾說要做「摟哺」。不是要當官，不當官而要做「摟哺」，看來那顯然是比做官還要美好的事情。

因此，可以的話愛信也想「摟哺」看看，但首先要知道那是什麼，所以想問一問再度見面的同志。

「我沒做過所以不太了解，但是你為什麼問這個？」

「因為我想嘗試看看。」

聽到愛信無厘頭的話，宥鎮愣住了。

「聽說那是比當官還要美好的事。」

「那要看你怎麼想，不過一個人是沒辦法做的，需要有一起做的同伴。」

「啊，那你願不願意和我一起做呢？」

愛信太輕易回答，他閉口不言，只是望著愛信。愛信便以為宥鎮覺得自己沒資格一起做，於是問道：「因為我是女人嗎？我連射擊都會了。」

「那個比射擊還要困難，還要危險，而且更熱血。」

「還挺困難的。」

「為什麼要問我？」

「因為你是我的同志。」

簡單又明瞭的答案。

「死了一名美國人和四名浪人，而閣下和我都知道真凶是誰，但閣下卻沒有逮捕我，那麼除了同志之外，難道還有其他原因嗎？」

對宥鎮而言，這不是能夠簡單又明瞭回答的問題，他調整無奈的心情，問道：

「你為什麼要開槍？」

「你為什麼開了槍？」他轉變了話題，然而愛信又反問他。

「因為他汙衊了美國的名譽。」

「他也汙衊了朝鮮的名譽，他說日本教化了未開化的朝鮮是件好事，他將日本的干涉包裝成教化。」

短暫的時間，他受到愛信浪漫的誤解，只是那樣而已，於是他冷酷地回答：「朝鮮，還有名譽能夠讓人汙衊嗎？」

愛信個人所抱持的信任，被站在對面的宥鎮擊垮了，宥鎮走近一臉愕然的愛信身邊說：「我從一開始就沒有打算要逮捕真凶，我只需要營造出那種情況就可以了，槍擊事件會以義兵黨羽所為而結案，因為我已達到原本的目的了。」

愛信習慣性地抓著裙子，複述著說：「目的……」

自己的信任是合理的，還是不合理的，她曾經有許多理由確認宥鎮是自己的同志。為什麼會堅信眼前這個男子是同志，如今已後悔莫及，宥鎮只是如他自己介紹的，是美國公使館的代理人，除此之外什麼都不是。

異鄉人

為了去總店取洋鞋，愛信一行人搭上了擁擠的火車。車廂內人聲鼎沸，又混雜著日語和中國話，更加令人暈頭轉向。但愛信好奇地從窗戶、出入口到天花板都細細觀察。

認識愛信的朝鮮人爭相和她打招呼，並且讓座：「小姐，您好，請這邊坐。」

「你坐，我的座位在後面車廂。」

她叫讓座的人坐下，然後打開車門往下一節車廂移動。一走進去，車廂後面座位完全空著，前面是朝鮮人，接著是日本軍人坐成三排。

著軍裝佩槍枝全副武裝的日本軍人不斷吃吃地笑，捉弄著朝鮮人。他們將槍口隨意瞄準，然後裝作要射擊的模樣。朝鮮人擔心會擦槍走火，因此都敢怒而不敢言，儘量躲到日本軍人看不到的地方。

愛信的表情冰冷又嚴肅。這列火車也是日本以朝鮮的發展為藉口而掠奪得來的產物，囂張蠻橫的日本軍人行徑令人難以忍受，那群日本人看到愛信，彷彿見到獵物口水都快滴下來了。其中有一名叫做津田的軍人將槍口瞄準正走過來的愛信，並對同袍說道：「來看看她驚嚇模樣是不是也很漂亮？」

「天啊，小姐！」

愛信看到槍口指著自己，只是停下腳步，毫無驚嚇的神色，然而咸安大嬸卻害怕得大叫。聽到叫聲，四周的朝鮮人更加驚慌，不停地交頭接耳。津田看到愛信毫無畏懼地直視槍口，便將槍口略微抬高再往前伸，繼續說：「噢，瞧瞧這女的，怎麼樣，你想摸摸看嗎？」

當槍口幾乎快碰到自己時，愛信瞬間接住津田伸過來的槍，反問：「是這樣操作的嗎？」並迅速地將槍上了膛，聽到喀嚓的聲音，那群日本軍人非常恐慌。愛信抓住槍枝，眼神陰冷又充滿憤怒，問道：「射哪裡才會死？這裡？還是這裡？」

愛信將槍口抵住津田的心臟，隨後指向頭部。擔心愛信一個不小心開了槍，津田的同袍山田打算奪下槍枝，卻讓從背後伸過來的一隻手搶先了一步。

「小姐這東西可不是鬧著玩的！啊，大人，還給你這個貴重的東西。」

穿著便服的勝具，搶走愛信手中的槍，趕忙交給津田，然後頻頻點頭哈腰。愛信從對峙的場面抽身而出，望著消失在對面的勝具，雖然想追過去，但後面一陣騷動，轉過頭去，卻看到數十雙穿著軍靴的腳。

「洋鬼子一臉蒼白，眼珠子藍藍的，簡直像個鬼怪。」

行廊大叔愣然地喃喃自語。那些是穿著制服，筆直站立著的美軍，他們在一片竊竊私語中井然有序地走進車廂，然後坐在那群日本軍人的對面。

「美軍怎麼會在朝鮮的土地上……？」

愛信看得目瞪口呆，心想就算朝鮮再怎麼軟弱無能，外國的軍隊也不能如此進駐，中國和日本都假借各種名義把軍隊駐屯進來，她害怕自己是否錯過了什麼，感到忐忑不安。火車發出響亮的汽笛聲後，開始行駛。

在行進的車廂內，愛信腦海一片混亂，火車到站前，她一直在重建自己如土崩瓦解的信心。

終於火車到站了，愛信一行人提著行李陸續下車。但一踏到地面，立即有槍口抵在她眼前，這次不是一把槍，圍繞身邊的槍枝共有四把，跟在她身後的咸安大嬸和行廊大叔嚇得倒退好幾步。

槍口不單單針對愛信，坐三等車廂的所有乘客正全部被搜身，婦女們將裙子往上掀起，以澄清嫌疑。這時其中一名美軍走過來，照樣要搜查愛信的裙子裡面。

「手竟敢亂摸，看我折斷你的手！」

行廊大叔大吼，並撥開美軍的手，但他的話根本不管用。這塊土地的主人雖然是朝鮮人，但行使主人權利的卻是別人，愛信心中涼了半截，美軍再度企圖抓她的手。

突然原本亂哄哄的氣氛變得鴉雀無聲，聚集的美軍們一致向走過來的一名男子立正敬禮。

「在火車上美軍遺失了一把槍枝，我們正在調查，請小姐配合。」

這位接受敬禮並說一口流利朝鮮話的人，現在對愛信來說，是個相當熟悉的人了。身穿軍用大衣的宥鎮肩上的徽章閃閃發亮，見過幾次面，自認為相當熟悉的臉孔，但穿著美軍制服的宥鎮卻令她感到陌生。

「你是……軍人？可是為什麼你一個朝鮮人卻穿著洋人的軍服呢？」

「我從來沒說我是朝鮮人。」

之前說他不是同志，現在又說他不是朝鮮人，似乎沒有比這個更令她驚訝的了，宥鎮總是打破她的想法。

「我是美國海軍大尉，尤金崔。」

瞬間愛信觸及到自己不安的來源，至今一直百思不解宥鎮提到的「目的」是什麼，現在終於恍然大悟了。羅根・泰勒的死亡對美國來說，是個很好的藉口，美軍以保護本國國民的名義派遣軍隊過來，美軍不僅依照計畫除掉羅根・泰勒，並且能駐兵在軍事要衝之地的朝鮮土地上。繼中國、日本之後，現在連美國都過來了，對朝鮮虎視眈眈的國家越來越多，並且胃口也增大了。愛信握緊拳頭問道：「你上次提到的目的，就是這個嗎？以那位美國人的死做為藉口，好讓美軍進駐朝鮮土地？」

「看來沒有必要再做說明了，那麼請你配合調查……」

「你竟敢在朝鮮土地上威脅朝鮮人？」

愛信只懂得向前衝，不懂得往退後。

「槍枝真的遺失了？或是又想找個藉口得到什麼……？」

愛信說完，往前踏一步，頃刻間原本槍口瞄準她的美軍們立刻將槍上膛，一連串的喀嚓聲，連愛信都感到慌張，不得不停下腳步。

「放在貨物車廂的狙擊用步槍箱子被撬開了，其中短少了一把槍枝，你認為它會被拿去做什麼用途呢？」

被一群藍眼珠的人團團圍住，愛信緊張地吞了一下口水，腦海裡閃過身著便服的勝具。

「千萬不要引人注目。」

宥鎮姿勢不變只用眼睛掃視左右，生硬地對愛信說：「因為美軍的槍枝不會分辨貴族和平民，是很民主的。」

愛信注視著宥鎮，他的名牌吸引了她的注意，制服胸口繡著草寫的英文字。頓時，別說宥鎮的想法，她連他的名字都不會讀，一個字都不會讀。

情況逆轉，處於劣勢的愛信怒視著宥鎮，兩人間瀰漫一股緊張氣息。

「我來協助。」

打破這極度緊張氣氛的聲音，意外地相當嬌嗔，愛信和宥鎮的視線一起轉向聲音的主人。那女子身穿一件緊身洋裝，全身打理得整整齊齊，面帶恬靜嫵媚的微笑，對愛信說：「願意和我換衣服嗎？如您所見，我這身衣服藏不了東西的。」
「我看得出來，不過你為什麼願意協助？」
「小姐不可能像那些賤民的女人一樣，掀開裙子給別人看，您應該感到很困窘吧？最重要的是我不能再這樣耽擱下去了，因為我得回去準備派對，我是光榮酒店的老闆工藤陽花。」
如果說愛信是最具有朝鮮味的風貌，那麼陽花全身都充滿開化味，散發新潮時髦品味，具有朝鮮第一家西洋式酒店主人的風範。她操著一口流利的英語對美軍們說歡迎他們來到大韓帝國，並且讓站在後面的桂丹舉著「WELCOME（歡迎）」的標語牌。看到標語牌，連原本僵硬的美軍們都解除緊張接受歡迎。
愛信被這種陌生的場面搞得迷迷糊糊，但陽花卻對宥鎮展露笑容，要求騰出一節特等車廂，方便她們兩人更換衣服。
於是陽花和愛信走進特等車廂換衣服，兩位女人背對背默默地各自寬衣解帶。陽光透過窗簾照亮陰暗的室內，裡面充滿一股莫名的緊張感。愛信接過陽花的洋裝，這種洋裝之前曾看過，因為愛純也喜歡穿，但今天是她第一次試穿。
「謝謝你挺身相助。」
「不客氣，朝鮮這番模樣，讓小姐委屈了。不過朝鮮這樣，反倒讓我受惠了呢。」
陽花照著鏡子，整理頭髮。愛信瞄了一下地上，地上放著桂丹朝美軍揮動的標語牌，從軍人們的歡呼看來，猜得到這些字應該是代表友善的意思。她原本不會樂意見到女人歡迎外國軍隊，但在亂世裡，人人都有各自的苦衷，也是無可奈何的事。
「受惠總比大家都受苦好，不過，一名弱女子怎麼當上大酒店的老闆呢？」
「我是繼承得來的，原來的日本人老闆是我的丈夫，但他死了。」

「很抱歉。」

「不必抱歉，其實是一樁被我爹當作買賣的婚姻，如您所見，在朝鮮我的美貌是相當出眾的。」

誠如陽花自己所說，她的美貌在眾人之中仍屬亮麗的，宛如肖像畫中的女人，臉蛋小五官分明。即使如此，自己說自己漂亮，愛信覺得陽花果然不是普通的人，從她挺身相助就看得出來。

「剛才聽你說洋鬼子的話，非常流利。」

「在東京時，我和英國紳士談過戀愛，洋鬼子們相當喜歡年輕的寡婦，說我們就像悲劇裡的主角，因為『澀得淹頂』（sad ending）永遠是令人難忘的。」

如果陽花是悲劇裡的主角，愛信倒想聽一聽那個故事，因為陽花本身具有某種魅力，陽花的直率和坦蕩，是她至今不曾見過的。

「澀……那是什麼，為什麼會令人難忘？」

「因為是悲傷的結局。」

陽花的嘴角上揚，耐人尋味。

傳來敲門聲後，有人走了進來。

是宥鎮走進車廂。愛信一臉惱怒並側身僵直地站著，她已穿好洋裝，盤起髮辮。那模樣簡直令人難以想像，但超乎預期的合適倒是不爭的事實。她看都不看宥鎮一眼，便推開了咸安大嬸，她分明說過，不能讓任何人進來。然後對宥鎮說：「如你所見，我身上沒有槍。」

的確那衣裳不可能藏匿任何東西，宥鎮快步走到她旁邊。突如其來的壓迫感，令她想往後退，但宥鎮先發制人：「你要學習忍耐，以後待在朝鮮。」

很逆耳的忠告，她憤怒地指責宥鎮：「我的槍沒有力量，但閣下的槍卻讓軍隊駐紮。」

「你的槍法實力很出眾。」

「是我誤會了，誤以為你是同志。」

如那個誤會僅限於同志這件事的話，倒還無所謂，但宥鎮甚至是來併吞朝鮮的美國軍人，是敵軍。

「閣下有許多機會向我否認。」

「活貧黨、義兵，只有他們才是同志嗎？」

聽到宥鎮的逼問，她頓時瞪大了眼睛。

「雖然很短暫，但你我兩人也不是沒有志向相同的時候。」

兩人屏氣凝神時，特等車廂內一片死寂。

她回想，什麼時候兩人志向相同過？其實從第一次在屋頂上對望到現在，有許多可能是志向相同的時候。

宥鎮心平氣和地再補充說：「我一來就發生了這樣的事，毫無頭緒地在處理中，因為沒有頭緒，所以打算搜查到這裡便結案。我不是要揭發真相，而是想儘快平息，不論是朝鮮還是美國，事態擴大，對雙方都沒有好處，請慢走。」

宥鎮把話說完，便轉身離去。愛信自己都分不清現在覺得不舒服的是內心，還是穿在身上的洋裝。她依然忿忿不平，卻是很奇妙的感覺。他是友軍，還是敵軍？認為是友軍時，他又是敵軍，但認為是敵軍時，他又沒有將腰際佩戴的手槍指著自己。她凝視著長得像朝鮮人的異鄉人背影。

從西洋式挑高的建築流瀉出來的燈光，照亮了四方，那是從光榮酒店照耀出來的。門口懸掛一幅寫著

「Welcome to Korean Empire（歡迎光臨大韓帝國）」的長布條，寬敞的大廳正在舉行歡迎美軍的派對，在朝鮮仍屬不易見到的金髮壯漢，身著軍服在各自的坐位上享受著派對的歡樂，其中唯一黑髮黑眼的人就是宥鎮。

宥鎮和凱爾坐在角落的座位難得輕鬆地談笑，因羅根事件派遣到朝鮮的美軍共有六十四名，凱爾是其中之一，他是在美西戰爭中和宥鎮並肩作戰並取得勝利，是宥鎮的長官也是同袍。激烈的戰火中，凱爾腿部受傷，所以無法再拿槍，但是在那樣的狀態下還能撿回一條命，完全依靠宥鎮的協助，因此算是欠宥鎮一份人情。

陽花站在櫃台，仔細注視著交談中的宥鎮和凱爾，正確地說，是在望著宥鎮。她第一次在酒店見到宥鎮，正是她處境為難的時候，因為客人鬧事使得她受傷流血，當時宥鎮一副從容的神情遞給她手帕。宥鎮並沒有視若無睹，而是不著痕跡地挺身相助，這一點贏得她的好感，當時根本就沒有考慮到國籍問題，這是在朝鮮出生在國外長大的兩個異鄉人的邂逅。

「看什麼看得這麼出神？小姐也覺得洋鬼子很新奇嗎？」

桂丹招呼客人後，走過來問陽花。

「只是看看而已。」

陽花的表情變得很奇妙，她回想起在火車站見到的宥鎮，宥鎮和愛信之間一來一往的眼神，感覺並不單純只是美國海軍大尉和處境危難的小姐的關係。

「他看其他女人時，是怎樣的眼神呢？我原本不是要協助而是要妨礙，結果……讓他更親近她了。」

陽花回想著白天的記憶，一直到宥鎮經過穿著愛信韓服的陽花身邊走進特等車廂，但這些話讓桂丹聽得一頭霧水，於是問道：「我完全聽不懂您在說什麼？」

「我的意思是，我也許會狠狠咬住某個女人。」

穿著深色和服的陽花豔紅的嘴角往上揚，那有如大廳燈光般亮麗的笑容也掩藏不住狠毒的話語。

論射擊功力自然沒話說，但不像是會逗留在西洋式酒店的愛信來到了光榮酒店，她是替趙氏夫人跑腿，來找愛純的。

愛信一走進門口，看到穿著洋裝打扮入時的男男女女，那些來自世界各地長相各異的外國人在大廳穿梭著，瞬間她被這絢麗的景象迷住了。自己身穿韓服走入人群，總覺得有些格格不入。

「小姐？」

陽花發現到左右張望的愛信，便叫住她。愛信聽到陽花的叫喚，回頭一看，表情僵住了，因為陽花身穿一襲華麗刺繡的和服。

「歡迎！小姐大駕光臨深感無上的光榮，天啊，光榮，正是符合我們酒店的問候語呢。」

陽花細瞇著眼打招呼，但愛信並不領情，用生硬的語氣說明來這裡的用意。陽花聽完，挽留她喝一杯咖啡後再走，並指向一張桌子，那張桌子坐的都是一群男人，不適合小姐與他們同坐。陽花看到她不高興的表情，便笑著說：「朝鮮所有的權利都掌握在男人手中，而那些男人總是待在光榮酒店。」

聽到陽花自吹自擂，她難掩不悅的神情。

「朝鮮的摩登男孩、紈褲子弟、流氓，朝鮮各式各樣的男人全都聚集在我們光榮酒店。」

「看來的確是這樣。」

她注視的地方，宥鎮正站在那裡，陽花也看到了從門口進來的宥鎮，說道：「看來您不只是來找名叫高愛純的夫人，貴夫人們早就回家了，您要找的那位夫人比她們更早離開了。」

「究竟那些夫人在這裡做什麼呢？」

「和那些男人做的並沒有什麼差別，吃飯、喝酒、抽菸、賭博、上床、談情。男人，在這裡無所不做。」

這些事當中，沒有一樣是愛信感到有興趣的，因此急匆匆地想逃離現場。宥鎮和愛信對望之後，走了過去，向她說明他住宿這裡的原因。為什麼要對愛信說明原因，他自己都搞不清楚，總覺得如果不說，恐怕又會衍生出不必要的誤會，只是想避免重蹈覆轍而已。

「我住這裡，我是軍人，將官們叫我住這裡，不但可以解決三餐的問題，又舒適，這住宿……」

宥鎮的朝鮮話彷彿變得結巴，語無倫次。愛信只是形式上向他打個招呼，便快步離去。站在後面的陽花對沒有得到愛信回答的宥鎮說，幸好你住得舒適。宥鎮要上樓回房間，正當踏上樓梯時，聽到陽花的喃喃自語而停下腳步，回頭一看，大門外正在上演一齣不期而遇的戲碼。

愛信為了避開尷尬的場面而走出來，卻遇到了東魅。原本愣愣望著愛信轎子的東魅向她打招呼：「好久不見了，小姐，這段期間過得還好吧？」

這段時間指的不是東魅在泥峴街上砍人那天以後的事，她不回答，眼睛望向別處。守在轎子旁的咸安大嬸對東魅喝斥，為什麼擋住人家的去路。東魅覺得不論自己怎麼擺威風，在他們面前自己僅是個小時候逃跑的那個屠夫小子，對於咸安大嬸的漠視，他只是笑笑，不過眼神裡毫無笑意，手握著腰際的大刀，散發一股寒氣。

愛信冷淡的聲音讓東魅停了下來。

「聽到消息了，聽說你回來了，回來後過的是這種生活，我也親眼見識過了。」

像閱讀朝報上的報導似的，沒有絲毫的惱怒，彷彿一開始就沒有想到要惱怒。東魅默默地咬著牙，說道：「世界變了，小姐，在朝鮮這塊土地上，沒有哪位大人不看我臉色的。不過，在小姐眼裡，我似乎仍舊是個低賤的屠夫。」

在東魅心中，愛信永遠是端坐在轎子裡的小姐，在這個動盪的世界，愛信依然高雅，深印在他的心中。

「並不是那樣，在我眼裡，你不是屠夫，只是一個百姓。所以你要明白，我不知道我的眼神怎麼樣，但我會那樣看你，並不是因為你是屠夫，而是因為你是叛徒。」

愛信不理會受到此話衝擊的東魅，便坐上開著門的轎子。透過門縫，東魅和愛信兩人的眼神交會著。東魅像被釘住似的動也不動地望著愛信，以前也曾經在轎子裡和愛信交換過眼神，當時自己是屠夫，而現在是叛徒，他永遠都無法成為能夠與乘坐轎子的愛信平起平坐的身分。

轎子轉過巷子走了一段路之後，東魅才走進酒店，他看到著軍裝上樓的宥鎮背影，黑髮又穿著美國軍服的男子，只有一位。陽花走向東魅交給他一個信封，是暗中保護酒店的酬勞，身為女人一手經營酒店的陽花和帶領武臣會的東魅堪稱是最佳搭檔。

東魅接過信封，問道：「你了解剛才上樓那個人嗎？」

陽花曖昧地笑了，因為剛才注視著窗外愛信和東魅見面景象的宥鎮，也問她是否了解東魅。

「要不要我幫你們安排見面呢？你們兩個人似乎對同一件事感興趣呢。」

「他打聽我的事嗎？」

「難說呢，他打聽的是誰呢？是具東魅？還是高愛信呢？」

東魅原本溫和的眼神馬上變得凶狠，從第一次見面起，不論宥鎮的從容態度或是美國軍人的身分都令他看不順眼，直覺地感受到某種危險。

「原來你兩個都不喜歡啊，可是不要殺了他，或許哪天他也會打聽我。」

陽花的視線望向樓梯盡頭，而東魅盯著宥鎮消失的地方。這時浪人們走進酒店，向東魅鞠躬。

東魅坐在酒店角落的座位，聽著浪人的報告。
「寡婦都沒有出門，和那傢伙也沒有任何接觸。」
東魅正在尋找羅根擁有的文件，那是日本公使館的林公使委託辦理的事。葬禮當天已搜尋過羅根的家，但毫無所獲，目前正監視羅根夫人的行蹤。如果夫人帶著那份文件，那麼她和誰見面都可能成為重要的線索，美國公使館代理領事的宥鎮也是監視的對象。
「不過為了以防萬一，要不要也搜一搜那傢伙的房間？」
東魅聽了浪人的提問，搖了搖頭，宥鎮不是泛泛之輩，隨易搜查房間，可能遭受無妄之災。正好這時候隨著登登登的腳步聲，宥鎮下樓來了。
「已翻過我的房間呢。」
宥鎮看到房內一片狼藉後，隨即下樓。房間內的衣櫥、抽屜、行李箱、床墊、甚至枕頭裡面，都被澈澈底底搜查過，但最值錢的飾品卻好端端地放在床上。因此這不是單純的偷竊，而是有目地的侵入，他猜測竊賊是東魅那一夥人。
「我們還沒動手，剛才正在討論中呢。」
東魅聳了聳肩，繼續說：「看來除了我們，還有其他人也對大人很感興趣呢，有膽量搜查美國大人的房間……應該是義兵？或是活貧黨吧？」
聽到東魅提到的組織，他想起剛才見面的愛信。
「有猜想到什麼嗎？大人。」
「看來你要收的不只是工錢，你們究竟在找什麼？義兵和活貧黨要找的東西，好像武臣會也正在找，那麼大家一起找吧。」

「我要自己找。」

東魅話說完，便站了起來，並警告宥鎮說：「不論東西在誰的手上，擁有的人必死無疑，大人。」

東魅轉頭率領自己的手下大搖大擺地走出酒店。儘管宥鎮不想牽扯上圍繞著羅根・泰勒的複雜事務，但冥冥中總是被牽扯上，他陷入沉思，腦海裡閃過方才在大廳面對面站著的愛信身影。

美國公使館終結了羅根・泰勒被殺害的事件之後，開始著手調查槍枝遺失事件。公使館傳喚當天搭火車的朝鮮人乘客，翻譯官冠秀在蒐集乘客們的證詞，他的目的是找出當天上了火車，卻在中途消失的人，宥鎮在後面聆聽他們的證詞並觀望著。

等到蒐集了相當的證詞，冠秀便請人描繪嫌疑犯畫像，描繪完成之後，為了再度確認，他又傳喚當天的乘客，這次愛信也是其中之一。

「那天火車上的乘客當中有人說小姐也在現場，所以再次請小姐過來。」

冠秀滿臉得意地為愛信帶路，雖然他是做自己分內的事，但宥鎮卻感到困擾。再度因為不光彩的事件被叫來美國公使館，愛信感覺渾身不自在。

在茅屋和勝具一起察看那把偷來的新式槍枝，也是讓她感到不自在的原因之一，她帶著不自在的神情，走進辦公室坐了下來。宥鎮雖然感到困窘，但和愛信對視的眼神裡卻流露出喜悅之情。

「這次也沒有看到可疑的人嗎？」

只是形式上的程序，但愛信卻嘲諷地回答：「看到了，看到一位不知是美國人還是朝鮮人，不知是敵還是友，也不知他真實身分以及意圖的可疑之人。」

宥鎮垂下眼睛，這位總是正襟危坐的女子，經常讓他感到困擾，其實沒什麼好困擾，答案是固定的，困擾他的是他自己的心理因素。

「看來你這次需要有個真凶。」

「聽起來好像你知道真凶是誰。」

「我不知道。」

「只拿走槍枝的話，接下來打算怎麼取得子彈？」

聽到突如其來的問題，愛信回避宥鎮的視線，說道：「抓到真凶之後，你就問他吧，為什麼問我？」

「你有把握真凶不會被抓到的樣子，聽起來你像是共犯。」

愛信四兩撥千金一語帶過，然後緊盯著他看。走回頭路並不適合自己，重要的是不想和眼前這位男子繞圈子打啞謎，同時不想再這樣糾纏下去，於是說道：「你是要幫忙，還是想破壞，如果說這是攻擊，卻又顯得力道不夠，即使這樣你也不像是在為我擔心。我一直很好奇，因為之前始終沒聽到你的解釋，那時原本可以把我當成真凶緝拿的，為什麼事到如今才這麼做，你到底有何居心？」

聽到愛信追究式的提問，宥鎮挑起一邊眉毛，回應說：「因為現在也不算太遲了吧？」

「這是你的真心話嗎？」

「現在起我要說的話，才是我的真心話，有人翻過我的房間，難道你和翻我房間的人是同一夥的嗎？」

宥鎮觀察著愛信的表情，繼續說：「羅根損害的似乎不僅僅是朝鮮的名譽，你知道搜查我房間的人在找什麼嗎？」

「如果我說不知道，你相信嗎？」

「你的上線是誰？」

反過來，宥鎮追問愛信，愛信緊緊抓住裙子，提高音量說：「你這是在做什麼？」

「在保護你。」

保護，與此同時宥鎮想起之前自己問過，是否只有活貧黨和義兵才是同志。依然令人無法理解，如果不是那些人，那麼愛信的同志又是誰呢？

「為什麼保護我……？」

「因為我做得到。」

因為是美國人的身分才做得到，也因此受到愛信的質疑，但想要保護她是出自真心的。愛信的眼神晃動，總是想要去相信這個男子，就是因為他的這種言語。

「這也是我的真心話，大概是出於……嫉妒。」

保護和嫉妒，兩個都不適合當下的情況。接著宥鎮將描繪完成的嫌疑犯畫像遞給心思混亂的愛信，請她確認是否認識這個人。愛信搖頭，回答：見過面，但不是認識的人。

「你不要袒護他，他是目前最有可能的嫌疑犯。」

「袒護？你是指這位嗎？他是在火車上戲弄朝鮮人的日本軍人。」

嫌疑犯畫像裡的臉孔是日軍津田，宥鎮看到愛信一臉荒謬的神情，才恍然大悟。這是以證人身分傳喚而來的朝鮮人乘客們的最大報復了，不論對美、日兩國的任何一方。

尋找美軍遺失的槍枝，陷入膠著狀態，但不僅僅是乘客們的虛偽証詞，指揮調查的宥鎮沒有誠心要調查的意願，才是最大的問題。

宥鎮和凱爾離開公使館，脫下軍裝，換上舒適的便服走到街上。宥鎮在調查槍枝遺失案期間，凱爾首次接觸到東方的神祕便迷戀上了。當穿著和服的藝妓從兩人身旁走過，凱爾便興味盎然地和她們打招呼。

「朝鮮的女人怎麼用黑眼珠來分辨顏色呢？」

凱爾彷彿抱著一個天大的疑問不停地喃喃自語。

「看到女人，我想起來了，宥鎮，你知道嗎？朝鮮女人的眼睛……」

凱爾的臉湊近並肩同行的宥鎮面前，這時，凱爾才知道宥鎮的瞳孔也是黑色的。宥鎮不答腔轉過頭去，突然不知從哪裡傳來請求幫忙的聲音，拚命叫喊幫幫忙的是一位朝鮮少年。

「請幫幫忙，大人，我姊姊，她在那裡，被那些日本鬼子……」

少年道美匆匆忙忙跑到宥鎮前面，凱爾掉頭一看，看到另一邊有一位像是少年姊姊的少女被兩名日軍推倒在地。

「對方是武裝狀態，我們也得找個能當武器的東西，絕不能用槍，事情會鬧大的。」

剛才還在開玩笑的凱爾，小聲叮嚀之後，立刻離開去找武器。少年依然緊抓住宥鎮的衣袖。

「你別再拉了。」

「請幫幫忙，大人！求求你，不然我姊姊會死的，知道嗎？大人……」

一隻小手哪裡來那麼大的力氣，宥鎮甩都甩不掉。從哭泣著跪下來的少年模樣，宥鎮看到了年幼時的自己，為了解救母親跑到安平身邊，懇求他阻止他的父親。當時的記憶歷歷在目，他嘆了一口氣，想一走了之，卻移不開腳步。

他和少年道美一起回到巷子。

威脅著少年姊姊秀美的日軍好像是在火車上調戲愛信的那些人。津田要搶走秀美手上拿著的絲綢錢包，但秀美死命地抓住不放，哀求說：「這不是我的錢，我只是跑腿而已，這個錢丟了我會沒命的。」

秀美已經被揍過一頓，她的頭髮散了開來，臉上傷痕鮮明。津田用日語高聲吼叫，隨後打了秀美一耳光。啪噠，發出清脆的破裂聲，因為疼痛秀美鬆開了手，於是絲綢錢包掉到地上，另一名日軍山田立即撿起來，大喊：「美金，美金！真是飛來橫財啊。」

道美實在看不下去，便舉起石塊朝津田的頭顱砸下去。遭到奇襲，津田的頭上流出血來。

「啊！這，這些……朝鮮混蛋！」

宥鎮不理會哇哇大叫的津田，扶起摔倒在地上的秀美，並把道美和秀美兩人與津田和山田隔開。津田按住流血部位，宥鎮緊盯著他的臉，立刻認出來，他正是嫌疑犯畫像中的人物。津田看到宥鎮裝模作樣地搖頭，更是氣上加氣揮舞著拳頭狂叫：「你這傢伙，找死是嗎？」

「怎麼可能。」

同時，宥鎮也揮出拳頭，瞬間，津田和站在旁邊的山田一併飛了出去。如果是軍人便需要打戰的刀槍，但宥鎮在從軍之前，是一個赤手空拳來到美國土地上並生存下來的人，一個黑眼珠的異鄉人為了生存下去，經歷過無數的打鬥，其輝煌的戰績便刻印在他的身上。

宥鎮手腳伸展的身段與眾不同。秀美和道美彼此摟在一起，瑟瑟發抖看著這場比鬥。津田眼見自己打不過對方，便從懷中抽出刀子，迅速揮向宥鎮，並咧開嘴卑鄙地笑著。

「輸了，就自己認了吧。」

「閉嘴，朝鮮小子！我殺了你！」

遭受朝鮮人的羞辱，這件事更讓津田怒不可遏，因此重新握住刀柄撲了過來。秀美不敢看，緊閉雙眼。剎那間，砰的發出一聲跌落地上的響聲，那是津田手上的刀子連同津田本人同時落地的聲音，腹部受到打擊的津田連哀號都發不出來就滾倒在地上。

「這……不用我幫忙吧？」

凱爾手上拿著不知從哪裡找到的棒槌，看到在地上打滾的日軍而喃喃自語，他親切地問那對姊弟是否沒事。道美嚇得幾乎要打嗝，因為這位和日軍一樣，說著他聽不懂語言的西方鬼怪，讓他感到陌生又恐懼。秀美好不容易用英語回答說：不要緊，謝謝。

宥鎮拍了拍和津田與山田打鬥時沾到身上的塵土，然後向凱爾走去。

「哦，宥鎮，這女孩會說英語。」

看到宥鎮，道美和秀美面露高興的表情，剛才發抖的兩個人似乎鎮定下來，立刻朝著宥鎮不停地點頭道謝。開始攻擊日本人的不是宥鎮，而是道美，小男孩手上握的是石頭，這點令人遺憾，但往後為了解救更多的人，他可能被迫打鬥。因此，想要生存就必須打鬥，宥鎮俯視著道美，說道：「以後自己的架必須自己打，剛才你做得很好。」

聽到輕描淡寫的稱讚，道美握緊剛才向津田投擲石頭的手。

宥鎮和凱爾繞出巷子，走上大街。在朝鮮真的是沒有一天安寧的日子，宥鎮因為湧上來的倦意而深深地吸了一口氣，忽然看到凱爾手上拿的棒槌，正要問是從哪裡找來的，就在這時，一個貴族經過他的身邊，他突然停下腳步。

「少爺，求求你救救我爹，少爺，再這樣打下去，我爹會被打死的。」

「滾到那邊去，滾開。」

當時自己纏著金判書的兒子安平，就像剛才道美纏著自己一樣。

凱爾催促著停下腳步的宥鎮說：「宥鎮？」

「我以為不會再想起來了，以為就算再見面應該也不認得了，卻沒想到一眼就認出來了。」

為了拯救父母而百般哀求，當天那些記憶宛如再度上演一般，瞬間他深陷在回憶裡，被那些血漬斑斑、擦拭不掉的回憶羈絆住。他不敢回頭，否則有可能在這光天化日之下，當街犯下殺人罪行。

美麗而無用的事物

隨著汽笛聲響起，一艘來自東京的大型客輪在濟物浦碼頭靠岸了。往來於日本與朝鮮的乘客從船上蜂湧而出，加上迎接他們的人以及挑夫，整個碼頭顯得更加喧鬧擁擠。一位腳穿亮晶晶的高級皮鞋、身穿剪裁合身的洋服、外罩一件大衣的男子提著一只皮箱上了岸。一看便知是個有錢人家的摩登少爺，那些經過他身邊的女人都會回頭多瞧他一眼。

男子深深地吸一口氣，嗅一下港口的氣息，隨風飄過來的鹹鹹海水味，是他非常熟悉又懷念的。

「啊，朝鮮的味道。」

熙星盡情品味故鄉的氣息。

重返十年不見的朝鮮，當年逃亡似的離開故鄉，在東京過著醉生夢死的生活，但朝鮮一直是他思念、想要回來的地方，然而無法回來的原因是他自己內心那份愧疚感。

他前往的方向不是老家，而是光榮酒店。抵達酒店時，已日落西山，夜幕低垂，街道的燈光微微亮著。

他一走進酒店，陽花如往常穿著優雅迎接他。

「給我一間景觀最好的房間。」

「原來您是朝鮮人啊。」

「這位漂亮的小姐，可以請問一下芳名嗎？我是金熙星。」

他自我介紹後，伸出手來。但陽花沒有握手，只是自然地遞給他寫著「三〇三號」的鑰匙。自從經營酒店以來，有無數的人向陽花搭訕，她都很有技巧地與那些公子哥兒保持距離。他一點也不覺得難為情，繼續說：

「十年沒回來，想不到漢城變得這麼明亮、熱鬧，我曾祖父的房子就這樣變成了一間酒店。」

陽花大大的雙眼裡帶著「難道是」的驚訝表情。察覺到陽花表情的變化，他再次伸手要求和陽花握手，並說：「我是金熙星。」

「居然有幸和朝鮮首富的少爺見面，我是工藤陽花。」

陽花欣然接受他的握手，並和他打招呼。

「我還以為會聽不到你的名字呢。」

「剛才就打算告訴您的。」

他並不厭惡陽花大言不慚的答覆，撫摸著鬍鬚而笑，他崇拜女人的美麗，自然會善待女人，畢竟她具有經營光榮酒店的主人風範。他拿著鑰匙走向三〇三號房，

放下皮箱，打開陽台的窗戶走到外面，順著街上的燈光，俯視著一排排低矮的屋簷，天空依然高掛著月亮。

「月色真皎潔。」

看到隔壁陽台站著陷入沉思的三〇四號房客，他習慣性用日語與那人搭話：「剛才我用日語說，月色真皎

潔，我喜歡那種美麗而無用的事物。」

聽到熙星的喃喃自語，這時站在三〇四號陽台的宥鎮才看到他，宥鎮一直在回想安平的容貌，為什麼剛才無法當場殺了他，燃起的熊熊怒火不易澆熄。

「啊，原來是朝鮮人，很高興認識你，我是金熙星。」

熙星將手伸向隔壁陽台的宥鎮。宥鎮看著伸過來的那隻手，即使在夜裡也顯得白皙潤澤，一看就知道從來沒有做過粗重的工作。

宥鎮沒有握住頻頻說大話的熙星的手，反而轉身回房間去了。熙星獨自留下來，對隔壁態度冷淡的房客搖頭嘆息，然後從口袋裡掏出懷表看了一下時間，叫道：「哎呀，已經這麼晚了……我必須去一個地方。」

他再度將懷表放進口袋後便走了出去，怪不得感覺懷表越來越沉重。自言自語時，他的臉上籠罩著一層陰影。

天亮了，熙星走出酒店，首先前往的地方是掛著一塊「有求必應」招牌的店鋪。這家店什麼事都能幫你做，同時也是一家當鋪，他典當完懷表走出門外，正好在門口遇到剛從馬背上下來的宥鎮。

「哦，你不是三〇四號嗎？在這裡見面，真是幸會……」

可是熙星的話還沒講完，宥鎮便叫同行的冠秀等候，隨即走進店鋪。非常沒面子，但熙星只是一味地傻笑。

迎接宥鎮的是兩位長相凶惡的壯漢日植和春植，日植對第一次見面的宥鎮懷著戒心，把剛才熙星典當的懷表收起來，說道：「我來猜猜，您是來賣東西，還是來買東西，或是來找東西的呢？」
當日植問話時，春植遲遲才認出宥鎮，低聲地說：「我在美國公使館見過他。」
「聽說你們以前是推奴，我要找個人，三十年前住在江華島的貴族金氏一家，當時是大地主。我要找他的兒子以及媳婦尹氏，如果生下了孩子，那可能還有個孫子。」
宥鎮沒頭沒尾只說重點，他的氣勢有點嚇人。日植和春植聽了宥鎮述說要件，兩人都皺起眉頭，他們大致猜到他要找的是哪一戶人家，光看也知道宥鎮不是為了什麼好事才找那戶人家，因為會找上那戶人家肯定不是什麼好事。
宥鎮將美金放在桌上，日植看到，便悄悄地把那美金往自己身邊挪移。
「那一家，根本就不需要特別找，因為凡是漢城人，十之八九都知道那戶人家，他們壓榨佃農、當官斂財，他們家的財富在朝鮮僅次於君主。」
宥鎮將日植挪過去的美金緊緊按住，還不是給錢的時候。
「請繼續說。」
「在我們是朝鮮八道的傳奇人物時期，只有一名奴僕沒被我們抓到，他就是那戶人家的奴僕，當時他好像九歲，還是十歲吧……不過那孩子大概已經死了。」
宥鎮雙手頓失力氣。
「其實我們不是沒抓到，當時我們看到了露在箱子外頭的衣角，但哥哥還是叫我們離開，就因為這樣，害我們被打個半死，我到現在這裡還在疼痛呢。」
春植一邊發出呻吟的聲音，一邊敲著自己的背脊。宥鎮表情嚴肅地看著眼前這兩個人，他們曾經是追捕自己的推奴，為了躲避他們他才遠渡重洋。捕捉逃跑的奴僕以中飽私囊的習性，造成他們到現在仍舊貪財，不推託任何齷齪的事，但這種人竟然會對自己網開一面，實在令人難以理解。

「為什麼要救那個九歲奴僕？」

「啊，那個箱子。」

不單單是宥鎮的衣角露在他蜷縮著的箱子外面，甚至整個箱子都在抖動。不知在箱子裡發抖了多長的時間，箱子才會那樣激烈地晃動，當時去抓小奴僕的日植，看到那景象一時心軟，所以即使看到，也視若無睹便離開了。

在不相識的情況下，宥鎮欠了他們一份人情，從在這塊土地上獨自存活下來，到現在重回這裡，他欠下的人情超乎自己的想像，帶著悲傷的眼神說出遲來的感謝：「非常謝謝你們。」

「他怎麼這麼早就感謝我們？我們都還沒告訴他那戶人家在哪裡呢。」

宥鎮起身問春植：「我正要問，在哪裡？那戶人家。」

宥鎮走出當鋪，留下同行的冠秀，便獨自上馬。這是一個報仇的好日子，不管陰天或雨天都是好日子，只是有一點遺憾，那就是這一切的罪魁禍首金判書早在十年前因病去世了。不過不打緊，金判書的兒子還活著，還有他的媳婦，以及孫子都還在世。

宥鎮騎馬來到安平的家，如日植和春植說的，也許因為極度的搜刮，宅邸有如宮殿般的宏偉，似乎比以前金判書時期的宅邸更加氣勢恢宏。他面帶輕蔑的笑容走進大門。

「我完全不認識你，你是哪位？」

安平站在大廳走廊和宥鎮對視，這時有一位中年婦女開門走了出來，她的脖子上有一道鮮明的傷痕，那傷痕就像宥鎮的母親留下的遺言。

「我問你是誰？」

「那……不是軍服嗎？看起來又不像是朝鮮軍服……」

安平聽到夫人的話，正想走向前看個仔細，宥鎮卻咯噔咯噔跨步朝兩人走去，然後拿出口袋裡的配飾伸向夫人。

「啊，你看這瘋子，好大的膽子！」

安平看到宥鎮突如其來的舉動，大聲喊叫。夫人愣住，但仔細看過配飾之後，驚嚇得往後栽倒在地。

「怎麼了？夫人，大白天喝酒了嗎？」

「當，當時……當……」

夫人喘不過氣似的無法再說下去，她接觸到宥鎮殺氣騰騰的眼神，嚇得快哭出來，說道：「當時逃跑的……奴僕小子……崔家的兒子……」

安平聽到夫人結結巴巴說的話，這時才認出宥鎮，眼前這位著軍裝的男子就是那個小奴僕，他驚訝得倒退好幾步。一看到宥鎮朝著他走過來，便大叫：「別走過來。」不論以前或是現在，安平都是個無用的人，不，就宥鎮來說，他不是人，只是冤仇。

為了自己曾經對這些人苦苦哀求過，以及為了父母被無辜地殺害而感到哀憐，宥鎮都得報仇。

「你有沒有，幫我父母收屍？」

「什，什麼？」

宥鎮將槍口對準頻頻發抖的安平額頭正中央，安平嚇得屁滾尿流，抖個不停，宥鎮的眼睛布滿血絲，問道：「將他們安葬了嗎？」

宥鎮恨不得馬上扣扳機一槍斃了安平，只要一次便能夠同時解決兩位，先一槍送安平上西天，再一槍就能解決掉安平夫人，然而不是那樣才算報仇，所以宥鎮不開槍，只是將槍口往前伸。

「扔，扔掉了，下人的屍體……當時都是那麼做的……」

「就算那樣，你也該將他們安葬，如果你還是個人，就應該這麼做。在哪裡？把他們丟在哪裡？」

「還會丟在哪裡，死掉的奴僕當然都是丟在，啊……不，如果下人往生，每次都是把他們葬在那裡……也就是說，合葬，對了，合葬。」

熊熊的怒火瞬間如冰塊般冷卻下來。

宥鎮回想起當年金判書站在大廳走廊背著手所說的話：「父母的罪就是子女的罪。」

這樣做也許是宥鎮能採取的辦法中最好的一個，不，是唯一的報仇。看到安平不同於剛才槍口抵在頭上時的驚恐神情，以及嚇得魂飛魄散的夫人，讓他更加確信這一點。

「記得嗎？你一定要找出當時收殮屍體的地方，否則我會盡我所能毀掉你們全家，就像你爹當時所做的那樣，現在就是那種時代，你的所作所為都會成為你的把柄。」

「我會，會查出來的！我向你保證！」

「一定得找出來，然後向美國公使館通報。」

「為，為什麼去那裡……？」

宥鎮收回槍枝，眼神仍然炯炯發亮，說道：「我是美國海軍大尉尤金崔。」

安平和夫人的臉色一片慘白。宥鎮持槍照著原路橫跨院子走了出去。

✦

同一時間，熙星離開當鋪來到士弘家門口，因為他想看看自己的未婚妻愛信。他腳步輕快地漫步在長長伸展的圍牆邊，並不時聞著手上拿著的小花束香味。終於按捺不住好奇心，他踮起腳尖從牆外偷看，院子裡女僕們剛洗好衣物，正忙著晾晒被單。

他偷窺牆內，突然發出難得的讚嘆：「……天啊！」

有一位女子梳著整齊的髮辮，豐腴的粉紅臉頰綻開了笑容，他一看便知道，那位女子就是自己的未婚妻。每當清風拂過，雪白被單輕輕飄動，愛信的臉龐便忽隱忽現。他看得目不轉睛，心神盪漾，他喜愛的月亮、星星、花卉和蝴蝶……那些雖然美麗，但和愛信的美貌兩相比較，頓時都化為無用之物。

「我應該早點回來的。」

這時行廊大叔察覺到動靜，大叫：是誰？

「那位，我問你是誰！怎麼趴在人家牆上……這不是少，少爺嗎？是熙星少爺啊！」

「好久不見了。」

愛信聽到大門外的聲音，便朝那邊望去，於是和面帶笑容的熙星四目相視。行廊大叔跑出來迎接熙星，而愛信只是直挺挺站著看熙星從大門進來。

「很高興見到你，我是你的未婚夫金熙星。」

熙星溫柔地說，並將花束遞給愛信。金熙星，這名字十幾年來愛信不知道聽過多少次數了，但是聽到本人親口說，還是第一次，她臉上的笑容完全消失。

「你不喜歡這束花嗎？如果不是花，那應該就是我了，不喜歡我嗎？」

一向從容的熙星在一語不發的愛信面前也顯得焦躁，繼續說：「抱歉，我來得太晚了。」

這句道歉絲毫感動不了愛信，她回說：「十年了，你來晚了十年，今天來訪還這麼無禮，請你改天再來吧。」

「改天再來，到時你能不生氣嗎？」

「我不是生氣而是驚訝，驚訝你和我想像中的模樣完全一樣。」

愛信冷淡地回答後，緊蹙眉頭。那把花束，還有握著花束的那隻手，她都看不順眼，她繼續說：「是個蒼白、懦弱，又弱不禁風的男子。」

熙星聽到愛信嚴厲的批評，啞然失笑，但他一笑，愛信的眉頭皺得更緊。

「你卻和我想像的不一樣。」

熙星收斂起笑容，臉上露出痛苦的神情。在他前往東京留學時，便已下了一個痛苦的決定，因為那個決定，使得眼前這位女子無限期地等待。

他要去留學時，祖父金判書遞給他一個懷表。為了籌措他的旅費，金判書賣掉一部分的土地。那是佃農耕種的土地，沒有給予任何補償，佃農一夕之間斷了生計，便來找金判書理論一番。但金判書毫不留情地將佃農趕出家門，佃農肝腸寸斷的呼號聲在他的耳邊迴蕩，耳朵幾乎要炸開了。即便如此金判書依然無動於衷，因為那些土地都變換成熙星留學的費用、懷表的費用。金判書趕走佃農後，反而還對熙星教誨一番。

金判書叮嚀他要守住自己累積的財富，並再擴充它，不管那是用誰的血淚累積而成的。不要滿足已擁有的，並且對可能擁有的東西不可以設定界線，就像懷表的時間無限地延伸，無限地。

因此，自那天起懷表的時間無限地啃蝕他，他不願回來，因為不想成為祖父所期望的那樣。

然而，這些都只是辯解，由於自己的懦弱，讓愛信長期等候。他望著一眼便看穿自己懦弱的愛信，說道：

「你，像花朵。」

愛信立刻轉身，倘若不動的話，可能如熙星所說的像花瓶裡的花朵。

熙星來過之後，愛信的情緒變得更加複雜，光是想到那個總是說一些什麼保護、嫉妒之類讓人心裡激起漣漪的美國人，腦子原本就夠複雜了。

既然熙星已回到漢城，他們隨時都有可能舉行婚禮，等候十年倒無所謂，這樣她反而才能做自己想做的事，那男子手上拿的居然只有花，那才是問題。愛信抵達射擊練習場，專心將槍口瞄準陶碗，毫不遲疑地扣動扳機，砰，砰，發出輕快的響聲，同時陶碗接連裂開掉落一地。因反作用力而晃動的槍口，猶如她此刻錯綜複雜的心情。

「你和我想像的不一樣，你，像花朵。」

她抿著嘴。

「正因為這樣，我才想解除婚約。」

透過小小的準星瞄準遠處的陶碗，她扣上扳機，這次飛出去的子彈也命中目標。

「在這天氣晴朗的日子，如花一般的今日，如花一般的你，請乘坐花轎奔向我來。」

愛信回到家，等待她的是熙星送來的一封書信和一頂華麗的花轎，在光榮酒店工作的桂丹親自來接她。她氣得說不出話來，連咸安大嬸將熙星送的花插在房間內都令她反感，正想把那盆花拿去丟掉。

她無法忍受再見到熙星那雙白皙的手、輕浮的笑容和亮晶晶的鞋尖，然而將書信與轎子退回，顯然他會每天這麼做，那麼只是折磨桂丹和轎夫而已。

「沒有花，你就作不出文章嗎？」

熙星坐在酒店的咖啡廳裡，怡然自得地喝著咖啡，仰頭看了一下愛信，回答道：「我本來就喜歡美麗而無用的事物，你能來我很高興。」

「為什麼要求在這種地方見面？」

自從見到愛信，熙星打算不再逃避婚姻，以及回避父母。但在街上遇到母親後，母親反而一直要趕他走，並且叫他不要出現在住家附近，母親看起來非常驚慌。雖然不知道其中緣故，總之他現在有家歸不得，不過住在酒店比在家自由舒適，因此樂意當個流浪漢。

拒絕開化的愛信似乎不喜歡這家酒店，看到愛信皺眉，熙星笑著回答，見到如花似玉的愛信，心情自然舒暢，可惜愛信並不像自己一樣開心，實在令人遺憾。

「難道我又犯錯了，還是你有千萬個討厭我的理由。」

「我正在思考該怎樣解除婚約。」

「別思考了，因為我喜歡你。」

愛信說話不會拐彎抹角，熙星則是非常油嘴滑舌。熙星對愛信一見鍾情，是出自真心的，但愛信將它視為開玩笑，不予接受並嗤之以鼻，說道：「事到如今你才這麼說。」

十年過去了，顯然昨天也對熙星說明過了。

「起初，我一心等待，但五年過後，幾乎每天聽到各種閒言閒語，爺爺非常為我擔憂，伯母則是開口大罵。」

「那你做了什麼？」

「我對你感到非常失望。」

熙星剛才想起滯留東京時，父母時不時就發電報催他快點回來，而不禁失笑。可是聽到愛信的回答後，表情變得嚴肅。

「雖然我們彼此從沒見過面，但家族之間的承諾也是你和我的承諾，一個男子不能信守和女人的承諾，那他還能守住什麼？」

愛信並不覺得熙星是個不負責任的人，但是原本對未曾謀面的男子所抱持的一絲期待，在十年的歲月裡已蕩然無存了。

「所以我就把你忘了，就像我忘了你一樣，心想你也會忘了我，過你自己的生活吧。」

「意思是你曾經想過我。」

「我的意思是你就繼續那樣生活吧。」

熙星嚴肅的表情緩和下來，愛信的話一點都沒錯，不管那個婚姻是怎麼訂的，畢竟逃避婚姻遠走高飛的人是自己，正因為這樣，他更想挽回自己的過錯。

「你覺得這樣好不好？將婚姻延期，反正我是個壞蛋，就讓我來當你的擋箭牌。」

愛開玩笑的男子是不是又在開玩笑呢，愛信帶著懷疑的神情問道：「你是……真心的？」

當然是真心的，但想到愛信對自己完全不信任，他苦笑了一下，說：「真心的，但有個交換條件，和我做個朋友怎麼樣？」

這時，愛信才終於釋懷，打算重新認識熙星。他似乎不是一個不可理喻的人，愛信靜靜地注視著他，而他輕輕地撫摸著每天精心梳理的鬍鬚。

「您來了，大人，需要給您拿鑰匙嗎？」

桂丹迎接剛走進酒店的客人，她的聲音非常嬌柔。宥鎮面無表情地走進來，剛好和轉過頭來的愛信四目相接，愛信突然起身對熙星說：「我該走了，聽說美國公使館在找我。」

愛信打算避開目前尷尬場面，藉機再和宥鎮說話。

「美國公使館為什麼找你……？」

「請好好享用你的咖啡。」

愛信丟下一句客套話，便朝著宥鎮走去，說道：「聽說公使館又在找我，我正要去，請帶路吧。」

兩人曾經一起瞞騙過別人，一起逃離現場，一起走到大街，所以愛信相信宥鎮會察言觀色帶她離開。果然宥鎮不辜負愛信的信任，二話不說馬上轉身。

熙星認為愛信和宥鎮是完全沒有交集的兩個人，但他也知道愛信看到宥鎮非常高興，能夠藉此逃離現場。如果這是他在東京逃避十年的懲罰，那麼自己也應當承受。

宥鎮依照愛信的指使溫順地在前面帶路，漫無目地的走著。愛信緊跟在後面，同時看著映照在商家大片落地窗的宥鎮側面，看著看著自然想起在晚霞染紅天空與河水的渡船上，當時宥鎮落寞的臉龐。她總是非常在意宥鎮的那份落寞，他的落寞是因為經常被自己識破才如此，還是他本來就是這樣的人，偶爾也會覺得，反正他是一個居心叵測的美國人，但她的腳步仍持續跟隨著宥鎮。

「我要帶路到什麼時候啊？」

聽到宥鎮頭也不回地問，愛信頓時回過神來，說道：「啊，請左轉。」

左邊的街上有一道長長的城牆伸展著，堅固的城牆環繞著整個漢城，在城牆上可以俯視城牆下現今變化中的漢城。宥鎮站立在城牆前面，這時才有種不知不覺來到這裡的感覺，又莫名地帶點憤怒的感覺。

「你說過全漢城沒有一個男人能將你留住，可是他居然能夠和你面對面坐著喝咖啡，看來你們還很談得來，他是你的同志嗎？」

宥鎮想到熙星流裡流氣的臉，似乎更加氣憤。

「是朋友。」

「你還會和男子交朋友？」

「我想嘗試看看，和那個男子當朋友是最好的關係。」

聽到朋友比聽到同志，讓他心情更加惡劣，他挑起一邊眉毛，心想到底那男子和愛信是什麼關係。就像熙星猜不透宥鎮和愛信的關係，同樣地宥鎮也摸不透熙星和愛信之間的關係，即使如此，宥鎮也不是可以對愛信追根究底的關係。

也許體會到宥鎮的心思，愛信指著宥鎮胸前掛著的名牌，說道：「我認得那個字，我進學堂學習了，E……還有……」

剛開始學而已，愛信的英文學習之路還很漫長，她為了讀出宥鎮的名字，眉頭緊皺，煞費苦心。宥鎮像是忘了剛才的盛怒，望著一直咿咿唔唔的愛信。

「看來你的名字都是用很後面的字母構成的，我只學到F。」

實話實說的愛信相當可愛，宥鎮笑了出來，傷了自尊的愛信生氣地說：「我也會說完整的英語句子……『委爾啊悠福隆？』（Where are you from ？）」

愛信準確發出每一個字的音，意思是「你從哪裡來的？」，那個問句讓宥鎮的思緒重返美國。

在美國生活的那段日子，總是聽到這句話，當對方這樣問他時，好長一段時間他都無法回答。起初是討厭自己脫離的朝鮮，後來是因為自己一直住在美國，就算持續住在那裡，人們依然經常問他從哪裡來。

「真搞不懂為什麼大家都要問這個……如果你已經利用完了，我是不是可以離開了？」

「啊，抱歉！」

看到宥鎮明顯地不高興，愛信便先道了歉，這次是宥鎮幫她忙，她算是欠他一份人情。宥鎮聽到愛信道歉，真的生氣了，狠狠地看著她說：「你這麼鄭重地道歉，感覺真的是在利用我。」

「啊……你就當作是償還上次我讓你搭船的人情吧。」

「由不得你決定，我還不打算償還，今天是你欠我一份人情。」

宥鎮冷淡地回答後，便邁開大步沿著城牆下去，一直走到愛信可能看不到他的背影時，才放慢腳步。明明是要朝酒店走去，但感覺又不確定要往何處去。

雖然令人生氣，愛信算是欠了他一次人情，但製造緣分這種事又很不像他的風格。他的情緒慢慢地緩和下來，想到依舊中飽私囊又卑鄙地活著的安平和他的夫人，還有在他們庇蔭下奢華生活的血脈，整個朝鮮只讓他感到憤怒與悲傷。然而在那裡卻有一個完全不同的人物，以及另一種感情。他短暫回頭，城牆已遠，街道忙亂。

他再次朝酒店走去。

也想往那方向走

東魅生悶氣生了好幾天，最後達到了七竅生煙的地步，因此服侍他的浪人們以及藝妓們都戰戰兢兢地察看他的臉色。他按捺住怒火走向日本公使館，深夜了，這股怒火似乎一觸即發，但又無處可發。就因為愛信的未婚夫來找愛信，這消息是從為了監視愛信，而安插在她家工作的下人那裡得來的。聽到這個消息，他差點沒斷氣，但愛信卻無動於衷，不，也許反而覺得他沒斷氣而感到遺憾，不管她對待別人如何，但至少對他來說，她是個無情無義的女人，即使如此，他還是想念她。

林公使的辦公室裡，理髮師正在修剪公使的鬍鬚，公使瞄了一眼東魅，馬上尋問文件的事，他急著要拿到羅根所持有的文件，因為那份文件牽扯上的利益非常龐大。東魅只是奉命行事，但此事件的確棘手，明明有那件文件，然而讓人疑惑地連個片紙隻字都找不到。

「死人不會說話，他的遺孀沒有特別的行動，依目前情況看來，該做的並不是去尋找那個東西，等候東西出現才是上策，如果真的那麼值錢，持有的人鐵定會去尋找買主，不是嗎？」

林公使神經質地甩開朝鮮人理髮師的手，說道：「因為著急才會這樣，明天李家就要到朝鮮了，你不要對他談及文件的事，也不要因為你也是朝鮮人就和他勾結。」

「你這話說的就真讓人失望，小的曾經有好長一段時間是日本人呢。」

聽到林公使的話，東魅掩飾自己的訕笑，想起李家，就是李莞翼，他是造成今日朝鮮軟弱無能的重要人物，為了自身的利益，即使將整個朝鮮拱手獻給日本也在所不惜，絕不會因為「同樣是朝鮮人」而互相勾結。如果他輕視我，即使我說我是朝鮮人，他照樣會厭惡我的，這一點反倒挺合適的。

東魅這次如果要和他合作，就僅僅是錢財的因素，他能成為林公使的心腹，也僅僅是金錢的關係。更有甚者，莞翼獨自將不屬於個人的國家出賣，也因此他掌握到比誰都龐大的財富與權力，也就是說，他能帶給東魅許多的利益。

天一亮，東魅率領手下來到濟物浦港，一些與日本搭上關係的有權有勢的人早已在碼頭恭候，朝著下船來的莞翼彎腰鞠躬。莞翼帶著高傲的神情，一瘸一拐地走過他們身邊。在辛未年與美軍戰鬥時，獵人的年幼兒子對著背棄朝鮮和朝鮮人的莞翼開了一槍，導致他終生行動不便。莞翼將手提箱交給站在後排的德文，接受東魅的招呼。

「能迎接大人物的光臨，小的感到十分的光榮，大人。」
莞翼發覺日本公使館和朝鮮朝廷沒有任何人出席，對他們輕視自己的態度，感到咬牙切齒。
「林公使在找的東西是什麼？」
莞翼省略旁枝細葉，一針見血地問。東魅暗自驚嘆莞翼的情報能力，的確是一個不可小看的人物，緊張地吞嚥了一下口水。
「聽說陛下在華俄銀行存了叫做預託證書的祕密資金，是真的嗎？」
這就是各國會積極尋找羅根持有文件的原因，朝鮮皇帝預存的祕密資金，對有些人來說，是重建國家的最後希望，但對另一些人而言，是併吞國家最好的藉口。東魅言不由衷地脫口說些莞翼愛聽的話：「若找到了，要不要通知您呢？大人，小的最近得了思鄉病，從今天起，小的就是朝鮮人了，大人。」
「看來刀法一流的傳聞，原來都是虛傳的，反而你的腦袋才是一流的呢。」
「耍刀的人只會耍刀，大人，火車站在這邊。」
「什麼？這麼快鐵路就完工了？」
朝鮮的皇帝提防背後有日本當靠山的莞翼，會在朝鮮大肆擴張勢力，因此將他派遣到日本。莞翼看著周遭的變化，一拐一拐走向火車站，甚至從他行動不便的步伐都透著一種倔強與硬朗。貼在牆上的海報被海風吹得噼哩啪啦響，破損的海報裡是某人的畫像。
莞翼撕下那張海報，揉成一團，然後放進懷裡。站在身後的東魅默默地記住海報裡女人的容貌。
抵達火車站，站內停著一列正要出發的火車。莞翼突然問東魅：「聽說漢城新開了一家酒店。」
「那是新式建築，蓋得很漂亮，所以每天都生意興隆，您要入住那裡嗎？」
「我會因為想住個幾天才問你這個嗎？好的東西，當然就要得到它。」

莞翼露出貪婪的眼神。

美國公使館建築物前面，日軍排成一列魚貫走進去，每當穿著軍靴的腳踩踏地面時就會發出極大的響聲。附近的朝鮮人驚恐地閃到外面去，預感肯定會發生什麼事的不安，讓行人們瑟瑟發抖。

在公使館前面站崗的兩名美軍看到突然闖入的日軍，急速向館內報告狀況，裡面的美軍迅速出列，全副武裝的美軍整裝隊伍和日軍對峙，站在日軍隊伍前面的是暴跳如雷的津田。

宥鎮站在辦公室窗戶邊俯視，發現到津田後，皺起眉頭，突然找上門，其原因不問可知。這時，一名少年急匆匆地跑進辦公室，那是得到宥鎮的相助之後，一直徘徊在美國公使館的道美，他翻牆進來，說道：「現在公使館外面，日本鬼子們……」

氣喘吁吁去打聽情況的道美眼眶泛紅，然後哇哇大哭，低著頭說：「都是我，大人……真的很抱歉，都是我害的，因為我太軟弱無能，大人才幫我的……」

「不是你軟弱無能，而是朝鮮軟弱無能。」

宥鎮低頭看著哭泣著的道美頭頂，道美用衣袖擦拭眼淚。

「美國是強國，不會輸給日本的，我的祖國會保護我的。」

「那是什麼意思？」

「雖然很難聽得懂，我的意思是你不要哭。」

宥鎮用低沉又和藹的聲音安慰道美。

隨後宥鎮咯噔咯噔地走到充滿著緊張感的軍人隊伍去，這時站在前面的津田睜大眼睛。凱爾感到為難地回頭看著宥鎮，說道：「他們好像是來抓你的。」

津田在巷子裡被打得落花流水之後，想到宥鎮就恨得牙癢癢的，突然想起在火車站身穿美國軍服走進來的軍人當中，宥鎮也是其中之一。一旦知道宥鎮是美軍，盛怒的津田事不遲疑便帶著武器率領日軍過來，連山田也阻止不了他。

「他真的是美軍，現在怎麼辦？」

山田擔心地問，因為沒有向上級報告，直接挑釁美軍是極其危險的行為。但津田怒火攻心不管三七二十一，叫他帶來的朝鮮人翻譯官炯奇傳話：「美軍傷害了我們大日本帝國的皇軍，我們認為這是對日本的挑釁，因此要揪出加害者後興師問罪。」

炯奇將日語翻譯成朝鮮話，冠秀再將朝鮮話翻成英語給宥鎮和凱爾聽。宥鎮從容地背著手用英語回答。兩位翻譯官費心地把宥鎮輕描淡寫說的話，整理成帶有遺憾意味的話。但津田看到宥鎮的態度，便暴跳如雷地說：「遺憾？少囉嗦，中間那傢伙！我要馬上把他抓出來拷問，叫他少廢話，乖乖跟我們走！」

「嗯，現在，馬上跟他們走，去接受調查，你認為怎樣？」

炯奇發抖地翻譯津田的話。冠秀和炯奇夾在雙方之間，立場很是為難。儘管這樣，凱爾笑了，一副有本事就來抓看看的態度。津田看到他笑，更是火冒三丈，大發雷霆地高舉槍枝，於是後面的日軍們同時將槍上膛。美軍也輸人不輸陣將槍上膛後，隨即對準日軍。頃刻間氣氛更加緊張，日方的翻譯官和冠秀呼吸都快停止，現在是無路可退的一觸即發狀況。宥鎮稍微嘆了一口氣，然後走到隊伍的前面說道：「津田下士，山田下士。」

那兩個人聽到宥鎮說日語，已經很驚訝了，又聽到喊他們的名字，更是驚愕到極點。

「美國公使館什麼情報都有，所以接下來我要說的話，你們可要仔細聽。不知兩位知不知道，剛才你們向美國宣戰了，對吧？」

看到心平氣和問話的宥鎮，津田和山田的表情僵住了，來找碴，又先舉槍的一方明顯是日軍。
「不需要瞄準射擊，只要對空鳴槍一次，就是開戰，你要先開槍嗎？或是由我來先開一槍？」
即使津田像瘋狗一樣橫衝直撞，意氣用事，但一聽到要和美國宣戰，彷彿潑了一身冷水，馬上清醒過來，窮途末路的津田氣在心裡，直盯著宥鎮看。山田大聲命令身後的士兵：「現在全體人員立即返回公使館，出發！」
察覺苗頭不對，日軍們慌慌張張地從美國公使館撤走。
「他們撤退了，你贏了吧？」
「溫言在口，大棒在手。」
因為是美國人才有可能取得的勝利，宥鎮望著津田和日軍背影，回答凱爾的提問。
「現在只要找到槍枝，就能天下太平了。」
宥鎮聽到凱爾挖苦自己沒有盡力調查槍枝的話，不好意思地皺了一下鼻子。

騷動過後，宥鎮坐在辦公室，憂愁滿面地思考。要偷走槍枝並不容易，而且明顯事態會擴大，因此拿走美軍槍枝的人不是竊賊的機率相當高。
愛信也是用槍的人，雖然看起來不像是她偷走的，但有可能是和她有關聯的人，因為需要槍械的組織也包括義兵在內，同時又想起她在陶窯址對殷山轉達一位叫做「莊獵人」的請安。他的腦海複雜起來，要不要繼續追查槍枝，當然應該這麼做，但自己卻在猶豫，他對於自己的這種態度感到陌生，同時無可否認地他是為愛信擔憂。
冠秀開門進來，遞給宥鎮一張紙，他為槍枝遺失事件傷透腦筋的宥鎮分憂解勞，那是他親自調查而得的結果，並說道：「不管用來做什麼，只有懂得用槍的人才會知道那把槍的去向，不是嗎？因此，和槍械關係最密切的人，也就是獵人，我找出了他們的名單。」

宥鎮木然地假裝看著資料問道：「這名單裡面也有一位叫做莊獵人的嗎？」

「您怎麼會知道？啊，原來大人也有同樣的想法啊？」

聽到冠秀高興地問，宥鎮的煩惱加深了，情況已不容許繼續逃避推托。

宥鎮在莊獵人住的茅屋前面等候他，然而，出現在茅屋的人並不是莊獵人，而是愛信。愛信穿著粗布練習服，頭髮往上盤，剛練習完射擊回到茅屋。

「看來你不歡迎我。」

愛信聽到宥鎮的話，警戒地回答：「閣下來這裡有什麼事？」

「槍枝遺失了，因此先尋訪和槍械有關的人，獵人是第一順位。不過，比起我在這裡，一位名門望族的千金小姐來到深山中，才更令人感到奇怪吧。」

宥鎮很容易猜出愛信和莊獵人的關係，莊獵人是愛信樂於見面的「同志」之一，更加確定槍枝是那位名叫「莊獵人」的人偷走的。

「沒有什麼好奇怪的，因為爺爺說他想吃山豬肉……」

宥鎮看著愛信手上的槍取笑地問：「看來你想親自打獵的樣子。」

「說不定，我現在就能打到。」

愛信立即上膛代替回答，並問道：「你在調查我師父嗎？還是在調查我呢？」

「要是那樣，我就不會一個人來了，你應該也知道，我一聲令下，許多持槍的軍人便進駐朝鮮這塊土地上。」

那件事，不論什麼時候聽到，愛信都氣得咬牙切齒。堅定地透過準星望著宥鎮，這個依然令她混淆的人，是要當友軍，還是敵軍，她認為應該介於兩者之間，但又無法隨意略過，因為這攸關生死，不單單是她個人的生死。因此，她問道：「那麼，為什麼來這裡？」

「起初是出於好奇，然後袖手旁觀，現在是來善後的。」

「什麼意思？說清楚點。」

「在回朝鮮的路上我思考過了，來到朝鮮什麼都不要做，因為不論我做了什麼，都將會使朝鮮走向滅亡。」

因為宥鎮只開了一槍，美國的軍隊便進駐朝鮮。

「你已經做了。」

「我只做了那個。」

聽到宥鎮果斷的回答，愛信皺著眉問：「要是如閣下所說，當時我應該被抓走才對。」

「所以我才來這裡，當時應該那麼做的，但我產生了好奇，究竟是朝鮮變了，還是我見到的女子太奇特。」

宥鎮深不可測的眼神和聲音讓愛信動搖。

「因此沒有將你逮捕，而是袖手旁觀，不去尋找槍枝以示袒護，而現在就是在處理這個善後。短期內還是過你的小姐生活吧，而且別再來這裡了，今天我獨自前來，但下次來的會是一群美軍，這回答你滿意了嗎？」

這個不願當她的同志的男子。

即使如此，宥鎮也不是她的敵人。明明「已經做了」，因為不久前聽咸安大嬸說，宥鎮從日軍手中救出朝鮮人姊弟。她放下瞄準宥鎮的槍，問道：「那麼，那件事又是怎麼回事？你幫朝鮮女孩那件事，聽說你和日本軍人打架了。」

「因為我會打贏。」

「但是剛才我舉槍指著你時，你縮了一下，我都看到了。」

「因為我覺得自己會輸。」

簡單又明瞭的答案，愛信看著宥鎮問道：「你往哪個方向邊走？」

「……」

「我也想往那方向走。」

面對面站著的兩人四目相接，她問往哪邊走，但他無法立即答覆，也許是和她同一個方向。

一會兒之後，愛信換好衣服出來，和宥鎮一起下山，兩人之間一片沉寂，卻不尷尬，不時踩到樹枝發出的聲音劃破了沉寂。為了輔佐愛信而同行的咸安大嬸和行廊大叔在他們兩人後面遠遠地跟著。

「為什麼要做那個？」

「你指的是什麼？」

「拯救朝鮮那件事。」

往前走的愛信停下腳步，回答：「朝鮮是個有五百年歷史的國家，這五百年來，歷經了胡亂、倭亂……等無數的戰亂，每當戰亂總會有人拋頭顱灑熱血保衛這個國家。」

平常總是沉著的愛信臉上流露出激動的神情，宥鎮眨了一下眼睛後，注視著愛信。

「這樣的朝鮮正在逐漸被撕裂當中，剛開始是中國，接著是俄羅斯，現在是日本，而如今連美國也加入了，國家都這副模樣了，總得有人挺身而出吧？」

宥鎮眼睛垂下來，看著愛信沾上泥土的綢緞鞋尖，當他抬頭時，愛信正目不轉睛盯著他看，那雙眼睛無比烏黑。想起凱爾的疑惑，朝鮮的女人如何用那黑眼珠分辨顏色。她們用黑亮的眼睛不只是辨別顏色，也在看著許許多多的事物，不看就用做的。

「我想問的是，那個人為什麼是你？」

「為什麼不能是我？」

宥鎮啞口無言，如果愛信有某種不看便做的理由，那才是令人擔心的事。

「難道你在擔心我？」

「我在擔心我自己。」

意外的答覆，而且宥鎮回答時目光灼熱，使得連從來不會回避的愛信都稍稍後退，以遠離這灼熱的溫度，同時望向遠方，樹枝上的小鳥們正飛往天空，她說：「看來明天會下雨，因為鳥兒們飛得低低的。」

宥鎮望了一陣鳥兒振翅飛翔後，又出神地看著愛信。

彩球糖

雨水濡溼了地面，行人的腳步加快了，雨滴敲打著建築物的窗戶。東魅抵達紙店，悄悄遞給了老闆一張字條，上面用日語寫著小螢託他買的物品，紙店老闆看了之後便暫時離開張羅去了。

在等待時，他望著窗外下著雨的天空，嘴裡咬著彩球糖，那個甜味正是讓愛信展露微笑的味道，他用舌頭將糖果輕輕往嘴裡面推，頓時一邊臉頰鼓了起來。正在咬著糖果玩得興起時，突然表情嚴肅起來，因為愛信的轎子抵達了紙店門口。

愛信低著頭走到屋簷下避雨，正當她要跨越門檻時，腳步倏地停了下來。東魅將含在嘴裡的糖果不雅地吐了出來，彷彿自己咬著甜滋滋的糖果回想愛信的心思被識破似的。

紙店老闆出來和愛信打招呼。同樣地，愛信也是遞給老闆一張寫好的購物清單。紙店老闆接過清單，轉身去準備物品後，愛信和東魅之間充滿著尷尬的氣氛，連雨聲都掩蓋不住兩人緊張的呼吸聲。

「雨怎麼下得這麼……天啊！」

咸安大嬸站在門檻抖著披風上的雨水，因此晚一點走進來，但一看到東魅，驚訝地叫了出來。為了避開東魅，咸安大嬸往反方向走去，但不小心腳撞到裝有細毛筆的木質筆筒和堆著筆記本的架子，於是筆筒被打翻，毛筆全掉落下來。

「唉呀，這些怎麼倒下來了？」

咸安大嬸慌張地想將那些筆和筆記本放回原位，但越收拾越凌亂。

「這裡我來收拾，你去叫老闆來吧，看來得賠償人家了。」

聽到愛信沉著地說，咸安大嬸難為情地跑去叫老闆。

再度只剩下東魅和愛信兩人，東魅用腳尖撥動毛筆，將它們聚攏在一處。愛信靜靜地看著東魅的行動之後，趕忙蹲下來，開始收拾胡亂堆在一起的毛筆和筆記本。她的裙子下襬散開來，攤開的裙襬寬大得幾乎碰觸到東魅的指尖。

東魅撿拾毛筆放回筆筒的手，不自覺地在愛信的裙襬前面停了下來。每當愛信撿起筆記本而移動身子時，紅色的裙襬便滑過他的指尖。小時候，曾用她的裙襬擦拭過自己的鮮血，這隻已經被刀砍過不下數十次而傷痕累累的手，現在卻有如被利刃劃過般的灼熱、刺痛。

愛信習慣性地整理裙襬，突然看到東魅的手，驚愕萬分。雖然只是手碰了一下，但她的表情彷彿東魅要掀開她的裙子，東魅灼熱的指尖刺痛著。

愛信迅速提起自己的裙子，然而寬大的裙襬依然平鋪著，並沒有往愛信身體靠攏過來。這時東魅緊緊揪住裙襬，似乎不放手。

「你在做什麼？」

「什麼都沒做，只是……待在這裡，小姐。」

像轎子內的孩子，像在雨中漫步的瘋子，東魅溼潤的眼睛不知不覺變得無神，問道：「您知道我為什麼回來朝鮮嗎？」

愛信沒有答覆，但表情裡帶著一抹不安。東魅記得母親遭受投擲石頭那天，愛信從轎子內凝視著他的那雙黑亮的眼睛、對他伸出的援手、以及拒絕他的手，他全都記得。

「僅僅那麼一次，就因為那片刻。」

「……」

「即使轉身一百次，最終只有這條路可走，小姐。」

東魅痛苦地對愛信表達出拙劣的告白後，鬆開了揪住裙襬的手，站立起來往門外走去，沿路淋著雨。愛信僵在原地，無法站起來。

東魅回到家裡拍拍淋在肩上的雨水，這時才想起來沒有帶回購買的物品，但已發現得太晚了。小螢看到他空手而回，生氣地瞪著他，然後用手指在他的手掌上寫了一個「石」字，他看了一語不發，只是苦笑。半晌之後才說：「說我笨腦筋？我才不笨呢。」

小螢也知道東魅那位小姐，即使他極力掩飾，也會不自覺地流露出悲傷的神情，那時肯定是想起那位小姐。小螢輕輕打了一下轉過身的東魅背部，挨了一記小螢不痛不癢的搥打，他愣愣地站著。

「……很痛。」

他無精打采地喃喃自語，隨後看著地上。從他長長垂下來的頭髮滴下水來，在地板上形成一個小水窪，與其說水窪裡的水是雨水，不如說是東魅的淚水來得更恰當。那天晚上，愛信將被東魅的手抓過的絲綢裙子燒掉了，但被火燒的似乎不只是裙子。

誠如愛信所說，鳥兒低飛會下雨，果真下起雨來了。宥鎮站立在窗戶邊傾聽雨聲，落在屋簷下的雨絲，使得窗外看起來朦朦朧朧的。在冠秀的引領下，一位衣衫襤褸的男子走進公使館的院子。宥鎮目不轉睛地看著，當看清那男子時，他的手微微發抖。

那男子是以前那些用腳踹踢被捲在草蓆內的父親的壯丁之一，安平沒有忘記宥鎮的警告，派了壯丁過來。壯丁一邊走，一邊左右張望，當看到來來往往的美軍時，便一副畏縮的模樣。這位將年幼的宥鎮摔倒在地的男子，當時像一座高山，如今一看，只不過是一個穿著寒酸、彎腰駝背的老人。

「你……你就是宥鎮？」

壯丁看到宥鎮，便結結巴巴地問，宥鎮強忍住苦笑。

「有多久沒見了？……怎會長這麼大了……居然會在這裡……」

「所以見到我你很高興嗎？」

聽到比雨絲還要冰冷的喝斥，壯丁住口了。

「只說重點，在哪裡？你把我的父母丟棄在哪裡？」

「我也知道你會怨恨我，但當時社會全都是那樣的……」

「我叫你只說重點。」

「……我記得是丟在江華島的某一座後山……可是已經過那麼久了，正確的位置……」

看著壯丁支支吾吾的樣子，宥鎮的臉上浮現出一絲怒氣，說道：「你必須記起正確的位置，如果想活命的話。」

否則馬上就要他的老命，宥鎮威脅不停發抖的壯丁。

第二天，宥鎮叫壯丁帶路前往江華島，壯丁在前面走，他騎著馬緊跟在後面。到了半山腰，放眼望去到處是墳墓，這片墓地氣氛非常陰森，但想到那些往生者，又覺得非常悽楚。一位男子繞著各個墳塚，潑灑米酒，那是勝具。

「如果還有剩的酒，可以分我一、兩杯嗎？因為太匆忙，就空手來了。」

宥鎮下馬，詢問勝具。

「酒錢可到駐朝鮮美國公使館來……」

宥鎮的話還沒說完，勝具便將酒瓶遞給他。

宥鎮拿著酒瓶，和壯丁繼續尋找自己父母的墳墓。因為前一天下雨，被雨水沖刷的墳墓群好像動物的墳場一般的鬆軟，到處積水。經過那些墳塚，他的內心像被掏空似的。

「應該是在這附近的……」

壯丁一面看著宥鎮的臉色，一面察看那些墳塚。

「明明是這山谷的，但正確的位置……畢竟經過三十年了。」

「也就是說三十年……你一次都沒來看過，你應該記住的，既然當時那樣把人打死，就應該將他們好好安葬！快想起來！你必須馬上想起來！」

宥鎮緊盯著一直在附近徘徊的壯丁，終於按捺不住猛抓著壯丁的領口搖晃著，內心混雜著濃烈的粗暴感情，眼裡布滿血絲。

「對不起，我求你了，我必須看主人的臉色，怎敢來這裡呢？雖然律法上已經廢止了，但是賤民終究是賤民，生下來是奴僕便永遠是奴僕啊，求你……原諒我一次，宥鎮啊，我求求你？」

看到壯丁雙手合掌求饒，宥鎮無力地放下抓著壯丁衣領的手。壯丁得到喘息的機會便咳個不停，模樣猥瑣又庸俗，然而宥鎮的父母連那猥瑣又庸俗的人生也被奪走了。無法再活過來的兩個人，一個被打死，一個投井自盡，當時認為沒有比那樣的死亡更悽慘的了，誰知死後還是那麼悲慘。

宥鎮跪下來，癱軟無力地坐在地上，長年鬱積在內心的東西順著喉嚨沖上來，他嚎啕大哭。

日落西山，暮色籠罩著墓地。不知是否為了緬懷橫躺在墳墓裡的亡者，勝具依舊坐在墓塚旁邊，將菸草裝在菸斗裡，抬頭看到無聲無息走過來的宥鎮，問道：「你是來找誰？那個山谷是……」

「沒錯，我母親和我父親生前都是奴僕。」

宥鎮眺望的是奴僕合葬的墓塚，因為父母是奴僕，他當然也是奴僕。勝具想起剛才宥鎮說，來美國公使館找我，感到很訝異，因為世界再怎麼改變，以他的身分來看，那一身穿著未免太光鮮亮麗。

「為什麼這樣看我？奴僕的孩子看起來太過體面了嗎？」

「……所以我正在想是不是應該去向你拿酒錢。」

「來吧。」

宥鎮聽到勝具率直的回答，微微笑了一下，宥鎮遙望遠方的臉上立即流露出一絲落寞。來到這座山裡的人，又有幾個是沒有心酸故事的，即使如此，勝具還是想知道宥鎮的故事。

宥鎮一回到酒店，陽花便交給他三〇四號房的鑰匙和一封書信，信封上寫著「From Joseph to Eugene」（約瑟夫寄給宥鎮），是約瑟夫寄來的書信，宥鎮高興地當場撕開信封。

我從公使館那邊聽到你來朝鮮的消息，目前我人在咸鏡道。
雖然不確定什麼時候會去漢城，但我會儘快過去。
高貴且偉大的人啊，歡迎回到朝鮮，你的存在足以證明有上帝的存在。

宥鎮往下讀著書信，內心因為充滿著無法言喻的思念而激動不已。約瑟夫知道宥鎮的名字後，幫他在美國取一個發音相同的好名字，是Eugene，意思是高貴且偉大的人，對無親無故的宥鎮來說，將他帶到美國的約瑟夫自然而然成了他的家人。

「我想念你，宥鎮。願上帝永遠與你同在。」

讀完最後一行，宥鎮感動莫名，微微一笑，然後將信紙摺疊起來。陽花在一旁看著宥鎮，露出一個讓人心神盪漾的微笑，說道：「看來是個好消息。」

「是我期待已久的消息。」

「原來你收到期待已久的消息，也會展露笑容啊，因為看你平常都不苟言笑的。」

聽到陽花的話，宥鎮回想自己回到朝鮮後，什麼時候笑了？但幾乎都是在看到愛信的怪異、冒失、可愛時才會笑，想到這個自己都覺得有點難堪。陽花似乎看穿了宥鎮專心在回想，而流露出詭異的眼神，宥鎮將書信摺疊好之後收起來，問道：「還有其他要轉告的話嗎？」

「那倒是沒有，不過來到光榮酒店的那些有權有勢的男人，全都對你感到好奇，畢竟你是黑髮的美國人，而且又是一名軍人。」

「幫那些有權有勢的男人打探他們感到好奇的情報，也是老闆該做的事嗎？」

「我向你詢問的，全都是以女人的身分問的。」

穿著天鵝絨洋裝的陽花笑得很嫵媚，看到宥鎮露出嚴肅的表情，她便老練地反問：「在我們酒店住得還舒適嗎？這是以老闆的身分問的。」

「沒有什麼不滿意。」

「聽說你的房間被人翻過了。」

「沒有遺失任何東西。」

「那算是不幸中的大幸，但通常沒有遺失東西，肯定是被人發現了什麼。」

陽花的附加說明，很耐人尋味。宥鎮立即上樓回自己的房間，留心地環視房內。老舊的手提箱和衣櫥內的幾件軍服、軍鞋、皮鞋，以及從美國帶過來的幾本書和簡便的行李，就這些而已。除此之外，在紐約街上買的音樂盒也放在原位，雜亂的行李當中，有一件配飾閃閃發亮，那是當年母親丟給他的配飾。

他拿起配飾，如果有被搜查房間的人發現什麼的話，那可能是自己的過去。

「律法上已經廢除了，但賤民終究是賤民，生下來是奴僕便永遠是奴僕。」

朝鮮人依然被出生和身分束縛著，然而，如陽花所說，他是美國人又是軍人，即使以前是奴僕的兒子，事到如今沒有人能隨意對待他。但是，他又想到愛信說過，沒有一個男人膽敢把她攔在路上，就變得悶悶不樂，如果愛信知道他是奴僕出身，會是怎麼的表情，光是想像情緒就變得低落，甚至原本從陽台照亮房內的月亮，今天都被雲層遮住而暗淡無光。

到公使館上班的宥鎮，除了尋找遺失的槍枝之外，又多了一項任務。

「我要護送那位夫人？」

是一項令他反感的任務，他面帶荒謬的神情望著站在院子裡的羅根夫人，秀美背著剛出生不久的嬰兒站在夫人旁邊。

「聽說她的房子被賣掉，今天得去簽約，保護我國國民是我們的職責，有什麼問題嗎？」

看到凱爾裝蒜，宥鎮不高興地走出辦公室。

走到院子，羅根夫人似乎片刻都等不得，神經質地走來走去。秀美背著的嬰兒一哭，夫人的神經更加敏感，秀美不知所措地安撫著嬰兒，然而嬰兒可能有些發燒，反而哭得更大聲，最後夫人打了秀美的後腦勺，說：「你要讓孩子哭到什麼時候！哦？你這個沒用的朝鮮丫頭！」

「對不起……對不起……」

秀美連揉一揉灼熱後腦勺的餘暇都沒有，低著頭不斷拍著嬰兒的背。

「泰勒夫人，不能對朝鮮人使用暴力。」

宥鎮看到那情景便警告夫人，但夫人卻當面嘲笑宥鎮，說：「你是說這個奴婢丫頭？」

「她不是奴婢，而是勞動者。」
「因為你和她同樣是朝鮮人，才會袒護她的吧？」
「我與你同樣是美國人，才請你保持體面。」
對夫人來說，朝鮮只是一個粗俗又愚魯的國家，朝鮮人既骯髒又卑賤，況且這些朝鮮人甚至將自己的丈夫逼向死亡，簡直不可饒恕。宥鎮對發怒的夫人嘆了一口氣，便轉過頭去。不知是幸，還是不幸，正好來接夫人的人力車到達了。
和夫人一起來到的地方是她的家，也就是羅根的家，這時宥鎮才理解為什麼夫人需要護衛。因為要尋找羅根持有的文件，想將羅根的家剷平的莞翼身邊有東魅守衛著，連莞翼都覺得長得像朝鮮人、但身穿美國軍服的宥鎮極為稀奇。
在東魅那群浪人和宥鎮率領的美軍彼此正面對峙的氣氛下，泰勒夫人和莞翼進行簽約。夫人打算用賣掉房子的那筆錢返回美國，宛如想儘快脫離朝鮮這塊土地，夫人簽字的手移動得極其快速。
簽約手續完成，其他人都離去的空屋裡，東魅和宥鎮兩人單獨留了下來。
「你一直在找的東西，找到了嗎？」
「房子這麼大，要不要一起找呢？大人，雖然東西好像不在這裡。」
聽到宥鎮試探性的詢問，東魅從容地回答。
「要是那樣，又何必多此一舉。重要的是，不論那是什麼東西，我根本就沒興趣。」
就在東魅和宥鎮交會著打探彼此的眼神時，一名浪人走過來悄悄地對東魅說：「那個叫金熙星的人目前住在光榮酒店。」

東魅聽到金熙星這個名字，立即凶惡地瞪大眼睛，那是愛信的未婚夫。東魅就像一個到處尋找新主人來服侍的生意人，頃刻間改變表情對宥鎮道別：「我忘了已經有約在先，那麼，請保重身體，大人。」

「怎麼每次都那麼關照我保重身體。」

正要離去的東魅笑了出來，說：「應該討厭你才是，竟然會喜歡你，真是傷腦筋。」

東魅故意說給宥鎮聽，然後快步離開。

結果，宥鎮和東魅在光榮酒店門口又碰面了，正當他們兩人排斥這種不是令人期待的偶遇而走進大廳時，有人大叫：「哦！這不是三〇四號先生嗎？」

看到宥鎮，高興地大叫的人是熙星，他將香菸盒放進洋服口袋，開心地迎接宥鎮，陽花就站在熙星的旁邊。

「原來今天和朋友相聚啊，幸會，我是金熙星，住在三〇四號隔壁。」

令人無法招架的親和力，宥鎮皺眉，而東魅靜靜地握住配在腰邊的長刀。

「原來是這小子。」

東魅凝視著身穿褐色洋服嘻皮笑臉的熙星，一直好奇愛信的未婚夫是怎樣的人，可能的話，真想砍了那個素未謀面的人。並不是貪求他的名聲，因為那是自己永遠無法得到的地位，只不過渴望得到愛信的歡心，但生為屠夫的兒子，想貪求的東西似乎太多了。

熙星看到東魅默不作聲，然後看了一眼他的穿著後，似乎嚇了一跳，趕忙把手縮回去，問道：「是日本人嗎？」

「他會說朝鮮話，打個招呼吧，這位大人是愛信小姐的未婚夫。」

陽花出面向東魅介紹。

「愛信小姐的未婚夫。」

她卻對我說是她的朋友，原來是未婚夫，宥鎮的手伸向手槍位置，這是男人遇到敵人時本能的動作。熙星並不知道刀和槍都有可能同時舉向自己，還在難為情地笑著說：「在朝鮮這樣介紹還真是方便，啊，話說回來，前幾天我才知道，你經常叫我的未婚妻去公使館，到底是有什麼事啊？」

東魅的視線立刻轉向宥鎮，三個男人的視線因為不在場的愛信暗中糾纏在一起。身穿紅禮服的陽花穿插進來，說：「如果要亮出佩戴在腰際的武器，可不可以請你們出去再拿？」

這時，東魅和宥鎮兩人才如夢初醒，悄悄地放下手來。

「哦……兩人的關係這麼不好嗎？就算這樣，朋友之間吵架也不應該亮出武器啊，別這樣，能見面也是一種緣分嘛，我們三個一起喝杯……」

「我不喝酒。」

宥鎮鎮定下來，馬上轉身向樓梯走去。雖然有些尷尬，熙星也詢問留在原地的東魅。但東魅上下打量著似乎少根筋的熙星，回答：「我今天若喝了酒，說不定會殺了某個人，啊……還是兩個人呢？」

東魅注視著上樓的宥鎮背影直到消失不見，然後轉身走出酒店。一頭霧水的熙星再次和陽花留了下來，他自我解釋為，那兩位男人的感情隔閡似乎相當深。

進行吧，LOVE

「所以說，有個美軍來茅屋找我了，而你的未婚夫去找你了？」

餐桌上突然端上來一碗人參雞湯，勝具用湯匙攪拌雞湯的湯汁。愛信和勝具為了避開別人的注意，來到洪波的客棧，坐在不同的房間，隔著一道虛掩的拉門，愛信低頭悶悶不樂地坐著，回答道：「是的，所以暫時最好別去茅屋。」

「我可以暫時不去，但你如果成了親，要過來就很難了。」

愛信緊抓住放在膝蓋上的手，搖著頭說：「我不要，那樣的話我會活不下去。」

「那你又能怎樣？那也是兩家族的約定。」

「我會逃跑的，不管去英國、法國還是德國都好，即使身在朝鮮之外，也一定有辦法幫助朝鮮的。」

這是她自訂婚以來，一直考慮的事情，所以勝具聽到愛信的回答也不以為意，他非常了解愛信固執的脾氣，因此並不感到驚訝，說道：「是啊，我明白你的意思，但先去近一點的地方吧。」

「哪裡？」

「美國公使館。」

砰的一聲，勝具從門縫伸進一枝又長又重的東西，說：「這是偷來的槍，應該拿回去還，我們不是盜賊。」

「你說我們？師父，偷東西的人是師父，為什麼是我拿去還？」

「因為你曾說，會永遠和我站在同一陣線。」

看到勝具一副厚臉皮的樣子，愛信感到哭笑不得，但這也是她必須接受的任務。

為了執行任務，幾天後，愛信久違地變裝了，蒙著臉只露出眼睛無聲無息地走進罕見人跡的巷子，希望黑暗能將自己掩藏得很好。她腳踩在屋頂上，俯視著對面的美國公使館建築。正門方向，有幾位美軍站崗，如正面突破很有可能被發現，但後門不見得比較有利，因為後門緊鄰美軍宿舍，萬一被發現，要處理的人員反而更多。她仔細觀察後，視線停留在一個地方，那裡的圍牆比其他地方來得低矮，翻過那一道牆便是宥鎮的辦公室，於是輕踩屋頂跑了過去。

潛入辦公室將槍枝放下便轉身離開，現在只要安全回去就大功告成。她用輕巧的身手翻越外牆，然後輕輕著地，很得意地抬頭，卻看到兩個人的腳尖。

「是的，我也是那樣，從這裡翻過去，再翻回來，可是，這位是誰呀……？」

道美指著愛信對宥鎮說明，突然訝異地自言自語。

愛信無法站起來持續蹲著，但是宥鎮一眼就認出這位變裝翻牆的人是愛信，於是他將手搭在偏著頭的道美肩膀上，說道：「恭喜你，你剛剛被公使館錄用了，假日休息，你就從後天開始來上班吧。」

道美喜出望外地問道：「真的嗎？」

「是真的，但說話小聲點，而且你現在看到的絕對要保密。」

「是的，大人，我什麼都沒看到。」

明明看到愛信，但道美認為凡是宥鎮說的話都是對的，因此全盤接受了。那麼後天見，與宥鎮道別之後，在回家的路上，道美的步履無比輕盈。道美離開了，但愛信依然動彈不得。偏偏是宥鎮，事到如今，逃跑也無濟於事，但也算幸運，偏偏發現她的人是宥鎮。

宥鎮搶先一步在正想起身的愛信身邊屈膝蹲了下來，他的臉湊近愛信，近到令人呼吸急促。愛信還來不及驚愕，他已將愛信面罩「嗖」地扯了下來。

「你這是……」

「噓！聽到走過來的腳步聲，我們走吧，自然一點。」

宥鎮低聲耳語，然後抓著愛信的手，將她扶起來，宛如拖著她走。如果看背影，只是很平常的兩個男人走路的樣子，後面那群人從他們兩人身旁走過去。

「對了，聽說你的未婚夫回來了，我以為你們只是朋友，他長得很帥，那麼，會馬上成親嗎……？我很好奇。」

好像和好朋友閒話家常的語氣，兩人繞著圍牆走到街上，愛信突然停下來，身後已經沒有別人了。

「我們已走得很遠了。」

「我是認真的。」

「你指的是什麼？」

「我的意思是，我真的是出於好奇才問的。」

宥鎮好奇到夜裡失眠，但愛信應該不知道這個。也許是想避開未婚夫的話題，愛信沒有回答，卻說：「同伴正在等我，我該走了，很晚了，他們會為我擔心。」

「你是翻越公使館外牆的現行犯耶，居然還這麼厚臉皮。」

消除緊張之後，愛信噗嗤笑了出來，又欠了宥鎮一次人情。但宥鎮不知是否打算再讓她欠人情，擋在她的前面說：「我送你回去，一個人行走很危險。」

「一起走可能更引人注目。」

「所以，朝鮮最安全的地方是我的身邊，因為引人注目的應該是我。」

宥鎮先走，愛信望了一會宥鎮寬厚的背影，然後豎起風衣領子，儘量遮掩住臉部跟在宥鎮後面。兩人就這樣並肩走在寂靜的路上，偶爾會有行人交談的聲音、人力車經過時發出咯噠咯噠的聲音混雜在兩人之間。

讓愛信覺得可笑的是，剛才還蒙面翻牆，現在的心情卻異常平靜，也許是因為配合著站在自己身旁男子的步伐而走，才讓她有那種感覺。

在朝鮮這塊土地上，是美國人又是軍人的宥鎮和自己並肩同行，往後這種機會，會有多少呢？應該是沒有了。這些想法如浪濤般湧上來，破壞了她的平靜，浪濤退去之後，只留下惆悵。愛信腳步停頓，對宥鎮說：

「有一件事我很好奇。」

宥鎮凝視著愛信，和愛信同行的這段時間對他來說，也是一個無法言喻的慰藉。在朝鮮有一個並肩同行的人，那種感覺就像看著約瑟夫寄來的書信時一樣的激動。宥鎮想起要回信給約瑟夫，也許會這麼寫：咸鏡道應該已經入冬了，因為您很怕冷，令我非常擔心，您過得還好嗎？另外再加上一句，我待在朝鮮的每一天都很平靜。

「就是摟哺那件事。」

愛信的小嘴發著「摟哺」的音，宥鎮凝視著愛信，眼神晃動。

並不平靜。

宥鎮修改腦海中的書信內容。

「還在考慮嗎？你看，明明你自己也沒有回答。」

宥鎮咧嘴一笑，馬上讓愛信產生誤會，其實已經決定了，並且想要回答：要怎麼做？愛信似乎不理會宥鎮的情緒，道別說：「謝謝你，和你並肩同行，真的很開心，因為對我來說，以後應該不會再有像現在這樣的時刻了，我們從這裡分開走吧。」

純真率直的道別，也是告白。愛信轉過身去，宥鎮伸手想抓住她風衣的一角，好不容易才放下手來，差點就要留住她，叫她不要走，讓我們再多走一會，並肩走到遙遠的盡頭。

然而，宥鎮點頭了，於是愛信消失在遠方，但她的面罩卻還留在宥鎮的大衣口袋裡。

回到酒店房間，宥鎮坐在發出微弱燈光的桌前，開始寫信給約瑟夫。

我明明不知道朝鮮的遙遠盡頭在哪裡，

我卻朝向盡頭，朝向遙遠的盡頭，持續走著。

您何時來漢城呢？我非常想念您。

寫著寫著，感覺這封信彷彿是在做告解懺悔，所以恐怕我無法寄給您了。

寫到這裡，宥鎮將鋼筆插進墨水瓶裡，然後望了好一陣子放在旁邊的面罩。

天亮了，宥鎮來到辦公室上班，看到桌上有一捆包，打開捲了好幾層的布之後，出現一枝長槍，正是那把被偷走的槍枝。他熟練地拉起杠桿上膛，然後扣扳機。結果如他預期的，並沒有發出輕快的聲響，反而某個地方發出脫落的聲音，扳機空轉。他皺眉察看槍枝，似乎是在送回來的途中，槍枝損壞了。

反正槍枝找到了，他為了向凱爾報告，走到公使館庭院。凱爾正在向冠秀學朝鮮話，宥鎮原本打算把槍交給凱爾後，馬上回到辦公室，但冠秀好像看到某人而認出來的樣子。

大門前被士兵擋住的人是和宥鎮一起去尋找父母墳墓的壯丁，壯丁交給宥鎮一個木製的髮簪，說道：「我說我來見過你，老婆就叫我拿這個給你……在替你父母收屍時，她把這個收起來保管的……」

木製髮簪經過漫長的歲月而表面磨損，稍微用力握就會碎了似的。母親就算鑲插這寒酸的髮簪，也會像野花般對著他微笑，宥鎮思念起母親的臉龐，不禁淚水盈眶，對母親的思念一時湧上心頭，任何的憤怒都敵不過思念。壯丁看著宥鎮的模樣，猶豫著說：「事到如今，我說這些話似乎沒什麼用……就算這樣，我也想把全部都說出來，其實把你的爹娘害得那麼慘的，是另有其人。」

「這是什麼意思？」

「是那傢伙和金判書大監串通，你父母才會落得那個下場，當時你還小，應該不知道……那傢伙一直貪戀你娘。」

第一次聽到的真相，一直以為父母只是因為厭倦奴僕生活才想要逃跑的，以為只是那樣，原來真凶是另有其人。壯丁看著宥鎮氣得臉一陣青一陣紅，便低下頭來繼續說：「我只是……想活命才那樣做的，我們這些奴僕，只不過犯了奉命行事的罪而已，如要追究我的罪責，同樣也該對那傢伙問罪，他到現在仍然作威作福，過得非常好呢，那傢伙就是外務大臣李世勛。」

外務大臣李世勛。

宥鎮也認識他，暗殺羅根那天晚上，在花月樓坐在羅根對面的那個人。

「外務大臣駕到！」

聽到吶喊，經過大街的行人們閃到道路兩側，穿著寒酸的朝鮮人全都俯首等待世勛經過。被轎夫抬著的華麗轎子行列展現出有如皇帝出巡的排場，世勛坐在轎子上撫摸著鬍鬚，藐視那些俯首的人。大聲喝斥行人們讓開的護衛提高了音量：「你是什麼人！這位是大韓帝國的外務大臣李世勛大監！還不趕快讓開！」

宥鎮穿著軍服騎著馬擋住了轎子的去路，他在馬背上俯視世勛，父母的所有仇人全都是貪婪、沒品的人，這一點更令他感到難過，他將湧上來的怒氣往肚裡吞嚥，內心正怒火中燒。

轎子前後的護衛武士們全部跑到前面和宥鎮對陣。紋風不動的宥鎮反而放開轡繩，讓馬活動，馬像發怒似的抬起前腳威脅那些護衛武士。慌張的護衛武士和轎夫們全都往後退，轎子一搖晃，原本挺直腰桿威風凜凜坐著的世勛醜態畢露地東倒西歪。

世勛手指著馬背上的宥鎮辱罵，但宥鎮不予理會，嘲笑世勛後便策馬而去。全力奔馳的馬從轎子上空一躍而過，轎夫看到騰空如飛的馬，嚇得放下轎子滾倒在地，世勛因此從轎子上摔下來翻滾在地上。不久前下了雨，所以地上是一片泥濘，世勛偏偏跌在水坑裡，腳都弄溼了。俯首的行人們悄悄瞅著世勛，不停地竊笑。官服被汙水濺得慘不忍睹，世勛的面子簡直是丟盡了。

護衛們遲遲才呼喚著大人，然後扶他起來。世勛忘了痛楚，先發脾氣：「那，那個瘋子是誰，給我查出來！我非將他碎屍萬段不可！」

世勛哇哇大叫，但騎馬的宥鎮早已消失得無影無蹤。

宥鎮獨自坐在簡陋小酒館倒酒，想到白天的事，覺得嘴裡的酒味相當苦澀，彷彿是烈酒入喉。

「你不是說你不喜歡喝酒的嗎？大人。」

向宥鎮搭話的是率領一群浪人進來的東魅。

宥鎮今天不樂意見到任何人，因此不悅地回答：「就像雖然我不喜歡你，但如果你要我說話，我還是會回答一樣。」

「看來你不喜歡的人還真多呢，大人。聽說今天你在市集上羞辱了外務大臣。」

「是馬不聽話罷了。」

宥鎮一邊裝蒜，一邊把酒乾了。東魅坐在與宥鎮保持一點距離的位子。突然昏暗的小酒館裡，傳來女人們咯咯的笑聲，混在一群身穿洋裝與和服的女人小團體中央的是熙星。

「哦！這不是三〇四號和他的朋友嗎？」

熙星每次都很樂意見到這兩位不和他握手的人，真小氣，只有你們兩個人在喝酒。聽到熙星開玩笑地責備，宥鎮和東魅兩人都面無表情。

最後，熙星擠進兩人中間坐下來開始喝酒。完全不搭的三個人一起喝著酒，三個人喝光的空瓶排成一列。熙星微醺，托著泛紅的額頭，數落紋風不動的宥鎮和東魅，說：「咦，怎麼這樣只顧著喝酒呢？兩位朋友還沒和好嗎？」

「不是朋友。」

「啊，抱歉，你叫東魅，我叫金熙星。」

東魅眉頭一皺，考慮是否要拔刀。

「不過，如果一起把酒乾了，那麼就是朋友了。」

熙星還擠眉弄眼地眨了一下眼睛，聽到熙星的話，宥鎮和東魅同時放下酒杯。熙星覺得這兩個人實在有趣，明明不喜歡對方，卻又不離開。基本上只要不是像爺爺金判書那樣，讓別人流的血淚堆得如院子裡稻草堆一般高的耍權利，熙星算是對什麼事都感到有趣。

「可是，你們兩個為什麼打架？」

「我們沒有打架，目前為止。」

那麼，意思是馬上會打起來嗎，東魅瞥了一眼宥鎮。熙星輕鬆地問：「那麼，萬一兩位打起來，誰會贏呢？啊，因為我真的很好奇。」

「不管誰贏，你都不會知道結果，因為我們其中一人，可能會先殺了你。」

宥鎮是真心的，但東魅當成是開玩笑。熙星覺得對這兩個人丟出問題很有趣，又將另一個問題丟給宥鎮：

「那麼，如果朝鮮人和美國人同時掉進水裡，你會救哪一個人？」

「我應該會殺了他。」

宥鎮對態度輕浮的熙星，簡直是咬牙切齒。然而熙星並不放棄，索性對東魅問了同樣的問題，這次的問題是，朝鮮人和日本人當中，會先救哪一個人。但看到東魅凶狠的眼神，他再也笑不出來，那種玩笑只有喝醉酒的人才會覺得有趣。

「那麼，如果是這樣，我們兩個人掉進水裡的話呢？」

他指著東魅和自己問宥鎮。宥鎮對似乎神智不清的熙星搖了搖頭，說：「你為什麼總是掉進水裡？」

「呼……我死了，溺水死了，因為沒有人來救我。」

剛才還很開心的熙星滿臉憂愁地將酒一飲而盡。他的衣著華麗，就像那些經常陪在他身邊的女人，他的情緒也是完全讓人捉摸不定，平時看起來非常輕浮，但沉浸在感傷時，臉上又帶著憂鬱。雖然清醒時，他看起來腦筋也不是那麼靈光，尤其對一個酒醉的人更不會抱著什麼期望，因此宥鎮和東魅就將熙星留在那裡。這個夜晚對這三位男子而言，是什麼樣的夜晚，無法明確下一個定義，夜漸漸深了。

大家都下班了的夜晚，公使館的辦公室卻燈火通明，因為秀美來見宥鎮的緣故。宥鎮讓秀美坐在待客用的沙發，並為她泡了一杯茶，秀美不知所措地點了點頭，宥鎮的視線投向秀美緊抱在懷中的嬰兒被。

「啊……夫人說這個很骯髒，她用新的絲綢嬰兒被，幫嬰兒包好後就離開了……」

「嗯，來看道美的嗎？他應該在天黑之前就走了。」

秀美搖頭，摸著嬰兒被，非常慎重地說：「之前老爺逗孩子玩之後，嬰兒被總是會被撕破……所以，起初我只是想重新縫好，但夫人不知道，老爺將重要的東西藏在哪裡，我是那樣才知道的。」

宥鎮聽是聽了，卻掌握不到秀美想要表達的重點。秀美把話說完，攤開嬰兒被，然後抓住被子一角猛然將它撕開，吱吱，被子被扯開了，羅根持有的文件就塞在裡面，秀美拿出文件遞給宥鎮。宥鎮面帶嚴肅的表情接過文件，仔細確認。

那是存在上海華俄銀行三佰萬圓的預託證券，以及附有皇帝簽明的提款單。

「這是重要的東西嗎？這東西值錢嗎？」

聽到秀美小心翼翼的提問，宥鎮點點頭。為什麼大家因為找不到羅根持有的文件而焦急，為什麼連美國公使館代理領事的房間都被搜查，這時才恍然大悟。文件後面，用英文寫著「這筆祕密資金必須得到皇帝陛下的批准才能使用」。讀著那一句，他覺得朝鮮的皇帝一定心急如焚。

各方處心積慮地尋找，卻遍尋不著的文件，為什麼偏偏落到自己手上，這是命運的安排，還是上天開的玩笑。不同於宥鎮面色凝重，秀美卻是喜上眉梢地說：「啊，那麼大人您收下吧，做為您救了我和道美的謝禮。」

秀美一直想要報恩，然而對於只是一時的善行而言，這份謝禮未免太貴重了。況且難以判斷給予這個算不算是報恩，儘管這個東西重要又值錢，同時單單持有，都有可能惹來殺身之禍，有種剎那間被丟進漩渦裡的感覺，宥鎮手上抓著可能改變朝鮮命運的文件。

外面吹起告知入冬的凜冽晚風，掛在公使館建築物上的星條旗發出巨響，在迎風招展。

光榮酒店的早餐提供炒蛋、沙拉和咖啡，和美國的早餐相當類似。宥鎮面帶憂慮的表情，拿著叉子翻動著沙拉，腦海裡太複雜，不管吃什麼都索然無味。

「咖啡冷掉了，我叫人再幫您送一杯上來。」

陽花走過來，細心察看餐點。

「我比較想知道關於具東魅的事！」

「這恐怕不適合吃早餐時聽的故事，還是想聽？」

東魅說得很明白，不管羅根持有的文件在誰的手上，那人必死無疑。現在自己已經和他成敵對了。陽花想到東魅，帶著詭異的笑容，就連歷經滄桑，不輕易服輸，不容易同情他人的陽花，有時也會心疼東魅。他殺人無數才爬到今日的地位，想到那種殘忍，自然無法說出心疼的話，但至少對陽花來說，有令她感到心疼的時候。

「他是一個人生相當坎坷的男人，一出生就是屠夫的兒子，要從這裡開始嗎？」

「……從武臣會開始吧。」

「一起傾聽吧！啊，頭好痛，因為宿醉睡了一整天，三〇四號，你還好吧？」

熙星從後方擠了進來。

「看來你不記得了，是你自己喝了太多。」

「你總說溺水了，大喊救命，真是把我嚇壞了，看來一大早要出門的樣子。」

陽花有技巧地挖苦，並端詳著一大早就穿戴整齊的熙星。熙星坐在宥鎮的對面回答：「即使在外住宿，名義上我也是個貴族，早上向父母請安是應有的禮節，所以正要出門，但至少出門前也該喝杯晨間咖啡吧？來，我做好傾聽的準備了，剛才聽到，從武臣會開始吧。」

宥鎮看到油腔滑調搭話的熙星，便站了起來，一大早沒有閒情和白面公子哥兒耍嘴皮子。

酒店門一開，來接熙星的管家走了進來。熙星發現管家，好像很遺憾似的嘆息著說：「這麼快就來了，去幫我點根菸，我馬上就出去。」

「是，少爺。」

宥鎮覺得立即低著頭走出去的那位管家很眼熟，他皺著眉回想，想到的是安平家的景象。決心報仇找上他家的那一天，在院子裡驚愕地看著自己的那個男子。將片斷的記憶拼湊完成，宥鎮撇嘴問道：「你是……辛未年出生的嗎？」

「……你認識我父親？」

「你父親的姓名，難道是金安平？」

「你怎麼知道？」

熙星迷迷糊糊地反問，宥鎮的臉上殺氣騰騰。

「啊……我很熟悉這種眼神，看來應該也對三〇四號犯了什麼過錯，是誰？我父親，還是我祖父？」

熙星打消了繼續詢問的念頭，似乎無須多問已經知道答案了，他的瞳孔蒙上一層霧氣。宥鎮看到熙星沉浸在哀愁的眼睛，感到全身虛脫，金判書的血脈，當年母親為了生存拿來當人質的那個孩子，就在眼前，並且冠上愛信未婚夫的稱呼。

熙星把手撐在城牆的石壁上，俯瞰著漢城全景，漢城的景緻也無法驅散籠罩在他內心的陰影。宥鎮含有輕蔑語調詢問的聲音，在他的腦海裡盤旋，於是他往冰冷的空中長嘆了一聲。隨即在他的旁邊也響起同樣的嘆息聲，如同熙星一樣，撐著手嘆氣的是少年道美，兩人四目相接，道美垂頭喪氣地喃喃自語：「我內心煩悶。」

「原來和我一樣啊。」

「大人也找到工作了嗎？」

「……原來你比我強，可是為什麼嘆氣？有人欺負你嗎？要大哥來教訓他嗎？」熙星用慈愛的眼神詢問。

「正好相反，我總是受人恩惠，不知道該怎麼報答，所以苦惱多到如牛毛。」

少年非常奇特，又比自己強，所以熙星大笑，說道：「看來你當大哥才對，小弟我啊，光是業報就多到如牛毛，大哥。」

熙星開玩笑地說，但眼神裡依舊充滿悲傷，因為已經無法再逃避了，讓他更加難受。

✦

在通往陶窯址的橋上，難以承受的感情在宥鎮內心裡醞釀，他極力撐住，對金判書和安平的憤怒轉而投向熙星。他以金判書的孫子出生，過著錦衣玉食的生活，甚至還是愛信的未婚夫，這些所有的真相都衝擊著宥鎮。

另一邊，工作中的小剛大聲對愛信說：「師父外出中。」

「我知道才來的，幫我準備經常給的東西。」

從附近傳來兩人的對話，宥鎮屏息望著愛信的側面，無罪的女人，卻是仇人的未婚妻。愛信察覺到被注視，發現是宥鎮後，便微笑了一下，說：「很高興這樣見到你，我的意思是在白天見面。」

在黑夜裡並肩同行的事留給愛信深濃的殘像。沉浸在回憶裡的宥鎮，只是目不轉睛默默地看著她。在橋上，不經過愛信身邊，便無法往前走，否則他會回頭的。

「你怎麼來這裡？」

「還有效嗎？」

「你是指什麼？」

「你提議要一起進行的那件事，我考慮清楚了。」

宥鎮的眼睛直視，但深不可測的瞳孔在晃動，奇妙的緊張感瀰漫在兩人當中，愛信等待宥鎮的回答，輕輕地眨了一下眼睛。

「進行吧，摟哺，和我一起。」

從內心翻騰的各種感情當中，脫口而出的這幾句話的定義，連宥鎮自己都不明白。是復仇的開始，還是嫉妒的終結，不得而知。愛信聽到突如其來的提議，一時無法欣然開口，短暫的沉默之後，她開心地笑著說：

「好的。」

愛信的笑容是撥開雲層的一縷光芒，那光芒照亮了宥鎮的內心，因為內心漆黑無比，讓他覺得那道光芒太過閃亮。

「這麼晚才答覆，希望表示你很慎重考慮，現在開始先做什麼好呢？」

「……先互報姓名。」

「啊，我姓高，名愛信，閣下的名字我很熟了，尤金崔，不久我就會讀你的名字了。」

「我是崔宥鎮。」

相隔三十年第一次在朝鮮提到的姓與名。

「宥鎮啊！」

「遠遠地，逃得遠遠地，宥鎮啊！」

想到自己的名字有如母親的遺言，他的眼角溼潤起來。

愛信出神地看著喃喃自語的宥鎮，以及他悲傷的臉龐。

「到了嗎？是這裡嗎？」

「在朝鮮時，你是姓崔？」

「在美國我也是姓崔，美國人將崔發音成『搓衣』（Choi）。」

「啊，學著，學著，還真是學海無涯，那接下來需要做什麼呢？」

「握手。」

宥鎮伸出在戰場上晒黑的手，說：「這是美國式的問候，握手表示我的手裡沒有拿著會傷害你的武器。」

聽了宥鎮的說明，愛信很喜歡這個含意，便握住了他的手。第一次互握，愛信的手小巧而結實，柔軟又厚實，握緊之後才感覺得到手掌上薄薄的繭，長在和宥鎮同樣的位置，由此可知她是多麼勤奮地練習射擊。比做官還要美好的「摟哺」就這樣開始，愛信興奮地問：「摟哺比我想像的還要簡單，是因為好的開始是成功的一半嗎？」

愛信的心靈一隅毫無保留地呈現出來，在警戒、懷疑都解除之下，留下如寶石般發光的純真，愛信純真的瞳孔讓宥鎮神志恍惚。

「不過要到什麼時候才能放手啊？」

「當你想將武器拿在手上時。」

「那至少不是現在。」

愛信緊握著宥鎮的手，笑了。一陣風吹過，樹葉撲簌簌地落在地上。時間悄悄流逝，但宥鎮希望時間就此停止，希望這瞬間能持續著一百年。可惜天不從人願，宥鎮的希望落空了。

在兩人身後抬著箱子的洪波和小剛發出腳步聲，走了過來。

愛信放下握著宥鎮的手，說道：「我的同伴在河對岸等著我……」

宥鎮也把手縮了回去，輕輕地行注目禮，回說：「小心走，在學堂可別太認真學習。」

愛信偏了偏頭，行注目禮後，跟著洪波走。

洪波坐在渡船上划槳，愛信抓著渡船的欄杆。也許是因為開始進行「摟哺」的緣故，倒映在河面的天空、雲彩以及山脈，看起來都那麼美不勝收，在太陽的照耀下，河面波光粼粼，此刻愛信的內心也是閃閃發亮。突然，她縮回抓住欄杆的手，望著方才和宥鎮互握的手，那個男子粗糙、溫暖的手似乎抓住了她的心。

無法閱讀的書信

宥鎮手上拿著鑰匙往三〇四號房走去，突然緊皺眉頭，因為熙星木然地站在三〇三號房門前，不斷地轉動插進鑰匙孔裡的鑰匙，卻完全打不開，正一臉茫然。宥鎮從熙星身旁走過去，想打開自己的房門，卻只發出喀啦喀啦的聲音，他的房門同樣也打不開，確認一下鑰匙上寫的數字，說道：「看來鑰匙被調換過了。」

這時熙星也確認自己的鑰匙，看到寫著「三〇四」的數字後，便走到宥鎮房間前面，將手上的鑰匙直接插進去轉動，喀嚓一聲門開了。

「你自己打開吧。」

宥鎮生硬地把話說完，便將手上的鑰匙丟給熙星，「鏘」的一聲鑰匙掉在地上，熙星站著低頭注視掉在地上的鑰匙。

「我以為你會接住。」

「因為我是我父親的兒子，我祖父的孫子，你才討厭我的嗎？」

「我本來就不喜歡你。」

「啊，原來如此，也就是說從一開始就一直討厭我到現在，真是慶幸。」

聽到宥鎮如刀傷人的答覆，熙星這才露出微微一笑。然而宥鎮看到熙星笑，不禁生氣地說：「你有什麼好高興的，又有什麼好慶幸的？為什麼總是在笑？」

聽到宥鎮尖酸刻薄的話，熙星苦笑著說：「我也有不笑的時候……仍然不願意告訴我是誰嗎？是誰的蠻橫行徑，我的祖父，還是我的父親？」

「那種事為什麼問我？如果你好奇，應該問你的父母才對，你曾說你要去請安，難道覺得我好欺負嗎？他們還安好嗎？你的父母？」

宥鎮頂撞後，頭也不回地走進房裡，並粗暴地將門關上，隨即發出一聲巨響。熙星聽到那令人心痛的響聲，宛如尖刺戳入指甲般的刺痛，然而心被釘上釘子的人在房門內。

陽花眼睛不時瞄向樓梯方向，用手指「篤，篤」地敲著桌子，隨即聳聳肩自言自語：「幫他們調換鑰匙了，也不過來問看看，啊，我真夠窩囊。」

陽花放棄迷戀，不再望向樓梯。這時，懸掛在門口的門鈴一響，莞翼走了進來，一瘸一拐地走進大廳。陽花一雙大眼閃過一抹驚慌後，立即變成輕蔑的眼神，她制止正要去迎接新客人的桂丹，說：「去忙你的事，這位客人馬上就走的。」

桂丹不情不願地離開。莞翼打量著酒店大廳空間，說：「酒店的規模比我聽到的還要大，這段期間過得好嗎？」

「這段期間丈夫去世，我成了寡婦，幾乎足足有十年沒見了，李家先生。」

「當時我公事繁忙，沒辦法參加你丈夫的喪禮。」

「喪禮倒是辦得無比盛大，但是我這個年輕寡婦有好幾次都哭到昏厥，因此有人說我是喜極而泣，也有人說我是因傷心欲絕而哭，大家議論紛紛呢。」

陽花諷刺，又嫵媚地揚起嘴角，莞翼不喜歡陽花那個模樣，皺著眉頭說：「在濟物浦港口、火車站，到處都張貼著你娘的畫像，是你張貼的吧？」

「每隔三個月，我便會雇請零工派到全國八道去，既然您都看到了，看來這段時間錢沒白花。」

「別做那些沒用的事，還是專心經營你的酒店，居然妄想你娘還活著。」

陽花恨不得立即對胡言亂語的莞翼一刀砍下去，她再也笑不出來。莞翼並不理會陽花的情緒，繼續說：

「哪一間房間最清靜？我需要用到你這家酒店。」

「我的酒店不論是親日派、親美派、親俄派、愛國之士、甚至路過的土狗，一律歡迎，但只有一個人除外，僅有李家先生是禁止出入的，我根本不必聽令於李家先生，因為我的戶籍是在工藤家，請出去吧。」

陽花和服的顏色，與摻雜毒藥的葡萄酒同樣是深紅色的。然而，莞翼是一條毒蛇，他不可能受制於一個比自己年幼，感情又完全表露無遺的年輕丫頭的毒辣言語。

「也不想想這一切都是託誰的福，要不是我把你嫁給那個老頭子，憑你一個女流之輩，能當上這家大酒店的老闆嗎？我會另外通知你，房間你就先幫我準備好。」

也是，這樣才像莞翼。聽到莞翼厭煩地撂下最後一句話，陽花慢慢轉過頭去，如果想要咬死這條毒蛇，就不能用與他同樣的毒，必須成為隱藏利爪的猛獸，有朝一日，再伸出利爪撕裂那毒蛇的脖子。

「我丈夫工藤的死因，至今仍然是一個謎，您可要小心，因為在這裡進出，誰知道會吃到什麼呢？」

事有蹊蹺，莞翼明白自己無法讓陽花乖乖就範，至少現在還不能。

第二天，東魅來到陽花的房間，接受品茶招待，他察看陽花的臉色並問道：「真的嗎？」話說完，正想拿起茶杯打算喝一口，但陽花看到他拿著茶杯遲遲沒喝，便回答：「你指什麼？我丈夫的死因嗎？怎麼了，害怕了？你做了什麼對不起我的事嗎？」

「喝喝看就知道了。」

「真的要喝？」

東魅從容地接受陽花的挑釁，用嘴唇沾了一下，說道：「這麼拚命地活著，若注定要死在你手裡，那也只好認命了。」

「真讓人生氣，這個帥氣的男人……還有那個無情的男人……為什麼全都一個樣呢？」

雖然是陽花自己起頭開的玩笑，但她反而覺得失落。看到陽花一副不曾見過的柔弱模樣，東魅再喝一大口，表示不相信。

「如果哪一天我撕咬了高愛信，肯定你也有錯。」

「為什麼在開這種無聊的玩笑最後，要提到那個名字，以後再也別這樣了。」

東魅一聽到愛信的名字，立即有反應，翻白眼。陽花哭笑不得地望著他，這個如傻瓜般的愚直、愚直得像傻瓜的男人；抱持的心意，一輩子都得不到對方理解的男人，東魅充滿傻勁的純純的愛，讓觀察他的人感到寂寞。東魅放下茶杯，轉換話題，雖然知道李莞翼大監和陽花認識，但兩人實際的關係是他料想不到的。

「他是我父親。」

「……你是他女兒？」

「長得不像吧？拜託你說，我們不像。」

莞翼和陽花不僅僅認識而已，東魅只知道，陽花年紀輕輕便嫁到工藤家，先送走年邁的丈夫，然後當上光榮酒店的女主人，雖然知道她的人生並不是一帆風順，但萬萬沒想到是莞翼的女兒，他聽得目瞪口呆。莞翼是何等人物，東魅也聽聞了不少，現在又在他身邊服侍，所以理解陽花為什麼用懇切的眼神希望他說他們兩人長得不像。

「完全不像。」

聽到東魅斬釘截鐵的回答，陽花雖然放心，但也難掩黯然的神情。

「因此，我需要私人護衛，不想再被他奪走了。」

「他奪走了什麼？」

「我的母親，我的青春，我的名字。」

陽花的眼睛變得迷濛。東魅想起莞翼在火車站撕下來的尋人畫像，那個女人和陽花相像嗎，也許曾經很像。

「……被奪走的名字是什麼？」

「李陽花。」

「是個美麗的名字。」

做為一個被奪走許多事物的人，不，以一個已經沒有什麼可以被奪走的人來說，東魅完全能夠理解陽花的空虛以及不想被奪走的傲氣。

「不過，怎麼辦？我那些浪人已經是他的護衛了。」

雖然內心裡是站在陽花這一邊，但實際上站哪一邊，那是現實的問題。

「如果我再多付一點錢的話呢？」

「你以為李莞翼大監的護衛費用是他自己付的嗎？即使你再有錢，也比不過日本的。」

「那傢伙應該會長命百歲呢。」

後知後覺的陽花恨得牙癢癢的。東魅起身說道：「是啊，我是一個拿多少錢就做多少事的人，正好要去見他。」

「別吃對身體好又可口的東西。」

聽到陽花的話，東魅笑了一下，然後放下留著半杯茶的茶杯，走了出去。陽花用手指撫摸著茶杯，在原地站了一會兒，獨自留在寬敞的房間裡，她的身軀顯得特別嬌小。

深夜，貴賓抵達花月樓，花月樓的老闆便挑選兩位最會交際應酬的藝妓，送到莞翼和東魅所在的包廂，其中一名是羅根被殺當晚，也在酒席上當招待的藝妓。莞翼將藝妓倒好的酒一飲而盡後，放下酒杯說：「你的意思是沒找到？」

羅根持有的文件依然不知去向，東魅也是無技可施，已經四處尋遍了，縱觀來看，可能那份文件已經不在了，或是落到根本不知文件價值的人手中。

「萬一落到日本人的手上，他們會買走京義線鐵路，那條鐵路會毀了朝鮮，並載著日本兵直接前往俄羅斯。但如果落在那些義兵手裡，他們會拿來做為軍用資金，購買炸藥，炸掉鐵路。」

「如果落到大人手裡，又會怎樣呢？」

「會讓朝鮮的皇帝寢食難安，我會親自動手的，明白了嗎？」

「沒想到千古的罪人就在這裡呢。」

「這些事和你這個低賤的屠夫又有什麼關係，快去把東西找出來吧。」

東魅吞下留在嘴裡的殘酒苦味，眼神變得凶惡，盯著莞翼看，對莞翼輕視自己，心裡很不是滋味。但另一方面又啞然失笑，莞翼是中人階級出身，因此常被一些貴族嘲笑為臭中人。莞翼是為了自己的利益，連國家、百姓都可以出賣的天下惡人，在那樣的人看來，東魅只是一個「低賤的屠夫」。

「對一個有自卑感的人這麼說，真是令人難過。突然感到好奇，如果那份文件落到我這個低賤的屠夫手上，大人是不是也會寢食難安呢？」

「你，你到底想做什麼？」

「像我們這種傢伙，只要看不順眼就掀桌、砍殺主子的，不是嗎？」

看到東魅的反應，莞翼大叫。儘管莞翼是個有權勢的人，但對於一個需要權力的人，有時也會畏懼像東魅這種天不怕地不怕的做法，如果莞翼背棄國家是為了利益，那麼東魅只是想擺脫屠夫的生活。東魅的爹娘即使拿刀，宰殺的也只是動物，他與父母不同，隨時隨地而且任何人都可以砍殺，要是把他當屠夫對待，那麼莞翼也無法排除在他的砍殺之外。

「我來這裡是禮貌性告知，我們之前的交易破局了，大人。」

東魅起身，褲管飄動著。

下課後，在學生們都回家的木棉學堂教室裡，只留下南鍾和愛信。南鍾比愛信更早學英語，所以她協助愛信學習字母表後段的字母。愛信看著南鍾手上拿著字母卡，眼睛閃閃發亮，為了學英語，愛信的學習慾望比任何時候都高漲。

上次學的字母是從A到F，聽到南鍾的提問，愛信流利地讀出A到F的所有字母。

「表現得很好，那，今天來學G，H，I，J，K，L。這裡面，大家最喜歡的是L。」

南鍾拿起寫著L的卡片，繼續說明：「因為L裡面有摟哺（Love）。」

聽到「摟哺」單字，愛信目不轉睛地看著卡片，終於要學習「摟哺」的L這個字母了，雖然宥鎮說慢慢來，但愛信卻是異常著急，很想好好學習「摟哺」。

「就是那個比射擊還困難，還要危險，而且還更熱血的『摟哺』嗎？」

「什麼……？嗯……雖然您說得也沒錯……總之真羨慕小姐，只要和未婚夫少爺『摟哺』不就行了嗎？」

南鍾滿臉紅潮，身子扭來扭去。愛信愣愣地看著南鍾那個模樣，搖頭說：「啊，那個我已經決定和其他男子做了，我找到了非常適合與我一起做的人，剛開始沒幾天，做過之後，才發覺並不難。」

看到表情很滿足的愛信，南鍾面如死灰，環視左右，教室裡只有他們兩人，但擔心會被經過的人聽到。一頭霧水的愛信帶著非常欣慰的神情，得意地聳聳肩。

「天啊，小姐！那樣會出事的！摟哺是愛情，意思是男人和女人彼此椎心思念的那種心情！」

「什麼？」

愛信驚愕地說不出話來。

「到底這是……」

無法理解，腦海一片空白。

愛信回到家，躺在床上苦苦思索，眼前浮現出宥鎮提議一起進行「摟哺」時的表情，以及當時自己回答「好」的那個聲音。儘管身體左右地扭動，也甩不掉往日那段回憶。那男子曾說：不論我做什麼，將會使朝鮮走向滅亡，原來他要毀滅的不是朝鮮，而是我啊！想到這裡，愛信站了起來，必須儘快將這件事釐清。

愛信一字一字地臨摩，用工整的字體運筆，寫下要交給宥鎮的書信。

一大早，行廊大叔便走進公使館辦公室，宥鎮對大叔出其不意的來訪，感到萬分驚訝，立即問明原因。行廊大叔小心翼翼地從短襖裡拿出書信，那是昨晚愛信將行廊大叔叫到房裡，偷偷拜託他轉達的書信。

「小姐要我轉交這個給你，小姐遞給我這個東西時，臉色非常難看。」

大叔有所顧忌地拿出來的書信信封上寫著宥鎮的名字。

「Eugene Choi（尤金崔）」，字體相當規矩，看得出是按照筆順寫下來的，她說在學英語，原來是真的。非常好奇是什麼事非得寫信不可，還說臉色很難看，真叫人忐忑不安，同時又感到慌張。

行廊大叔離開之後，宥鎮立即拆開書信。宥鎮慢慢地打量著，字如其人寫得非常工整，頓時一臉憂慮，因為無法閱讀那封書信，內心感到複雜又痛苦，那封信彷彿是垂掛在愛信與自己之間的長長帷幔。

宥鎮打開酒店房門走了出來，卻看到站在門口的東魅和一群浪人，於是腳步停了下來。東魅和宥鎮對視，卑劣地揚起嘴角說：「是今天。」

「你是指什麼？」

「搜房間的事。」

在陽花的光榮酒店工作的女侍者桂丹來見東魅，她知道東魅在找什麼文件而觸礁，她說在宥鎮的房裡，看到一張寫著英文的文件。宥鎮並不阻攔，自動往門邊避開。突擊房間的浪人將衣櫃、床鋪、桌子、公事包，能找的地方全部澈底翻找。

宥鎮只是目不轉睛地觀看，東魅反而神經緊張地說：「看來藏得很隱密呢，大人，一點都不慌張。」

「只搜我的房間，還是連三〇三號也一起搜，因為我想知道這是公事，還是私事？」

「不論公事或私事，我都是用刀子來處理，所以沒有多大差別，大人。」

突然浪人粗暴的手隨意一揮，於是宥鎮的音樂盒發出嘈雜的聲音後，滾落到地上。那是宥鎮少之又少的幾件珍愛的東西之一，他原本平靜的臉上帶著怒氣說：「你那些手下，還真粗魯呢。」

「他們都沒有受過教育。」

看到緊皺眉頭的宥鎮，東魅露出悠閒的笑容。這時，其中一名浪人走過來將文件交給東魅，房間全部搜查過了，寫著英文的紙張只有這個信封。宥鎮看到浪人交給東魅的信封，感到為難地說：「那是私人信件，我自己都還沒看。」

那是不可能的事，東魅不予理會，從信封裡抽出文件，不是文件，而是書信。

「那由我來……讀給你聽。」

看到是由朝鮮文寫的書信，東魅的動作停止。

慌張的宥鎮放下心來，因為他推測東魅不識字。

「本打算與閣下一起策畫的事情發生了變數，希望能儘早釐清雙方的立場，不要回避……看到此信，請立即回覆……」

然而，東魅立即讀完愛信寄來的書信。東魅識字，這讓宥鎮感到相當衝擊，也傷到自尊心。

「看來幾天沒見，你就結交到同志了。還真令人難過，你們在策畫什麼，而且發生了變數，通常發生變數後，就會遭到變故，要是逃避的話，便會有血光之災。」

「原來是那種……內容……」

遲了一步知道內容的宥鎮自言自語。反正不是東魅要找的文件，白忙了一場，他煩躁地將手上的書信揉成一團，說：「討厭大人的似乎不只我一個，請你務必保重身體，我很擔憂，在我對你動手之前，你就已經掛了。」

東魅對宥鎮皺了一下眉頭，並留下令人不悅的忠告之後，和浪人們一窩蜂離開房間。

正當東魅和浪人們離開酒店往正門走去時，陽花和侍者一起走進後門，她脫下手套，看著窗外東魅一群人走過去，問侍者：「確定是三〇四號？」

「是的，聽到了東西破碎的聲音，氣氛相當緊張。」

陽花帶著嚴肅的表情走向樓梯，正好宥鎮要下樓，她看了一下宥鎮，立即問：「聽說發生了騷動，你沒有受傷吧？」

「看來只要武臣會引起的騷動，就會有人受傷。」

「受傷還算幸運，通常是會死人的。」

「即使這樣，你也不來察看嗎？」

「你明知道我會站在哪一邊。」

聽到陽花露骨的回答，宥鎮消極抱怨後，將手上的音樂盒拿給陽花看，問道：「這個，壞掉了，知道可以拿去哪裡修理嗎？」

「自鳴琴在朝鮮是稀有的東西，我不敢保證，但是有一個在新式兵工廠工作過，手藝高超的鐵匠。」

「自鳴琴？」

「啊，那種音樂盒，在日本叫做自鳴琴。」

宥鎮馬上去找陽花告訴他的那位鐵匠。陽花望著宥鎮的背影，他沒有對身為酒店老闆的自己生氣，算是幸運，同時又覺得失落，她察覺到原來內心深處希望他對自己生氣。突然想起獨自坐在陽台看起來無精打采的熙星，但是在這家酒店裡，穿著最華麗，卻孤單又無精打采的人，恐怕就是自己。

陽花苦笑。

鐵匠仔細看著宥鎮拿給他的音樂盒，第一次見到的東西，從小箱子裡會發出音樂聲，讓他感到非常神奇。

宥鎮看著鐵匠遲鈍的手，懷疑地問：「你會修理嗎？」

「雖然是第一次見到，但機械這種東西，原理大致都相同，不過要修理就得拆開來看，那樣沒關係嗎？」

「只要能修好，都無所謂。」

「大概要花個三、四天，先回去等，修好了再通知您。」

也沒有其他辦法，宥鎮將音樂盒交給鐵匠後，站了起來。突然腳底似乎踩到什麼東西，他拍一拍腳底，一個彈簧掉落地上，經過時再多看一眼，卡在地上的彈簧形狀是他非常熟悉的，那是朝鮮極少有的彈簧，也是遭到偷竊又送回來的那把槍枝的零件。他有些疑惑，自己能不能將重要的東西交給這個馬馬虎虎的人，可是又別無選擇。

「真的……能修好嗎？」

「幫討厭的傢伙組裝東西時，偶爾我會減少裝幾個零件。但別擔心，因為我也想聽聽看這裡面到底會發出什麼曲調。」

鐵匠漫不經心地回答，然後拿著音樂盒走到裡面去。宥鎮撿起彈簧，放進口袋。是故意將美軍的槍枝減少裝零件嗎，宥鎮一邊思考，一邊望著鐵匠的背影。

嫉妒的終結

宥鎮坐在公使館辦公室桌前，默默地看著被揉成皺巴巴的愛信書信，然而無論怎麼看都看不懂，而輕輕嘆了一口氣，臉上籠罩著一層陰影。正當他將書信夾在冠秀為美國公使館人員編寫的「簡單朝鮮會話」書本裡面時，突然傳來腳步聲，他敏捷地轉身，看到的是變裝後的愛信，正確地說是愛信的眼睛。

愛信倏地將宥鎮推向牆邊，宥鎮連說話的機會都沒有，她已將蒙著面的臉湊近宥鎮眼前，說道：「還記得我們第一次見面的那條巷子嗎？記得的話，就點個頭。」

宥鎮帶著驚慌的眼神點了頭。

「那附近有一家藥房，在那裡見，給你三十分鐘的時間。」

愛信說完自己要表達的話之後，便和來的時候一樣，輕輕一躍翻過牆去，消失不見了。地上攤著宥鎮因驚嚇而掉落的冠秀那本會話書以及愛信的書信。

一會兒之後，宥鎮在藥房和愛信見面了。他轉頭瀏覽掛在天花板上的藥材，不經意地與愛信對視。愛信盯著他看，她似乎受到什麼委屈又憤怒的樣子，但又不輕易說出口。

「為什麼不回信？大叔說他分明把書信交給你了。」

「我還沒看。」

「你看過了，剛才還拿在手上，你是在躲避我嗎？」

「不是，只是，我看不懂。」

「少騙人了，用這藉口也太沒誠意了。」

宥鎮說他看不懂，愛信卻將它視為藉口，他強忍住那份無奈，靜靜地反問：「看來你已經明白『摟哺』的意思了。」

愛信心頭一震，搪塞地說：「你在說什麼？我早就知道它的意思了。」

「那為什麼還要來見我？」

「想警告你，因為我也許會殺了你。」

愛信悲壯地回答，然而宥鎮卻噗嗤笑了出來。

任何人看都會覺得她現在才明白「摟哺」的意思，所以才過來追究的。

宥鎮嘲弄地問道：「我會因為『摟哺』而喪命嗎？」

「我說的不是那樣！我只是希望你死掉罷了。」愛信氣急敗壞地說。

「為什麼這麼痛恨我？先提議要試試看的人是你。」

頓時，愛信用敏捷的身手奪走宥鎮的槍，似乎隨時都會發生這種情況，如果兩人不是同夥的話。他注視著將槍口瞄準自己的愛信，並泰然地問：「會操作嗎？」

「不會，但我的學習能力很強。」

「所以你才會那麼快就學到L了啊，在學堂裡。」

聽到宥鎮始終在取笑，愛信怒不可遏，終於喀嚓一聲，槍上膛了。不是學習能力強，而是即使沒有人教也能達到無師自通的境界，宥鎮這時才有點緊張退怯。愛信不鬆懈，進一步逼問宥鎮：「現在起好好回答我的問題，你曾說你在朝鮮什麼都不會做，卻說要和我一起做『摟哺』，難道，那就是你所謂的讓朝鮮走向滅亡嗎？」

宥鎮看到愛信為了聽到答覆而持槍的模樣，覺得非常可愛而笑了出來，但眼神裡卻流露出一絲苦澀，他說：「倒不至於使朝鮮滅亡……原本是想讓某個人滅亡，但現在想想……那是我在自取滅亡。」

「為什麼偏要走向滅亡？」

「我不知道，這是報仇的開始，還是嫉妒的終結。」

「報仇的開始是什麼意思？你跟我有仇恨嗎？」

「那你能理解什麼是嫉妒的終結嗎？」

「在你告白的時候聽過的，第二次，或者是，第三次的時候？」

宥鎮原本想要取笑愛信，反而愣住了，兩人的視線隔著槍枝緊張地對峙。

「從什麼時候開始……算的？」

「保護你，從這句話開始？在那之前還有告白嗎？我明明算得很仔細的。」

宥鎮臉紅了起來，想要儘速逃離現場，甚至還有種遭到背叛的感覺。她明明說一無所知，還說除了像一幅畫，什麼事都不會做，自己曾取笑過天真的愛信，現在反過來是自己遭到取笑。和宥鎮發出空虛笑聲的同時，

「砰」的槍聲震動著藥房，

面對面站著的兩個人同時往外看，接著再度傳出槍聲，愛信快速拉著宥鎮，並關掉燈光。

日本軍人揪住穿著和服的藝妓髮髻，經過熄了燈的藥房。愛信和宥鎮屏息觀察著窗外的狀況，蠻橫跋扈的軍人是津田，而且那個藝妓也是愛信見過面的。

「穿著紅色和服的藝妓若開窗，那就是信號。」

那位藝妓就是在羅根被殺當晚，打開窗戶的那個人，她是滲透到花月樓的朝鮮人同志，看來事跡已敗露，愛信覺得背脊一陣發冷。

「這裡是個交換情報和達官顯要出入的地方，你這個朝鮮女人竟然假扮成日本女人滲透在裡面，這段期間你竊取了哪些情報？」

津田拉扯著藝妓的頭髮，大發雷霆，他自從上次和宥鎮發生摩擦後，就已怨氣無處發，粗暴地質問穿著和服的素兒後，又賞了她好幾巴掌。空手被拖出來的藝妓素兒怒不可遏地大吼：「那就殺了我，殺了我吧！」

素兒激烈掙扎，路過的朝鮮人都嚇得發抖，其中有一位正想解救素兒，但被津田的亂槍打中，倒在血泊中。

愛信在藥房裡看到那景象，痛恨得咬牙切齒。是幸，還是不幸，她的手上有一枝從宥鎮手上奪過來的槍，黑暗中她的眼睛炯炯發亮，說道：「這個先借一下。」

「別這麼做，毫無準備就出去的話，只會讓自己深陷危險之中，就算救了那個女人，也拯救不了朝鮮。」

「我必須救她，因為也許有一天，我也可能落得和那女子的下場一樣。」

愛信咬緊牙根霍地站了起來，宥鎮直覺阻擋不了愛信，便說道：「那把槍只有五發子彈。」

「只要兩發就夠了。」

愛信屏住呼吸邁開腳步。

夜幕低垂的街上一片昏暗，在忽明忽滅的街燈下，津田和素兒的身影忽隱忽現。愛信躡手躡腳靠近他們兩人，估量著距離，第一發目標是路燈，必須製造可以掩護自己的黑暗。

砰，隨著槍聲，路燈的燈泡「啪」的破碎。聽到突如其來的槍聲，津田驚慌地回頭看，但愛信已經隱身在黑暗之中。隨即朝著津田的手電筒再扣下扳機，子彈擦過津田手臂，他痛苦得大叫，放開了素兒，素兒便趁機往津田所在的相反方向逃去。

「是哪個傢伙！出來，你給我出來！這些愚蠢的朝鮮人！我要把你們統統殺了！」

津田像瘋狗一樣又叫又跳，並向四方掃射，一陣狂射當中，街上觀看的朝鮮人群裡，有一名還來不及喊叫，就已中彈倒了下來。愛信看到眼前發生的慘狀，眼眶泛紅，怒火中燒地走出巷子，舉槍瞄準津田。

這時宥鎮從藥房出來，抓住愛信的手腕奪走槍枝。然後舉著槍，開始在黑暗中行走，也不知道那裡是哪個方向，連思考的時間都沒有，只是背對著愛信一直走。

津田仍喪心病狂地胡亂掃射，宥鎮朝著津田走過去，倒數著：「三、二、一……」

津田的槍枝裡面最後一發子彈滾落在街上。

「〇。」

倏地宥鎮從黑暗中出現，同時開槍射擊自己的左手臂，以便製造傷口。因為灼熱的痛楚，低聲呻吟後，他極力忍住。

「你，你這個傢伙！你是誰！剛才不是你這個傢伙！」

津田看到走過來的宥鎮，便暴跳如雷，扣上扳機，但從空無子彈的槍膛裡只發出喀喀的聲音。宥鎮站在津田面前，聞到渾身酒味，緊皺眉頭說：「你給我聽好，下士，誰對你開槍並不重要，重要的是你向誰開了槍。」

津田用迷惘的眼神望著宥鎮。

「你現在完蛋了，因為你剛才對美軍開了槍。」

宥鎮冷靜又平淡地說完之後，「嗶」的一串哨子聲傳到耳邊，巷子後面警務廳巡警們急忙地跑了過來。自始至終凝視著宥鎮和津田的愛信急忙避開，巡警們將發生槍戰的宥鎮和津田一併帶走。

愛信從巷子抽身而出，她緊閉雙眼，現在想起來，這個好像就是宥鎮所說的走向滅亡之路。在閉著的雙眼裡，浮現出宥鎮用槍射擊自己左手臂的景象，擾亂了她的心思。那個痛楚似乎傳導到她的身上，愧疚和擔憂在撼動著她，眼前宛如夜晚般的漆黑。

素兒因為得到愛信和宥鎮的幫忙，好不容易從津田手中逃脫之後，躲藏到洪波的客棧。客棧老闆洪波、殷山和勝具，還有另一位義兵同志圍著素兒坐著，憂慮籠罩著屋內。素兒換上洪波拿給她的韓服，因為昨晚被津田毆打，她臉上的瘀青紅一塊紫一塊。

「小姐幫了你？你的意思是小姐當時人在現場？」

素兒聽到勝具的提問，點頭回答道：「是的，因為是在我們做為基地的藥房附近，我才這麼推測的，而且開槍的手法確實是小姐的槍法。不過令人訝異的是，和小姐在一起的男子，就是前幾天我們搜查過他的房間，那個長得像朝鮮人的代理領事。」

由情報得知，武臣會正監視美國公使館代理領事，因此殷山親自潛入代理領事住宿的光榮酒店三〇四號房。武臣會監視中，表示他很有可能持有他們正在尋找的華俄銀行預託證券，殷山在那個房間沒有找到證券，卻發現到一個配飾。

正是當年為躲避推奴們的追殺，而跑到陶窯址的小奴僕拿出來抵飯錢的那一個配飾，說那個是用他娘的命換來的。那個長得像朝鮮人的美國人的真實身分，殷山查出來了，自己託付給傳教士約瑟夫，讓他帶到美國去的那個男孩長大，回到朝鮮來了。但是，他和愛信在一起，這不是殷山樂於聽到的話，為什麼會和愛信在一起，令人難以揣測個中原因。

素兒暫時不理會殷山的反應，她請勝具轉達謝意：「雖然不知道小姐是不是因為認出我才出手相助，但請代我向小姐道謝，因為這輩子或許我見不到小姐了。」

「這段期間辛苦了，我一定……幫你轉達。」

實在令人痛心，素兒真實身分曝光後，如今成了逃亡者的處境，不論是她滲透進去的花月樓，或是揭發她身分的日軍，雙方都不會善罷甘休的。能不能再回到朝鮮——不，能不能安全逃離朝鮮都難說，未來非常渺茫。

「你繼續留在漢城活動太危險了，所以到上海去吧，等船票和通行證都準備好，會馬上通知你。在那之前，你要好好照顧她。」

殷山叮嚀義兵，義兵嚴肅地點頭。洪波拿出私房錢交到素兒手中，讓她到上海時花用。

「好的……謝謝各位，請務必保重身體，同志們。」

素兒的眼角溼潤，望著難以再相會的同志們，一股思念之情已經襲上心頭，感謝與恐懼，真是百感交集。然而，即使事已至此，也毫不後悔。在花月樓周旋於那些對朝鮮虎視眈眈的人，以及處心積慮要賣掉朝鮮的朝鮮人當中，也不是件簡單的事。辛未洋擾時，她和勝具一樣失去了父親，只是為了不願再失去任何東西才挺身而戰。現在到上海去，又是另番決戰，因此必須活下來。

殷山對淚流滿面的素兒說：「我們會再相見的，所以你要記住，這不是離別，我們也許比我們自己所想的還要強大。」

「是的，隊長。」

不知不覺天亮了，殷山和勝具離開客棧，走向拴在渡船頭的渡船。

「和小姐在一起的那個男子，聽說也來過茅屋，他老是和小姐牽扯在一起，恐怕另有目的。」

勝具看來對宥鎮的存在相當在意。殷山想起以前來過陶窯址的那個人，如他確實是殷山認識的那個小男孩，那麼他對整個朝鮮應該不會抱持著美好的情感，不，應該會心懷怨恨才對。雖然如此猜測，但他還是替被警務廳抓走的宥鎮擔憂，想到昔日躲在窄小的箱子裡瑟瑟發抖的男孩，如今被關在牢裡，他的心情更加複雜。

勝具稍微沉思之後，說：「看來我得跑一趟公使館，順便向那個人討回酒錢。」

「他必須平安獲釋才行，不知道陛下會怎麼處置。」

殷山也許會想到陛下，但勝具卻不一樣，勝具冷淡地回答：「我不相信國君，叔叔。既然兩國公使館都出面了，他應該會平安被釋放吧。看日本的臉色，受美國的威脅，只會讓無辜的朝鮮人成為暴徒，連自己的百姓都拋棄的國君，我也早就把他拋棄了。」

辛未洋擾時，勝具手臂被火燒傷而留下的疤痕，至今依然鮮明，殷山感到心疼地說：「你這傢伙連國君都拋棄了，為什麼還要拯救這個國家呢？」

「為了當叛國賊，國家必須生存下來，我才能親手毀掉它啊。」

殷山轉身而笑，眼裡帶著哀傷，希望如勝具所期望的，能報仇的國家生存下來。

宥鎮情急之下撕開襯衫包紮傷口，就這樣在牢裡度過一夜。一出警務廳，凱爾和他的馬匹一起在門口等候著，凱爾張開雙手迎接辛苦一夜的宥鎮。

凱爾剛才以美國代表的身分去了一趟慶運宮，日本公使館的林公使也在現場。朝鮮皇帝的立場是無法偏袒美國和日本任一方，因此感到相當困窘，最後捨棄日本而選擇美國。因為情況極其明顯，日本軍人用槍濫殺朝鮮無辜的百姓，於是國君下令釋放美軍，將該名日軍處以絞刑。

騎上馬匹往酒店的途中，凱爾向宥鎮敘述他和皇帝會面的感想，繡著龍紋的龍袍似乎吸引了凱爾，不知不覺間兩匹馬從巷子繞出來。

巷口停放著一頂轎子，眼熟的轎子是愛信乘坐的轎子，從轎子旁邊的小窗戶看得到愛信的側臉。宥鎮的視線投向臉色蒼白的愛信，他內心裡萌芽的依戀，在夜晚吸收了月光後更加滋長了，可是他卻別過臉去。

聽到馬蹄聲遠去之後，愛信才回頭遠望，從小窗戶看著遠去的宥鎮背影，他看起來似乎還不錯，算是慶幸的事，但她無法裝作認識，也無法呼喚他，只是緊咬著嘴唇。

三位男子

柔道場內，東魅在汗流浹背中整理著雜亂的思緒，突然想起某事急忙回家，大步走進房內，打開抽屜看到一張摺疊得整整齊齊的小紙條，紙條上寫的字全都是同樣的筆跡。

在紙店和愛信見面那天，當愛信離開之後，他又去了那家店，並且逼迫老闆交出愛信那張紙條。他對愛信的愛慕，深刻到即使是細微小物都想擁有。雖然只是一張紙條，但上面留有愛信的字跡，因此對他來說是極其珍貴的，並且曾因此高興，因此歡笑過。

「本打算和閣下一起策畫的事……出現了變數，希望能儘早釐清雙方的立場……」

東魅看著字條，正確地吟誦出那天宥鎮所持書信中的內容，內容他都記得清清楚楚，出聲唸出來後，神情顯得越發凶暴。

「不要逃避，見到此信後，請立即回覆。」

手上拿的字條和記憶中書信的筆跡是一樣的，代表書信的寄件人是愛信。那兩人之間顯然有什麼事，不管策畫的是什麼事，他對愛信和一個陌生男子「一起」做什麼這件事本身就很在意，拿著字條的手不停地發抖。說他憤怒，他又心痛，要說嫉妒，又非常悲傷，為了得到這個需要這樣操心嗎？光是愛信有未婚夫這個事實，他的內心已經夠悲痛了，不想為了一個突然冒出來的異鄉人而哀傷。

他脫下柔道服，咬緊牙根。

另外還有一個心痛的男子，熙星雙眼無神地望著送去找不到主人的書信。這時陽花拿著咖啡壺過來倒咖啡，說道：「座位空著，杯子也空著，杯子我倒是可以幫你填滿。」

「花、花轎、連我這花樣美貌也都行不通，真不知道該怎麼做才好，最重要的是，這輩子還沒見過不喜歡我的女人。」

陽花看著熙星委屈的眼神，覺得很有趣，她彷彿要讓這個輕浮的男子產生出一顆寶貴的真心，於是說道：

「您送她花是為了讓她嫉妒呢？還是要她生活得像花朵呢？能打動女人芳心的，不是季節過了就凋謝的花，而是那顆真心，而且真心維持越長久越好。」

「怎麼辦？我擁有的真心，時間並不長，因為才認識她沒多久。如果我說離開朝鮮之前就懷著這份心意呢，怎麼樣？憑我這張臉蛋說，她會相信嗎？」

陽花笑了一下，繼續說：「可是，熙星先生您在擔憂什麼呢？婚約期間，您只要下聘，小姐……從那天起，就是您的女人了，任何人都無法擁有她，放著這麼簡單的方法不用，為什麼要繞那麼一大圈子呢？」

陽花也和熙星一樣，希望愛信成為熙星的女人，她極力掩飾不自覺流露出的陰險表情。熙星只是望著自己不斷撫摸著的咖啡杯，如陽花所說，愛信和自己已經是訂婚的關係，然而，他想先安撫愛信惱怒的情緒，並且為讓她長久等待感到抱歉，同時害怕自己會變成如父親或祖父那樣，毫不顧慮對方的感情而為所欲為的人。

熙星想要得到的是愛信的心，不是愛信的人，雖然可能有人會說，自己的家世不是錢而是「心」，又有什麼用。他發愣地看著愛信缺席的空座位，難過地咬著嘴唇又放開，說道：「我也擔心自己會使用那個簡單又惡劣的方法。」

陽花幫他倒的咖啡又冷掉了，他的憂愁加深，其實自己連使用惡劣方法的資格都沒有，因為他的家世已經夠惡名昭彰了。

咖啡杯裡裝著憂愁的熙星，想起了杯子裡顯然裝滿仇恨的宥鎮，還有叫他不要回家的母親也很奇怪。那天回到父母家，氣氛也是相當怪異，他們似乎在尋找某個人。回想起來，這一切都非常可疑，於是他問了自己的家奴，安平在找誰。

家奴恭順地回答，不久前有個美軍闖進來，在家裡大鬧一場，那人走了之後，大人要我打聽三十年前在江華島本家工作過的婢女和奴僕。美軍的話，顯然是用充滿輕視的眼神看他的宥鎮，但是宥鎮為什麼要到他家去找婢女奴僕呢。

熙星腦海裡一片混亂，拿著菸盒往酒店後門走去。光榮酒店的後院裡晾著剛洗好的白色被單，涼風吹來，雪白的被單飛揚起來。

一匹馬在陷入沉思的熙星面前停了下來，那是宥鎮騎乘的馬匹，熙星看到宥鎮，表情變得僵硬。宥鎮和平日不一樣，彎腰從馬背上下來，纏在左手臂的白布滲出血來。

「看來受傷了，怎麼回事？」

宥鎮聽到熙星擔憂的話，把韁繩綁在木樁上，平淡地回答：「對用槍的人來說，這是稀鬆平常的事。」

「難道在市集和日軍展開槍戰的那位美軍是？」

「我想休息一下……」

宥鎮的語氣極其冷淡，然後走過熙星身邊。原本心亂如麻又煩悶不已的熙星也語中帶刺的說：「你一定很累的，為了四處奔波。」

聽到熙星刺耳的話，宥鎮感到意外地回過頭來說：「我今天看到了呢，你不笑的臉。」

「怎麼樣？是不是更好看呢？」

「很難說，不確定是不是更好看，應該說看起來更像少爺吧？」

兩人就這樣展開尖酸又無聊的對話。這時，傳來踩踏碎石子的腳步聲，打破了對話中的沉寂。從白被單當中，瞧見那雙穿著日本木屐踩踏碎石子的腳，那是東魅。東魅不知道什麼時候出現在這裡，慵懶地坐著觀看兩人對談。

「請繼續談吧，大人，我只是出來透透氣。」

「我們是不期而遇的，你都聽見了，應該也知道吧。」

「是禍從口出嗎？我曾說，如果出現變數就會遭逢變故，逃避的話便會有血光之災，結果你就被槍打中了呢。」

宥鎮聽到東魅的挖苦，皺著眉說：「謝謝你為我擔心。」

「下次我是不是應該乾脆叫你去死呢？我也曾對你說，要保重身體，真沒想到禍從口出，我正在後悔呢，大人。」

聽到東魅起身後說的話，宥鎮也火冒三丈，平常他不愛與人爭吵，但今天卻比平常更加針鋒相對，他輪流看著東魅和熙星，問道：「今天兩人是串通好的嗎？」

「那感覺就像被人插隊似的，雖然我一次都不曾擁有過。」

熙星瞬間才恍然大悟，東魅不曾擁有什麼，而宥鎮插隊的又是什麼，不想了解，卻自然了解到的事。他幾乎每天仔細觀察高掛天空的月亮，因此連月光細微的變化都能觀察出來。

宥鎮完全聽不懂似的反問：「什麼意思？」

「請你就以美軍身分乖乖待著，然後離開吧，美國大人，現在大人手上持有什麼東西，已不重要了，因為你已經擁有了非常重要的東西。」這是東魅嚴厲的警告。

熙星神情恍惚地喃喃自語：「我好像明白……你們生氣的理由我現在才明白，現在站在你們身邊的人，和站在我身邊的人，是同一個人嗎？」

宥鎮和東魅都瞪大眼睛。

「現在不在這裡，但從一開始就一起站在這裡的人，難道那個人，是我的未婚妻？」

三個男人之間瀰漫著一股緊張感，宥鎮看著東魅，東魅看著熙星，而熙星看著宥鎮。不知從什麼時候開始如此糾纏不清，將三個人牽絆在一起。原本聲音柔和的熙星變得生硬地說：「希望不是她，因為我不想使用惡劣的方法，暫時還不想。」

夕陽染紅了三個人。

宥鎮沉默一會兒之後，開口了，聲音低沉又很冷酷：「難道你今天的身分是少爺嗎？」

「看來你最在意這個……」

「給你一個忠告，請別這樣，繼續做三〇三號房客吧，還有別再把那女子介入我們之間，以及再也別在我面前提到耐心，下次恐怕就不只是忠告而已了。」

東魅看著宥鎮把話說完，覺得很有趣，那麼現在他應該更討厭誰，是未婚夫，還是愛信等待回覆的人？不論討厭他們其中的任何一個，愛信內心嚮往的地方絕對不是自己，那是有趣又殘忍的事。他覺得，今天不應該再見到這兩人的臉了，於是說道：「兩位廝殺之後，只有一位存活下來，那就再好不過了……」

果真如此的話，自己似乎還有點機會，東魅苦澀地自言自語，然後離開後院。

熙星緊緊抓住和東魅同時轉身，想要走進酒店的宥鎮，說道：「上次的問話，還沒有得到答覆，我們之間多了那個女子，現在可以聽聽那個答覆嗎？」

「什麼答覆？你聽到我說什麼話？」

「你說你在忍耐，到底在忍耐什麼？聽說你在尋找三十年前在我祖父宅邸工作的人，為什麼要找那些人？」

「你覺得我是因為很久不見才想找他們的嗎？當天你也在現場，在你母親的肚子裡。」

宥鎮盛怒的聲音有些顫抖，每次回想起那一天，都如噩夢一場，當時熙星在安平夫人的肚子裡。他瞪著熙星，也許會有人責備他，對一個天真地一無所知的熙星生氣有什麼用，然而，他記得一清二楚。

「那天你祖父說，父母的罪就是子女的罪，對一個年僅九歲的孩子那樣說，如果父母的罪是子女的罪，那當時是胎兒的你又怎能例外？」

父母的身分就是子女的身分，父母的罪就是子女的罪，在朝鮮的生活就是這樣。即使如此，他也不怨恨自己的父母，就算父母有罪，那也只是身為奴僕的罪，該怨恨的是將為了生存的他與他的父母冠上罪名，並置之於死地的那些仇家和朝鮮這塊土地。

「所以，你不要介入你的父母與我當中，那會讓我也想給無辜的你冠上罪名。每個人都覺得自己指甲縫裡的刺是最痛的，但別在經歷過撕心裂肺的人面前喊痛，因為那是知不知羞恥的問題。」

熙星對自己的輕率感到無比痛心，看著冷酷痛斥之後轉身離去的宥鎮背影。後院逐漸陰暗下來，孤單地留在原地的熙星低下頭來，也許是天色太黑暗，他看不到自己的腳尖。

酒店職員開始出來收取衣物，第一次見到愛信那天，在飛舞的被單之間看見她的臉龐始終折磨著熙星。

「會嘗到椎心之痛的人，難道是我……」

他想念愛信，為了不使用惡劣的手段，想見她一面。

* * *

好善氣呼呼走出當鋪時，撞到一位正要走進去的男子，因這一撞，她原本拿在手上的布包和配飾一起掉落到地上。

「母親！您怎會來這裡！我正好路過……」

好善神經質地抬起頭，一聽到兒子的聲音便勃然大怒。手上拿著洋服的熙星只是剛好路過當鋪，那才怪呢，好善狠狠地敲打了熙星的背脊和肩膀，熙星快速拾起掉在地上的配飾，然後交給好善，說：「母親，您東西掉了，父親現在竟然連配飾都叫您買中古的，真的太過分了。」

看到熙星耍貧嘴，好善大吼：「真的是有其父必有其子，臭小子！你現在居然連衣服都拿來賣？」

然而，衣服還不是問題，好善拿出放在布包裡面的懷表，熙星僵直地俯視著懷表。

「這是祖父在你留學時送你的珍貴懷表，你竟然拿來典當?!天啊，我居然生出這種傢伙，還喝了海帶湯，喝了海帶湯啊！」

「……就是您喝海帶湯那天。」

不理會大吵大鬧的好善，熙星沉浸在其他的回憶裡。

「母親，在我出生的那一年，或者那個月，或者那一天。」

熙星出生那一天，那天熙星、好善都差點喪命，雖然真正喪命的另有其人，但好善不自覺地不斷撫摸圍著綢緞布巾的脖子，那裡面有道傷疤。濡溼院子的鮮血和劃過自己脖子的玉簪，她好不容易才抹去殘留在眼前慘不忍睹的景象，每當想起熙星出生那天發生的事就心驚膽跳，但近乎遺忘地生活著。只要宥鎮不出現，好善和安平應該會遺忘了那天的事，高枕無憂舒適地生活。

「沒有……發生什麼事嗎?譬如……發生在一個九歲奴僕身上的悲傷事情……類似這種事。」

聽到兒子聲音越來越小聲，好善趕緊找後面的女僕，說：「瞧瞧我這記性，大監大人午餐都沒準備我竟然還在這裡。在我通知你之前，給我好好待在酒店別亂跑，千萬別亂跑，我們走吧。」

好善把懷表放在熙星手裡，便催促女僕趕緊離開。失神的母親離開後，拿去典當的洋服和懷表照樣又物歸原主。手上的懷表讓他心裡有陰影，他打開懷表蓋子，秒針便發出輕微的滴答聲不停地轉動。就這樣懷表有如不停轉動的時針，因果報應似的又重回他的手裡。

熙星發愣地站著，然後長嘆一口氣，邁步離去。

「這不是熙星少爺嗎?」

這時，在街上有一位似乎認識熙星的人走了過來，說：「近來好嗎?少爺。我是在太羅洋服店工作的申宗民，少爺第一次剪短髮來訂做洋服時，是我幫您量尺寸的，您還記得嗎？」

這時，熙星才看出他是誰，並和他打招呼。宗民看到熙星手上拿著的洋服，關心地問：「啊，洋服還合身嗎？小姐似乎不太清楚您的尺寸，感覺可能有點小呢……」

「什麼……洋服……？」

「我是指小姐每年為您訂做後，寄過去給您的洋服。」

宗民覺得愛信訂做的那些洋服對熙星來說應該有點小，而感到可惜。當然，熙星別說洋服，連含情的笑容都不曾收到過，然而他是個很會察言觀色的人，因此說：「啊，那個，每年從朝鮮寄過來的洋服嗎？這段期間我稍微胖了，在東京時倒是經常穿，是你的手藝嗎？」

「是師父的手藝，我只是負責量尺寸，因為我是朝鮮人，我會重新幫您量尺寸，勞駕過來一趟吧，少爺。」

熙星和宗民道別，要他路上小心。當宗民走遠之後，熙星心神混亂地喃喃自語：「打算解除婚約的女人，卻每年為我訂做衣服……？」

雖然找了一個藉口搪塞過去，但愛信訂做了比熙星身材小的洋服，有什麼用途，不得而知。雖然直接問愛信是最快的辦法，然而愛信是否願意回答，這個也是不得而知。

等待

愛信心存僥倖，也許宥鎮會到藥房來見自己，因此三天兩頭就往藥房跑。然而，一天天過去，宥鎮並沒有出現，就這樣連續空等了好幾天，因為日益加深的思念，而逐漸消瘦。

砰，隨著愛信射擊的槍聲，練習場的陶碗破裂，同時，她想起射擊自己左手臂的宥鎮。在警務廳前面看到騎馬遠去的宥鎮背影，是她最後一次見到他。

如此近距離射擊，傷口肯定比想像的深，他的手臂是不是痊癒了，著實令人擔心。為了幫她，宥鎮才挺身而出的，所以是不是應該去道謝，並且對他說，事情演變成這樣，十分抱歉。若真的見到宥鎮，也許不知道應該說什麼，但見不到面，又是焦急萬分，說不定他再也不想見到自己了。

她收拾練習用的槍枝之後，回到茅屋。空蕩蕩的茅屋內，勝具在爐灶上放一口鐵鍋，正在煮飯。

「那位女子……怎麼樣了？她就是事發那天打開窗戶幫我的女子。」

勝具用樹枝撥弄爐灶裡的火，轉過頭來，心想，愛信果然認出了素兒。

「我出手相救，因為她是我的同志。」

「難道那位美軍也是因為把你當同志，那天才幫你的嗎？」

愛信無法回答，緊閉雙唇。勝具表情嚴肅地說：「我不是要追究他的事，只是那天你暴露了自己的身分，也就是說你和那個女子，可能都會陷入危險。」

「當時我沒有其他辦法，因為必須救她！難道那女子……」

「還活著呢。」

看到愛信放心的樣子，勝具苦澀地笑笑。若想到素兒，首先會擔憂和不安，但既然這是一開始便接觸的危險工作，那也是無可奈何的事，這種工作本來就是隨時要有必死的覺悟。

「你救的那個女孩名叫素兒，她託我向你道謝。」

「我差點連名字都不知道呢。」

「聽過就忘了吧，他們只是無名小卒，那些無名小卒的名字一律都叫做義兵，必須隱姓埋名、隱藏真面目地生活，如果朝鮮有幸能夠生存下去，悠久地流傳到後世，那名字能在歷史上被記上一筆，就已足夠了。」

那也是堅毅的決心。愛信看到勝具留下燙傷疤痕的粗糙的手，大致推測勝具的人生應該也是如此。既然為了守衛朝鮮而持槍，那是既定的模式，將會在歷史留名，愛信緩緩地點頭。

勝具說的沒錯，只要那樣就夠了，只要那樣就心滿意足了。

陽花以孤傲的姿勢坐在自己房裡，小心翼翼地拆開手上的信封，信封中央畫著一朵李花圖案，李花外圍寫著「聖聰補佐」，打開書信，確認內容之後，立即用旁邊的燭火燒掉，熊熊燃燒的書信立即化成灰燼。

陽花準備外出，抵達美國公使館後，敲了一下門。

宥鎮坐在書桌前處理公務，對他來說是個意外的訪客。陽花高跟鞋咯咯地響，走進辦公室，他警戒地站了起來。

「我來轉達宮中的消息，是非正式的。」

「是給我的嗎？」

對宥鎮來說，被白宮召見比被大韓帝國的朝廷召見還要來得自然，完全推測不出其用意，因此他才反問。

陽花點頭，她的態度和平常完全不一樣，說道：「請脫下軍服，換上洋服，而且佩帶在腰上的東西也得取下來。」

「召我進宮的人是誰？」

「是大韓帝國的皇帝陛下。」

看到宥鎮驚訝的樣子，陽花嘴角浮現一抹詭異的微笑，說道：「我只負責轉達，至於內容就不得而知了，但是可以給您一個建言，在宮中不論見到任何人，請都使用英語，讓宮內府的翻譯官翻譯。」

宥鎮依然猜不透此話的真正含意，但還是點了頭，心想，應該不至於傷害自己，反正對外，他是美國人，所以說英語也不足為奇。陽花並且對宥鎮說明這次非正式訪問的流程。

內容傳達完之後，她不疾不徐地走出美國公使館。

酒店的老闆怎會轉達皇帝的命令，宥鎮看著離去的陽花背影，撫摸下顎沉思。她也許是某個情報單位的一員，也許和愛信一樣，在一無所知的表面之外還有另一種身分，但也有可能兩種都是。

一邊揣測，一邊走到書架前面，悄悄地拿出書架上的聖經，翻開來之後從聖經皮製封面內層，取出一張薄薄的紙張，那張紙不僅能改變自己，也許還能改變整個朝鮮的命運……

從九歲起，始終折磨著他的提問，依然在腦海裡迴蕩——自己是天空，還是翱翔天空的黑鳥？他將紙張再度放回聖經的皮製封面內層，他認為，暫時還不要去做任何決定……

深夜，宥鎮依照陽花的指示，坐上綁著紅色腰帶的人力車夫的車，抵達慶運宮。只有皇帝以及皇帝的心腹，同時也是宮內府大臣正炆在現場，是個極其隱密的會面，在那裡安排一名宮內府翻譯官，那也是應宥鎮的請託，翻譯官站在皇帝與宥鎮之間。

皇帝抱持著一線希望召宥鎮進宮。美國公使館代理領事，同時也是擔任美國海軍大尉的美國人，然而出身是朝鮮人，如能善加任用，也許可以得到關於預託證券的情報，更進一步，還可牽制其他國家的公使。

問題是宥鎮願不願意為朝鮮效力。

「聽說你年幼時便遠赴外國了，在大國擔任重要職位後回到祖國，並且曾經出面對抗日軍的暴行，為祖國的安危做出貢獻，實在非常優秀。」

宥鎮靜靜聆聽皇帝的稱讚，正炆仔細地觀察宥鎮的表情。

「朕今天召你進宮，是想聽取身為朝鮮人的你，對於和美國交流的意見，以你所見，美國對大韓帝國抱持著什麼樣的立場？」

這是宥鎮在走進宮廷時便已料想過的內容，皇帝重新制定國號，自己坐上皇帝的寶座，以展現重振國力的意志，但國家已風雨飄搖，皇帝需要多方的協助。然而，皇帝想錯了，朝鮮不是宥鎮的國家。

翻譯官翻譯完畢，宥鎮帶著冷漠無情的眼神開口說：「首先，陛下對我有一些誤解，我是軍人，並非政治家，而且我是美國人，不是朝鮮人，我的祖國是美國。況且我的所作所為，只是為了幫助一名異國女子，並不是為了朝鮮。身為美國人的我所能提供的任何建言，對朝鮮都不可能有益處的。」

皇帝的眼神帶著期待，翻譯官俯首對皇帝稟報：「陛下，臣斗膽為您稟報，大韓帝國是個弱小的國家，必須求得強國的援助，這是美國的立場。」

宥鎮直視前方，緊皺眉頭。皇帝極為失望地反問，但翻譯官仍不改口。

在旁聆聽的正炆問宥鎮：「可是，聽說你朝鮮話說得很流利，為什麼要通過翻譯官來傳話呢？」

「我不懂得宮中禮法，所以想尋求翻譯官的幫忙。」

聽到宥鎮流暢的朝鮮話，翻譯官臉色慘白，表示剛才自己隨意亂翻的話，宥鎮完全聽得懂，簡直恨不得當場咬舌自盡。

「你的想法很正確，朕會斟酌，所以翻譯官就此退下吧。」

皇帝高興地讓翻譯官退下，翻譯官的頭幾乎垂到地面，無地自容地俯首倒退離開，正炆表情嚴肅地看著翻譯官離去。

翻譯官一退下，皇帝開始對宥鎮真正地垂詢：「朕見過的人當中，你的經歷相當罕見，那麼，在朝鮮你的籍貫是哪裡？」

宥鎮聽到那個提問，微微苦笑，回答說：「……我不知道。」

「大膽！陛下在垂詢，還不快如實回答？」

「陛下的百姓當中有無數多的人，都不知道自己的籍貫在哪裡。」

聽到正炆的喝斥，宥鎮繼續說：「不知道自己的籍貫，是因為奴婢無姓氏，大多數都是跟隨主人的姓氏，由於我爹的第一位主人姓崔，因此我爹和我才會姓崔，但我娘，她連姓氏都沒有就去世了，我爹和我娘都是奴婢。」

宥鎮輕描淡寫地說，但是皇帝和正炆難掩慌張的神情，他看著他們兩人，只是眨了眨眼睛，正殿裡瀰漫著令人窒息般的沉寂。估計也許能善加任用，而召宥鎮進宮的人是正炆，將奴僕傳喚到皇帝面前是大不敬的行為，於是趕緊暗示皇帝將宥鎮退下，因此皇帝命令他就此退下。

宥鎮走出宮廷後，解開一兩個緊勒住脖子的襯衫鈕子，並將手伸進洋服外套裡面，那裡放著一個關係著朝鮮命運的東西，握著皇帝焦急尋找的華俄銀行預託證券的典當收據，他苦笑了一下。到底在期待什麼，即使捫心自問，也答不出來。並非不知道會變成這樣，但覺得有苦難言也是無可奈何的事。

勝具來到士弘的家，趴伏著說：「有一名同志暴露了身分，我們打算送他去上海，搭正規船隻恐怕會有危險，正在打聽偷渡船隻，但他們索價太高……因此，很惶恐，又來求見大監大人了。」

士弘望了一眼勝具的背脊，撫著花白鬍鬚，他沒有下達指示，反而詢問愛信的事。距離上次將愛信託付給勝具，讓他教她能夠保護自己，轉眼間已過了十幾年。

相完的犧牲是他心中永遠的痛，因為相完為了保衛朝鮮遠赴東京時，士弘慷慨解囊資助了義兵，結果那筆錢卻害死了自己的兒子。

「我也知道那是攔也攔不住的，我自己都攔不住，又怎會叫你這麼做呢？因此……」

能理解白髮人送黑髮人那份哀慟的人並不多，歲月流逝，由臉上的皺紋看得出士弘也蒼老了許多，勝具內心沉重地等待著士弘的下一句。

「可以讓愛信身肩重任，但不要太頻繁……甚至有時候別讓她知道……拜託你這麼做，用這筆錢去救你想要救的人吧。」

士弘從抽屜裡拿出一捆錢，「啪」的放在勝具面前，勝具所能回應的只是發自內心深處的感謝。

勝具道謝之後，在行廊大叔恭送下正打算走出士弘家時，愛信來到院子挽留住他。不同於在練習場時的關係，在這裡愛信是高貴的小姐，而他是下山來的獵人。

「咸安大嬸在打包食物，你帶回去吧。」

勝具俯首向廚房走去。

咸安大嬸在廚房忙著將柿餅、肉脯、明太子等各種食物打包到包袱裡，愛信站在廚房外面擔心地問：「我聽到了你和祖父的談話，那位女子目前還沒脫離危險嗎？那麼她什麼時候前往上海……？」

「這件事小的自己會看著辦……」

愛信斬釘截鐵地說：「她是我救出來的女子，我希望她能平安無事，善後就由我來做吧。」

勝具剛才聽到士弘的叮嚀，耿耿於懷的感覺仍未消失。

「下次我會少介入一些，我也會假裝不知道，我是說真的。」
「……舉事地點是濟物浦港。」
士弘也說過了，即使勸阻也勸阻不了的，勝具也理解愛信的個性。危險的陰影在內心擴散，但被燦爛的渴望光芒驅散，那是多久沒有過的事了。
「是。」
「真不知道你是像誰，也不會多問兩句，只會說，是。」
「什麼？」
「這件事不僅關係到那孩子的安危，同時也關係到小姐的性命。」
這時愛信才用微笑回應勝具的憂慮，從這點來看，她再次了解到，在別人眼中自己只是個文弱的小姐，不需要辛苦地在屋頂上飛奔或是在地面上翻滾，也不需要抱持著必死的覺悟，只要安坐在家，享受舒適生活的尊貴小姐。誰都會這麼認為，但愛信與大家所想的不一樣，這才使得勝具更加心疼。

因為在宮中發生的事情，宥鎮依然冥思苦想，胡亂翻譯的宮中翻譯官令他耿耿於懷，知道自己的身分後，宛如聽到不該聽到的事而露出不悅神情的正炆和皇帝讓他心存芥蒂。
凱爾在院子裡放置茶几和打字機正在寫詩，宥鎮請他到辦公室來。
「這是什麼東西？」
凱爾看到宥鎮從聖經皮製封面拿出來的典當收據後發問，宥鎮懷著錯綜複雜的心情回答：「這是上次和你提到過的那份遺失的羅根文件，艾倫公使也在尋找的朝鮮皇帝祕密資金的下落。」

凱爾不明白，那個東西為什麼會落到宥鎮手中，又為什麼讓宥鎮苦惱，原本悠閒地享受著茶杯冒上來茶香的表情僵住了。艾倫說過，那個東西關係到朝鮮的採礦權、人參販賣權以及鐵路鋪設權，如果落到艾倫手上，那他至少能掌握到其中一項。凱爾一說明，宥鎮露出苦笑說：「很難說，我至少有兩種選擇，一個是讓朝鮮滅亡，另一個是延遲朝鮮的滅亡。」

聽了宥鎮的回答，凱爾無奈地笑了。朝鮮雖然不是宥鎮的祖國，但不管怎樣那是他出生的地方，而且這個搖搖欲墜的朝鮮讓凱爾覺得可憐，朝鮮擁有淳樸的風情和純真的人民，同時具有深厚的內涵。

「美國不該再介入到這個小而寧靜國家的命運中。」

凱爾的藍眼珠清晰地反映著宥鎮。

「即使沒有這份文件，美國也會得到菲律賓的，當然不論誰掌控朝鮮的命運，都跟我們無關，所以，原本屬於朝鮮的東西是不是應該歸還給朝鮮呢？」

「……這可不是美國人應該說的話。」

「因為我是詩人，所以不要自尋煩惱了，美國人。我這首詩最後一句將以『調派到海外，有如在郊遊』作結尾。」

凱爾站立起來，輕輕拍了一下宥鎮的肩膀，宥鎮望著凱爾坐過的位置後，馬上將典當收據收起來。

一間矮房夾雜在一群宏偉瓦房之中，反而顯得更加醒目，那便是正炆的家，以一個皇帝親信的住家而言，算是簡陋的。宥鎮走進裡面，看到穿著破舊衣裳的正炆親自在劈柴，著實令人意外的景象，同樣地正炆看到宥鎮也嚇了一跳，兩人默默地觀察對方。

「那天幫我翻譯的翻譯官所翻的話，全是捏造的。」

宥鎮開門見山地直接說出重點。

「那個翻譯不論對美國，或是對朝鮮都是不利的。」

「為什麼現在才告訴我呢？那天你大可直接稟告陛下，或永遠不說出來。」

正炆神經緊繃，雖然對翻譯官也起了疑心，但對宥鎮還無法完全信任，反而要將他列入不可信任的黑名單之中。看到正炆對自己下戰書，宥鎮嘆了一口氣，說：「我改變心意了。」

「改變心意了啊，這些日子你應該有充分的時間思考，難道想收回自己曾經說過的話嗎？奴僕出身又是離開祖國的人所說的話，換作是你，會相信嗎？」

到頭來，身為奴僕的宥鎮遭受的是這樣的斥責，深植於朝鮮的身分制度是這樣的根深蒂固，自己到底是為了什麼要跑這一趟！他按捺住後悔的情緒，並且扣上解開了的軍服釦子，起身說道：「相不相信是大人的自由，不過我來找大人的這件事，比開槍還難、還危險，並且需要更熾熱的心，看來我白跑一趟了。」

驚訝的神情掠過正炆的臉上，宥鎮稍微行注目禮之後，便轉身離去。

宥鎮走出正炆家時，天色已暗，也許是心亂如麻，腳步隨之緩慢下來。一群巡檢一窩蜂地從他身旁奔跑而去，奉外部大臣李世勛之命，從警務廳出來的那些巡檢將每一個路口都圍堵起來，正在進行搜查。若是世勛要尋找的人，肯定也是日本在找的人，那樣的話，事情就很明白了，他躲在巷子後面觀察盤查中的巡檢。

道路被攔阻，因此人力車、轎子以及行人們喧鬧地排著隊伍，看到行廊大叔和咸安大嬸也在其中，兩人守護著轎子。這時輪到愛信乘坐的轎子接受盤查，轎子的門被打開，愛信在咸安大嬸的協助下，走出轎子。

在濟物浦舉事之前，愛信正從藥房返家的途中，藥房倉庫堆得滿滿的藥材籃子當中，放著愛信變裝時使用的洋服和面罩。在宥鎮沒來藥房的這些日子，她想起面罩在宥鎮手上，宥鎮是不是過得安好，她只關心這個，因此變得心急如焚。

巡檢確認過下了轎子的愛信後，恭敬地說：「檢查過了，您可以上轎子了，小姐。」然後拿出嫌疑犯畫像給咸安大嬸看，並且問道，是否看見這樣的丫頭。愛信看了畫像後驚訝萬分，穿著和服的女子臉孔，顯然就是素兒。

「天啊，長得真漂亮，這個臉蛋到底犯了什麼罪，這麼晚了還這樣勞師動眾的？」

「說起來就讓人生氣，原本大家就因為日本鬼子而人心惶惶了，她卻為了多賺幾個錢，拋棄了身為朝鮮人的驕傲，以日本藝妓的身分工作，你說，這不是一件人神共憤的事嗎？」

聽到巡檢的話，瞬間愛信的一顆心直直地往下墜落。

「他們只是無名小卒，那些無名小卒的名字一律都叫做義兵，必須隱姓埋名、隱藏真面目地生活，如果朝鮮有幸能夠生存下去，悠久地流傳到後世，那名字能在歷史上被記上一筆，便已足夠了。」

師父的話在耳邊回響。宥鎮凝視著沉思的愛信，心中也是無限酸楚，他非常了解愛信的心情，然而，他無法走出巷子。

愛信是有未婚夫的人，而自己是個即使想為朝鮮做事也無能為力的人，於是他轉而走向更深遠的黑暗裡去。

綠袖子

「可惡的朝鮮女人！」

林公使強力拍打桌面而發出巨響。在門窗緊閉的花月樓二樓的日式榻榻米房間，林公使和東魅面對面坐著。朝鮮人假冒花月樓的藝妓偷取情報的事情被揭發之後，花月樓的老闆恐怕遭到魚池之殃，於是火急地找上東魅，從那天起，花月樓就屬於東魅管轄了。

「那就去抓啊，你還來這裡做什麼？」

東魅從容地問。

「日本公使館親自出面的話，很有可能引起外交上的問題，我們沒有理由殺雞取卵，因小失大，你得幫我找到那女人。」

「難怪朝鮮警務廳已經大張旗鼓地在找人了。」

「那樣做才能放出風聲啊，好讓她知道漢城的所有陸上交通都被封鎖了。所以你去濟物浦包圍港口，她一定會偽造身分前往上海，這是那女人消失之後核發的通行證名單，五位日本人，九位中國人，六位朝鮮人，她肯定是這其中的一個。」

東魅漫不經心地聽著林公使的話，噗嗤笑了出來，並說：「我明白您的意思，但請先支付酬勞吧，公使大人。得先付款，因為您總是叫我尋找一些無中生有的東西，我擔心收不到尾款，大家都是為了討生活的嘛。」

「你說什麼？」

「不願意的話，那就另找別人吧。」

東魅聳聳肩，毫不退讓。林公使對東魅的態度顯露出不滿的神情，但又沒有其他辦法，儘管他氣到緊握拳頭，然而最後還是答應了東魅的要求。

美軍們毫不留情地一致將槍口對準來到公使館的男子，肩上扛著槍的人不是別人，正是勝具。被數把槍枝圍住，讓他想起昔日的傷痛，心如刀割。因為美國槍械，犧牲了多少朝鮮人的性命，他爹也是其中之一。按捺住怒氣，平淡地說出預先準備的話：「我來見一位長得像朝鮮人的美軍，請向裡面轉達。」

當然，美軍根本聽不懂他說的話，派人去叫翻譯官，並拿走他肩上的槍枝。這是意料中的事，因此他又重複著剛才說的話。

幾經周折之後，勝具終於走進宥鎮的辦公室，說道：「我是來收酒錢的。」

宥鎮上下打量站在眼前的勝具服裝，然後問他：「你是獵人嗎？」

勝具看了一眼宥鎮的左手臂，白襯衫下纏著繃帶，說：「聽說有個美軍來過茅屋，應該是你吧，是不是知道我才來的呢？」

宥鎮這時才明白自己去過的茅屋主人莊獵人就是勝具，真是令人難以置信的偶然。他想起孤寂坐在石塚堆的勝具，馬上理解了，辛未洋擾時失去了重要的親人，自然會視美國為仇家。

「酒錢多少？」

「你周旋在小姐身邊的目的是什麼？」

「是小姐啊，但是和我在一起的是男子，至少外觀上是這樣。」

「你全都知道的話，那我就不能留大人活口了……」

勝具立刻拿起放在辦公室角落的槍枝，對準宥鎮，和體型不相襯，他的身手相當敏捷。不過看到勝具突然的舉動，宥鎮依然泰然自若。勝具舉著槍朝宥鎮靠近，問道：「為什麼幫助那位藝妓？」

「你們師徒兩人還真像。」

「你覺得我是在開玩笑嗎？」

勝具毫不猶豫地上膛，他已經拆解過美國式槍枝，並研究過了。

「沒有用的。」

「那要射擊看看才知道。」

「我的意思是無法射擊，所以說沒有用，因為那把槍裡面有子彈，但少了個彈簧。」

宥鎮一面回答，一面拿起放在桌上的彈簧給勝具看。這時勝具才恍然大悟，手上的槍正是自己偷走拆解後，再交給鐵匠組裝的那把槍，他重重地放下槍來，反正一把槍也威脅不了宥鎮，只是不管用什麼方法，他都想知道宥鎮的企圖。

「即使長相是朝鮮人，但你是美國軍人，辛未年時，你們在朝鮮幹了什麼好事，我全都看得一清二楚。你好像對我們瞭若指掌，抓我們來審問的話，倒還能讓人理解，為什麼要幫我們呢？」

「那是我的自由，幫忙也有問題嗎？」

「美軍怎麼可能毫無目的地幫朝鮮人？」

「在審問的人是你，既然你是來收酒錢的，那麼錢收到就請離開吧。」

聽到宥鎮的話，勝具只是盯著他看，正確地說，雖不知道「為什麼」有那樣的企圖，但大致猜得到宥鎮具有什麼樣的企圖。

「請給我吧。」

「多少錢？」

「我說多少你就給多少嗎？相當昂貴的呢。」

看到宥鎮流露出訝異的眼神，勝具開誠布公地說：「那個藝妓還沒脫離危險。」

那天的酒錢比預估的貴上許多，宥鎮的思緒變複雜了。

「我們計畫將所有情況偽裝成她要從濟物浦港搭船到上海，當武臣會的人知道濟物浦只是個幌子，便會立刻沿著陸路追趕。幸好火車一天只有兩班，武臣會將會被困在濟物浦而錯過了火車，我們打算趁那個空檔，由陸路逃離漢城。」

嚴謹的計畫，但，不是宥鎮該介入的計畫。

「為什麼要告訴我那個計畫？」

「因為不會搜查美軍和軍務人員，請幫忙我們，讓她安全逃離漢城吧。」

「你憑什麼相信我？我怎會毫無目的地幫助朝鮮人？」

但是，宥鎮之前的一些行動給予勝具信心，並取得他的信任，宥鎮對許多事情網開一面是第一個原因，再來是：「你不是還不惜開槍射擊自己手臂，救了那個女人嗎？」

「你錯了，我救的女人不是那位藝妓，而是高愛信。」

勝具拿著的槍緩緩地滑下來，宥鎮這麼做的原因，再清楚不過了，那個原因千真萬確是愛信本身。

東魅和浪人一起搭乘火車及時抵達濟物浦港。渡輪汽笛發出巨響時，工人們忙著將雜糧袋、裝著各種物品的箱子以及家畜等搬運到船上。幾名浪人一一核對搭船乘客的臉孔，另外有幾名浪人在船上來回搜索，東魅則站在中央注視著一切。

東魅自從聽到林公使說素兒會變造身分搭船，便抓來收受賄賂給予偷渡的船員，進行審問。結果船員禁不起浪人的嚴刑拷打，而說出載運年輕藝妓的計畫。

然而，約定的時間到了，素兒仍未現身。叫答應給予偷渡的那名船員確認是否發現素兒，但和東魅對視的船員，頻頻發抖搖著頭，表示那女人沒來，東魅焦急地掃視四周。

東魅善於動武，腦筋也不在話下，並且感覺敏銳，能爬到今天這種地位，受惠於有如禽獸般靈敏的感覺。有種不祥的預感，他不安地皺起眉頭，海風吹亂他的頭髮。

「可是……剛才在三等車廂的那些商人。」

開往濟物浦的火車內，草鞋商人、綢緞商人、雨傘商人等販賣各種物品的商人擠在一起，東魅問後面一位叫做雄三的浪人：「怎麼連一個都沒看到？」

在那堆積如山的物品裡，藏著武器。犀利地問完之後，他馬上明白了，毫不遲疑地命令雄三：「撤退，必須搭上一點鐘的火車，如果錯過那班車，就讓那個女人跑走了。」

「這是什麼意思？」

「正確的情報，因為太過正確，反而顯得奇怪，不是這裡，林公使上當了，那女人現在從陸路脫逃了。」

聽到東魅的話，雄三急速對浪人們叫喊。監視船員的浪人以及在輪船四周搜查的浪人們全部集合。東魅與浪人們推開要上船的乘客，急急忙忙往反方向跑去，瞬間一大群人你推我擠，輪船的入口亂成一團。這時一位原本躲藏著喬裝成挑夫的人，突然往上空開了一槍，受到驚嚇的乘客們當場趴在地上，因此清楚地看到武臣會及其心腹們所在位置。雄三往射擊的方向直奔過去，大喊：「在那邊！抓住那傢伙！」

「不是那邊！先上火車！那是要絆住我們的陷阱！」

砰，飛過來一發子彈，正好落在想阻攔雄三的東魅腳邊，因此，東魅更加確信自己的想法。如想抓到素兒，必須先連絡漢城，環視四周尋找電話筒，看到了「大韓協同友善會社」的招牌，於是轉身背對著開槍的方向，開始朝那棟建築物跑去。

愛信為了拖絆住武臣會，親自來到濟物浦港，她在屋頂上將槍的準星對著奔跑的東魅身影。

「到底要跑到哪裡啊……？電話筒！」

愛信得知東魅的意圖之後，拿著槍開始追趕東魅，看到在港口奔跑的東魅，於是在屋頂間跳躍。

當愛信抵達大韓協同友善會社建築物正對面的屋頂時，透過準星快速掃描建築物內部情況，三樓和二樓的辦公室都沒有電話筒，然而一樓辦公室的牆上掛著一台。一樓辦公室的職員被突如其來的槍戰嚇到，正拿起牆上的聽筒。

砰，愛信快速又準確地射中話筒，剎那間撥號的電話數字面盤碎成好幾片，僅留下職員手上的聽筒。稍後東魅猛烈地推開辦公室的門衝了進去，看到拿著聽筒頻頻發抖的職員，大聲辱罵來晚了一步。

東魅忽地轉頭仰望剛才子彈射過來的天空，看到跑走的狙擊手背影，立即跑過去追擊。

今天開往鷺梁津的最後一班火車發出汽笛聲。愛信變裝在屋頂上奔跑，使盡各種方式拖住浪人，在後面追趕的東魅拿著從林公使心腹手上搶過來的槍枝，迅速上了膛。

透過準星，看到了狙擊手的身影，正要扣扳機的那瞬間，東魅皺了眉頭。

風衣領子飄動的黑色身影，是愛信，是他做夢都忘不了的，朝思暮想的臉龐，無論她扮成什麼模樣，他一定都認得出來，多麼希望這不是真的，但分明就是那張臉。

「怎麼會？」

東魅移動手臂，放低準星，射出去的子彈擊中狙擊手的腿部。風衣飄動，黑色人影墜落地上。

東魅喘著大氣，使出全身的力量跑去確認狙擊手，然而，狙擊手墜落的地面僅留下一灘血跡，已不見人影，他粗暴地把槍枝丟在地上。追隨東魅的浪人們稍後到達，問道：「怎麼回事？下一班火車是明天早上七點。」

「你們找好馬匹便前往漢城，目的地是上海沒錯，但偷渡是假情報。往北走，我獨自留下來，還有事要辦。」

地上的血跡快讓東魅瘋狂，雄三問他，獨自留下來要做什麼，東魅只是冷冷地回答：「要確認。」

美國公使館的庭院裡有幾隻馱著滿滿包袱的驢子，宥鎮溫柔地撫摸著驢子的毛。驢子旁邊站著準備妥當要去旅行的凱爾和冠秀，還有一位陌生的男子，那位穿著道袍戴著斗笠的陌生人是女扮男裝的素兒。宥鎮拜託凱爾去旅行，凱爾欣然答應為宥鎮挺身而出。如果凱爾是要協助宥鎮，那麼冠秀是想幫助朝鮮。目前是處於警務廳封鎖所有逃離漢城通路的戒嚴時期，眼尖的冠秀察覺出，在這個時機，凱爾和陌生的男子同行去旅行代表什麼意義。

交換著眼神的四個人之間流露著緊張感。

「請保重，我會祈求你平安抵達。」

宥鎮對顫抖的素兒叮嚀。素兒輕輕地點了頭，說：「謝謝你。還有……之前搜查了大人的房間，實在抱歉。」

「是你搜查的？」

「是我提供情報的，但為什麼還會幫我……？」

「我想讓朝鮮延遲滅亡。」

宥鎮用低沉的嗓音說，並凝望遠方，他正走在人生的歧路上。凱爾戴著上次戴過的烏紗帽，開心地自言自語：「願上帝與這趟朝鮮之旅同在。」

凱爾騎著馬，冠秀和素兒抓住馱著行李的驢子韁繩離開了公使館。宥鎮祈求一路平安無事，並一直看著他們上路。

當凱爾一行人抵達通往渡船頭的巷子時，太陽已經下山了。果然一批巡檢點燃火把睜大眼睛認真地盤查，排在前面背著包袱的儒生們正遭到盤問，接下來是凱爾。

那些巡檢看到烏紗帽下凱爾粗獷的臉，驚嚇得倒退了好幾步，對巡檢而言，依然是個陌生又可怕的長相，因此沒有哪一個巡檢想讓美軍的他多停留一下，而立即放行，於是三人安全地到達渡船頭。

要載素兒前往上海的一艘船和緊張地抓著船槳的男子在等著他們，素兒脫下遮住半邊臉頰的斗笠，說道：「感謝，真的非常感謝。」

凱爾對著連聲道謝的素兒笑一笑，脫下自己的烏紗帽讓素兒戴上，並說：「願你的旅途，一路有神與你同在。」

「他說，祝你好運。祝你一路順風。」

冠秀將凱爾的話翻譯給素兒聽，素兒淚眼汪汪，不知何時才能再踏上故土，或許在有生之年都無法回來了，為了能再回到故鄉，如今她要去上海抗爭。原本恐懼又孤獨的心情，因為意想不到的善意讓她倍覺溫暖與感動，好不容易強忍住淚水登上了船。

離開濟物浦港，進入深山裡，那裡有一座小寺院，愛信父母的牌位在這座寺院裡供奉著，今天她穿著棉布衫，到寺院來見父母。

陰暗的森林中，微弱燈光的寺院裡充滿著凝重的沉默。尼姑洗過手的臉盆裡的水是一片通紅，全部是愛信的血水。撕開洋服褲子，子彈深深地嵌入大腿，她極力忍住猶如刀割的痛楚，呻吟著，背上不斷地流著冷汗。

咸安大嬸端著裝湯藥的湯碗，然後將湯藥舀進愛信口中餵她喝。咸安大嬸懇切希望能減輕小姐的痛苦，當小姐還是剛出生的嬰兒時，是她親手把她照顧長大的。看到自己無比疼愛養大的小姐那副痛苦的模樣，她的手不住地顫抖。

「傷口很深，必須縫合，我看過別人縫，但沒親手縫合過，我看還是找大夫……」

聽到尼姑的話，咸安大嬸搖頭並緊閉雙唇。雖然害怕，但正是她該出面的時候，於是毅然決然地說：「不行，要是能找大夫早就找了，由我來縫合吧，做了三十年的針線活，縫什麼不都一樣的嗎？給我針和線。」

一會之後，愛信沾了血跡的洋服在爐灶的火焰下熊熊燃燒，她的痛苦也隨之而去。

東方泛白。

迎接著日出，東魅在無人的火車鐵軌上盤腿而坐，反覆地將刀從刀鞘抽出又放進去，他望著通往濟物浦火車站的路口，嘴裡唸唸有詞：「不要來……不要來……」

刀碰觸到刀鞘發出的聲響散播開來，他懇切地希望，總是讓他想起、現在也讓他想起的那個人不要來。黑色風衣領子裡那張見過的臉龐，即使每天看，總是還想再見到她，希望自己是看錯了。抽出的刀刃反射著光線而閃閃發亮，忽然刀刃上反映著人的身影，他目不轉睛地望著走過來的一群人影，喃喃自語：「……都叫你不要來了……」

是愛信帶領著咸安大嬸和行廊大叔，她穿著喪服，面容憔悴，看到東魅後，表情冰冷，嘴唇泛白地惹人憐惜。

然而確認對方的臉而火冒三丈的人，不是只有愛信。東魅也怒不可遏地站了起來，昨天看到的那張臉並不是錯覺，愛信對東魅來說是怎樣的人物，他不可能將別人錯認為愛信。他將刀放進刀鞘，看著愛信的腿部，那裡是自己射擊的子彈嵌入的地方，然而，愛信的步伐非常穩健。

結果自己又再一次讓愛信流血了，他咬牙問道：「我們又見面了，小姐，一大清早在火車站。」

「我去了一趟寺院。」

東魅看到冷冰冰地回答後想轉身離去的愛信，於是立即向前阻止，他對冷淡的愛信已經習以為常。

「我該拿你怎麼辦？你沒看到我穿著喪服嗎？快給我讓開，在我殺了你之前。」

這是愛信第一次這麼憤怒和憎惡，東魅背棄國家還不打緊，又想阻撓保家衛國人士所做的事，她再也無法容忍。

看到愛信熾烈又嚴厲的眼神，東魅反而笑了，對他來說，那種眼神一點意義都沒有，因此那份憎惡也只是短暫而已。

「要論殺人，我的動作應該更快吧，小姐。」

「是嗎？好像不是這樣呢，我做得到，但你應該做不到。」

看到愛信冷靜的判斷，東魅臉上的笑容消失了，在他的面前，沒有人能比愛信這把刀更銳利的了，因為這把刀，他的心臟似乎停止。愛信無視站著不動的東魅，踏著穩健的步伐朝車站走去。

「都叫你不要來了，還偏偏要來……你連這個都知道嗎？」

東魅木然地站立著凝望愛信的背影，並自我解嘲。

✦

收到音樂盒修好了的通知，宥鎮再度去找鐵匠。鐵匠正在搥打釘子，聽到走進打鐵鋪的聲音而抬起頭來，說：「請稍等一下，真是哀傷的曲調。」

「真的修好了？」

留下驚訝的宥鎮，鐵匠走到裡面去拿音樂盒。這時東魅走進打鐵鋪，看到宥鎮便照例過來打招呼，每回都說幸會，但完全沒有絲毫高興的樣子。

「我昨天工作時，弄壞了一把珍貴的刀。」

自己回答了無人提問的話，然後「嗖」地從刀鞘抽出刀來給宥鎮看。

「從刀子彎曲的模樣看來，應該工作得非常粗暴。」

「因為對方拿著槍，而我是慣於用刀的人，不擅長用槍，所以沒能殺死對方，只擊中腿部。」

宥鎮緊閉雙唇，昨天的話，是舉事的日子，東魅和手下的浪人為義兵的戰略所矇騙，在濟物浦等待，而且為了拖延他們的義兵當中，愛信也在裡面。

看到宥鎮僵硬的表情，東魅低聲說：「如果你在這一帶看到跛腳行走的人，請通知我一聲，大人，我嘗試追了過去，卻被他溜掉了。」

東魅並不是無緣無故說這些話，而是帶有某種暗示。宥鎮皺眉，中槍的人是愛信的可能性非常大。

宥鎮忍住想立刻跑去探望愛信的衝動，好不容易挺住，站在原地。

太陽下山後，愛信走進藥房，藥房內空蕩蕩的，一如往常。好幾次她滿懷宥鎮可能在等待而跑去藥房，但都撲了個空。或許今天她也是抱持著能見到宥鎮的那種渴望的心情，但極力隱藏失落感之後，移動腳步走向藥草盒，她的步伐是一瘸一拐的，在街上為了走得穩健，過度硬撐，因此腳傷發作，如今似乎得放棄在這裡等待宥鎮了。

「你叫我在這裡等著。」

聽到從背後傳來的聲音，愛信慢慢地轉過身來，看到宥鎮的臉，她的一顆心安穩下來。擔心他手臂受傷，又埋怨他不來藥房，等待過了，正打算不再等待。一見到面，現在是既驚奇又雀躍，許久未見的那張臉是這麼地令人喜悅，因為非常思念那張臉，她默默地凝望著宥鎮。

「以為今天也見不到面了。」

宥鎮也一樣想見到愛信黑亮的眼睛，因此暫時無法繼續說下去。

「……我也是，你的傷口，還好嗎？」

「閣下的傷口，還好嗎？」

宥鎮知道昨天的事，愛信驚訝得瞪大眼睛。

「具東魅正在尋找腳受傷的男子，是閣下嗎？」

「的確被他們的槍擊中，但並不是男子，所以請幫我保密。」

愛信回答後，微微一笑，她的微笑像風一樣輕柔，令宥鎮好生心疼。

「又欠了我一份人情。」

「謝謝你，就以那時讓你搭船的人情來相抵吧。」

「真不該坐那條船的，我甚至還自己划槳呢。」

聽到宥鎮輕鬆說笑，愛信說，事到如今後悔已太遲了，然後大笑。笑容過後，伴隨著苦澀。

「以為摟哺很簡單，沒想到卻相當難，許多方面……我對不起你。」

「……累了的話，放棄也沒關係。」

「隨時都可以放棄，所以今天就別這麼做吧。」

愛信源源不絕的勇氣和果斷總是讓宥鎮感到訝異，朝鮮正在改變，眼前的女子非常奇特。

「今天再更進一步吧，所以請告訴我，互通姓名、握手，下一步該怎麼做呢？」

「你恐怕做不到的，下一步是齁個（Hug）。」

認定愛信做不到那種程度，因此宥鎮大膽又苦澀地笑了。頃刻間，愛信不假思索地跑向宥鎮，並將頭依偎在他的胸膛，她在宥鎮因驚愕而變得僵硬的胸膛上輕聲細語地說：「H字母我已經學過了。」

愛信曾說，她一無所知。完全是謊言，她學得太快，總是讓宥鎮招架不住，這個「齁個」也是如此。好久沒感受過的溫暖，熱烘烘的溫暖，宥鎮感動莫名，眼眶泛紅。自從兩手空空地逃出金判書家之後，他一直孤伶伶的，一路走來都是孑然一身，獨自走過沉重又困苦的歲月。

但那條人生的道路上如今有愛信陪伴，他靜靜地將自己的胸膛與人生全部交付給愛信，或許早就交付出去了。

愛信放開手，往後退一步，微笑著說：「這樣做，對嗎？」

「不是叫你在學堂別太認真學習嗎？」

「請你在這裡等一下。」

看到愛信笑著叫他等待，剛才安穩的情緒頓時消失，突然害怕地問：「你又要去哪裡？」

「不是你想的那樣，在這裡待太久會妨礙到老闆做生意，所以我們到別的地方去吧。」

愛信走了幾步後，打開藥房內側的門，是通往藥材倉庫的門。門一打開，從門內陰暗的地方出現兩個人，是咸安大嬸和行廊大叔。

「好像還沒向你正式介紹過，他們是咸安大嬸和行廊大叔，是我的左右手。」

宥鎮有些吃驚，隨後點了點頭。雖然宥鎮早已認識他們，但也驚訝他們真的是誠心誠意呵護著愛信，站在愛信兩側的咸安大嬸和行廊大叔看起來的確很可靠。

愛信走進藥材倉庫變裝後出來，帶領著宥鎮，宥鎮也二話不說跟著愛信走。兩人攔住正好經過藥房的人力車，並一起上了車。人力車夫的腳步聲在寂靜夜晚的街道上作響，往前走去。並排坐的宥鎮和愛信兩人的距離非常靠近，街道上遠遠才豎立一根路燈，每當經過路燈時，宥鎮就瞥了一眼愛信，愛信也是如此。在一瞥一望之間兩人肩膀碰觸了，然後又分開，夜間的寒冷空氣絲毫影響不到他們。

人力車轉過巷子時，搖晃著顛簸了一下，宥鎮下意識地抓住愛信的肩膀，而愛信舉起手來擋住宥鎮的胸膛。宥鎮看到愛信高舉的手，噗哧笑了出來，問道：「剛才你在做什麼？」

「保護你。」

愛信如男子般壓低聲音回答。

「載著兩個男人，人力車夫一定很吃力的，可是，現在我們要去哪裡？」

「我還沒想到那個，只是想和你並肩坐在一起，因為並肩同行上次已經試過了。」

宥鎮帶著溫柔的微笑，看著愛信說：「那去光榮酒店，怎麼樣?請把放我那裡的面罩取走吧。」

載著兩人的人力車立即停在酒店門前。

兩個穿皮鞋的人走進酒店裡，宥鎮的手裡提著咸安大嬸給的藥材，以手受傷為藉口，製造進出藥房的理由。愛信豎起大衣的領子，帽子壓得低低的以遮住臉部。宥鎮用對待好友的態度對她說，先上樓等，鑰匙拿了我就過去。陽花滿臉好奇地將鑰匙交給宥鎮，凡是宥鎮的事，原本就讓她感到好奇，一聽到是在美國認識，又一起生活過的好友，自然更加令她好奇。

用鑰匙打開門走進房裡，這時愛信才抬起頭，可以喘口氣。雖說是酒店的房間，也是自己非常隱私的空間，宥鎮含笑看著走進自己個人空間的愛信。

愛信感覺新奇地環視房內，和宥鎮的辦公室不一樣，但同樣華麗，桌子上放著音樂盒和摺疊得像手帕的面罩。

「原來酒店的房間是這個樣子，我第一次走進酒店房間。」

「我也是第一次讓人進我的房間，雖然每次都是被別人翻查房間。」

「看來房內有許多重要的東西。」

「剛才又進來了一個。」

剛才看著桌子的愛信，回頭望向宥鎮，盈盈淺笑，然後繼續參觀房間，指著音樂盒問，那是什麼。

「這叫做音樂盒，只要旋轉發條，就會播放音樂的機器。」

「音樂?」

「是一首曲名為〈綠袖子〉的西洋民謠，想聽聽看嗎?」

宥鎮旋轉發條，將音樂盒放在充滿好奇而眼睛閃閃發亮的愛信旁邊。當他鬆開旋轉的發條，隨即從音樂盒裡傳來清亮美妙的聲音，緩慢流瀉而出的曲調非常哀傷。出乎意料的悲哀曲調，愛信沉醉其中。在輕柔的氣氛裡，宥鎮徐徐開口道：

「我剛抵達美國的時候……因為語言不通，感到前途茫茫，而心生恐懼，又飽受飢餓，加上天寒地凍，手都凍僵了，挨打過的地方疼痛難忍，當時聽到這首曲子，似乎哭了很久。」

在不曾到過的他鄉，宥鎮經歷過的那些歲月，是愛信難以想像的。宥鎮忍受的飢餓、寒冷、痛苦，現在愛信為他感到心疼，問道：「……回來朝鮮之後，也經常聆聽嗎？」

「有好一陣子沒聽了，但最近又開始聽了。」

「又傷心難過了？」

「不是我，因為聽說有人受傷了，讓我感到害怕。」

宥鎮看著愛信，知道中彈的人是愛信的那一瞬間，彷彿天塌下來似的。

「你替我擔心？」

「具東魅說那天在濟物浦好像認出閣下了。」

「我知道，具東魅那天認出我之後，才朝我開槍的。甚至第二天清晨還來火車站確認是不是我，如果他真的存心傷害我的話，那時是最好的時機。可是，他並沒有那麼做，以後應該也不會那麼做。」

原本是要讓宥鎮安心，反而傷了他的心。

「你相信那個人嗎？」

「小時候曾救過他一次，可是他卻將我出於善意伸出去的手，像禽獸一樣抓傷了。當時那樣傷害了我，所以他怎麼可能不救我一次？」

「你確信嗎？」

聽到宥鎮的話，愛信這時才明白自己信任東魅，不論信任的原因來自何處，她確信，他下不了手殺害她，當時他說「養尊處優的貴族丫頭」的那句話，長期以來一直折磨著她，原來那份折磨是來自異常的信任。反正對愛信而言，不管是東魅對她的感情，或是她對東魅的信任都不重要了。

年幼時，東魅傷害自己，那無關緊要，然而，東魅穿上日本的服裝，想要傷害朝鮮的話，她絕對不會善罷甘休。

「能確信的是，當我像這樣以穿著洋服的男子身分，若再遇到他的話，到時我會率先朝他開槍，所以你大可不必擔心。」

為了化解沉重的氣氛，愛信拿起桌上的面罩，順便連宥鎮的音樂盒也一併拿走。以想聽音樂為理由，做為再與宥鎮見面的藉口。宥鎮明白愛信那個心思，面帶遺憾地說：「不做不行嗎？我是說穿洋服，朝鮮將會越來越岌岌可危，那麼閣下的處境也會越來越危險。」

愛信拿著面罩的手抓得更緊，說道：「不要引人注目，暫時不要去茅屋，學堂學習不要太認真，怎麼老是叫我不要做，難道就不能叫我去做某件事嗎？」

「我不是讓你一起做『摟哺』了嗎？」

聽到那句話，愛信笑了出來。那個笑容非常可貴，已經好幾次確認過愛信對義兵活動的意志，但宥鎮有時還是想要勸阻，因為憂心如焚：「你可以繡繡花，生活得像花一般，在我的記憶裡，朝鮮貴族的女性大都是這樣生活的。」

「我也是這樣啊，我也生活得像花一般，只不過我是煙花。」

果斷的愛信眼裡有著煙花，也就是說，只要愛信不放開手上拿的面罩的話。

「每次挺身參加舉事時，我都在思考有關死亡的價值，因此我才會準確地射擊，並迅速地撤離，你看過了應該明白的。」

已經將一切都賭上了之後，愛信就看得很開。聽了愛信有如玩笑般說的話，宥鎮勉強笑了一笑。雖然自古人生誰無死，但執意當煙花，將人生看得超越死亡的人實在不多。愛信在煙花之上，挺過熾熱，不輕易融化，也不化成灰燼，繼續熊熊燃燒。

「穿上洋服，遮住臉龐，我們便沒有了臉孔和名字，只是一名義兵，因此我們才需要彼此。雖然這對我祖父很殘忍，但我想要那樣燦爛地燃燒，然後再熄滅，如同煙花一般。雖然害怕死亡，但這是我的選擇。」

害怕失去愛信的心也是短暫的，愛信對宥鎮而言，是熱情又殘忍的女人。因為有愛信在，他曾經希望朝鮮慢慢地走向滅亡，只得暫時停下腳步，因為看不到那條路的盡頭，他想往更深、更遠的地方走去。

更進一步走向最熾熱的煙花。

愛信霍地起身，但宥鎮馬上抓住她說：「三〇三號還沒回來，一出去也許會遇到他。」

「三〇三號是誰？」

「閣下的未婚夫住在隔壁房間。」

「他還住在這裡？」

「難道我比你更常看到他？這一點我很滿意。」

宥鎮會在意愛信的未婚夫，仔細想想也是極自然的事。他知道需要對愛信解釋，但顯然說來話長，因此愛信答應下次再聆聽。因為不能和三〇三號碰面，所以愛信決定捨房門，而利用窗戶。

「這裡可是三樓。」

「我經過時觀察到了，每一樓都有陽台，善後就麻煩你了，要關好門窗。」

愛信再次將帽子壓低，豎起衣領，確認陽台下方之後，輕輕一躍跳到樓下的陽台，便從宥鎮房內消失了。

我想你

雄三等武臣會的浪人們封鎖了鐘路某條巷口，一位背著背架正要走進大街上的挑夫看到氣氛怪異的浪人們，便想轉身。但浪人們已阻斷他的後路，令他十分困窘，這時東魅出現在腦海一片空白的挑夫面前。

「為什麼擋住我的去路……」

挑夫稍微抗議後，隨即低下頭來。東魅彎下腰來與挑夫的眼睛對視，說道：「因為你好像是我認識的人，大人，看來挑夫還挺好賺的嘛，居然還能搭昂貴的火車。」

「你在說什麼……？」

「我們應該見過面的，在開往濟物浦的火車上，還有發生槍戰的港口，在那裡，除了大人之外，我還看到了好幾位。」

東魅扼住挑夫脖子，迫使他自白，但挑夫始終辯解說認錯人了，東魅的嘲諷更加狂妄。挑夫眼看再逃避已無意義，於是快速丟掉背架，朝擋住去路的浪人們揮舞著短棍。浪人們一時驚嚇而倒退，挑夫趁機撥開那群浪人開始逃跑。

東魅只是一副冷靜的表情，挑夫天真地以為逃脫了。

「做什麼？帶他過來。」

聽到東魅的命令，雄三低頭跑了過去。

結果，挑夫跑了沒多遠，便被浪人們抓到，在巷尾雙手被反綁，跪了下來。雄三將刀子抵住挑夫低著頭的脖子，挑夫逃跑失敗後，似乎放棄一切希望。

因為讓素兒逃脫了，林公使氣得七竅生煙，但是這個人和素兒所屬的義兵應該是同一夥的，將這個人交給林公使，他應該會消氣才對。交出這個人，東魅只要拿到錢就行了，當然抓得越多越好，他狡猾地慫恿挑夫說：「只要招出其他人，你就能保住性命。」

挑夫咬緊牙根瞪著東魅大吼：「殺了我！殺了我吧！」

挑夫不招供，氣憤地對東魅大喊殺了自己。東魅太小看這個吶喊的挑夫了，挑夫應該也有求生的意志，但竟然為了不出賣同志而犧牲自己，東魅內心很不是滋味地說：「我會殺了你的，大人。不過，那是最後一步，在那之前，我真的很好奇才問，你到底為什麼要做那件事？我也一樣是捨命以求生存的人，即使這樣，也應該先找出活路吧，哪有自尋死路的道理？義兵，當那個很賺錢嗎？賺錢的話，那我也來當吧。」

「像你這種臭蟲能懂什麼？如果要留遺言，那我就在這裡留下我的遺言，你仔細聽好。」

聽到臭蟲這個字眼，東魅皺了一下眉頭，聽到這種辱罵的話已不只一兩次了，甚至還聽過更不堪入耳的。為了賺錢，他什麼事都做，需要他的人都是一群壞蛋，他與保衛朝鮮人士站在反對的陣營，做的是打人、砍人的事，因此並不奢求不會聽到臭蟲的辱罵，只是真的好奇。

東魅工作時也是為了生存而豁出性命，並不時受傷，但人們到底是為了什麼非要尋死，又為什麼大家都那麼做？不，其實真正好奇的是，能夠以無比高貴的小姐身分過日子的愛信，為什麼要那麼做？哪怕是蛛絲馬跡也好，他真的很想知道。

「你知道現在的朝鮮是什麼樣子嗎？現在的朝鮮沒有一樣東西是屬於朝鮮的，俄羅斯掠奪了鴨綠江、圖們江山林、慶源礦山、務傑城礦山；美國掠奪了雲山礦山、下水道、電車、電力、京仁線；日本掠奪了稷山礦山、京釜線、京元線；英國掠奪了殷山礦山；法國掠奪了京義線。所以我才會當義兵，即使是這樣的國家，我也不想讓它被搶走。」

挑夫彷彿吐血似的將話一句一句地吐出來，東魅僵直地看著挑夫，問道：「在朝鮮有那麼多的人比我優秀嗎？」

看到東魅嘻笑，挑夫閉口不言。東魅以為可以聽到原因，結果令人失望。

「你應該知道這是徒勞無功的，你剛才說，如果我招出其他的人就能保住性命，但你永遠無法從我嘴裡聽到任何人的名字。」

挑夫把話說完，彷彿下定決心雙眼緊閉，再睜開眼睛時立即伸長脖子，朝向抵在前面的銳利刀刃靠上去，再左右橫劃一刀。只是剎那間的事，東魅驚愕地用腳踢掉刀子，可是鮮血已從挑夫被刀刃割傷的頸部噴出來。

「你瘋了嗎？」

東魅緊緊抓住挑夫的領口，激動得大叫。

「被發現就逃跑，被抓到就自盡，你再抓個一百人看看，我的同志們每個人都會這麼做的。」

東魅聽到挑夫毅然決然的話，便鬆開了抓住領口的手，因為他想到挑夫的同志之一的愛信。

「把這個傢伙拖過來。」

臉色蒼白的東魅轉身往巷子外面走去，身後的浪人們半扶半拖著挑夫走。

浪人們拖著挑夫前往的地方是一座深山裡，太陽已下山了，浪人抓著被捆綁的挑夫。最後東魅交給林公使的不是挑夫，而是花月樓的老闆，他自己也無法理解為什麼會這樣做，心思一片混亂，可是在苦惱之前，他已這麼行動了。雄三拖著被麻繩捆綁的挑夫，丟在東魅面前，舉著火把的浪人們站在東魅的後面。挑夫因不安而頻頻發抖，心想現在真的是完蛋了，於是緊緊閉上眼睛，再睜開來。

突然東魅說出令人意外的話：「想活命的話，現在就開始死命地跑，你就跑吧，盡可能離漢城越遠越好，不要再出現我們面前。」

「你到底在打什麼鬼主意？現在是要放了我嗎？」

東魅目露凶光，拿出懷裡的短刀，伸向挑夫受傷的脖子，說道：「不是放你，只是現在不殺你而已，如果在漢城讓我聽到你的呼吸聲，那時一定會將你碎屍萬段，如你所願的。」

話說完，東魅便一刀割斷挑夫脖子上的繩子，而不是他的脖子。繩子一鬆開，恢復自由的挑夫仍然無法理解，東魅為什麼突然改變心意，他分辨不出那是真心的，或者只是一個陷阱，但無論如何為了保命，跑為上策。

東魅望著挑夫逃離得很遠之後，才轉過身來，兩旁手下舉著的火把當中，視野模糊，一切都混沌不明。

東魅跨大步走進光榮酒店，經過大廳後，打開陽花的房門，瞬間腳步停了下來。陽花正在房間角落的浴缸裡泡澡，他慌張得倒退，但陽花卻將原本倚靠浴缸的上半身直立著，說：「進來吧，我洗好了。」

披散頭髮下方的頸部線條非常迷人，可是從浴缸裡走出來的陽花背部卻滿是傷痕。東魅瞥見她腳踝上長長的疤痕也是鮮明的。

「為什麼你身上的傷痕比用刀的男人還多呢？」

「在這塵世之中，一個朝鮮女子要在日本生活哪有那麼容易。」

陽花自嘲，並整理衣裳，無數的傷痕是被她的丈夫虐待而造成的，那些是如實呈現她坎坷人生的印記。東魅難過地看著陽花身上深烙著的傷口，如同刻印在自己身上的傷痕般，他有時會對這個美麗又狠心的女人產生奇特的同志情誼。

陽花坐在東魅面前，拿著水晶杯，水晶杯裡裝著琥珀色的威士忌酒。

「有什麼事?」

東魅拿走陽花手上的酒杯，一飲而盡，回答：「心情不太好，因為放走了一位義兵。」

「放走?為什麼?」

「……感覺如果殺了他，那些義兵應該會很傷心。」

陽花聽到出乎意料的話，出聲笑了，並說具東魅不久會中槍的，然後又哈哈大笑。東魅尷尬地皺著眉說：

「……總得讓人理解才行，為什麼區區一個挑夫，卻願意為國犧牲性命，而朝鮮最富有人家的少爺長期以來卻在賭場裡任意揮霍。」

陽花聆聽時的表情很耐人尋味。

「難說呢，也許那個挑夫是用那位少爺花出去的錢，搭上了火車。」

原本是來尋求解答的，結果反而變得更加混亂，東魅舒展的眉頭又糾結在一起了。

偏偏今天來找陽花的人特別多，宥鎮主動向她提議喝一杯，她坐在宥鎮的旁邊，用手掌輕輕將杯子包裹住，看著宥鎮舉杯潤喉，她從容地引導話題，說：「看來你的自鳴琴修好了，還和好朋友一起欣賞了。」竟然和好朋友欣賞自鳴琴，這件事讓陽花覺得怪不是滋味的，宥鎮的好朋友進來時她看到了，可是並沒有看到那位朋友出去，令她心裡起疑。宥鎮瞥了一眼陽花，回答道：「你介紹的那位鐵匠手藝真的很不錯，謝謝了。」

「不客氣。」

「經營這家酒店多久了?」

「蓋了兩年，營業三年了，在日本時，多虧已故的丈夫，我從年輕時便開始學習酒店管理，不過，為什麼對這個感到好奇呢？」

宥鎮靜靜地觀察陽花時，想起了愛信。她曾說，穿上洋服遮住面容的話，自己便沒有了臉孔和名字，只是一名義兵。眼前這位穿著華麗的陽花，若遮住面容的話，「工藤陽花」那個名字似乎也會被抹滅掉。

「因為我好奇你是不是在替國家做事。」

「……我只是個生意人。」

「只是個生意人，為什麼要建議我用翻譯官呢？」

「他翻譯的內容是對日本有利的嗎？」

看來早已經知道了，不由得讓人驚嘆她的情報能力。

「你是想透過我來確認嗎？」

「在光榮酒店裡有許多的情報，而我又好奇心旺盛，因此，你做了什麼選擇呢？」

「在那麼多的情報當中，有沒有不久後我會離奇死亡的情報呢？」

「這就是你所做的選擇嗎？」

陽花面帶嫵媚的微笑曖昧地問。

「我不很確定，不過我也好奇自己的選擇會帶來什麼樣的結果。」

宥鎮旋轉著手上的酒杯回想起，回到朝鮮之後、遇見愛信之後、去過一趟宮廷之後所做的那些選擇。目前還無法確定，正炆會不會相信奴僕出身又是美國人所說的話，倘若正炆相信了，那麼宥鎮的下一步選擇便是——即使救不了，但至少不會讓朝鮮滅亡。

酒店的門一開，門鈴便清脆地響了起來。陽花自然地為了迎接客人而抬起頭來，卻看到一位稀客，因此睜大了眼睛。以為高貴的小姐不會再踏進酒店之門的愛信，用眼睛掃視著大廳。陽花曖昧地笑著，走向愛信說：

「小姐這時間來這裡有什麼事嗎？」

「來見我的未婚夫。」

愛信看著今天依然明豔動人的陽花，客套地回答。

「少爺似乎還沒起床，不過應該馬上就會下來喝晨間咖啡的。」

愛信微微皺眉，她希望儘快和熙星將事情做個了結，然後離開這裡。可是，為了等候熙星，她只得和陽花相對而坐，面對著眼前的咖啡，愛信難掩不快的神情。陽花噘著豔紅的嘴唇，也對不懂品嚐咖啡的愛信露出不滿的神情。

「為什麼要喝這麼苦澀的東西？」

「起初只有苦味，但從某個瞬間起，就會變得酸酸甜甜又香醇的滋味了，它會讓人心跳加速、失眠，最重要的是它相當昂貴，就好比是虛幻的希望。」

「那麼，閣下販賣的是虛幻的希望嗎？那個也很昂貴嗎？」

「越是虛幻，就越昂貴、越甜蜜。人們花許多金錢只為了那片刻的希望，譬如賣國求榮的不純潔希望、竭盡心力不讓國家被賣掉的可憐希望、以及想要解除婚約的脆弱希望，大致就是這種虛幻的東西。」

愛信抓住裙子，正視著陽花。陽花看到愛信露出驚訝的表情，彷彿在問，你怎麼那麼了解。她抿了抿嘴，繼續說：「女人親自走進酒店，而且又是個大家閨秀的小姐，如果婚約順利進行的話，自然不需要走這一趟。」

「看來你對我挺關心的。」
「因為你妨害到了我所關心的東西。」
陽花懷念起昨晚在酒吧看到陷入沉思的宥鎮側臉，而喃喃自語。愛信完全不明白陽花內心在想什麼，而感到慌亂。
「難怪我一直夢到花田，原來是你來看我了。」
熙星不知道什麼時候走了過來，用睏倦的聲音和愛信打招呼。襯衫有幾個釦子沒扣，與他平常的感覺不太一樣，散亂的模樣看起來很自在，微笑也自然不做作。熙星見到愛信，雀躍得如見到等待許久的人，天性善良的愛信看到那模樣，瞬間心軟了。
然而，不論愛信的心地如何，等待十年的人是她，不是熙星，因此再次堅定自己的決心，而站了起來。
可是，在她開口之前，熙星轉身指著角落的撞球枱說：「那是叫做撞球的遊戲，你想不想學？我來教你，西洋男子都會和朋友玩這種遊戲。」
沒頭沒腦的話，他只是不想聽到愛信即將要說的話，況且，要說掌握女人心理，那可是他的專攻領域。高興見到愛信是真的，但是一個看到自己卻毫無笑容的女人，如今主動找上門來，其原因可想而知。
「很抱歉，我就開門見山只說重點……」
「你已經說明了，光是來這裡找我，就已足夠說明你的來意了。」
愛信似乎還不明白熙星的意思，眨著眼睛。熙星看到她的神情，露出哀傷，他已經無法再像平常那樣輕易地笑，反而想哭，但又不想讓她看到自己窩囊的眼淚，說道：「你主動來找我，理由只有一個吧，那就是解除婚約。」
「沒錯，記得我曾說，受到各種閒言閒語困擾的事嗎？那代表我已經受人指指點點了，因此就算孤獨一生，也無所謂了。」
「我沒有理由撤退，畢竟這是一場對我完全有利的戰鬥。」
看到熙星回避視線，愛信咬著嘴唇又放開，說道：
「我是希望你不要浪費時間在我身上，閣下應該也有夢想吧？」
「沒有。」
「男子漢大丈夫，竟然沒有抱負？」
「一定要有嗎？」
愛信說不出話來。熙星對一切感到遺憾，自己無法堅持沉重的事，而愛信無法忍受輕浮的事，彼此在忍受、堅持的事物上是不同的。即使如此，熙星還是喜歡愛信，愛信和自己不同，優秀又非常高貴。
「我討厭做官，因為我貪睡；要抗日嘛，身體會受苦；要親日嘛，心靈會受煎熬。我原本就喜歡一些無用的事物，像月亮、星星、花朵、風、笑容、說笑這類的東西。若要說我的夢想嘛，那就是隨波逐流地活著，最終在停下腳步的地方死去，這就是我的夢想。」
熙星認為，自出生以來他曾喜歡的事物當中，唯一不是無用之物的只有愛信。想離自己而去的這位美人，不管怎樣他都想將她留下來，這是他不曾擁有過的心情。當自己的祖父、父親貪圖別人財物而巧取豪奪時，他極力避開，並痛下決心自己絕不攫取別人任何的東西。但，如今眼前這個女人，無論如何他都想將她留住。愛信看著像在說夢話似的不斷喃喃自語的熙星，說：「那也是情有可原，但我無法支持你，因為彼此停下腳步的地方不同。」
「我的人生早已沒有人為我聲援，所以無所謂，既然這個婚約無法履行，也無法解除，那就別互相逼迫吧，難道今天不能只把我當成朋友而留下來嗎？」

熙星苦澀地問。無人聲援的人生，愛信也不打算聲援，但這樣提問的熙星，顯得非常孤寂，因此她決定今天就討論到此為止，她指著撞球枱說：「教我吧，你剛才不是說了，這是朋友之間玩的遊戲嗎？」

熙星覺得，能當朋友應該也是開心的事，但到頭來兩人只是朋友關係，不知道該不該悲傷，總之熙星點頭了。愛信跟著熙星走到撞球枱邊，她的步伐有些不適。

熙星為了安撫苦悶的心靈，如平常一樣來到小酒館，但和平常不同的是，他獨自坐著，愁容滿面，把酒倒在酒杯裡，邊喝邊啜泣。

東魅來到熙星的面前坐下，因為空位只剩熙星前面這個位子，對東魅來說，那也是迫不得已的選擇，他覺得熙星是個見到人總是一副歡迎姿態的那種輕浮男子。果不其然，熙星將自己酒杯碰觸了一下東魅的酒杯，以示歡迎，問道：「你的工作還順利嗎？」

「你知道我做什麼工作嗎？」

「雖然不知道詳情，但應該是抓人，抓了之後再痛打一頓，或者殺掉之類的，不是嗎？」

愛信的未婚夫，對東魅而言，是個看不順眼的人，即使熙星是個穩重的人，他也不喜歡，他就是不喜歡話多的男人。

「照你這麼說，那我的工作似乎不太順利呢。」

東魅一口氣將酒乾了，熙星的話令人聽起來不舒服，但也說得沒錯，抓人、打人、殺人是他的工作，然而，抓了人又放人，給予活路，的確是自己不曾做過的事。熙星直勾勾地盯著東魅看，然後問：「……為什麼選擇那種工作呢？」

「你又為什麼選擇什麼都不做呢？」

「最近常有人問我這個問題，回到祖國之後，我的才華似乎顯露出來了，如果我著手做了什麼，一定會成為大人物的，所以我才不做。」

熙星嘻皮笑臉地回答，東魅馬上後悔自己反問了熙星，可是，熙星卻十分自信地喃喃自語說，我一定會成為大人物的。這時酒館的門開了，宥鎮走了進來，熙星看到宥鎮，眼神便暗淡下來。

「父母的罪就是子女的罪。」

金判書刺傷了宥鎮的那句話，報應到他的孫子熙星身上。空位依然只有熙星和東魅所在的那一桌，熙星默默地看著坐在東魅旁邊的宥鎮，隨後歡迎宥鎮，不尋常的緊張感瀰漫在熙星和宥鎮之間。東魅不可思議地看著他們兩人，雖然宥鎮不具未婚夫的身分，但東魅還是看他不順眼，反而是宥鎮讓他更著急。

宥鎮察覺出東魅在觀察著自己和熙星，於是轉換話題問道：「你要找的男子找到了嗎？那個跛腳的男子。」

「……我該說找到了呢，還是沒找到呢？」

東魅含糊其詞，並仔細觀察宥鎮的表情，他想了解宥鎮究竟知道到何種程度。可是，暗自感到驚訝的人不是宥鎮，而是熙星，聽到跛腳，他想到的不是男子，卻是愛信，因為白天看到愛信跛著腳。

「我看到了一個人。」

聽到宥鎮的話，東魅眼裡露出凶惡的神色。

「有一個叫李莞翼的人是跛腳，聽說你和那個人的關係還非常親密呢。」

「我和李莞翼大監已決裂很久了，而且我要找的是年輕人。」

敏感的東魅皺著眉頭回答，兩人明明是想著同一個人在談話。熙星雖然猜想也許是愛信，但一閃而過的預感令他毛骨悚然。這時酒館老闆過來收走空酒瓶，並說：「看來三位是朋友吧，酒馬上就喝光了。」

但三個人異口同聲嚴肅地對老闆說不是朋友，令老闆覺得很尷尬。熙星極其自然地對慌張的老闆介紹：

「我們只是湊巧並桌的美籍朝鮮人，日籍朝鮮人，以及英俊的朝鮮人，這就是我們的關係。」

「啊……」

老闆支支吾吾地回答之後，馬上離開了。宥鎮和東魅顯出不快的神情瞪著熙星，熙星搖搖晃晃地站了起來說：「那麼，英俊的朝鮮人就先行離開了，請不用送我。」

熙星轉身往出口方向走去，腳一拐一拐的。東魅看到故意跛腳行走的熙星，緊皺眉頭說：「不是那隻腳。」

聽到東魅的話，熙星立即拐著另外一隻腳走出門外。不知該說好笑，還是該稱讚，難以判斷，東魅搖頭輕聲說：「他應該是知道什麼，才那麼做的吧。」

「他是知道什麼才那麼做的，他一向很坦率。」

東魅聽到宥鎮的話中有話，便將視線轉向宥鎮，說道：「你好像也知道，因為你也很坦率。」

「我說過我知道，是李莞翼，你在包庇他嗎？因為我找不到更好的推測。」

宥鎮喝著酒泰然自若地回應。

「那麼大人是在包庇誰才這樣做的呢？」

「我也是在包庇李莞翼，因為跛腳的人必須是李莞翼，必須那麼下結論才行，我們兩個，不，我們三個都得如此，不是嗎？」

不知不覺宥鎮的表情變得如同持槍時那般的冷酷，他要保護愛信的決心已定。東魅並不是不想守護她，他就是為了守護她，才擊中腿部，即使如此，似乎太遲了。雖然三人當中他起步最早，但目前卻居於最落後的地步，心裡很不是滋味，一杯酒下肚，殘留的是深深的挫敗感。

「為什麼任意將人使喚來使喚去的，我得教訓他才行。」

愛信嚴厲的聲音在美國公使館庭院迴蕩，她對道美說明是來找宥鎮的。這時宥鎮正好走進公使館，看到愛信而停下腳步。道美憑白無故受到愛信責罵，他一看到宥鎮，便大喊：大人。聽到道美的喊叫，愛信轉過身來面對著宥鎮，和宥鎮相視之後，她如孩子般笑了。看到那個笑容，宥鎮也被融化了，並說：「我並沒有叫你來。」

愛信跟隨宥鎮走進辦公室，宥鎮故作正經地輕聲說。

「我動了點腦筋，因為一天太漫長，我沒辦法等到夜晚。」

「你是來還音樂盒的嗎？」

愛信搖頭，還音樂盒可以做為與宥鎮再見面的另一個藉口，那個藉口得留著以後用。她理所當然地坐在宥鎮辦公桌前，打開封面寫著「Ae Shin Go」（愛信高）的線裝本子，說：「我學習時，遇到了不懂的地方。」

宥鎮面帶微笑看著翻閱線裝本子的愛信，她為了來看自己而編造藉口，讓他的內心悸動又溫暖。

「這句用英文該怎麼寫呢？」

愛信遞過來的線裝本子裡寫著朝鮮文，宥鎮慌張得眼神不安地飄移。愛信羞怯地低下頭來，然後又抬起來。她並不是因為不懂英文而害羞，本子裡寫著「我想你」，那是她的心意，同時為自己寫下來的心意，感到難為情、臉紅，並且也好奇宥鎮對自己的心意會有什麼反應。

然而宥鎮的反應卻和她所想的不一樣。

「你得自己學會啊，我幫你的話，那就沒意義了……怎會連這麼簡單的……」

聽到宥鎮似乎感到相當困惑的自言自語，愛信用力地將本子合起來，然後滿臉通紅地從座位上站了起來，說一聲告辭了。宥鎮倉促地轉換話題，他不想就這樣讓愛信離開，可是又不想如實告訴愛信他看不懂朝鮮文。

「你什麼時候還需要陶碗？」

「為什麼問這個？」

「我在想或許你需要船夫？」

「初五中午時分……」

愛信心靈受傷，因此冷淡地回答，但最後還是笑了，因為在回答前往渡船頭的日期時，突然話語停住了。昔日的記憶依次浮現，她直直盯著宥鎮看，然後再度打開線裝本子給宥鎮看，然而宥鎮依然毫無反應。

「難道你對朝鮮文字……」

想起以前送過來的書信，宥鎮拿在手上，卻回答說，無法閱讀。無視於宥鎮的慌張，愛信這才明白其中緣故，而心情舒暢。宥鎮不回覆她的書信，看到寫著「我想你」表現出的反應，並不是置之不理，而是他看不懂朝鮮文，從英文的角度來看，愛信也是同樣的立場。看到因為難為情而說一些無關緊要話題的宥鎮，愛信極力忍住，以免笑出來。

「外部大臣李世勛大監駕到！」

大白天，因為世勛的出訪，街上鬧哄哄的。世勛俯視著閃避到馬路兩旁俯首的行人們，面帶不悅的神情。昨晚一名朝廷的翻譯官遭人殺害，是翻譯美語的人。因此，他召集各國的翻譯官，共同討論日後的問題，但來世勛家討論的人只有法國的翻譯官，因為大家擔心會讓背後有伊藤博文撐腰的莞翼趕出去，這也是可以判斷出權力傾向那一邊的重要指標。

對世勛而言，是一件悲憤的事，貴族出身的他，卻被中人出身的莞翼比下去，真叫他難以嚥下這口氣，然而形勢比人強，他也不得不往那邊屈膝。

轎夫們腳步躊躇，因而世勛搭乘的轎子搖來晃去。他本來就不太高興，因此心情更加惡劣地說：「這是在做什麼！」

原來是宥鎮騎著馬擋在大聲狂叫的世勛前面，以前兩人也曾在大馬路中央相遇過。

「那個瘋子……那傢伙是當時那個……」

轎夫們驚嚇得放下世勛的轎子紛紛逃走了，世勛霍地從轎子上站了起來，說道：「沒錯，你這小子就是和日本皇軍槍戰，長得像朝鮮人的那個美軍傢伙。」

「你對我的了解僅有這樣的話，很令人為難呢。」

「你在胡說八道些什麼！可知道因你這傢伙，我遭到怎樣的羞辱嗎？」

看到世勛暴跳如雷，宥鎮冷笑著說：「忘了那個吧，因為跟接下來你要遭受的羞辱相比，那還算是芝麻小事呢。」

「你說什麼？我要拔了你的舌頭！你們在做什麼！立刻將那傢伙從馬上拖下來！」

世勛對著護衛們吼叫，但護衛們只是猶豫著往後退，應該沒有幾個朝鮮人敢任意拔刀朝向美軍身分的宥鎮，於是世勛蠻橫地威脅著護衛們說，是誰付你們薪水的。

護衛們不得已拔刀朝宥鎮撲過來，他立即下馬，抓住其中一把刀，一一制壓，他的動作乾淨俐落。忽然某個護衛的刀劃過他的臉頰，鮮血流了滿臉，感到椎心的痛楚，於是開始傾全力逼退護衛們。看到護衛被逼退，世勛一緊張，便狡猾地想避開。

最終，宥鎮的刀子架在世勛的脖子上。

宥鎮面對著眼前的世勛，極力壓抑住慘痛的情緒，連相對而視都讓他感到恐怖，他的刀子往世勛脖子下壓，世勛馬上癱軟跪了下來，即使如此，世勛還是嘴硬地說：「你這傢伙！你可知道我是什麼人？你這樣休想活命……」

「不用為我擔心，還是擔心你自己吧，因為我今天要殺了你。」

「你是不是真的瘋了！一名美軍竟敢在朝鮮土地上，威脅要殺朝鮮的外部大臣！」

看來世勛即將尿在褲子裡，因為他的聲音顫抖得相當厲害。砍殺美國翻譯官的人是正炆，宥鎮得知消息後，為了下一個選擇便去找正炆。

宥鎮用更平靜的語調說：「你不會死在美軍的手裡，你今天會死在朝鮮人的手裡。」

「哪一個傢伙竟敢在朝鮮土地上……」

「當年為了躲避你，而投井自盡的是我娘。」

宥鎮握著刀的手發白，他將所有的力氣都用在隱忍，極力忍住將世勛一刀斃命的衝動。臉色發白的世勛看著宥鎮。

「被亂棒打死的是我爹，還有像罪人般逃離朝鮮的小奴僕就是我。」

長久以來積壓在他胸口的硬塊，如今像吐血似的從他的嘴裡噴吐出來，他的怨恨不是世勛承擔得起的。世勛因為翻湧上來的恐懼，開始合掌求饒，並說救救我，饒我一命。看到死命求饒的世勛，令他感到一陣作嘔，就因為眼前這個臭蟲般的人，自己的爹娘才死於非命，覺得自己的父母實在冤屈可憐而淚水盈眶。

「不要求饒，這會讓我想在這裡殺了你，但你的葬身之地並不是這裡。」

宥鎮收回刀子，刀子剛收好，世勛便立即從宥鎮面前跑走了。

世勛脖子鮮血直流，好不容易打開自己家門走了進去。不知不覺太陽已下山，夜晚來臨，黑夜讓世勛的精神更加昏迷，一身塵土，頻頻發抖，他咬牙切齒地說：「我要將那瘋子千刀萬剮！」

他氣呼呼地打開了房門，但看到房內的景象時差點沒昏厥過去，因為放著金塊的珠寶箱被打開，裡面空空如也，他蒐藏的心肝寶貝金塊全都不翼而飛了。他簡直氣炸了，會幹這種勾當的人不用想也知道，他要找自己的小妾桂香，但是無人回應，取而代之的是穿透屏風飛過來的子彈。

看到屏風被穿孔，比聽到砰的槍聲更讓他驚嚇得快停止呼吸，他彷彿當場死亡似的站著靜止不動。那時隨著另外一聲槍響，房內的陶瓷器　哩叭啦碎得滿地。他嚇得魂飛魄散在地上滾動，好不容易打起精神，急急忙忙去找放在屏風後面的箱子。

拿出箱子一打開，裡面有兩把槍，他拿起其中一把，精神恍惚地走到門外。

宥鎮和勝具兩人隨即往不同的方向跑去，宥鎮走進世勛空無一人的房內，拿出懷裡的文件，毫不遲疑地將文件塞進陶瓷裡面。

「來人啊！有盜賊啊！快連絡警務廳！」

聽到世勛的喊叫，院子裡亂紛紛，家奴問：發生什麼事，他只是不斷吼叫有盜賊。驚嚇的世勛連槍怎麼使用都不知道，拿著槍亂比劃，突然槍裡的子彈發射出去，擊中了女僕順心。家奴驚慌地告知他，但他不為所動，目前的情況是子彈射到了他的房內，對他而言，重要的是自身的安危，不是女僕的性命。

「你們在做什麼！我叫你們去叫警務廳！你們這些人去把桂香那臭娘兒們抓來，去把她抓來！其他的人來保護我！將我團團圍住保護我！」

世勛對著護衛和家奴們狂吼，他的謾罵聲在院子裡震天價響，有一家奴扶起不斷呻吟的順心並背著她，情況亂成一團，世勛對著那位想帶順心去醫院的家奴大聲喝斥。這時一發子彈往世勛的手臂飛了過來，因子彈擦傷的痛楚，他放下了手上的槍枝。子彈飛來的方向是在屋頂上，是勝具在屋頂上將槍口對著世勛。

大門發出巨響被打開了，一群巡檢與軍人舉著火把走進門內。世勛緊緊抓住被子彈擦傷的手臂，這時才大喊快去叫大夫，看到巡檢們出現，立即喜形於色地說：「啊，終於來了……大監來這裡有什麼事？」

正炆站在巡檢和軍人的前面，世勛有種不祥的預感，心懷警戒地問。正炆帶著嚴肅的表情命令身後全副武裝的人員：「給我仔細搜！櫃子、花瓶一個也別放過，全給我搜！將罪人李世勛捆綁起來，讓他跪下！」

巡檢們蜂擁而上將世勛捆綁，世勛全力掙扎，但根本無法掙脫。

他們策畫，讓日本、俄羅斯、朝鮮三個國家都在尋找的華俄銀行預託證券在世勛的家中被找到。宥鎮用這個計畫和正炆交易，世勛犯了圖謀不軌罪，謀反在朝鮮是最嚴重的罪行，世勛將會以叛國賊的罪名被處死。

世勛跪在正炆面前喪膽驚魂。開始搜查世勛的房間後不久，一名巡檢拿著陶瓷走了出來。正炆在陶瓷裡面看到文件，便直接將陶瓷器摔到地上，滿地的碎片當中，出現一張文件，世勛嚇得魂飛魄散地望著那些碎片和預託證券。

「你說你家遭竊了？竟然暗中竊取朝鮮文物，你這傢伙才是盜賊。」

「不是，我是被陷害的！你看，被槍打中的人是我，是我啊！」

「皇帝陛下駕到！」

在世勛還想辯解之前，皇帝正踏入世勛家的院子，在侍衛們的嚴密保護下，皇帝走了進來，比任何時候都顯得更有威嚴。世勛將額頭貼著地面俯首，原本搜查房子的人員也同時行禮致敬。

在現場發現的證據，還有皇帝的見證，世勛能存活下來的機率如黑夜般的渺茫。他一生玩弄權勢，榨取別人的血汗過著窮奢極侈的生活，如今都結束了，剩下的只有死路一條。

宥鎮在屋頂上注視著他的結局，沒有開心，也沒有悲傷，只是虛無。世勛的死帶給宥鎮的只有報了仇，除此之外，什麼都沒有。

「我國的君主原來是那個樣子。」

勝具站在宥鎮旁邊，拿著槍透過準星，瞄準站在院子裡的皇帝。辛未年時，那位君主拋棄了遭逢變故被生擒當俘虜的勝具，以及無數的百姓，不論有什麼內情，對勝具而言，他僅是個仇人。宥鎮輕輕將勝具的槍口推開，說道：「雖然不知道你的內情，但今夜的叛國賊一位就夠了。」

勝具的手頻頻發抖，自己將那位視為仇人而生存了下來，然而他依然是自己活著想要保衛的國家的君主，也就是皇帝。

告別

宥鎮看著結冰的河面時，聽到咯噔咯噔踩碎石子的聲音，回過頭來，一陣刺骨的寒風吹過他有著刀傷的臉頰。在渡船頭的入口聽到愛信朝著自己走來的腳步聲，讓他有種微妙的悸動。愛信微笑地走了過來，看到他的臉頰，訝異地問：「受傷了？怎麼會？」

「是在訓練時……河水已結冰，不需要船夫了。」

看到支吾其詞並轉移話題的宥鎮，愛信微笑著說：「不過我們可以並肩散步。」

宥鎮靜靜地邁開腳步以回應她的微笑，於是兩人在滑溜溜的冰上默默行走，能再次如此並肩同行，對兩人來說都是彌足珍貴的。

「昨夜四大門內好像出了事，市集上有許多人，我繞道而行所以來遲了。」

「我聽說了，外部大臣李世勛被查出圖謀反叛，你和他有往來嗎？我不太了解朝鮮的官員。」

「他是親日派，我只是關注他的動向，羅根被殺時，他也在現場，沒有人會為他的死亡感到哀傷的。」

宥鎮聽到愛信的回答後才稍微放心，因為他們兩人同樣是貴族，擔心或許因為有某種情誼，會為他的死亡感到悲傷，不過看來是多慮的。因為路滑危險，宥鎮深情地提醒愛信小心行走，結果他自己卻滑了一下，身體往後仰，愛信趕緊抓住他的手腕，說：「你要小心才是。」

宥鎮尷尬地笑了，對這個女子他只能認輸。於是兩人配合彼此的步伐行走，若走太快，害怕這段相處的時光相對會縮短，若走太慢，又擔心冬風冰冷刺骨。

「你是年紀很小的時候去美國的吧，在學認字之前……」

愛信還沒把話說完，宥鎮便乾咳了一下。不知是否知道宥鎮感到尷尬，愛信補充說道：「因為覺得神奇，在朝鮮出生，為什麼會跑到那麼遙遠的地方去呢？」

「……你想聽？」

「我很好奇，閣下的長篇故事。」

兩人停下來站在河中央，愛信興奮的眼睛非常清澈。宥鎮默默地看著愛信，然後平靜地說：「也許這長篇故事結束後，我們就會各奔東西了。」

「為什麼會這麼說？」

初次見面時是變了裝的男子，但最終站在自己面前的是一無所知如圖畫般的小姐，因此，宥鎮必須下定決心。愛信已學會L了，不久將會學到Z，那麼當愛信學到Z的那一天再說的話，就已太遲，無法挽回了。宥鎮認為不能逃避，便用低沉的嗓音開始述說自己的故事，並不抱持任何的期待。

「離開朝鮮時我九歲，我只是一味地跑，逃離朝鮮，逃到離朝鮮最遠的地方去。然後一位金髮碧眼的傳教士如同救世主般出現在我面前，在他的幫助下，我偷偷潛入美國軍艦，原本以為大約十來天就可以到達，誰知竟然航行了一個月。」

「嗯，可是一個九歲孩子為什麼會……」

一個興味盎然又神祕的故事鋪陳開來，愛信閃爍著眼睛，豎耳傾聽鍾愛的人的故事，並不是因為她特別充滿好奇。宥鎮看到眼睛閃閃發亮的愛信，無法繼續說下去，朝鮮改變了，但有些還是沒變，愛信很奇特，但宥鎮相當擔憂眼前這位女子，心想：「承受得起嗎？」

不知道這是擔心愛信，還是擔心自己，宥鎮的憂慮加深，如果愛信無法承受，那麼顯然他會受到傷害。昨天臉頰受傷時，以及開槍射擊自己手臂時的痛苦，這些在戰場上早已不知經歷過多少次了，然而，這次的創傷將會深深地烙印在他的心中。

「殺了他，雖然財產損失有點可惜，但可以給其他奴僕起到殺雞儆猴的作用，倒也不算是損失，這就是我對朝鮮的最後記憶。」

「是誰說這樣的話？」

「曾經是我主人的一位貴族說的。」

愛信驚訝得僵住了，刺骨寒風從兩人之間呼嘯而去。宥鎮明知道這會讓自己受傷，他還是想吐露一切，問道：「是什麼讓你感到這樣驚訝，是因為那位貴族說的話？還是我的身分？」

愛信受到衝擊，表情發愣。

「沒錯，在朝鮮時，我的身分是奴僕。」

即使成為美國人，他回到朝鮮便是奴僕的兒子，那是不變的事實，無奈地愛信是朝鮮的小姐。他覺得痛苦，但忍住痛苦，低聲呻吟著說：「朝鮮是殘殺我父母的國家，也是我逃離的國家，因此我打算狠狠地蹂躪它，然後離開它，重新回到我的祖國美國。但我遇到了一位女子，她經常讓我心意動搖，即使明明知道你聽完這個長篇故事後，會是這種表情，就算知道，我的心還是會痛。」

愛信的瞳孔散亂地搖晃，但是在衝擊之下，已感受不到任何的痛苦與悲傷。宥鎮並不是因為她是士大夫的孫女，才提議要和她一起做「摟哺」，明知他是美國人，卻說要和他一起做「摟哺」的人是她自己。因此連她自己都不明白當初為什麼這樣做，現在又為什麼這樣心亂如麻，她從來不曾考慮過宥鎮的身分，即使如此，卻不知為什麼總認為他是個貴族。

「閣下想要拯救的國家，能讓誰生活？能讓屠夫生活嗎？能讓奴僕生活嗎？」

凜冽的寒風狂吹著河面，她無法避開宥鎮的眼睛，只是站立著凝視面帶落寞表情的宥鎮。

在美如圖畫的風景裡，儘管站在近到只要伸出手便能碰觸到彼此的地方，但兩人的心已隔得相當遙遠，如今他們明白了那個原因。她這時才感到心痛，但自己卻沒有心痛的資格。

「陶碗還是由我帶過去吧，請閣下先行離開，我們似乎沒辦法再並肩同行了。」

最後如宥鎮的提議，在思緒紛亂中，愛信同意了宥鎮的說法，她轉身艱辛地一步步往前走。宥鎮不敢回頭看愛信惆悵的模樣，只是站在原地。

突然傳來咕咚跌倒的聲音，他回頭一望，愛信的裙襬如花朵般在冰凍的河面上散了開來，她腳一軟，當場跌倒。

宥鎮伸出手給發愣坐著的愛信，她抓住他的手站立起來，但無法仰頭看他，只是望著互握的手，然後如同從手中瀉落的沙粒般慢慢地放開手來。

「……欠你一份人情了。」

她無法再說什麼，只是欠你一份人情了，從一開始到現在一直都是那樣。留下宥鎮，她用力邁步離開了，宥鎮再次孤伶伶地留在冰河面上。

黑夜籠罩的寢宮，皇帝穿著素服坐在墊子上，憂心忡忡地放下咖啡杯，說道：「證券找回來了，暫時不必擔心被那些大國抓住把柄，實在高興。」

正炆覺得該就寢的深夜，皇帝不宜喝咖啡，但皇帝顯然是想借助咖啡的提神效果，正炆並非不明白皇帝的心情，因此忍住不說。

「找到了預託證券，你認為用來做何事比較適當呢？」

正炆喝了一口咖啡後回答：「臣斗膽進言，日本正在煽動要和俄羅斯開戰，臣認為，儘快重整武官學校才是對策。」

「朕也是這麼想，可有擔任此事的適當人選？必須是不會被日本收買，又不會為私利而耽誤正事的人。」

正炆立即揣測到皇帝圈定的人選，問：「難道陛下是屬意策畫此次事件的那個人嗎？」

「經過此事，朕認為他是可用之才，這個人值得信賴嗎？」

「這個人雖然偏向朝鮮這邊，但他的目的恐怕不是為了幫助朝鮮，陛下。」

聽到正炆持否定的看法，皇帝的臉色暗了下來，問道：「為什麼會有這種想法？」

「臣，自以為看透了他，如今回想，其實是他看透了臣，但有一個相當了解他的人，臣會更加慎重地打聽清楚。」

正炆的意思是必須再三慎重，然而皇帝的心意已偏向宥鎮。

「是要慎重，但也要迅速，奇怪的是，朕總是被那個人吸引。」

正炆看到皇帝的堅持，有些憂慮，但那是不同於擔心皇帝夜晚喝咖啡的那種憂慮。

叛國賊的家彷彿被盜賊闖入，門戶洞開空蕩蕩的，絲毫尋不到昔日顯赫的光華。陽花提著波士頓手提包，穿著高跟鞋踏進李世勛家的院子。正炆提早到達，待陽花一到便迎面說：「為什麼約在這裡見面呢？」

「出來吹吹風，順便參觀房子，算是一種投資吧，我想買下這個房子。」

李世勛家腥風血雨那一夜，世勛的小妾桂香來找陽花。事情爆發之前，她抱走黃金潛逃，因為已沒有其他的路可走，李世勛以叛國賊的罪名被捕，因此他的小妾桂香也是死罪一條，桂香為了隱藏自己身分，來向陽花租借洋裝。陽花爽快地便將洋裝借給桂香，但借一件洋裝索價一個金塊，並且將剩下的金塊全部占為己有。世勛家的那些金塊，是如何積攢起來的，其來源昭然若揭，肯定是某人的血、汗和眼淚。桂香暴跳如雷，但陽花冷笑回答說，那是拯救叛國賊小妾性命的代價。

陽花正打算用從桂香手上取得的黃金，買下這間宅邸。

「因為是叛國賊的住宅，應該會收回國庫，而朝鮮經常缺錢，反正又會賣出去，那就由我來買下吧。」

陽花打開塞滿金塊的波士頓手提包，正炆立刻回答，派仲介過來吧，她笑著回答：我會的。

「見到你爹爹了嗎？既然他回到朝鮮，照理說至少去見過你一次吧。」

「您也知道的，我沒有爹爹。」

聽到爹爹，陽花原本掛在嘴角的微笑瞬間消失了。正炆一時無言以對，半晌後，說道：「我一直四處在尋找你娘。」

「我知道，因為每次你都這麼說。」

「難道你以為我只是裝個樣子在尋找嗎？」

慢慢地又恢復笑容與從容的陽花回答道：「就算那樣，我也無可奈何，因此只能相信，縱然是虛妄的希望……有總比沒有好。正如我親娘對我來說非常珍貴一樣，對大監而言，我所擁有的情報同樣也是非常寶貴的，那麼現在就請垂詢吧。」

正炆暗自感嘆，果然是不容小看，也因此更加信賴陽花，得以放心詢問。

「關於那個黑髮的美國男子，在你看來他是個怎樣的人？」

的確宥鎮是值得皇帝善加任用的人才，陽花回想著宥鎮的模樣，回答道：

「大人剛才不是已經提到了？他是個黑髮的美國人。如果美國事情搞砸，美國就會說他是朝鮮人，而朝鮮壞了事，朝鮮就會說他是美國人……他只不過是個孤獨的異鄉人。」

陽花想起宥鎮時，眼神裡也流露出一抹孤獨，她不是「異鄉人」而是「工藤陽花」，因此有時能看出宥鎮側臉流露出的哀傷。

走出空蕩蕩的李世勛家的院子，正炆追根究底地問：「那麼，他在美國沒有家人嗎？或者有沒有人來酒店找過他？」

「曾經有位傳教士從咸鏡道寄書信給他，還有一位無所不談的美軍同事也是住在酒店，另外前幾天有一位好朋友從美國來找他，除此之外便沒有正式訪問的人，大部分是偷偷潛入，他的房間被人家搜查過好幾次了。」

正炆似乎知道那個原因，點了點頭，因為預託證券在宥鎮手上，會搜索他房間的人豈會只有一個人而已。

「他的隔壁住著金安平家的少爺，他們似乎有某種昔日的緣分，但好像不是什麼好的緣分。」

接著，陽花帶著令人捉摸不定的表情補充道：「還有，他和高士弘大監家的小姐互有往來。」

在莊獵人的茅屋裡，穿著練習服的愛信捲起褲管，撕下用石臼杵好的藥草，確認傷口幾乎癒合了，但疤痕還很深，看到很深的疤痕，腦海裡浮現起那天的記憶。

「閣下想拯救的朝鮮，能讓誰生活呢？能讓屠夫生活嗎？能讓奴僕生活嗎？」

「養尊處優的貴族丫頭。」

最近的記憶，遙遠的記憶，令人驚訝的是，兩種記憶如同這道很深的疤痕有某種相似之處。愛信像在懲罰自己似的，將繃帶纏得非常緊，瞬間痛楚從腿部傳導過來，但那是她必須忍受的。是朝鮮變了，還是自己夢想著與眾不同的浪漫，不是那樣，完全錯了。她痛苦地自責，從那天到現在她依然禁錮在自己的轎子裡，不曾片刻踏出轎子外面。

愛信面帶僵硬的表情走出茅屋，遇到了勝具，她極力用明朗的表情來掩飾剛才僵硬的表情，叫了一聲：

「師父！」

「你怎麼會過來？傷口還好嗎？」

「相當疼，但練習不能懈怠。」

她如此回答，同時開始跛著腳走。勝具靜靜地看著她走路的模樣，然後「嗖」的將手上的水壺丟了過去，她如同早就等待似的，接住了水壺。

「就是這樣，我才沒辦法相信你，這麼快就痊癒了。」

聽到勝具的挖苦，她笑了，但那個笑容看起來有幾分落寞，並謹慎地問：「不過，師父，有件事想請問您，師父是我們所有同志的總隊長嗎？」

「你想知道什麼？」

「那位……是貴族嗎……？那個人想要守護的朝鮮，能讓誰生活呢？」

「之前從不過問，只會回答，是，事到如今為什麼突然問起這個？」

「因為有人問我這個問題，他只是向我提問而已，因為提問的人，以及被問的人……全都受傷了。」

看來全都知道了，勝具看著發愣的愛信，就因為這樣他才擔心。美國人的宥鎮、奴僕出身的宥鎮——愛信要接近宥鎮，在現實環境上似乎還太遙遠。

「你稱為同志，並且幫過你的那位美軍，他將流落民間的皇帝的證券歸還給朝鮮了。」

愛信默不作聲，宥鎮又一次攪亂了她的想法。

「處決李世勛一事，還有開闢陸路讓素兒能夠逃離漢城，都是那個人在暗中幫忙。」

「……你總對我說不知情比較好，為什麼現在要告訴我這些事？」

「我覺得對那個人來說，讓你知道這件事是很重要的，難道他對你來說，也是很重要的嗎？」

「……是的。」

愛信的眼裡噙著淚水，濡溼的眼眶無法隱瞞。勝具望著愛信，不忍心地問：「你知道嗎？那個人的出身？」

「師父您早就知道了？」

「起初我帶你來這裡時，對你百般折磨，那是因為我預估在這條險峻的山路，往返走個幾天，你自己就會打退堂鼓，可是你卻堅持走了十年。不論有人問你什麼樣的問題，你已經用過去這十年答覆了。」

「那麼……我……」

彷彿有一道光線從自己藏得非常隱蔽的轎子小窗照射進來，若有人叫，一打開門便可以出去，頃刻間愛信充滿著希望。然而，勝具的呼喚比平常沉重：「可是……小姐。」

愛信聽到勝具突然使用尊稱，她的眼淚再度流了下來，那是對著不會崩塌的天空所流的眼淚。

「小的和小姐如此相處一事，倘若被世人知道，小的便是犯了藐視貴族平民律法的罪人，小的將會因違反綱常罪而難逃一死。」

「師父！」

「這和小姐的意志無關，律法本來就是這樣，社會本來就是這樣，因此，那是行不通的，你和那個人的緣分，必須就此放下。」

天就是天，不會崩塌的，就是那個意思。愛信拿著槍，無聲無息地流下豆大的淚珠。

到美國公使館辦公室上班的宥鎮一脫下大衣，跟在後面走進辦公室的道美趕緊接住，掛在一旁的衣架上。道美雖然年幼，但因家境不好，做過許多粗活，因此公使館的雜活他都能輕鬆地順利完成。

「你姊姊，還住在親戚家嗎？」

「……是的，老么出生還不到一百天，卻占了好大的空間，我們簡直都沒辦法伸腿睡覺。」

「叫你姊姊去光榮酒店看看，那裡好像在應徵女侍者，聽說還供應食宿。」

酒店在找代替桂丹的人，因為東魅要桂丹提供宥鎮的情報給他，當她為了尋找文件，親自去宥鎮房間翻找時，被陽花發現，因此被解雇了。

道美聽到宥鎮的話，嘴張得像碗公一般大，說道：「真的嗎？好的，我會告訴姊姊的，非常感謝，大人。」

道美頻頻點頭。宥鎮看到道美的模樣，便輕聲地問：「那麼，可以拜託你一件事嗎？」

代理領事大人要拜託自己什麼事，實在難以猜測，道美眨了一下明亮的眼睛。

片刻之後，美國公使館內發生了奇異的景象，宥鎮彎腰坐著，似乎認真地在寫什麼，而道美站在旁邊，一臉嚴肅的表情，總之宥鎮和道美的角色互換。

道美成了宥鎮的朝鮮文老師，注視著專心寫字的宥鎮，隨後在紙上寫了幾個字，說道：「這是大人的姓名。」

宥鎮抬頭一看，直書寫著「宥鎮崔」。

第一次看到用朝鮮文寫的名字，心想，原來是這個樣子，出神地望著自己的名字。雖然每天都聽到自己的名字，有時也會產生哀傷的情緒，因為那是娘的遺言。

「那麼這個該怎麼讀？」

宥鎮忽然想起來，立即在紙上如畫圖般寫下了幾個形體不明的字。道美的臉上浮現出為難的神情，問：「這是什麼？」

宥鎮慌張地也不知道自己寫的是什麼，道美稍微考慮之後，大叫：「啊！我想你！是我想你，對吧？」

宥鎮瞠目結舌，愛信問他在線裝本子上用工整的筆跡寫下的那幾個字，原來是「我想你」。似乎忘了愛信那天在河邊說了「欠你一份人情了」之後，便倉皇離去，他望著愛信曾站立過的窗戶邊，低聲說：「我也是。」

我想愛信。

東魅經過後院想走進酒店時，停下腳步，因為看到在後院的晾衣繩上晾晒綢緞布巾的某個人。羅根死了之後，為了尋找文件在羅根家裡遇到的那個孩子，目前以酒店的女侍者身分在工作。秀美面帶幸福的表情晾著綢緞布巾，突然發現了東魅，驚駭地呆住了。

「看來你在這裡工作？」

「是的……我被錄用了……大人為什麼來這裡……？」

「因為我在背後保護這家酒店，所以我大致都是從後門進出。」

「……什麼？」

秀美無法理解東魅話中的意思，只是不停地顫抖。其實東魅不曾傷害過秀美，但對秀美來說，他的存在就是令她害怕。東魅不理會她的情緒，笑著說：「我只是想讓你笑，既然你不笑，至少我自己應該笑一下。」

那是帶有一抹苦澀餘味的笑容，接著朝秀美晾晒的綢緞布巾努嘴示意說：「那是一塊上好的綢緞。」

「丟掉可惜……打算拿來幫弟弟做件背心……」

東魅心想，再待下去恐怕會把秀美惹哭了，正想轉身時，忽然腦中靈光一閃。初次見到秀美那天，秀美身上背著的那塊嬰兒被。東魅犀利地觀察晾晒在後院的那些綢緞布巾。看一眼綢緞布巾，然後看一眼緊張站立著的秀美，東魅感到荒唐地笑著說：「看來那時候我的弟兄們沒把事情辦好，他們應該將家裡天翻地覆查個澈底，不能放過任何一個地方，那麼東西應該就在那裡。」

秀美聽到東魅的話，嚇得幾乎斷氣。

「不過已經太遲了，現在全天下的人都知道那個東西在哪裡了。我想知道的是，你把那個東西交給了誰，如果說出來，我便不抓你，若不說，就把你帶走，你要怎麼做？」

明明是要人說出來才問的，但秀美的嘴反而閉得更緊。

東魅將秀美放在走在前面的雄三和浪人當中，大搖大擺地走在大街上。秀美頻頻發抖並試圖找機會，當經過一家商店時，她突然跑過去拍打著門大喊：「救救我！請幫幫我啊！」

浪人馬上抓住她的後頸用力拋在地上，這時，東魅和在商店玻璃門內轉過身來的愛信四目對視，兩人就這樣僵持著互望。行人們看到被浪人抓住的秀美，紛紛交頭接耳。他們面帶憂慮，但在東魅一夥人面前，他們的性命如螻蟻，因此不敢挺身而出。

愛信驚訝萬分，不知不覺面帶嚴肅的表情用力推開商店的門，走了出來，直接走向東魅。東魅俯視著愛信的腳步，接著正視著愛信。愛信對著東魅喝斥：「你這是在做什麼？同樣是朝鮮人，不僅不幫忙，怎麼還對她這樣殘暴？她還只是個孩子啊。」

「不論是孩子還是大人，我從來沒看過，也不曾學過，朝鮮人之間會彼此互相幫忙這種事，小姐，這件事不是小姐該插手的。」

「是我偏偏在這樣的瞬間看到你，還是你總是生活在這樣的瞬間？」

聽到冷冰冰的提問，東魅的眼神變得凶惡地說：「你指的是什麼瞬間？」

每次遇到愛信的那瞬間，東魅總會受傷，但那個傷口是愛信給予的，因此他反而甘之如飴。被浪人抓住的秀美大聲請求：「請救救我，小姐！」

東魅一把抓住攀在愛信身上的秀美辮子，對愛信說：「你是指這樣的瞬間嗎？」

啪！

愛信掌摑東魅耳光的聲音在大街上迴蕩。

「即便是這樣的瞬間，我也希望你活下去。」

驚愕的東魅用手摀住火辣辣的臉頰，頃刻間四周一片寂靜。愛信盯著東魅，命令站在後面驚訝得張著大嘴的咸安大嬸，將秀美帶走，咸安大嬸立即護著秀美。

「理由是什麼？這樣對待一個孩子的理由是什麼？」

「她讓我損失了一大筆錢，小姐，因為這孩子將我要找的東西給了別人。」

當知道發生這一切僅僅是為了錢，愛信更加氣憤，但還是極力隱忍下來，問道：「讓你損失了多少錢？我替她還，這樣總可以了吧。」

「那樣的話，當然可以。」

「多少錢？」

「有多少就帶多少過來吧，看你帶來的多寡再議價，請於下個月十五日之前親自拿過來，我的意思是要小姐親自過來。」

「先告訴我多少錢。」

愛信打算一次全部解決，但東魅冷淡地說：「多少錢，得你親自過來聽。這樣的話，到下個月十五日為止才能保障那個孩子的安全。」

讀出東魅話裡的含意，愛信有些猶豫。

「那就到時候見了。」

東魅在離開之前，嘲諷似的對秀美叮嚀：「好好做件背心給弟弟穿，那是一塊上好的綢緞。」

愛信滿腔怒火地望著一起和浪人們離開的東魅背影。

愛信陪伴秀美朝光榮酒店走去，轎子和咸安大嬸跟隨在後。秀美這時才稍微放心地開口說：「謝謝您救了我……不過，因為我……真的非常抱歉，小姐……」

愛信立即搖頭，她不想讓秀美感到無謂的愧疚，即使不是秀美，愛信也會那麼做。該說抱歉的人，不是秀美，而是東魅，他是個恬不知恥的人。

「不是因為你，幸好你沒有受傷，不過，我想問你一件事，你手上有某個重要的東西，是真的嗎？」

秀美遲疑了一下，但無法對救命恩人隱瞞一切，回答說：「我也不是很了解，但聽說是朝鮮的命運……」

「朝鮮的命運？是誰這麼說？」

「很抱歉，小姐，我不能告訴您。」

秀美表現出無可奉告的態度，愛信停下腳步，噗嗤笑了出來，看到這個孩子剛毅的表情，讓她覺得可愛又欽佩地說：「你現在是在保護某個人嗎？好，我知道了，我無所謂……」

瞬間她的腦海裡依次浮現出和宥鎮、勝具的對話，房間被搜查過的對話以及歸還給皇帝的對話內容，結論是，東魅在找的東西是那個證券。

「我想再問你一個問題，那個重要的東西，你是怎麼拿到的？」

「那個……」

秀美停頓，往四周探看之後，才小聲地說明：「以前我在某位美國大人家工作，那家老爺將某個東西藏在小孩的嬰兒被裡面，可是老爺去世後，我不知道該怎麼辦，最後送給了我的恩人……」

「……原來是這麼回事，我明白了，但你要答應我一件事，不要將我幫你的事，告訴你想要保護的那個人，這件事就當作是你和我，我們兩人之間的祕密吧。」

愛信不想再打亂秀美的心，正好已來到光榮酒店前面，秀美再次表達謝意之後，便走進酒店。她望著秀美消失的入口方向，在原地踱步，心想宥鎮應該在酒店裡面。

她勉強抬起頭來，抱著僥倖的心理，但也有幾分期待。這時從陽台俯視樓下的宥鎮正巧往那裡看，於是兩人無法將視線從彼此思念的臉龐移開。無法避開，又無法如此持續對望，因此讓兩人的眼神更加難分難捨。

「小姐。」

咸安大嬸打開了轎子的門等候著，愛信才打起精神轉過身來，如再回頭望，或許永遠上不了轎子，因此她匆忙坐上轎子。轎子裡一片漆黑，想打開小窗，又不敢打開，她的纖纖小手在顫抖著。

宥鎮站在陽光灑落的公使館石牆前面，想起了愛信，因為她曾經突然出現，再翻牆而去，或許今天也會這樣出其不意地現身。宥鎮對於愛信這樣的出現，是既期待又害怕，因為一旦見面，彼此能談的話題，恐怕又成為另一道創傷。這時從宥鎮身後傳來鬧哄哄的聲音，轉身一看，是凱爾和冠秀騎著驢子進到院子來。兩人安全地護送素兒之後，旅遊了一趟回來。宥鎮發現到對自己揮手的凱爾，難得露出燦爛的微笑。

光榮酒店空無一人的走廊上，兩個酒醉的影子搖來晃去，宥鎮和凱爾彼此倚靠又互相扶持地上樓，腳踏到走廊上時，兩人同時停住，因為哀怨的旋律幽幽地流瀉到走廊來。傳到陰暗走廊的旋律，讓人感到不寒而慄，凱爾害怕得發抖地問：「那是什麼聲音……？」

「你在這裡等一下。」

宥鎮讓凱爾在走廊上等候，他在悲傷的預感中走著，快速地扭動鑰匙，打開自己的房門。剎那間，一陣如吹拂過冰凍河面的寒風舔舐著他的身體，窗簾在開著的窗戶之間飄動著。

音樂盒被送了回來放在桌上，〈綠袖子〉的旋律在房間裡迴蕩著，宥鎮慢慢走過去低頭看著音樂盒。

凱爾走進房內小心翼翼地問：「是什麼聲音？」

「看來是有人來告別了，這個……好像是對我的問題所做的回答。」

不知不覺，宥鎮的聲音猶如從音樂盒播放出來的〈綠袖子〉旋律般的哀傷。

陽光先生

隨著槍聲，一群鳥噼噼啪啪飛往天空。底下，愛信拿著槍神情黯然地站立著。被子彈擊中而爆裂的陶碗碎片在地上滾動，那些碎片如同她此刻的心情。最近發生了一些事情，如她對宥鎮不告而別，以及宗親們請求祖父士弘領養孫子，但祖父只是充耳不聞。雖然音樂盒已物歸原主，士弘也表明不會領養孫子，然而她的心情依然沉重，放下槍枝後默默地抬頭，但是不論往何處望去，看到的都是宥鎮的身影。

「這是留到最後才要使用的藉口……因此要保重身體。」

愛信希望，即使是音樂盒也好，能留在宥鎮身邊安慰他。天色立刻暗了下來，夜晚即將來臨，冬天的白晝短，夜晚特別長，她再度淚流滿面。

宥鎮騎著馬在荒野上奔馳，在廣袤無垠的山野奔馳的身影晦暗不明。抵達山谷，他停了下來，手上拿著一瓶酒，到處尋找父母埋葬的地方，但是繞了整個山谷依然遍尋不著。他脫掉帽子，生怕遺漏掉，因此恭敬地將酒到處潑灑，懇切希望至少自己的心意能傳達給父母，同時臉上流露出長久的思念之情，自然想到要寫給約瑟夫書信的內容。

親愛的約瑟夫：

當我再次踏上朝鮮的土地時，我或許有所期待，期待自己有所改變，期待朝鮮應該有所改變。

因此，在這裡認識了一位女子，我期待能站在她身邊，和她並肩同行，從初次見面的那一刻起便有了這樣的期待。

但是我似乎還無法逃離那個小箱子。

明知道聽完我的長篇故事，她會是那樣的表情，由於她那份坦率的真心，讓我決定再次逃離朝鮮，逃到朝鮮之外。

約瑟夫，我可能見不到你就要離開了，祝你永遠健康。

宥鎮徐徐地離開野花盛開的山谷，同時，下定決心盡全力離開朝鮮這塊土地，儘管要離開並非那麼容易，但是他努力說服自己這麼做，必須這麼做。

殷山坐在陶窯址角落，將宥鎮帶來的啤酒直接用嘴對著瓶口咕嚕咕嚕地喝，他的旁邊散著一地的空酒瓶。宥鎮坐在旁邊，也拿著一瓶啤酒，遠望日落西山。殷山發出暢快的聲音後，用袖子擦著嘴，說：「淡而無味，並不怎麼樣。」

宥鎮對殷山的言行不一感到無奈地笑了，看到他又新開了一瓶，便問道：「所以你會讓我住一晚嗎？」

「為什麼一直要我讓你住一晚啊？神經病，你這個神經病，廢話少說，快滾開，臭小子。」

三更半夜，宥鎮突然提著裝滿一皮箱的啤酒來，請求殷山讓他住一晚。正如當時那個九歲男孩，滿臉疲憊地說：「你都喝了這麼昂貴的酒，為什麼說話這麼不客氣，那給我一些破裂的陶碗抵消酒錢，既然你不讓我過夜，我得在太陽下山之前趕緊離開才行。」

宥鎮站了起來。

「生氣了？」

「是的，生氣了所以才要離開，請繼續隨心所欲過你的日子吧，也不要衰老，我很慶幸能再見到你。」

殷山茫然地看著啤酒瓶，露出不知所云的表情。

「不要擺出一副什麼都不知道的模樣，你全看到了吧？在翻我房間的時候。」

「我在深山裡燒陶瓷都已經忙不過來了，你在胡說些什麼？」

「你應該看到配飾了，那個東西可以賣到三斗米的。」

「如果我看到了肯定會拿去賣掉，臭小子。」

「就那樣吧，你可要這樣一輩子裝聾作啞過日子，當年我存活下來，並安全到達美國了，無法報答您的大恩大德，實在很抱歉。」

宥鎮說著，不禁鼻酸，眼眶泛紅，繼續說：「當時那個小奴僕就是我，雖然現在道謝已經太遲了……但我還是想對你說一聲謝謝。」

那是出自真心的道謝，當宥鎮正要離開時，殷山丟了一句話：「我都收到了。」

宥鎮當場愣住。

「你救了素兒，還將那個證券歸還給朝鮮，並且懲處了李世勛，你已大力報答了。」

殷山搖著空啤酒瓶，繼續說：「恩情是大大償還了，但做人卻這麼小氣，既然要拿這個過來，就該兩手都提得滿滿的才是啊，另一隻手卻空著不用。睡一晚再走吧，我會讓你過夜的。」

宥鎮聽到殷山說笑，第一次開懷大笑，笑容在他的臉上綻放開來，隨即從那舒展的臉頰流下滿是悔恨的眼淚。經過漫長的歲月，宥鎮和殷山這時才算是真正的再會。

學生們下課了，木棉學堂的教室裡只留下幾位學生，南鍾一一指著英文單字，讀給愛信聽：「密斯（miss），密斯特（mister），門萊特（moonlight），米拉克（miracle）……」

但是愛信只是坐著出神地望著下雪的窗外，南鍾看到愛信一副心不在焉的樣子，便責備說：「小姐，學習英語必須澈底地複習……」

愛信依然望著窗外，開口說道：「女子是『密斯』，男子是『密斯特』，月光是『門萊特』，奇蹟是『米拉克』。」

這時愛信才回頭看著南鍾，說：「我全都背起來了。」

南鍾低下頭來，說：「很抱歉！您做得很好，那麼，今天來學S，U，V開頭的單字。」

愛信雖然聽到稱讚，但很快地眼神又變得暗淡無光，說：「S開頭的……有『澀得淹頂』（sad ending）……意思就是悲傷的結局。」

南鍾擊掌說道：「啊，對了，這是小姐原本就知道的單字吧？」

「……沒錯，異鄉的男子……也許一開始就知道最後會變成這樣的吧……」

「什麼？」

南鍾反問，愛信立即改變表情說：「我是問你，異鄉人的英語是什麼？」

「真神奇，異鄉人也是S開頭，是『思特連酒』（stranger）。」

「『思特連酒』……S開頭的全都是悲傷的單字。」

愛信再度神情黯然地說，南鍾開朗地笑著搖頭說：「不對，S開頭的也有『思諾』（snow），就是雪。」

南鍾指著窗外，愛信再度俯看窗外下著的雪，南鍾繼續說：「另外有『三蝦印』（sunshine），還有『思踏』（star），就是陽光和星星。」

愛信點頭說：「雪、陽光和星星，全部都是在天空閃耀的東西。」

「那個天空也是S開頭，就是『思慨』（sky）。那麼這幾個單字裡面，小姐最喜歡哪一個？」

「……我也不知道。」

愛信低頭看著寫在線裝本子上的那幾個單字。

離開學堂，愛信的轎子走在落日後的黃昏街道上。因為下雪路滑，轎夫們巍巍顫顫地抬著，每當轎子搖晃時，咸安大嬸就會管訓轎夫們，並指揮著轎子。這時轎子的窗戶打開了。

「怎麼了？暈了嗎？」

「叫他們放下轎子吧，我要走路，這樣你們也很危險。」

「不行，如果鞋子溼了，腳會冰涼的。」

愛信再次強調，她要走路。咸安大嬸猶豫了一下，同意讓愛信下來。於是空轎子和咸安大嬸跟在噗吱踩著雪地的愛信後面。雪花在街上飛舞而下，從樹枝落下的雪有如白色的花瓣，愛信為了避免滑倒，腳尖使力慢慢行走，並複習英語：「雪……天空……」

從遠方傳來咔噠咔噠腳踏車騎過來的聲音。

「月光……先生……奇蹟……」

每一個單字都撼動著她的心，每一個單字都讓她想起宥鎮，那個即使明知道會有這樣的表情，明知道，還是會心痛的男子。

「異鄉人……陽光……」

愛信停下腳步，說：「陽光……先生……」

愛信突然淚如泉湧，冰冷的空氣中，唯有流下來的淚水熱得如汆燙過。這時街燈亮了，街道明亮起來，在另一排街燈下行走的一雙腳也停了下來，那是宥鎮。朝著街燈亮光更往前一步的愛信又停下腳步，落在兩人之間的雪花在燈光的照耀下閃閃發亮。兩人置身於來往的行人當中，正如初次見面那一晚那個時刻，他們再度相視對望。

因為電力不充足，路燈的燈光一閃一閃的，每當路燈忽明忽暗時，宥鎮的身影看起來便忽隱忽現的。咔噠咔噠腳踏車從兩人身旁經過，不久路燈便完全熄滅，兩人的身影在黑暗中朦朦朧朧的。

「為什麼每次電車要經過，電燈就變得這個樣子？」

「快走。」

經過的行人發著牢騷遠去。陰暗中，愛信心想，宥鎮也會離開吧，看到我覺得不自在，如同剛才那兩個行人在黑暗中離去那樣，她的內心感到不安，即使面對面，兩人可能也無話可談。或許他仍站在原地，是的，或許，很有可能如此，愛信邁不開腳步，木然地站立著。

這時一輛電車發出亮光，從愛信前面經過，藉由那個亮光視線變得明亮，看到宥鎮仍站在對面望著她。

路燈再度點亮之後，愛信和宥鎮兩人仍和黑暗籠罩時一樣，隔著道路站立著，先開口的人是宥鎮，他說：「路上泥濘不堪，雪似乎會一直下，這種天氣不適合行走。」

愛信的眼裡淚光閃閃，說道：「……或許我在期待這種偶然的相遇。」

宥鎮不知所措，只是凝視著，他能做的唯有凝視，倘若離開了朝鮮，應該連這個都是奢望了。

「我有個請求，這裡太引人注目……我們移到那裡去。」

宥鎮轉身朝附近的巷子內走去。愛信對咸安大嬸輕輕揮了一下手，站在稍遠地方的咸安大嬸命令轎夫們停下來，安排妥當後，愛信便跟在宥鎮後面走。

兩人走了一段路，宥鎮在一個適合談話的屋簷下停下腳步。愛信走到屋簷底下，保持距離站著。宥鎮看到愛信抓著裙子的雙手凍得通紅，於是脫下手套遞給她。愛信看到出其不意伸到眼前的手套嚇了一跳，然後默默接住，不過沒有戴上去，只是拿在手上。

「我給你這個，並不是要你拿在手上。」

愛信彷彿要抓住那天在結冰的河面上錯過了的宥鎮的手，將手套抓得緊緊的，說：「那天……我很抱歉。」

宥鎮默默地望著道歉的愛信，她鼓起勇氣說出內心的話：「聽完閣下那個長篇故事之後，我大致猜得到自己是怎樣的表情，那可能造成閣下的傷害，我感到非常抱歉。」

因為歉意，愛信紅了眼眶，哽咽起來。

「我，曾經想當一名鬥士，縱然欺騙了祖父，又讓伯母操心，並且辜負了家人，但我安慰自己，我走的是一條正確的道路，所以無所謂。可是聽了閣下的長篇故事之後，我夢想的那個世界完全崩塌了。」

宥鎮傾聽著愛信敘說。

「自從遇到閣下之後，我不曾考慮過閣下的身分問題，現在回想起來，那是因為我一直盲目地認為閣下也是貴族。」

愛信相當悲痛，為生活在轎子內的自己感到失望，對令人失望的自己更加失望，並且對受到傷害的宥鎮抱持著罪惡感。

「我自以為我和一般的貴族有些不一樣，然而並不是這樣，我所憧憬的大義根本是自相矛盾的，我只不過是一個離不開轎子的養尊處優的貴族丫頭，因此有個請求，千萬……別傷心難過。」

好不容易一口氣把話說完，結果從愛信的眼裡滴下了一顆眼淚，那顆眼淚如同滴在宥鎮冰冷心田裡的滾熱雪花。宥鎮向前靠近一步，拿起愛信緊緊握住的手套，抓著她的手腕，右手，接著是左手，一隻一隻地彷彿在幫小孩戴上手套。被抓住的手暖烘烘的，感受到宥鎮的深情，她的心臟幾乎要跳出來。宥鎮將手套都戴上之後，慢慢地鬆手，說道：「你已經在往前走了，這只是在前進的途中，稍微絆了一下而已。」

宥鎮似乎把該說的話都說完了，於是退後一步，說：「你繼續前進吧，我會往後退一步。」

愛信望著宥鎮，但淚水模糊了她的視線。

「不是因為你的身分地位高，而是因為你原本可以選擇沉默，也可以選擇漠視，但你卻這樣哭泣，所以我才選擇退後。」

盈眶的淚水順著臉頰滑落之後，原本朦朧的宥鎮影像，瞬間清晰起來。

「在這個世界上，顯然存在著差異，力量的差異、觀念的差異、身分的差異。」

宥鎮和剛才幫她戴上手套時一樣，深情地勉勵她。

「但那不是你的錯，當然也不是我的錯，我們只是在這樣的世界相遇了而已。」

宥鎮的話如同鑿冰錐一般鑽進愛信的心房。

「你所在的朝鮮，住著行廊大叔、咸安大嬸，還有推奴、陶瓷工匠、翻譯官，以及跑腿的少年，因此你就以鬥士的身分活著吧，當然也以小姐的身分活著，這是聰明又安全的選擇，請你務必要活下去，長長久久地生存下去，守護著你的朝鮮。」

愛信望著宥鎮，宥鎮低頭指著手套說：「戴著那個走吧，別再摔倒了。」

宥鎮說完便轉過身去，這次是他先行離開，這也許是他們最後一次見面，愛信站著，盡可能長久地望著她無法挽留的宥鎮背影。

陽花搭乘照亮了宥鎮和愛信的電車，她站在車門口，視線固定在街燈下的那兩個人。電車行駛，遠離了彷彿被釘在地上站立著的兩個人。陽花脫下一隻手套，靜靜地將手伸出電車外，手套被風吹得不停擺動。

「這大概是今年冬天最後一場雪吧……」

雪花如花瓣飄落在陽花的手掌上，這時，電車為了載運其他客人而緩慢地停了下來，突然有人一把抓住站在電車門邊的陽花的手，並往外拉。陽花順勢倒向拉她下來的那個人懷裡，壯碩結實胸膛的主人是東魅，陽花的大眼睛睜得更大了。

「你的手看起來冰冷得很。」

東魅嘻皮笑臉開著玩笑，突然他舉起雙手往後退，因為陽花另一隻手從大衣口袋掏出手槍。

「有話好好說。」

「當你牽女人的手時就該小心，女人並不會總是對你和顏悅色的。」

陽花話說完後，笑了。這個女人總是如此嫵媚、致命地笑，東魅感嘆自己的命運，搖頭說：「最近我怎麼老是遇到這麼危險的女人呢？」

「不是有句話說物以類聚嗎？」

「我最近倒是過得很安分，你去哪裡了？」

陽花看了一下自己的衣著，回答：「只是隨便走走，下雪了，酒店太吵雜，正好可以穿上新訂做的大衣。」

「這大衣非常適合你，訂做得真好。」

「你的意思是說我漂亮吧？」

「口袋裡藏著槍的女人，怎會不漂亮呢？」

聽到陽花露骨地說，東魅也狡猾地回應。對於東魅的稱讚，陽花並不覺得高興。她反而將視線投向愛信和宥鎮所在的方向，那兩人站著的地方，感覺所有的人都靜止不動。

「如果你要去酒店，那我送你過去。」

「我們走這邊吧，那邊風景不怎麼樣。」

陽花說完，開始朝著與剛才凝望的相反方向走去，東魅跟在陽花的後面。

陽花和東魅並肩走在點燃夜燈的街上，不知不覺漫天飛舞的雪停了。

「臉頰還留有手掌印呢？聽說你被人狠狠地打了。」

「我只習慣打人，不習慣被人打，沒想到還相當痛的。」

「你做了什麼該打的事了？」

東魅的腦海裡，浮現出如黑鳥般飛上來的愛信，他將她的腳弄瘸了，他用苦澀的語氣說：「我擊中了一隻黑鳥，讓牠再也飛不起來了。」

「黑鳥？」

東魅想改變氣氛，轉移話題說：「如果你想補一巴掌就趕快補，聽說桂丹被你發現了。」

「你倒真會打如意算盤啊？這件事不是一巴掌就能解決的，我記在帳上了，你要記得還。」

東魅故作冤枉，裝蒜地說：「她娘生病了，那份想要救母的孝心多麼難能可貴啊，我都哭了。」

陽花盯著東魅看：「如果你不想真的哭，就千萬別再碰我的人。」

「現在就算想碰也碰不得了，一群男人沒把事情辦好，而新來的那個孩子好像站在另外一位大人那邊。」

東魅的視線投向遠方，繼續說：「真令人難過，我是替她弟弟擔憂才那樣做的。」

寒風吹拂過東魅和陽花的衣角。

陽花回到酒店，抖一抖被雪濡溼的外套，走到櫃台，和端著咖啡的男侍者打個照面，優雅地脫下防風手套，問道：「沒什麼事嗎？」

「是的，可能是因為下雪了，咖啡賣得特別好。」

侍者說完便走向餐桌。這時門口的鈴聲響，一位穿著洋服、具有知性氣質的男子走了進來，陽花習慣性地轉頭面帶微笑迎接客人：「歡迎光……該死。」

頃刻間她的臉孔垮了下來。提著醫師皮箱的男子從容地微笑，並脫下帽子。

「好久不見了，松山醫生，沒想到會在朝鮮見到你。」

即使聽到陽花虛情假意的招呼，松山仍微微一笑說：「這都是託李家先生的福，因為李家先生推薦我當漢城醫院的外科主治醫生，有空請過來坐坐，啊，我的意思不是希望你生病。」

陽花故作鎮定地說：「原來如此，不過，李家先生為什麼要這麼做呢？」

「當然是因為我手上的死亡鑑定書，那份鑑定書上寫著您過世的丈夫工藤社長的真正死亡原因。」

聽到松山的話，陽花好不容易按捺住的情緒完全表露無遺。

「所以李家先生是為了真相才這麼做的，工藤夫人。」

「這還真是令我感到悲痛呢。」

陽花喃喃自語，嘴角上揚，可是朝向松山的眼神卻極其凶狠。

宥鎮在茅屋前面吹著風望著荒蕪的土地，茅屋旁邊拴著一匹馬，地上放著一個裝有破裂陶碗的箱子。當宥鎮迎風站著時，隨著篤篤沉重的腳步聲，勝具越過山丘走了過來，打獵回來的勝具一隻手上抓著山雞，另一隻手上拿著槍，說道：「美軍又來茅屋了。」

「我送東西過來。」

宥鎮指著地上的箱子。

「一些破損的陶碗。」

勝具瞥了一眼箱子，說：「你來這裡應該不只是為了送這些陶碗。」

宥鎮噗嗤笑了，說：

「我來純粹只是為了送這些陶碗，順便謝謝你這段時間的照顧。」

「我們彼此都付了該付的酒錢，也收了該收的酒錢，沒有什麼好感謝的。如果是另有目的，那你是白跑一趟了，她今天應該不會來。」

宥鎮緊閉的嘴角帶著幾許惆悵，說：「幸好，因為我正努力避開她。」

「如果小姐想和你共創未來的話，我一定會幫她的。」

聽到勝具突然冒出的真心話，宥鎮睜大了眼睛。

「如果她叫我殺你，我也會照做。」

「那她怎麼說？」

「看來她想親自動手，因為最近非常勤快來練習場，十個陶碗，她能擊中十一個。」

宥鎮終於忍俊不住笑了出來。

「就算小姐決定與你一起走下去，而做了許多準備，在朝鮮，那也是行不通的。」

「我也明白，與其她擁有我而哭泣，我寧願她離開我而笑。」

輕鬆的對話，瞬間變得沉重，勝具看著他，而他望向遠方問道：「是哪種槍能夠射十發中十一發呢？可不可以借我試試看，很久沒射擊了，真想試一下。」

木然的勝具馬上將手上的槍枝遞給他。

一會之後，在寂靜的山腳下響起槍聲，被槍聲驚嚇的鳥兒們振翅飛往高空。槍聲有如回音縈繞，而後停止，再度歸於寂靜時，宥鎮想起與愛信相處的那些時光。

「很高興認識你。」

「如需要陶碗就請說一聲，沒想到這麼近的地方會有同志的存在。」

「說不定，那天晚上我被閣下發現，也許就是我的浪漫。」

愛信的浪漫、愛信的微笑全都投進宥鎮的心湖裡，以為激起短暫的漣漪之後便會歸於平靜，想不到每天卻如浪濤、如海嘯般向他席捲而來。輕輕撫摸殘留著愛信氣息的槍枝，那是愛信珍貴的浪漫。

「……我也是，很高興認識你。」

那天無法對愛信說的告別話，在空氣中擴散，然後逐漸消失。

禮物

熙星站在洋服店穿衣鏡前面，嘴角彷彿用畫的高高地往上揚，他身上穿的衣服樣式與愛信之前在洋服店訂做的一模一樣。

「衣服這麼好看，會有哪些人認出我之後，無法移開視線呢，我倒要試試看。」

熙星喃喃自語，走到燈火輝煌的街上。置身於穿著入時的「摩登女郎」、「摩登公子」以及商人、外國人當中，他顯得特別引人注目。經過他身邊的藝妓們都對他拋媚眼，男人們則乾咳一聲後對他上下打量，而他用眼神向每個人打招呼，輕快地走著。

這時宥鎮和東魅正從熙星兩側走了過來，當他們一看到熙星，兩人都睜大雙眼，因為他的穿著和愛信在翻越公使館圍牆或是在濟物浦港時的服裝一樣。兩人朝熙星跑了過去，緊張地想遮住他那套衣服，於是他更加確定，其他兩個人早就知道這身洋服，如今三個人都知道這身穿著，他們迅速交換眼神。

於是宥鎮和東魅抓著熙星走進酒店，陽花微笑地看著三個人往熙星房間走去。

關上房門後，熙星問宥鎮和東魅：「如果我穿上這套衣服又跛著腳，那麼故事就完整了嗎？」

他確認了宥鎮和東魅做出同樣的反應，苦澀地自言自語道：「啊，這個也是我最晚知道。」

隨後拿起放在桌上的酒瓶，說道：「不用擔心衣服的事，因為今天我穿了它，不消半個月就會在漢城大流行起來的。」

陽花跨坐在後院的階梯上，叼著菸又拿下來，望著三個男人聚在一起的房間窗戶，自言自語：「關係比陌生人還差的三個男人，竟然會聚在一間房裡。」

陽花吞吐的白色煙霧往四周飄散。那三人的交集只有一個，就是高愛信。在吞吐雲霧中，她想起那天從三〇四號房流瀉出來的音樂盒琴聲，剛才熙星身上那套衣服，就是當天宥鎮的好朋友穿的，以為那男子是宥鎮的好朋友，可是似乎又不太像。

「笨蛋。」

在酒店外，與愛信相視而立的東魅哀切的表情，在煙霧中再次浮現，隨即又消失。

「傻瓜。」

與愛信相視而坐，端著咖啡的熙星模樣，在她看來也是覺得可笑，同時又覺得受傷，她緊皺眉頭說：「呆子，那個丫頭算什麼。」

在木棉學堂空曠的校園，熙星和愛信面對面站著。愛信的同學們三三五五聚在一起，透過圍牆觀看他們兩人，因為大多數是正值對異性感到好奇的少女們。愛信無視於同學們的偷窺，嚴肅地端詳著熙星的洋服，那是愛信為了舉事經常以熙星為藉口而訂製的洋服，他只是個名義上的主人，現實生活中根本沒必要穿上這套洋服。

「受到如此歡迎，讓我不知所措，啊，難道是高興見到我這身洋服嗎？」

愛信故作平靜，沉著地回應：「這不就是我每年訂做後寄過去的洋服嗎？正因為一直沒收到你的回覆而感到難過，現在給了這樣的回覆，我很高興。」

熙星看到愛信佯裝不知情，大笑說：「原來這就是你的計畫嗎？」

「我不知道你在說什麼？」

「我知道，難道你不好奇我還知道什麼嗎？」

愛信將脖子挺得直直的，眼神變得非常嚴肅，熙星玩世不恭的態度以及深不可測的意圖都令她不舒服。

「想知道的話就來搭電車吧，我會等你。」

愛信抓住正要轉身離開的熙星衣角，低聲警告說：「別穿著這套衣服招搖過市。」

愛信的臉龐靠得這麼近，即使是這種情況，他對眼前的愛信仍如傻瓜般感到心臟狂跳，但在努力管理好表情後，笑著說：「我必須穿著這套衣服到處走，你來搭電車的路上便會明白我的意思了。」

熙星說完，一溜煙便離開校園。

愛信坐上轎子前往電車站，當來到街上時，立即明白了熙星話中的含意，因為街上穿著洋服的男子，四人中至少有一人穿著和熙星一樣的洋服。咸安大嬸悄悄走過來擔憂地問：這到底是怎麼回事。可想而知，熙星在那些自稱「摩登公子」的人們心中，占著何等的分量，但是愛信仍然不確定熙星想要表達的內容是什麼，她不安地自言自語：「這是未婚夫要送我的禮物，還是警告呢……？」

抵達車站，上了電車，她更加驚訝，因為每次看到都是人擠人的電車內，卻空無一人。

「是我特意安排的，好讓車上只有我們兩個。」

熙星為滿腹狐疑的愛信解開謎團，為了與愛信會面，他買下所有的車票。愛信驚訝萬分，為了製造兩人神祕的時間，能做到這種地步的只有熙星，無疑這就是他所謂的浪漫。

接著，一位不速之客搭上了霸王車，東魅得知熙星為了與愛信會面買下了所有的車票，因此氣憤地強行上了電車。他怒視著正在交談的熙星和愛信，突然挑釁地對愛信說：「錢都準備好了嗎？小姐。」

「你不用擔心，我會遵守約定的。」

愛信看都不看東魅一眼，冷冰冰地回答。

「半個月的期限就快到了，負債者的說詞都是一個樣的，小姐。」

愛信對東魅將自己以負債者身分對待，極其盛怒，直瞪著他看。熙星雖然不清楚為什麼東魅和愛信之間會提到金錢的事，但他站了起來，阻止東魅說：「不論這位女子欠你多少錢，你都不要催她，儘管朝鮮的山林是屬於皇帝的，但所有的田地幾乎全都是我的。」

「太好了，這表示無論我將你埋在哪裡都行，謝謝你載我一程，大人。」

東魅就是對這樣的熙星看不順眼，再也受不了，因此起身往駕駛室的牆面用力拍打，大喊停車，於是電車緊急停了下來。

東魅下車後，熙星帥氣一笑，在愛信對面坐了下來，問道：「和具東魅發生了什麼事嗎？為什麼會欠他錢？金額很大嗎？」

「發生了一點事，我自己會看著辦，今天為什麼來找我？」

「想和你一起搭電車，像這樣單獨兩個人。」

愛信露出不可思議的表情問：「所以買下了所有的車票？」

「我希望獨自一人聽你的故事，『一個文雅的女人為什麼腿部會受傷？』之類的故事。」

愛信黑亮的瞳孔激烈晃動，這位在街上對每個人嘻皮笑臉、看起來非常輕浮的未婚夫，有時卻讓她感到驚惶失措。

「『這些年為我訂製的那些衣服都在哪裡』之類的故事，『今後我可不可以穿上你要穿的衣服？』之類的提問。」

愛信眼神嚴肅起來，說道：「我似乎已經解釋過了，那些衣服全都寄到日本去了。」
「我的意思是謝謝你的衣服。」
看到熙星突然改變態度，愛信更加疑惑地望著他。熙星繼續說著，電車繼續前進。
「這次搭了電車，下次我們去欣賞舶來品吧。」
「我沒興趣。」
「那麼划船，怎麼樣？」
「河水已結冰了。」
愛信對熙星的油嘴滑舌感到不耐煩地問：「你喜歡打獵嗎？」
「不喜歡，怎麼了，上山的話對你比較有利吧？你會殺了我嗎？」
熙星畢竟不是個好應付的人，他問是否要殺自己時，還面帶笑容，但就算笑也帶著幾分落寞，看到愛信緊抓住裙子，他提議說：「如果不會的話，那就這麼做吧，讓我當你的未婚夫，你穿著我的洋服，不論是愛國，還是賣國，我都會當你的影子，因此遇到危險時，就跑來我這裡避風頭吧。如果這能當我回來朝鮮的理由，那真是我的榮幸。」
熙星的聲音裡充滿著一片真心，愛信曾穿過的洋服，熙星現在穿著的洋服，還有街上的男人們穿著的洋服，這時愛信才完全理解熙星的意思。
「原來這是禮物。」
熙星明白自己的意思被接受了，開心地露出微笑，那個微笑相當溫柔。
「你會接受嗎？」
「感覺這比上山好，因為上山的話將會對我非常有利。」

聽到愛信話裡帶有些許的威脅，熙星只是笑笑。

「這是我的榮幸。」

電車抵達目的地，慢慢減速下來，傳來到站的訊號。愛信如提出解除婚約，他便提議做個朋友；威脅他，他就回答是他的光榮。他這種態度，讓她感到有些過意不去。

浪人們站在空無一人的泥峴街上的飯館前守衛著，東魅正在用餐，他的前面站著愛信家名叫石鐵的奴僕。石鐵拿東魅的錢，然後提供愛信家的消息給他。

「不久前在我們家前面看到一個非常可疑的男子，總覺得不對勁。」

「非常可疑又覺得不對勁的男子，只說這些是拿不到錢的。」

「若只有這點情報，我也不會來稟報的。那個人問我，這裡是不是高士弘大人府上，整個漢城沒有人會不知道這個的。」

的確是可疑的事，東魅示意繼續說。

「所以就在我覺得可疑的時候，剛才又在酒店前面看到他了，看見他拿著鑰匙上樓後，我馬上跑了過來……這樣的情報值錢嗎？」

「你記得他的長相嗎？那樣就值錢了。」

「當然記得。」

石鐵點頭，東魅看著他，露出不安的眼神，不祥的預感襲上心頭，他毫不遲疑地前往光榮酒店。

夜幕低垂，酒店大門前有幾位人力車夫聚在一起取暖等候客人，為了打發無聊的候客時間，車夫們通常會天南地北地聊天。但東魅和雄三蠻橫地混進他們裡面，於是大家只是看著東魅的眼色，為了不招惹東魅，連大氣都不敢喘一下，停在後面垂著布簾的人力車上坐著石鐵。

過了一會兒，石鐵掀開人力車布簾，默默地用手指向某人，他所指的地方，正好有一位衣衫襤褸的男子從酒店出來。東魅對雄三使了個眼色，雄三便跟蹤那個男子。而留在原地的東魅將錢丟進石鐵坐著的人力車內，石鐵一拿到錢，便坐著人力車遠離酒店。東魅確認了雄三前往的地方與人力車走的路，然後轉身。

他走進酒店大廳，對陽花打聽方才走出去的客人。

「剛剛離開的客人？那個客人怎麼了？」

「只是非常好奇，他住在幾號房？三〇三號，三〇四號我已知道是誰住了，那麼是一〇二號，還是二〇五號呢？」

東魅的眼睛掃向二〇五號房的鑰匙，陽花移動身體，擋住東魅的視線，說道：「你又要搜查客人的房間嗎？那我這酒店就要關門大吉了。」

東魅充耳不聞，將住宿登記簿挪了過來，說：「明知道卻還執意這麼做，我也不好受啊，你就不能體諒一下嗎？」

陽花再將登記簿拉往自己的方向，回答道：「你難道不知道我不能洩露客人的資料嗎？」

「那麼我就自己看。」

東魅毫不留情地推開陽花，將登記簿搶過來，專注地翻閱，突然動作停住了，問道：「李德文？這個人不可能住這裡，住二〇五號的人究竟是誰？」

陽花被推開，表情很冷淡，就算東魅沒問，她也覺得那個人很可疑，即使如此，她也不想將所有情報都與東魅共享，為了迷戀一個女人而將自己推開的人，更是如此。

「每當你這樣奮不顧身時，通常都是為了那丫頭的事。」

東魅也是表情冷淡地說：「你不該用那張漂亮的嘴說出這麼令人厭惡的話。」

「那丫頭只不過是穿戴絲綢的溫室花草而已，你別給自己留下把柄。」

東魅默默地看著惡毒的陽花，然後用雙手扶著她的兩個肩膀，將她移到原來的位置，低聲說：「謝謝你為我擔心，不過已經太遲了。」

東魅鬆手，留下陽花。陽花氣得緊咬嘴唇，轉身而去的東魅壯碩肩膀，看起來非常消沉，所以更加令她生氣與哀傷，真不知道消沉的是東魅，還是自己。

莞翼穿著睡袍坐在餐桌前，德文急匆匆地過來。

「一大早的發什麼神經啊？」

「很抱歉，從咸鏡道來了消息，必須趕緊讓您過目。」

莞翼舀著湯露出好奇的表情說：「說說看。」

「如您所料，皇帝寄了密函。」

日本佯裝幫忙，給予借款，結果是中飽私囊，還進一步想併吞朝鮮。皇帝為了守護朝鮮，打算拉攏其他國家，其中之一便是美國，然而倘若和日本翻臉，美國便沒有幫朝鮮的理由。艾倫公使為了避開與皇帝見面而到中國去也是這個原因，艾倫來到朝鮮，是這樣的局面，因此皇帝只得向平民百姓的傳教士請求協助。

「一名咸鏡道的傳教士正在前來漢城的路上，那個人叫做約瑟夫，紀錄顯示他寄了書信到漢城，因此我們攔截了他的書信，但收件人有些奇妙。」

德文從懷裡拿出書信交給莞翼，莞翼放下筷子，接過書信，信封上寫著 Eugene Choi（尤金崔）。德文說明：「他現在是美國公使館的代理領事，也是海軍的軍官。」

莞翼毫不猶豫地將信拆開，說道：「難道這傢伙是攔下李世勛轎子的那個美軍嗎？」

「是的，正是他，更有趣的是，不久前皇帝微服暗訪光榮酒店，而這個人已住在那家酒店很久了。」

莞翼快速地將書信看過一遍，然後說：「說什麼上帝的恩寵啊，傳教士只要做禱告就好了，幹嘛要插手別人的國事？去搜搜這個美軍的房間吧。誰知道這傢伙是在保衛美軍，還是保衛其他東西？去的時候，順便打斷他一隻手一條腿，我倒要看看，上帝是不是站在朝鮮這邊。」

為了這樣的事，莞翼才召回金鎔朱，安排他住在光榮酒店二〇五號房。鎔朱有一陣子曾在東京以義兵身分活動，但是現在只不過是一個為了買鴉片，而為錢所困的鴉片鬼而已。

「是的，大人。」

德文低頭，欣然回答。

秀美整理客房的毛巾後，獨自下樓到大廳，經過櫃台時，無意間發現掛在架子上的三〇四號鑰匙，而感到訝異。陽花在整理著帳簿，看到一臉驚訝的秀美，問道：「你在看什麼？」

「我覺得奇怪，剛才我從三樓下來時，明明三〇四號裡面有人，可是鑰匙卻在這裡。」

「……是嗎？」

陽花招手叫住正要經過的侍者，侍者端著的托盤裡放著幾瓶啤酒，陽花拿起其中一瓶遞給秀美，說：「你把這瓶免費的飲料送到二〇五號房去。」

「是的，小姐。」

陽花望著秀美上樓，再回頭看架子上掛著的鑰匙，三〇四號的鑰匙掛著，但二〇五號的位置卻是空的。此時宥鎮正要從門外進來，但上去二〇五號房的秀美還沒下來。叮鈴，門鈴響，宥鎮開了門進來，走過來拿鑰匙。陽花再次越過肩膀望向樓梯，看到秀美的手上依然拿著啤酒，櫃台沒有鑰匙，表示二〇五號房間裡應該有人才對。陽花從架子上取出鑰匙遞給宥鎮，宥鎮接過鑰匙轉身後，又停了下來，因為他拿的不是三〇四號，而是三〇三號的鑰匙。

「又故意給錯鑰匙嗎？」

陽花和宥鎮對望，點點頭，兩人之間交換著某種眼神，瞬間宥鎮表情僵硬，放低腳步聲開始上樓。

宥鎮轉動三〇三號的鑰匙，打開無人的熙星房門，另一隻手拿著槍，穿越房間走向陽台，貼著欄杆觀察三〇四號的動靜。看到房內有個人影閃過去，確認房內的人影是一個之後，他毫不遲疑跨越欄杆跑向三〇四號房去。

那個人影將耳朵貼在門上，觀察走廊的動靜，突然僵住了，因為有個冰涼的東西頂在他的後腦勺，那是宥鎮的槍口。

「慢慢轉過來。」

宥鎮低聲指示。住在二〇五號，遵照莞翼的命令來搜宥鎮房間的人是鎔朱，鎔朱流一身冷汗轉過頭來。宥鎮瞇著眼推測此人是誰，是哪一邊的人，鎔朱沒放過這大好機會，立即抽刀襲擊宥鎮，宥鎮往後退驚險地閃過，鎔朱再趁機拿起桌上的書本丟過去攻擊宥鎮。

兩人的打鬥越來越激烈，東西被摔破、砸碎，雙方跌倒、被割傷、流血。在一來一往的打鬥中，鎔朱逐漸將身體往陽台移動，冷不防地從陽台跳下去，再由樓下的陽台走進客人住宿的房間，不顧房客們的尖叫，逕自穿越房間開門走到走廊上。宥鎮一路狂追，緊盯著鎔朱的背影調整射擊姿勢，但視線卻被擋住。因為突如其來的騷動，房客們為了確認走廊發生什麼事而打開了房門，無可奈何他只得放下槍，推開門去追鎔朱。

宥鎮為了不讓鎔朱逃脫而窮追不捨，最後鎔朱用刀子挾持著秀美現身了，宥鎮立即舉槍。年幼的秀美眼裡噙著淚水，看到刀子架在眼前，她嚇得頻頻顫抖。鎔朱拿著刀子怒吼：「開槍啊，我有一面漂亮的盾牌。」

鎔朱拖著秀美走到走廊盡頭，宥鎮瞄準鎔朱的肩膀，但是秀美的頭也出現在準星的小孔裡面，他正確地瞄準秀美的頭部，然後用英語大喊：「秀美啊，閉上眼睛，往左邊移動！」

他話聲一落，隨即開槍，秀美將頭往左邊閃避，射出去的子彈正確地嵌在鎔朱的肩膀上，鎔朱和秀美的尖叫聲同時響徹了整條走廊，中彈的鎔朱和驚嚇的秀美當場倒了下來，但秀美立即振作精神站了起來，快速跑到宥鎮後面躲藏，宥鎮保護著秀美，舉槍瞄準癱倒在地的鎔朱，保持警戒。

鎔朱被綁在椅子上，宥鎮正面看著他，肩膀上的傷口用一塊布簡單地包紮。鎔朱精神恍惚，不知道是因為藥癮發作，還是流了許多血，即使坐在椅子上，也不停地搖來晃去。

聽說幫這個其貌不揚的白髮男子訂房的人是德文，這是陽花給宥鎮的情報，德文是皇帝親信正炆的堂弟，輔佐正炆的死對頭莞翼，並且他的妻子是愛信的堂姐愛純。

「將他口袋裡的東西全都掏出來。」

宥鎮命令站在旁邊的美軍，並推測著鎔朱與德文以及莞翼的關係。美軍翻鎔朱的口袋，將所有的東西一一扔在地上，在香菸、芝寶打火機、破舊的鈔票等零零碎碎的東西當中，有一張相片嘩啦的掉了下來。宥鎮將相片撿起來，是鎔朱年輕時和一些人合照的相片。他看了一下，然後將相片翻過來，背面用日文寫著：「李花盛開之日，宋領、高相完、金鎔朱、全承才同行，一八七四年春天，東京。」

宥鎮將照片伸到鎔朱面前，問道：「這是什麼照片？」

鎔朱的視線一接觸到照片中的相完，便晃動不已。愛信的父親相完曾經是鎔朱的同志，但鎔朱出賣了相完，因為鎔朱中了莞翼的圈套，向莞翼告發了相完。因此相完不是死在日本人的手中，也不是死在被稱為親日派的狠毒人士手中，卻是遭到自己信任的義兵出賣而悲慘地身亡。

「藥……我要嗑藥……鴉片……我難受死了……」

鎔朱當年為了活下去，連信念、同志都背棄了，結果卻落得這副德性，他將自己的罪惡感全都浸泡在毒品裡。

以鎔朱目前的情況，很難盤問出任何情報，因此宥鎮緊皺眉頭。

風車

愛信拿著槍氣喘吁吁地上山，平常連走都非常險峻的山路，現在她卻用跑的，因此即使隆冬裡也汗如雨下。然而她並沒有稍作休息，反而催促自己，因為隨著每次呼吸她就一點一滴地回憶起與宥鎮相處的往事。難忘握手時的觸感，以及渡船上沉浸在晚霞裡的宥鎮哀傷表情，如今讓那表情變得孤寂的人是她。越過陡峭的山坡，到達山頂時，雙腳發軟而癱倒下來，太陽正落到山的背面。

落日的霞光灑落在她的身上，她拖著疲憊的步伐，為了更換衣服朝茅屋走去。

驀然傳來〈綠袖子〉哀傷的旋律，她的心臟如剛才在山上奔跑時一樣快速地跳動。

她已經把音樂盒放回宥鎮的房間，難道音樂盒的主人宥鎮又來找自己了，但轉而又想即使見面了，也改變不了什麼。

然而在茅屋裡觸摸著音樂盒的人是咸安大嬸，她垂頭喪氣地看著咸安大嬸觸摸的音樂盒，問道：「這個怎麼會在你手上？」

「因為這是……那個美軍大人拿給我，叫我轉交給小姐的……」

「你見到他了？什麼時候？」

咸安大嬸為難得額頭擠出幾道皺紋，猶豫半晌後，決定不再拐彎抹角實話實說：「這個交給我有一段時間了……我看他好像要離開了。」

「他要離開？什麼時候？」

「這個我當然沒問，或許今天離開，或許明天離開……要不然或許早就離開了……他要我轉達，用這個來償還那時你讓他搭船的人情……」

要留到最後用的藉口一一消失了，想要避開卻又想遇見，想要遇見卻又想避開，這幾天的心情起伏對她來說是一種煎熬。如果蓋上音樂盒，哀傷的聲音便會停止，她喃喃自語：終於結束了。

不，不能這樣結束，愛信拿起音樂盒往外跑，咸安大嬸立即追過去想制止她。

勝具站在正跑出茅屋的愛信面前，說道：「你連衣服也不換，這麼急著趕去哪裡？」

愛信用緊張的眼神看著勝具，但又不願說出要去找宥鎮。咸安大嬸追了出來，手上拿著愛信的衣裙。勝具看到了愛信手上的音樂盒，然後問：「……我們需要人手，你願意幫忙嗎？」

愛信的頭髮被風吹亂了，勝具、咸安大嬸都望著她。她是義兵，也是小姐，宥鎮對她說過，守護你曾經守護的東西，並且叫她向前走，於是她生硬地點了頭說：「願意。」

回答之後，一顆堅毅的眼淚掉了下來。

開始下起冷冰冰的冬雨，將漢城的街道濡溼了。愛信一身男士裝扮，豎起大衣領子，壓低帽子走在大雨中，希望這次能順利完成目標。今天是英國公使的生日，莞翼也接到邀請，因此他的家裡應當空無一人，她要潛入他家竊取交到他手上的那些翻譯官的報告。

世勛去世後，莞翼便貪圖外部大臣的位置，但皇帝破壞了他的美夢，即使有伊藤博文和幾位大臣在背後撐腰，他也只不過當上了農商工部的大臣。幾天前新上任的外部大臣遭人殺害，這事件再明顯不過了，莞翼狡猾如狐狸、奸詐如蛇，他收買了各國翻譯官，不知在打什麼鬼主意。

因為是潛入這種陰險人物的家裡，即使是愛信依然緊張，屏氣凝神地在書齋內仔細翻找，結果在抽屜裡發現一些文件以及一個被拆開的信封，黑暗中，看到信封上寫著她熟悉的名字：「Eugene Choi（尤金崔）」

她默默地將文件與書信一併揣進懷裡，正當離開要關上門時，聽到有人的動靜，她緊張起來。短暫的寂靜之後，對方拿下掛在牆上的日本假面面具以及日本長刀，她也迅速地將槍上膛，瞄準對方。對方的長刀掃過她的帽子，她用槍抵住，但長刀沒有停頓，猛然朝她刺過來，不曾見過的矯捷身手。她立即用槍托擋住長刀做為防禦，刀和槍碰觸發出沉重的聲音。

就在雙方一進一退時，對方的長刀揭開了她的面罩，同時，她的槍托掃中了對方的面具。雷聲強烈地震動著窗戶，面罩和面具都被掀開，看到了彼此的臉孔，刀和槍互指著對方，她僵住了，對方也一臉愕然，因為對方是陽花。

在令人窒息的死寂裡，愛信和陽花觀察著彼此的動態。從愛信的大衣衣角稍微露出揣在懷裡的文件，陽花看到，立即目露凶光，將長刀往愛信的心臟揮舞。愛信將身體往後仰，避開了，但隨著身體的移動，那些文件掉了下來，陽花和愛信立即撿起那些文件。

愛信手上拿的是死亡鑑定書，而陽花手上拿的是翻譯官們送上來的報告。

「我在找的是那個。」

陽花用眼神示意愛信手上拿著的死亡鑑定書，愛信不確定是不是需要這份死亡鑑定書，但目前是緊急情況，於是說：「我需要的是那個，要交換嗎？」

「這樣做似乎比你爭我奪來得好。」

兩人同時將各自拿的東西放在地上，進行交換。

「彼此的情況都很緊急，這事改天再善後吧，請過來酒店。」

「三天後的午時，請來泥峴的麵包坊。」

聽到陽花的提議，愛信做了回覆後，迅速收好報告書便跑了出去，再次翻牆的愛信模樣正如黑鳥一般。

陽花身穿旗袍撐著雨傘，和進來時一樣穿越庭院，因為事先和東魅照會過了，所以才能無所顧忌。半個時辰，東魅讓守護莞翼家的武臣會浪人們離開崗位，方便陽花行事。

「那是誰！怎會從那裡出來！」

快速走出大門的陽花停下來僵住了，在大門前面喊叫的人是比她預期還早回來的德文。

「那群守衛都到哪裡去了！怎麼是個丫頭！我問你是誰！」

德文朝著陽花邊走邊叫，正當德文要抓住陽花時，一隻大手往德文的頭部打了下去。看到德文昏過去，陽花嚇了一跳，但那隻手扶住她的肩膀，並大步走進她的雨傘裡，那人是東魅。

陽花驚愕地看著東魅，東魅將扶住的手更加使力地說：「往這邊走，被人追趕時，明亮又熱鬧的地方最安全。」

陽花被東魅低沉的嗓音吸引，跟隨著他從巷子繞出來，走到燈光明亮的街上。

「你剛才怎麼會在那裡？」

「我一直耿耿於懷，不論是欠你的人情，還是被你厭惡，曾經倍受寵愛的我，最近卻失寵了。」

東魅笑著回答，陽花聽到東魅溫順的回答，並沒有消除疑慮，再度仰頭望他。東魅放下搭在陽花肩上的手，說：「用這個來還債應該綽綽有餘吧，到了這裡，你可以自己走了，走吧。」

「就這樣放我走？」

「我抓你要做什麼？我要去原本打算去的地方。」

陽花仍然心存疑慮，因此稍微試探地說：「你要去哪裡？警務廳嗎？」

看到陽花沒有放鬆警戒，持續試探，東魅大笑。不相信任何人，的確是光榮酒店老闆的作風，歲月將陽花塑造成這樣，大膽，但另一方面又是孤獨的。

「去喝酒啦，因為時間過得太慢，距離十五日還遙遠得很呢。」

東魅走出傘下，漫步雨中。陽花看著東魅的背影，立即往反方向走去，快速混入人群中。

泥峴的酒館難得客滿，宥鎮憂愁滿面地坐在角落的位子，看著藥房屋簷下紅色風車不停地轉動，連門外傾注而下的雨水都莫名地讓他感到不安。這時，東魅突然走進店裡，拍拍身上的雨水，說：「漢城的酒館就只有這一家嗎？」

東魅一眼就看到角落位子的宥鎮，便露出不滿的情緒。

「因為這麼晚還沒打烊的就只有這一家了。」

宥鎮回答後，東魅坐到他的對面，說：「只有這裡有空位。」

「明明還有很多空位。」

「我是說角落的位子。」

這時，老闆拿酒過來，對殺氣騰騰的東魅親切地微笑，問道：「老大，需要給您送上經常吃的下酒菜嗎？」

「不需要下酒菜，沒叫你時不要過來。」

老闆驚訝於東魅冰冷的神情，回答知道了，便趕緊離開。宥鎮看到東魅那模樣，知道他有話要說。

「聽說酒店發生了騷動，你的房間被翻得一塌糊塗，甚至還差點把命丟了。」

「不是你期望的結果，看來你很失望。」

「確實有點遺憾，是你運氣好嗎？」

「是我能力好。」

東魅試探地問：「查出是什麼原因嗎？差點把命丟了的原因。」

「正在調查。」

「你得快點才行，因為那個叫艾倫，還是什麼的公使現在正和李莞翼大監把酒言歡呢。」

東魅說完，把酒乾了，宥鎮聽了心情變得複雜，東魅繼續說：「你最好別和李莞翼大監扯上任何關係，因為那傢伙不是朝鮮人，而是日本人。」

「這話從你口中說出，還相當具有說服力。」

「我最近接受了美國鐵路工程師的委託，並收了美金，所以小的將會有一陣子是美國人了。」

宥鎮噗嗤笑了，為了某位女子，他們兩人明明是情敵，但因為那個女子，有時兩人必須攜手合作，雖然自己不久便會離開，他仍說：「謝謝你的情報。」

宥鎮走出酒館，再次走在藥房附近的街道，每走一步，與愛信在一起的那些回憶自然地浮現在腦海裡。不知不覺雨勢變小，掛在屋簷下的紅色風車靜止不動，因為被雨水打溼了。他愣愣地望著風車，突然紅色風車如同凋謝的花瓣飄舞著落在地上。

「我也是，我也是生活得像花一般，只不過我是煙花。」

風車如花朵般浸泡在積滿雨水的坑洞中，那個彷彿是愛信殘留的煙花，因此宥鎮將溼漉漉的風車撿起來。他無神地看著風車，然後又開始漫不經心地行走，並試著轉動手中的風車，就像撥動思念愛信的情懷，但風車紋風不動。隨後他的步伐逐漸遲緩，接著心臟和腳步同時停止，因為看到從遠處迎面而來的熟悉男子的身影，他倒抽了一口氣。

變裝的愛信迎面走過去，看到宥鎮時，同樣地站著不動。雖然想過日後兩人或許再也見不著面，但似乎還不是時候，讓她有種如釋重負的感覺。她再度邁步往前，一步一步朝著宥鎮……繼續走。宥鎮無法將視線從愛信身上移開，愛信和初次見面時一樣，彷彿彼此不認識，經過他的身旁。

宥鎮發現與自己擦身而過的愛信嘴角有一道血痕，愛信是活生生的煙花。

愛信走過宥鎮身邊，也看到了他手上拿著的紅色風車，他去過藥房這件事讓她感到難過，但他們都沒有輕率地攔住對方，因為如今能挽留的理由和藉口都已消失殆盡了。

兩人的背影漸行漸遠了。

愛信來到客棧，隔著一扇紙門，伸出手將文件遞給坐在隔壁房間的勝具。勝具粗糙厚實的手接過翻譯官們的報告書，問道：「難道沒有夾雜著其他文件嗎？」

愛信聽到勝具的提問，沉默了一下，因為她想到寄給宥鎮的書信，但是回答說：「沒有。」

隔著紙門，勝具憂心忡忡地觀察著回話的愛信。愛信的傷口仍未完全癒合，因為他的請託，愛信暫停原本進行的事，參加舉事，這件事一直讓他掛心。

「謝謝你的幫忙，難道你……不恨我嗎？」

「那是我自己的選擇，您不用擔心，那時您阻擋我，反而讓我更了解自己的心意。」

看到愛信一副泰然的樣子，勝具反而覺得難過。

「不過，我停下來了，正因為停下腳步，我才能夠去思考，思考著與那個人相遇的每一瞬間，以及他的選擇和我的選擇。」

宥鎮為了解救初次在屋頂上遇見的愛信，而射擊自己的手臂，他所做的每一個選擇是如何撼動著愛信的心，他知道嗎？應該不可能完全知道。愛信徐徐地閉上眼睛，回憶著過往宥鎮那些鮮明的姿態，然後再睜開眼睛說：「他的選擇向來都是默默的、沉重的，看似自私的，有時又是冷酷的，但他的步伐永遠是朝著正確的方向走，因此我對自己傾慕他的那份感情，並不會感到後悔。現在我已經無法回到過去了，無法回到遇見他之前。」

勝具帶著驚訝的眼神看著愛信，她如當初開始拿槍時一樣，又再次蛻變了。

「因此讓他走是對的，如果我不讓他走，我可能會賭上許多東西。」

那是告白，那是愛信無法傳達給宥鎮的熾熱又深切的告白。

在沒有客人的法國麵包坊的餐桌上放著蛋糕，陽花用刀子切下鬆軟的蛋糕，放在愛信面前。愛信瞄了一眼陽花，拿起叉子叉起一小塊蛋糕放進嘴裡，說：「你很擅長用刀子呢。」

「我正在學習名為擊劍的劍術，小姐對槍械很熟練呢。」

「只是身邊剛好有槍，你為什麼要學習劍術呢？」

「為了保護自己，小姐想要保護什麼？」

陽花問了，但面帶僵硬表情的愛信只是反問：「你為什麼會去那裡？」

「是同樣的原因，為了保護我自己，小姐又是為了什麼去那裡呢？」

愛信充耳不聞，又叉起一塊蛋糕。

「你一概不回答呢，高貴的小姐嘴唇裂開了，應該編造什麼理由呢？」

聽到陽花的嘲笑，愛信的眼神變得冰冷，回答道：「沒有人會問我的，沒有人敢。」

「我不是在問你嗎？現在。」

聽到愛信說「沒有人敢」，同樣地陽花也變得冷酷，將眼前這位小姐尊貴對待的，有那三個人已足夠了，不只那三位男子，整個漢城的人都非常敬重高貴人家女孩的愛信，因此陽花不需要也跟著這麼做。

「你不要以為抓到把柄了，因為你抓到的也許是不知道什麼時候會爆炸的炸彈。」

「那正是我想對你說的話，因為小姐和我都抓著一把雙刃利劍。」

「那就好辦了，那天的事就彼此心照不宣吧。」

「那正是我所期望的。」

兩人就這樣快速達成協議，因為兩人是在無法公諸於世的那個深夜相遇。愛信將一塊蛋糕放進嘴裡咀嚼著，並瞥了一眼陽花臉上的瘀青。

「即使我說捲入了桃色糾紛，消息傳得越開，便會吸引更多的男人想目睹我瘀青的臉頰，這樣一來我反而能大賺一筆呢。」

看到陽花大言不慚的回應，愛信忍住不悅的感覺，反問：賺的錢要用來做什麼。那天晚上，陽花為什麼會到莞翼的家，完全令人無法理解，因此陽花的各方面都令她感到好奇。陽花狡猾地笑，然後指著蛋糕說：「買這種東西來吃啊。」

真是個諱莫如深的女人，因此這個女人似乎有什麼隱情，愛信默默地看著怡然自得的陽花。

告白

第二天，宥鎮一來上班便急著找冠秀。因為朝鮮的局勢不太樂觀，他想向了解朝鮮政情的冠秀打聽莞翼的事。一聽到要問莞翼的事，冠秀的眼睛發亮：「果然是李莞翼大監想要殺大人嗎？」

「你怎麼會從金鎔朱聯想到李莞翼？」

「在背後幫那個鴉片鬼撐腰的是李德文，而李德文背後有李莞翼，因此他們都脫不了關係，可是為什麼李莞翼大監要殺大人呢？」

「他應該不是要殺我，如果他的目的是殺掉我，直接從遠處射殺就好了，何必跑進我房裡和我正面衝突，肯定是有什麼原因。」

那也是宥鎮考慮的部分：如要殺掉我，原因是什麼；如果不打算直接殺掉我，那又是為了什麼。

「我覺得他可能只是想嚇唬我，雖然不知道原因是什麼，我正在等待他的下一個動作，可是，我對李莞翼一無所知。」

「嗯……李莞翼大監在我們翻譯官圈子裡是個傳奇人物，聽說他是跟一位傳教士學習英文，在辛未年時開始從事翻譯官工作的，可是當時擔任的不是日方，而是美軍提督的翻譯，就是在那時候，他被一名朝鮮人俘虜槍擊，造成他終生跛腳。」

宥鎮默默聽著冠秀的說明時，突然有個發現而感到驚訝。在他回朝鮮之前，曾看過一張辛未年時的相片，那是美軍提督和一群美國軍官、翻譯官以及一群俘虜合照的相片。第一次見到勝具時，他守護在辛未洋擾時壯烈犧牲者的屍首旁，因此，莞翼和勝具應該也一起合照過。

「我上次不是和凱爾大人去咸鏡道旅遊了嗎？李莞翼大監在那裡可是個大英雄呢，因為一個貧窮的佃農兒子竟然憑著一種外語當上了駐日公使，算是出人頭地了，況且不久前又當了農商工部大臣，以一個中人的身分。另外，當地還流傳一個不好的傳聞，說他快當上外部大臣了。」

「那個怎麼會是不好的傳聞？」

「有傳聞說李莞翼大監的靠山是伊藤博文，如果李莞翼大監入宮的話，就等於是伊藤博文進入朝鮮宮中，因此朝鮮朝廷拚死也要阻止，可是造化弄人，外部大臣卻接二連三死去。」

原來是莞翼在背後搞鬼，宥鎮眉頭一皺。冠秀為宥鎮分析了一陣子後，突然想起某事，又補充說：「其實，我在咸鏡道看到一件很奇怪的事，有人張貼尋找李莞翼大監夫人的啟事，可能找的是原配。」

性。

「原配？」

「是的，據我所知，日本人妻子是他後來續弦的。」

「那麼應該不是李莞翼在找原配，究竟是誰在找呢？」

冠秀壓低嗓音說：聽說尋找李莞翼原配的人是光榮酒店的老闆。宥鎮皺眉，完全找不出他們之間的關聯

在昏暗的倉庫裡，宥鎮和鎔朱面對面坐著，身後是一排武裝的美軍站立護衛著。鎔朱好像鴉片癮過了，清醒了一點，宥鎮一注視他，他便轉動著眼珠，避開宥鎮的視線。

「為什麼翻我的房間？」

鎔朱聽到宥鎮冷靜的提問，便顧左右而言他，一會兒說要喝水，一會兒又說要嗑藥，似乎不想說明他和李莞翼的關係。但是一概不回答問題的鎔朱，卻突然問道：「……我來這裡多久了？」

「你知道自己會被釋放出去？這表示你們已經合作很多年了。」

鎔朱聽到宥鎮犀利的推理，這時才正眼看宥鎮。宥鎮從懷裡拿出鎔朱私人物品之一的照片，看到宥鎮手裡的照片，鎔朱的眼神飄忽得非常厲害。

「這是一張很老舊的照片，好像在東京拍的，那麼這些人是誰？」

宥鎮將照片拿到鎔朱眼前，於是鎔朱和照片中的相完對視，鎔朱腦海中再度響起相完妻子喜振的聲音。莞翼想要查出其他組織成員而對喜振進行逼問，喜振吐著血說：「他們當然會去殺了你，就算花上很長的時間……他們也一定會去的……」

那是喜振的遺言。之後，鎔朱整個人一百八十度轉變，帶著愧疚和恐懼有如亡靈般的活著。他目光呆滯地喃喃自語：「第一個是我殺的人，第二個他會來殺我的。」

鎔朱用中國話說，宥鎮眉頭緊皺。這時傳來敲門聲，一位士兵走進來對宥鎮敬禮：「大尉，艾倫公使在找您。」

聽到這消息，宥鎮的臉色非常難看。艾倫的動作也未免太快了，看來最後艾倫還是和莞翼合作了。

如預期的，艾倫以美軍在朝鮮的土地上拘留朝鮮人不成體統為理由，命令宥鎮釋放鎔朱。宥鎮抗議了，但是艾倫因為拿了莞翼的錢，反而大聲斥責宥鎮。

鎔朱被釋放出來，來接他的是警務廳幾名巡檢和德文，德文昨晚遭到奇襲，脖子戴著護頸圈，那副模樣有夠滑稽。宥鎮毫無掩飾地對德文表露不悅，德文搖頭晃腦假裝安撫宥鎮的情緒：「他必須再接受警務廳的調查，畢竟他攻擊了美軍，我們會展現朝鮮律法的威嚴的，您不必擔心。」

「不知道這是哪個人布的局，頭腦還挺靈光的，因為對他來說，目前最安全的地方，應該就是朝鮮警務廳的監獄了。」

宥鎮冷淡地回應，然後對士兵點個頭，士兵便將鎔朱的私人持有物品歸還給他。

「照片……照片在哪裡……？」

鎔朱像著魔似的尋找照片並嘀咕著，當然照片被拿走了。

當宥鎮說想請問一個問題時，陽花還覺得有點高興，希望他問的是私人問題，結果是有關一個女人的事情。

「我聽說你在尋找李莞翼的夫人，為什麼要找她呢？」

陽花站在撞球枱前，原本微笑的臉上頓失笑意。宥鎮觀察著陽花的表情，陽花冷靜地開口說：「我在找的人不是李莞翼的夫人，而是我的母親。換句話說，我是李莞翼的女兒。」

完全可以感受到她帶著冰冷憤怒的回答，宥鎮仍然露出微妙的表情問：「那麼，那天為什麼要調換我的鑰匙？」

「你現在是質問我和那個人是同一夥的嗎？」

「畢竟沒有證據顯示你不是。」

宥鎮的懷疑讓陽花感到受傷，身為莞翼的女兒生存下來的人生就是這樣的。如果人倫關係可以用刀子切割就好了，就像刻在肉體上的烙印，只要將那塊肉割掉就行了。就是因為不能，才讓人生氣。

「是啊，唯一能夠證明我和他不是同夥的，就只有那一刻，希望你活著的那份心意而已。」

陽花自嘲，並仰望著宥鎮：「世界上也有比陌生人還不如的親骨肉，如果我和他是同夥，我應該會拿你房間的鑰匙給你才對。如果我真的希望你死，還有許多其他方法可用，像是雇請浪人，或是在你的食物裡下毒。」

話說得那麼狠毒，然而神情卻是哀傷的。宥鎮沒有再輕率地問下去，而是沉默下來。

愛信的轎子前往的地方是美國公使館，那天晚上的事情當中，有一件事還沒釐清。宥鎮眨了一下眼，注視著抬進美國公使館庭院的愛信轎子，他有時會幻想有朝一日愛信會再來找他，但沒想到竟然美夢成真。愛信曾經比陌生人還冷漠地與他擦肩而過，居然會來找他，簡直讓人難以相信。

「我開門見山地說，我來是有事情想問你。」

愛信走進辦公室，看到宥鎮後，便站著馬上從袖子裡拿出信封，說：「我要知道這封信的內容是什麼？」

「……你過得好嗎？」

宥鎮看到愛信嘴角的瘀血，露出心疼的眼神。愛信無法回答他的問候，極力保持沉著，鎮定地說：「請你現在讀，然後告訴我是什麼內容。」

「有沒有傷到其他地方？」

「你讀吧。」

宥鎮看到愛信態度堅決，只好拿起愛信遞給他的書信。攤開書信看到內容，嚇了一跳，因為是約瑟夫寄給他的書信。

「如你看到的，收件人是閣下，我能詢問的人也只有閣下。」

「這封信為什麼會在閣下手裡？」

「我沒辦法告訴你原因，而且我會再把書信拿走，到底是什麼樣的內容？」

「如果我胡亂捏造，你要怎麼處理？」

「我別無選擇，只能相信你。」

宥鎮聽到，除了相信沒有其他辦法，笑了。宥鎮的笑容刺傷了愛信，愛信努力維持鎮定的表情，壓低聲音問：「寄件人是誰？」

「約瑟夫．斯坦森，對我來說，是一個相當於父親的人。」

「他是做什麼的？」

「他是傳教士。」

一位藍眼睛的傳教士如救世主般出現在宥鎮面前，原來真的有那樣的人，愛信感到難過，因為宥鎮對她敘述過的幼年時期快速閃過她的腦海。也許是察覺到愛信難過的心情，宥鎮徐徐地轉述書信內容：「他問我過得好嗎，天氣冷了，他很快就會來漢城……他很想我，並且學了釀造濁酒的方法，願上帝永遠與我同在……他還問，在上次信裡提到過的那個女子……你們相處得還好嗎？」

愛信在聆聽時，好幾次嘆息，一顆心往下墜，瘀血的地方似乎不是嘴角，而是心臟。宥鎮將信摺疊起來，默默地看著愛信，與愛信晃動的眼睛對視，能這樣對視的日子似乎所剩不多了，因此更彌足珍貴。

「我希望你也能回答我一個問題，為什麼你會有這封信？」

「現在把信還給我，我該走了。」

最後愛信仍然沒有回答宥鎮的問題。宥鎮拗不過伸出手的愛信，便將手上的信摺好還給她。在傳遞信件時，兩人的指尖幾乎碰到，但宥鎮小心翼翼避免碰觸到愛信的指尖。

愛信接過書信猶豫了一下，便道別：「事情處理完後，會還給你的，到時閣下……如果還留在漢城的話。」

愛信走出辦公室後停下腳步，宥鎮茫然地望著愛信的背影，忽然愛信轉身再度走向宥鎮，兩人心中都充滿無限的惆悵。

「再問一個問題，有關皇帝預託證券的事，你明明說要讓朝鮮走向滅亡，為什麼又將那個歸還給朝鮮呢？」

「……看來就是為了像這樣，想讓你再回頭多看我一眼才那樣做的。」

原本竭盡心力構築了更加高大又堅固的城牆，結果卻因宥鎮深情的一句話而坍塌了，愛信為了掩飾泉湧而出的淚水，迅速轉身離開辦公室。

熙星打開小箱子，祖父金判書給他的懷表放在裡面，他拿出懷表。

「那麼現在要來承擔看看嗎？」

他一面嘀咕，一面將懷表放進洋服口袋裡，然後翻著老舊的帳簿。那是金判書在世時交給他的，並且說，如果有困難時，就去找登記在帳簿裡的那些人。要說有困難，目前就面臨著極大的困難，所以現在正是帳簿派上用場的時候。

熙星離開酒店，第一個去的地方是警務使辦公室。連在警務廳裡面職位最高的人一見到熙星，都高喊「少爺」，馬上起身歡迎。熙星面帶微笑打開帳簿給他看，帳簿裡清清楚楚寫著警務使的名字，警務使大驚失色。果然如祖父說的，只要有這本帳簿，似乎都不需要開口說借錢，便能拿到錢。

接下來找的是郵遞司總辦，熙星託祖父的福，笑聲衝天但又難掩苦澀。照這樣下去，似乎可以將全漢城有權有勢人家的錢財侵占下來。

熙星就這樣收回了一部分的錢，稍事休息之後，便走進湯飯館裹腹充飢。他叫了一碗湯飯後，坐了下來，從口袋裡拿出懷表。

在路上奔波時，一直覺得口袋裡沉甸甸的，手上拿著的懷表秒針滴答滴答走個不停。

「你像雷聲一樣有夠吵的……」

就在他口中唸唸有詞時，頭頂上被潑了一桶冷水。

「啊呀！怎會那樣……？」

「為什麼那樣？他瘋了嗎？」

周圍的人們驚愕地議論紛紛。熙星溼淋淋地看向前方，水滴從眼前篤篤地滴下來。朝著熙星傾倒冷水的人是頭髮花白的賣水販，他背著水桶背架走進湯飯館，一看到熙星便不禁勃然大怒，怒氣沖沖地瞪著熙星。熙星用手稍微擦一下臉，冷靜地問：「你為什麼要這樣做呢？」

怨恨熙星家族的人比帳簿上記載的人要多上一倍，不，數十倍以上。權勢就是這樣達成的，而熙星是過著享受那種權勢生活的人，所以像這種被潑水洗禮的事，他應該平心靜氣接受，因為這也是他必須繼承的遺產。

「看來你是學成歸國了，少爺。你那塊了不起的懷表，經過了十年是不是還滴答滴答正常在運轉呢？」

果然如預期的，聽到提起懷表，熙星想起了那位被祖父趕走的佃農的臉。熙星緩緩地眨了一下眼睛，長長的睫毛微微地抖動了一下。湯飯館老闆看到騷動，便跑了過來一把推開水販，說道：「你這個人瘋了不成！你可知道這位是誰嗎？今天起不買你們家的水了！啊喲！少爺，對不起，真的非常抱歉。」

熙星平靜地拜託老闆：「繼續買他們家的水，那家的水真的很好。」

那不是遭到羞辱的熙星該說的話，熙星背對著驚訝的湯飯館老闆，然後站了起來。沒想到為了吃一頓飯卻搞得這副模樣，他將翻倒的水桶扶正，沮喪地走出湯飯館。

他每走一步，身上的水便滴了下來，每當冷風吹過，被水淋溼的肌膚就一陣刺痛。忽然一條手帕伸在蜷縮著身子的熙星面前。

「你什麼時候站在這裡的？」

宥鎮帶著冷淡的表情看著熙星。

「啊，你應該全都看到了，無所謂，這種事我已經習慣了。」

「但是你對寒冷應該還沒習慣，擦一擦吧。」

「至少他們這樣做了之後，應該會稍微消一消氣吧，而且三個人當中應該會有一個人同情我吧？就算同情也是一種感情呢。」

熙星的笑聲在空氣裡擴散，他推開宥鎮遞手帕過來的手。

「可是，我不會接受三〇四號的好意，你要是能裝作沒看到就再好不過了。」

可以說是自尊心在作祟，是一個對愛信滿懷傾慕的男子之自尊心，熙星走向大街，他的肩膀下垂著。

宥鎮一邊深思，一邊走向當鋪，和冠秀的談話內容在他的腦海裡盤旋，那是有關愛信家族的談話。

「高大人的大兒子在天主教被迫害時犧牲了，當時他正在解救村民。小兒子則在雲陽艦動亂時，被裝在骨灰罐裡，從日本運了回來，也就是小姐的父親。高大人光是能撐到現在，就該謝天謝地了。」

故事相當曲折，雖然宥鎮目前不是能替別人惋惜的處境，但他還是感到惋惜，因為那是愛信的故事。然而得知愛信父親的名字是高相完時，惋惜之情立即轉變成不安。高相完的名字被寫在鎔朱擁有的相片背面，相片中除了鎔朱之外，其他三人之一便是愛信的父親。

那麼，鎔朱和愛信的父親以及愛信之間，似乎有某種緣分。和沉溺在毒品裡的鴉片鬼的緣分不太可能是什麼好的緣分，況且背後還有莞翼的存在。

宥鎮覺得有股不祥的預感，緊咬嘴唇。

為了愛信，不，為了自己他打算離開。反正這份「摟哺」是無法完成的「摟哺」。因為明白才悲傷，因為確定才痛苦，才會想要儘早遠離朝鮮這塊土地。可是有一件事比自己的貪求還要重要，那就是愛信。他真心希望愛信能長命百歲，萬一走不開，他必須盡己所能留在愛信身邊，讓她免受危險，守住她讓她能存活下來，因此他再度下定決心。

槍聲連續響過之後，愛信放下槍，走向陶碗掉落的地方，將碎片清理在一處後，為了再度練習重新掛上三個陶碗。這時傳來窸窸窣窣的腳步聲，愛信僵直地豎耳傾聽，抓著槍的手有些緊張。當再度傳來移動的聲音時，她快速舉槍朝聲音的方向瞄準，然而槍口的對面卻是宥鎮朝自己走來。

看到宥鎮，她徐徐放下槍來。她對勝具說的話一點都沒錯，句句是肺腑之言，她如果不放宥鎮走，她自己可能會為他賭上太多的東西，因此她好幾次放手讓他走了。然而，宥鎮自己卻向她走過來，是不是能再一次讓他走，她沒有把握。

「你是來討回書信的嗎？」

愛信無意識地又製造另一個見面的藉口問宥鎮，但宥鎮沒有回答，反而伸出拿在手上用布包裹了好幾層的東西。

「這是送你的禮物，我想你應該還沒拿過這種槍。」

那是他委託當鋪，好不容易才拿到手的莫辛納甘步槍。聽到槍，愛信有些疑惑，為了了解宥鎮的用意，她沒有回答，只是望著宥鎮。於是宥鎮解開包裹的布，再次將槍遞給愛信，那是以前宥鎮向愛信推薦的俄羅斯製栓動式步槍。在美國稱呼槍法準確的狙擊手為「司奈波」（sniper）。這個名詞的由來是指獵人能準確擊中體型小、行動又敏捷的鷸鳥（snipe）頭部。宥鎮期望愛信成為一個傑出的狙擊手，因為希望她能活下來，活下來好好享受自己夢想的浪漫。

「為什麼給我這個東西？」

「我希望閣下能拿著這把槍繼續前進，直到抵達某個地方，不論那裡是哪裡，不論那條路的盡頭你和誰在一起。」

彷彿是最後的告別，愛信感到不安，心臟跳動得相當快。

「那閣下呢……要往哪裡去……？」

「至少今天我會在這裡。」

宥鎮和愛信熾熱地對視，是非常明確的感情，現在只要承認就行。

「我以前也說過，你要先練習正確的拿槍方法，如果想學習的話，在你學習的這段時間，我會考慮在朝鮮待久一點，你要學嗎？」

是的。即使以前受過傷害，即使往後可能會受到更大的傷害，無法讓愛信離開的心情，宥鎮也是同樣的。他想要那樣停留下來，只要愛信願意，只要老天爺允許，長長久久和她在一起，他希望能將瞬間、剎那間的感受化為永恆。

「我學得不快。」

「那樣更好。」

「直到生命的最後一刻，我都會是高家的小姐。」

「應當那樣。」

不論愛信說什麼，宥鎮都抱持肯定的看法，愛信感受到他那份心思，不禁淚水在眼裡打轉，泉湧而出的感情令她心痛、哽咽，然而傷人的話語卻從她的口中說出：「我和閣下是完全無法共創未來的。」

「昨天閣下並不存在我的生命裡，但是今天卻出現了，只要這樣就夠了。」

愛信潸然淚下，說道：「請教我吧，怎麼使用那把槍。」

聽到愛信應允，宥鎮點了點頭。

東魅跨坐在濟物浦的某個倉庫前，無神地望著對面建築物的屋頂，彷彿愛信如黑鳥一樣正要跨越那個屋頂。東魅清楚記得當時和「砰」的槍聲同時摔下來的身穿黑色大衣的愛信。

「屋頂還相當高呢，現在看來……」

愛信應該很痛，讓她受傷這件事，再度成為東魅心靈的創傷，他的眼睛許久停留在虛空。

雄三在東魅身邊觀望了一陣子，然後詢問東魅為什麼要來這裡，但東魅只是嘴角無力地上揚一下，又垂了下來。不久前林公使的心腹欺負小螢，讓武臣會內部的氣氛變得相當不安，於是東魅毫不留情地將林公使的心腹砍死了。在這樣的時局下，東魅還在望著虛空，因此雄三相當擔心。

「你們留在這裡，我去寺院一趟，會在天黑之前回來。」

東魅站了起來，離開了雄三和那群浪人。

寺院位於山腳下，就是愛信說當天晚上去過的那座寺院。走進庭院時，有一個穿著破舊衣服的男子走過東魅的身邊，他無意識地和那人錯身而過，然後環視著寺院的庭院。尼姑看到身穿浴衣的東魅，皺著眉頭自言自語：「日本鬼子來這裡做什麼……？」

「大家會來寺院一定是有各自的原因吧？」

尼姑這時才知道東魅是朝鮮人，趕忙改變態度。

「聽說幾天前，高士弘大人家的小姐來過這裡。」

「是的，幾天前來過，小姐偶爾會過來添香油錢，和幫忙做事。」

「可是她當天是穿著喪服，難道有人辦喪事嗎？」

看到東魅打探似的詢問，尼姑警戒地回答。如果是來追查當天的行蹤，那麼更得小心答覆，以解除他的疑慮：「不是辦喪禮，而是小姐的父母牌位供奉在這裡……」

東魅聽到尼姑的回答，深受衝擊。他以為那只是愛信臨機應變才套上喪服而已，所以隨意問一下，看看對方會怎麼回答。可是萬萬沒想到她父母的牌位會放在這裡，還有，他忘了愛信是貴族家的小姐，因為失去父母，不論愛信，或是東魅都是一樣的。

東魅問了尼姑之後，走進供奉愛信父母牌位的佛殿裡面，放在並排的牌位前面的燭火，被風吹得搖晃不已。他愣愣地望著，然後解下配在腰際的刀，放在地板上，走到牌位前面跪了下來，慢慢說出不輕易開口說的話：「我是……跟蹤小姐才會來到這裡的，就這樣好不容易走到這裡，但我沒想到兩位真的在這裡，我該怎麼辦？你們應該不會歡迎我，但我還是想向兩位打聲招呼……兩位知道小姐在做什麼嗎？小的……並不知道。」

彷彿一股怨氣湧上心頭，朝鮮不把自己當人看待，但是愛信卻全身心投入守護這樣的朝鮮。突然覺得放在旁邊的大刀讓他耿耿於懷，他緊緊握拳，然後又鬆開。

「沒想到會這樣和兩位見面……小的是用刀的人，兩位知道我第一個砍的人是誰嗎？就是小姐。我千挑萬選，最後選了一句最銳利的話，用它來砍傷小姐。她會痛吧……？不論我希望她痛苦萬分……或是期盼她能澈底遺忘……」

希望成為她的創傷，希望被她憎惡，這些心思都是因為深愛著她。但是創傷、憎惡到頭來都是毫無意義的，東魅也明白這個道理。

「這些都是不被允許的吧，大人。即使我隱瞞一切……裝作不知情……那也都是行不通的吧，像我這種人。」

當他暗戀的是嬌生慣養的貴族丫頭時，他是個屠夫階級，而暗戀著舉槍在天上飛躍的黑鳥時，他又是個叛徒。這時牌位前的燭火搖晃得更加厲害，好像是愛信父母的答覆，昏黃的暮色滲透進寺院裡。

藥材倉庫裡的藥草櫃，有一個魚腥草藥盒，放著一張愛信留下的書信。趕集日時，她會來到藥房在藥草盒裡放進書信。愛信和宥鎮透過書信敲定見面的日期，然後兩人站在渡船頭望著河水，義兵活動基地的藥房和渡船頭，不知不覺間成了他們兩人的會面場所。

河面上所結的冰層更加堅硬了，光是看著靜止不動的河面，宥鎮都覺得此時此刻是最美好的時候。因此，也是更加哀切的時刻。突然他問愛信：「為什麼又把音樂盒還給我？算是你再也不會想念我的……告別嗎？」

「我只是打聲招呼，說我來過了。閣下才是為什麼又把音樂盒送還給我？」

「我也是想讓你知道我要離開。」

愛信對宥鎮坦率的心思，皺了眉頭，說：「你簡直是個無賴，因為那句你要離開的話，害我每天都……」

「哭了？」

「臭罵你了。」

宥鎮看到愛信想要坦誠，卻又無法坦誠的模樣，覺得很可愛，而笑了出來。

「可是，你以為我就去了那麼一天嗎？因為你不會朝鮮文，所以我也不能寫信給你。」

宥鎮覺得難為情，於是乾咳了一聲，開始用手指在虛空中畫了什麼，不是圖畫，而是文字。

「高愛信。」

看到宥鎮在虛空中寫下自己的名字，愛信驚訝萬分。宥鎮聳了聳肩：「提供給你做個參考，英文、日文、漢文我都會寫，就只有朝鮮文不會。」

「太好了，那以後我就寫漢字。」

「……我想你。」

聽到那句話，愛信的內心激動不已，她也想宥鎮，彷彿哪個器官壞了，內心感到非常疼痛，而失神望著宥鎮，於是宥鎮繼續說：「這句話我也會寫，你想看嗎？」

宥鎮也許不知道自己說出的一句話，讓愛信感到多麼驚慌，他只是想讓愛信看他寫字，想要炫耀，炫耀自己會寫「我想你」。於是在虛空中寫了幾個字後，在有收尾音的部分停頓了，要寫「我想你」，以他目前的朝鮮文程度還有困難，只好轉換話題：「你看過海嗎？」

「看過，在濟物浦港。」

「你忙著開槍，應該沒有好好欣賞。」

「沒錯。但是相關的英文單字我都學過了，汐（see），三籟姿（sunrise），三謝特（sunset），三蝦印（sunshine）。」

愛信排列出來的單字都是美麗的，對宥鎮來說，愛信也是美麗的。

「……你看過太陽從海面上升起嗎？」

「我想看，雖然這應該不容易，我們還是找個時間一起去看看吧。」

聽到愛信答應找個時間去看，宥鎮點頭同意了。火紅的太陽光芒覆蓋著湛藍的海洋，將是多麼美麗又浪漫的景象，和愛信一起欣賞的話，自然會覺得更加壯麗。對一個一無所有、不曾被正確稱呼過，甚至無論走到哪裡總被人稱為異鄉人的宥鎮來說，他的浪漫就是愛信。

朝向煙花

風吹拂過原野，也吹動了兩位策馬奔馳男子的衣領，溫煦又耀眼的夕陽染紅了他們的身影。並肩馳騁的兩位男子面帶溫柔的微笑，彷彿就此一路奔馳到天涯海角。

突然，風將其中一位男子的帽子吹落，頓時一頭烏黑的長髮從方才如羽毛輕飄而去的帽子下方傾瀉而出。被吹走帽子的男子，以及並肩奔馳的男子都回過頭看，但那頂帽子似乎早就有意離開已揚長而去了。愛信披散著頭髮看著宥鎮說：「頭髮再也藏不住了。」

宥鎮和愛信從馬背上下來，他脫下自己的帽子幫愁容滿面的愛信戴上，說道：「總會有辦法的。」

宥鎮細心地整理著愛信露在帽子外面的頭髮，愛信又變成男子模樣。兩人的距離非常靠近，愛信睜大明亮的雙眼問道：「你知道往海邊要怎麼走？」

宥鎮立刻從懷裡拿出地圖和羅盤，回答：「我是看著這個朝東邊走的，朝太陽升起的方向，朝向煙花。」

宥鎮和心目中燃燒的煙花握手，而愛信看著宥鎮的雙眼，微笑著點了點頭。

馬兒再度奔跑，引領兩人從黑夜到迷濛的清晨。大海浩瀚無垠，浪花在開闊伸展的沙灘上嘩嘩作響，愛信帶著激動的神情望向大海，完全被眼前令人悸動的絢爛景色迷住了。

沙灘的另一端，宥鎮點燃營火，微笑著用軍中炊事器具燒開水，接著從塞滿了麵包、肉類罐頭等許許多多食物的行李袋裡拿出摺疊刀，打開罐頭後遞給愛信，說道：「不知道合不合你的口味，至少可以充飢。」

「世界上新奇的東西還真多，譬如這種新式食物、那浪濤聲、還有遠方的水平線，看來我的想像力太過於貧乏。」

愛信的世界因宥鎮而動搖、坍塌，如今正在重建，新的世界將會更寬廣、穩固、平等與和平，為了建造新世界她將會持續築夢。她帶著如痴如醉的眼神眺望大海，而宥鎮心神恍惚地凝視著她，突然，她轉過頭問宥鎮：「那水平線的另一邊就是美國嗎？」

「應該是吧。」

愛信思索著那裡究竟和自己的想像會有多少出入，同時將罐頭食物放進嘴裡咀嚼，然後問道：「你的朝鮮文是向誰學的呢？」

「公使館裡一名跑腿的少年，他是個非常嚴厲的老師。」

「那你的英文是向之前寄信給你的那個人學的嗎？」

宥鎮望向遙遠的那一端，回想起跟從約瑟夫學習英語的那段時光，說道：「會英文才能填飽肚子啊。」

「在美國挨餓過？」

「那裡並不是會親切對待東方少年的國家，我剛到紐約時，覺得那片土地很大，建築物高聳，而且人也高大，甚至連天空都顯得非常大。我相當害怕，所以寸步不離地緊緊跟在約瑟夫後面，心想如果跟丟了就死定了，要不是那位傳教士，我可能早就喪命了。」

營火火焰在宥鎮臉部下方晃動著，愛信悄悄從口袋裡掏出書信遞給宥鎮，說：「這是之前那封書信，現在還給你。」

那是愛信從李莞翼府邸帶出來的約瑟夫的書信，宥鎮小心翼翼地接過來。

「不過，為什麼你的名字用朝鮮話說也是宥鎮，用美語說『尤金』的發音也像宥鎮呢？」

「美國也有宥鎮這個名字，英文名字 Eugene 是從希臘語和希伯來語來的，具有『高貴且偉大』的意思，發音和我的朝鮮名字一樣。讓我也能在那片土地上繼續用宥鎮這個名字的人，就是寄這封書信給我的人。」

愛信嘴角靜靜地泛起一絲微笑，說：「很帥氣，這個名字很適合你。」

「在成長過程中，為了配得上這個名字，我不知道吃了多少苦頭。」

聽到宥鎮的玩笑，愛信笑出聲來。

「辛苦你了，打算怎麼回信？他不是問你和我相處得好嗎？」

宥鎮和愛信互望，原本帶著笑意的眼神有些盪漾，浪濤聲好比心臟跳動聲拍打著他的心房，然後又遠離而去。

「我會回說：我去看海了，結果大海沒看成，只顧著看一位女子……那女子大海也看了，連罐頭肉都吃了，而我卻什麼都沒做，覺得好委屈。」

那是毫無做作，真誠的吐露，因為宥鎮的眼裡只容得下愛信一個人。看到宥鎮對自己的這份心意，愛信燦爛地笑了。宥鎮也含笑著將帶來的咖啡加到裝著開水的杯子，然後遞給愛信說道：「這是咖啡，可以驅寒。」

「以前喝過，當時只覺得非常苦……」

愛信吹一吹冒著熱氣的咖啡，小心地喝了一口後，握著杯子說：「今天的咖啡變甜了，看來我要開始抱著虛幻的希望了。」

「什麼希望？」

「我這輩子第一次來到這麼遠的地方，希望下次能去更遠的地方，就是抱著這種可能會有下一次的虛幻希望。」

「那裡是哪裡？我也在嗎？」

紅彤彤的太陽撥開氤氳的晨霧，探出頭來一掃昏暗，如煙火般升起。這時，愛信凝視著宥鎮，回答：

「在，因為那是我的希望。」

在開闊的沙灘上，愛信揣懷的不再是空洞的想像，而是充實的想像，是希望和喜悅交織盪漾的想像，雖然短暫，她的內心卻是暖烘烘的，洋溢著幸福。

愛信和宥鎮並肩走進陶窯址。

去了一趟海邊後，兩人約定將書信放入藥房的魚腥草藥盒裡做為連絡，愛信寫英文，宥鎮寫朝鮮文。有一天，宥鎮寫了如山麓、日暮等很艱深的詞彙，愛信看過之後笑了。又有一天，愛信的字條裡寫著「Good job（做得好）」，宥鎮看後也笑了。接著因為一張宥鎮寫著「是否需要船夫」的字條，兩人在渡船頭再度見面了。

兩人抵達渡船頭後，宥鎮放下手裡提著的啤酒袋，愛信不知道他提的是什麼，覺得納悶。黃殷山吩咐小剛準備陶碗後，開始在啤酒袋裡翻找。

「讓我瞧瞧……我還以為會帶很多……唉，明明有兩隻手，卻只帶這麼點，難道另一隻手只忙著划槳？」

「我是走過來的，因為河面結冰了。」

殷山聽了宥鎮的回答，撫摸鬍鬚一臉氣呼呼的樣子。愛信對啤酒感到興趣，曾聽過那是一種洋酒，但一表現出有興趣的模樣，殷山立刻先發制人，說他不會和別人分享。愛信看到為了一瓶酒而變得薄情寡義的殷山，啞然失笑說道：「莊獵人怎麼會和這麼刻薄的人交上朋友的？」

「我跟你說多少遍了，勝具那傢伙的爹和我才是朋友。」

「算了，我沒興趣，趕緊幫我準備陶碗。看你的實力，真是浪得虛名，每次來都看到一大堆的破碗。」

宥鎮在旁邊觀看愛信和殷山鬥嘴，突然感到疑惑。從殷山提供陶碗給莊獵人練習這件事來看，顯然殷山應該也和義兵有深厚關係的莊獵人一樣，同樣是一名義兵。

「你是真不知道呢，還是明知故問？」

「什麼意思？」

「如果真的不知道，說話最好……謹慎一點……否則你會後悔的……」

也許愛信真的是毫無所知，要不然宥鎮都那麼暗示過了，愛信仍說殷山是吝嗇鬼，還不停地搖頭。

兩人拿到陶碗之後，按原路回去，當走在之前兩人握手的橋上時，愛信問道：「看來，我不在的時候，你們彼此還有連絡，居然還送洋酒給人家。」

「認識你之前，我欠了許多人情，我之所以能從朝鮮逃脫，都是靠黃陶匠的幫忙。」

愛信非常驚訝，轉頭看宥鎮。

「離開朝鮮時我並不明白，但回來之後才發覺我的救命恩人還真的不少，其中有把我託付給約瑟夫的陶工匠黃殷山，還有放我一馬的推奴們。」

「那應當對黃陶匠好一點才行。」

「我正在努力。」

「啊，說我會後悔，原來指的是這個。」

聽到愛信說應當善待自己的恩人，宥鎮的嘴角掛著濃濃的笑意。

「你的朝鮮文進步許多，竟然還會寫山麓，讓我相當驚訝。」

「為什麼沒有提到日暮？」

聽了宥鎮的話，愛信開懷大笑，和宥鎮對話非常愉快。放入魚腥草盒裡的花朵、書信一一深藏在她的心中，即使兩人不在一起，靠著這些傳遞也能讓她雀躍不已。宥鎮喜歡愛信有如大地回春般的笑容，含情脈脈地望著她說：「我只想看到你笑……」

然後宥鎮暫且放下手提的袋子，繼續說：「但我有件事要問你，這恐怕會讓你哭。」宥鎮從口袋裡掏出一張照片，那張照片原本是鎔朱的。愛信接過照片，上上下下看得非常仔細，但對她而言那是非常陌生的。

「裡面有你認識的人嗎？」

愛信徐徐地端詳著照片裡的人物，問道：「……他們是誰？」

「我正在調查其中一個人，有些疑惑所以才問你。」

「什麼疑惑？」

「其中一個人的名字，叫做高相完。」

瞬間，愛信的眼神有些游移，然後再度默默盯著照片。

「你沒見過父親的長相嗎？」

「聽說，父親遠赴日本後在那裡認識了一名女子，兩人舉行簡單的婚禮，之後就生下了我，沒多久兩位都過世了……剛出生的我被帶回朝鮮，交到爺爺手中……」

愛信話說完，眼淚不知不覺淌了下來，看得宥鎮十分心疼、難過，多麼希望自己能承擔她的所有悲痛。

「聽說我的眼睛長得和父親一模一樣……尤其固執時，簡直是父親的翻版……咸安大嬸也說，雖然沒見過我母親，但在我的臉上去除掉像父親的部分，應該就是我母親的容貌……」

以前夜裡失眠時，愛信總是纏著咸安大嬸講述父親年少時的故事，咸安大嬸就從第一次來到高家大宅邸那天講起。當時相完十五歲，有著端正的額頭、高挺的鼻梁，異常聰穎，又明事理且善待僕人，因而深獲奴僕們的喜愛。

愛信仔細端詳照片，接著顫抖著手準確地指出相完的臉說：「是這位，他是我的父親……我看得出來。」

話說完，眼淚便涔涔而流。宥鎮極力忍住伸出手去擦拭眼淚，默默地任由愛信痛哭一場。她第一次見到父親的容顏，雖然只是照片，至少看到了日夜思念的父親容貌。宥鎮理解愛信那份想珍藏父親面貌的心情，所以謹慎地說：「調查階段，相片暫時由我保管。」

「正在調查誰？是這當中的哪一位？又是為什麼呢？」

「無法告訴你是哪一位，但裡面其中一個人偷襲了我，當場被逮捕了。」

聽到宥鎮遭到偷襲，愛信再次受到震撼，問：「到底是為什麼……？能一起這樣拍照，表示他是我父親的朋友，可是為什麼會對你……」

「最簡單的解釋是，他們之中有人出賣了朋友。」

真是錯綜複雜的心情，宥鎮對愛信承諾，調查有進展一定會如實告訴她。

「拜託你了，因為他是目前唯一我能夠詢問有關我父母一事的人。」

宥鎮點了點頭，這時，樹上乾枯的枝椏互相摩擦，發出哀痛的聲音。

熙星匆匆忙忙回到酒店，手裡拿著香菸盒，快步走過櫃台時卻被侍者叫住。

「鑰匙等下拿，因為這事比較急。」

熙星對侍者晃了晃香菸。

「這件事看起來似乎更緊急，因為有位客人在您房裡一直等到現在。」

「客人？」

熙星訝異地看著侍者後，點了點頭立刻上樓去。

昨天和父親安平見過面之後，不，是被父親拉去見了莞翼之後，已經不想再見到任何人了。他不願被任何單位利用，那也是他不想回到朝鮮的原因。但是，他一回到朝鮮，安平便汲汲營營為他的前途鋪路，為了讓莞翼關照他，設計製造人力車相撞事件，然後假裝表達歉意，順勢將賄賂物品乾黃花魚硬塞給對方，真是無所不用其極。懷著雜亂的心緒，打開房門。

看到挺直腰桿端坐著的士弘，他一時愣住了，然後說道：「萬萬沒想到您會大駕光臨，真是誠惶誠恐。」隨後跪地行大禮，士弘靜靜地接受熙星的行禮，開口說道：「我老早就聽說你回來了，還來過我家，也見到愛信了吧。」

「我不知道那麼做有違禮法，請見諒，老爺。」

「我不是在責怪你，你做得很好。」

坐在對面不斷點頭的熙星，聽到這句話詫異地望著士弘。儘管士弘頭髮、鬍鬚都已花白稀疏，但從他的身上感受得到年輕時，不，比年輕時更充沛的氣概，那是只有從經歷過漫長的歲月，仍堅持信念與恪守信義的人身上，才能感受到的那種氣勢。看到熙星驚訝的表情，士弘接著說：「我非常清楚你為什麼留學後不想回來，同時也知道你為了擺脫祖父的餘蔭，逃難似的踏上留學之路。」

自己的心思連父母都無法理解，士弘卻看穿似的瞭若指掌，他望著士弘滿布皺紋的眼角。

「我會讓愛信和你訂親，也是因為這個原因，因為你具有這樣的性情，所以，現在就帶愛信走吧。」

剎那間，想起之前和愛信的談話，那段話痛苦地擾亂了熙星的心，愛信說過只容許熙星和她局限於朋友的關係。不使用惡劣手段、美麗的花朵是觀賞用的，熙星每晚這樣自我安慰，他終於開口說話：「請恕我直言……我不喜歡她。」

那是謊言，一切都是謊言，痛苦說出了畢生說過的謊言中最沉重的一句。

「不論她的笑容、走路姿態……或是一個眼神、一個手勢……」

熙星隔著圍牆第一次見到愛信的那一天，她微笑著站在庭院，那笑容在陽光下熠熠生輝，愛信和他截然不同，從笑容到穩健有力的步伐、從眼神到手勢，一一撼動著熙星的心房，他真的喜歡她。但是，他必須說出不喜歡她的一切，毫無遺漏地說出。

「我當然知道，依那個孩子的個性一定會提出解除婚約的要求，並對你冷言冷語，應該也會出口傷人，所以我的意思是希望你能全部包容。」

士弘的皺紋更加鮮明。

「萬一我發生什麼意外，拜託你一定要保護那孩子，我恐怕已來日無多，你能答應我嗎？」

畢竟在時間面前，士弘也莫可奈何是個無能為力的人，加上最近身子日益衰弱，因此才會加緊處理愛信的事，愛信是個比任何人都聰慧又堅強的孩子，也因為這樣才更讓他擔心。熙星理解士弘焦灼的心情，卻無法做出任何承諾。

郵遞司總辦飛奔到李莞翼的府邸，李莞翼讀著總辦帶來的書信，露出極其不悅的表情。

書信內容是：

島國日本正以其自國的貨幣奪取朝鮮的物資，奪取物資就是榨取朝鮮的民脂民膏，並將使得國家主權變得岌岌可危。處於今日時局，身為一國的士大夫豈能沉默以對，因此，相邀各位於本月三十日集會共謀對策，企盼歸隱鄉野的有志之士能北上漢城，助我一臂之力。

松柏　高士弘上

士弘將同樣的內容一字一字蒼勁有力地書寫了數十封之多，然後郵寄到安東、鎮州、咸安、釜山、大田、南原等全國各地。總辦在一旁不安地觀察著莞翼的表情。

「呵！沒想到一個窩居陋巷的老頭子也想要扯我後腿？所以才說士大夫都是不識時務！寫幾行字就痴心妄想要拯救朝鮮？」

莞翼讀完信，大發雷霆把信揉成一團，吩咐總辦：「絕對不能讓任何人收到信！統統給我燒掉！」

「是，大監大人！」

「老頭子就該乖乖等死啊，看來臨老他還想看到自己被羞辱的醜態呢。松柏？啊，好啊！那我就讓你成為一具被埋在松樹底下的死屍。」

一想到插手阻撓自己前途的士弘，莞翼便怒火中燒，如毒蛇般不斷地翻著白眼。

高貴且偉大的人

愛信接到從濟物浦寺院送來的書信後，便約陽花在麵包坊見面。書信內容是，幾天前有位身穿和服的日本浪人來到寺院打聽愛信，因此擔心愛信的安危。她有些生氣，因為東魅在暗中調查她。
「我有事相求，才約你見面。」
「請說。」
陽花和愛信面對面坐著，邊脫手套，邊回答。
「我們經歷過一連串的事，而且彼此又是同夥，既然是同夥，請借點錢給我吧。」
「我不是小姐的同夥。」
陽花好像聽到有趣的話，笑了。
「不是同夥也沒關係，那就借點錢給我吧。」
「那麼理直氣壯，好像曾經把錢寄放在我這裡似的，不過一個名門望族的大小姐有什麼事需要用錢呢？」
「我想還債。」
「如果我不借的話？」
陽花咄咄逼人的態度讓愛信有點訝異，不禁眉頭深鎖。並不是要和這位在穿著打扮上與自己迥然不同的女子結交朋友，也不是要成為知己，但總覺得陽花和自己是站在同一邊的，可能是因為在李莞翼家兩人都以入侵者的身分不期而遇的緣故。自從在火車站第一次相遇後，陽花似乎用某種奇妙的方式在協助她，如果陽花不接受她的請託，那只得改用其他方法了。
「那我就得威脅你了。」
「嗯，這樣管用嗎？我記得我們彼此都持有雙刃劍，我要是向警務廳告發，處境變得危難的人可是小姐呢。」
「那我就說出我有一個同志，向李莞翼說。」

陽花一時語塞，苦笑了一下，說：「原來你是為了這個，才拉我當同夥的。」
「我記得沒錯的話，那時你拿走的文件是死亡鑑定書，一般帶有『厶』字的文件都會在暗中變成重大案件，惹出事端的。」
「小姐要求我辦的事也是帶有『厶』字的，私債，那筆錢該不會是要還給具東魅的吧？」
「你怎麼知道？」
聽到東魅的名字，愛信驚訝地反問。欠東魅錢，陽花並不感到意外，東魅渴望得到的恐怕不是金錢，她微微笑了一下，覺得被蒙在鼓裡的小姐很有趣，但對願意借錢給小姐的東魅卻感到不是滋味。
「因為在漢城一提到欠債，十人中有九人的債主都是具東魅，所以他才叫那個名字嗎？我不和小姐同夥，但我要用這個錢來堵住你的嘴。」
陽花從錢包裡拿出一枚硬幣遞給愛信，只有五十韓圓。
「這點錢，我也有。」
「那你直接離開就行了，這金額已綽綽有餘了，因為金錢對他來說，只不過是個微不足道的東西。」
大白天的柔道場內瀰漫著一群男人的汗臭味，其中東魅的汗流得最多，因為他將浪人一個個過肩摔，突然他感到背後有動靜而轉過身來。站在門口的那群浪人顯得慌張，自動分成兩邊讓開，愛信正從中間走了過來。
「這裡你怎麼……？」
如同散開的柔道服，東魅精神渙散地看著愛信。
「我問了，問酒店老闆，如果要見具東魅該去哪裡找？叫你的手下退下吧。」
東魅使個眼色，浪人們迅速退到柔道場外，他大概知道愛信為了什麼而來，但愛信親自到自己的道場，讓他感到新奇又高興，要掩飾這份心情並不容易。

「看來你對我挺關心的，小姐。」

「不是關心，而是小心，小心那位為了要我親自拿錢來還而耍心機的人……小心槍口瞄準我，並朝我開槍的人。」

極其短暫的時間，東魅站在冷漠的愛信面前。東魅對愛信可以說是披肝瀝膽，因此並不指望她不知情，然而愛信對東魅的心思卻如此瞭若指掌。

「沒錯，開槍的人是我。」

「所以你打算怎麼做？把我出賣給日本嗎？」

「不，我什麼都不會做，只是靜靜待著。」

「只是靜靜待著的人，為什麼要跟蹤我？又為什麼去了寺院？」

「那天我只是看錯人了，以後也會一直看錯的，如果有哪一個傢伙認出小姐來，我就將他的眼珠挖出來，但是想要這麼做，我就必須了解許多關於小姐的事，所以我才會那樣做的。」

愛信沉默了一下，東魅的言語、眼神全部都很粗暴，平常衣角稍微被人碰觸到，就一副要砍人的模樣，這樣的東魅卻說要保護我。

「如果我說我不需要，你會怎麼做？」

「小姐那時不也是自作主張，救了我這條不需要的性命嗎？」

小時候東魅在遠處眼睜睜看著自己母親被投擲石塊而喪命，眼神中充滿了憤怒與恐懼，現在愛信彷彿再度面對當時東魅的那個眼神。

「錢帶來了嗎？」

愛信將帶來的錢袋扔到地上，東魅撿起來鬆開袋口，從錢袋內只拿出一個五十韓圓的硬幣，說：「我一個月只收一次錢，這是這個月的份，既然錢我收到了，以後那個孩子，還有收到那孩子轉交東西的那個人，我都不會再找他們麻煩了。」

「你的意思是要見我一輩子嗎？」

「是的，就是這個意思，只要小姐繼續留我活口。」

愛信緊抓住錢袋，盯著東魅看，對東魅來說自己是什麼，對自己來說東魅又是什麼，這些都不重要。東魅至今不斷砍人、槍殺義兵、欺負孩童，那樣的東魅對愛信來說就是敵人、賣國奴。

「看來你拿不到全部的錢了。」

「你這麼說，挺令人傷心的，不過你不用擔心，我自己會想辦法讓傷口癒合的。」

東魅這句話裡帶著酸楚味，酸楚又淒涼。

宥鎮坐在公使館角落，攤開從愛信手中拿到的約瑟夫書信，拿著書信的手非常謹慎。已經讀過一次了，但依然如第一次閱讀時那樣地開心又興奮。這時道美走過來遞給他一瓶酒，說：「大人，昨天您外出時有客人來拜訪，是一位年紀相當大的美國大人，他要我轉交這個給您就走了……」

宥鎮高興地接過酒瓶，似乎剛好在宥鎮去濟物浦港接收軍用物資，以及要轉交給木棉學堂長老教會的補給品的空檔，約瑟夫來找他了。因為皇帝出巡，街道上熱鬧紛紛，回程時躭擱了時間，因此錯過了見面的機會。

「親愛的宥鎮，即使在咸鏡道住了許多年，我還是不能適應這裡的寒冷，現在，在朝鮮度過的冬天也許我比你還多。我馬上出發去漢城，想見一見我思念的朋友，所以寫封信給你……」

宥鎮不知不覺沉浸在書信內容裡，為約瑟夫來的時候沒能見到面而深感遺憾，但想到馬上又能見面不禁露出微笑，光是想心中就暖烘烘的。約瑟夫對宥鎮來說，就是這種感覺，總是令人懷念、思念、感激的感覺。

宥鎮面帶微笑閱讀著書信，然後停頓了一下，因為他看到夾在信紙後面那信封上的郵戳。遭到鎔朱襲擊之後，曾經到他的房間搜查，那時看到蓋著同樣郵戳的書信散落一地，為什麼從咸鏡道寄來的書信偏偏會出現在鎔朱的房間呢，有股不祥的預感閃過他的腦海。

這時，冠秀走進公使館，急忙跑過來告訴宥鎮：「聽說在日本租界地發現了一具美國人的屍體，屍體處理完之後被移交給漢城警務廳，那邊認為這是一起殺人案件。」

宥鎮緊緊握住信箋，站了起來。

遭到殺害的美國人屍體用手推車運到警務廳前面，經過的路人圍攏過來，不斷竊竊私語。宥鎮撥開人群往手推車走去，屍體上面覆蓋著草蓆，他邁向手推車的步伐是沉重的，同時視線變得模糊，露在草蓆外的手血跡斑斑，他看到了那手中緊握的十字架。

「難道……？」

宥鎮懷疑自己的眼睛，移動沉重的腳步，當清楚地看到自己親手做好送給約瑟夫的十字架項鍊時，時間彷彿停止了。

「不是真的……這不是真的！」

宥鎮有如眼瞎耳聾般的呆立著，四周嘰嘰喳喳的交談聲完全被隔絕，眼前一片漆黑。這個十字架項鍊不應該出現在這裡，他用顫抖的手掀開草蓆，渾身是血的約瑟夫正躺在那裡，即使自己親眼目睹都難以相信約瑟夫已經身亡了。他跪倒在地，熱淚奪眶而出，呼吸困難，連哭聲都發不出來。那些反覆閱讀的約瑟夫書信字裡行間所蘊含的溫馨詞句，不斷湧上心頭，使得他更加喘不過氣來。

回想起有一天你突然咔嚓剪掉長辮子，出現在我的面前，我撫摸著你參差不齊的頭髮，只能幫你在傷口上擦藥，並向上帝祈禱：

請賜給這個異鄉的孩子剛出爐的麵包和乾淨的水。

請賜給這個異鄉的孩子免受寒冷的溫暖陽光。

回憶著和約瑟夫相處的時光，激起宥鎮淚如泉湧。為我剪髮，幫我擦藥，緊握我的手為我祈禱的人是約瑟夫；當孤苦無依時，讓他覺得不孤單，唯一願意伸出援手有如父親的約瑟夫……這樣的人怎會鮮血淋漓死得這麼悲慘，他說過要來見自己一面的。

「怎麼會……是這副樣子？您為什麼會是這個樣子！」

宥鎮低聲哭泣。即使不在身邊，也讓人覺得如同陪伴左右那般踏實的約瑟夫，以為將能相見的約瑟夫，卻以冰冷的屍體出現在面前，不論身在何處總是為他祈禱的約瑟夫，如今已不在世上了，他再度成為孤伶伶一人。

我收回「只能」這個詞，因為對一個窮傳教士來說，藥品是非常昂貴的。

我想你啊，宥鎮，最近我學會了怎麼釀造濁酒，打算北上見你時帶去給你，我會極力忍住不在路途上喝光它。

宥鎮，高貴且偉大的人啊，我的兒子啊！

不論你身在何處，我都會為你祈禱。
即使在沒有祈禱的夜晚，我也希望上帝總是與你同在。

約瑟夫上

約瑟夫的屍體被運往漢城醫院，凱爾代替宥鎮處理善後，宥鎮在士兵們的扶持下，好不容易回到公使館。凱爾和冠秀觀察坐著仰望天空的宥鎮，同時整理約瑟夫的遺物，放在桌上的約瑟夫遺物寥寥無幾。

「手提包被割破，看來犯人好像在尋找什麼東西，約瑟夫手上究竟有什麼東西？」

凱爾一一仔細察看遺物，同時口中唸唸有詞：破舊的襯衫、長褲、襪子、金額不大的錢、十字架項鍊和沾有血跡的聖經。冠秀拿起一張磨損的船票，那是三天前開往上海的船票，正好是冠秀和宥鎮去濟物浦運回軍用物資的那一天。冠秀突然想到了什麼，面色凝重地走到宥鎮面前，說道：「大人在光榮酒店二〇五號房內看到的信件，那些從咸鏡道寄來的書信，為什麼會在金鎔朱的房間呢？還有，只有寄給大人的信件是在別的地方被發現，這點也很奇怪，別的地方又是哪裡呢？」

宥鎮看到信件上蓋的郵戳時，也想到鎔朱。約瑟夫寄給自己的信，愛信是從哪裡取得的呢？鎔朱背後的人又是誰？接走金鎔朱的人其背後主子是李莞翼吧！

「綜合這些情況來看，上次金鎔朱偷襲大人一事，顯然和這個事件有關聯，只不過令人不解的是先後順序，我的意思是，他是盯上大人後再接近故人，還是盯住故人後再接近大人的呢？」

冠秀的推理相當有道理，宥鎮思考著，倘若背後主使者是李莞翼，那他的目的是什麼。此時，派往警務廳辦事的士兵走進辦公室報告說：「金鎔朱不在朝鮮警務廳，聽說早在四天前就被釋放了。」

「嫌疑犯四天前就被釋放？正巧是殺人事件的前一天。」
凱爾皺了皺眉頭，一切都曖昧不明，不祥的預感轉成合理的懷疑。
「知道這一切問題的解答，只有一位。」
宥鎮按捺住滿腔怒火，從座位上站了起來。

宥鎮率領士兵來到李莞翼府邸，因為大白天闖進來，李莞翼看家的家僕和心腹們大為慌亂地和美軍對峙。接到通報，德文也匆匆忙忙跑了出來，對著宥鎮喝斥：「這是何等的無禮！你可知道這裡是哪裡！」
宥鎮從美軍當中走出來，說道：「金鎔朱從警務廳被釋放出來了。」
「應該是因為他無罪吧，你就因為這個闖進這裡嗎？這裡可是朝廷大臣的官邸！」
「正是嫌犯最好的藏身之處。」
宥鎮無視於德文的阻撓，命令士兵進屋搜查，美軍有條不紊地行動，搜遍莞翼家各個角落。德文異常氣憤，一把抓住宥鎮的領口，大叫：「這小子瘋了！區區一個軍人竟敢這麼囂張！」
宥鎮為了不讓他再說下去，扭了德文的手腕，德文抓住手腕破口大罵。
一直靜觀這場騷動的莞翼，這時才跛著腳走到宥鎮面前說：「這傢伙還真是個男子漢啊，從豁出性命做事這點來看的話。」
宥鎮緊盯著莞翼，其眼神露出一股寒氣，同時帶著如同見到昆蟲時的厭惡感。
「三天前，有一位美國傳教士在濟物浦遭到殺害，我懷疑朝鮮人金鎔朱是犯人，而幕後主使者就是你。」
「是嗎？那要不要讓我來幫你補充一下呢？」
莞翼往前進一步，眼神賊溜溜的。宥鎮的懷疑完全無誤，是千真萬確的事實。但對莞翼來說，事實並不重要，指派鎔朱去暗殺幫助皇帝的咸鏡道傳教士，取得傳教士懷中的皇帝密函，那封密函是想透過約瑟夫轉交給駐中國的美國公使，目的是向美國請求經濟援助。而那封密函現在正落入莞翼手中，他打算利用此密函來逼壓、脅迫皇帝，他慣用這種手段奪取錢財和權力，對他來說，錢財與權力比事實還重要，不論是皇帝、國家，甚至於家人都無法取代。

「在朝鮮這塊土地上發生的事件中，有一半是我唆使的，但是任何人都不能對我興師問罪，你知道原因是什麼嗎？曾經有五名義兵黨羽集結計畫殺我，站在他們那一邊的佃農們都聚集在東學路，那時我就把他們全部殺了，不留一個活口，那是在我去日本擔任公使之前的事了，你以為在這塊朝鮮土地上，只有你才是有正義的嗎？」

「真是一個狗崽子！」

莞翼聽到宥鎮冷淡丟出的這一句話，原本盛氣凌人的表情變得扭曲。

「啊，因為我不是朝鮮人，所以不懂禮儀。」

宥鎮的眼神裡充滿輕蔑，他再向前靠近一步威脅莞翼說：「我不管以前是怎樣，但是從現在起，你必須提著腦袋去唆使別人了。我是美國人，已經開始懷疑你，所以就算再遲，我也一定會來抓你。」

那眼神就像立即要刺下去似的凌厲。看到那個眼神，就連天不怕地不怕的莞翼也覺得背脊發冷，兩手不停地發抖。

「你這個畜生，現在你要與日本為敵，是這個意思嗎？」

「我有什麼能耐？不過我倒是可以讓日本把你當成敵人看待。」

找回自信的莞翼又露出卑劣的眼神說道：「哦，好啊，那就放馬過來！既然要做動作就要快點，現在應該差不多已經抓到真凶了，你想怎麼做？」

宥鎮隨同美軍一起回到公使館，先調查莞翼提到的真凶，不可能還有真凶。冠秀辦完事回來，向宥鎮報告。

「你說被抓到的真凶是具東魅？」

聽到冠秀的報告，宥鎮愣住了，完全是出乎意料的人物。冠秀點頭，但也露出不解的神情，說道：「是，聽說是這樣。但，怎麼想都覺得很不對勁，不是嗎？具東魅殺人又不是什麼新鮮事，竟然會特意逮捕他。」

「具東魅不是真凶。」

對於宥鎮的斷定，冠秀感到相當詫異。

去濟物浦港那天，宥鎮見到了東魅，東魅先過來打招呼，甚至是很高興的表情，那不是殺了人的表情，也不是要殺人的表情。至今經常率領武臣會手下殺人不計其數，但這次事件不是他做的。這是憑直覺，也是由長期的觀察而產生的確信，另外，還有一個使得宥鎮斷定東魅不是真凶的原因。

「真凶是金鎔朱，現在起，由我們來追捕金鎔朱。五天後才有開往上海和日本的船班，如果金鎔朱還在漢城，我們必須在這五天內抓到他。」

金鎔朱是凶手，這可從莞翼的態度得到印證。

宥鎮走到列隊士兵的前面，儘管哀傷，但必須提早收拾悲傷的情緒，因為當務之急是追緝殺死約瑟夫的仇人。

「現在開始全面搜查殺害美國傳教士的嫌犯。」

下命令的宥鎮眼神深不可測。

「你們都知道金鎔朱的長相，他的肩膀上留有槍傷，所以他的行動可能有些不自然。我要你們去搜查任何他可能藏匿的地方，像是鴉片窟、妓院、或是旅館，必須察看所有可疑的人。」

所有美軍舉手敬禮後，分散四處搜查去了。

思念

警務廳的審訊室透進了昏黃的光線，這裡散發出濃厚的血腥味，因為東魅正被綁縛在椅子上嚴刑拷打，他呼吸沉重瞪著眼前的鈴木，即使狀態如此糟糕，眼神依舊凶狠。

在濟物浦的日本租界發生了殺人事件，東魅擔心是部下惹事，前往確認，原本就想管束武臣會的浪人，但是似乎沒有必要了，林家的心腹鈴木出現，攔住了他的去路，在日本的租界死了美國人，日本公使館正感到難堪，於是鈴木一行人直接宣布以嫌疑犯的名義逮捕東魅。

武臣會浪人覺得荒誕不已，爭相為東魅扛罪，幾名手下中了鈴木的槍倒地，東魅很快意識到事情不尋常，交代手下一些事後，便被帶往警務廳審訊室。

之後便是持續的拷打，東魅被要求承認犯行，卻始終緊閉雙唇，沒有犯下的罪行，當然無法認罪。

鈴木一直將囂張的東魅視為眼中釘，這是除去他最好的機會，上一次失去部下的恥辱令人咬牙切齒。但是東魅對殘酷的苦刑不發聲響，凶狠狠瞪人的模樣依舊令人害怕，還好他的雙手被綁著，雖然恨不得就此殺死他，但是得先獲得林公使想要的證詞。

「你要撐到什麼時候？傳教士死亡的前後，你被目擊兩次出現在濟物浦。」

東魅視線始終冰冷，警務史忍不住催促，滴落的血讓東魅視線模糊，勉強開了口：「我都說幾次了，去那裡辦事。」

「去兩次都是為了辦事？」

「我說是就是，我這個人，比看起來還要勤快。」

他去的兩次，一次是追逐愛信的足跡，一次是和美國的鐵道技術人員見面。但這答案讓警務史拍了桌子。

「給我從實招來，一次是去勘查地形，一次是去下手殺人，不是嗎？」

「如此不相信我的話，為了證明我沒殺人，我就去隨便殺一個人好了。我敢說我要是殺了人，大人絕對辨認不出來死者是洋人還是朝鮮人，因為我的手段極其殘忍。」

東魅咬牙瞪著警務史，凶惡的眼神像頭野獸，訊問的官員倒退了一步，看樣子東魅不會承認犯行，於是急忙傳召了目擊證人，守候在一旁的巡檢打開門，讓等候在門外的證人走進來。

「我都看見了。」

目擊者便是曾經在酒店擔任女侍者的桂丹。東魅冷冷地笑著，竟然是背叛陽花販賣消息的人。桂丹對於東魅的苦笑不以為意，用手直接指著：「他在濟物浦聚集了一群帶刀的浪人，和一位美國人見了面，那位美國人穿著傳教士的衣服，我甚至看到傳教士被拖進暗巷中。」

厚著臉皮出來指證的桂丹讓東魅啞口無言，警務史抓緊時機再次詰問：「你還要繼續狡辯嗎？」

接著是在濟物浦和東魅見面的美國技術人員走進審訊室，東魅曾經為他做過打手，但是他將朝鮮工人當作暴徒怒罵，東魅因此惱怒，在見面那一天結束了合約。但是他卻作證，那一天並沒有和東魅見面。在一旁觀看的鈴木露出卑劣的微笑，此時東魅笑出聲來，裂傷的嘴角腫著，咒罵這群臭味相投的人。

「看看這些傢伙，我是從哪裡開始落入圈套的呢？」

看來有人撒下了天羅地網，讓我落入圈套。

「是誰幕後指使的，你不是只要付錢什麼事都幹的傢伙嗎？」

警務史這麼一說，東魅才恍然大悟。

「啊！原來是這個目的，如果要逼我從嘴裡說出某個名字，要在我挨打前先問啊，要說出誰呢？說李莞翼如何？還是說林家，可以嗎？」

林家的名字一說出口，鈴木勃然大怒，賞了東魅一巴掌：「你這臭小子敢亂提誰的名字，再瞎說看看，你的手下和那啞巴丫頭，我全將他們碎屍萬段。」

東魅轉過頭將嘴裡的積血吐出來，歪斜著頭，眼神變得更為凶狠：「倒是確定了一件事，如果我從這裡出去的話，第一個殺了你。雖然殺死你的是我，但誰也辨別不出來那個死人是你，因為我會將你的臉千刀萬剮。」

東魅的氣勢凌人，鈴木膽顫心驚，半晌吐不出一句話。

警務史送走了桂丹和美國人，看著東魅冷笑一聲：「高士弘。」

「……什麼？」

這比自己被指認為殺人凶手更為震驚，高士弘，漢城這片土地上無人不知的名字，對東魅更具有意義。警務史看見東魅有所動搖，更起勁，再度重複這個名字：「必須從你嘴裡說出的名字——高士弘。」

這是一開始就設下的圈套。

他們從傳教士懷裡找出一封皇帝密函，裡頭的內容，是皇帝為了拒絕日本的貸款後朝鮮的財力還能夠自主，希望透過美國公使奏請美國提供資金，但是密函未能轉達就落到莞翼手裡，成了可以威脅皇帝的弱點。莞翼和林公使共謀計畫，一來武臣會漢城支部效忠的首領具東魅不是日本人，既可以藉此機會改造，又可以籠絡美國公使艾倫，壓制皇帝，這是他能坐上外部大臣位置的大好機會。如意算盤不只如此，莞翼連士弘都放進計畫中，誰叫他意圖集結各地的士大夫。警務史和莞翼約定，只要將東魅和士弘攪進事件裡，自己就能獲得親衛隊警衛總管的位置，這使他的嘴角卑劣地上揚：「現在你的手下全被我抓進來了，直到你嘴裡吐出那個名字為止，我一天會殺死一個傢伙，做個選擇吧！」

進審訊室以來，東魅第一次動搖著，武臣會浪人們只相信自己，跟在身旁情同手足，而士弘則是愛信的祖父。

陽花站在服務台前，一臉沉重，東魅被抓進了警務廳，手下的浪人們也全部被莞翼抓走。小螢收拾了行囊，打著赤腳走進了酒店，這個晚上不尋常的事接二連三發生，陽花始終覺得小螢是東魅的累贅，即使打從心裡不喜歡，還是給了她一個房間。問題是正在審訊中的東魅。陽花付了一塊金條，向警務廳的巡檢打探消息，得知東魅被誣陷為美國傳教士死亡事件的嫌疑犯，而被她趕出酒店的桂丹也攪和在其中，這次東魅落入了難纏的圈套中。

陽花想起了那個像嘆息般的夜晚，東魅曾背著她走回酒店。

那天她去了當鋪，在丈夫的死亡鑑定書上偽造松山醫生的簽名，在這樣充滿計謀和欺瞞的日子，即使如此，陽花依舊討厭李莞翼做為自己的父親，討厭現在的生活，討厭連母親都尋找不到的自己，為了紓解漸漸沉重的心情，陽花到泥峴的酒館喝一杯，不期而遇東魅，他同樣也是獨自一人，嘴中唸唸有詞舉杯一飲而盡。當天東魅在濟物浦追逐愛信的足跡，從她父母的牌位前回來。對於無法觸及的渴望感到失落，他的心情和陽花並無差別。

從晚餐就開始喝酒的陽花先醉倒了，東魅將她背上，往酒店的方向走去。陽花即使已經張開了眼睛，仍想繼續靠在東魅背上，雖然東魅的步伐漸漸沉重，但有個能背著自己的人在，真好。

「我很重嗎？」

「頗重，你的心到底裝了多少心事？」

「你呢，因為度日如年來喝酒，我呢，因為光陰似箭而來喝酒，因為這樣，所以酒館才不會倒閉。」

「是嗎？」

陽花無論怎麼醉言醉語，東魅都默默地接受。有這樣寬厚、溫暖而孤獨的背，陽花無法不感受他的存在。

陽花從回憶中清醒，帶上了大衣。宥鎮正在費心找尋殺死約瑟夫的真凶，自己也要盡全力幫忙，勢必要將東魅救出來。

在昏暗的燈光下，東魅依舊被綁著，看著對面坐著的是陽花，先是皺了皺眉頭，不久就笑了出來。

「酒店的勢力這麼強大，還是我被打得太厲害了，出現了幻影。」

「你比我想像的還要糟糕。」

雖然帶刀走江湖的，無法避免血光之災，但陽花還是第一次看見如此鮮血淋漓的東魅，苦刑逼供可想而知，雖然形勢險惡，但他還能輕鬆說笑，陽花忍住了嘆息。雖然和李莞翼流著相同的血液，有自信冷靜行事，但是見到東魅如此樣貌，還是不由得感到難過。

「視我為眼中釘的人何止一兩個，所以這次是被誰陷害，我沒有一點頭緒。」

「沒關係的，你想說李莞翼也可以的。」陽花淒涼回應。

「那你可以幫我把他抓來嗎？」

東魅問著陽花，這是句夾帶真心話的玩笑。

「他的動作比我快，那位尤金崔，好像和死去的傳教士有特別的關係，為了偵查好幾天沒有回酒店了，他認為真凶另有其人，不是具東魅，就相信他一次。」

令人意外的消息，東魅喃喃自嘲起來：「是嗎？那位大人和我之間的過去非同小可，不是那麼美妙，他一次都沒有來這裡看我，看起來沒有心想救我。」

「這樣反而代表他對你有信心，不是嗎？」

「真是如此的話，我會對他產生好感，大事不妙。」

陽花對東魅的油嘴滑舌笑了出來，忍住了笑臉做出警告，現在情況不佳，未來更令人擔心。

「明天開始審問的強度會增加，今天傳教士的死因報告出爐，對你很不利，因為驗屍官是李莞翼的人。」

東魅收斂了笑容，為了讓陽花安心才開玩笑，但能夠撐到幾時自己也沒把握，臉上不禁出現了陰影。

宥鎮慢慢閉上了眼睛又再張開，眼皮逐漸沉重，雖然全身痠痛已達體力極限，但一刻也沒有放鬆，他要繼續行動，一分一秒都不得浪費，絕不能放過殺死約瑟夫的真凶。

陽花把二〇五號房的遺留物都交給宥鎮，他倒出了破舊的衣服、鴉片煙袋、香菸盒和從咸鏡道寄來的書信。宥鎮攤開了咸鏡道發出的信件，信封上的印信和約瑟夫寄來的信件印信相同，唸著信封上的字他閃過一個念頭，很熟悉的地址，拆開信封，裡面是某張地圖的一角，他急忙拆開了所有的信件。

這些寄給李絲葸、裴頭勞、那絲勞的信件中，地址標注了藥房、打鐵鋪、麵包坊，每封信件裡所附的一塊地圖似乎可以拼起來，很像是同一張地圖的局部。

「李絲葸、裴頭勞、那絲勞……這些人全都在咸鏡道啊。」

咸鏡道慶興郡新阿山是約瑟夫曾經停留的傳教地，在那裡一定有他最近的行蹤和情報，陷入思考中的宥鎮馬上前往當鋪，拜託日植跑一趟咸鏡道打探消息。

莞翼的手伸進殺人事件的每個環節，約瑟夫成了被一己之貪欲所迷惑、偽造皇帝文書的美國人，宥鎮聽到消息，一股憤怒湧上心頭。

「大半夜的，什麼事？」

宥鎮出現在正炆大人私宅的庭院中時，正炆嚇了一跳，宥鎮的氣勢粗暴。

「為什麼終止調查？『一個美國人為了自己的私欲，偽造朝鮮皇帝的文書』又是從那裡冒出來的狗屁消息，具東魅不是殺人凶手。」

正炆大人收住了一時的驚訝，繃緊了臉：「這件朝鮮的事已經終止調查了，具東魅這次就算無罪，也總有一天會出事，你不要出面干涉，傳教士也會希望如此。」

這段期間以來，宥鎮忍辱吞聲，在朝鮮這塊土地上，就算可以忍下自己所遭受的屈辱，但絕不能讓約瑟夫也如此。他曾說自己高貴而偉大，其實約瑟夫才真正是一位高貴而偉大的人。明明因為一個單純的信念而遭受殺害，不能就這樣蒙不白之冤。

「不要不懂裝懂，那位先生希望的是什麼我比你清楚。約瑟夫要來美國公使館見我的那天，皇帝出巡了，為了配合出巡的時間，他都無法等我，就急忙赴約了。皇帝和傳教士隱密會面的理由只有一個：密函。」

宥鎮抓起正炆的衣領，聲音發抖著：「他是因為幫助朝鮮而死的，不能讓他死得不名譽。」

「就算你推論的是事實，結果並無不同，美國人，不就此收手的話，連你的性命都有危險。」

正炆對視宥鎮的眼睛，和他劃清了界線。宥鎮彷彿沉落無底深淵，總是受到傷害，那是自己的命，但是為了約瑟夫，這次不會退縮。

「不管是離開朝鮮時，還是回到朝鮮後，我無時無刻不受到朝鮮的威脅。具東魅將移交美國公使館，在找回復約瑟夫的名譽前，調查不會終止，毫無力量的朝鮮要試著阻止我嗎？」

轉過身的宥鎮背影十分冷酷，正炆悲壯又無情望著漸行漸遠的他，宥鎮對正炆說朝鮮無力這句話，只不過是恐嚇而已。

隔日的白晝，東魅依舊死撐，警務使掏出了陳述狀遞了出去，上面寫著：具東魅殺死約瑟夫，背後買凶者為高士弘。並下令巡檢解開東魅右手的綁繩，強行逼他畫押。

東魅齜牙咧嘴，警告想解開繩子的巡檢：「將我的手解開那一刻，你會後悔的，適可而止吧，倒不如把我的手腕剁了，啊！剁了手，手臂也可以自由活動，結果一樣。」

在東魅的恐嚇下，巡檢的手不停發抖，遲疑了一下，就在警務使看不下去吼叫的時候，門被粗魯推開，宥鎮和美軍一行人走進審訊室，差一點東魅就被迫在誣陷高士弘的文書上畫押了。東魅看見宥鎮噗嗤一笑：「不知道您會這麼戲劇性地出現，大人。」

「走吧，你還可以走路吧？」

但是東魅對宥鎮的感謝也只維持了一會兒，馬上又被美國公使館拘禁在倉庫，只是手臂上的綁繩消失了，拷問也沒有了，算是唯一的慰藉。東魅轉動解脫的手腕，眉頭深鎖。宥鎮觀察渾身是傷的東魅，開始問話：「現在開始回答我的問題，之前你曾經翻過金鎔朱的房間，在找什麼？」

「要這樣的話，不如把我留在警務廳，我才剛對那裡有好感。」

「也可以再送你回去。」

東魅看著強硬的宥鎮，開始回答：「真是冷漠無情，因為他在愛信小姐家附近遊蕩，所以搜了他的房間。正確來說，他問了這裡是不是高士弘老爺的府上，那是連您這位美國人都知道的地方。」

提到愛信，宥鎮的表情更沉重。

「你從哪裡聽來的消息？」

「消息來源者和殺人事件無關。」

「難道，你常打聽愛信相關情報？」

「您找到金鎔朱了嗎？」

「向你報告的人是她家裡的人嗎？」

兩人答非所問，雖然宥鎮也一樣，但對東魅來說同樣急於找到真凶，只有找到真凶，自己才能脫離此處，何況這件事還捲入愛信的祖父，金鎔朱又曾在士弘府上的周遭徘徊，士弘的危險就是愛信的危險。

「我在日本逃亡的時候，有幾個藏身之處，位置偏僻，有個丫頭獨自居住、男人出沒也不足為奇的地方，舉例來說，相當於朝鮮的客棧這種地方。」

「始終不回答我的問題，我問你是誰給的情報。」

「你要比我的手下更快找到人，你也知道他們沒有讀什麼書，會不分青紅皂白直接把人宰了。」

「那你要為我打氣，那個人如果死了，你就出不去了。」

「我說的不是金鎔朱，是大人您。如果我是李莞翼，不會想抓金鎔朱，而是想除掉大人。」

宥鎮皺了下眉頭站起身來。

「門口有武裝的美軍守著，希望你不要輕舉妄動。」

莞翼神經緊繃地在書桌前來回踱步，計畫出了亂子，見德文一進門立刻追問：「怎麼樣了？具東魅呢？艾倫怎麼說？」

「具東魅被移交給美國公使館……艾倫公使說，他沒必要見你。」

莞翼開始咒罵起艾倫，收了錢，在這節骨眼居然背叛我。德文不知道該怎麼辦，希望莞翼先冷靜：「要不先和林公使見面，商討一下對策……」

「事情到了這地步，你還認為林會站在我們這邊？」

對德文吼叫的當下，腦海突然憶起一個丫頭的畫面，他皺起眉頭。

「……當然是去殺你，不管花多少時間……他們一定會去……」

喜振直到吐血死亡的那一刻，瞪著莞翼的黑色眼珠絲毫沒有動搖，這一幕景象就像一輩子都瘸的那隻腿，時常令他痛苦，彷彿發生在昨日，莞翼直打哆嗦。因為不久前，宥鎮也對他說了相同的話：「就算遲了些，也一定會來逮住你。」他的眼神和喜振十分相似，莞翼覺得晦氣：「我好像惹錯了人！」

「什麼？」

「從現在開始聽清楚我說的話，去找出具東魅和那美國臭小子的弱點，不管是父母、女人，還是他們養的狗雜種，全部查出來。還有放走抓來的浪人，跟他們說有方法可以救出他們的首領。」

德文顯得不知所措，想要再問清楚，莞翼卻不多做說明，不祥的種子一開始就該滅絕。

愛信的轎子經過了光榮酒店前的巷子，不久前轎子也曾經過警務廳，從低聲哭泣的宥鎮前走過。面對約瑟夫的死亡低聲哭泣的宥鎮，至今仍在愛信的眼中浮現，很想走出轎子守護著他，但是被咸安大嬸攔阻。

宥鎮只要談起約瑟夫，表情盡是眷戀，在美國那塊遙遠的土地上，流浪的少年和傳教士的故事令愛信憐憫，對宥鎮來說約瑟夫意味著什麼，愛信雖然不能完全體會，但是卻能深切感受他的痛。很想見他，雖然不能減輕他的痛苦，但想和他在一起。

轎子的窗開了一半，愛信仰望著酒店建築，宥鎮的房間陽台上紅色的風車轉動著，那是愛信曾掛在藥房的風車，她心痛地望著，決定往藥房的方向前去。魚腥草的藥盒裡有一封宥鎮放置的書信。

「我們互相錯過了啊！」

愛信顫抖著打開信紙，彷彿聽見了宥鎮那低沉又真摯的嗓音，那被悲傷滲透的嗓音。

不知道你是否聽到了消息，如果聽到了，可能會擔心我，我不會做出令閣下擔心的事，因此即使只有今日一天，也請暫時忘記對我的擔憂，一如往常的美麗吧。

互通姓名、握手、擁抱……接下來好像就是思念了。曾經在趕集的日子，我想你會不會以此做為藉口，從酒店前經過，而站在陽台好長一段時間。

I miss you（我想你），一直學習速度極快的你，應該已經學到這句話了。

將信摺起來放進懷裡，眼中噙著淚水，宥鎮是如此深情，怕自己擔心，更令她耿耿於懷。他現在是以什麼心情挺過一天又一天，愛信不忍思量。冬天已接近尾聲，再過一些日子，春天就要來了，但對宥鎮來說，好像就連春天也無比寒冷，不禁又開始擔心。

這天晚上下起雪來，愛信將宥鎮給她的手套拿出來，打開魚腥草的藥櫃，將它擺得美美的，這份心意希望帶給宥鎮一絲溫暖。

士弘挺立在大廳中央，看見從大門走進來的男人後眉頭深鎖，宥鎮端正地走到士弘面前，脫帽行禮。行廊大叔忐忑不安反覆看著宥鎮和士弘，趕緊報告：「大監大人，這位來自美國公使館。」

「我是美國海軍隊大尉尤金崔，最近發生了美國人死亡事件，據說有相關的人在府上附近徘徊，我正在巡察中，或許，您要申請保護的話，也還……」

「在這一帶徘徊的人是美國人嗎？」

士弘冷靜地詢問，宥鎮淡然地回答：「是朝鮮人。」

「那美軍基於什麼緣故，想要保護我的家。」

「因為朝鮮不會保護你們。」

背著手站立的士弘望著宥鎮，宥鎮沒有避開士弘的視線，他的目光耿直，有著黑色的眼珠，卻穿著美軍的軍服，士弘難掩不悅。

「我明白你的意思了，比起受洋人保護，我更能理解朝鮮為何無法保護我們，所以帶著你的洋人軍團，離開我家吧。」

如此的傲骨，果不其然是愛信的祖父，宥鎮短暫沉默後，很快打消了念頭，向士弘深深一鞠躬。

「抱歉打擾了，但我勸告您，千萬要加強警戒。」

說完便帶領士兵從士弘家中撤出，宥鎮走向公使館的步伐異常沉重，握著韁繩的手提不起勁，常常想回頭看看，因為愛信的緣故。

連約瑟夫都離開人世的朝鮮，儘管宥鎮只是個異邦人，但還是有所羈絆，即使在心情平復下來的瞬間，也都想見到愛信，思念著她。也許她還在擔心著自己，很想當面說：沒關係的，不要擔心。宥鎮突然掉轉了馬頭，朝宅內望去。

愛信就站在牆內，聽到宥鎮來的消息，氣喘吁吁地跑出來，是那個朝思暮想的臉孔，不知道什麼時候還能再見面，兩人都想把對方的面容裝進自己的心中。有哪裡受傷嗎？愛信端詳著宥鎮，眼裡滿是思念之情，牆內牆外的悲傷眼神相互交融，一句話都說不出來，只是眼神的交會，就能知道彼此的心，那是擔心、疼惜和慰藉。

宥鎮揮揮手回應愛信的思念，手上戴著是從魚腥草盒中拿出來的手套，揮完手之後，宥鎮便掉頭而去，士兵還在等著自己，只留下溫暖的陽光無聲灑落原地。

愛信就這樣送走了宥鎮，明知道自己不受歡迎，還是為了她和祖父的安危來到家中，不能只是握著他說想念自己的書信，愛信決定要有所行動，走向宥鎮。

比大海更遙遠

宥鎮回到公使館，脫下手套，像握緊愛信的手一樣，放在書桌上。剛剛站在牆內那張女人的臉龐時常浮現，但現在不是依靠愛信慰藉的時候。脫下了外套，將鎔朱的照片再次拿出來放在桌上，隨侍在後的道美送上了茶，看著照片。

「啊！我知道這個大叔。」

宥鎮掛上外套，繃緊神經轉身。

「哪一個大叔？」

「這一個大叔，公使館事情很多的話，偶爾會來幫忙，剛剛也來過了。」

照片裡面的人物，一位是鎔朱、一位是過世的相完，道美指的人是承才。宥鎮急忙問什麼時候，道美馬上連珠砲回答：「已經有一段時間了，他看了每一個房間的花盆就走了……」

宥鎮凝視窗台的花盆，突然慌張地打開抽屜，打鐵鋪、藥房、麵包坊的書信和裡頭的地圖全部不翼而飛，道美看見宥鎮面神凝重，擔心地問：「我做錯什麼了嗎？大人！」

「你沒有，是我好像錯過了什麼？」

不只是承才的真面目，到現在所有的事情都模糊不清，宥鎮陷入迷惘。

「客棧、陶窯址、打鐵鋪、麵包坊……藥房……」

信封上的場所一一浮現，宥鎮在昏暗夜色下趕路，一想起和愛信見面的藥房，便放慢了腳步。陷入沉思的宥鎮被浪人攔住了去路，武臣會浪人們被莞翼放出來後，因為東魅被拘禁在公使館，所以趕了過來。宥鎮只驚慌了一下，便拿起槍朝空中射擊，槍聲一定會引來眾人關注，但問題是人來之前，得先解除危機。

「我知道你們為什麼會來，但是要想清楚，這樣無法救出具東魅。」

「閉嘴，不管如何，殺了他！」

其中一個浪人喊著，所有人莽撞拔出刀開始攻擊宥鎮，雖然已經盡力防禦，但對方人數實在太多，此時，在宥鎮和浪人之間出現了料想不到的聲音：「發生什麼事，他們不是具東魅的浪人嗎？為什麼要攻擊三〇四號房客？」

是熙星，偏偏是幫不上什麼忙的熙星，宥鎮露出失望的神色。熙星想要出面勸阻衝突，但浪人殺氣騰騰，只能退縮一步。

「看樣子他們是真心想要取三〇四號的性命，不過不要擔心，我平常舉止斯文大家都不知道，其實我文武雙全。」

熙星發現了一個背架和背架支棍靠在圍牆上，立刻拿起背架支棍作勢。因為熙星的出現暫時猶豫的浪人們，再次蜂擁而上。宥鎮和熙星背靠著背：「公使館離這很近，你撐五分鐘就好。」

宥鎮和熙星用盡全身力氣抵擋浪人的利刃，兩個人都見血了。

「大家，住手！」

雄三喊叫著跑來阻擋浪人，暫停搏鬥的浪人喘著粗重的氣看著雄三。雄三要攻擊宥鎮的浪人退下。

「請原諒我們的失禮，他們什麼都不知道，心中只想著要救首領，才落入李莞翼的圈套，請大人救救我們首領，我們會全力協助。」

雄三深深低頭懇請。

一場和浪人的衝突，導致宥鎮和熙星都負傷，他們一起回到公使館辦公室。宥鎮從急救箱拿出繃帶和藥品，以熟練的手法幫熙星治療，才塗上消毒藥水，熙星就裝痛喊疼，讓宥鎮皺起眉頭。宥鎮的額頭也帶著傷，血漬清晰可見。

「已經止住血了，但還是要去醫院治療。你可以回去了。」

「今天也不回酒店嗎？你要找到金鎔朱那個人才要回來嗎？」

「你剛剛說什麼？」

一提到金鎔朱的名字，宥鎮敏銳地反問。

「我從明月館的女人那裡聽說了，美國公使館在找一個叫金鎔朱的人，那個人是不是住過光榮酒店？」

「你知道那個人？」

「我有懷疑過一個人。」

宥鎮快速掏出那張照片。

「你懷疑的那個人在裡面嗎？」

熙星明確指出照片中鎔朱的面孔，曾看見他在愛信家附近晃蕩，因為形跡可疑而追上去過，那時賭場江氏夫人突然跑來說話，才追丟了人。

「可是我靠近他的時候，有一股奇怪的味道。」

「那是鴉片的味道，你在哪兒跟丟的？」

「鐘樓附近。鴉片的味道我也知道，不是鴉片，是更熟悉的……好像燒香的味道，或許，他是男巫？」

熙星這一問，宥鎮想起東魅丟出來的線索，好像可以查出鎔朱的投宿地——偏僻之處，女人獨自居住，外人出沒也不足為奇的地方……要蓋住身上的鴉片味，會點很多香的地方，只有女巫的家。

宥鎮走了之後，愛信變得動彈不得。士弘聽了美國人的話，加強住家附近的警戒，管制家人的進出，到了晚上，壯丁們舉著火把，守護家園。

「給我捎信的緣由是……」

勝具來到士弘家，在廚房和愛信相見。

「師父現在必須幫助我離開這個家。」

「你是否打算去找他？」

「師父這一生去過最遠的地方是哪裡呢？」

勝具的眼裡流露出訝異。

「我去過了海邊，要往東邊奔馳很久很久，那時我就想，下一次想要去更遠的地方。」

不能在家中虛度，愛信的意志堅決，勝具靜靜看著，驚覺已經不能再阻擋她的意志和步伐，也阻擋不了。其實，從一開始就知道愛信的步履不輕鬆，知道這條路有多麼地險惡，只是想要將險惡往後推遲一點而已。

「下一次就是現在，對我來說比海邊更遠之處就是那裡了，師父要擔心或斥責，之後都欣然接受，但現在，我必須去他那裡。」

看著愛信說著比海邊更遠的地方，請求要走向那個人。勝具回答：「好。」

起碼自己不要成為她險惡途中的一顆絆腳石。

「要快一點，馬上就是宵禁時間了。」

在勝具的幫助下，愛信很快喬裝躍上屋簷，宵禁的鐘聲穿透到宥鎮的房裡，愛信就在這黑暗的房間中等待著宥鎮。鑰匙的聲音伴隨門把的轉動，房門推開了，藏在門後的愛信卻被宥鎮鎖住了脖子，宥鎮看清楚是誰的臉後，慌張地把手放開。

「對不起，我以為又是誰潛入，怎麼會在這裡？……」

被鎖喉的愛信咳嗽後笑了，在見到宥鎮的瞬間，這段期間累積的擔憂和不安似乎全然消失了。

「雖然遲了，但是我想來回答閣下好奇的兩個問題。」

「我似乎知道其中一題，約瑟夫的信件是從哪裡帶來的？」

「對的，是從李莞翼的家中帶出來的，但請不要問我，為什麼要去搜他的家。」

「另一個答案是什麼？」

「我也是⋯⋯」

愛信的話語低沉而溫柔，帶著婉約的笑容。

「你留在魚腥草盒裡的信件，上面寫著『我想你』，我也一樣想你。」

愛信回答了信件裡的「I miss you」，「我想你」是她的告白，這告白讓宥鎮的淚水在眼裡打轉。從目睹約瑟夫死亡那一刻到現在，他連悲傷的餘暇都沒有，不停奔波，這句話像是對所有的一切做了補償。看著宥鎮溼潤的眼睛，愛信沉重地說出心裡的話：「那天，我看見閣下了，雖然看見了，卻不能停留，很抱歉。」

「沒關係，明智之舉。」

「我是來安慰你的。」

「我已經得到安慰了，還能祈求什麼。」

「我還能這樣做。」

愛信舉起溫柔的手，輕揉著宥鎮的頭髮，撫摸著臉上的傷痕，好溫暖的手。這位深夜的意外訪客用比黑夜更黑亮的眼睛，將宥鎮懷抱起來：「高貴又偉大的人，我的兒子，不管我在何處，都會為你祈禱。沒有祈禱的夜裡，也有神一直與你同在。」

這是約瑟夫的信件內容，透過了愛信，讓宥鎮的心中再度出現了祈禱，只有這個夜晚，透過愛信的指尖，宥鎮可以感覺到神與自己同在。他落下了淚抓住愛信的手。

「砰！」

還沒有感受到全然的溫暖之前，房裡飛進來一發子彈。和槍聲幾乎同時，宥鎮本能抱著愛信趴在地板上，又一發槍聲，子彈飛越兩人頭頂，射破了水瓶，破碎的水瓶聲造成騷動。

宥鎮屏住呼吸，從懷裡掏出了槍。

「射擊的人在對面的建築，我必須到屋頂上去，閣下……」

「不要擔心我，我知道怎麼出去，我的身分被發現的話，會有很大的麻煩。」

「酒店出現槍聲會很混亂，趁機逃走吧！」

宥鎮站起來，身子靠在門上，拉起了愛信。愛信還來不及點頭示意會照著做，已經傳來敲門的聲音。

「發生了什麼事？我聽到了槍聲。」

是陽花，門外是陽花，窗外是狙擊手，前後出路都受阻，宥鎮皺起眉頭正想出去，愛信搶先一步打開了門。

「正想問什麼事……原來是好朋友又來拜訪，這次我沒有看見你怎麼進來的。」

「請你送我到後門，我必須離開這裡。」

「既然是如此帥氣的紳士的請求，不要蒙面，用這個遮住臉吧，這是流鼻血時遮住用的，該說是我打的嗎？走吧。」

「謝謝你。」

門後的宥鎮清楚地聽見陽花和愛信的對話，無論再怎麼變裝，愛信沒有蒙面，陽花不可能認不出來，宥鎮注視著愛信壓低帽子遮住臉，確保她和陽花一起安全離開。

走出房門的愛信，混雜在因為槍聲混亂的投宿客之間，陽花在大廳的中央，熟練地安撫房客們。

「大家都受到驚嚇了吧？很快就會處理好，大家先坐在大廳，喝杯溫暖的咖啡吧。」

在陽花轉移投宿客人的注意力時，愛信往後門走去，陽花的視線緊跟著愛信的行蹤，有枝槍口卻頂著她的額頭，是鈴木，他因為完全無法掌控東魅而暴怒。

「你是為了藏匿小螢故意引起騷亂的吧！說！你把她藏在哪裡？我和她有事要談，需要單獨會面，你帶個路吧！」

「來吧，請往這裡走。」

陽花冷靜應付，往自己的房間走去，鈴木緊跟在後，槍口始終對準她的頭。

進到房間時，鈴木急忙環顧四周找人，陽花見機不可失，抄起西洋劍，一道弧線劃向鈴木，刀刃劃傷鈴木的手臂，打落了槍枝，陽花立刻踢飛落在鈴木兩腳間的槍，愛信跟在鈴木後頭，撿起槍瞬間裝填子彈，頂住鈴木的後腦勺。

後腦勺感受到一股槍口的冰冷，鈴木慌張地喊叫：「呀！你這女人，現在在幹什麼？」

陽花傳話給愛信：「不要殺死他，有人想給這位仁兄一點教訓。」

鈴木看不到後方的狀況，愛信左手拿起放在裝飾桌上的花瓶。

「那是便宜貨。」

陽花帶著微笑，像是對這狀況非常享受，話一說完，愛信舉起花瓶，狠狠地敲下鈴木的腦袋，將他打暈過去。

宥鎮跑上飛來子彈的屋頂，追擊逃亡的黑衣男子，一聲槍響，狙擊手從屋頂掉落。宥鎮飛快跑過去，痛苦猙獰的男子在黑暗中拿開了面罩，露出了臉孔，這是宥鎮在照片中看過好幾次的臉：全承才。他冷靜地低下身詢問：「這段期間你多次進出公使館，有很多可以除掉我的機會，為何現在才突然攻擊？你是金鎔朱那邊的人，還是李正炆那邊的？」

「倒是你，和愛信是什麼關係？」

承才處於危機之下，絲毫不為所動，還加以反問，反而是宥鎮聽見愛信的名字感到驚慌，但他熟練地掩藏自己的表情。

「愛信是誰？」

「高士弘老爺府上的千金，我至親好友的女兒，就像你所說的，我多次進出公使館，常常看到她，你不是好幾次傳喚她，進行調查？」

宥鎮的眼神顯得不安。

「不要轉移重點，回答我的話，為何要暗算我？」

「不要浪費時間了，美國人，就此殺了我吧。」

宥鎮從懷中掏出了照片。

「根據咸鏡道傳來的情報，推斷宋領在上海，高相完化為骨灰被送回家，金鎔朱我知道，那你是全承才吧？」

「這張照片為何在你手裡？」

「想要殺死我的理由是什麼？」

「因為你調查出的真相越多，對我們的組織越危險，剛剛說出口的那些名字，你應該自始至終都不能知道，因此我們決定把你除掉。」

那一年，承才帶著相完和喜振的骨灰回到朝鮮，之後隱密起來，暗地裡繼續參加義兵的活動。殷山搜索宥鎮的房間的時候，愛信在濟物浦中槍摔落時，他都在現場，多次進出美國公使館也都是為了監視美國和宥鎮的動態。

密函的真偽、義兵的隱姓埋名都是外界不能知道的存在，為了上海的宋領和日後密集準備的計謀，在宥鎮更接近宋領之前，除掉這位美國人，是李正炆對義兵隊長下達的命令。

一時恍惚的宥鎮，茫然地望著承才。

「你所說的『我們』……是指義兵嗎？」

承才什麼話都沒有回，但已經確認了答案。

宥鎮受到打擊全身僵硬，承才盯著他。

「陶工黃殷山，那位老人家，真的想要殺死我嗎？」

宥鎮無法置信，也不想承認，黃殷山是愛信所屬的義兵隊長，其實他早就知道了。對於宥鎮的提問，承才態度堅定。

「這都是為了大義，請不要再接近愛信了，那孩子差一點也陷入危險，搞不好已經在危險中，今日槍口對準你的是我，明日也許是愛信，那時你會怎麼做，有點令人擔心。」

「不用擔心……那女人不會失手，因為我不會避開。」

宥鎮再一次受到傷害，鬱悶不已。過去欠了黃殷山一條命，未來的生命又交在愛信的手上。所以如果黃殷山下令殺死我，而由愛信開槍的話，宥鎮樂於交出這條命。

「怎麼辦？我覺得好像會是今天，因為我現在就要去陶窯址。」

宥鎮苦澀地自言自語，轉過身去，承才急迫地喊著：「不要做些無謂的事，你守護你的大義，去抓金鎔朱。」

可是這對宥鎮來說，已經是無意義的話了。

請向我走來

愛信離開了酒店，來到藥房打算換衣服，沒想到客棧主人洪波在那裡等著她，傳達了義兵隊長的命令。

「義兵隊長要我去陶址窯找他？」一瞬間愛信明白了隊長是誰了，走向陶窯址的路上，愛信步履沉重，那位曾經藏起真面目的隊長，如今要以真面目示人，對愛信而言是件大事。

早晨天空一片白茫茫，在寒氣逼人的陶窯址，愛信和背著手的殷山面對面站著，白雪紛飛不停落在兩人四周，來陶窯址的愛信穿著之前喬裝打扮的衣服，殷山也不是之前醉醺醺恍惚的樣貌，兩眼銳利炯炯有神，而且他手裡拿的不是陶器，而是槍。

「叫我來的是你嗎？」

殷山帶著錯綜複雜的心情看著愛信。

「我們有事情需要小姐幫忙。」

「……你總是不問我為什麼來這裡買陶碗，師父叫我跑腿來這裡的時候，我就在想你是不是同志，沒想到，你是我們的隊長。」

「出身低賤的人做隊長，讓你很驚訝嗎？」

殷山銳利的質問讓愛信屏住了呼吸。這時候一枝箭飛過來，射進陶窯址的柱子，箭的尾巴綁著塊黑色的布。這是洪波從渡船頭發射的箭，殷山確認了綁在箭尾的黑布。

「我們派了一個人到酒店去，看來狙擊失敗了。」

酒店的狙擊？那時愛信也在場，槍口對準的是宥鎮，那發子彈是同志的子彈，愛信咬了嘴唇，一股不安襲來。

「現在有一個人正在過江，不管他是誰，請殺死他。」

「難道……正在過江的那位人士，是美國人。」

「我清楚他行動的出發點都是基於善意，但是他的善意會使朝鮮陷入危險，從陶窯址入口過橋的人不管是誰，是否做過小姐的船夫，都請殺死他。」

宥鎮說過殷山是他小時候的恩人，言談間的表情依稀可見，愛信凝視著面容無比悲壯的殷山問道：「要做這件事的人為何是我，還有師父在。」

「勝具那傢伙，做事常帶私人感情，無法冷靜用槍。」

殷山要拿槍的人放下私人感情，他大致可以猜出愛信和宥鎮的關係，於是接著說：「我們需要的是毫無誤差能準確狙擊的人，以及，若我們讓那個人活著走出這裡，知道美國人持槍到過義兵基地也無所謂的人，只有小姐符合這兩個條件的。」

殷山將帶著的槍遞了出去，愛信毫不猶豫接下了槍枝，眼神比任何時候都要堅定。

「我相信他如果來到這裡，不是來危害陶工黃殷山的，而是來守護你的。據我的了解，他的行動總是善意的，而且是正確的，這是我現在守護這個位置的理由。」

這是一種信任，相信他總是走在正確的路上，因為他不是別人，而是宥鎮，因此可以信任。

愛信帶著槍，藏身在往陶窯址的橋附近，壓低姿勢，閉上一隻眼睛，槍口對著陶窯址入口瞄準。槍眼裡，有位黑色的身影慢慢走進。和宥鎮相遇的那天，愛信也是這樣舉起槍，做一個狙擊手守護朝鮮。而且，在宥鎮走來的橋上，愛信和他握了手，說要進行「摟哺」。如果這些片刻都是命中注定的話，現在這一瞬間或許就真的是宿命了。宥鎮準確地走進愛信槍眼中停下了腳步。

殷山在橋的對面迎接他。
「去找你的人呢？」
「你只好奇他的安危嗎？」
「殺死他了嗎？」
「你會怎麼對付攻擊你的人？」
「那麼你也能理解現在這個情況吧。」
想要不動搖，想要不憶起那時發著抖的孩子，殷山急忙說道：「朝鮮正在遭受攻擊，美國假裝光明正大，卻暗地裡煽動日本。我手裡雖然沒有槍，但有把槍正在瞄準你，給你一個選擇的機會，在這裡死去，或是離開朝鮮活著。在這局勢下朝鮮人都會變節，要我如何相信一位美國人。」
「我不在乎朝鮮的主權在誰手裡，對所謂的大義也毫不關心。」
宥鎮抓起帶來的長槍再次看著殷山。宥鎮也是個人，不是不會難過心寒的人，但是偏偏對象是殷山，飛貼在臉上的雪花更添一份冰寒。
「我所希望的只有兩件事，您老人家長命百歲，以及高愛信不要死。」
無比沉重的一句話，不管是站在對面的殷山，還是槍口對準他的愛信都銘記在心。
此刻後方傳來沉重的腳步聲，拖著瘸腿一拐一拐的承才，肩上扛著流著血的鎔朱，出現在宥鎮和殷山面前，承才將鎔朱拋在地上，殷山確認摔在泥地上的人的確是鎔朱，驚訝地看著承才。
「那位抓到了他，移交給我們，我便將他拖過來。」
承才用眼神指著宥鎮。
宥鎮推測鎔朱的住處是某個女巫家，當晚便抓到了人。熙星曾接觸買賣土地和房子的掮客，知道女巫的住所，由於這件事關係著營救東魅，武臣會也出動幫忙尋找。

殷山的心情變得更複雜。

「為什麼移交給我們？」

「讓你們自己看著辦，這是朝鮮人之間的事。美國認為我是朝鮮人，朝鮮認為我是美國人，之後我也不知道自己會走向哪一邊，所以機會只有現在。」

宥鎮將握著的槍拋給了殷山，帶槍來這裡的目的只有一個。

「我不會再次逃離朝鮮，所以，請射擊吧，大到無法償還的恩惠，就這樣償還吧！反正瞄準我的槍至少有三把。」

站在後方的承才掏出了手槍，頂著宥鎮的太陽穴，這是一把。殷山手裡拿了一把，剩下的一把就是愛信的，宥鎮知道愛信就在對面，也瞄準著自己。

殷山動搖了，就如愛信所言，宥鎮走在正確的路上。承才對於殷山只握著槍沒有動作開始著急。

「不能就這樣放他走，我們已經經過一次慘痛的教訓，不能再有第二次，請原諒我。」

鎔朱的背叛對他們來說簡直是刻骨的痛，就這樣失去了相完和喜振。承才請求宥鎮原諒，畢竟宥鎮剛饒過他的命，將手槍裝上了子彈，接觸到皮膚的槍口是冰冷的，裝彈的聲音十分粗暴，正想扣扳機的承才卻被殷山攔了下來。

「你走吧！」

殷山低聲地說，就這樣宥鎮再一次被趕走，殷山心意堅決，他的選擇讓宥鎮哽咽，自己的恩人依舊救了自己，但此同時，宥鎮對於殷山依舊只是個異鄉人。

「請長命百歲，我們似乎不會再見了。」

告別後，宥鎮轉過身去。殷山目送他的背影離去，白髮如同凌亂的心飄晃著。

槍口瞄準宥鎮的愛信眼角溼熱，果然他是正確的，因此沒有扣扳機。不是因為珍惜宥鎮，而是她不想讓朝鮮或是任何人滅亡，這是她所知道的方式。不知不覺，宥鎮已在槍眼裡消失。知道自己無法下手，也不會下手，結果還是將槍口瞄準了宥鎮，對不起，明明知道宥鎮會做什麼選擇，還是無法不將槍口對準他，等待他的選擇，那個時刻雖然痛徹心扉，但，那也是愛信，那個下定決心要救國的愛信。

等宥鎮完全消失後，愛信才放下槍，遠處太陽升起，既刺眼又光芒耀眼，無意間，雪已經停了。

愛信回到陶窯址等候殷山。

「小人的請求已經結束了。」

帶著苦澀的表情，殷山走回來告訴愛信，所有的任務告一段落。但是愛信還有一個疑問。剛剛在橋上，宥鎮後面來了兩位男子，讓愛信腦子更為混亂，他們就是宥鎮曾經給她看的照片中，和父親一起拍照的人。

「我仔細想過在哪裡看過這兩個人，從那個人被拖到陶窯址來看，他們似乎是舊識……難道，被抓的那位就是殺死傳教士的人，難道……那位就是殺死我父母的人？」

愛信好幾次隱忍了憤怒，聲音激動。天色雖已漸亮，殷山的心中仍舊無光。

「看來勝具那傢伙沒有把你教好，難道你沒有學過什麼都不能問嗎？」

「什麼都不要問，不要回頭看失敗的起義，要做好受辱的準備，被發現了就逃跑，被抓到了就自盡，死了就埋葬，因此，我到現在連父親母親的死因都還不能問嗎？」

「如果知道了，下一步呢？」

「下一步，到下次再……」

愛信的聲調越來越高，憤怒眼看就要沸騰。

「沒錯，就是那位奪走了小姐父母親的性命。現在你知道了，要把他移交給你嗎？移交給你的話，小姐會親手取他的性命嗎？」

「如果可以這樣的話，應該事先告知才對。」

但是愛信沒有爆發怒氣，而是在深沉之處平靜了，她以冷靜的眼神看著殷山，握著槍按捺住怒火。

殷山一直視她為千金小姐，即使常聽勝具誇她做得好，現在直接和她接觸了，這才了解她具有無人能及的氣概，是位比想像中還堅韌的女子。

愛信一句一句艱難地傳達自己的意思。

「從這人的手中，一位美國人喪失了性命，還有另一個人賭上了自己的命，更有一位失去父母的孩子，即使仇人在前，也只能拚命後退。希望你能做出比我的憤怒更好的選擇。」

好不容易吐出這些話語，在鎔朱手上，如同宥鎮父親的約瑟夫死去，為此宥鎮也賭上自己的命找出凶嫌，加上現在，愛信將握著的槍放在地上，頭也不回地離開陶窯址。

在人來人往的街道上，張貼了新的榜文。榜文中揭露偽造皇帝玉璽的不是美國人，而是附倭人*，已將之逮捕處以死刑。背負冤屈的美國傳教士洗脫汙名，榜文中頌揚他幫助貧困的朝鮮人，將之下葬於外國人墓園。被捲入傳教士殺害罪名的東魅也獲得釋放。

* 附庸於日本或外國，對國家有害的人。

附倭人指的就是鎔朱，將約瑟夫汙名去除，罪名由宥鎮移交的鎔朱擔上，這是殷山對正炆大人的請求。約瑟夫雖然已經過世，但恢復他的名譽是殷山唯一能為宥鎮做的事。

正炆對於不願意供出幕後指使者的鎔朱強行冠罪，處以死刑，但在死刑執行之前，鎔朱就被過去的同志承才以刀刺死了。這是對叛徒的懲罰，也是對生者承才、死者相完，應有的罪。

宥鎮看了榜文，穿過在街上竊竊私語的人群。這樣的結果雖然慶幸，他卻很淒涼，就如同剛回到朝鮮的時候，獨自走在國境的街頭，特別的孤單。

這一刻，對面快速跑來一台人力車，車上坐的是李莞翼，他掩不住笑意看著街上聚集的人群，他的野心終於實現了，被皇帝擢升為外部大臣。面帶笑容掠過了宥鎮。

這是被金錢和權力蒙蔽了雙眼，使盡無數卑劣手段的人，同時也是殺害愛信父母的仇敵。

「我沒有殺死相完，只是密告同志而已，相完和她的妻子是被李莞翼殺死的。他說不會殺害我的同志，我相信了他，那時年輕不懂事。如果我不告密的話，挨李莞翼槍的會是我的妻子和子女。」

在女巫家抓住鎔朱時，宥鎮問他為何在高士弘家附近徘徊，鎔朱回答想把真相告訴他們，同時為自己辯白。但是就算開槍的是李莞翼，將愛信的父母供出的卻是鎔朱，也因為密告，約瑟夫遭受殺害，無法將罪責完全歸咎莞翼。

莞翼帶著其他罪行活著，宥鎮凝視漸行漸遠的人力車，朝公使館走去。

日植從咸鏡道歸來找宥鎮，將約瑟夫在那裡的遺物帶回來交給他。宥鎮走到公使館庭院的後方。約瑟夫當作藥箱使用的木盒是上海的宋領寄出的，從箱子上寫的地址和寄件人，可以十分確定咸鏡道、宋領、約瑟夫和義兵之間的關係。

院子裡小火爐正起火燃燒，宥鎮掏出從鎔朱那裡搶奪的相片，愛信曾經推測相片中哪個是高相完，宥鎮靜靜地看著這張面孔，翻過照片的背面，上面寫著：「李花盛開日，宋領、高相完、金鎔朱、全承才同行，一八七四年春天，東京」

鎔朱揭發了真正殺死愛信父母的凶手是莞翼，並請求宥鎮將照片銷毀。

「我將他們的名字全都隱藏起來，對李莞翼說了謊，所以請將照片銷毀，這是我最後的請求。」

這些的確是莞翼絕對不能知道的名字。

雖然愛信因為這張相片第一次看見父親的臉，還是只能將照片放進爐火中，木盒也一起丟入。「我們是沒有臉孔、沒有名字，活著終究會死的人。」宥鎮理解了愛信的話，熊熊火焰吞噬了照片和木盒，所有的一切都會在熾熱的火花中化為灰燼。

✦

夜裡，愛信避開眾人目光來到藥房，顫抖的手打開了魚腥草盒，裡頭沒有書信，理所當然，不能再奢望宥鎮的情意。雖然心裡頭這樣想，愛信仍呆呆地望著空無一物的盒子，沒有移動腳步，連藥房老闆叫喚也只回答馬上出去，但是視線依舊停留在魚腥草盒上。

「在等待什麼樣的消息？」

聽見腳步聲，愛信直覺認為是藥房老闆，但卻是宥鎮。

「是打算射殺我的女子，看來在等待什麼壞消息，我不知道有多恨你。」

宥鎮的玩笑讓愛信淚水在眼眶裡打轉。

「你還好吧？」

「你現在……在擔心我？」

預料之外的善解人意，宥鎮總是超乎想像的多情、善良、正直。愛信露出不可思議的眼神，宥鎮噗嗤一笑：「我已經習慣了，無論是在朝鮮，或是在美國，都是這樣，人們總是說……我哪一邊的人都不是。」

異鄉人的生活就是如此，沒有落腳之處，沒有可依靠之人，只能站在路上過日子。為了生存必須走下去，就算再苦再累想休息也都要前進，因此宥鎮來到這裡和愛信見面，回想這心寒的生活，宥鎮不禁含淚。他的淚光讓愛信心痛，她伸出了手。

「你是我這一邊的，向我走來吧。」

「想射擊我的女子，叫我牽起她的手？」

「即使知道危險也走進我槍口的男子，是我要牽起他的手。」

愛信的黑色眼珠裡宥鎮挺直而立。即使這位女子不伸出手，即使她為了自身的浪漫，為了祖國而轉身，宥鎮也欣然在背後守護著她，想朝她走去，但是女子早一步走向他，手伸在眼前。

宥鎮抓著愛信的手，將她拉進懷裡，緊緊擁抱著，聽著彼此的心跳和呼吸聲，兩人這才釋懷。宥鎮堅忍的眼淚終於落下，對他而言，愛信是世間唯一的安慰。

藥房門外開始滴答滴答下起雨來，連日的烏雲化做雨滴宣洩，街道也一片溼漉。

泥峴的酒館裡，感覺不太協調的三位男子，又並肩坐在一起喝酒。

「我從來沒有想做什麼的念頭，醫學部念了一年，法學部念一年，文學部念一年，最終都放棄了，但是稍微思考了我這樣到底能做什麼？然後想明白了，我對什麼事都充滿好奇心，很能傾聽別人的故事。」

熙星正興奮滔滔不絕說話，但宥鎮和東魅全然不感興趣，宥鎮反駁道：「他整個晚上自己說不停。」

「我以為我才是從日本留學回來。」

東魅也插一腳。但熙星若無其事回嘴：「我口才又這麼好。」

三個人聚在一起，聽著至今一事無成、也沒什麼想法的熙星，忽然說自己想開始做些什麼，宥鎮想快點結束話題，催促他說重點。

「啊！我還沒說出來嗎？我想創立一間報社。」

說要創立報社，東魅笑了出來。

「希望可以有一個訃文公告欄。」

「會倒閉的，因為你不會選頭條新聞。」

什麼是頭條，東魅也許不懂，但對宥鎮說他很不會選擇這句話完全附議，熙星很泰然闡明自己的理念：「比起誇張的頭條，真實報導一件事應該更重要，一般報社都是朝鮮文和漢文並用，我的報社只用朝鮮文發表新聞。」

說起朝鮮文就讓宥鎮心情不好，轉頭問東魅最近沒有要找的人嗎？東魅等候已久，馬上回答在找咳嗽的人。一說完熙星馬上嚴重咳嗽起來，當時東魅說要找瘸腿的人，熙星馬上就瘸退。他直覺的反應讓宥鎮和東魅無言，同聲一笑。

從酒館出來，月亮高掛在街道上，三人各走各的並非同行，只是方向相同。熙星對無話可說的兩個男子感到不自在，開始感嘆天上的月很明亮，只是因為找話題才抬頭看天空，但事實上今晚的月亮還真的是近來最明亮的。

剛好天空中花瓣正在飛舞，熙星伸出手，一片柔軟的花瓣降落在手掌上。

「看來春天到了。」

是春天的夜晚，確實，下過雪和雨後，天氣變暖和了，也許最後一場雪告知我們冬天的離去，雨則告知春天降臨，熙星似乎因酒和春天而醉得喃喃自語。

「今天我喜歡的東西都在這裡了，我總是喜歡無用的東西，春天、花、月亮。」

原本對熙星的話沒什麼反應的宥鎮和東魅，也回頭看著月夜的春色。在花瓣飛舞的樹下意境深遠，他們就像李花盛開的那一天，一起拍照的四個人一樣，一字排開，即使各自要走各自的路，方向卻相似。

「你可以精確地將花瓣劈成兩半嗎？」

「我可以將你劈成兩半，你要直劈還是橫劈。」

對於熙星的提問，東魅大步走著不眨一眼。熙星誇張搖著頭。

「怎麼這麼殘忍。那你可以精準射中花瓣嗎？」

「在具東魅劈成兩半之前，還是之後？」接下來是宥鎮回答。

熙星隱密地笑著：「真是帥氣的隱喻，我在日本人和美國人之間，一天要死一次，今天的死因是奢華。」

在朝鮮如此荒涼的土地上，冬雪融化春天降臨。解凍的江水在太陽照射下，再次波光粼粼，庭園的水仙花盛開。山谷野花遍野。曾埋葬宥鎮父母和無數人的山，現在也是宥鎮的山了。

幾天前透過陽花，正炆來找宥鎮，之前才打算讓義兵除掉這位美國人，現在又厚著臉皮來訪。即使知道自己厚顏，也不得不來要求宥鎮站在朝鮮這一邊。經過這次事件，正炆了解宥鎮希望殷山和義兵們可以活著，因此他認為如果這個請求可以讓他們活久一點，就不會被拒絕。

莞翼坐上外部大臣的位置，一定會先掌握元帥府，因此正炆再次請求宥鎮擔任武官學校的教官。之前皇帝私下前往光榮酒店親自提出過，但是遭到拒絕。不過這回宥鎮接受了，因為他希望殷山和愛信可以長命百歲，宥鎮提出唯一條件：給他那座山。

宥鎮看著被黃昏暈染的野花想起了母親，她曾說下輩子要化做花，在宥鎮居住的庭園中綻放。

「你已經在這裡綻放了，我要在這裡蓋房子嗎？」

綻放的野花在春風中輕輕搖擺，像是回答思念母親的宥鎮。

「我以春天為理由來問候，我過得很好，你過得好嗎？」

「我有個疑問，李花是什麼樣的花？以李花為理由，賴皮想見你。」

春意越濃，愛信和宥鎮的書信中夾帶的感情也越濃烈。到了李花盛開的四月，花瓣像雪花一樣飄落江邊，他們一起出遊，愛信的臉像花瓣一樣雪白。

「李花是大韓帝國皇室的紋章，從古早的文獻上就有記載，是歷史悠久的花。但是你為什麼忽然對李花感到好奇？」

「……我好奇閣下的父親和同志為了紀念什麼，那時給你看的照片，背面有寫字，在李花盛開的日子，和誰誰誰同行。」

猶豫要不要說的宥鎮先行道了歉。

「不過很抱歉，我把照片燒了，照片上的臉孔和名字都是不能被發現的。」

「啊……我已經記在心裡了，沒關係，謝謝你。」

望著愣愣地道謝的愛信，宥鎮更感到抱歉。愛信輕輕揚起嘴角微笑著問道：「賞花之後，現在該做什麼。握手、擁抱、思念、賞花，接下來呢？」

「……釣魚？」

既然在江邊，宥鎮很自然說出了想法，其實除了和愛信見面，什麼計畫都沒有做，愛信聽到預料之外的答案，驚慌之餘，充滿深情笑了。不管做什麼，只要和宥鎮並肩同行，似乎就很愉快。

江上渡船漂蕩著，兩人手提著釣竿，溫暖的春風讓心更為盪漾，宥鎮悄悄握住了愛信的手，像是獲得了某樣最珍貴的東西，愛信看著這樣的宥鎮，深深地綻開笑容。對視的眼神如此清澈、握住的手如此溫暖，再也不想錯過，江上不時傳來愉快的笑聲。

真是幸福。

秋淨長湖碧玉流，
荷花深處繫蘭舟。
逢郎隔水投蓮子，
遙被人知半日羞。

如同蘭雪軒詩集裡收錄的〈採蓮曲〉，愛信洋溢幸福。

壞心眼

宥鎮回到酒店，將手上握的配飾放在桌上。熙星的母親好善來到美國公使館，向宥鎮下跪，遞出了這塊配飾。好善流淚懇求宥鎮不要讓熙星知道「那件事」，宥鎮動搖了，並不是因為好善，而是因為自己的母親。他耳邊再次響起了母親哭泣的聲音，在院子裡央求主子饒她孩子一命，他們無視於母親的哭喊，但是好善終究也成為了某人的母親。

宥鎮看著配飾陷入沉思，直到傳來敲門的聲音。一打開門，就看見熙星拿著繃帶和藥站著。

「之前看你技術不錯，拜託幫我包一下，這就是酒店裡最多災多難的三〇四號房啊，我終於進來了。」

沒等宥鎮允許，說完話直接進了房裡，四處張望，宥鎮感到不快，為何偏偏是這時候！

「這個配飾為何在三〇四號房裡，這不是我母親的物品嗎？……」

發現配飾的熙星，漸漸含糊其詞。宥鎮的臉色沉重，母親如果和宥鎮有所關聯，一定有什麼緣由，肯定不是好事。

「你的生日是哪一天？」宥鎮打破沉默問道。

「為什麼問這個？」

「因為好奇我的父母在哪一天死去。為了躲避你祖父派的推奴，我幾天沒闔眼，所以忘記了日期。」

為了記住父母過世的日子，宥鎮在逃跑的亡命途中還是努力記憶。過了一天，過了兩天，但是沒闔眼的疲累，連續幾天求生迫在眉睫，最終遺忘了日期，這件事成了他此生之憾。

熙星受到衝擊，一句話也說不出口。宥鎮繼續追問：「是什麼時候？生日？」

「……辛未年四月十七日，還有其他想知道的事嗎？」

「現在我知道的應該比你還多。」

冷淡回話的宥鎮說的是事實。熙星苦澀地點了頭，走出了房門。

熙星深深嘆了一口氣，現在是該傾聽那像雷聲一樣大的秒針聲音了，再也不能把懷表藏起來，或把耳朵摀住遠離那個聲音，自己就像八號球，結果如何都得承擔。

熙星在酒店的後院，將之前在家中工作的長工叫來，長工一見到熙星少爺就想要行禮，但被阻止了，熙星問起過去的事情，到底自己出生那一天，小奴僕發生了什麼事，他必須要知道。

長工帶著狐疑的表情，猶豫了一陣子，才悠悠地說起那段往事：「那孩子……是少爺的祖父還在世的時候，家中奴僕夫婦的小孩。少爺的祖父大監想將孩子的母親賣掉，就把孩子的父親打死了……孩子也遭到毒打。那母親就將懷著少爺即將臨盆的太太當作人質，好讓孩子可以逃跑，她自己投井……那孩子全都看到了，逃跑之後變成大國的人回來了。」

這些宥鎮的身世是熙星過去無法得知的，雖然曾經推測過，事實又比推測更為殘忍，光聽就很痛苦，絕對不忍目睹。曾經，宥鎮用像著了火的嗓音說著：每個人都覺得自己指甲縫裡的刺是最痛的，但別在經歷過撕心裂肺的人面前喊痛，因為那是知不知羞恥的問題。因此，熙星眼眶紅了卻忍住眼淚，因為自己沒有哭的資格。

「居然……」

熙星和長工在後院的對話，都讓東魅聽到了，他喃喃自語：「我還真不知道，那位是奴僕，兩位大爺居然有這麼悲劇的情節。」

東魅的嘴角露出淒涼的笑，那是因為感同身受。屠夫從奴僕身上感受到，在朝鮮這片土地生活有多殘酷才成了異鄉人，現在他們有了同志情誼。

和熙星複雜的心情截然不同的是兩家的婚事。士弘對愛信的婚姻焦急起來。由於好善認為宥鎮似乎不會傷害熙星，安平老爺開心不已，決定向愛信家下聘書，而且劍及履及就選在今日。

愛信聽到消息後，跑到了士弘房間跪下了。

「我知道您會惱火，但我不能再拖延，必須告訴您，我打算不成婚，要獨自生活。」

現在用什麼藉口都似乎無用，愛信決定不再提任何藉口。士弘皺起眉頭，雖然早知如此，但愛信的態度更堅決了。

「這是我聽過最荒謬的話。」

「我想了很久。」

「我沒有問你的想法。」

「您將我送去給莊獵人時就應該知道了，我無法過著成天刺繡、寫書法的日子。我已經走了太遠，無法回頭了。」

送去給莊獵人原先只想保護孩子，沒想到她像爸爸帶頭拯救國家，投入的不是花叢而是火坑，這下士弘更急於要完成婚事，需要有個人來保護愛信，自己離開的日子不遠了，需要有個人能長久愛護著她。

「朝鮮有哪個貴族的女子不成婚，獨自過活，這違反朝鮮的法度，要我被世人指指點點嗎？」

「如果要我拋棄一切的話，我都可以拋棄，我就做個異鄉人。」

「那就跟說『我不想活了』沒什麼兩樣，哪有人在祖父面前這樣說話？」

士弘的斥責讓愛信緊緊抓住裙角，不僅是因為自己無法像貴族女子一樣生活，還有另一個原因，在渡船上，握住的那雙溫暖的手，那天的幸福至今栩栩如生。宥鎮笑得多開朗，不能給他造成傷害，伸出手說：「向我走來，我們一起走吧！」的人，不是別人，正是自己。

「我心中已經有了別人，我要和他並肩同行，獨自一人生活。」

「就算所有理由我都能接受，也不能接受這個理由。你就算拿別的理由來搪塞我，也不該說出這個理由啊！」

士弘發出怒火，在震耳欲聾的憤怒下，愛信咬牙挺住，什麼話都說不出來。只有這樣，和宥鎮並肩同行，獨自一人生活，這是唯一愛信能描繪的未來。

「你成天往外跑，才會說出如此不知天高地厚的話。這全都是行廊大叔和咸安大嬸太放縱你的緣故，來人啊！將行廊大叔和咸安大嬸關到庫房去。」

「爺爺！」

愛信焦急的吶喊沒有起作用。

行廊大叔和咸安大嬸被關在庫房，說什麼都無法讓士弘動搖。愛信跪坐在院子祈求原諒，也表明了絕不成婚的意志，對於家中小姐跪坐在泥土地上，家眷們聚在一起坐立難安，只能乾焦急。

一位男子走到了愛信身旁，是熙星，他毫不猶豫一屁股跪坐下來。

「雖然不知道你犯了什麼錯，我和你一起受罰吧！」

驚訝的愛信呆呆望著他，熙星懷裡有份安平管家要送來的聘書，是在街上碰到管家，得知他手上拿的紅色信封裝的是聘書之後，便表明要自己親自送去。誰知一到就發現愛信跪著，即使不問，也大致知道了緣由。

太陽下山了，不論是愛信，還是愛信身旁的熙星，都沒有動搖的意思。趙氏夫人進入士弘的房間，報告外面的情況，感嘆著：管家說是要來下聘，結果熙星來了卻和愛信一起下跪。是因為開明，還是輕蔑家人之間的約定？該發火的應該是熙星才對。士弘想起了不久前和熙星的對話，憂慮又更深了。

漫長的時間過去，膝蓋失去了知覺。愛信轉頭望向熙星：「你可以走了，這不是可以分攤的罪。」

「你犯了什麼罪？」

「我對祖父說不會成親，心中另有別人。你之前問我有別的情人嗎？是的，我有別的心上人，並且為了他賭上我的一切，我已經無法回頭，也不會後悔。」

這答案也不是猜想不到，熙星後悔問了不該問的問題。不會再問愛信心中的人是誰了，不問也該知道。愛信會對宥鎮微笑，而宥鎮會為愛信憂傷。

「對不起，希望你會遇見比我更好的女人，毀婚對女人而言是汙點，對男人可不是。」

「這時候在這地方說這些話，不知你會怎麼想，我已經和無數女人交往過了。」

「我說的話更過分。」

愛信的話讓熙星無力地笑了。

「你的心裡喜歡別人我早就知道了，即使早知道也無能為力。」

但是現在連自己的一番心意都無用武之地了，愛信先表明了不會成婚，還跪在這裡，不會走向熙星。懷中的聘書顯得很淒涼，熙星將聘書掏了出來。

「這是我們的聘書。而且，我剛剛做了一個很壞心眼的決定。」

「壞心眼指的是什麼？」

看著嚇傻的愛信，熙星很心痛。婚姻理所當然的順序，本來就是約定的雙方相見，成就姻緣，為何變得如此心痛？熙星慢慢地閉上眼睛，再張開。眼前的女子依舊美麗、清新、純真，心中懷抱的理想也是如此。比較起來，熙星罪孽不少，懦弱、猶豫、袖手旁觀、逃避，不能再這樣下去了。

「要賞花的方法有兩種，一種是將花摘下來插在花瓶裡，另一種是外出賞花。我選的是外出在路上賞花。這對我來說是非常壞心的想法，因為我的路上不會有花盛開……我不是讓你相信我嗎？就算不相信我，也要相信我們延遲婚姻的約定。」

「聘書要來了，再怎麼樣也要阻止。」

「用這樣魯莽的方式？這是兩個家庭的約定，需要一點時間來破除。」

「所以你說的壞心眼不是成親？」

「我願意取消婚約，這是我晚了一步，必須接受的結果。」

愛信不再說話，一開始不是很喜歡他穿著洋服看起來柔弱的樣子。現在對他真心感到抱歉，對他錯誤的判斷、對他宣布毀婚、對他的心意都感到抱歉。

「你擔心你自己就好，毀婚的話，會對你留下汙點。」

「這是我希望的。」

「能給我一些時間嗎？我處理一些事，準備好之後，會如你所願，幫你成為一個有汙點的女人，你會相信我吧？」

愛信慢慢點頭，熙星更感到苦澀。

「這是你給我的第一個肯定，居然以這種方式獲得。」

這時熙星的管家跑了過來，神情十分惶恐，主子拿走了聘書一去不回，不能再等下去便跑來了，到底是什麼事啊？對於管家的提問，情況又更複雜了。

「現在的情況我事後再直接跟家裡稟報，你就轉告我父母，說我回酒店去了，現在你看到的要保密，明白了嗎？」

這氣氛看起來不尋常，管家點著頭，便離去了。愛信直說對不起，要熙星快點回去，熙星也打算回去，沒有想在這裡一起跪著。

「我們先結束你的處罰，也要救家眷出來，長輩們總是需要一個藉口，你就扶住我吧。」

熙星話一說完，噗一聲，往旁邊倒下，事情一下鬧大，一旁看管的家丁嚇了一跳、喧譁起來。愛信慌張之餘扶住了他，熙星躺在愛信的膝蓋上像死了一樣。也許是第一次也是最後一次能躺在愛信身邊，心情也平靜了下來。

「大人、夫人，少爺昏倒了。」下人在院子喊叫著，趙氏夫人打開門走了出來，看到院子這一幕，深深嘆了一口氣。

「身子這麼弱！石鐵去把庫房門打開，讓咸安大嬸去趟藥房，少爺給行郎大叔背回家吧。」

趙氏夫人處理完事情回到房間，熙星偷偷張眼看著愛信，愛信輕輕說了聲「謝謝」，熙星微笑著，再次閉上眼。

愛信有一段期間沒去學堂了，宥鎮偶然間得知消息感到憂心，以給酒店的秀美拿藥為藉口去了藥房。但是魚腥草盒空無一物，愛信也沒有來藥房。宥鎮臉色沉重回到酒店，在櫃台等鑰匙的時候，熙星從後方出現，宥鎮手中拿著藥材，熙星的手裡拿的是紅色的聘書。

「我們差點要在藥房碰面了，我今天本來想去藥房的。」

「你哪裡不舒服？」

「我全身不舒服，剛剛又更不舒服了，對我而言是壞消息，對三〇四號或許是個好消息。」

宥鎮聽不懂他的話，熙星看到了宥鎮眉頭緊鎖，接著說：「第一，我現在知道的和三〇四號一樣多了，關於家族的罪行和三〇四號的悲劇，我現在還不想道歉。」

「我沒期待過。」

「為什麼，因為兒子會像老爸？」

「即使現在不道歉，你將來總是會道歉的。」

喪失了婚約，熙星理所當然可以討厭宥鎮，但是卻無法討厭，不光只是因為家族的罪惡，也因為明白愛信為何傾心於他，宥鎮就是一位穩重又賢明的人。

「既然有第一，那第二呢？」

對於宥鎮的提問，熙星咬著下嘴唇：「第二，關於那女子的消息，我總是比你慢一步，但這次消息我最早知道，不過我不告訴你，因為我想讓三〇四號最晚知道。」

即使情況至此，熙星最後還是想以愛信訂婚者的姿態自居，說完跛著腳爬上樓。宥鎮失神望著熙星的背影。

陽花走到櫃台遞三〇四號房門鑰匙給宥鎮，宥鎮請她將藥包轉交給秀美。

「那我的呢？」

沒想到陽花會這樣問，宥鎮慌張眨了一下眼，順口回答那就一人一半。陽花開了玩笑，看著慌張的宥鎮，也不埋怨只是笑著。宥鎮突然想起，陽花那時來敲門看見變裝的愛信，竟然不覺得訝異，一直沒機會問她。陽花彷彿看出了他的心思：「上次來拜訪的你的好朋友，和我有共生關係，我們互相抓到對方的把柄，感覺你很好奇。」

「我是很好奇，你們見面時互相不感到驚訝，反而讓我很驚訝。」

「你那位好朋友好像快成親了。」

一直很坦然的宥鎮面部忽然僵硬，陽花稀奇地望著他。

「剛剛熙星手上拿著的，是一般要成親時，新郎家要送的聘書。」

「……我好朋友有未婚夫這件事，我好像常常忘了呢。」

頭皮發麻悵然若失的宥鎮喃喃自語。明明是早就知道的事，每次要面對的時候，總是心中刺痛著。

宥鎮回到房中，沒脫外套就呆坐在床沿。自己留在朝鮮，也不是想成為愛信的什麼人，只是想留在她身旁守護著她，當她說著走向我吧，一度相信真的可以跟她肩並肩走著。

風從開著的窗颳了進來，分不清那是風聲還是浪花的聲音。宥鎮的思緒跑到海邊，跟愛信在一起看著東方日出，聽著浪濤的聲音，宥鎮和愛信聊著像是已成定局的未來。

「之前閣下問過我是否會成親，我一直認為那是很遠的事，你問了之後我便開始思考，如果取消婚姻會怎麼樣？我會被趕出來吧？這樣的話我得去上海，在上海應該也有可以守護朝鮮的方法，我或許還可以和父親的同志見面……」

「我呢？」

母親也是，愛信也是，都沒有想到很久之後的宥鎮，只能帶著悲傷的心問著，那我呢？我應該怎麼辦？

「閣下呢……那時應該回到美國去了吧，我在想像的時候，你沒有在我身旁，但今天你出現了，我就滿足了。」

愛信說「這樣便滿足了」的聲音，和那天的浪濤聲彷彿在宥鎮的耳邊響了起來。

愛信的房裡很冷清，像被浪濤捲走了所有的東西，她獨自想起了宥鎮，拿出其中一封書信來讀，流下了眼淚，想要忍住轉頭看向窗外。從開啟的門縫中看見花瓣飛舞，飛舞的花瓣也無法安慰愛信。很想念宥鎮。互通姓名、握手、擁抱，接下來好像是思念，就如宥鎮寫的話，愛信思念著宥鎮。

再見

行廊大叔在士弘的房門前通報大監大人，家丁又開始聚集在後院觀望，真是不得一日安寧的家，士弘假裝咳嗽走進院子，眉頭一下子皺了起來。

「美國人到我家來有什麼事嗎？」

士弘帶著警戒詢問，宥鎮點頭行禮：「聽說您找我，所以我來了。」

「我有什麼緣由要找美軍……」

搞不清楚緣故的士弘，突然醒悟收住了話。

行廊大叔和咸安大嬸沒有事先通報，就來到美國公使館辦公室來找宥鎮。轉述小姐對祖父說她心中有了別的情人，所以無法成親。

聽到這話，宥鎮的心怦怦跳，明白了為什麼這段期間愛信無法到學堂，也沒有辦法來藥房的原因。也知道了熙星所說，希望我最晚知道的消息是什麼了，愛信就是他口中說的女子。原來她說「向我走來」的時候，是真的想要一起並肩同行，我們也可以歷經艱辛走在同一條路上……

連咸安大嬸都受到牽連，宥鎮開始擔心，因為他知道愛信的家庭和士弘的脾氣，愛信該有多痛苦，身心一定遭受極大的傷害。

行廊大叔和咸安大嬸前來拜託宥鎮，只要去對大監大人說，小姐只是經過的一陣風，所以請不用擔心，自己一定會離開的。因此宥鎮不假思索，就第二次來找士弘。

這對士弘而言是想都不願想的荒唐情境，他竟一時開不了口，叫周圍的人退下，把愛信喚來，眼中散發著怒氣。

「是這個人嗎？愛信說的人，就是他嗎？」

士弘的大喝沒有讓宥鎮動搖，他不是受行廊大叔和咸安大嬸所託，來讓士弘消氣的，既然愛信下定決心，他便要回應這個決心。

「是的，就是我。」

宥鎮跪坐在士弘的房裡，之後愛信被叫來，她的粉紅色裙襬若有似無觸碰到宥鎮的手指，很想立刻轉頭看看她的臉，但是不能這樣做。

「現在對於我的疑問，不需要道歉或是狡辯，只要立刻回答，愛信說她心中有你，是真的嗎？你們心意相同嗎？」

「是真的，我們心意相同。」

士弘像天垮下來一樣，哀怨而憤怒地看著宥鎮和愛信。愛信抬不起頭，對於宥鎮和祖父都懷著負罪感，因為她的選擇，她所深愛的兩個人，所珍惜的兩個人都處於艱難之中。

「我真的無法理解，你現在到底是哪國人？又不能把血換掉，注入新血，朝鮮人怎麼可以變成洋人，你賣國了嗎？」

「我為了活下來離開了朝鮮，又為了做美國人加入美軍，我必須存活，所以接受命令來到朝鮮。」

「美軍是侵略朝鮮的軍隊。」

為之氣結的士弘，嚴厲指責愛信：「你怎麼可以帶這種人來我眼前，認美國為祖國的人，他是要奪走朝鮮主權的先鋒部隊，你到底要和這種人在一起做什麼，一起去死嗎？」

「要一起……活下去，我想要活下去。」

愛信的回答讓士弘更覺得荒唐，宥鎮接話了：「美軍是侵略者沒有錯，但是我希望朝鮮可以安全。」

「教我如何當真，穿著美軍制服的人，為何要擔心朝鮮的安危？」

「……很久以前，我好像見過您老人家。『奴僕眼光放太遠的話，是會短命的』，這是我離開朝鮮前，您對我說的話，我們現在又見面了。」

打算把一切都攤出來，因為宥鎮知道士弘是什麼樣的人，又是如何為愛信擔心，宥鎮不想隱藏任何事。他的話讓士弘想起了那個少年，原來就是那孩子啊，士弘再次受到衝擊，命運般的擦身而過絕非偶然，而那個孩子是個奴僕。

「你、你都知道了嗎？這傢伙的出身，既然知道還……」

士弘驚慌失措，嘴角顫抖著，愛信怕他又要說出傷害宥鎮的話，急忙阻擋。

「我的出身對他是一種傷害，他已經渾身是傷了，我又在他心上添了一道傷痕。他的出身不是他的罪過，他向我走來的每一步路有多遙遠，我在跑向他的時候才了解了，所以請不要再……」

士弘看到愛信用心想要保護宥鎮，一時語塞。其實愛信的心意早在她挺身說出要守護朝鮮的時候，就看得出來了。

愛信拜託宥鎮趕快離開，宥鎮知道他的心意，舉起帽子站了起來，即使士弘看都不看他一眼，他還是恭恭敬敬行了禮，走出了大門。連關門的聲音都讓愛信感覺到刺痛。士弘布滿皺紋的眼角看著愛信，怒氣消退後，剩下的只是悲傷。

「……你怎麼可以給我帶來這種屈辱，貴族的閨女說心中有個男人已經讓人震驚，居然跟那種人……我若知道從我孫女嘴裡說出這樣的話，早就自行了斷。」

祖父的感嘆，愛信連大氣都不敢喘一下，沒想到會令他如此悲憤，愛信抓緊裙角，強忍住眼淚。

「你就算取消婚約，也不能跟他在一起，即使我入土了，你們也不能在一起，你不能讓我看到你那副模樣，你就這樣獨自老去吧，之後你的生活就像出家人一樣，這是你選擇的結果。」

「……遵照指示。」

看似早有心理準備，不敢多做期盼，孫女如此平靜地回答，士弘再次感覺老天崩落下來。

愛信從士弘房裡走出來，看著空蕩蕩的院子悵然若失。大門被關上了，門口還有看門的守衛，她沒有思考的餘裕，開始向後院奔跑，身體動得比腦快。高牆的下方放置了大小不一的醬缸，愛信跑著踏著醬缸翻越了圍牆。森林小徑開滿了水仙花和各種野花，她沿著鮮花奔跑，能看見背影也好，就算看見思念的人揚起的衣角也好，就這樣奔跑吧。

聽見後頭急促的腳步聲，宥鎮回過頭去，是愛信，愛信正向自己跑來。就像被風吹起的花瓣一樣，宥鎮飛快下馬，走向了她。

跑向彼此的宥鎮和愛信，呼吸急促，連對望都很辛苦，看著大口喘氣的愛信，宥鎮抒發了牢騷：「剛剛不是叫我離開。」

「我沒想到你會走得這麼快。」

「我以為要儘快離開。」

「因為還沒有……好好道別……」

宥鎮悲傷地微笑。

「所以才跑到這裡來，還翻了牆。」

「因為我不知道何時才會再見到你……」

宥鎮握緊了拳頭，這回答令人惆悵，仔細觀察愛信的他突然睜大雙眼，發現她有一隻鞋掉了都不知道，只穿著布襪站在他面前，便想起了那天愛信在洋服店害羞的模樣，這樣的她也會不知道自己掉了唐鞋，奮不顧身向自己跑來。宥鎮掠過愛信身旁，走往她跑來的路上，撿起掉在泥地上的一隻鞋，再走回來，愛信這才知道自己只剩一隻鞋。

宥鎮屈膝小心翼翼拍掉沾染在愛信布襪上的泥土，然後將唐鞋靜靜地放在前方，每個動作細緻又深情，愛信忍著眼淚將腳放進鞋子裡。

「……請你體諒我爺爺。」

宥鎮站了起來，和愛信相視，嗤嗤笑著。

「我反而要感謝他，多虧他我才可以看見你，你們很相似，我還納悶你是像誰才會那麼帥氣，你回去吧……改天再見。」

好不容易說出了再見，愛信點點頭轉過身去，再次朝家的方向跑去，這時眼淚才奪眶而出。

沾滿泥土的腳踏進房門，愛信像崩潰似的蜷縮著哭泣，手背也止不住潰堤的眼淚，因為和祖父的約定如此，再也不能和宥鎮在一起了。

空留無數的想像，和宥鎮自由自在並肩同行的想像，在宥鎮居住過的紐約街頭幸福玩樂的想像——愛信身著洋裝洋鞋，宥鎮一身洋服搭配帥氣的鞋子，在那裡，即使男女並肩同行也不會被人盯著瞧。愛信學習世界有多大，地球真的是圓的嗎？星星從哪裡升起，又從哪裡落下？下課之後，便去找宥鎮，宥鎮坐在噴水池旁邊看著愛信，笑著揮手，愛信害羞了一下，久久覺得幸福。某一天，兩人一起前往賣音樂盒的店家，聽著喜歡的旋律，站在店門前好一陣子。

「我們還做了些什麼？」

「……太陽下山，我們便分開了，聽說西方的戀人，道別的時候會親吻對方的臉頰，說再見（Goodbye）。」

「不要說再見，我們說改天見吧（see you）！」

「改天見，改天再見。」

宥鎮回到酒店的房裡，想起了愛信在海邊時說給他聽的各種想像。連在想像當中，都必須要分離。但是宥鎮不想放手，因為在回來的路上，愛信掉鞋子那雙可憐的腳，還是堅持向他跑來。愛信並不知道，那一瞬間，宥鎮決定賭上了什麼。

「約瑟夫，我想我終於快到了，因為我找到了立足之地。」

宥鎮用手指靜靜地撫摸軍服上的名字。

士弘獨自站在院子望著夜晚的天空，憂愁讓他的肩膀更顯沉重，這時穿著黑色浴衣的東魅翻過後牆，突然現身。行廊大叔立刻跑到士弘的身邊保護著，在後院的咸安大嬸和家丁們開始騷動，愛信因騷亂走出房門時，一排家僕正聚集在一起，有的拿著火把，有的拿著棒棍，其中曾經跟東魅報告士弘家中消息的石鐵，更是直勾勾盯著東魅。

行廊大叔檔在士弘面前用手指著東魅：「這人非常凶惡，是幫日本人辦事討飯吃的傢伙。」

士弘帶著怒氣打量著。

「這樣的小子為何要翻過我家的牆？」

「我是誰並不重要，你沒必要知道，我只是來轉交一樣東西。」

東魅從懷中掏出一封書信遞過去，行廊大叔接下來看了一眼急忙遞給士弘，這封信是之前寄給各地儒生的信件，為什麼會落在這人手上，士弘驚訝地看著他。

「書信似乎沒有被寄送出去，剩下的都被燒掉了，我得到最後一封，看來有人盯上了這個家，我能說的就到這裡了。」

之前東魅將拷問他的警務使和郵遞司總辦叫來罰跪，並威脅他們說出為何要從他的嘴裡說出高士弘的名字，才得知了理由，郵遞司總辦為了獲得麻藥奪來了士弘的書信，因此東魅翻牆而來。

「要我相信一個穿著日本衣服，又會翻牆的人說的話嗎？」

東魅明知道自己不受歡迎，還堅持要來，全都是因為愛信。從她那收下的五十圓銅板還握在手掌心。

「老爺，因為我收了錢，所以暫時會做朝鮮人。」

東魅報告完之後，就循進來的方式，毅然翻牆而去。士弘鎮定住慌張的心情，手握書信呆立著，負責交付寄件的行廊大叔同樣感到驚慌，同時也十分擔心，這件事實在太危險了，東魅的話雖然不能完全相信，但至少危險的狀況是事實。

「我的對策已經被閱讀了，即使還不至於構成傷害，我也已經處於危險之中，如果那小子沒有把信帶來給我，我會為了儒生沒有回應而感到絕望，既然信件根本沒有送達，不就表示我們還有一線希望嗎？你隱密請莊獵人來一趟吧。」

士弘冷靜回應了行廊大叔的擔心，行廊大叔點頭接受命令。

愛信對於翻牆進來和祖父見面的東魅滿腦子疑問，周圍沒有人可以解答，最後想到了陽花，馬上叫來女商販，給陽花傳了一封信。

「具東魅交了一封信給祖父就走了，我很擔心祖父，你似乎跟具東魅有所連繫，所以情求協助。請幫我打聽他是基於何等緣故。雖然我們不是同一聯盟，還是拜託了。」

陽花接獲愛信來信，在房內讀著露出輕蔑的微笑。

「她以為我什麼都知道嗎？」

「忙嗎？」

正巧在這時候，有人敲了門，東魅稍稍推開房門，從門縫詢問。

陽花收起了信件，叫他進門。東魅笑咪咪地，要陽花跟他一起出門。

「我要送你一套和你一樣美的春裝，答謝你關照小螢。」

「這樣的話，你要感謝的不只我。」

雖然東魅並不知道，但鈴木想要抓走小螢的時候，愛信一起幫忙修理了他。陽花噗嗤一笑：「我不要衣服。送我別的，我衣服很多。你為什麼翻牆去高士弘老爺家？」

「沒有你不知道的事啊。」

「聽說你交給他了一封信，為什麼？」

真令人驚訝的情報力，東魅問陽花，想把這情報賣給誰？

「高愛信。」

東魅的臉瞬間凝結，光是聽到愛信的名字臉部表情就開始不同，這樣的東魅在陽花眼裡既可笑又可憐，對東魅細微的變化全都瞭若指掌的陽花，從某一瞬間也變得可笑了。

「祖父碰上了具東魅，會擔心吧！你可以透露到哪種程度？」

「叫她直接來找我，我會告訴她。」

「我討厭看到你那副模樣，告訴我吧，要不要說我來斟酌。」

「真的解除婚約了嗎？」

「你希望如此嗎？」

陽花表情微妙仔細看著東魅，東魅恍惚的神情正奇妙觸動著她的神經。

「不希望，這樣好像她會走得更遠。」

「但是好像解除婚約了，剛剛外出的熙星臉上神情黯然，跟現在的某位一樣。」

像使心計故意讓東魅得知消息，東魅的臉色黯淡下來。陽花看出他的感情卻裝不知情，如果不這樣的話，好像會一下心情變差。東魅陷入思索凝視著虛空。兩人互相別過眼去，想著別的事情，彼此之間一片靜默。

寬敞的正殿中，坐擁龍榻的皇帝手卻在發抖。自從約瑟夫被殺害，李莞翼坐上外部大臣位置之後，皇帝的身心日漸衰弱，彷彿日本的刀槍已經逼近眼前，晚上無法入睡，甚至出現幻影，讓守護皇帝的正炆大人內心非常焦急。

為了安撫皇帝的不安，正炆盡了全力，正巧內官稟告美公使館人員入殿，這天是皇帝任命陸軍武官學校教官的日子，內定人選宥鎮入宮，讓皇帝鬆了口氣，表情轉為開朗，眼前這位是莞翼那隻手無法玩弄的唯一人物，皇帝充滿新的期待。

宥鎮身著正裝，行禮之後站在皇帝身旁，在嚴肅的氣氛中，皇帝展開了任命狀：「朕身為大韓帝國皇帝，任命美國海軍陸戰隊大尉尤金崔為大韓帝國陸軍武官學校教官。」

皇帝讀完任命狀，令內官送上裝有太極旗的盒子給宥鎮。

「皇帝陛下為了激勵教官，親自賞賜大韓帝國國旗，教官就收下吧。」

「聖恩浩蕩。」

在正炆的教導下，宥鎮對皇帝表達了感謝。盒子裡的太極旗摺疊得漂漂亮亮，曾經在朝鮮身為奴僕，又逃亡到美國，他靜靜地看著旗子，感覺有些陌生，但是它象徵珍愛的人所守護的祖國，一種奇妙的感覺包圍著他。

「教官負責大韓帝國武官的養成，盡力將學生栽培成精兵吧。像貴官這樣的人，即使只守住這個職位，也是國家很大的安慰。」

皇帝發自真心感到安慰，宥鎮的視線從太極旗移開，看著比上次見面更顯憔悴的皇帝，一旁的正炆又小聲地教導禮節。

「聖恩浩蕩，陛下。」

宥鎮深深一鞠躬，即使還有些生硬，但已經將之視為自己所立足的地方。

離開正殿走出宮中的宥鎮，停在一株李子樹的下面，白色的花瓣落在他肩膀上，想起了和愛信一起賞過的花，望著呆了。這時朝宮中走來的尹尚宮，後面跟著奉嚴妃娘娘之命入宮的愛信，她發現了宥鎮驚訝停住腳步，沒想到會在這樣的場合碰面。嚴妃娘娘想要針對新學問和學堂尋求建議，陽花推薦了愛信。在家不得自由的愛信因為宮中的傳喚得以外出，也因此能和宥鎮相會。

兩人彼此投以愛憐的眼神，但是愛信在尹尚宮引領之下，不得不與宥鎮擦身而過。

「我是美國海軍陸戰隊大尉尤金崔。」

宥鎮蹬著皮鞋咯噔咯噔走到尹尚宮和愛信面前，開始自我介紹，面對突如其來的美國軍官，尹尚宮一群人停下了腳步。

「受命皇帝陛下，今天起擔任大韓帝國武官學校的教官。」

「啊！想說是誰，原來擔任那麼重要的職務……」

尹尚宮點著頭，不由自主地回答。宥鎮雖然是面對著尚宮，視線卻穿過她看著愛信。愛信今天裝扮得特別美麗，她也知道這番話是對自己說的，靜靜側耳傾聽。

「我會認真教導的，因為教導的學生可能會成為某人的同志，我的真心希望能夠被傳達到。」

「真是優秀的人品啊。」

尹尚宮發自真心回答。愛信心頭一熱眼角泛光，激動想當場說聲「謝謝你」，還想說聲「我很想見你」，應該還要說聲「很思念你」。想說的話真的很多。

「在宮中這樣偶然相遇，實在太美了，我十分驚訝，這就是李花啊，不就是大韓帝國皇室的紋章嗎？，如果一年四季都能見到就太好了，我的想法真是不切實際。」

「真是可惜……這花只有在春天才開……」

「如此相見，非常開心。」

尹尚宮雙頰微紅，愛信和宥鎮透過她彼此對話著。月亮移動遮住半邊太陽，天色漸暗中只有白色的花瓣飛舞閃閃發光。

這天是月亮遮住太陽的日蝕之日。

真心

愛信和陽花再次對坐在麵包坊。陽花介紹愛信給嚴妃娘娘，卻也透過嚴妃捎口信，說想見上一面。坐在陽花對面的愛信，冷淡地說：「不知道你連嚴妃娘娘都行得通。」

「是說我很無禮嗎？」

「是有點無禮，我更認為，你在對我炫耀你的人脈。」

「我想快點答覆你，從具東魅那聽到的內幕。」

陽花莞爾一笑，對於打聽東魅的葫蘆裡到底賣什麼藥相當有自信，愛信則是始終輸掉的心情。

「愛信小姐的祖父對全國各地寄出了信件，但是信在到達前好像全部都被燒毀了，其中僅剩的一封落在了具東魅手裡，他想要交還原主人，所以翻了你家的牆。他無法讀書信內容，所以不知道為何被燒毀。只有一樣可以推測，具東魅親自翻牆，是為了想要救小姐的祖父。」

愛信黑亮的眼睛震驚著，祖父的行動、東魅的抉擇都讓他感到驚訝。從哪一天開始，東魅不是自己想像的東魅？將血抹在我裙角的東魅，用語言傷我的東魅，如今在保護我？就算是心不甘情不願的，但是他連祖父都想保護？愛信一時啞然。陽花在轉達時，發現東魅的選擇都是為了愛信，有種奇妙受傷的感覺。

「這答案可以嗎？」

「謝謝你。」

「既然如此，你也能回答我一個問題嗎？熙星的手上握有一封聘書，但你的手中握著虛空的希望嗎？」

「不要試探我，你應該知道理由。」

愛信的回答斬釘截鐵，陽花撞見自己在宥鎮房裡，應該就能猜出大半了，她是這樣的女人。

「那天我不是第一次來，你應該也知道。」

「我看到你進來過一次，那天又看到你出去，進來和出去不是同一天，你好像一直待在這房間裡一樣。」

意外的從別人嘴裡聽到自己悲傷的感情，愛信的心激動著。

「不用謝我，我也從你那得到幫助。」

「今天要謝謝你，讓我從牆內逃脫出來。我該走了，因為還在受罰。糕餅的費用我來支付。」

愛信起身要走，陽花在座位上問著：「多謝招待，宮中如何？」

愛信第一次進出皇宮，而且是和要設立新學堂的嚴妃娘娘見面。但在愛信的記憶中，皇宮只有李花飛舞的樹下，和宥鎮見面的那方空間。

「……我差點哭了，還好最後笑了。」

不知不覺，愛信的視線飄向遠方，向宥鎮飛去。

宥鎮受皇命之後的第二天，就身著軍服，踏進武官學校的院子。挺直站立的宥鎮充滿威嚴，但武官學校的學生全都是貴族的孩子。在貴族家庭誕生，走路慢吞吞，所有的用品有下人幫忙提。宥鎮看到這光景不由得心中鬱悶，走出助教列前方，向著學生說：「我是從今天開始，教導各位的美國海軍大尉尤金崔，名字是尤金，姓氏為崔。雖然你們不會叫到我名字。」

宥鎮的自我介紹在學生群中引起騷動，他是美國人，以及他的名字是「尤金」「崔」，對他們都是新奇的事。

宥鎮絲毫不為所動，接著說：「未來我會教的是：如何不會死。我的課程不長，但很辛苦，我也不常上課，但上了會很辛苦，你們好好上。」

二十名男學生中，不知道能夠完成訓練的有幾名，宥鎮悄悄地嘆了一口氣，即便如此，為國戰鬥的是這群人，不論如何都要讓他們成為可以戰鬥的人。

宥鎮仔細觀察每個學生，目光停在其中一位青年，是曾在當鋪擦身而過的俊英，他原是貴族的少爺，父母想要懲辦李莞翼，沒想到李莞翼反過來誣陷他們為東學黨，因而遭到殺害。俊英兄妹三人失去了貴族身分，很辛苦地生活。

長大的俊英打算進武官學校，但是需要有貴族身分的保證人，當鋪的日植和春植向宥鎮說明此事，要求他在偽造文書簽保證人，日植以保密前往咸鏡道的事做為交換，並保證在武官學校絕對不會暴露此事，他們完全不知道宥鎮就是武官學校的教官，才會說這些話。

因為自己的簽名，俊英得以進武官學校，宥鎮直勾勾看著他。

武官學校的院子裡，學生十分生疏地接受訓練，李莞翼跛著腳一拐一拐和軍部大臣闖了進來，排好隊伍的學生開始分神散亂。助教對於這位不速之客忐忑不安，俊英等幾個學生則是無言瞪著他。

站在學生之間的宥鎮發現是莞翼，拿起槍裝填子彈，像是在示範姿勢，卻不是擺擺樣子。他快速射出了子彈，子彈斜射過莞翼向靶子飛去，槍聲讓學生和軍部大臣都嚇了一跳，向後退了一步。

靶子就在莞翼和軍部大臣的正後方，差點被射中的莞翼瞪著宥鎮，懷疑宥鎮瞄準的到底是靶子還是自己。

宥鎮不理會大家的反應，將槍托靠在肩上大喊：「這樣很難嗎？這個姿勢哪裡難？把槍托像這樣固定在肩膀……」

槍的準星裡有莞翼，宥鎮的眼神一剎那冷漠起來，因為愛信的仇人就是自己的仇人，他忍住憤怒又一次扣了扳機，子彈再一次偏離了莞翼後方的靶子。突如其來的行動讓學生瞠目結舌，宥鎮卻像沒事般宣告課程結束。

莞翼和軍部大臣穿過四散的學生向宥鎮走去，一臉的怒氣：「怎麼有這麼粗魯的歡迎方式，我還在懷疑國防經費都用到哪裡去了，子彈可以這樣隨便亂用嗎？我還不如把那個錢拿去買冷麵來吃。」

「這是美國海軍的補給品，你可以不用擔心。」

本來莞翼當上外部大臣後，下一個就是要裁減元帥府，但因為宥鎮，計畫被打亂。武官學校是皇帝直屬的元帥府管轄，因此莞翼太晚得到消息，第一次出現這樣的眼中釘，他思索著如何處理。

「看來美國水準還真不錯，確實比朝鮮人大膽，那我就直截了當問了，你是怎麼認識李正炆？他在想什麼，為何要把你安插進來？你攻擊李世勛的事也是如此，難道你是李正炆的密探？艾倫知道的話，會就此罷手嗎？」

如果這點恐嚇就想逼退宥鎮的話，今天他也不會站在這個位置了，他和莞翼至今打交道的人士不同，因為他沒有什麼可失去的，只希望某人不要再失去任何東西。宥鎮做好拋開一切的準備，也因此他很強大。

「你似乎想這樣誣陷我，要不要試著誣陷看看。」

另一處，有一個殺氣騰騰的視線對準莞翼和宥鎮所在的地方。

「砰！砰！」

這個人從嘴裡發出了槍聲，宥鎮和莞翼順著槍聲轉過頭去，俊英正在假裝練習使槍，莞翼發了脾氣：「我們正在談重要的事，誰在那邊吵鬧。」

「那位同學，把槍枝歸還，下課，立刻行動。」

助教聽到宥鎮的指令，跑過去拉開俊英，俊英邊走還邊回頭注視，莞翼沒有把他放在心上，只是警告宥鎮：「再繼續挑釁看看，要殺掉一個有美國名字的朝鮮人，不算什麼難事。」

「話說在戰場上，局勢不明的時候先攻擊再說。我也是，要除掉一個有日本名字的朝鮮人不是什麼難事。因此您在朝鮮請好好保重。現在回頭看，坐上外部大臣位置的人，好像全都死了。」

反而莞翼遭受了警告。

宥鎮和俊英在武官學校的教務室裡對看，俊英在稍息中被叫過來，一臉不安詢問原因，宥鎮拿起桌上的入學資料問道：「你怎麼認識美國公使館的代理領事？」

宥鎮的質問讓俊英木然。

「看了看你的入學資料，上面保證人欄有他的簽名，你跟他熟嗎？」

俊英不知道偽造文書被揭穿，決定要堅強以對，無故膽怯只會令人起疑。

「教官跟他熟嗎？」

「這個，應該說熟嗎？還算熟吧。」

俊英開始焦慮，宥鎮如果去找他，一切就露餡了。

「……難道你要去跟他說我的事嗎？」

「我不會去說，但他應該都知道了，你偽造文書的事？」

「那位人士並沒有錯。」

俊英驚慌喊著，覺得很尷尬，宥鎮看著他，從容不迫說：「不是吧？領事代理直接在文書上簽的名，明知道是偽造文書還簽，這個一般我們稱為共犯。」

「為什麼教官全都知道？」

「因為在偽造文書上直接簽名的領事代理就是我。」

俊英驚慌不已，被逮個正著，一時低頭不語。在當鋪他們說沒事不用擔心，沒想到事情會出錯，他彷彿地層下陷嘆了一口氣：「那麼我會如何，被退學嗎？」

「這個嗎，現在你有兩個選擇，殺了我堵住我的嘴，或相信我堵住我的嘴。」

「為什麼兩個結果會一樣？」

「因為你還沒有實力可以殺我，而我還在考慮要不要為年輕又幼稚的學生當真正的保證人。」

答案出乎意料，但俊英無法放下警戒之心，因為他無法相信任何人，在父母突遭不測下長大，沒有人幫助過他們兄妹，生存只靠心中那股狠勁。

「……但是你為什麼要這樣做？」

「因為我做得到。」

有那麼一段時間，宥鎮就像俊英一樣，除了活下來之外，對於報仇什麼事都做不了。但是現在宥鎮有能力做的事很多，這是其中一件，並且，好像還有另外一件可以做的事。

讓俊英回去後，宥鎮前往熙星的家。

「你這混蛋，什麼時候攔截了聘書，現在才爬過來，這臭小子。」

熙星搶了聘書後隔日大白天才回家，安平抓著他後頸大聲斥責，好善也心裡不是滋味，問兒子半途劫走聘書想要做什麼，兩老喋喋不休，熙星跪在他們面前。

「這故事我等一下再說，首先我要成立一家報社。」

「什麼？成立什麼？報社？你錢從那裡來，我又沒有給你錢！」

「爺爺給了我帳冊，我正從帳冊裡的人那裡勒索資金。」

無比荒謬的話讓安平啞口無言，安平和好善都不曉得帳本的存在。

「帳本是給我的，我正在好好利用中。接下來我要說聘書的事。我決定取消婚約，婚約要由男方取消，請兩位為我取消婚約吧。」

熙星的表情坦蕩蕩，好像成立報社和取消婚約都不是什麼大事。善眼前一陣黑，抱著發暈的頭，一向愛玩的兒子似乎瘋了。安平以手指著大聲斥責：「你都三十歲了還想要幹嘛？你該要傳宗接代了，延續家中的香火。你祖父生前做的最好的一件事就是這門婚約，為什麼要取消？」

「沒錯，爺爺給我的，全都是別人一輩子連欣賞都無法欣賞的貴重且美好的東西，其中我最想要的……就是這門婚事。」

熙星放在膝蓋上的拳頭握得緊緊的，其他的不繼承也好，沒有帳本也沒關係，懷表和漢城的土地也全都不需要，和自己訂下婚約的愛信和她的家庭，都和這些荒誕的東西不相配，他們的格調如此高尚，所以熙星也熱切想要在愛信身邊。好善感受到兒子不同的心情，冷靜地問：「那為什麼？」

「因為最想要……所以那不是我所能覬覦的事，我會取消婚約。」

「不對啊，前後文不是很奇怪嗎？最想要的事為何要取消？」

「因為我都知道了，那位有著朝鮮人面孔的美國人，和我們家庭之間錯綜複雜的故事，我全部都知道。」

安平驚訝睜著大眼，好善習慣性摸著自己脖子上的傷痕，熙星沒有停下來：「兩位想要對我隱瞞的所有事。」

所以不行，不能有貪念，就算要用爺爺以別人的眼淚和血堆積而成的財物來折抵罪過，但愛信無法被折抵。熙星的眼中充滿淚水：「所以拜託了，母親，您就再救我一次吧。」

熙星不希望家裡的事再給誰的心中釘上一根大釘子。從連續的罪惡中將我解救出來吧，這是熙星眼淚中的呼喊。好善無法再看著熙星，脖子上的傷口又再次疼痛，轉頭掉下了眼淚。

宥鎮來訪的時候，好善正對於兒子的請求憂心忡忡，那句「再救我一次」的話令人心痛。將管家支開後，好善開始埋怨站在院子裡的宥鎮：「我如此哀求你不要讓熙星知道，你怎麼可以全部告訴他？現在報了仇，心中很痛快吧！」

「你的兒子早就知道了，我以為他會來問我更多的事，看來他自行去找答案了，這是我今天來的原因。」

「難道……不是你說的嗎？」

「如同你所說的，那個配飾是我母親用性命換來的，所以我會帶走。可是我不會原諒你們，你們的罪是冷眼旁觀，就戴罪度過餘生吧。但是我不會對金熙星問罪，父母的罪就只是父母的罪，你的兒子正想辦法承擔父母的罪，因此你的兒子和我不會為了報仇停下腳步，我們會繼續前進。」

宥鎮做了決定，不要停留在揮刀劍的報仇，要繼續向前行。僅是不原諒他們的冷眼旁觀就已經是報仇了。再加上，既使他沒有伸出刀子，熙星也已經在對自己凌遲，痛苦地活著。

「我曾離開家鄉到遠處，又再度回來，沒有一條路是容易的，你的兒子也會如此，請你支持他。」

這番話刻在好善的心上，她抓著胸口僵在原地。宥鎮轉身離開，他發自真心希望熙星獲得支持，雖然是仇家的兒子，但他要走的路，宥鎮也會支持。

宥鎮回到公使館的辦公室，拿出了母親的木簪和配飾放在桌上，光是看著這些物品，過去的記憶便栩栩如生。深夜的窗外鳥鳴有些悲傷，好一陣子他低頭看著這些物品，接著取出棉布包裹木簪和配飾，將母親的痕跡、對世間的恨意全都包裹起來，就這樣封藏了自己的過去和報仇的意念。

士弘家的大門前停著花轎，酒店的女侍者隨著花轎一同前來，轉達熙星少爺想見愛信一面。愛信上了花轎抵達酒店，熙星正站在撞球台旁等著她。

「路上還順利嗎？」

熙星看見愛信隨之問候，臉上帶著笑，但笑中帶著悲傷。好久不見的熙星臉上有股被什麼清洗過的明亮。

「託你的福，你呢？過得好嗎？」

「正在努力中。上次教你撞球的時候，發現你很有天分。我們來打一局，贏的人可以許一個願。」

還沒有等到愛信回答，熙星就拿起了球杆。

「我先開球，這是一定要贏的比賽。」

先拿球杆的熙星擊打白球，子球向四方散開，在這之後，愛信甚至沒有機會拿到撞球杆，熙星毫無障礙把自己的球依序打進洞袋裡，簡直百發百中，這時在撞球台上，只剩下愛信的球和黑色八號球。熙星全神貫注推出球杆，最後的八號球，完美入袋。愛信靜靜看著熙星，不知道他心中在想什麼，緊張地和他對望。

「我贏了，畢竟我們已經打了賭，你就要實現我的願望。」

「……願望是什麼？」

熙星希望時間慢一點流逝，連閉一下眼都捨不得，他極力維持鎮定，望著愛信一字一句說：「我們現在分手吧，現在開始，你不是我的，我也不是你的訂婚者，這就是我的願望。」

這是愛信信任的熙星交出的答案。

愛信只能望著他，心中交雜著抱歉和感激，眼眶不覺得溼了。熙星叮囑：「從這個門出去後，會有很多閒言閒語向你襲來，希望你可以好好撐過去。」

「閣下也是，一直很感謝你，今天也是真心的。」

「我相信你，因為你也曾經擁有我的真心。」

這是熙星式的離別，就像對待他喜歡的花朵和喜歡的月亮，以他美麗的微笑道別。

愛信離開後，熙星來到酒店的後院，點燃的火爐冒出了火花，是時候將自己的心意投入火花中了，將心燒雖然不容易化成灰燼，但是無可奈何，熙星從懷中掏出聘書，要放手丟下去很難，但現實中愛信的心不在裡面，它不過就是一張紙。熙星將聘書丟入了火中。

熙星走出了酒店。他所謂的壞心眼，為了賞花而要去的目的地，就是「當鋪」，他繳給日植和春植租金，約定好如果他們不在，自己還可以充當店員，就這樣要了一坪的空間做為辦公室，這便是他要成立的報社。在小小的桌子放上筆、墨水、稿紙，細心整理後感到相當滿意，接著放上寫有「總編輯金熙星」的木製名牌，也不能少了最愛的美麗而無用的花朵。他買了花插在花瓶裡，並且摘下其中一朵，決定掛在還沒寫任何字的招牌上：「還沒有想好報社名……」
熙星在空招牌上掛了花朵，在他前進的路上，也盛開著不同的花。

東魅坐在茶樓裡，可以看到紙鋪店的窗邊座位，默默端起茶杯，耳裡傳進了路人談話的聲音：「毀婚？小姐？發生了什麼事？」
「新郎十年不回國原來是有原因的啊。」
「不是因為她迷上洋鬼子，又去學堂讀書，而被鄙棄嗎？」
「不管什麼出身，貴族也罷，凡夫俗子也罷，沒父母看照，所以有了瑕疵吧？」
「出身在了不起的家庭也會被鄙棄啊，看樣子要出嫁難了。」
最終愛信的婚約還是破滅了，東魅收緊握茶杯的手：「結果……還是會走得更遠啊……」
東魅咬了下嘴裡的肉，重重放下杯子站了起來，杯中還沒有涼的茶晃動得厲害，全溢出杯子。

東魅在空曠的柔道場內踱來踱去，走到前面看一下，又走到後面看一下，畫個圓繞圈圈打轉也都甩不開腦海中的愛信，也不想甩開。因為他正在等著愛信。
木門被推開，愛信走進柔道場。
「今天是十五。」
愛信真的來了，是個遵守約定的女人，對走來的愛信，東魅無法移開視線，待在原地不動。

「市集裡的人都在說小姐的閒話，說你這邊有缺陷那邊有疤，你一言我一語的。」

「是嗎？這個月的錢。」

愛信不動聲色在手上放了五十圓遞給東魅，好像剛剛講的是別人的事，東魅慢慢伸出手收下銅板，觸碰到愛信的手指，愛信也不驚慌，放下手擺進長衣裡。

「你只是為了遵守約定前來這裡嗎？」

「我也苦惱過，但約定就是約定，也有話想跟你說。」

愛信想起了那晚翻牆而入的東魅。

「非常感謝你，理由是什麼你知道，那麼，下個月十五號見。」

愛信說完轉過身去，但是愛信的短暫問候卻讓東魅的心下墜。將五十圓珍惜地握在手裡，持續看著愛信離去的背影，因內心澎湃不已而悲傷，但是也因為有這樣的愛信，他才得以活過今天。

今天要出門的時候，小螢給他占了一個「死亡」卦，但，再怎麼樣神準的卦也有失準的日子吧，他這樣想著，那個日子應該就是今天。

「占卦錯誤了呢，我今天又這樣被救活了……」

東魅苦澀自言自語，走出了柔道場。

東魅一手拿著從愛信那收下的五十圓銅板，在麵包坊櫃台前停了下來，一邊轉動銅板一邊挑選糖果。五顏六色的彩球糖上，藏著愛信像孩子一樣邊咬糖邊微笑的記憶，他的嘴角也不自覺上揚，就在麵包坊老闆拿著紙袋要給東魅裝糖的時候，一聲槍響穿透泥峴街道。

街道上的人驚叫中四處散開，麵包坊的老闆也嚇得撲倒在地，五顏六色的糖果滾落在泥地上，東魅癱軟跪倒在地，胸口上方流出鮮血，瞬間又再一發槍響，即使倒在地上，他仍向發出槍聲的地方凶狠望去，目擊一個黑色人影飛快地消失。幾乎陷入昏迷的東魅努力集中視線。

「喂！喂！有沒有人在，你們首領中槍了！」

麵包坊老闆大聲叫喊，路過的熙星跑了過來，空手按住東魅槍傷處，從胸口流出溫熱的血飛快染紅他的手。

「發生什麼事？喂！振作一點，看得到我嗎？」

熙星大力搖晃閉上一邊眼睛的東魅，東魅慢慢睜開眼，被搖動的上身嘔出了鮮血，疲軟吐出幾句話：「幸好……我還以為……是那女人做的……」

「你在說什麼？看著我，絕對不能暈過去！」

熙星反而比受傷的人更驚慌，東魅看著他大聲嚷嚷覺得可笑，他知道藏在巷口那個人影的真面目，是他饒過一命的腳夫尚木，沒想到他卻向自己開槍。東魅並不生氣，只要開槍的不是愛信，就慶幸了。遞給他五十圓又說謝謝的愛信，滿滿刻印在他的胸口，以致於子彈穿過的胸膛沒有其他可以疼痛的地方。

「……那句話是真心的……我可以確定了……」

視線漸漸模糊的東魅看著地上滾動的糖果噗嗤笑出來，昏了過去。熙星請人叫了人力車並通知浪人，焦急的聲音在東魅耳裡漸行漸遠。

深色的腳印

幾天前士弘的家中，儒生魚貫而入，他們身穿白色長袍戴黑色官帽。各自搭火車或騎馬背著包袱前來，擠滿士弘的房間，坐在上席的士弘慢慢地對儒生說：「謝謝各位，踏出艱難的第一步聚集在這裡。」

所有的人帶著堅毅的決心來到這裡，房裡充滿沉重的氣氛，儒生們嚴肅望向士弘。

「如同書信中所提，我準備向國君持斧上疏*。你們之中有人要署名的嗎？即使有這個意願而不署名的話，我也可以理解。」

「您會受苦的，讓我們年輕儒生奮勇當前，老人家只要安靜支持我們就好。」

「青頌說得對，現在的朝鮮沒有國君，只有受日本操控的軟弱皇帝，看到皇帝的錯誤，我們已經做好被逮捕的準備，這是我們應該要做的事。」

儒生們顧慮士弘，決定自己挺身而出，但士弘心意已決。

「所以我更要出面，你們覺得我還能活多久？」

「老人家！」儒生齊喊。

「百姓被蒙在鼓裡，不知道為何遭殃，因此我被抓走是有意義的。」

在朝鮮這片土地上，沒有不尊重士弘的人，因此如果士弘被抓走，勢必對百姓造成衝擊，會有更多人關心事態發展。儒生中有人走了出來跪在士弘面前，拿起士弘準備的毛筆蘸上墨水，在上疏上寫下自己的名字，之後年輕的儒生和年長的儒生有志一同，上疏中填滿了名字。

這份持斧上疏今日到了皇帝的手裡，皇帝讀著上疏相當震憾，眼神一度失焦，白衣儒生聚集在朝向皇宮的路上，披頭散髮跪著。

士弘披散著白髮跪在最前面，身旁放著斧頭，激昂朗誦上疏，心急如焚的聲音讓百姓停下腳步，注視著他。

回到家的愛信聽到這晴天霹靂的消息，著急地在房裡踱步，如果自己外出會更混亂，只好請咸安大嬸去皇宮前觀察現況。

「小姐。」

「爺爺怎麼了？」

「別說了，現在皇宮前，大監大人和那些儒生全都披頭散髮，穿著白衣，吵著要皇帝出來！」

愛信眼前一黑，因為太了解自己祖父的情況，所以不是普通的擔心，不管身體再怎麼強健，都是白髮老人，就算是年輕人在烈日下斷絕飲食都是艱難的事，再者，日本人看到上疏的內容絕對不會善罷甘休。

這時奴婢急忙推開門稟告：「小姐，宗親的長輩們都來了。」

長輩和長輩帶來的下人聚集在院子喧譁，趙氏夫人忙著招呼突然到來的長輩，被斥責也成了她的分內事。

「你是家中的長媳，怎麼那麼沒主見，你公公這樣出去，就算是抓著他的褲腳也應該要攔住他。」

「家裡重大的事一延再延，國家的事倒是一馬當先，是打算毀了這個家嗎？」

「如果要做這麼大的事，應該先收養一個孫子才對。」

即使在這樣的時刻，家族長輩繼續老調重彈，沒有一位是真心關心士弘，只充斥自己的貪念，有誰會真的

＊帶著斧頭前往上疏，如果不聽建言，便砍下自己的頭。

幫助士弘呢？趙氏夫人咬著下唇看著這些老人家。哐！哐！大門處又再次傳來敲門聲，引起了騷動。

大門一打開，令人望而生畏的軍靴隊伍跨越門檻，是步伐整齊畫一的日本軍人，擔任日本翻譯官的炯奇不知所措跟在後頭，看到這光景，宗親長輩、趙氏夫人以及家丁全都驚慌失措。這裡不是日軍可以隨意進出的地方，行廊大叔和家奴抄著周圍可以當武器的東西，圍在趙氏夫人和愛信前面，阻擋日軍。

排成一列的日軍以立正的姿勢站立，前方日本隆史大佐悠然騎著馬踏進院子，在慌張的人群中愛信依舊挺直站立，隆史投以奇特的眼光，愛信沒有避開他的視線，大眼瞪著他。

「府上令嬡上學的學堂老師，因間諜嫌疑被逮捕了，因此全體學生都要接受調查。」

一個傲慢無禮者，隆史的日語透過炯奇翻譯，長輩們聽到學堂又開始喧鬧起來，質問到底是誰去上學堂。愛信聽到這話馬上站出來：「叔公……我會改過，我會全改過。」

「愛信，你去學堂？有這麼荒唐的事！」

「貴族的女兒去學堂！」

愛信抓著裙角，以憤怒的語調對著炯奇：「幫我翻譯，日本人是以這種方式尋求協助嗎？在別人的國家怎麼可以這麼沒有法度？我有罪要接受調查的話，也不是日軍調查，而是接受朝鮮警務廳的調查，所以馬上從這個家出去，請轉達。」

隆史看著瞪著自己發號施令的愛信笑了出來，笑容略帶輕蔑。

「還笑？」

「立刻給我搜！」

隆史對後方的日軍下令搜索，軍人立刻散開，開始翻查士弘的房子。歷史悠久的高氏宅第立刻被日軍的軍靴踐踏，令人難以接受，行廊大叔跑向日軍，馬上被舉起槍恐嚇。趙氏夫人即便怒氣衝天，卻也連忙安撫家丁：「大家都不要出頭，都是帶槍的軍人，現場還有翻譯，說話也要小心。」

炯奇低著頭。

開始搜索的軍人，胡亂翻箱倒櫃，從士弘的抽屜倒出大量的紙張，紙團中有士弘貸給軍用資金的收據，也有相完和喜振的結婚照，上面被踩下了深色的腳印。愛信的房間也遭殃，衣櫃和收納櫃被翻倒，書冊被撕扯散亂各處，拉出的被子裡露出了宥鎮的音樂盒。所有的人對於慘不忍睹的情況氣得發抖，卻得強壓怒火，愛信也無可避免和隆史四目相對忍氣吞聲。這是難以忍受的屈辱，不只是對愛信，也是對愛信整個家、士弘大人、高氏家門的侮辱。

愛信將視線轉移到持槍的軍人，正打算踏出一步，她的手馬上被拉住，一時消失的咸安大嬸不知何時站到了愛信身旁。

咸安大嬸以眼神示意愛信：不可以、要忍住。知道要忍住的愛信，對於只能忍住的現實憤怒地掉下淚來。隆史盯著愛信看，覺得這女人有意思，嘴角上掛著邪惡的笑容。

「大佐，現在外面來了美軍。」

穿著軍官服裝的宥鎮騎著馬率領美軍走進大門，愛信和宥鎮四目相對，被刀槍瞄準的愛信臉上還掛著眼淚。宥鎮握著韁繩的手收緊了拳頭，跟著宥鎮進門的美軍士兵排成一列和日軍對峙，一向和平宅院眼看就要變成戰場。

「這是誰啊，好久不見，宥鎮。」

「你做了高官啊，英文還是沒進步。」

隆史以英文問候，宥鎮則以日語回答。

宥鎮在美國時，隔壁房的日本人就是隆史。那時只知道他是日本人，對於其他一無所知，也不知道會這樣見面，隆史的表情冷淡傲慢，還聳著肩。

「我在祖國原來就位高權重，和你不一樣。」

隆史嘴裡說出的是流暢的朝鮮話，宥鎮嚇了一跳。

「你會說朝鮮話？」

「你知道為什麼我英文沒有進步，因為我在學朝鮮話，等待來到我的殖民地朝鮮的這一天。很開心見到你，宥鎮。」

愛信睜大眼睛看著兩人的對話。宥鎮想起了從美國回朝鮮的那一天，隆史辭別的話：「如果有一天在漢城相遇，應該不會很開心。」宥鎮皺了眉頭，原來隆史等著這一天，把朝鮮當作自己預定的殖民地，把朝鮮人當作自己腳下的奴隸，所以隆史討厭朝鮮出生的美國人宥鎮，總是覺得不放心，以吊兒郎當的眼神問著宥鎮：

「我們這樣不期而遇，是驚訝呢？還是生氣？」

「我們之後再敘舊，美軍要在太陽下山前寫完報告。」

宥鎮轉過頭向愛信說：「請你跟我一起去一趟公使館，跟你一起出入學堂的下人也一起同行，搭轎子也可以。」

「請說明緣由。」

愛信嚴肅地問，她可以猜想到宥鎮的意圖，但是有親戚在，不能被發現到。

「閣下上課學堂的女教師被日方扣留，美國公使館為了慎重詢問理由，正展開相關人士的調查。」

宥鎮命令士兵帶愛信和咸安大嬸去公使館。兩位士兵接令立即行動，愛信以清清楚楚的英文對他們說：

「停下來！我自己會走，不要碰我。」

愛信說英文，不要說宥鎮，隆史也十分驚訝。愛信消了氣，坐上了花轎。

到了美國公使館的辦公室，宥鎮親手端茶給愛信和咸安大嬸，兩人驚慌的心終於鎮靜下來。愛信呆呆地看著茶杯，宥鎮好生憐惜，婚約被取消了，雖然如她所願，但過程中不知道有多受傷。士弘上街持斧上疏，日軍將愛信家中搞得一片狼籍，她的生活正在動盪中。愛信轉向宥鎮：「史黛拉真的被抓走了嗎？」

「你不要害怕，我不是真的想調查。」

宥鎮的回答讓愛信無力地笑著，在宥鎮的身旁，愛信都知道他想做什麼，他想保護她。宥鎮永遠處在保護愛信的狀態中，已經好幾次，宥鎮像這樣保護著她。身為朝鮮人有很多束手無策的事，很多時候要以美國人的身分來捍衛，有點悲傷。宥鎮和愛信之間互相投以惋惜的目光。

「他們想阻止閣下祖父的上疏，或許會將你當作人質，我覺得這裡最安全。」

「……如果內情是這樣，史黛拉是因為我受苦了。」

「史黛拉是美國人，不管哪一個國家都不能隨便對待美國人。」

在強國之間，朝鮮每天都在喪失力量，愛信悲痛吸了一口氣，宥鎮小心安慰她：「我故意這樣說是要你不用擔心。」

「你和他是什麼關係？剛才那位日本軍。」

「我和他是在紐約時的鄰居，但是除了名字之外……我好像什麼都不知道。」

宥鎮從對坐的椅子起身，想起隆史傲慢的表情，從他毫無顧慮談論支配殖民的態度，可以明確看出他來朝鮮的理由，是為了要併吞朝鮮，朝鮮的未來又更黑暗、更動盪了。

佩刀的雄三和一夥浪人粗魯推開醫院大門，威脅要大家讓路，熙星攙扶意識微弱的東魅跟在後頭。在醫院的人看到渾身是血的東魅和沾染血跡的熙星，驚慌後退。雄三尋找手術室，大聲叫喊醫生，害怕的護理師急忙向走道底端的手術室奔去。

浪人將東魅攙扶至手術室的床上，東魅近乎昏迷靠在熙星身上，眼皮緩慢眨動。沒多久，護理師請來了醫生，松山打開手術室大門走了進來，他認出東魅，突然停下腳步。

「今天傳教士的死因會檢驗出來，對你非常不利，因為驗屍的醫生是李莞翼的人。」

這位就是陽花警告過的驗屍醫生，一度意識模糊的東魅好不容易集中了精神。

「他中槍了，雖然有止血，但經過約一頓飯的時間，可能失血過多，正勉強保持清醒。」

熙星鎮定說明東魅的狀態，松山假裝處之泰然，說明馬上要進行手術，請其他人離開。東魅喘著大氣，拚命咬牙忍住痛苦：「我不需要麻醉，不要讓這傢伙給我注射，他將我麻醉後，我可能就醒不來了。」

熙星驚訝地望著東魅。

「你們在這裡守著，如果我有什麼不測，把那傢伙殺了。」

松山醫師的視線開始左右飄忽。

在雄三和浪人持刀監視下，東魅很快地進行了手術。松山以發抖的手取下嵌入他胸膛的子彈。在沒有麻醉的狀態下忍受刀子劃開筋肉的痛苦，只有一塊布支撐著他，他咬著嘴裡的布，全身青筋暴露，難以忍受的痛苦讓他眼睛充血，連在一旁保護的人都筋疲力竭，手術室內的空氣緊張得讓人窒息。

松山以鑷子取出子彈放進碗裡，用手背擦著額頭的汗。

「子彈取出來了。」

松山話一說完，東魅立刻喪失了意識向旁邊倒下。

「首領！」

「喂！具東魅！」

雄三和熙星飛快扶住東魅的身體。

陽花步伐急促走進漢城醫院，腳步發顫直奔東魅的病房，一向遊刃有餘的臉蛋失去了血色。熙星和浪人在病房前守候。坐在椅子上的熙星發現了陽花：「你聽到消息了？不用太擔心，雖然他現在還沒有清醒……」

但是陽花的目的地似乎不是東魅的病房，她走過熙星和浪人身旁，稍微望著躺在病床上的東魅，猶豫了一下要不要進去探望。病床旁小螢正握著他的手哭泣著。

陽花決定直接走向松山的診療室。

「這是要給李家先生的急件，必須祕密轉交。」

松山正遞給護理師一封信件，護理師應答後要離開診療室卻撞見陽花，陽花推開護理師走進診療室，她的意外現身讓松山相當緊張，目不轉睛看著她。

「好久不見，松山先生，聽說你為具東魅執刀動手術。」

「手術很順利。他現在暫時性休克，一定會醒來。」

「啊！所以你很為難，急著送出的信是要給李家先生的嗎？或許是要問『要殺死他嗎？』」

松山挑起了眉毛，現在應該是可以威脅陽花的時候，不是遭受威脅。

「就算是這樣，你應該也沒有立場質問我。」

「為什麼？因為驗屍報告書嗎？你以為這張還在李先生手裡嗎？」

陽花從容笑著，從皮包掏出了一份文件，松山快速接下打開，是自己署名的驗屍報告書。

「這個為什麼！……有這個你也無法要求什麼，何況現在在我手上。」

陽花的笑意更深了，原來在「當鋪」偽造的驗屍報告書幾可亂真，連本人都認不出來。陽花的笑意讓松山很混亂，除了眼見的驗屍報告，猜不出其他的癥結。陽花抹去了笑容，用低沉的嗓音警告著：「你要不要去密告都沒有關係，但是還想多活一天的話，一定要救活具東魅。就這樣，我還要準備歡迎會，先告辭了。」

陽花轉身離去，清晰的腳步聲再次讓松山心思混亂不已。

什麼都不能失去

宥鎮讓愛信和咸安大嬸在公使館休息後，才拖著沉重的步伐回到酒店，剛好熙星從另一邊走過來，燈光下的熙星讓宥鎮嚇一跳，走過去詢問：「發生什麼事？你受傷了？」

「啊！不是我，是具東魅，他在泥峴中槍了。雖說手術很順利，但還沒有恢復意識。」

雖然知道具東魅是玩命的人，但宥鎮還是說不出的驚訝，由於是槍傷就更令人擔心，熙星無力地笑著，試圖讓宥鎮安心：「他也很難得可以躺平休息，因為他是強壯的漢子，一定會醒過來的。」

「你休息吧！我換個衣服馬上又要出去了。」

「你好像很忙，忙碌之餘還可以抽空去我的老家。」

家裡的事一向是熙星不想提及的話題，即便如此還是要說，熙星神情落寞。

「你一定沒來由地被我母親訓斥一番吧。」

「沒錯！」

「雖然現在說有點晚了，我還是應該向你道歉。」

宥鎮望著熙星的眼睛，這雙喜歡美麗事物的眼睛總是有點悲傷。即使不是自己犯的錯，對父母的罪孽也真心道歉，這讓男子漢因而悲傷，他不像是在這樣的家庭誕生的小孩，宥鎮知道熙星的靈魂無比純真。

「……我聽說你取消婚約了，我不想說對不起。」

「三〇四號沒什麼好對不起的，我們的婚約取消沒有一絲一毫是你造成的。是那女人選擇了自己的人生，不是三〇四號的緣故。」

「我也希望如此……雖然你不相信。」

兩位珍惜愛信的人之間，交流著深深的共鳴。

熙星想起了那天跪在一起的愛信，雖然她拋棄自己，走向別人，即使自己都下跪了也無法恨她，因為她是率直的愛信，因為她是為愛賭上一切，不會回頭也不後悔的愛信。

「我可以問一個問題嗎？」

宥鎮點了點頭。

「三〇四號可以為那女人做到什麼程度？可以賭上自己擁有的一切嗎？」

「我不會那麼做，我什麼都不能失去。」

這答案在預料之外，以為他會賭上一切，在熙星面前更應該要這樣說，熙星的眼睛瞇成一條線，宥鎮目光深沉繼續說：「更要澈底做個美國人，以及一名美軍，只有這樣，才可以保護高愛信。」

因為是美國人而保護了愛信，這樣的事件三不五時出現，所以，異鄉人做出了這樣悲傷的選擇。熙星點著頭，他了解這決定有多沉重。

「天皇陛下萬歲！大日本帝國萬歲！」

沸騰的喧鬧聲讓兩人不由得轉向酒店，酒店大廳燈火通明歡迎會正酣熱。

喝醉酒的日本軍人眼神迷濛高喊皇軍萬歲，陽花要秀美等女侍者全退到大廳外，讓男侍者來服務。「酒還不來？」陽花親自端著酒瓶，到催促送酒的桌子。

「讓您久等，真是抱歉。」

「抱歉的話，更要展現誠意，來，坐下給我倒酒。」

日軍少佐拍著自己大腿，戲弄陽花。

「看您酒量不怎麼好，要不要帶你去客房？」

陽花想要自然地脫身，卻被少佐攔腰抱著坐在大腿上，邪惡地問道：要一起去客房嗎？

「我不跟沒出息的男人喝酒，我看你很懂得玩弄女人，但是好像不怎麼會拔刀。」

陽花從容地笑著，其他人聽見陽花的話也笑出聲來。少佐覺得丟臉一把推開陽花，口出惡言怒罵：「不要命了嗎？」一邊想拔出自己的刀，陽花手腳更快拔出了少佐的刀。

「刀是要這樣拔的。請少佐也證明給我看，我們打一場，你贏的話，我們就一起去客房。」

陽花將刀指向他充滿挑釁，周圍的日軍也興致勃勃覺得有趣，怒氣衝天的少佐突然發動攻擊，陽花敏捷避開並擺出劍擊姿勢，你來我往的比劃讓已經喝醉的日軍大聲歡呼，一旁的隆史也靠在椅背上，看得津津有味。

宥鎮和熙星走進酒店時，剛好對決正在進行，他們目不轉睛看著陽花，她正沉著對應對手胡亂揮動的刀法，不但絲毫無誤，反而占了上風。結果陽花喊一聲揮刀，日軍少佐後退被椅子的腳絆倒，陽花的刀鋒像要往他臉上劃下般驚險觸及他的臉，這一刻，趣味盎然的歡呼消失了，酒店內鴉雀無聲，隆史臉上的笑容也凍結。

少佐陷入困境，幾名日軍慌張拔出刀威脅陽花，陽花嘲笑著：「這次是一群人一起來嗎？」

隆史再也忍不下去出面喝止：「放下刀，少佐，你站起來。」

以手撐地的少佐在冷淡的命令下站了起來，隆史眼神凶惡：「大日本帝國皇軍對一個女人拔刀相向，不知道羞愧嗎？請原諒部下們的無禮，我代替他們向你道歉。」

「是一場愉快的對決，何況我贏了。」

「是混著朝鮮腔的日語啊。」

隆史的嘴上掛著邪惡的微笑，直接以朝鮮話要求握手。

「我是森隆史大佐，你的刀鋒毫不留情啊。」

「我是工藤陽花，聽到大佐的朝鮮話，我應該要謙虛一點。」

陽花冷靜應答，隆史瞟了她一眼，舉起杯子看見宥鎮走了進來。

「皇軍的失敗就是大日本帝國的失敗，因此，無論什麼時刻都絕對不能輸。」

隆史的眼裡充滿了傲慢和貪欲，其他的日軍也沒有什麼不同，回答的聲音接近瘋狂。

「天皇陛下萬歲！大日本帝國萬歲！皇軍萬歲！」

在漢城的土地上，歌頌日本的聲音響徹雲霄，呆立的宥鎮和熙星眼中透著憂慮，漫長的一天總算是過去了。

「我們千里迢迢趕來，在亡國的歷史性一刻，解下髮髻向您叩首，還望陛下明鑑，若覺得臣子的話有錯，就用這把斧頭，砍下臣子們的頭！」

「砍下臣子們的頭！」

以士弘為首的儒生以一種接近吐血的心情，齊聲大喊。他們的嘴唇乾渴至極，臉色暗沉，士弘和年長的儒生體力已達極限，即使如此眼神依舊堅毅。但一群軍人跑了過來，槍口對準了他們。

「奉皇帝命令，將罪人羈押起來！」

在小隊長的命令下，侍衛隊很快陸續將士弘和儒生們的手綁起來，在一旁守望的百姓驚慌大喊：「不能這樣做！」但在皇命和槍口下，誰也無法挺身而出。在百姓眼裡，士弘如同活生生的松柏，是朝鮮這塊土地令人驕傲的長輩，如今卻被捆綁抓走，淚水不由得在他們眼裡打轉。

士弘不僅深獲百姓愛戴，也是皇帝真心尊敬的師尊，將他抓起來不是皇上的本意，但是一切如意料中，日本沒有善罷甘休，林公使入宮威脅質問皇帝，難道要他如實向日本報告嗎？軍部大臣、學部大臣、法部大臣都站在他那一邊，皇帝也只能讓步。

下令囚禁士弘也有別的理由，包括森隆史等的日本軍以保護本國商人的名義進駐朝鮮國土，第一個行動就是侵門踏戶皇帝師尊士弘的家，也算是對皇帝發出的警告，而士弘在皇宮前的路上拋頭露面太過危險，倒不如囚禁起來還可以好好保護。

此外，皇帝也冀求百姓的幫助，弟子將老師抓起來，會引發百姓們的憤怒，如同野火燎原。皇帝相信，自己的憤怒沒有力量，但百姓的憤怒會有力量。他相信百姓們會因為士弘被關而有所行動。

儒生們一個一個收監入獄，街上瀰漫痛哭的聲音，宛如人間煉獄。熙星目睹了士弘被收監，握緊拳頭往回奔去。

「你聽說了嗎？高士弘大監大人，那個……」

熙星充滿憤怒回到當鋪，日植也轉述這個令人百感交集的消息，熙星馬上走到自己的書桌，拿出了紙和筆。

「我正在因為這件事緊急上工，報社連招牌都沒有，也沒發行過報紙，我想就從空前絕後的號外開始發行。」

說完熙星便飛快振筆疾書，在紙上流暢寫下號外的內容。

「號外：今日申請禁止通用第一銀行券而持斧上疏的松柏高士弘和數位儒生，因皇帝陛下的命令被關進大牢。」

熙星寫的號外透過一群打零工的少年在街頭散發，每個接獲消息的人都十分憤怒，原本一無所知的人也開始了解朝鮮的人權正在被掠奪，自己的國家正被撕裂，街頭巷尾一陣騷亂。

警衛院總巡和總管來到警衛院監獄所，命令監獄所入口的看所長開門。

「這位是新上任的警衛院總管，要有禮貌，開門吧！」

看所長接獲總巡的命令向總管行禮打開大門。身穿制服頭頂短髮的總管是勝具，不久前他坐上了警衛院總管的位子。

警衛院總管是在皇帝身旁護衛的重要職位，不但要實力堅強，如果不是信得過的人還不能勝任，在朝廷賣國的人何其多，最重要的是皇帝的安危，為此正炆選擇了勝具。當他對殷山說要勝具擔任總管職務時，殷山認為他不適合，因為莞翼是他的仇敵，那年拋棄俘虜的皇帝也是他的仇家。但是，也因為如此，殷山還是把勝具送到皇帝的身旁，算是為他開了一條去仇家身邊的路。

勝具過去衣著破爛，如今卻穿著光鮮端正的制服，幾乎讓人認不出來，他跪在冰冷的地板向士弘行禮，士弘一直在背後支持勝具和義兵組織，如今卻被收監入獄，勝具的心和街上的百姓一樣充滿怨恨，獄中的士弘卻遲疑了一下才認出他。

「是你嗎？這服裝……怎麼一回事？」

「就變成這樣了，不是說人要金裝，我以前都要翻越屋頂，現在有人幫我開門，好不習慣。」

「你正在保護將我關起來的國君嗎？」

「今天是我入宮的第一天，我還沒決定是要保護他還是陷害他。看他把大監大人關起來，我是不是不應該保護他？」

「看來這邊有兩個叛徒啊！」

士弘和勝具其實都了解皇帝的本意，兩人之間的氣氛漸漸沉重。

士弘的收監讓民心沸騰，百姓全體發起了抵制第一銀行券的運動，各類商家張貼了「謝絕日本銀行券」告示，如果有穿著打扮是日本人想要進商店的話，老闆索性關上店門，甚至也有人對著街上行走的日本人撒鹽巴表示抗議。

事態發展至此，日本公使館前聚集了滿滿前來抗議的日本人，他們為了賺錢跨海來到朝鮮，結果賺來的錢都不能使用，因此表達強烈不滿，公使館的職員為了排解抗議人士忙得團團轉。隆史目光凶狠注視這一切，日本人大喊拿這個券有什麼用，第一銀行券被扔在地上滾動。

宥鎮為了給愛信傳達消息，深夜來到公使館辦公室。

「我向宮裡打聽了一下，祖父好像過得還不錯，看來皇帝認為將他關進大牢是最好的保護方法。」

令人慶幸的消息，愛信百感交集。

「不管是爺爺還是我，都是為了要保護，必須被逮捕起來啊。」

「……被關在這裡一天，很悶吧？」

「不會，這房裡有很多新鮮的玩意，十分有趣。」

對宥鎮疼惜地問候，愛信堅強地回答。在宥鎮的辦公室有許多以前沒注意到的東西，她好奇心十足，對於鋼筆和球體上長出地圖的物品倍感新奇。愛信指的球體就是地球儀，宥鎮轉動給她看。

「這叫做地球儀，朝鮮在這裡。」

「我看到了，美國在這裡。」

愛信用手掌去丈量地球儀上朝鮮到美國的距離，以她的手約兩個半手掌的距離，無法想像可以用手掌去丈量，這個距離從朝鮮一去很難再回來，是無法想像的遙遠。宥鎮也學愛信用手去衡量，他的手疊在愛信的手上：

「以我的手來量，只要一個半手掌，這樣我可以回來得快一點。」

宥鎮深情地安慰，愛信落寞笑著。宥鎮要告訴愛信的消息還有一個，就是史黛拉被釋放出來了，因此愛信也可以回家了。

「你被釋放了，雖然很想立刻送你回去……但你可以明天再回去，不過我沒有辦法送你，明天要去武官學校上課。」

愛信微笑著，裝作不那麼落寞，為了轉移話題她拿起俄羅斯娃娃，說著：好可惜有裂縫。宥鎮轉動娃娃秀給她看，那不是裂縫，其實大娃娃裡有小娃娃可以拿出來。愛信頓時對俄羅斯娃娃著迷，一直盯著看，打開一個還有更小的一個，十分神奇，娃娃變得更小不停出現。

「這是約瑟夫的遺物，看來在他眼中，我還是一個小孩。」

「和我的想法一樣。」

宥鎮靜靜看著愛信，她集中精神打開娃娃的模樣相當可愛，一直到最後一個娃娃她都開心地笑著，轉頭看著宥鎮，宥鎮正在凝望這可愛的女人，兩人對看了好一會兒。愛信伸出手慢慢放在看起來孤單的宥鎮臉上，宥鎮也小心翼翼撫摸她的手，眼裡、心裡都是彼此，他們的視線含有無限的深情。

斑駁的白衣

宥鎮的擔憂日漸加深，日本軍隊已經正式進入朝鮮，發生戰爭的機率變高，加上為了支配殖民，學朝鮮話的森隆史第一個目標就是愛信的家，顯然不會輕易放過愛信和她的家族。

宥鎮到當鋪找創立報社的熙星。

「我們在酒店見過的那位日軍大佐，我想知道他是如何從平民百姓躍升為大佐的，你在留學時期有聽過他的傳聞嗎？或是賭場的小道消息也好。」

「參與壬辰倭亂的將軍家族中，有一戶姓森的貴族人家，若他來自那個森家，在日本便是影響力僅次於日皇的家族成員。」

熙星回答的表情逐漸嚴肅，穿著襯衫的他有那麼一刻散發出報社總編輯的氣息。

「森家支持日本保守勢力所主張的『征韓論』，所謂征韓論，就是以征伐朝鮮來平息日本內部混亂的危險主張。」

「以森隆史的第一次行動看來，他應該是那個家族的人，他來到朝鮮，也許意味真的會發生戰爭。」

宥鎮的推測不僅是推測而是事實，在濟物浦港口，林公使將朝鮮託付給隆史，坐上了回日本的船，當他再回到朝鮮時，手上會多一張文件，便是「韓日議定書」。

每一天的局勢都在急遽變化中，對朝鮮相當不利，兩人的表情變得陰鬱。

在花月樓的包廂內，莞翼為隆史擺了一桌豪華盛宴，隆史卻漫不經心動著筷子，莞翼趕緊詢問菜合不合胃口，但是隆史沒有想要聽他說話，態度如此傲慢，莞翼忍不住朝鮮話罵出嘴，一面又用日語極力討好。

「林公使跟我合作得不太好，我們不要犯同樣的錯誤，應該要好好合作，因為我很善於操縱朝鮮人，管理他們很容易，只要別讓他們挨餓就會臣服於你，給點甜頭就會唯命是從，例外的人鞭打就行了。」

這時隆史才正眼看著莞翼，一側嘴角不屑地上揚：「打算出賣國家的人，沒有展現一點誠意。」

「……你會說朝鮮話！」

莞翼面如土色，隆史一笑接著說：「算了，朝鮮即使經歷過倭亂和胡亂依舊存活下來，你知道是什麼原因嗎？每當國家有難的時候，就有人犧牲生命救國，是誰犧牲？就是那些草民們，他們稱自己是義兵。壬辰年的義兵子女，成了乙未年的義兵；那麼乙未年義兵的子女，你覺得他們現在做些什麼呢？」

「那群逆賊是烏合之眾，哪能做什麼？這些傢伙真的那麼厲害的話，我還會活到現在？」

莞翼慌張反駁，但在隆史眼裡，莞翼只是另一個可笑的朝鮮人，他睜大眼睛翻了白眼。

「這就是問題所在，他們為什麼沒有殺了賣國賊以解心頭之恨，是因為他們想到後面的嚴重後果。」

隆史露出了狠毒無比的本色：「我不想再碰到壬辰年祖先們在朝鮮遭受的恥辱，義兵一定會成為禍害，因為朝鮮的民族性是如此。林公使從日本回來的時候會帶來日韓議定書，我敢保證到時朝鮮人會豁出性命撲上來，所以，你認為我們現在應該做什麼？」

莞翼驚訝地說不出話來，隆史不等他回話，用力拍了桌子：「精神，我們必須要摧毀朝鮮的精神，也就是說要扼殺朝鮮的民族性，我會這樣做。因此你要牢記未來有兩件事不要做，妨礙我，以及對我無禮，所以，朝鮮人，你應該對我用敬語，因為我十分討厭沒禮貌的人，特別是出身低賤的朝鮮人。」

莞翼搭乘人力車離去，意外遭到森隆史的攻擊，只覺得像挨了一拳臉上熱呼呼的，森隆史歹毒的嗓音在耳邊回響：「精神，我們必須要摧毀朝鮮的精神！」

「也就是要扼殺朝鮮的民族性！」

在路上奔馳的人力車晃動了一下，莞翼突然頭腦清醒過來。

「是高士弘，一定是高士弘，所以他才會先去那裡。」

莞翼掉轉人力車，急忙入宮去。

隆史坐在酒店大廳的座位，閱讀朝鮮文漢文混用的朝鮮報紙，陽花送上了咖啡糖，瞟了一下他正在看的報紙，一個標題映入眼簾：「日軍以保護本國居民為藉口進駐漢城，做為帝國主義侵略的跳板。」是日本的負面消息。隆史以茶匙攪拌咖啡。

「朝鮮的報社大概有幾個？」

「有發行報紙的報社如您現在所看的『皇城新聞』和『帝國新聞』兩家，還有一家連招牌都沒有，只發行號外的奇怪報社。」

「是一位叫金熙星的人開的吧。」

喝了一口咖啡，隆史泰然問道。這是連朝鮮人都不太清楚的事實，陽花再次看著隆史，他的情報力非同小可。

「我真的很驚訝，不管是這咖啡的味道，還是酒店的規模，年輕的遺孀一個人經營應該很辛苦。」

「很費力又花工夫，我很想念我的丈夫。」

「做為一個想念丈夫的女人，裝扮也太華麗了。」

陽花的項鍊閃閃發光，她努力隱藏自己的驚慌，怒火直往頭上冒，心中盤算該如何把這傢伙除掉，無論再怎麼努力都看不清這個人的底。看見陽花勉強擠出微笑，隆史冷笑道：「我不是批評你，是怕你不自知。」

「你似乎暗中調查過我。」

「你在朝鮮沒有了戶籍，是因為有後台強大的人罩著你嗎？託前日本丈夫的福可以享受這些奢華，又靠朝鮮支援者隱藏朝鮮人的身分，似乎有點厚顏無恥。」

「看來你的調查到這裡就受阻了，是森大佐的能力只到這呢？還是我更厲害呢？」

陽花微笑悠悠轉身，真不是普通地傲慢，隆史憤怒看著她的背影。

隆史馬不停蹄將有疑慮的報社社長熙星約來明月館，熙星對一桌豐盛的菜餚興致勃勃，看著狡猾笑著的隆史先開了口：「我接到邀請非常驚訝，也就是非常期待的意思。」

「既然如此，希望我們可以談得來，可以如此期待嗎？我調查了一下，你是大日本帝國的留學生。」

「既然你期待我們可以談得來，用朝鮮話交談如何？啊！我也打聽了一下，你會說一些朝鮮話。」

對於十分有架勢的隆史，熙星自在應對。就隆史所知，熙星他們全家，只要有錢賺，對賣官、賣國不會猶豫，生長在這樣大戶人家，多半是個公子哥，但現在面對的這位熙星，似乎跟想像中不太一樣。

「當然，那我就說重點了，我正在尋找對日本友好的報社，聽說你工作的地方是租來的，目前連招牌都沒有，報社也會受資金影響而倒閉，不是嗎？」

「你這樣的調查稍嫌不足，其實我有全漢城最美的招牌，你再來看看吧。還有一點，我的錢財僅次於皇帝，那個月租金，只是我在沽名釣譽。」

「我還可以給你貴族爵位。」

「哈，得到那個要用在哪裡呢？」

隆史的臉色漸漸難堪，難以掌握對手的心思，他冒火掏出了槍放在桌上，像是警告：「我也可以饒你一命。」

最後熙星噗嗤笑了出來：「你真的應該要再多多打聽，在朝鮮殺了我你什麼也得不到。不過我從剛剛就很好奇，你到底何時才要叫女人，在這家店散發美麗氣息的女人真的很多。」

隆史瞪大雙眼，原來眼前這位只不過是長相不錯的滑頭小子，瞧他左顧右盼尋找女人的樣子，準是個花花公子，不值得期待。

「我不是說很期待嗎？對於約在明月館見面真的萬分期待，如果你覺得不好意思，那我直接幫你叫女人過來。」

熙星用充滿自信的聲音大聲叫喊「在下金熙星」，完全不把慌張的隆史放在眼裡，當熙星的名字在明月館響徹開來，很快傳來了青樓女子們飛奔而來的聲音。

「請將高士弘釋放吧，老邁的身軀能在獄中冰冷的地板堅持多久？」

莞翼參見皇上，奏請將士弘釋放，這不像是他會說出口的話，但對十分擔心師尊的皇帝卻是再期待不過的話了，他立即下令勝具釋放士弘。莞翼開心笑了，士弘不能在宮中過世，必須死在宮外面，死在自己的手裡。讓朝鮮人欷欷發抖的不是日本人，而是自己。隆史提醒了他這一點，要真正讓朝鮮人害怕，應該要怎麼做。

因士弘不在而空蕩蕩的宅院，終於迎來主人返家。士弘在勝具保護之下踏進家門，臉上盡是風霜，斑駁的白衣很久沒有乾淨過了，家人見狀十分不忍，紛紛流下眼淚，愛信啜泣著，用手背摀住了嘴，不讓自己哭出聲。趙氏夫人攙扶著士弘走進宅院。

「……我累了，不要讓任何人打擾。」

說完便走進房間裡，從來沒有看過爺爺如此渺小的背影，愛信大顆淚珠直直落下。勝具穿著警衛院制服對著士弘彎腰鞠躬。

愛信和勝具在後院相見，很久不見的師父變了很多。

「您的頭髮變短了，穿著很好的衣服，在宮中任職嗎？」

「因為沒有人保護皇帝，所以那個工作才會落到我身上。」

愛信能夠理解這個局勢，在朝鮮這片土地，沒有人比勝具更懂用槍，曾是義兵的人變成守護皇帝的人，雖然是件好事，愛信還是覺得不捨，因為擔任如此重責大任的職位，無法像以前一樣可以行動自如，和愛信也不能常常見面了。

「那麼，您現在不能常到茅屋了。」

「那裡近期會閒置一陣子，我在入宮前大概把小姐到過的行跡去除了，如果你還有放在那裡的物品，再去拿回來。」

「我一有空就會去。」

「不要再來找我了，小人無法再教你什麼了。」

突然冒出的話讓愛信驚訝望著師父，還沒有做好心理準備，不對，甚至連準備的想法都沒有，因為從來沒想過師父會叫自己離開，愛信希望一直是勝具的弟子，以義兵的身分活下去。

「你再也不要聽從小人的命令了，也不要因為小人的阻攔而停下腳步。這段期間你很認真跟著我這粗魯的師父學習，請學成下山吧。」

「師父！」

愛信搖著頭，但是笑著的勝具已經下定決心。

「小人似乎有了其他的路要走，請微笑與我道別吧。」

愛信再度滿溢淚水，守護朝鮮和百姓的心依舊沒有改變，只是必須承認，兩個人要走的路已經變得不同。

「路上……請小心慢走，真的……很感謝您，師父！」

愛信向師父躬身行禮，勝具也向愛信鞠躬回禮。

「謝謝你，小姐。」

長久以來的師徒關係就此結束。

師父入宮之後，愛信最後一次來到茅屋，留下的東西都燒掉了，只要整理槍彈就好，咸安大嬸跟在愛信身旁走著，前往茅屋的道路感覺比平時短。以前爬上這裡流下無數汗水，勝具也會同行，如今師徒關係不再，兩人各自用不同的方式守護這片土地。

應該空無一人的茅屋出現不速之客，正在看守茅屋的巡檢認出愛信非常驚訝，巡檢是來侍候外部大臣李莞翼的，從茅屋出來的莞翼和德文，撞見了愛信。

「小姨子！」

德文看到愛信驚訝喊著，咸安大嬸點頭致意。

「姊夫，別來無恙，偶爾會見到堂姊。」

莞翼推著眼鏡，上下打量這位向德文問候的愛信。

「你若是李德文小姨子的話，就是高士弘大監的孫女了，大家閨秀怎麼會來到這不該來的地方？」

「小姨子，這是外部大臣李莞翼大監，向他問安吧。」

愛信轉過頭去不理會莞翼，連視線都不朝向他，雖然德文看不下去跳出來說話，但愛信要咸安大嬸傳話：

「受到折磨的祖父說想吃野豬肉，所以我才會過來，幫我傳達給他。」

愛信的態度讓德文非常驚訝，急忙出聲制止，愛信絲毫不為所動，自尊心受挫的莞翼瞪著她賣弄嘴皮：

「你是在回避我嗎，瞧不起我是中人出身的嗎？我就在你正前方。」

「如果你是受皇帝任用的話，便和出身沒有關係，是因為有需要才會任用。我不是怠慢，因為禮法如此。幫我轉達請他諒解。轉告完了，去附近找找看莊獵人在不在。」

「那股血脈倒是遺傳到這孩子身上啊，我們就此下山吧，沒有白跑一趟就夠了。」

莞翼乾笑著，從士弘到愛信的傲骨在他眼裡只有可笑，總有一天傲骨會折斷。德文顯得無所適從，朝著愛信擠眉弄眼。愛信和咸安大嬸警戒地看著莞翼一行人下山。他怎麼會找上勝具的茅房？愛信有種不祥的預感，咬了下唇。

莞翼一跛一跛走下山，暫時陷入沉思：「壬辰年的義兵子女，成了乙未年的義兵；那麼乙未年義兵的子女，你覺得他們現在在做些什麼呢？」

隆史的話在耳邊響起，莞翼目露凶光，為什麼會忐忑不安？是因為愛信的態度而生氣？還是怕自己遭到無妄之災？他趕忙叫來後方的德文：「你小姨子多大歲數了？」

「她乙亥年出生……今年二十八？二十九？差不多。」

莞翼用拐杖重重敲了地，德文說過愛信從出生就是孤兒，在日本出生被帶回朝鮮，身世不明。乙亥年正是自己殺死義兵那一年，如果那個義兵有孩子的話，剛好是愛信的年紀，莞翼繃緊神經，但是鎔朱交來的義兵名單中沒有和愛信相關的人，他腦筋轉得很快，不排除鎔朱將同志的姓名全部造假的可能性。

下山的莞翼開始去找警務使，請他連絡日本警視廳，要他們調查乙亥年住在東京有樂町的所有朝鮮人，將名單發電報過來。一定有些人跟愛信有關，她絕不會是平凡的貴族小姐，從他在勝具的茅屋見到愛信的瞬間便能確信。

東魅壓抑著呻吟，在病房裡慢慢走動，現在終於可以活動身子了。他找守在門外的雄三詢問：「那腳夫呢？」

「正在漢城搜索中，也派了幾個人去他的晒魚場，我們早晚會找出來把他殺死。」
「在那之前我恐怕會先死，去市集散播具東魅活過來的消息，這樣他很快就會再出現。還有，帶她出去吃點東西。」
東魅從門縫中看見不進門站在外頭踱步的小瑩，雄三點頭，帶著小瑩外出，東魅靜靜看著門外。
東魅清醒過來的消息一傳開，警務使和郵遞司總辦馬上以驚人的速度前來，他們來到醫院交出了電報。收信處是「大韓帝國漢城警務廳」，發信處是「日本東京警視廳」，內容下方列出一長排人名。
「這份名單是李莞翼大監在找的……」
即使東魅的身上還帶著傷，至今尚未出院，但依舊有著威武的氣焰，警務使發抖直點頭。
「沒錯，我在想該來這裡，還是去找李莞翼大監，最後決定來這裡。」
總辦也聯手幫忙警務使。東魅以犀利的眼神仔仔細細看著那列朝鮮人的名字，視線停留在「高相完」「李喜振」兩個名字上，在哪裡見過的名字？東魅眉角一皺，總辦和警務使也跟著緊張。到底是在哪裡看過？東魅搜索腦海的記憶，想起了在濟物浦廟裡看到的牌位，是供奉愛信父母的牌位，東魅握著電報的手發抖著。
李莞翼的矛頭指向了愛信。

紅色髮帶

翻譯官炯奇來到愛信的家，因為上次搜索時，一位日軍偷了愛信房裡的音樂盒，他前來詢問是否為愛信所有，剛好之前愛信正在棉被裡四處翻找。

「不清楚你在說什麼，我沒有遺失的東西。」

愛信回答沒有遺失的東西，如果隆史知道音樂盒是宥鎮的，一定會曲解愛信和宥鎮的關係，美國人宥鎮和朝鮮人愛信牽扯上不是好事，再加上隆史正在盯著愛信的家族。

「即使日軍真的有偷竊物品，而我有東西不見，偷竊者應該直接送上門歸還，怎麼會叫我過去，去幫我傳達這些話。」

炯奇點頭轉身離開，愛信認為應該要讓宥鎮知道這件事。

愛信坐上了轎子前往藥房，途中經過了麵包坊，想起了日軍的軍靴踐踏了家園，如同天空變色一樣令人憤怒，偏偏宥鎮的物品落在隆史手上，愛信握緊拳頭忍著氣。這時轎子突然停了下來，聽到咸安大嬸的驚叫聲。愛信急忙打開轎子的窗戶，看見東魅和浪人們擋住了去路，兩人隔窗對視，東魅的表情凶狠，迎著愛信的目光一步一步走近，愛信令轎夫放下轎子。

一放下轎子，浪人們便將咸安大嬸和轎夫強制帶到一邊去。東魅屈膝對下轎的愛信伸出手，愛信卻當作沒看到自行下了轎。

「你這是在做什麼？」

「你要去哪裡？」

「這和你有什麼關係？」

「我在給你最後的機會。」

對著肅殺的東魅，愛信提高了音量：「什麼最後的機會，說清楚一點。」

東魅問愛信去哪裡的理由，是因為想要保護她，不是保護她要走的路，只是要保護這個人。

「小姐為何總是做這樣的選擇，取消婚約結果留下汙點，拿起槍最終成了箭靶，我指的是這樣危險的選擇？」

愛信自己投身入坑，走向不祥、危險、死亡之路，最終成了莞翼懷疑的存在，東魅認為如果愛信不抓著自己的手，如果自己不能一直在身旁守護，她倒不如一直待在轎子裡。

「因此，請什麼都不要做，不要去學堂，不要學西洋話，不要飛簷走壁，也不要對世界提出任何疑問。」

「沒見過那麼自以為是的傢伙。我對於我的所有選擇都不後悔，包括救了你一命，以及中了你的槍，你想怎麼樣呢？以為手中握有我的祕密，就可以成為我的什麼人嗎？」

「不，還沒有，但從現在開始，我打算成為小姐的某個人，我知道我不能這樣，即使與全世界為敵也沒關係，即使與小姐為敵也無所謂。」

東魅不後悔選擇了愛信，只要能夠改變她的心意，即使那樣做會讓愛信怨恨，東魅也會去做。就像當初非東魅所願愛信救了他，現在東魅也想救活愛信，即使非愛信所願，反正是這一生都無法獲得的愛情。

東魅慢慢地向愛信走去，在愛信猜疑的瞬間拔刀割下愛信髮帶繫著的辮髮，就在一剎那頭髮瀉下來散開，周圍的人發出驚呼，愛信太過驚訝停住了呼吸。東魅拿著辮髮，用野獸般的凶狠眼神看著愛信。

愛信從衝擊中鎮定，奪下東魅的刀，抵住他的脖子，憤怒說：「你真的打算死在我手裡。」

愛信積怨頗深，從一開始被嘲弄是養尊處優的貴族丫頭，再來腳被射擊，這一次是斷髮。

「拒絕我的善意，阻擾我的步伐，現在還讓我蒙受這樣的恥辱。」

「……這樣做，你會痛嗎？」

東魅在屠夫家庭誕生，變成砍人的浪人，這次砍斷的也許是自己的心意，這是東魅的方式，他只想和愛信在同一片天空下繼續呼吸活著，這是欠了愛信一條命的東魅活下去的唯一理由和希望。

「那時，還不如就那樣讓我死去，那次將我救活，讓我懷抱了希望，那個希望現在斬斷小姐的髮絲，因此，是小姐的錯。」

「你一定覺得我很可笑，如果再次回到那個瞬間，我仍舊會救你，但是，你如果再次出現在我眼前，我會殺了你。你沒資格顧慮我的安危，只要將我視為養尊處優的貴族丫頭就好。」

愛信的刀抵得更深，東魅的脖子流下了血。揮刀的是東魅，但受傷的卻也是東魅，只要他的脖子再向前，愛信的刀就會劃得更深。

最後阻擋刀的是混在看熱鬧人群中的陽花，有太多人圍觀了，帶給愛信恥辱的瞬間，以及熟練舉刀抵住浪人脖子的愛信，都看在眾人眼裡。

「事情已經鬧大，別再越演越烈。」

陽花抓著愛信低著嗓音說，但是愛信和東魅並沒有退下，陽花瞟一眼帶著受傷眼神的東魅。想起那一天東魅說射了一隻黑鳥讓她不要再飛的話，今天就像那一天一樣，那個男人剛剛又為了那隻黑鳥不顧一切。

「你的那隻黑鳥好像常常飛很高。」

東魅只盯著愛信看，陽花這句話才讓他回過神，陽花抓著愛信的肩膀帶到麵包坊。

「街上太多眼睛，先避開再說。」

愛信一轉身搶走握在東魅手裡的頭髮。

什麼都沒有留下，只有愛信的紅色髮帶掛在東魅手上。

陽花拉著愛信到麵包坊坐著，愛信的表情呆滯，覺得脖子沒了辮子空空的，陽花從包包裡拿出一條手帕，整理愛信四散的髮絲，為她綁上。

「這手帕竟然會在這派上用場，看來它將變成你的。」

「我以後會還你。」

陽花凝望著手帕輕輕搖頭，這手帕是宥鎮的，她在酒店遭受客人的羞辱受傷，宥鎮以冷漠的表情掏出了手帕。那是陽花和宥鎮第一次見面，雖然曾經傾心於這位始終穩重正派的異鄉人，但到頭來無法擁有他，因為他只注視著一隻飛向藍天的小鳥，和自己一樣是個悲傷的靈魂。

「手帕是美國人的，所以你注定擁有它。」

愛信這才轉過頭，陽花一笑放下愛信頭髮。

「我的頭髮曾被人抓過、還被扯過、被人剪斷。小姐平常都有人幫忙梳理頭髮，並抹上山茶油，就那一束頭髮被剪掉就感覺世界毀滅了，要如何拯救朝鮮？」

「喂……」

「早知如此，一開始就不要拿槍，只拿手帕那樣漂亮的東西比較好，因為小姐拿著槍，有三個男人崩潰。反正朝鮮遲早會落入日本手裡，多小姐一人反抗也不會有差別。」

陽花面對愛信從未出現如此冰冷的表情，從第一次看見愛信的瞬間，她心裡就有趨之不散的嫉妒，愛信和自己太不相同，不論家境、成長背景、舉止都讓她產生可笑的嫉妒，但是看到東魅為她鬼迷心竅毫不瞻前顧後，那一刻起陽花也無可奈何被捲入情感漩渦之中。東魅是陽花十分珍惜的人，口中說著討厭所有朝鮮人的東魅，對陽花而言相當寶貴。因此還抓了誣陷東魅的桂丹，在她臉上留下傷痕。

愛信從慌張中回過神，注視著陽花：「每個人都有各自生活的世界，每個人珍惜的事物也不同。在我的世界裡，朝鮮、家族和父母賜給我頭髮都很珍貴，我不知道酒店老闆活在什麼樣的世界，我在我的世界全力以赴，因此，請不要在我面前裝壞人。」

兩人之間的緊張關係眼看就要爆發，愛信先從位子站了起來。

陽花走在街上，拿出香菸點上了火，陷入沉思中：「那女人帶走了手帕，某人要哭了……」

腦海裡浮現東魅悲傷的眼睛，當不了同志也當不了朋友，手中只握著紅色的髮帶。陽花抽著菸，煙霧中自己的身影也似乎變模糊了。

隆史直接走進武官學校的訓練場地，他穿著日軍的制服走進武官學校，讓訓練學生的宥鎮神情凝重，他命令學生交還槍枝就地解散。隆史帶著某種固執又趾高氣揚的態度約宥鎮喝咖啡，故意來到此處打招呼，當然並非真的想喝咖啡，宥鎮難以預測他的想法，只好先跟著他外出。

兩人一起走進酒店。

「武官學校的教官，這工作如何？」

「他們的熱情很驚人，我正在幫他們磨練這股熱情，教他們不管敵人看起來再怎麼巨大也不要害怕，也許敵人比他們想像中的還要愚笨。」

這話分明是在調侃自己，隆史握了拳頭。

「我十分期待，我現在想停止這無聊的戰爭，坐吧。」

隆史邀宥鎮坐下，宥鎮搖著頭：「我先上樓了，最近沒睡好。」

「這樣啊！去睡吧，祝你有個好夢。」

宥鎮沒有回應，向櫃台侍者拿了鑰匙走向樓梯，背後卻傳來熟悉的旋律，這傷感的旋律是他聽過無數次的〈綠袖子〉。自己的音樂盒已經給了愛信，此刻音樂盒應該在她房裡才對。宥鎮有不祥的預感，臉色鐵白，回頭朝向音樂傳出來的地方。

隆史坐的位子旁，音樂盒就放在桌上。

「怎麼了？你知道這東西？」

「這是什麼？」

「那時候去貴族女人的家，我們的一個上等兵偷了這個東西，真是的。」

「真丟臉。」

「可以這麼說，但是宥鎮，這音樂盒原來不是你的嗎？」

宥鎮在紐約打包行李的時候，隆史來過他房裡，那時分明看過這個音樂盒，他確定宥鎮和愛信之間有點什麼。宥鎮很快收住不安的視線。

「確定是我的嗎？我的東西出現在那戶人家，不是很奇怪嗎？」

「是很奇怪，現在你的表情也很奇怪。」

剛好這時候被派去愛信家的翻譯官炯奇跑過來，向隆史誇張的行禮，冷汗直流：「大佐，小姐說沒有遺失的物品，而且……她要我轉達，如果有她的東西在這裡，應該直接拿去還她才對。」

「她沒有遺失的東西？我知道了，你走吧。」

隆史不知該說什麼，炯奇也迫不及待離開。宥鎮明白了愛信如何應對此事，隆史用手指輕擊音樂盒，喃喃自語：「那麼這東西為什麼會在那裡？她偷的嗎？」

「或許她不知道是贓物而買來，調查一下就會知道，我的房間遭竊了幾次，你也小心一點。」

「有抓到小偷嗎？」

「我沒有抓到，但你不是抓到了嗎？那個上等兵。」

「不過很抱歉，這個無法還給你，因為是贓物。」

「我沒有期待你會還。」

對於就要勃然大怒的隆史，宥鎮冷漠回應，再次說要上樓了，讓隆史咬牙。

宥鎮回到房裡，之前忍住的怒氣顯現在臉上，看來是無法從他手中拿回音樂盒了，正在苦悶時，秀美敲了房門。宥鎮將門打開，她左顧右盼確定沒人發現，進了宥鎮房裡。

她艱難地小心翼翼開口：「因為小姐說要保密，所以有些話我沒有說。」

是關於愛信的事，宥鎮側耳傾聽：「因為我上次將文件交給大人的關係，小姐正在替我還債。」

「還債？還給誰？」

「是具東魅。但不知道為什麼，他剛剛在泥峴將小姐的頭髮削斷了。」

東魅故意觸犯愛信，在她的家族成為隆史的目標時，即使具東魅不加上一腳，她的處境也日漸險惡。

「我想在朝鮮似乎只有您能贏過具東魅，所以來找您。」

「他們老是激怒我，好吧，我照順序一個一個打敗他們，不要擔心，去做事吧。」

秀美安心點頭。秀美一走，宥鎮再度準備出門，想去問問東魅，為什麼要對他極度在乎的愛信做這樣的事。

宥鎮朝向花月樓走去的時候，東魅正在被暴怒的士弘用掃帚揮打。愛信被削斷頭髮這件事已經在市集傳開。在士弘旁站立的行廊大叔和東魅旁的日本手下怕出事，戰戰兢兢觀望著。東魅只是靜靜站著挨打，責打一陣子的士弘將掃帚扔在地上。

「再也不要在我孫女周邊出現，不然我會清楚讓你知道，為什麼屠夫是屠夫，貴族是貴族。」

比起狠心揮動的掃帚，這句話更讓人心痛，破裂的嘴唇散發出血的味道，東魅舔了一下嘴唇。士弘一轉身，行廊大叔馬上前去攙扶護送。東魅疼痛皺了眉頭，不只是嘴唇破了，還沒有癒合的胸口槍傷好像又裂開，他以手扶住止不住顫抖的胸口，發現宥鎮出現，又將手放下。

「還想再加一拳的話就加吧，反正我已經挨了很多打。」

「到底為什麼要這樣做？」

望著正經八百的宥鎮，東魅笑也不是哭也不是，他對愛信抱持同樣的心意，卻得不到同等的回應。東魅下定決心只走自己的路，即使這條路只有凶狠的話語和鞭打。他摸著刺痛的脖子，被愛信用刀抵住脖子的傷口流出了血，真是一場糊塗。

「李莞翼在調查愛信的底細。」

宥鎮目不轉睛看著東魅，李莞翼殺死了愛信的父母，背地裡調查愛信的底細，想必是基於相同的原因。東魅已經全身是傷，沒理由再加上一拳。

「我是來打你的，我們就此扯平吧。」

宥鎮轉身要離開，熙星卻跑過來，一拳揮向東魅的臉，一定是在市集聽到了消息，像宥鎮一樣發怒立刻來找東魅。東魅又再次快要倒下，但依舊只是挨打。愛著愛信的男人們內心都受著煎熬。

崩塌圍牆的彼方

用手帕綁著頭髮的愛信舉著槍，這把槍是宥鎮送給她當禮物的莫辛納甘步槍。雖然師父離開，茅屋被發現，沒有了練習基地，但不能疏於練習，愛信在家中的倉庫回想宥鎮教過的方法，用沒有子彈的空槍，練習裝填子彈扣扳機，反覆練習好幾次。

「剛開始會覺得重，一直練到完全沒負擔為止。」

「你現在要正中目標很難，但還是試射看看。」

愛信自己小聲發出「砰！」一聲扣了扳機，雖然她穿著貴族小姐的服飾，卻永遠做好當狙擊手的準備。

長時間練習後，愛信走出倉庫，天空些微變色，似乎就要下雨。觀察天空的視線移動時，她發現插在圍牆上的紅色風車，這是愛信曾經插在藥房的紅色風車，她立刻踏著醬缸站上圍牆。

她看到宥鎮的背影騎著馬遠去，裙子發出的聲音無法叫喚宥鎮，愛信只是微微張著嘴，宥鎮似乎感受到愛信的焦急停住了馬，回過身來，兩人四目相交，每次都是這般命運的相會。

宥鎮露出驚訝的表情，立刻掉轉馬頭跑向愛信，愛信抓著裙角等著，宥鎮今天又進到愛信心中更深的地方。

「過得好嗎？」
由於太興奮，愛信聲音顫抖，第一次看見愛信短髮模樣，宥鎮覺得陌生又疼惜。
「頭髮變短了？」
「就變成這樣，還不錯吧？」
「是我看過最帥的樣子。」
「跟我期待的話不一樣，我期待的是B開頭的詞。」
愛信笑了，她期待的回答是beautiful（漂亮）一詞，當然愛信十分漂亮，但是宥鎮有更想說的話，他的眼裡盡是愛信：「我想你。」
突如其來的告白，愛信的心直往下墜，看她受驚的模樣，宥鎮笑了。
「看來也不是這句話。」
「嗯，還差得遠。」
玩笑聲中他們交付彼此熱切的真心，院子裡傳出咸安大嬸叫喚小姐的聲音，雖然相見的時間太短，但是愛信必須走了，依依不捨數度揮著手，宥鎮點點頭和愛信約定下次見。
愛信消失的圍牆上方，只剩下紅色的風車淒涼地轉動著，宥鎮握緊韁繩停留在原地。

莞翼窩在椅子上，想起了一個女人吐著血破口詛咒自己的聲音，原本是盡力想要擺脫的詛咒，卻成了一個線索，但是無論怎麼回想，都想不清楚從那女人口中說出的正確名字。
「該死，那女人分明說了一個名字。」

正在心煩地口出惡言，剛好聽到了敲門聲，德文走了進來。他命令警務使申請乙亥年住在東京有樂町的朝鮮人名單，已經過了好幾天。

「……那個，還沒有接獲從日本來的電報。」

「是嗎？」

莞翼挑著眉大致了解了狀況，性急的莞翼沒有發火更讓德文害怕，觀察他的臉色，再次問道要不要再從郵遞司的總辦那打聽一下，莞翼卻搖頭。

「算了，有些事結果可以說明原因，這件事需要辦很久嗎？分明有人插手了，那名單裡面肯定有我認識的名字。」

如此自言自語的莞翼腦海中突然掠過喜振的聲音：「不會是……不可能是……相完，原來是你，叛徒……」

莞翼瞪著德文，問道：「你妻子的叔叔叫什麼名字？」

「……啊！是相完……」

「相完！是高相完！他在那裡，那名單上有他的名字啊。」

不安而結巴的德文閉上了嘴，莞翼為自己的發現感到自豪，想到在茅屋看到愛信臉上的表情，義兵的子孫會成為義兵這句話果真沒錯，自己槍殺了愛信的父母，這因緣環環相扣，他嘴角不懷好意地上揚。

「把我外套拿來，我得去喝一杯咖啡。對了，你的小姨子確定取消婚約了吧。」

德文不知所措點頭，拿起莞翼的外套。

莞翼放下咖啡和安平相對而坐，如果只有兩人見面，誰都不至於難堪，但熙星和陽花被捲了進來。莞翼和安平想促成他們的婚事。一位是和愛信毀婚沒有多久的熙星，一位是丈夫去世很久的陽花，兩位父親的貪欲無止境，不知道熙星和陽花會感覺羞愧，且對未來發展感到頭痛。

「我明明警告過你，常常進進出出的話，我不知道會讓你吃到什麼。」

莞翼一拐一拐正要走出酒店，陽花攔住了父親，阻止他擅自計畫把自己賣到安平的家中。一般在安平和熙星面前絕對不會說出口的話，在父親面前脫口而出，莞翼嘲笑發狠的陽花，在他眼裡陽花只是假裝歹毒，她還差得遠，她的心有柔軟之處，還有那麼幾分人性，雖然莞翼常常襲擊這個弱點，又常常對她的處事方式不滿意。

「有個叫森隆史的傢伙住在這裡，如果有剩下的毒藥下在他身上，越快越好。」

陽花的內心被看穿，牙齒發顫，從父親身上學到的不是做人，而是成為毒蛇的方法。莞翼想起了他曾看到陽花和愛信一起坐在麵包坊，瞪大眼睛警告著：「還有，別和那女人走得太近，我說的是高士弘的孫女，因為你和不對盤的人在一起，我才會知道她是誰，之後不要再往來。我殺了那個女人的父母。」

說自己殺了誰，若無其事地冒出這番話，莞翼就搭上人力車離去，離酒店越來越遠。陽花僵直站在原地，對於自己的父親陷害誰、殺了誰從來不訝異，這不是常有的事嗎？他賣國和殺人朝鮮八道無人不知，即使如此，她仍然呆若木雞，這是多麼難以承受的事實。陽花眼前發暈，踉蹌地扶著一旁的柱子撐了下來，即使站著不動也喘著氣，她大口吸著氣閉上眼睛，以為自己會哭，想哭卻哭不出來，但唯一能做的只有哭泣了。

宥鎮和莞翼擦身而過，進到酒店裡，發現了陽花，擔心走向前：「發生什麼事，你還好嗎？」

陽花整理混亂的思緒，強顏歡笑回答：「我和熙星相親了。」

宥鎮推測了情況，無聲地嘆息，因為他並不是不知道陽花和莞翼的關係，對著微笑的陽花，他小心翼翼問道：「有件事相求。」

陽花示意宥鎮有話直說。

「很難的請求，假裝拿錯鑰匙給我。」

「那個房間？」

「森隆史」

陽花嘴角上揚，那個房也是她想要搜索的。

「我給你萬能鑰匙吧，反正我的酒店也常常被搜。」

「謝謝！」

宥鎮從陽花那獲得萬能鑰匙後，就潛入隆史的房間，在這房間裡，有一份文書和自己的音樂盒放在一起，上頭滿滿寫著朝鮮人的名字，題名為「朝鮮暴徒名單」，高士弘、黃殷山、莊勝具、李正炆……都是熟悉的人。陽花發出信號，隆史回來了，宥鎮急忙退出房間，並努力背下每一個名字。

回到自己房間，宥鎮寫下所記得的文書內容，那是隆史所掌握的義兵名單，雖然越是後面的名字越無法正確記錄，但可以確信的是隆史正在監視漢城所有義兵的主要人物，義兵組織裡分明有內賊，應該要讓殷山先躲避起來。

宥鎮前往渡口客棧找洪波，認為她也有被發現的危險，勸說她一起躲一躲，但她拒絕了。如果洪波離開的話，殷山逃亡的事就會很快被揭穿，而且，洪波有在等待的人。

殷山和其他被盯上的義兵整理行囊離開了，也許以後宥鎮和殷山沒有見面的機會了。情況不太好，宥鎮擔憂地回過頭，看見了風車。

東魅朝柔道館前進，後頭跟著雄三和浪人們，隆史正在道館等著東魅，他急忙向雄三打聽隆史的背景。

「他是華族*出身的日軍大佐，正想要介入泥峴商權，因為第一銀行券的問題，朝鮮人和日本人常起爭執，每次都只有朝鮮人被逮捕，朝鮮人都不再去泥峴了。」

「所以我才討厭軍人。」

東魅皺著眉頭咬牙切齒。雄三要東魅小心使用朝鮮話，因為隆史朝鮮話很流暢。日軍懂得朝鮮話是非常奇特的。東魅身上穿的和服颯颯飄動，行徑間帶著凶狠的目光，原本就因為愛信的事心情不佳，現在更是渾身不對勁。

光腳踏進柔道館的東魅，皺起了臉，隆史穿著軍靴站在館場內，從下到上慢慢打量東魅，他知道東魅在朝鮮出生，但是他的穿著完全像個日本人，讓人一時混淆。

「我是武臣會漢城分部長具東魅，聽說在我受傷的時候，你將泥峴搞得一團糟。」

「原本就一團糟啊。」

「真如傳聞所言，你朝鮮話很流利。」

「那是因為你的日本話一團糟。你認為他們在日本的租界拒收日本錢像話嗎？」

「日本人付的主要是第一銀行券，明明知道那不能換錢，怎麼能收。」

東魅來勢洶洶像個市井混混的頭目，不只如此，他還挺直腰桿，一句話都不讓步，隆史憤怒了：「你這個

* 明治維新後新組合的貴族階級。

屠夫出身的，拋棄了自己的祖國，只不過是武臣會首長賞識的一隻狗，竟敢教訓我。」

東魅挑起半邊眉笑了出來：「看來我挺有名的。我在途中聽了一些大人的來歷，你是貴族出身的軍人。我最討厭兩種人，就是貴族和軍人。所以之後再隨便踏入我的地盤，我就很為難了，大人，離開家鄉的人難免會客死異鄉，也會發生一些不光彩的事，不是嗎？」

「你只不過是個浪人，看來我的事你打聽得不夠，在朝鮮這片土地的日本人中，我的地位最高，也就是說，在朝鮮沒有人可以命令我。」

面對隆史的威脅，東魅眼也不眨，在他眼裡，隆史表現的一切都只是虛張聲勢。

「看來您誤會了，我所效忠的不是日本人，而是武臣會，你只不過是個軍人。」

將自己踩在腳底的這番話讓隆史忍無可忍，拔起槍來要對著東魅的頭，但是槍口還沒碰觸到頭，東魅的手更快速抓住他的胸口舉了起來，用令人措手不及的過肩摔拋飛，讓他滾倒在地。東魅也牽動到動手術的部位，疼痛湧來，不禁皺了眉。摔在地上的隆史注視著掉在地上的槍，槍離自己有點距離。

「已經這樣你還要再舉槍的話，就真的輸了，大人。」

憤怒的隆史扶著腰站了起來。

「要出去的時候請脫下軍靴，我的手下每天早上都要擦地。」

東魅看著隆史，就像之前隆史對待他的態度，上下打量，然後和浪人們一起離開柔道館。

士弘家傳出了粗暴的敲門聲，像要砸破門的聲音驚動了各自忙碌的家奴，紛紛轉頭看向大門，門打開後拐杖在人之前先進了門，是李莞翼，後頭跟著大韓鐵道公司社長朴基中和十幾名工人，咸安大嬸慌忙叫了士弘大人。

完翼強悍站在院子中間，一臉殺氣。

緣由是他昨天差點遭受暗殺，一群乳臭未乾的孩子發起的，主謀是宥鎮教導的俊英和同學，雖然俊英和其他學生沒有被抓到，但其中一個人在觀察完翼時被發現，當場遭斃。完翼儘管防禦成功，仍恨得牙癢癢的。認為如果就此罷休，大家就不知輕重爬到頭頂上來，決定要好好教訓這些逆賊才行。

因此完翼立刻叫來大韓鐵道公司社長到士弘家，要把朝鮮的精神、世代都是義兵的家族連根拔起。

在咸安大嬸叫喚中，士弘來到大廳俯視著完翼，完翼嘲弄著他：「我是外部大臣李完翼，您在獄中吃不少苦吧，年事已高何必自討苦吃？」

「問候就不用了，說重點吧。」

「話說早死早超生，我來向大監提一個能真正幫助朝鮮的方案。」

完翼嘲笑生氣的士弘，將貼著糊窗紙的門板當作工作檯，放上一張鐵道路線圖，完翼拿起上漆的染料在標示黑線的地圖上，畫上一道紅色的線。

這是什麼意思？士弘皺著眉。一旁站著的基中對士弘說明：「我是大韓鐵道公司社長朴基中，剛剛外部大臣重新調整了鐵道路線，新的路線會經過這座宅邸，因此即刻開始，這片土地將收為國家事業所用。」

守護在士弘身邊的人全都受到了衝擊，士弘大喝一聲：「你活得這麼無恥啊，你以為這種恐嚇對我有用嗎？」

完翼瞬間變臉，對工人打了手勢，瞬間圍牆傳出「哐啷」的聲響，牆外的工人開始砸毀圍牆，進來宅院的工人也一擁而上砸碎圍牆，插著紅色風車的圍牆傾倒了，風車掉落在地上。咸安大嬸和行廊大叔氣憤不已，頓足吶喊。

房間裡趙氏夫人和愛信聽到騷亂跑了出來，愛信看到爺爺前面站的莞翼，表情立刻僵硬，圍牆再度發出坍塌的劇烈聲響，那聲音讓士弘感受到胸前劇痛，他抓著自己的胸口。

「爹！」

趙氏驚慌跑向前攙扶著士弘，愛信也扶住爺爺。

「世界就是這樣變化的，很有用吧！今天就到此為止，先告退了。下次我再來之前，請你收拾好，連一隻螞蟻都不要留，不然不管是人還是物品，我會全都會毀滅。」

莞翼再一次教訓了視為眼中釘的老人和丫頭，再也沒有比這更舒暢的事了。愛信望著轉身而去的莞翼，突然向倉庫跑去，滿腔的憤怒，絕不能讓他就此離去。士弘集中了模糊的意識命令行廊大叔：「快把愛信關在倉庫裡！」

士弘怎會不清楚愛信想要做什麼，大叔和家奴們跑去抓住愛信的雙臂。

「你們怎麼了，放開我。」

但不管是咸安大嬸還是行廊大叔都不願放開愛信。

愛信被關在倉庫後，士弘臉色蒼白坐在房間坐墊上，整理了思緒，透過行廊大叔召集了家中所有的佃農。行廊大叔抱著一大疊文件看著他們，佃農坐滿了房間外也聚集在門外。

「佃農們都聚集在此了。」

行廊大叔說完，士弘點了點頭。

「現在是時候整理我們之間的緣分了。」

佃農們聽了十分慌張，行廊大叔在他們面前放下懷中的文件，不是別的，是關於土地的地契，只挑選了鐵路沒有經過的地方。

「現在這些土地是你們的了，做了三十年的和做二十年的會有差別。」

「大監大人！」

佃農們跪倒在地不知該怎麼辦，原本就下定決心這些土地有一天會分給佃農，生前為避免親戚的騷亂，正在約定日後處理，沒想到會這麼快就需要把土地分出去，還要把鐵路經過的土地除外，士弘集中精神，嚴厲地告知：「但是，不管再怎麼青黃不接、被刀槍威脅，你們都絕對不能把土地賣給日本鬼子，要傳給後代子孫，世世代代守護朝鮮土地，可以遵守約定嗎？」

佃農們流下眼淚磕頭致意，無法猜測士弘將土地分送出去心中有什麼打算，跪倒在地的佃農哭泣的背上下抖動著。士弘望向房門外的遠處，是時候要離開長久守護的家了。

那天晚上，士弘請宥鎮和東魅來到房裡，對於突然而來的邀約，不明緣由的兩人一樣驚慌。士弘了解自己所剩的時間不多，要儘快處理所有的事情，他將土地文件推到東魅面前。

「聽說你收了錢什麼事都願意做，這是我能給的全部了，請你保護愛信。」

東魅瞪大眼睛看著地上的文件。士弘不理會兩人的驚慌，視線轉向宥鎮：「我曾希望朝鮮不要輸，現在的想法也相同，拜託你，務必殺了那位日軍大佐。」

比起宥鎮的驚訝，東魅搶先發問：「為什麼我是保護者，他是殺人者。」

士弘靜靜看著兩人，對他而言，東魅是翻牆進來的人，宥鎮是打開大門走進來的人；東魅削斷了愛信的頭髮，而宥鎮會跪在愛信身旁守護，這就是奮不顧身的人和費盡心思追求完美的人之間的差別。

「為什麼要殺的不是李莞翼，而是那名日軍。」

宥鎮冷靜再提問，李莞翼是愛信的仇人，也是朝鮮的仇人。

「李莞翼即使死在朝鮮人的手裡也無妨，但是，若那名日軍死在朝鮮人手裡的話，日本會以此名義攻擊朝鮮，因此，我才會交付給你這位美軍負責。」

至此，宥鎮終於完全了解士弘的深意，宥鎮的表情黯然，即使帶著某種名分殺了隆史，在愛信身旁的可能性又更渺茫了。但是即使士弘不請求，森隆史對愛信構成威脅的話，宥鎮有一天也會解決他的。想到自己無法在愛信身旁，悲傷地喃喃自語：「對我真的……有點殘忍。」

「你可以怨恨我，因為我打算做你天空裡的那隻烏鴉。」

不管任誰都笑不出來。

宥鎮和東魅走出房門，冷清的月光照映在院子裡，坍塌的圍牆殘骸四處散落，連樹木的樣子都和昨日不同。

「結果把我們兩個都……趕離小姐身邊了，我負責保護，大人負責殺人……真是狠毒的老人。」

聽著東魅苦澀的聲音，宥鎮視線依舊停留在紅色的風車無法移開，像是在坍塌圍牆的夾縫中枯萎的花朵，紅風車被弄皺毀壞了。到底是東魅比較痛苦，還是宥鎮比較痛苦？士弘對誰比較狠毒？誰最悲傷？全都是無意義的猜測，大家的人生各不相同，要走的道路也不同，但宥鎮明白最終都會到達相同的地方，那個終點就是愛信。

宥鎮和東魅離開後，士弘到倉庫看愛信，他對愛信說：倉庫的門不會打開，不要有什麼期待。說著從懷裡拿出一張照片交給了她。

「我如果放手不管，你今天晚上一定會跑出去，拿起槍，你爹也不會像你這樣，看來你是像我素未謀面的兒媳吧！這是你父母的面孔，好好珍藏吧。」
這是士弘珍藏的愛信父母的相片，照片裡兩人並肩站著深情微笑，愛信用發抖的手輕拂母親的面容。
「真的要給我嗎？」
「不過，你要原諒那天的我。」
那一天愛信反抗著，說什麼都不能做的話，我寧願去死，士弘對還小的愛信回答：那你就去死吧！至今他依舊很內疚：「不要死，活下去吧！」
這是士弘殷切的期盼。

遺言

天一亮，士弘的房間透進了陽光。
他穿著寢衣端正地睡著，趙氏夫人見士弘尚未起身在門口喚了幾回，不見回應便開門進房，看著躺著的士弘突然停下腳步，發現在頭的側邊整齊放著一個白色信封，趙氏發抖走近了一步：「爹！」
趙氏夫人發出一聲悲鳴。
這聲喊叫傳出了門外，行廊大叔和咸安大嬸驚慌朝士弘的房間跑去，士弘的房裡頓時變成一片淚海。咸安大嬸打開了關閉愛信的倉庫大門，從房門透進的光灑在愛信憔悴的臉上，她手上緊緊抓著的是前一天爺爺交給她的父母的相片。

「大監大人他……大監大人他……」

咸安大嬸說不出話來，嗚咽著。

愛信握著照片，呆呆望著快要昏厥、淚水直流的咸安大嬸，很奇怪，咸安大嬸的話她一句也聽不見，也不能相信。愛信顫抖著走到院子，院子裡一片慌亂，家奴們跪倒搥著地痛哭失聲。村子裡的人聽到消息聚集在大門口流著眼淚，愛信木然站著。

「一定要活下去，愛信啊！」

祖父最後的話語如此深刻，愛信癱坐在地，她不知道那句話會是祖父的遺言，來不及也對祖父說：您一定也要活下去。止不住湧出的淚水，心像被撕裂般疼痛，愛信搥著自己的胸口。

喪事儉樸即可，但是要準備充裕的食物。

葬禮舉辦五日，前來弔唁者不分貴賤全都接受。

我這輩子都受到大家的幫助。

高家遵照士弘的遺言舉辦喪事，準備食物的炊事在院子裡升起裊裊的煙氣，前來弔唁的人絡繹不絕，宥鎮也混在人群中，在忙進忙出的人員中尋找愛信的身影，但是看不見她。這時德文協同莞翼從他身邊走了進來，就在他厚顏得令人髮指時，傳來了巨大的通報聲：「皇帝陛下駕到！」

大門旁站立的人全都驚慌跪倒在地，在總管勝具和總巡隊嚴密護衛下，皇帝的御用輿馬和正炆一起前來。負責葬禮的宗親們竊竊私語，儒生士弘再怎麼受尊敬，皇帝親自前來依舊令人詫異，更何況皇帝還穿著喪服。

在士弘的牌位前，皇帝悲痛對著恩師行大禮，站在皇帝後方的正炆強忍住悲傷，看著皇帝在眼前跪下雙膝。目視皇帝下跪是不允許的，勝具暫時轉過身去背對皇帝。趴在地上的人驚訝不停嘀咕，從頭看在眼裡的莞翼更是一臉歪斜。

弔唁完畢，皇帝一行人走下院子，莞翼立刻穿越跪倒的人群，一跛一跛走過來。

「一國之君來到一名老人的葬禮就已經夠荒唐了，竟然還下跪行禮，其他國家會怎麼說？他們難道不會覺得你不成體統，而朝鮮很可笑嗎？」

莞翼不知天高地厚的唐突之舉，正炆大聲喝斥「放肆」，話還沒說完，皇帝搶過了身旁馬夫的鞭子，朝莞翼揮了過去，是一記凶狠的鞭打，跪倒在地的百姓抬頭看一眼也驚訝不已。

「這瘋子，為什麼突然這樣對我，他瘋了嗎？」

跪在莞翼身旁的德文也嚇得用膝蓋爬了過來。

「為何這麼做？陛下。」

皇帝遺失了如同朝鮮精神的師聖，眼裡布滿血絲，將朝鮮所有的一切都毀滅、都強取豪奪，以一國之尊無法放任此事不管。在老師閉上眼之前，讓老師心碎的便是眼前這位莞翼，即使什麼事都沒辦法做，自己仍是皇帝啊！

「即日起，罷免李莞翼所有官職，這是聖旨。」

聽到皇帝的命令，莞翼拿起拐杖指著：「說什麼？好啊，隨便你，反正朝鮮即將滅亡了，我才不需要這些官職。」

莞翼的拐杖在皇帝眼前揮舞著，勝具快速搶過拐杖朝莞翼下巴頂去，莞翼直直跌落泥地裡，勝具用拐杖壓著他的脖子，一旁跪倒的人全部盯著他看。不堪受辱的莞翼睜大眼睛：「你這個混蛋，我會親自結束你的性命，你等著瞧！」

俯視著莞翼的勝具，比任何時候都要來的冷酷，等待已久的仇人就在眼前，如果可以在這個地方解決這條命，他會用這根拐杖插入他的喉嚨。

「你來吧！我一直在等你。」

長久以來令人提心吊膽的君臣關係就此破局，在鬧哄哄的庭院、坍塌的圍牆旁，皇帝和身邊守護的人，以及他們瞪著的莞翼，一切都令人緊張。宥鎮在一旁不安地觀看，這悽慘的景象似乎成了不幸的預言。

士弘的家成了廢墟。

葬禮結束後，送葬隊伍一出家門，莞翼就帶著一幫人突如其來踏進高家，家奴和周圍的人企圖攔阻卻力有不足，全都負傷。在一片悲傷和憤怒的景象中，原本還保有樣貌的圍牆完全坍塌了，門板掉落，毀壞的家具散落一地，高氏家族的名譽只剩下一片地基，過去的一切了無痕跡。

遺失了宅邸，家人也分崩離析，趙氏夫人帶著愛純投靠南原的親戚，但是離開後，愛信完全失去了音訊。宥鎮去了藥房幾次，魚腥草盒開啟著，裡頭卻空無一物，上回因為紅風車和愛信見的那一面，成了最後的相會。

轉眼間到了士弘四十九齋，宥鎮仍在等候愛信，她可能還在滿腔怒火，所以沒有任何音訊，也不留下一絲蛛絲馬跡，即使如此，宥鎮依舊等待著這個無情的女人。在公使館辦公室裡充滿了種種的回憶，宥鎮撫摸著俄羅斯娃娃，神色黯然。

突然間辦公室的門被粗暴推開，凱爾緊急叫喚宥鎮：「日軍在街上吊了一個女人的屍體，我在路上看到了，是我們認識的人。」

頓時宥鎮臉色遽變，傳達消息的凱爾也看起來很難過：「我還知道她的名字，老闆娘……」

宥鎮放下俄羅斯娃娃跑了出去，凱爾緊跟在後頭。

電車經過的通道橋吊著一具渾身是血的屍體，裙角掛的五色布隨風飄揚，是洪波。不只殘忍被殺害，屍首還在街上展示，聚集的百姓對這殘酷的景象顫抖不已，倒坐在地。

「這裡果然一眼就看盡朝鮮軟弱的歷史。」

隆史嘴角上揚，在橋上俯瞰絕望的朝鮮人，遠處宥鎮和凱爾正趕過來，跑到掛著屍體的陸橋前方。洪波屬於義兵組織肯定被發現了，宥鎮絕望地看到了洪波，隆史走近宥鎮身旁。

「我正在想誰會最先跑過來，結果是宥鎮你。」

一直強忍憤怒的宥鎮一看到隆史，便舉起手打了他一記耳光，隆史搖晃了一下，驚嚇中抬起頭來，宥鎮又再次甩了他一巴掌，隆史再次摔倒。宥鎮突然的攻擊，讓後方的少佐和日軍舉起槍對準他。

「你這混蛋！」

憤怒的少佐對宥鎮開了槍，一聲槍響，宥鎮的左臂冒出了血。因為憤怒太過於強烈，他竟然沒有感覺疼痛。宥鎮一看到血，快速從懷中掏出槍來。

「我也只會射你左手。」

冷靜的宥鎮對著少佐的左臂開槍，中槍的少佐痛苦地哀號。凱爾飛奔到宥鎮身旁，用槍指著隆史。

「不要動，我不擅長使用右手，搞不好會打飛你的腦袋。」

憤怒的隆史差一點就要射擊宥鎮，他放下了槍。宥鎮以充滿蔑視的眼光望著他：「你連軍人都不是，戰時的軍人只會打軍人，那女人是軍人嗎？」

「那女人是做什麼的，看來你知道呀！」

隆史露出邪惡的微笑，他的疑問獲得證實。

「我只是拋出了疑問，宥鎮，你做出了回答，而且還是正確答案。」

警衛院的總巡隊騎馬跑了過來，總管勝具在前方帶隊，他下馬確定了屍體是洪波的面容，便慢慢閉上眼無法再觀看，不能流下眼淚，也已哭不出來。

洪波總是在渡口等著勝具，她想待在他的身旁，偶爾在客棧交換義兵消息，勝具來吃飯，她會像老闆對待客人一樣和勝具聊天，他們之間有著深厚的感情，甚至是雲雨之情。此刻，勝具按捺住怒火，好幾次話到嘴邊說不出口，最後不假思索對森隆史下令：「把她放下來，她是我內人。」

生前未能對她說出口的心意，現在才透露出來，心中悲痛無比。

宥鎮對著隆史用日本話轉述了一次。

「恭敬有禮將屍體放下來，那位是朝鮮警衛院總管，而那女人是總管的內人。」

「……警衛院總管？真意想不到，你一直給我正確答案呢。」

「叫你放下來沒聽到嗎？」

宥鎮提高了嗓音。勝具很艱難地再次看著洪波的軀體，繫在她裙角的紅布條被風吹落，飄落的紅布像極了她所喜愛的花朵顏色。為了忍下一切，勝具青筋暴露握緊了槍枝。看在隆史眼裡成了可笑的對象，不折不扣的人面獸心。

「不要笑！」

宥鎮無法忍受隆史的作為，大喝一聲。隆史收住了笑容瞪著宥鎮，來到朝鮮之後，宥鎮一直站在不該站的地方，在士弘的家是第一次交手，在這橋上又再次針鋒相對，隆史撫摸著被打傷依舊火辣辣的臉頰，警告著宥鎮：「我第一次遭受如此待遇，一定會奉還，等著瞧！」

「你也等著瞧，因為我會殺了你，我和某人做了約定，剛剛又再次下了決心。」

看來無法再辜負士弘的遺言，宥鎮直勾勾瞪著隆史。

相完和喜振牌位所在的濟物浦廟裡，現在一起供奉士弘的牌位，為了緬懷士弘的四十九齋，包括趙氏夫人為首的親戚，還有咸安大嬸和行廊大叔都聚集在一起。熙星雙眼泛淚也站在士弘的牌位前，燃香的味道撲鼻而來。門外咸安大嬸和行廊大叔打探著四周，期望音訊全無的愛信會出現。

即使祭祀結束，還沉浸在悲傷的家人依舊捨不得離開。站在外頭的熙星穿上鞋子走下石階，看見遠方一群黑色人影向廟裡走來，不禁皺了眉頭，黑影很快現身，是帶槍武裝的日本軍人，跑來的日軍舉槍瞄準了熙星，氣氛不尋常，熙星鎮靜問道：「你們有什麼事嗎？」

突然來的騷亂讓大雄寶殿裡的人回頭觀望，看見舉槍的日軍便想起了之前的噩夢，親戚們向後退去。

「高愛信在哪裡？」

日軍喊叫著搜尋愛信，這是隆史的命令，他得到密報知道義兵的名單，其中士弘是領頭羊，他雖然過世依舊得到朝鮮人的尊敬，因此理應斷了他血脈相承的後代。莞翼和隆史決定在四十九齋這一天行動，因為愛信一定會出現。

日軍的口中說出愛信的名字時，熙星表情瞬間僵硬，趙氏夫人出面站在熙星身邊，熙星以發抖的聲音對著夫人和旁邊的親戚說：「他們在找不該找的人，我一打暗號，你們就趕緊逃跑。」

「不該找的人是誰？是說愛信嗎？她還是惹禍了，我們走吧，這樣下去我們都會死的。」

一位親戚拉著其他人要走，日軍毫不留情射擊了最先移動的人。

「小叔！」

子彈穿過小叔胸膛，他摔到在地，趙氏驚呼一聲，事發至此只能拚得你死我活，行廊大叔拿出懷中的鐮刀，咸安大嬸趕緊護著趙氏夫人躲進大雄寶殿。

「大家快逃吧！」

熙星大聲喊叫。

行廊大叔以一把鐮刀對抗日軍的槍，從大雄寶殿裡跑出的修行者，拿著藏在廟裡的弓箭、槍和刀一起幫助行廊大叔，趙氏夫人也拿起弓箭射擊，被射穿腦袋的日軍流血倒地。咸安大嬸看到日軍瞄準趙氏夫人，隨手抓了石塊就朝日軍丟去，一旁的日軍見狀朝咸安大嬸射擊，咸安大嬸就地倒下，驚慌的行廊大叔急忙向她跑去，日軍這次把苗頭對向了行廊大叔。一直在防禦的熙星看見一把槍正對著大叔，情急之下便扣了扳機，那名日軍當場中槍倒下。這是他一次開槍，第一次有人死在他的槍下，一時愣住的熙星也被另一把槍瞄準著，趙氏夫人失魂地像要把熙星的名字撕裂般大喊：「熙星啊！」

這一瞬間從另外一個方向飛來了子彈，數發子彈齊飛讓六名日軍同時倒下，所有的人都看向子彈射出來的方向。

屋頂上方站的是變裝的愛信，熙星悲傷地看著對開槍毫不猶豫的那雙眼睛，愛信身旁還有殷山、務傑、尚木、麵包坊老闆和鐵匠，義兵們全都變裝上陣。高愛信不是以愛信的身分，而是以義兵的角色回來了，她決定完全走向義兵之路，沒有名字地活著，她的子彈迅速而準確命中日軍的腦袋和胸膛。日軍被義兵的襲擊亂了陣腳，山中高雅的廟宇變成了槍擊的中心，每當子彈由上而下射擊時，幾乎彈無虛發讓日軍倒下，最後剩下的日軍一命嗚呼之後，足以讓耳朵疼痛的槍響戛然而止，轉而是一股令人恐懼沉重的靜默。

藏在屋簷上方的義兵們一一跳下地面，愛信和望著自己的熙星相視而立。

多一天是一天

廟宇的地板上堆積了日軍的屍體，趙氏夫人、咸安大嬸、行廊大叔聚集在小房間裡暫時歇息，愛信和殷山也一起坐著，咸安大嬸受傷的腿已經用布包紮完成。愛信見到許久不見的親人，胸口一陣疼痛，和咸安大嬸彼此的視線更是充滿傷感。

「大監大人一直定期提供軍費，我已經在滿州安排了住所，請您去滿州吧，那裡也有幾位移居的朝鮮人，我會派人負責帶路。」

殷山小心翼翼對趙氏夫人說明。

「那麼，愛純呢？」

「愛純會在咸鏡道和你們會合。」

趙氏和殷山交談完，帶著不安的眼神轉向愛信：「愛信，你也會……和我們一起去吧？」

「……我要留下來，有必須完成的事，謝謝您撫養我長大，伯母……」

趙氏從愛信還是嬰兒時就接手帶大她，雖然對她很嚴厲，卻帶著真感情，愛信心中很明白，對伯母充滿感激。

「你們也跟著一起走吧！一直很謝謝，伯母就拜託你們了。」

「小姐！」

愛信以淒涼的眼神向咸安大嬸和行廊大叔告別，他們驚訝又不捨叫喚著，咸安大嬸抽泣抓著愛信，愛信費力咬住嘴唇轉過頭去。雖然世上沒有了爹娘，但因為有咸安大嬸、行廊大叔在身邊，所以無所謂，她一直覺得很溫暖，但是即使如此現在也必須要分離，愛信要和實質上開始侵略朝鮮的日本戰鬥，也會遵照祖父的遺言活到最後，守護朝鮮和朝鮮的人民，只有這樣，咸安大嬸、行廊大叔和自己也才活得下去。趙氏夫人握著愛信的手，她有預感這真是最後的會面了。

「你會來吧，我每天……都會等著你……」

「是！我一定……會過去的。」

愛信拚死忍住的眼淚再也止不住宣洩，無限期的離別讓房間裡充滿淚水和悲傷。

愛信提著槍走出房間。

「要離開了嗎？」

手和身上都是血漬的熙星問道。愛信微微點著頭。

「……謝謝你保護我的家人，希望閣下平安無事。」

「你終於……打進八號球了，我本來還在擔心，你穿著我的洋服去賣國怎麼辦？」

想留住卻無法留住的女人，她甚至沒有等到婚約取消，就走得老遠，現在拿著槍，連她的名字都無法喊出口了。熙星帶著悲傷開玩笑，愛信對他滿是感激。

「聽說你開了報社，我不相信文字的力量，但是我相信閣下。」

「文字也是有力量的，必須有人記錄下來，無論愛國者、賣國賊全都應該記錄下來。你就用槍砲來戰鬥，我來幫你記錄。」

「我會為你加油。」

「在你離開之前……若是有事情需要經過酒店，就進來一下吧，有時候你的球會藏在我的八號球後面，在你危險的時候，躲進來吧！」

愛信回答明白了。殷山和義兵們正在另一邊等待著她，必須要離開了，愛信轉過身去，將不捨的人們留在身後。

東魅和浪人走過熱鬧的濟物浦車站，一行人在車站前停了下來，東魅想要獨自走一趟廟宇，他想今天是士弘的四十九齋，也許愛信會出現。

雄三聽了東魅的話皺了眉頭，自從士弘過世、愛信離開之後，東魅就渾渾噩噩過日子，雖然他不是不了解東魅的心，但現在處於多事之秋，他已經被莞翼和隆史盯上，獨自上路還不知會遭遇什麼變故。東魅不顧雄三的反對，笑著叫他不用擔心。

雄三看到後方走來一位人士，嚇了一跳，彎下身子：「頭目。」

東魅訝異轉過身。從車站入口一群穿著單一黑色衣服的浪人向東魅走來，領頭的是頭髮梳理整齊、額頭光亮的武臣會首領，東魅看見首領便和手下一起跪在泥地上低著頭。

「頭目。」

「好久不見了，石田翔，我的兒子，赤手空拳的我的兒子。」

俯視東魅的首領帶著銳利的眼光。

「你來到朝鮮獲得了什麼呢？流了多少血？又見證了多少恐懼？」

對於連番的質問，東魅一項也答不出來，只是低低地彎著腰，額頭似乎就要碰到地上。

首領和東魅在花月樓的包廂中擺上一桌，東魅依舊維持跪著的姿勢。將過去流浪的東魅提升到現在的位置便是這位首領，對東魅而言他是如同父親的存在，但是和宥鎮孺慕的約瑟夫截然不同，在這位首領眼中，只有血的忠誠才能獲得骨肉的認可。

包廂門被開啟，藝妓指引隆史到門口，隆史大步走進門。東魅望著他，表情變得陰森。

隆史對著武臣會首領一鞠躬。

「我很榮幸見到武臣會首領，歡迎您的蒞臨，頭目！」

「森隆史，森家自豪的兒子，那身軍服很適合你。」

首領以滿足的微笑歡迎隆史。隆史用藝妓給的手帕擦掉臉上沾的血跡，坐在位子上。在來的路上，他射殺了在橋上射傷宥鎮的少佐——大日本皇軍不能有敗北的軍人，只有他死了，才沒有敗北的軍人。

「請原諒我的失禮，我必須維護我的自尊心。」

隆史將沾染血跡的手帕放在桌上，對著東魅挖苦地說：「我們又見面了，你的槍傷都癒合了嗎？」

「翔的刀尖毫不留情也從不遲疑，連自我都沒有，你說他中槍了？你在保護誰嗎？石田翔？」

「沒有那種事，頭目。」

首領像是知道了一切的事，東魅立刻低頭皺眉，不想被發覺，他有不祥的預感。隆史見他如此覺得可笑：

「你叫石田翔？真是人不如其名。那麼，幫我倒一杯酒吧，武臣會漢城分部長石田翔。」

東魅受到窩囊氣，但這種窩囊氣也不是一天都無法忍受，他咬牙幫隆史倒了杯酒，裝作開心的隆史笑笑接過了酒。這時外頭的藝妓敲著門，日軍跪坐在門前，是來向隆史報告濟物浦的狀況。

「大佐，前進濟物浦的日軍全都被殲滅了，皇軍橫屍遍野，沒有人倖存。」

殺氣騰騰的隆史摔了酒杯，追問報告的人：「所以你是來這裡報告，線索全都斷了，要我回收那些屍體嗎？」

日軍跪倒在地低頭謝罪，隆史看著發抖的日軍怒火上升，不知如何是好。東魅眼前的首領在玩味著「殲滅」這個單字。在濟物浦殲滅日軍的是義兵，是愛信，東魅也曾在濟物浦窺視飛躍在屋頂上的愛信，無論如何她都是高飛的鳥，雖然一段時間消失無影，令人擔心及思念，但她似乎已做好飛翔的準備。

「今天因為各種事情，我沒有臉見頭目。」

隆史尷尬低著頭，武臣會的首領只是豪邁笑著，但是東魅了解這笑容背後的含意。日本的刀和槍聚集在一個地方針對的是相同的目標，那就是朝鮮和守護朝鮮的人，現在是暴風前夕。

東魅臉色沉重前往柔道場，必須去除所有的不安。一進到館場視線便停留在地上，地板上醒目地放著一個錢袋，東魅急忙拿起錢袋，沉甸甸的，一打開，裡面裝滿了五十圓銅板，他喃喃自語：「她一次全部結清了……為什麼呢？」

東魅的手發起抖來，他緊抓著錢袋，因為驚覺了愛信的下一個目標：「因為這時間她不能再過來這裡……因為要去殺掉李莞翼！」

「那傢伙說什麼義兵的子孫會成為禍端，愛擺架子結果搞砸了，太精彩了，區區一個丫頭？哈哈，我今天難得可以睡個好覺。」

穿著舒適的衣服，莞翼放鬆坐著又說又笑，心情很不錯。愛信沒有死雖然很遺憾，但能修理一下隆史也不壞。針灸師像是什麼也沒聽見，只顧在他腳上扎針，一點反應也沒有，拔下了針就收在針筒裡。

愛信變裝翻過了牆躲在暗處，聽見莞翼的笑聲，微微咬下嘴唇。等針灸醫師離開房間一出大門，站在牆後的愛信立刻打開了莞翼的房門。準備入睡關燈的莞翼聽到後頭傳來冰冷的啪嗒一聲，嚇了一跳，看著傳出聲音的地方，一個要暗殺自己的身影出現在眼前，他驚慌大叫：「是誰？當這裡是什麼地方，居然膽大包天闖進來？」

愛信裝上了彈藥，拿下蒙臉布露出面容，莞翼的眼睛大到不能睜得再大，用手指著愛信：「你……這臭女人，高士弘的孫女，原來是你。」

「我應該再早一點過來，但是我來遲了，雖然晚了，還是來了，當然是來殺死你。」

報仇當前，愛信的聲音低沉。自己的家和爺爺遭受的恥辱還歷歷在目，但是遭受如此屈辱的還包括皇帝和朝鮮的百姓，莞翼既是自己也是朝鮮的仇人。愛信的眼裡閃耀著冷淡的火花。

「……當然會去殺死你，即使花上很長的時間……他們也一定會去找你。」

「哈！那女人說的話一直在觸我霉頭，別做無謂的事，殺我一個人，難道可以拯救朝鮮？朝鮮遲早會落入別人手裡的。」

喜振的詛咒如今成真，聽到莞翼的話，愛信在黑暗中又向前踏一步，舉槍的手臂沒有絲毫的動搖。

「至少可以推遲一天，我會在這一天再添加一天。」

房裡的牆上掛著大刀，莞翼爆了一句粗口，將手中抱著的枕頭丟擲出去，愛信開槍擊破枕頭，枕頭裡的羽毛滿天飛舞。在愛信視線被遮住的空隙，莞翼拖著瘸腿要取下刀子，但是槍聲毫無遲疑快了一步。

子彈擊中莞翼的心臟。

莞翼手指搆到的大刀摔落在身旁，發紅的雙眼看著愛信吐了鮮血。

「你這個臭ㄚ頭……要不是因為我這個腳……」

愛信射出的子彈，和很久之前勝具射出的子彈，偕同揪心的憤怒，一起結束了莞翼的性命，愛信冷冰冰地鄙視著莞翼。

宥鎮左臂的槍傷帶來劇烈的疼痛超乎想像，邊走邊看著冒出血的傷口，在藥房前停了下來，屋簷的紅風車抓住他的視線。

「紅色風車……起事？」

這是愛信表明不要等我的心意，也是十分思念的愛信的痕跡。

宥鎮忘記了疼痛，本能地開始跑步，如果是舉事的話，目標只有一個。他一直奔跑到莞翼的家中，門口沒有看守的人！看來已經有人使了手段，宥鎮毫不猶豫走進家中尋找莞翼的房間，有一扇房門開著，他一走進房間就看見睜著眼睛死去的莞翼，房內血跡斑斑都是從死者心臟流出的血，宥鎮冷靜看著屍首，愛信已經揚長而去。

後方傳來了腳步聲，宥鎮快速舉起槍枝瞄準來者，但不久又放下，因為是東魅。畢竟是一路跑來的，東魅全身的和服溼透，他輪流看著已經變成屍體的莞翼，和左臂有槍傷的宥鎮。

「我是抓到犯人了嗎？」

東魅也是費盡心力追逐愛信行蹤的人之一，宥鎮低低嘆了一口氣。
「我想我們兩個都是基於相同的理由來的，幸好只有一個人的血跡，那女人沒受傷。」
「因此受傷的人必須當犯人，你也知道我是負責保護她的人。」
兩人相視而望，後方夾雜鞋跟的聲音，是跟著人力車夫鎮國一同前來的陽花，陽花的視線被兩個男人擋住，從他們之間看到了躺著的莞翼的手，東魅驚訝看著陽花，走過去扶住她的肩膀，將她轉過身去。
「不要看，為什麼來得這麼快？」
「我剛好在來的路上。」
陽花僵硬的聲音喃喃著。
陽花來此想跟莞翼確認一些事情，因為約瑟夫的死亡有個疑點，便是他的祕密動線為何會被發現。正炆猜測應該是帝國益聞社＊內部有密探，經常出現在酒店的江氏夫人嫌疑最大。正炆將調查江氏的工作交給陽花，背後調查的結果，果然是江氏夫人販賣情報給法國公使館書記官里奧。她審問了江氏，確定里奧要求了約瑟夫和帝國益聞社成員的名單，然後再個別賣給莞翼和某個日本人，日本人的身分還不明確，但莞翼是確定的，所以陽花打算從莞翼這頭找起。
但是莞翼死了便失去追查的路子。一直詛咒的父親死了，她並不難過，倒是對冷漠的自己感到悲傷。但是在把私人感情理出頭緒前，必須先快速處理眼前的狀況，於是對站在門前的人力車夫鎮國下達了命令。
「把松山醫生帶來，說是李家先生叫他過來的，順路去一趟當鋪把店裡的老闆小弟帶過來。」
鎮國一離開，陽花便回過頭來和宥鎮、東魅商討後續，她和平日無異，孤傲地壓低了視線。
「這邊交給我吧！畢竟我們也是父女，我需要告別一下。」

「真凶看來是松山醫生。」

「他答應要讓松山醫生當上皇帝的主治大夫，卻沒有遵守這個約定。」

宥鎮對這個方案點了點頭，如果被發現莞翼的死是義兵所為，隆史一定會拚命聲討。宥鎮和東魅走出了莞翼的房間，東魅回頭看著獨自留下來的陽花，雖然蒼白的臉上沒有異樣，卻感覺她掛念著什麼，陽花忙碌著，似乎沒有感受到東魅關懷的眼神。

所有人都已經離開了以後，陽花慢慢回頭看著倚在牆角的屍體。

「最後……為我扮演一次父親的角色再走吧！」

低沉的嗓音無比淒涼。

這時松山醫生抵達了，在莞翼的房門口看見發愣站著的陽花，停下了腳步。

「工藤夫人，這時間你怎麼會在這裡？」

「李家先生在臥房裡。」

黑暗降臨的房子裡無比漆黑，松山醫生帶著不安走進臥房，看見了莞翼的屍首嚇得向後退，但是無法再往後退了，他的後腦勺抵著冰冷的槍口，松山醫生舉起雙手淒切叫喚陽花。陽花一邊瞄準著他，一邊在他面前丟了一個信封。

松山醫生全身發抖用右手撿起了信封。

「你是右撇子啊！」

* 直屬皇帝的祕密情報機關。

陽花冷冷說了一句，奪下了信封，同時扣下了扳機，反作用力讓陽花的身體震動了一下，就只是那樣而已。子彈準確穿過松山醫生右腦的太陽穴，他咚一聲倒在地上，陽花將凶槍放進他的右手裡，然後走向書桌將信封放在桌上。

這是封遺書，上面說明松山為何要這麼做。

隔天德文發現了莞翼的屍體，熙星寫下莞翼的訃文當號外發行，號外在街上滿天飛舞，雖然這是每個人都在等待的死訊，卻是大家預想不到的死訊，民眾只是驚訝，沒有一絲悲傷。大家接獲的消息是：莞翼允諾漢城醫院的松山醫生可以當皇帝的主治大夫，收了錢卻違背約定，松山殺害莞翼後留下遺書自殺身亡，事故如此被完美假造了。

日本對朝鮮人的死亡毫不關心，朝鮮也對於他私自歸化成日本人不理睬，雖然是悲慘的死亡，但人們似乎無感。和莞翼造的孽相比，死亡一點都不算悲慘，誰都不願收拾的屍體，警務廳巡檢搬移到板車上蓋上了草蓆。

「小姐，為何來這裡……」

陽花出現在警務廳院子裡，巡檢緊張地詢問緣由。之後正炆大人出現了，巡檢退了下去。好歹是自己父親的屍體，陽花前來善後，轉身對著正炆。正炆雖然和莞翼是死對頭，對陽花卻維持著禮儀，看著陽花罩上黑色面紗和蒼白的面容，正炆露出遺憾的表情。

「你爹的事真是不幸。」

「……對朝鮮而言卻是慶幸吧！」

「我會負責這位的後事，這是我來這裡的原因。」

「我抓到江氏夫人了，和她勾結的是法國公使館的書記官，但我還沒有查出他的情報流到誰手上，我查到後會通知你，到時你一定要告訴我母親的下落。」

對陽花而言，朝鮮的命運不是她最關心的事，找尋忘不了的母親才是她協助正炆唯一的理由，將祕密調查母親的行蹤做為交換條件，即使被正炆利用也在所不惜，因為實在太急切，陽花帶著憤怒的心情望著正炆。

即使做父親的不像是父親，也還是父親，正炆望著昨夜喪父的陽花，很艱難地開了口，其實正炆很久以前就知道她母親的下落，不說出口是有原因的，並非故意隱瞞，而是為了陽花不能說。但是，現在很難再隱瞞下去。

「你娘在江原道的一個交友村*。」

找到母親的行蹤了？陽花的聲音顫抖：「她……還活著嗎？」

「我找到她的時候，她已經被埋葬了。」

「請不要說謊，這一定是謊言，若是真的話，我會殺了大監大人。」

陽花搖著頭無法相信，正炆也十分清楚她為了尋找娘親有多迷惘，再繼續欺騙她的話，自己也與其他惡人無異。正炆痛苦地皺了眉頭：「我這樣做是為了讓你活下去，帶著尋找母親的希望活下去。」

「我在硬撐，不是活著。我好不容易撐過來，怎麼可以這樣欺騙我？怎麼可以抓著這個消息利用我？」

結果陽花發火，大聲喊叫。

「你如果連那一點希望都沒有，我也沒有利用你的話，你就會是一個自暴自棄的孩子。」

動氣的陽花怒視著正炆：「……我今日雙親都失去了，等著瞧，我一定會殺了大監大人。」

* 天主教被迫害時期，教友在窮鄉僻壤形成的信仰村。

怒視的雙眼含著淚水，陽花轉過身去，不願相信母親死去的背影看起來就要倒下，連同在後頭守護的正炆也都難過低頭。

悲傷的謊言

江華道的山谷上，夏天的風吹低了野花，野花叢中又新增了一塊墓，那是洪波的安葬地，勝具用眼淚堆疊起來的石塊墓，宥鎮在一旁靜靜守候。勝具打開了布包，拿出洪波的弓、箭和箭筒，整整齊齊放在墓前，向洪波告別。下山之後，勝具將洪波的紅布條悲壯地綁在自己的槍上，宥鎮跟在後面走著。

「我們在這裡分道揚鑣吧！」

對宥鎮說話的勝具目光帶著殺氣，宥鎮抓著勝具掛在肩上的槍，他十分清楚失去了至親是什麼心情，也知道勝具現在要去哪裡。

「那個人若在朝鮮被朝鮮人殺害是不行的。」

「請讓開。」

「森隆史的手上有義兵的名單，代表他有密探在朝鮮，首要之急是找出密探。」

勝具聽到義兵名單停下了腳步。

宥鎮說服了勝具，又約東魅在郵遞司見面。佯裝不想幫忙的東魅最終幫了宥鎮的忙，因為敵人的敵人便是同志，再者，兩個人想保護的人也相同。郵遞司的總辦被浪人的刀挾持讓出了辦公室，在總辦的辦公室裡，宥鎮和東魅翻著成堆的文件資料。

「森隆史一九○二年之前在紐約，在他來朝鮮之前，已經對朝鮮很多事瞭若指掌，人沒有進來朝鮮，卻像已經來過了。」

「可以自由進出美國、日本、朝鮮的人，一定是像公使這樣的職位。」

「會有可疑的電報往來，在日本、美國和朝鮮之間。」

東魅在朝鮮外國公使館職員收到的電報中抓到了一筆紀錄。

「所謂可疑的電報是不是指這個？」

宥鎮確定了東魅遞過來的紀錄，法國公使館里奧收到一千圓郵匯，寄件人的地址是東京一家日式木屐店家。東魅嗤之以鼻冷笑了一聲：「木屐商人郵匯了一千圓給法國公使館書記官，我要是知道木屐這麼好賺，就不加入武臣會，而是去賣木屐了。」

「似乎逮到了！」

隆史到手的義兵名單是里奧提供的，宥鎮快又準確地下了結論，密探雖然還另有其人，但宥鎮刻不容緩先抓了里奧，將之移交給正炆。隔天里奧的屍體就在江邊被發現。

里奧的死讓隆史怒不可抑，不管是廟宇還是江邊，自己派出去的人馬都成了屍體，但他並非可惜這些人的生命，只是事情不能如他所願，感到十分厭煩。雖然從全羅道抓來一些義兵嚴刑拷打，卻無法讓他們透露殷山和愛信的行蹤。隆史將義兵的拷問交給部下，自己前往了漢城醫院。

護理師帶隆史進入松山醫生的診療室。

「你先出去吧！在我叫你之前不要進來。」

隆史的凌厲讓護理師緊張得直點頭，立刻離去。他認為可以從莞翼和松山的死撈到一些線索，便像一隻獵犬在診療室搜查，不管是桌上放的資料，或是抽屜裡的文件都一一檢視。

「工藤振一郎……」

文件中記錄的名字讓隆史眉頭深鎖，這封文件便是陽花交給松山醫生的屍體檢驗報告。想要進一步確認文件內容，後頭卻傳來腳步聲，他神經質大喊：「我說過不准進來！」

轉頭向門望去的隆史卻被黑色布袋套住了頭，連喊叫的餘地都沒有，就被一隻大手掐住脖子一下子制伏了。他無力倒下，手上握著的檢驗報告掉落在地上，蒙面的宥鎮撿起了報告書放進懷裡，同時勝具將隆史扛上了肩，兩人握住了槍，十分警戒地向外頭退去，卻發現護理師臉色發白站在診療間門口。宥鎮用日文警告護理師：「請裝作沒看到，這樣才可以活命。」

護理師看到勝具扛著隆史，似乎下了決心點著頭：「那位日本軍人在市集做的壞事我都看見了，請跟我來，我知道一條不會引人注意的後巷。」

護理師的聲音雖然發抖卻凜然堅毅，成了預料之外的助手，她帶路走出診療室，勝具和宥鎮則跟在後頭。

一時失去意識的隆史睜開了眼，由於視線被黑色的布遮住，即使睜開眼睛還是一片漆黑，想要活動手腳卻被綁著動彈不得，脖子好像被掛著什麼，想發出聲音嘴巴也被堵住了，只能在原地掙扎，只是掙扎了一下，原本安靜的四周開始發出吵雜的聲音，軍靴的聲音也出現了，原來是接獲隆史的消息飛奔而來的日本軍。

遮住隆史眼睛的布一下被掀開，這時他才知道自己所在的位置，他位於吊著洪波屍體的橋上，脖子上掛了一張寫著朝鮮語和日語的紙，露出的臉挨了揍，流的血還凝結成血塊。

「大佐，您沒事吧？」

日軍一邊解開繩索，一邊詢問。隆史只是歇斯底里地下令動作快點。

「脖子上寫了什麼？唸給我聽。」

他在掙脫中著急發問，日軍正在解開綁在他身上的紅色布條，慌張又結巴唸著紙上寫的日文：「啊！是……這個……『朝鮮義兵饒了日軍大佐一命』。」

日軍解開的紅色布條，正是洪波裙角上的紅布，他跌坐在地，因為羞恥而聲嘶力竭：「啊！這群狗崽子，我要殺光你們。」

憤怒的隆史發狂似的用頭搥地，日軍驚慌失措，連忙抓著他，他卻掙扎扭動著。這時軍營那頭傳來一聲槍響，隆史突然恢復了神智，對著抓住他的日軍嚴厲大罵：「你們這群蠢蛋，怎麼可以全部跑來這裡？」

軍營的倉庫前傳出了連續槍聲。

隨著槍聲額頭中彈的日軍向後倒下，就地喪命，守衛倉庫的日軍消失，武裝的殷山和務傑、尚木快速潛入倉庫裡營救同胞。在軍營的屋頂上，愛信蒙著臉隱藏在漆黑中裝填子彈，瞄準從軍營跑出來的日軍進行射擊，不讓他們支援倉庫。

遠處也飛來了子彈，蒙面的勝具在另外一邊巷口掩護，讓務傑和尚木攙扶著被拘禁的全羅道義兵逃出來，因為被拷問的疼痛，他們幾乎不能行走，殷山警戒著四周為他們開路，一行人緊跟在後頭。愛信確定所有人順利逃出後，再度消失在黑暗中。

隆史和手下回到倉庫時，已經晚了一步，四下空無一人，倉庫中間端端正正放著三具義兵的屍體，其中兩位在逼供時死於隆史的槍下，另一位禁不起拷問而斷了氣。目睹一地倒下的日軍，原本已經狼狽不堪的隆史大口喘著粗氣。

「日軍大佐進宮，要求召見警衛院總管，小的斗膽稟告，昨夜日軍遭受襲擊，他們指控主謀為警衛院總管。」

內官對著坐在龍椅上的皇帝報告，而勝具就站在皇帝身旁守護著，他因為緊張而顯得喉頭乾渴。皇帝下令大佐進來大殿，內官傳達令日軍解除武裝以禮相見，話還沒有說完，隆史已經走進正殿中，毫不講理。

「正如您剛才所聞，身為警衛院總管的人昨晚侮辱和嘲笑了兩國之間的友好關係……」

「日軍大佐！」

皇帝打斷了他的話，隆史受傷的面容因憤怒更顯扭曲。

「不曉得在大佐的國家是什麼情形，但這裡是大韓帝國，在大韓帝國的皇宮裡，得由朕先說第一句話，垂問也是朕先，大發雷霆也是朕先。」

傲慢的隆史這才無可奈何低下頭，皇帝若有所思向下望著他。

「從大佐的容貌看來，昨夜的襲擊並非謊言，朕深感遺憾。但我要澄清這個誤會，昨夜總管一直守護在朕的身邊。」

「不可能有這種事！」

隆史眼爆血絲，憤怒否決皇帝的話，勝具隱藏了自己的表情，將目光投向了皇帝。

「你在指責朕說謊嗎？」

「應該要澈底調查，以免危害兩國的……」

「日軍大佐，大佐現在攜帶刀槍進入一國的正殿，我雖然是弱小國家的君主，還是有權力訂下一條律法，將一名大佐就地正法。朕有時候會變得很小心眼，所以你別再考驗朕的度量了。」

雖然國家勢力日漸衰弱，仍是先祖和百姓們延續數百年的國家，百姓正在為這樣的國家戰鬥，身為一國之君更要在最後關頭戰鬥到底。

隆史無法再對抗下去，他瞪著勝具，勝具正以穩重的存在感守護著皇帝，他沒有避開隆史的眼睛。

皇帝背著手站在正殿的前院，愣愣地望著皇宮的風景，有些冷清卻又美麗，皇帝陶醉在悲涼的景觀中，一旁的勝具開了口：「事實上，我昨天晚上沒有保護陛下。」

「我知道，不過你對日軍做那些事，與保護朕無異。我知道總管的來歷，那時的總管也在保護朕。」

皇帝也知道辛未洋擾時勝具為保護國家而戰鬥的事，勝具十分驚訝轉頭望著皇帝。

「但是我那時沒有保護他們。」

皇帝全盤托出自己羞於見人的事，勝具只是在一旁安靜地站著，皇帝背後的皇宮變得寬闊了。

「朕不會道歉，朕不是可以道歉的人，但是長久以來都覺得羞愧，即便只是對付一名大佐，都要躲在威嚴背後。」

皇帝陷入痛苦中，永無止境的苦惱和自責讓他神經衰弱。

看著皇帝痛苦的表情，勝具什麼話也說不出來，這是他想過要殺掉的皇帝，是他的仇人，但是現在卻產生憐憫的感覺。

紅色的彩霞映照在大街上，宥鎮在人群裡慢慢地走向麵包坊，看見老闆手臂上掛著傷，宥鎮想起了從咸鏡道往來的信件中，麵包坊出現過，那麼老闆確定也是義兵活動中的一員，也是愛信的同志，所以他以抓住救命稻草的心情，請麵包坊老闆轉達自己在等著愛信連絡。

無論愛信走在哪條路上，宥鎮只想也站在那條路上，一個人走的這條路實在淒涼。

「如果你在找我的話，我在這裡。」

男子低沉的聲音聽來有點熟悉，宥鎮轉過頭去，變裝的愛信站在陰暗的巷弄中壓低了帽子，帽子下露出的眼睛和宥鎮的雙眼經過長久分離，終於再次相視。

為了避開人群，他們走進人跡稀少的巷弄，一起並肩行走已經不知道是多久以前的事了，兩個人都不容易說出話來。

「過得好嗎？」

愛信艱難地開了口，見宥鎮是件愧疚的事，自己對他說請向我走來，結果拋下他一個人。

「這段期間有點事。」

「真是可恨。」

宥鎮打斷了愛信的說詞，他的眼底打從心裡湧上恨意。

「因為實在想念，只要一想起你便覺得可恨。」

「如果因此忘了我也沒關係，我是來說這句話的。我覺得你可能在等我的消息，所以之後別再等我了。」

「這話怎麼可以對著一直在等你的人說，現在是……」

沒有比這句話更可恨的了，對待思念及等待自己的情人說如此的話實在太殘忍。但是愛信的意志堅定，這段期間很抱歉，未來的日子也只會繼續抱歉，愛信只能對宥鎮放手。

「朝鮮越來越岌岌可危，我的家族也四分五裂，我的世界再也沒有虛空的希望，再也沒有被看穿的浪漫。我現在再也無法和閣下並肩而行，所以現在我們各走各的吧！」

愛信是來整理一切的，宥鎮無比失落，真恨眼前的這位女子，不是，是漢子，不，就只是恨著愛信，但即使在恨她的瞬間，依舊對她既珍惜又心疼，也理解她的選擇。宥鎮自己十分清楚無法挽留愛信。

「我如果想挽留你呢？你會怎麼樣？」

男子的真誠話語總會讓人動搖。愛信下決心不再被虛幻的希望所左右，她加快了步伐：「我該走了，同志們在等我。」

「那我呢？」

想要回過頭的愛信停下了腳步，心疼痛得像墜入深淵。

「我的等待沒有意義嗎？我的選擇什麼都不是嗎？我不期待什麼，你要去哪裡都好，你走吧，我也會走同一個方向。」

「我希望你可以活著。」

「我也希望我可以活著才這樣，如果看不見你我會死。」

宥鎮提高了語調，那是一種懇求，眼裡盡是悲傷。

「還有，不知道你清不清楚，你欠我的人情一次都沒有還，不要想賴帳，不管你在哪裡，我都會去向你討回。」

愛信對著無論如何都想挽留自己的宥鎮點了點頭，說了悲傷的謊言：「我會償還的，無論我在哪裡都會通知你，請來找我討回。」

但是宥鎮清楚知道這是謊言，反而覺得不安，愛信快速走進街頭混入人群中。宥鎮心痛看著消失的愛信，其實不告知去向也可以，只要愛信能活著，總有一天會有辦法找到她。宥鎮熱切地盼望著，就像愛信盼望自己活著一樣。

在街頭徘徊的宥鎮回到酒店的時候，酒店因為遭小偷一團混亂。隆史的房間偏偏只有音樂盒遺失，宥鎮聽到這消息明白愛信是真的離開了。自己房裡雖然沒有東西可以再被偷竊，事實上卻失去了最重要的東西，愛信所謂會告知去向其實就是告別。

愛戀著你

沒有愛信的日子轉眼過了半年，又是新的一年冬天，愛信雖然已經告別，宥鎮卻依舊等待著，等待中不忘朝愛信前進的路上追趕，他嚴格訓練武官學校的學生，因為俊英和同學發誓要報更大的仇，他們將來會成為愛信的同志。經過反覆的訓練，練習的槍枝已經換成俄羅斯製的長槍，並裝上實彈。

一個世界崩塌了，只要前往另一個更大的世界就好，不論是宥鎮或是愛信，為了守護的對象都必須繼續向前行。

像是預告酷寒的開始，從日本回來的林公使帶來日本和俄羅斯爆發戰爭的消息，隆史將獲升為朝鮮駐軍司令部的司令。日軍已經在仁川濟物浦港海上擊沉兩艘俄羅斯軍艦，這消息成了號外的內容。如果在朝鮮土地上爆發日俄戰爭，日軍將以此為藉口揮動著旭日旗，源源不絕推進朝鮮。

遭受痛苦的是在地居民，他們的生活將在戰爭爆發的土地上破滅，外國人在接獲戰爭消息時已紛紛準備離開朝鮮。

「凱爾，剛剛俄羅斯公使撤離了朝鮮，看來戰爭勢在必行。」

宥鎮進辦公室向凱爾傳達這個消息。凱爾聽了並不驚訝，將手中拿的文件遞給宥鎮。

「今天日本和俄羅斯兩國已經正式宣戰，從本國出發的補充兵力會在這週內抵達，我將轉調日本公使館，你回美國吧。我無法將你單獨留在朝鮮，我已經動用職權申請好了，因為我知道你若留下來，會做出什麼選擇。」

「但是……」

「這是命令，尤金崔大尉，回到美國去，郊遊結束了。」

宥鎮拿著文件茫然無語，等了愛信半年多，依舊在等待，也在追趕中，不能就此離開。

柔道場裡東魅皺著眉頭若有所思，因為日本武臣會首領在從滿州回日本的途中來到朝鮮，既然途經朝鮮一定有要事，武臣會的要事通常表示有人要喪失生命。

「你不能插手，從頭目沒有分派工作親自行動看來……」

看著東魅關心誰會喪命，雄三直言勸誡。原本隨侍在首領身邊的東京分部的浪人，特地留在朝鮮監視著東魅，分明已經對他產生的疑心。

「頭目對我失去信任，是吧？」

雄三無法回答低著頭，這時警務使跑進了柔道場：「喂！具東魅，你叫我去打聽，我就去打聽，但是李正炆大監被浪人拖走又是怎麼回事？你們幹了這事又為何叫我去打聽？……」

原本害怕是愛信或是跟愛信相關的人會出事，聽了警務使的話，東魅稍微感到安心，但也只是暫時安心。

「我出去一下，你們留在這裡。」

「你打算去哪裡？你明知道本部的手下在監視你，還要這麼做？」

雄三攔阻了東魅，在武臣會抗命的行為只會給自己招來橫禍。

「即使我在該死時候死了，該救的人還是得救。」

東魅邁出長腿甩動胳膊離開柔道場，前往酒店陽花的房間。獨自坐在桌上倒著紅酒的陽花歡迎東魅的到來。

「來得正好，我正需要一個酒伴！」

「我認為李正炆大監在頭目的手上，可能會被架到日本去。」

陽花自在的表情開始帶著一絲緊張，因為正炆不管是對皇帝還是對朝鮮都是不可或缺的人。

「消息正確嗎？」

「我是賭上性命來的，怕連你也遭受連累，不管君王下場如何，你都不要受傷。」

東魅清楚情報探子陽花可以直接上達皇帝和正炆的天聽，他最擔心的是正炆被抓，最終會波及陽花。東魅和陽花之間有著深厚的情誼，他們互相了解，即使不是愛慕之情，也可以讓心有個依靠，兩人的外表雖然看起來強悍，但卻都是淒苦的人，孤獨的人容易理解孤獨的人，顯露在外的並非全部。陽花舉起紅酒杯問道：「放任不管的話會死嗎？李正炆大監？」

「如果打算要他的命的話，就不會抓走了。」

陽花曾說要殺了隱瞞母親死訊的正炆，但心裡卻又不能就這麼放著不管，她喝完了酒，拿起了話筒：「我必須要通報他們。」

「你會有危險的！」

東魅抓著拿起話筒的陽花，他是因為擔心才來告知，並不是想讓她插手這件事。上次陽花喝醉時東魅曾背著她，發覺她的身子其實很輕，看起來是個女強人，卻是嬌弱的。面對東魅的擔心，陽花嘴角上揚：「雖然一開始是基於私情，但是我畢竟是帝國益聞社成員，豈能放任首領死去。」

陽花拿起話筒打電話到宮裡，東魅低聲嘆了口氣。

正炆被綁架的消息令皇帝相當絕望，正炆為了攔阻外部大臣李址鎔在日本要脅下簽訂「日韓議定書」，但是卻在路上被綁架，而日韓議定書也被簽署完成。皇帝甚至連身邊的親信都不能安全保障，便是今日朝鮮的處境。他決定營救出正炆，透過勝具對義兵下達命令。義兵們聚集在黑暗潮溼的外國人墓園開祕密會議。殷山從懷中拿出華俄銀行預託證券。

「這是聖旨，我們必須營救出被綁架去日本的李正炆大監，這是皇帝賜與的華俄銀行預託證券。因為日俄戰爭已經爆發，我們必須儘速取回資金。我和李正炆大監計畫用這筆錢武裝義兵組織。因此我們一定要救出李正炆大監，讓他帶著這證券去上海，也就是說，我們無可避免要在日本舉事。」

現場籠罩一股看不見的緊張感，日本是敵人的心臟，到日本行動是至今所有作戰中最危險的，有可能永遠再也回不了朝鮮。

「有自願前往當幫手的嗎？」

殷山一問，大家不約而同舉手。

「我要去。」

愛信也一樣，一盞小小的燈微弱照著愛信，過去半年間，她不斷地投入訓練和戰鬥，為了守護朝鮮，為了讓朝鮮能延後一天落入敵人手中，她不惜將家人、愛人置於身後，愛信變得更堅定了。

但殷山對於愛信的意願搖了搖頭，因為女子之身前往日本有諸多限制，這趟旅程太艱難。這時愛信想起宥鎮曾說的一句話：「總是有辦法的。」

「所以也許更為有利，他們有可能對女人較為鬆懈，總是有辦法的，可以將那份文件藏好不被發現。我知道有一個管道可以入境日本。」

「好久不見。」

宥鎮一進房就停下了腳步，他看見了愛信，但沒有回答她的問候，先悄悄關上房門。愛信站立在陽台透進的微弱光線中，和宥鎮對望，房間裡一片靜默，宥鎮一句話都說不出來，愛信苦澀自語：「我以為你會很高興。」

「在扯了那樣的謊之後？你說會告知行蹤，結果隔了半年才出現。」

這些日子來心像被撕裂般，但那個讓自己每晚苦苦等待的愛信，宥鎮依舊想念。

「所以我才來這裡，因為師父位居要職，我很快得到消息，聽說你要回祖國了？」

思念不已的人，每次見面只會說令自己憤恨的話。宥鎮咬下下唇，希望她不要道別。

「是來道別的嗎？」

「我要和你一起去，請帶著我去美國。」

宥鎮睜大了眼。

「拜託。」

「我拒絕的話，你打算怎麼辦？」

「我不會拜託拒絕我的人。」

「女人想要利用一個男人，最少該做些努力，你真令人生氣。」

無力說出這些話，宥鎮怨恨看著愛信，愛信不明白其中含意，也只是望著他。

「這件事不是用拜託的，應該要告白，要說我愛你，我愛慕著你，所以我們一起走吧，如果這樣說，我就會再次被謊言蒙蔽雙眼，賭上我的全部。」

愛信盡力讓自己面無表情，眼角卻禁不住激動泛淚。宥鎮的真心讓愛信落淚，他的情意像他們一起看過的大海一樣寬闊又深長。愛信嘴上說著我們一起走，實際上卻想讓宥鎮離開自己，她了解宥鎮會一直留下來等她。

「最後的目的地是哪裡？利用我要去到哪裡？」

「日本。」

「……你這女人真可恨。」

眼前的這位女人被關在悲傷的命運裡，兩個人的身影如畫一般淒美。愛信的眼淚對於宥鎮而言，既熱情又殘忍，他有了預感，原本以為快抵達終點了，但說不定還得走得更遠，如同以往，朝火花更進一步。

宥鎮連替愛信擦去淚水的時間都沒有，房間掛的警示繩搖晃了起來，那是櫃台的陽花告知他們有危險。如果通知宥鎮危險，十之八九跟隆史有關，他認為愛信有一天會來找宥鎮，一直監視著宥鎮的動向。

「請幫我顧後，一如往常，不要為我擔心。」

愛信壓低帽子，飛快離開。

逃離宥鎮房間的愛信跳進隔壁房的陽台，打開三〇三號房的落地窗走進房間，熙星剛好沖完澡穿著浴袍，甩著溼漉漉的頭髮，看見突然有人入侵，驚訝立在原地。

「我剛好經過，你叫我順道進來。」

是在濟物浦廟中一別的愛信，以男人的裝扮。

「日軍正在追捕我。」

「你想來這躲藏？」

雖然氣氛很緊張，熙星笑了，多麼慶幸這裡可以當作躲藏的地方，但是愛信充滿抱歉地點了頭，此刻日軍敲了三〇三號房門，兩人快速交換視線。

「什麼事？」

日軍繼續狂敲像要把門砸碎，熙星半開著門露出疲累的表情。

「有不逞鮮人*入侵，我們正在搜尋每個客房。」

正在解釋的日軍看向熙星的後方，床上坐著一名身穿長袍、披著長髮的女子，熙星發現日軍正在盯著愛信，提高了聲線：「你現在在幹什麼？為什麼看著別人的女人？閣下叫什麼名字？哪一個單位的？」

熙星一吼讓日軍驚慌離開。

日軍一走，熙星立刻關門上鎖走向衣櫃，有東西要給愛信，好像預知了這東西會派上用場。愛信脫下身上披的長袍，重新整理頭髮、戴上帽子。

「請換上這套衣服吧，雖然不知道這招是否有用，我把對你的支持都寄託在這套衣服裡了。」

熙星拿出的是一套新洋服。他和愛信的婚約取消後，他便到洋服店，以過去愛信用熙星的名義訂做洋服的尺寸做了一套洋服，自己雖不再是未婚夫，這是他還能付出的一片心意，他知道愛信今後要走的路。

「謝謝你。」

愛信道謝，接下了服裝。

隆史直接找上宥鎮的房間，因為侍者說看見了一個黑影進到酒店，他便搜遍了整間酒店，確信黑影有極大的可能是愛信，即使宥鎮沒有要讓他踏進房門，他仍一把推開宥鎮走進房間。

「有什麼事？」

「只是來向你道別，我今天要返國了，等我再次回來，你可能已經不在了。」

「我聽說了，你回國之後會再以司令官的身分入境。」

一進門就東張西望搜查的隆史聽到這話才看著宥鎮發笑。

「那麼你和我的差距又更大了吧？」

「你不打開哪裡看看嗎？打開啊！」

宥鎮指著衣櫥，隆史被看穿心事覺得狼狽，又再次被他擊敗，不禁咬著牙。

「你在這時機可以回到美國，美國真是救了你，宥鎮，你就好好當個美國人，吃他們給的飯，穿他們給的

* 日帝時代針對反抗的朝鮮人取的名字，意指不安分及不良的朝鮮人。

衣服。」

「我要怎麼過生活，我自己會決定，你先決定還要不要再搜下去。」

「那箱子是什麼？我很好奇。」

隆史用腳尖指了床下的一個箱子，木製箱子突然被發現，宥鎮眼底閃過一絲猶豫。隆史沒有放過這機會，用腳尖掀開木箱，是皇帝贈送的太極旗。

「在朝鮮女人的房間有美國物品，在美國人的房間有朝鮮國旗。」

隆史帶著蔑視的眼神看著太極旗說：「你知道我再次回來時會先做什麼事嗎？我會先去找那位貴族女人。」

「啊！你會這麼做嗎？」

宥鎮對於隆史揚言會去找愛信代表什麼意思十分清楚，是昭然若揭的挑釁，即使如此，他仍拚死壓抑憤怒，以瞧不起的眼神看著隆史。

「不要用這種眼光看我，宥鎮，你不也是帝國主義的一分子嗎？美國和西班牙戰爭奪取了菲律賓，日本也只是要在日俄戰爭勝利中拿下朝鮮，優等的國家讓劣等的國家絕望是必然的。劣等國家的國民，特別曾是貴族的年輕女人，肯定傷害更大，身體和心靈都必然受到傷害。」

忍住森隆史的挑釁，宥鎮眼角泛紅，很想就地斃了他，讓他連愛信的毛髮都碰不到，隆史十分了解宥鎮的心思，挖苦道：「你想要射擊我的話就開槍吧，也許是你最後的機會。」

「雖然不知道是不是最後的機會，但現在的確是適當的時機。」

宥鎮並不是會倉促壞事的人，在隆史還搞不清楚他想做什麼，宥鎮已經理直氣壯拿出槍扣下扳機，「砰！」一聲發出巨大槍響。但是宥鎮射擊的不是隆史的心臟，而是他的腳下。

「大佐，您沒有事嗎？」

日軍聽到槍聲成群結隊前來確認，這下他才知道宥鎮開槍的意圖。

「怎麼可以全部跑過來？槍聲是為了讓那個人逃跑。」

隆史怒吼，連槍都掏出來射擊以協助那人脫離，侍者看到的人影確定是愛信了。因為日軍全部都跑上來，愛信便利用這個空隙逃出去了。這次錯過捕捉愛信，讓隆史火冒三丈。

「你這樣的話，我能不好奇嗎？我們下次再見面的時候。你會是以朝鮮人的身分？還是美國人的身分現身？我非常好奇。」

隆史諷刺地說，但宥鎮絲毫沒有動搖。

「要不要猜猜看，我已經決定了。」

宥鎮心中知道，如果這個計畫失敗的話，自己會死，和愛信離別；即使成功了，也是兩人各自去不同的國家，形同永別，所以一時覺得害怕。但是，看著狠毒的隆史，宥鎮下定了決心，要執行士弘的遺言。

小螢在殷山對面像瞬間凍僵般身體蜷縮著，尚木舉著槍對準了他，這時東魅剛好從門外進來，面對這屋內的緊繃氣氛皺了眉，正想向著發抖的小螢跨出一步的時候，後頭有枝槍對準了他，是愛信，雖然只是看著身旁的影子，東魅可以確信那是愛信，皺著眉的東魅眼神動搖著。

「李正炆大監被浪人綁架了，我們知道是你做的，只要告訴我們他在日本的住所，這個女人就會沒事。」

殷山用低沉的嗓音威脅東魅，但是東魅的視線卻繼續停留在愛信的影子。

「不是所有穿浴衣的做的事，就都是我做的。」

「難道是武臣會首領直接動手的？我沒有辦法相信你的話。」

「我失去首領的信任很久了，那是因為日前我在外面被某人槍殺，我明知道是誰卻沒有去追捕，這件事被他知道了。」

東魅寒心看著尚木，殷山知道東魅曾放過尚木一條命，因此也有可能出手幫忙義兵。東魅則是看出殷山的心思，笑出聲來：「我拒絕，在暗巷也是有秩序規矩的，大人，如果你的事辦完了，換我處理我的事了。」

東魅直接轉頭看向拿著槍對著自己的愛信，看著她毫無動搖的眼睛覺得不是滋味，她拿著槍並非針對東魅，因為拿槍瞄準某人其實就是拿槍瞄準自己，都是豁出命的事。

「你得再還我錢，都過了幾次十五號了，你沒有親自拿錢來。」

即使削了長髮傷了她的心也無法阻止她的行動，因此東魅只得抱著希望等待著，希望愛信活著，她的槍擊中敵人，並避開敵人的子彈，然後來遞給他五十圓銅板。

小螢咬著嘴唇，原本只注視東魅的她轉向愛信，東魅心痛的眼神正看著愛信，讓他出現這樣的眼神，讓他每個十五號都在等待的人是愛信，小螢心頭翻湧不已。

義兵們回避後，只留下兩人在房間，東魅累積的怨恨發洩出來：「叫你不要再飛，你一定要以義兵的裝扮來這裡？」

「我也說過你再出現在我面前，我會殺了你，你還非要我來還錢。」

東魅第一次和變裝的愛信如此相近對視，她低沉冷淡的嗓音沒有讓東魅退縮，長久以來愛信的安危已經比自己是否受傷還要重要。

「既然是要殺死的人，為何要給他錢？給的錢還剩下三個月，三個月後親自來還，我必須要確認，小姐是否還活著。」

面對東魅的真心，愛信慢慢閉上眼睛又張開，那些人盼望愛信活著、生存下來的的心意無比沉重。

戒指

漆黑的深夜宥鎮來到麵包坊，老闆請他等一下，將放麵粉的桌子清空一個，桌上仍留有凌亂的白色粉末。過了一會兒門打開了，穿著洋服的男子走進來坐在宥鎮對面。

「……聽說你要回答我的請託。」

宥鎮靜靜看著眼前這位喬裝男子的愛信，在那一夜，當愛信說「一起走吧！」的瞬間，宥鎮已經下定決心一起走，沒有別的選擇，愛信始終就是宥鎮的選擇。

宥鎮用手指在桌上的白色麵粉上畫符號，隨著他移動的筆畫形成了文字，是三個英文字母：「L」、「V」、「E」，愛信像是看不懂英文愣愣看著宥鎮。

「這就是我的回答。」

宥鎮從口袋掏出了一枚戒指放在「L」和「V」之間，才完成麵粉堆上的單字「LOVE」。

「一起走吧，我帶你去日本。」

帽緣下，愛信的眼睛發顫。

「日本正在戰爭中，朝鮮人要入境不容易。」

宥鎮拿出在當鋪偽造的護照，愛信接過護照打開來，在一堆看不懂的英文中看到了簽著「Aeshin Choi」

（愛信崔）英文名字的姓名。

「愛信崔……崔？」

「這是可以安全入境日本的最好方法，在美國妻子會從丈夫的姓，所以在日本入境時，閣下的名字就是愛信崔。」

聽到妻子這句話，愛信有些驚訝，宥鎮將桌上的戒指勾過來小心翼翼套在愛信的無名指上，被戒指套住的指尖些微顫抖著。

「這戒指代表著，這女人是我所愛的妻子，在西方，通常男子會單腳跪下遞出戒指，鄭重地求婚，請求對方……和自己結婚。」

這是宥鎮的告白，想要一輩子在一起。

「你如果打算要打擊我、離開我……去救你的國家朝鮮的話，我知道即使自己千萬個不願……一樣會栽在你手裡，我從第一次見你那一刻就明白你是個狠毒的女人，即使明白還是喜歡你。」

宥鎮一直孤獨活在世上，但愛信會對自己微笑。她會伸出手來，會一起飛奔到遙遠的海邊，即使鞋子掉了也踩在泥地上向自己跑來，所以宥鎮喜歡她。

宥鎮深沉又悲傷的雙眼讓愛信心痛，在所愛的人面前，宥鎮屈服了。愛信心焦如焚，讓他痛苦並非自己所願，先說讓我們「摟哺」的是愛信，宥鎮說過覺得辛苦的話可以就此打住，那時回答因為隨時都可以打住，今天就暫且不要打住的人，也是愛信。

但是後悔才是令宥鎮痛苦的事，因此愛信不後悔愛著宥鎮，不論是拿著槍瞄準彼此，一起渡河，還是偶爾宥鎮在她身後教他如何使用槍。

在一起有許多歡樂的事，這些幸福的瞬間成了艱苦時能撐下去的慰藉，雖然也有很多傷心流淚的事，但為彼此流下的淚卻也都閃耀動人，所以無所謂，只希望他不要痛苦，甚至連懷抱歉意對宥鎮也是罪過，所以愛信什麼話都說不出口。

「就當這是單膝下跪了，不要覺得愧疚，因為這是我的選擇。」

宥鎮代替愛信說了她說不出口的話，就起身走了。

宥鎮離開後剩下愛信獨自一人，之前忍住的淚水一湧而上，她狠狠抓著戴上戒指的手，戒指的硬度讓她感覺到疼痛。桌上的「LOVE」（愛情）去掉了戒指「O」，留下了宥鎮的勾戒指時留下的拖痕「I」成了「LIVE」（活著）。

被分發到駐日美國公使館的凱爾先離開赴日本了，冠秀和道美帶著眼淚送別了凱爾，馬上又要和宥鎮分離了，宥鎮和公使館情誼深厚的員工以及武官學校的學生們做了最後的道別。他最擔心的還是武官學校的學生，日本的侵略化為實際行動首先要打擊的就是軍隊，日本掌握元帥府就是想要廢止武官學校。

宥鎮教導學生，無論時局如何都不要怕，拿出勇氣來，必須戰鬥。阿拉伯有句諺語：「一隻獅子帶領的羊群會戰勝由一隻羊領導的獅群。」日本雖然會將學生視為羊群，但在這個時刻學生必須變成獅子。做一個指揮官，勇氣會創造歷史，就像自己所愛的那個女人一樣，宥鎮也希望他們拿出勇氣來戰鬥，希望這樣朝鮮和愛信都會活下來。

「跟我緣分不好的人，約我在這麼偏僻的地方見面，可如何是好。」

宥鎮正俯視城牆下方朦朧的燈火，東魅大刺刺走向他身邊，宥鎮俐落打開準備來的啤酒遞給他。

「明天要回祖國去了。」

和東魅也該道別了，雖是奇怪的緣分，卻也是放不下的緣分。東魅接過酒大飲一口，嘴上雖然回答這是他聽到的消息中令人開心的一個，卻又感覺情緒低落。

「剛好有個日本軍人也才剛回去。」

「所以我打算在回祖國的路上，遵守我的約定。」

宥鎮之所以認為士弘真的很殘忍就是這個原因，士弘完全看穿了東魅和宥鎮。東魅在朝鮮的深夜裡，看著淡然的宥鎮。

「東京就快要舉行慶典了，慶典期間會不停放煙花，爆竹的聲音震耳欲聾，連槍聲都能淹沒。」

「這是在為我助陣嗎？」

「我已經這樣很久了。」

宥鎮心頭一震，沒想到愛著一個女子而針鋒相對的男人們有一天會這樣相互助陣，天空繁星湧現無比耀眼，是因為星星的緣故吧？他們在深夜才能看清彼此的心。

✦

「在這邊。」

吵雜的車站前，宥鎮穿著軍服提著行李箱叫喚著愛信，原本眼裡只搜尋著身形嬌小、穿著洋服的男子，一個轉身眼睛突然瞪得老大，看見了穿著洋裝和洋鞋的愛信，握著手拿包一手提著波士頓包，是個嫻靜的淑女模樣。

「我看起來很奇怪嗎？」

宥鎮呆滯的視線讓愛信很尷尬，忍不住發問。宥鎮低聲嘆了口氣，眼前的女子太過耀眼，在不能太顯眼的時候卻如此美麗。

「我現在算是再次逃離朝鮮，這一刻是我對朝鮮的最後記憶，這個記憶如此美麗的話，我會忘不了。」

愛信緊握戴著戒指的左手轉過頭去，遠處火車伴隨震耳欲聾的汽笛聲到站了。

前往港口的火車晃蕩著，兩人在包廂內對坐，鄰座放著各自的行李，車窗外的風景快速流轉，他們卻說不出一句話。愛信撫摸著無名指上的戒指，稍微看著宥鎮的手，他的手指空無一物，她把手伸向宥鎮面前：「我思考過這指環要如何才能代表是某人的妻子，也許要做為丈夫的男方也戴上一樣的戒指吧。」

這是悲傷的醒悟，宥鎮從懷裡掏出了自己的戒指，放在愛信的手掌上，愛信呆呆地看著這戒指，爺爺的話又在耳邊響起：你即使取消婚約，也無法跟宥鎮在一起。想到此，淚水就在眼眶裡打轉。她含淚拿起手掌上的戒指，拉過給自己套上戒指那雙溫暖的手，將戒指戴在宥鎮的手指上，愛信的眼淚讓宥鎮心痛，直勾勾盯著戒指，連心跳都覺得疼痛，愛信握緊那隻戴著戒指的手：「……我愛你，我愛慕著你……」

這是愛信的告白，抱歉的話、感謝的話全都以後再說。愛你，即使在這悲傷的命運裡都愛著你，即使說了謊才能結此良緣也都幸福。愛信的告白讓宥鎮溼了眼眶，晃蕩的火車正朝向離別、朝向遙遠的海邊和未知的命運前進。

到達下關港口後，愛信和宥鎮交換了行李。等待入境審查的隊伍很長，隨著隊伍逐漸前進，緊張的感覺越真實，終於排到入關，港口的工作人員銳利地比對愛信和她所持的護照：「你真的是美國人？」

「是的，我的名字是愛信崔，是那位人士的妻子。」

「會說英文呢，怎麼看都像朝鮮人，怎麼會有美國的護照？」

工作人員開始神經質地翻起愛信的行囊，從包包裡翻出了聖經和配飾。帶有血跡的聖經是約瑟夫所有，而配飾則是宥鎮母親留給他的遺物，那人像是無論如何都要抓到愛信辮子似的，宥鎮走到他面前：「我是美國海軍陸戰隊大尉尤金崔，正經由日本回到美國，有什麼問題請直接連絡駐日的美國公使館，還有，對我妻子客氣一點，在我扭斷你手腕之前。」

在宥鎮威脅下，工作人員急忙收手，將皮包還給愛信，愛信僵硬收下，宥鎮抓著她的手，離開了港口。

兩人緊緊牽著手來到大街上，和漢城有點像又完全不同的街景在兩人面前展開。愛信慢慢停下了腳步，宥鎮也停了下來，接下來愛信放下了牽著的手。

「我們就此分手吧。」

像胸口被戳了個洞變得虛無，愛信淒美的微笑掏空了宥鎮，愛信將拿的提包交還給原主人。

「非常謝謝你帶我來這裡……我往這個方向，告辭了。」

愛信一直到最後，眼裡只映著宥鎮的面容，這張捨不得而且已經開始想念的臉。愛信轉過身去，宥鎮一把抓住她的手臂。

「你真的沒有想和我一起去美國嗎？」

明知道是愚蠢的問題，宥鎮還是無法就這樣送走愛信，無論如何都想挽留她，想保護她。

「你真的希望我獨自活在這世界上嗎？」

「我希望如此，別人的死活與你何關？反正朝鮮打不贏日本，到底為什麼要賭上性命去戰鬥？跟我一起去美國吧，我真的無法這樣讓你走。」

宥鎮壓抑的真心就此爆發，雖然他一直是走在對的路上，卻不想成為聖人君子，他不是能以大義之名將所愛的女人推到不幸、死亡境地的人。他只是希望就這樣愛著，希望和所愛之人天長地久的一個普通人。

「天無絕人之路，我一定會找到方法的。」

宥鎮這般的苦心讓愛信痛苦地動搖了，她的心和宥鎮並無不同，經過無數次隱忍壓抑，最終也吐露出來：

「你以為我沒有這樣想過嗎？我無法到美國，但每天幻想走在美國的街頭，和閣下一起並肩同行，也在那裡念書，還看到斑馬，和閣下一起入睡，我們時常歡笑，雖然這樣離開現實了上百次，但每次我都再度回到原點。我們的緣分到此為止了，我雖然在異鄉中……但閣下卻在返國的路上，祝你一路順風，回到美國。」

愛信淒然欲淚再也說不出一句話，因為心痛而必須更強硬，她甩開了被抓住的手回過身去，踏出艱難的步伐。比起原地注視的人，邁出步伐的人更為痛苦，宥鎮知道再也無法挽留愛信。

烏雲密布的天空開始下起稀稀落落的雨，不管是雨絲還是路上人來人往的視線全都在襲擊著愛信，她努力把止不住淚水藏在雨水裡，一步一步走著。

天就要黑的時候，雨滴更粗大了，愛信肩負重要行李，連雨傘都沒有，只憑著手上的一個地址找路，被宥鎮誇獎美麗的洋裝已經溼透。在漆黑的巷弄裡行走時，感覺後方不太對勁，忽然幾個地痞流氓攔在路前，覬覦愛信的行李，開始用言語挑釁。愛信快速向左右張望，尋找可以當武器的物品，發現一處有一個麻布袋，愛信以行李用力掃過一名流氓，往麻布袋方向跑去。

但是在愛信施展身手之前，流氓們發出低沉的聲音倒下，一位看不清面孔的男子以未開啟的雨傘一一擊中地痞流氓們的要害，武藝驚人，流氓們發覺情勢不利紛紛逃跑，愛信緊張地望著男子的背影。

男子趕跑了流氓，轉過頭去慢慢向愛信走近，愛信沒有鬆懈地看著眼前的男子，靠近的男子靜靜撐起了傘，為愛信的頭遮雨，雖然似乎沒有害人的意圖，但在這日本街頭似乎誰也無法相信。

「多謝協助，但請你讓開。」愛信警戒地說道。

「你長這麼大了啊，很高興見到你，愛信啊！」

男子的聲音十分溫柔，甚至顫抖著。

「我叫宋領，是你父親的好友，你母親的表弟。」

宋領的眼眶不知不覺地紅了，當年懷抱著愛信敲士弘家大門的那一天也是下著雨，這時愛信才想起曾經在照片裡看過宋領，真的就像和只在照片裡看過的父母相見一樣高興，倍感親切，轉眼間宋領和愛信眼裡充滿了淚水。

慶典在日本街頭熱鬧登場，如同東魅所言，每條路上都在放煙火炮竹，裝扮華麗的人潮擠滿街頭，和日漸滄桑的朝鮮街頭不同，生機無限，形同以別人的血和淚妝點的街頭，其中為了任命狀回日本的隆史也和家人一起同歡，他滿臉笑容意氣風發，

一旁則有幾名軍人在身邊守衛。

宥鎮在對面建築物的屋頂上，槍枝的準星正對準隆史的笑臉，他打算避開來往的人潮扣扳機，沒想到隆史的視線瞄到了自己的槍枝。

驚慌失色的隆史將懷中抱的兒子交給旁邊軍人，這可是要搏命保護的血脈，他抓著夫人後領當自己的擋箭牌，一面叫著快走，突然被自己丈夫挾持，夫人發出悲鳴，但隆史毫不理睬拖拉著她逃跑。

眼看隆史拿夫人當人質，宥鎮無法草率射擊，只能以準星追蹤森隆史的行跡，隆史一邊逃跑一邊指著屋頂：「十一點鐘方向有個舉槍的傢伙，快去抓他。」

軍人們接獲命令蜂擁而至，宥鎮收起槍，冷靜地改從後方追著隆史。

隆史撥開人群逃著，宥鎮堅持不懈追著，他拋下手裡抓著的夫人，躲進巷弄中避開宥鎮的追捕，身後還有

兩位日軍跟隨，他神經質想找尋更多日軍來保護自己，但其他人還沒跟上。這時子彈飛過，身後兩名日軍依序倒下，發出的槍響在喧鬧的街頭被炮竹聲淹沒。失魂的隆史舉槍胡亂射擊，害怕自己也中槍而冷汗直流。

「砰！」

再發出一聲槍響，子彈貫穿了隆史的肩膀，他的持槍掉落，第二顆子彈射進了他的腿，他痛苦地跪地呻吟，撐著地好不容易直起上身，宥鎮卻出現在眼前。

「你！你……這傢伙，果然是你，早就該殺了你！」

夾雜痛苦和憤怒，隆史的面孔變得扭曲，宥鎮無感地鄙視著他：「我不是說過已經下定決心。」

「結果你……決定當個朝鮮人？」隆史露出卑劣的表情，打著哆嗦。

「你錯了，我只是個還剩很多子彈的美國人罷了。」

宥鎮簡短回應，舉起槍對準隆史的腦袋扣下了扳機，額頭中槍的他向後倒下，流下了暗紅的血，血如同他所犯下的惡行染紅他的身體，隆史成為他自己所滅口的「敗北的軍人」。宥鎮甚至不願再看他一眼，轉身離去，他的死只不過是遵照士弘的遺願保護愛信而已。日軍聽著微弱的槍聲終於朝巷弄追來，宥鎮則朝反方向跑去。

結婚照

經過了一個艱辛又坎坷的夜晚，這晚武臣會首領抓住的正炆在酒席上被利誘和戲弄，宋領和愛信直接攻入營救，槍聲沒有間斷過，所幸作戰成功。正炆雖然滿身是傷，總算平安無事地逃離武臣會。

天色微亮，宋領準備前往上海，愛信將帶來的預託證券轉交給正炆，只要能順利一起搭上前往上海的船便成。愛信就要和才見面沒多久的表舅分離，顯得有點悲傷，兩人在小剛回到日本為義兵開設的麵館中告別。

「謝謝你成為如此傑出的人，我欠你母親的債也算還了一些了。」

「雖然有些遲了……真的很謝謝你保護了我。」

「你的父母相完和喜振如果有下輩子，也會認得出彼此，並且再次陷入愛河，在很久之後富足的朝鮮毫無遺憾地一起生活，延續今生無法實現的一切。」

只能透過照片相見的父母令人憂傷，但是感謝父母留下的美好緣分，愛信的眼眶發熱。

「是的，希望您能平安無事抵達。」

「你也是，你的性命是父母救的，我們都不要輕易地死去。」

在永無止境的離別中，為了懷抱再見面的希望，不是祝福一切順心，而是叮嚀不要輕易地死去，眼眶發熱的愛信難過得滴下眼淚，宋領則跨出依依不捨的步伐。

愛信和宋領道別後在街頭短暫徘徊，在一座照相館前停下腳步。

「東京攝影局！」

是父母的結婚照背面出現的照相館店名，這是只留下一張照片的父母到過的地方。今後恐怕再沒有機會來日本，所以是最後一次來尋找父母的記憶——胸口又一陣刺痛，即使沒有見過面，卻始終想見上一面的父母。

這時照相館的門被開啟，宥鎮走了出來，難以置信的愛信眼角抖動著，宥鎮也十分驚訝，愛信意識到什麼將自己的左手藏到背後。

「你怎麼會在這裡？」

「我期待偶然和你相遇，當時的照相館只有這一家。」

「我很驚訝，以為你離開了？」

愛信些微結巴，是自己的迷戀吧？才會分手了又常常再次遇見，結果又會再次分手，相見開心之餘，愛信已經開始難過。

「我搭兩小時之後的船離開，我們差一點就錯過了，你好像做了什麼壞事怕被抓到的樣子。」

宥鎮快速走過去，拉出愛信藏在腰後方的手，左手的無名指戒指還戴得好好的。

「因為不知道要將戒指放在哪裡……」

「給了你就是要戴在這裡。」

雖然表明要分手，卻將象徵某人妻子的戒指珍藏著，愛信為自己的可笑辯解，但是宥鎮為這份預料之外的心意笑逐顏開，想到愛信的第四根指頭帶著和自己相同的戒指，急切的思念稍微變得可以忍受。宥鎮拉著愛信走進照相館，門上掛的鈴鐺搖晃發出聲音。

照相師傅抬起頭來看到宥鎮，驚訝問道：「除了照相機還需要購買什麼嗎？啊！你等的人來了。」

「幸好，我們想要照相可以嗎？」

「當然可以，請往這邊坐，不過，請問你們是什麼關係？」

「我們是夫妻。」

愛信聽不懂他們的日語對話，宥鎮為這雖然短暫卻美好的時光笑著，帶著愛信坐在椅子上。

「我們要做什麼？」

「笑一個。」

愛信看著宥鎮傻笑，宥鎮感覺到她的視線，噗嗤笑出來：「不是看著我，看前面。」

愛信聽了這話轉向前面，師傅說要拍了、數著數字，愛信和宥鎮微笑得像幅畫，並肩微笑著這件事不難，巨大的光在眼前爆閃。相片中的兩人是完美的夫妻，就像相完和喜振那般，只有在相片裡可以永遠在一起。

✦

海浪拍打在沙灘上，陽花靜靜地走著，今天來江陵的交友村為了見尋找了一輩子的母親。陽花拿了一張兒時和母親的合照向修女自我介紹「我是李陽花」，但迎接她的只是母親的墳墓，遲了很久的相會，在刻有母親名字的墓碑前，陽花強忍住抽搐的哭聲。

陽花慢慢地跨出步伐，後方有一個身影在跟著，隨興的腳步聲感覺十分熟悉，陽花沒有回頭直接詢問：

「最近連我都跟蹤嗎？」

「我正要走到你前面。」

耍賴的東魅讓陽花苦笑了起來，這笑容似笑非笑，因為太長一段時間時常忍住哭泣，才在不久之前強忍哭泣，陽花的眼角漸漸溼潤，就要打溼兩人的浪花還沒觸及到他們的雙腳就退了下去，陽花今日看來格外嬌小。

「你不喜歡我走在後面的話，我到前面去？」

東魅先是以屠夫的身分活著，接著流亡街頭，之後變成武臣會的浪人。知道如何拿刀砍人，卻不熟悉傳遞溫暖或是撫慰人心，但是東魅卻想要安慰陽花，在一起喝一杯的夜晚，東魅知道陽花是最能夠了解自己孤寂的人，不管自己做了什麼事，陽花都能不帶嫌棄地把自己就當成「具東魅」來看待，所以東魅也就把陽花當陽花看，雖然精明殘忍，卻又心軟美麗，對他來說是「工藤陽花」還是「李陽花」都無關緊要。

「要我背你嗎？李陽花。」

東魅的詢問讓陽花眼裡忍住的淚水激動地潰堤，這是除了母親之外不想給任何人知道的名字。

「我現在是孤兒了。」

陽花癱坐在地淚流滿面，悲傷翻湧而至，總是以強人姿態見人的陽花，流露出無法想像的嬌弱的一面，東魅看見在乎的人如此悲傷，心也跟著隱隱作痛。

「我很久以前就是孤兒了。」

東魅屈膝望著陽花，心中想要安慰他，世上的孤兒不是只有你一人，加我一個希望能夠成為安慰，即使有東魅笨拙的安慰，陽花還是崩潰了，壓抑已久的悲傷瞬間爆發，像是才剛失去母親的孩子，放聲叫喚著母親。

「……娘……娘……」

看見此幅情景，東魅也像失去自己母親般感到內心刺痛。他知道陽花是怎麼走過來的，花了大筆錢尋找母親，並單單靠著這絲希望撐到現在，東魅既同情她的生活，也憐憫她的人生像自己一樣悲情，他低沉又多情地安慰著：「好吧！就這樣盡情哭泣吧，明天開始做別的夢，既不要做李陽花，也不要以工藤陽花的身分活著；皮包裡不要藏槍，放些胭脂；房間裡不要掛西洋劍，掛上美麗的畫作；然後遇見善良的男人，每次約會穿上和你一樣美的衣服；再也不要哭泣，也不要咬人，就做這樣的夢吧，平凡過生活。」

東魅用多情又傷感的嗓音安慰著哭泣的陽花，陽花大大的眼睛眼淚嘩啦啦直流，她抬頭看著東魅，他說的那些好像也是自己的夢想，平凡生活的夢。

「……可是，你為何說得好像快死的人才會說的話？」

「因為我不是善良的人，而是壞人，壞傢伙原本就死得早，這樣善良的人才會長命。」

東魅淒涼地喃喃自語，陽花慢慢站了起來，東魅也跟著站起來，陽花呆呆地看著眼前這個人，突然投入他懷中摟住他。

由於太突然，東魅緊抱著也不是，推開也不是，只是舉棋不定地站著，雖然對彼此的體溫感到生疏，卻很溫暖。

「不要比我還先死，我來做比你更壞的事，所以，你不要比我更早死。」

獨自一人太孤單了，因為了解那有多麼的孤單，所以不想再獨留於世，雖然不像是陽花會有的撒嬌，但東魅也不是不了解她的心，在變軟弱的時候，彼此的存在就是極大的安慰。

東魅腦海中浮現回朝鮮後第一次遇見陽花，酒店老闆看起來十分冷漠，和她進行交易時感覺異常疏遠，原來身軀如此溫暖嬌小，東魅不安地抓著自己的衣角，輕輕拍打著哭泣中陽花的背。

東魅走近酒店的後院，冷笑了一下，陽花正在後院練習西洋劍，哭花臉的模樣已不見蹤跡，劍鋒敏捷銳利。東魅不疾不徐坐在後院一角，陽花發現了他，放下劍脫下了面罩，整理自己被汗浸溼的頭髮。

「我叫你不要在房裡掛西洋劍，結果你居然拿在手上揮舞。」

東魅先數落一番。

「你從哪裡來？」

「為什麼要問？」

東魅從濟物浦過來，在清晨悠閒的鐵軌道上，他一如往常等待著愛信，希望這次她會出現，拜託一定要出現，結果未如所願。火紅的日出渲染了濟物浦站，甚至爬上了頭頂，愛信都沒有回來。或許會在自己熱切地希望她不要出現時回來吧！愛信始終不了解東魅的心意，心裡真不是滋味，看來她似乎是去了東京武臣會本部，和義兵一起營救正炆吧。

對於東魅漫不經心回問，陽花假裝冷靜：「我在想你是否從家裡來，想問你家那位安靜的丫頭過得好嗎？」

「你今天為何都問平常不問的事？」
「你和那丫頭為何會在一起生活？」
「你打聽這情報要賣給誰？」
「這個嗎？……你會買嗎？」
東魅的眼神變得尖銳，想必有什麼和小螢有關聯的事。
「是福岡嗎？我在來朝鮮之前，一個手下背叛了我，害我遭到追殺，因此躲進了一個人煙罕至的女巫家，那裡被關著一個丫頭，我一看就知道，她過著畜生不如的生活。」
看起來年幼又受傷的畜生模樣，當東魅知道她連話都無法說的時候，從她身上讀到了對女巫家主人的憤怒，東魅有一段時間也像遭受傷害完全無法反抗的動物，所以他殺了女巫家主人，收留了小螢。就像東魅在愛信的轎子裡獲得新生，東魅也救了小螢。
「好，你現在把完整的情報賣給我吧，為什麼突然問起小螢的事？」
陽花露出奇妙的表情。
「我想知道那丫頭為了具東魅，可以做到哪種地步，你那安靜的丫頭對日本發送了電報，收信人是你的頭目。」
東魅站了起來揚長而去，陽花看著他離開後院，臉上湧上不安的表情。
東魅拿刀對著小螢，因憤怒而瑟瑟發抖，小螢發了電報向武臣會的首領揭發愛信的真面目，小螢跪著不停抽搐，發出斷斷續續的哭聲。問題在於小螢知道了愛信的真實身分，不，從一開始小螢就認為東魅將愛信看得比自己還重要是個問題。

「因為我想要救你，那女人必須要在日本死去，這樣你才能活，你不能再因為她失去頭目的信任。如果那女人活著回來的話，我也會殺了她。我會毫無遺憾親手殺死她，然後死在你手上。」

小螢像發瘋似的飛快用毛筆在線裝冊紙頁上書寫，東魅無法忍住怒火，揮刀劈了一旁的籃子，籃子瞬間破碎四散，飛出的碎片劃傷了小螢一邊的臉頰。

「你現在必須離開了，我無法再收留你。」

東魅的聲音像冰塊一樣冰冷，他一直看待小螢像自己的妹妹，因為第一次見到她的模樣，如同自己兒時過著畜生般的生活。但是若她對愛信構成了威脅就不成，就像威脅到自己一樣，小螢倒不如拿刀對著我，還不會如此氣憤。東魅對著站在一旁的雄三下達命令：「在我回來之前把她送走，我是認真的。」

「你要去哪裡？」

「日本。」

「頭目！」

雄三驚慌大喊，小螢也受到衝擊望著東魅。

「我如果一個月還沒回來，你們就離開吧，各自帶著需要的物品走。」

「現在為了區區一個丫頭，你要拋棄我們全體嗎？」

東魅看著雄三，目光變得冰冷。

「你應該很清楚，那女人對我只是區區一個丫頭嗎？」

愛信不只是個女人，是救東魅一條命的人，是讓他繼續活下去的理由。

「我不能離開，你真的要去的話，我也一起去，頭目，你現在回日本的話會死的。」

「所以我剛剛才會拋棄你們啊，我已經與全世界為敵，即使回頭一百次也只有此路一條，因此我必須去日本！」

原本趺坐在地的小螢起身跑到門前攔阻，她咬著唇不停搖頭，東魅無法前進，轉身從後方的陽台跳落，沒有機會可以阻攔。雄三跑向陽台喊著頭目，小螢則癱坐在地，想要救他的一片心意，卻將他趕向死亡之境。

愛信和宥鎮從照相館出來之後，走向了港口，雖然已經是深夜了，港口仍充滿準備離開及前來送行的人，紐約線船班的工作人員在巨大的甲板前方舉著英文牌子，大聲宣告要乘客快點上船，出航時間已到，這是最後的乘船通知。

「我的船是開往紐約的船，船大到無法假裝眼睛不好看不見吧！」

愛信慢慢點了頭。

「雖然距離美國有兩個半手掌跨度那麼遠，不打算來看我一次嗎？兩塊陸地相連的海洋會超過目光所及的地平線，你要跨過那個海洋來看我。」

「等朝鮮和平到來的那一天，我一定會去的。」

兩人熱切盼望那一天的到來，從海上吹過來的風混合著鹹鹹的氣味，啟航的汽笛聲聽起來非常悲傷，愛信忍著淚水揮手。

「我先走比較好，祝你……一路順風……」

愛信轉身離去，在港口漫無目的走著，臉上和心上都是淚水的痕跡，前往紐約的船慢慢駛離港口，宥鎮正航向遙遠寬闊的海洋，而自己也必須從宥鎮身邊遠離了。

讓失魂落魄的愛信停下腳步的是武臣會的浪人，從巷子走出來的成排浪人發現了愛信大聲叫嚷：「是那丫頭，抓住她。」

聽到這聲音，愛信開始飛快奔跑，身上既沒有槍也沒有其他武器，只能逃開，不停奔跑再奔跑，情況危急，沒有閒暇去思考為何武臣會知道自己的行蹤。

港邊的每個巷口都有浪人圍堵，不管往哪裡跑都會碰上他們，繼續這樣下去無法逃離港口區，愛信內心焦急，不能就這樣莫名其妙被逮捕。

無論如何先脫離險境再說，愛信跑向了大馬路，這時宥鎮從對面舉著槍跑過來，船都已經開走了，愛信驚訝到快要窒息，她向宥鎮跑去，宥鎮也跑來愛信身邊，向她身後追來的浪人一個一個射擊。

巨大的炮竹聲響起，煙花開始向虛空綻放，裝飾著夜晚的天空，兩個人就像煙花般熾熱又快速地奔跑著。

他們暫時甩開浪人躲在暗巷裡，喘得厲害，也遠離了夜空的火花，愛信急促的呼吸稍緩，急忙問道：「你為什麼還在這裡？沒有搭上船嗎？」

「我看見浪人，等我清醒過來已經在奔跑中了，朝著火花的方向，託你的福我還看到了煙花。」宥鎮對著愛信微笑。

「你還真是魯莽啊。」

愛信感嘆著。

「你說得沒錯，我還剩下一顆實彈。」

「現在走還不遲，我的事我自己會解決。」

「一起走吧！好好利用這顆子彈就可以，我們走！」

宥鎮抓著愛信的手又開始跑，浪人發現兩人的足跡一路追趕。

他們跑向了駐東京的美國公使館，遠遠地就可看見建築物上方星條旗飄揚，半夜裡房子內部大多熄燈，後方追趕的浪人氣勢依舊猖狂，宥鎮將最後一發子彈射向了公使館建築。

槍聲驟起，門窗破裂，公使館內的燈同時亮起，武裝的美軍成隊出列舉槍瞄準了宥鎮和愛信，兩個人沒有停下來，持續走往美軍的槍口。

「不要動，再過來的話就要開槍了。」

美軍軍官大聲喊著，就在正門前宥鎮和愛信屈膝跪下，雙手高舉過頭。

「不要開槍，我是美國海軍陸戰隊大尉尤金崔，這位女人是我內人。」

額頭冒出的汗粒滴下，宥鎮喘著粗氣在數十個槍口前大聲宣告。

「你是海軍大尉？」

「凱爾少校可以證明，我們一起在朝鮮工作。」

軍官很快下令請凱爾少校過來。

後方追趕的浪人朝宥鎮和愛信跑來，成群的人帶著威脅的氣勢讓美軍扣了扳機，一位浪人中槍倒下，後方浪人吼叫著更加囂張撲上前來，美軍眼見同袍被浪人的刀砍傷而倒下，開始開槍掃射，幾名浪人中槍倒下後，帶隊老大發現不對勁下令撤退，浪人怒視著跪下的愛信消失在建築物前。

「尤金？」

紛亂中凱爾認出了宥鎮，凱爾的叫喊終於確保了宥鎮的安全。

晨間離別

美國公使暴跳如雷質疑宥鎮：美軍怎麼會對美國公使館開槍？幸好他身後有凱爾，凱爾證實了他的美軍身分以及他和愛信的婚姻關係，並主張美軍應該保護同樣身為美軍的宥鎮和他的結髮妻子，公使難以反駁，決定在太陽升起之前收留他們在公使館內。

「你可以埋怨我。」

宥鎮和愛信被關在黑濛濛的公使館倉庫內，倚著牆坐著，唯一的光線是從小小的窗戶透進來的清幽月光。愛信抱著膝蓋，顯得相當自責：「都是因為我的關係，對不起。」

「已經發生的事就讓它發生，現在不是埋怨誰的時候，你先闔一下眼，明天不知道又會發生什麼事。」

「你怎麼可以一直都這麼冷靜？」

「是騙人的，其實我心跳得很快，不知道可以這麼靠近坐在一起。」

在這樣的時刻，宥鎮不忘讓愛信發笑，但愛信笑得很苦澀：「閣下遇到我之後，好像繞了很多遠路。」

「你都清楚，卻沒有留住我，可以靠著我，會有幫助的。」

宥鎮挺起自己的肩膀，讓愛信疲累的身軀靠在這厚實的肩膀上。

「你會陪我到早上吧！」

「我會像一幅畫一樣不動。」

即使明日和太陽一起升起的不是希望而是絕望，今日在一起的時光也彌足珍貴，愛信露出安心的微笑，閉上了雙眼。

宥鎮整夜未闔眼，看著依靠在自己肩膀的愛信。清晨的陽光照亮她的面容，鳥兒並不體恤宥鎮，一早便嘰嘰喳喳，愛信懼然驚醒睜開了眼睛，宥鎮既覺得可惜又開心問候：「Good morning!」

「我一定是迷糊了，這樣的狀況，居然睡得這麼熟。」

「聽你說睡得好真是慶幸，現在開始仔細聽我說，我可以讓你平安無事地離開。」

不知道門何時會被打開，宥鎮觀察門外動靜走向愛信，愛信抓著他的袖子。

「只有我一個人走？」

「我要回美國。」

宥鎮慢慢撫摸愛信的頭髮，安撫她的不安。

「我們沒剩下多少時間，就在這裡道別，這一次是我向你告別。」

這是第一次宥鎮先告別，愛信的眼神充滿不安，聽到告別的話心直往下沉，宥鎮將陷於衝擊的愛信擁入懷中，愛信用全身力氣抱著他，感受到宥鎮顫抖的氣息。這短暫的擁抱過後便只剩下漫長的離別。

「我們不要說 Good bye，說 See you 吧！……See you.」

愛信淚水奪眶而出，對於無止境的別離悲傷啜泣。

「See you, see you again.」

宥鎮朝著哭泣的愛信微笑，輕輕抹去她臉頰上的淚水，要她不要太擔心，不要太悲傷，門外傳來了腳步聲。

「我應該會先出去，不要擔心，如同往常一樣，我會在你背後保護你，之後，我相信你一個人也可以做得很好。」

從現在開始不要再成為負擔，愛信咬著嘴唇點了點頭，鐵門開啟的聲音聽起來格外沉重。

宥鎮戴上了手銬，先由美軍押送離開，愛信接著平安逃離了公使館。多虧了在門口把守的浪人錯以為愛信在凱爾駕駛的馬車上，全部離開了公使館，這也是宥鎮拜託凱爾幫忙的事。但是宥鎮走後，浪人四處搜尋愛信蹤影，要去港口搭船成為不可能的事，只能暫時在小剛的麵館避風頭，並拜託小剛對朝鮮發送電報。

愛信在麵館二樓的閣樓快速換上男裝，把必要的裝備放進口袋，整理子彈、錢、護照的手還戴著戒指，她將戒指取了下來，並拉出洋鞋上繫的鞋帶，綁住戒指掛在脖子上，現在宥鎮正在跨越茫茫大海，愛信緊緊握住戒指，戒指上還留有一絲餘溫。「LOVE」已經愛過，現在是「LIVE」必須活下去了，是時候放下戒指舉起槍來了。

這時房外傳來門快被敲破的聲音，愛信快速躲在柱子後方，突然闖進來的一幫浪人在麵館四處搜查，愛信裝上子彈後放輕腳步走下一樓，在和浪人對眼的瞬間扣下了扳機。

「是那女人，抓住她。」

到處翻找的浪人全都朝愛信跑去，手握著刀發瘋似奔跑的浪人有數十名，愛信咬牙開槍，雖然有浪人中槍倒下，依舊剩下為數不少的人，愛信躲開了刀再度藏身時感到呼吸困難。就在她再次舉起槍要瞄準浪人的時候，跑過來的浪人突然摔倒在地，背上冒出鮮血，陸續又有一兩位浪人跪倒在地，沒有人能阻擋這把砍向浪人的刀，持刀的正是東魅，正在瞄準浪人的愛信驚訝看著東魅，東魅一確定愛信沒事，眼神開始變得銳利。

浪人也開始揮刀向東魅攻擊，並砍傷了東魅的手臂，他們只是對東魅的現身一時感到猶豫罷了。愛信再次為槍裝上子彈，愛信射擊東魅揮刀，浪人無可奈何地倒下，地上堆疊了屍體。

東魅應該在漢城才對，兩人之間沒時間說明原因，快速逃出麵館，不知浪人何時會再追上來，腳步必須快速。

東魅拿出鑰匙打開了門，這房子是熙星留學東京時的居住之地。

那天東魅跳下陽台決定去救愛信，不久搭上了船到達下關，獲得了一位女子的協助，這也是熙星留學期間交流過的人。小剛發了電報告知愛信處於危險狀態後，熙星和陽花便快速行動。陽花向宮裡連絡，並告訴熙星東魅已經去了日本，熙星便將這位女子介紹給東魅，為了讓愛信有個避身之所。

熙星房裡的花瓶插著枯萎的花，書櫃和窗台堆滿了書籍，房裡的樣貌和他離開日本時沒有太大的差別。

「這是漢城某位少爺在東京的房子，在這裡會十分安全。」

愛信模模糊糊觀察了房間，看來陽花和熙星收到電報了，雖然不知道今後會如何，至少今天算是有了活路。

「在漢城有許多人想要救小姐，酒店的老闆著手計畫，金熙星大人出了房子，皇帝陛下會派出報聘使，不久就會有接獲皇命的人前來迎接小姐，跟著他混進使節團隊伍，就可以回到朝鮮去了。」

「你也會一起去嗎？」

「你是說要我扮成宮女嗎？」

「啊……」

暫時鬆一口氣的愛信表情又開始沉重，東魅專注看著她，只要她能夠好好活著，自己會怎麼樣似乎都無所謂，只要能為愛信開一條回家的路、活下來的路，他並不在乎拋下一切跑來東京的後果。

「不用擔心我，我在日本生活的時間比朝鮮還久，我在底層生活過，只要照顧好身體就行。」

「連你都……」

東魅以猜不透的表情看著愛信，東魅所砍的人和他一樣同隸屬於武臣會，本來應該在漢城的人來這裡與武臣會為敵，唯一的理由不需要問也清楚。愛信很艱難地開了口：「連你都來營救我，謝謝你。」

你也救了我很多次，沒關係，東魅想要說些什麼卻說不出口，只是盯著愛信看。愛信這時才發現東魅的手臂流著血，紅色的血滴不停滴落地面，看來傷口很深，很快抓起他的手臂捲起袖子，看到傷口皺了眉：「你先待在這裡。」

「不用了！」東魅想把手臂抽出來。

愛信抓著東魅結實的手臂，撕下襯衫的一塊布，捆綁在他血色的傷口上。

「三個月後我會去還錢，你也要親自來拿。」

「……你每次都這樣救我。」

東魅淒冷地說著，凝視愛信好一會兒，轉身離開。

「你歇一會兒！」

東魅走出大門後，呆坐在門前，希望這夜可以平安度過，東魅在門前守著。

幾天之後，愛信裝扮成宮女藏在巷口，平安地和朝鮮的報聘使節團會合，東魅注視了她好一會兒，愛信穿上隱隱發光的宮女上衣，盤上頭髮美麗無比，也許這是最後一次見面了。東魅口中雖然叫她不要擔心，但是武臣會的人正在拚命追捕他，不確定自己能否回到朝鮮，就算回去了也很難活得久，他凝望著愛信的背影，轉身往報聘使節團相反方向而去。

東魅到達碼頭邊，目瞪口呆看著將航往朝鮮的船，果然……

在深夜人跡罕見的港口，武臣會的浪人們佩戴著刀守著，出現在麵館追捕愛信的人數和這裡的數量已經無法相比，他們發現了東魅立刻拔刀奔去，逃亡已經無用，這裡是終點啊！東魅深深吐了一口氣，拔出刀來。

浪花拍打著岸邊激起白色的泡沫，東魅揮砍浪人就像反覆拍打又消失的浪花聲，再怎麼揮刀都有源源不絕的浪人湧上前，不停向後退的東魅衣服已處處被劃破，衣角晃晃盪盪飄著，已到了極限。

「石田翔！」

在生死的關頭，從浪人群中走出了一位人物，他用冷淡的眼神注視著重重喘氣的東魅。

「……頭目。」

頑強的戰鬥宣告結束，東魅預感自己走到了盡頭。

「我的兒子！你似乎有了比自身更寶貴的事物！從沒擁有自己人生的傢伙，竟敢如此。」

首領的刀深深刺入東魅的肚子，東魅就這樣向後跌落，黑色的海洋張開大嘴，將他吞沒於深不見底的漆黑中，一時掀起浪濤的海，在吞噬東魅後回歸於平靜。

「那天也是相同的時間，我們在這裡又再次見面了。」

在麵包坊，愛信向坐在對面的陽花表達幸會及感謝之意，自己成為報聘使節團一員才得以回朝鮮，愛信先入宮謁見皇帝，接著會面陽花，這位透過皇帝救了自己的女人。

「我還半信半疑，沒想到這次是上通皇帝陛下。」

「也可說是放肆無禮吧！」

「多虧你的幫忙我平安無事歸來，謝謝，也請幫我向三〇三號房的少爺說聲謝謝。」

「對於我的幫忙，可以不用感謝，我雖然失去了父親，小姐卻失去了父母，我就用這個來償還吧。」

陽花的臉色蒼白，愛信不解發問：「這是什麼意思？」

「你知道李莞翼大監死亡的事吧？」

「我知道，那個附倭人，你詢問的用意是？」

不可能不知道，殺死莞翼的正是愛信，陽花稍微喘了一口氣，這不是可以輕易說出口的話，有八成因為羞愧，其餘的是悲傷。

「那位附倭人，是我的父親。」

愛信受到衝擊一句話都說不出來，想起了陽花提過的往事，她的婚姻是父親一手操作的買賣交易，如果父親是莞翼的話，多多少少有跡可尋，從她不簡單的生活也可隱約看出端倪。但無論如何殺死陽花父親的是愛信，她不忍再多說些什麼，雖然她只是殺了一個附倭人，但卻是陽花的殺父仇人。陽花以發抖的聲音繼續說著：「看來你對一樁往事還不知情，殺死你雙親的人，正是我的父親。」

愛信的父母是義兵，莞翼殺死的義兵和朝鮮人又何止一兩位，愛信的復仇是所有人的復仇，她再度強忍住憤怒，眼前的女人苦澀地自言自語：「朝鮮這地還真是小。」

「……閣下和我從一開始就無法站在同一陣線的啊。」

「請你前往外國人墓園吧！那裡有人在等著你，我欠你的債到此為止。」

真是命運多舛，當兩人在莞翼的家中拿著劍和槍對峙時，愛信一直覺得陽花和她同一陣線，但原來兩人不能是盟友，愛信表情僵硬地起身離開。

愛信來到外國人墓園時，已經是四處一片漆黑，靠著微弱的月光，尋找等待自己的人，墓碑後方有兩個人，聽到愛信的腳步聲才走了出來，是咸安大嬸和行廊大叔，看見他們的那一刻，愛信湧出了淚水。

「小姐。」

咸安大嬸跑過來抱住了愛信，她從小就在咸安大嬸懷裡長大，這懷抱既熟悉又安全。

「你們怎麼會到這裡來？伯母呢？姊姊呢？」

「我們已經順利護送夫人和小姐平安到達滿州了，他們安頓好之後，就叫我們到小姐這裡來。」

聽了大叔的說明愛信放了心，咸安大嬸上上下下打量著愛信，開始嘮叨：「你看看，我一不在小姐就更消瘦，都看不下去了，你除了像畫一樣美之外，也得學會照顧自己，真是的。」

「就是說啊！」

愛信笑著，眼角盡是淚水，返回漢城這趟旅程實在太長太艱辛，而旅途的終點又和太多的人離別，沒有一種離別不會痛苦。但至少還有自己的人陪在身旁，互相取暖，也因此更對獨自飄洋過海的宥鎮過意不去，他一直過著如此孤獨的生活，自己又讓他回到獨自一人。愛信抱著咸安大嬸，心酸的眼淚奪眶而出。

藍色煙霧

「大尉，你認為你的行動是正確的嗎？」

「我認為自己太魯莽了。」

「既然知道很魯莽，為何還要繼續行動？」

「我沒有別的選擇，當時我被日本浪人追殺。」

「你為什麼被日本浪人追殺？」

「因為和我在一起的那位女子，正在保護她的祖國朝鮮。」

「你的行動構成了叛國行為，然而，根據你的直屬上司凱爾穆爾的報告書，本庭認為有足以酌情減刑的事由，因而做出以下判決，美國海軍陸戰隊大尉尤金崔被判三年徒刑，並開除軍職。」

宥鎮穿著幾乎磨破的破舊外套，走過了音樂盒的店門前，胡亂長的鬍鬚和頭髮，甚至四處可見的臉上傷疤，都不足以形容這段期間他所遭受的苦楚。宥鎮回到美國之後，經過法官嚴厲的審判，判刑後又流逝了三年光陰，在狹窄黑暗的牢房度過艱辛的日子。

全身僅剩一件小行李，宥鎮提著它走向教會。他坐在教會的椅子上手觸摸聖經，凝望著十字架，宥鎮向天上的神祈禱。

「我父親約瑟夫的父親，上帝，您也會傾聽不祈禱的人的禱告嗎？我走的每一段路您都與我同在嗎？讓我這一生如此顛沛流離……真的有理由嗎？」

這不是怨恨，只是單純的詢問。

從教會走出來的宥鎮，來到愛信想像中的紐約街頭，街上來往的人幸福的笑聲讓他動念，在愛信的夢想中他們兩人在此處並肩同行，如今宥鎮卻獨自走著。也來到小時候剪下自己的辮子投入江水的江邊，自己失去了父母、約瑟夫、女人，甚至連好不容易獲得的軍人身分都失去了，即使一無所有卻也不怨恨，因為曾經擁有過，只要回顧，記憶中總有愛信存在。

孤單地凝視江水，一位青年叫了宥鎮。

「請問你知道哥倫比亞大學怎麼走？」

青年穿著西裝，雖然說的是英文，卻混雜朝鮮腔調，宥鎮有些驚訝：「請問是朝鮮人嗎？」

「啊！你也是朝鮮人，在他國可以遇見同胞真的很開心。」

「請跟我來，我也正往那邊走。」

青年跟著宥鎮，也表達感謝，宥鎮一語不發只是走著。

「你來紐約多久了？」

「再度來這裡三年左右了，你能告訴我朝鮮最近的消息嗎？這段期間不知道朝鮮的情況，日俄戰爭如何了？」

「你離開三年可能不清楚，日俄戰爭最後日本獲勝，因此乙巳年大韓被迫和日本簽定條約，事實上是主權被強制剝奪了。」

青年的臉色變得沉重，宥鎮則無聲嘆了口氣，愛信和無數的人守護的朝鮮，最終被剝奪了一切。

「日本設立了統監府，大韓帝國的統治權需要經過日本的命令和允許才能執行。美國最早和大韓結盟，卻又最早抽手，在大韓的美國公使館都撤離了，許多同胞正在努力，讓列強知道朝鮮的局勢。」

在與外界隔絕的鐵窗裡，宥鎮絕望過，如今又懷抱一絲希望，期待愛信來美國的那一天。他停下腳步，用手指著路：「……快要到了，往這條路走過去就行。」

「好的，謝謝，我們相遇也是一種緣分，如果你不介意的話，可以知道你的尊性大名嗎？」

「我叫尤金崔。」

宥鎮伸出手和青年相握。

「我是安昌浩。」

青年的眼眸清澈而閃閃發亮。

「朝鮮不會輕易屈服的，有一群人在守護著……他們就是義兵。」

「我也是他們其中之一。」

彼此的手握得更緊，這是他們的希望和勇氣。

青年向大學校園走去，宥鎮凝視他的背影，也再次上路，加快了往車站方向的腳步。

「我父親約瑟夫的父親，上帝，您也會傾聽不祈禱的人的禱告嗎？我走的每一段路您都與我同在嗎？讓我這一生如此顛沛流離……真的有理由嗎？我父親約瑟夫的父親，上帝……我要燃盡我的餘生，所有的步伐都只依靠著一個虛幻的希望，請您讓我活下去，如果是這個理由，我……會飛奔而去。」

他走向朝鮮和愛信的身旁。

幾天前，因為皇帝向海牙派出密使，遭到親日派大臣的斥責，並要求皇帝為了朝廷安危必須自決，要不就是向大韓駐軍司令官長谷川隊長請求原諒。最後一進會成員更包圍了慶運宮要求皇帝退位。主導簽訂乙巳條約賣國的李完用以日韓停戰之名威脅皇帝，因日軍環伺在側沒有逃避的餘地，皇帝只好宣布禪位給皇太子。

消息傳出後，市井的商人以撤市抗議皇帝被強制退位，街上每一家店面都掛著「弔意」的布條，百姓身穿喪服跪在地上流淚。

「朝鮮成了喪家之犬了，把一個國家的君主這樣拉下台，……這些該死的混蛋。」

看著街上一片殘破的景象，房產掮客嘆了一口氣，路過的陽花無心注視眼前景象，她的酒店被日本憲兵占據了一半以上，酒店門前掛上了日本國旗也幾年了。

在掮客帶領下，陽花走進泥峴路東魅的家中。

這棟房子從東魅離開之後閒置至今，堆積了滿滿的灰塵。跟隨東魅的浪人很久之前也離開了泥峴。而陽花離開也不是，居住也不是，只是像灰塵一樣黏在朝鮮的土地上。

「這房子空置三年了，因為是頭目的房子，誰也不敢亂動。」

「我會買下來。」

陽花走到屋中一角，望著東魅的浴衣如是說。

「我準備好文件之後去酒店找你，你可以待一會兒出來。」

掮客離去之後，陽花像入迷似的站立在東魅的浴衣前，拿起他的棗紅色浴衣，想起了他說過的話：「壞傢伙原本就死得早，這樣善良的人才會長命。」

在海邊東魅說這些話時，好像預知了自己的死期，真不吉利，那時應該更強烈抓著他的衣襟，雖然知道沒有用，但至今一直在後悔，陽花不知道善良的人是否因此可以活得長久，她並不關心，只希望東魅不要比自己先死去。但連這樣一個請託都沒有被接受。思念像手上沾染的厚厚灰塵，東魅曾經站立的陽台處透進紅色霞光，陽花抓緊了衣角舒緩哽咽的心情。

陽花走出東魅的家，推開了當鋪的門，當鋪前也綁著白布，日植和春植上前和陽花打招呼。兩人的臉上也略見歲月的風霜，陽花拜託兩人找張畫作。

「要畫作？」

「花草畫也好、山水畫也好，儘量平凡一點。」

聽到陽花的話，春植捲起一面簾子，牆上掛的是一些平凡的的畫作，卻都是不平凡作家的作品，當鋪的名字不愧叫「有求必應」，陽花難得露出微笑。

「想要掛在那個房間？」

「掛在一個非常黑暗的房間，掛上去的話，他會來看嗎？」

東魅說過，房裡不要掛劍，掛張美麗的畫吧。如果東魅見了房裡掛此畫作，也許會讚美也不一定。陽花臉上浮現了落寞，日植和春植一時默不作聲，她看著畫作，問了一個反常的問題：「還有一件事，可以買到炸藥嗎？因為提供炸藥的人也會有危險，你們願意提供嗎？」

日植和春植表情僵硬，如此沉著的人要找的卻是極為危險的物品，日植詢問：炸彈要用在何處？自從皇帝退位以來，義兵的舉事更為激烈，不僅對具代表性的親日報社，也就是國民新報社投擲炸藥，幾天前也以炸藥攻擊李完用的宅第。以愛信為首的義兵肖像被四處張貼緝拿。但是當下處於沒有炸藥就無法反抗的局面。而陽花並不是義兵而是酒店老闆，日植和春植難免懷疑。

陽花臉上浮現奇妙的微笑：「我想炸飛我的酒店，二樓的客房幾乎等同於日本駐軍司令部了。」

三人之間陷入深深的靜默，陽花的決定太過沉重了，日植悲壯地回答：「我找給你。」

「很好！」

他們的眼神交織著熱血。

八月的第一天突然發布了軍隊解散命令，新皇帝設立了新組織，但背後主導的是日本統監伊藤博文，駐軍司令部長谷川出面宣布解散朝鮮軍隊，並恐嚇不服從解散命令者即刻鎮壓。侍衛隊被迫繳回槍枝，並發給了他們「恩賜金」。

如此朝鮮形同於沒有軍隊的國家，主權毫無保留轉交到日本手上，消息一傳出，南大門侍衛隊大隊長朴昇煥參領就地自決，侍衛隊決定停止交還武器抗拒到底，日本憲兵毫不猶豫將刀槍上膛，好像就在等待這一刻，依令將不服從的侍衛隊全數殲滅。

雙方開戰了，在侍衛隊訓練場一角早就架設好了機關槍，開始不分青紅皂白掃射，咬牙苦撐的侍衛隊員屍體堆積如山，好不容易逃到漢城街上，街頭也開始濺血，日本憲兵沉浸在發狂的殺人狀態中，街上路過老百姓目睹了隊員在街頭被殺害，無不渾身發抖，那都是誰誰的孩子，誰誰的兄弟啊，慘烈遭到殺害的同胞屍體都是認識的面孔。皇宮內也聽到外頭的槍聲，勝具驚覺現在是離開宮中的時刻了，這段期間在宮裡保護皇帝，看到了他的無力和苦惱。當初失去父親的那一天，曾下決心要對無法保護子民的皇帝報仇，但是現在勝具不再針對無法保護子民的皇帝，而是要對踐踏百姓的敵人報仇。

「臣現在要離開太皇帝陛下了，臣必須出去戰鬥。」

太皇帝感受到勝具誓死的決心，沉痛地挽留：「朕不允許，朕充分理解卿的心情，不要去，起碼你要活著。」

「陛下，我的夢想就是做一個逆賊，臣終於當上逆賊了。」

向太皇帝拜別後，勝具帶著炸藥離開了皇宮。

南大門侍衛隊仍在堅忍奮戰，勝具走向倒地卻不放棄戰鬥的侍衛隊，站在他們最前面，一步一步向前邁進，每跨越一步就精準射殺日軍，但人數差異實在太大，不停有子彈從勝具身旁擦身而過，日軍槍口集中瞄準了帶頭的勝具，後面的侍衛隊員想拉住勝具，但他毫不猶豫。如果自己的犧牲可以讓多一些人活著，他覺得十分慶幸，勝具最後一次停下腳步，向侍衛隊下達命令：「倭軍會在這裡加強兵力，我們武器太過懸殊，也沒剩多少彈藥，再堅持下去會全軍覆沒，我幫你們開路，你們要一口氣頭也不回跑到明禮坊。」

侍衛隊軍人驚訝又不捨看著勝具。

「我只是來多救幾個人，現在我不是總管了，你們趕緊走，這是曾經當過總管的人最後下的命令，你們必須活下去，這樣我們才能贏。」

堅毅佇立的勝具話語沉重，侍衛隊臨別一瞥開始奔逃。確定了他們都已跑遠，勝具從懷中拿出炸藥開始向日軍奔去，無數的子彈射向勝具的身體，但他沒有停下腳步。

巨大的爆炸聲響起，日軍隊伍被火焰包圍。

「總管大人！」

和剩下的警衛隊一起逃亡的俊英，看見身陷火焰的勝具最後的身影，他紅了眼眶，為了不讓他白白犧牲，必須活下來，活著才有可能報仇。利用日軍的視線被煙霧遮蔽的空檔，侍衛隊扶持其他傷兵遠離了火焰處。

幾名義兵領著遍體鱗傷的俊英和侍衛隊軍人來到茅屋基地，駐守茅屋的殷山和義兵們驚訝地接待，行廊大叔和咸安大嬸動作迅速治療受傷的人，不知不覺天色已暗。

麵包坊老闆在店裡目睹一切慘烈光景，他向殷山和愛信報告了交戰的激烈情況和勝具的犧牲。令人喘不過氣的殘酷消息，一陣熱風吹過殷山和愛信，麵包坊老闆沉痛地說：「聽說日軍全都聚集在酒店，正在開慶祝宴席。」

山下漢城的街道瀰漫著哭泣的聲音，但酒店卻傳出卑劣的笑聲，愛信握緊了手上的槍枝。

她再也抑制不住憤怒，從頭到腳換上黑色衣裝跑下山去，只露出變得通紅的雙眼，深夜的山林連鳥的叫聲都特別憂傷。

愛信到達酒店的時候，日軍的慶祝宴興頭正熱，她避開吵雜之處，從圍牆跳上熄燈的陽台，從窗戶潛入了三〇四號房。愛信暫停呼吸要從黑暗的房間走出去的時候，感覺到沙沙作響的動靜，她停下腳步向發出聲音的地方舉起了槍，藏在暗處的人慢慢露出面孔，是春植和日植。春植在黑暗中認出了愛信，只露出眼睛的模樣在四處散發的懸賞圖中常常看見，是一名義兵啊，同時愛信也看出他們在裝置炸藥和引信。

「是義兵嗎？」

愛信壓低嗓門回應春植的詢問：「主謀是誰？」

「一群朝鮮人。」

愛信胸口一熱，固然有賣國者，但想守護國家的人也不少啊，春植和日植正在準備點燃引信，愛信先要他們離開酒店，說她會引爆炸藥後逃亡，之後什麼也不能保證了。春植和日植離開後，她拉了一下房間掛的繩索，她知道這條繩子連結到櫃台。

聽到了繩鈴的聲音，陽花走進三〇四號房，愛信將陽花推到了牆角：「你想要幹什麼？」

兩人的眼睛十分貼近，陽花的眼睛炯炯有神，她認得出愛信，忍住不噗嗤一笑，無法同陣線的兩人，最終走向相同的路。

「和小姐今日來這裡想做的事一樣！」

「你真的打算炸掉整個酒店？」

「所以你趕快避開吧！」

沉著回答的陽花震撼著愛信，這混雜絕望的答案像是在說：自己也要葬身於此。

「看來你不打算躲避了。」
「我離開的話他們會起疑心。」
「既然你如此決定，好吧，我們目的不一樣但目標相同，一起進行吧。我看見幫助你的人了，他們負責的事我來做吧，他們可以活著不是很好嗎？」
陽花靜靜看著愛信悲壯的身影，她以小姐的身分離開漢城很久了，只有在保護國家時會以義兵的樣貌出現。樓下傳來日本軍官的笑聲，在炫耀今日誰殺了更多朝鮮人，愛信恨得牙癢癢，將視線轉往門邊。
「至少這裡笑的那些人，過了今天沒有人可以活著走出去。」
「我們終於同一陣線了。」
兩個女人沒有一絲猶豫，決定共存亡，所擁有的東西已經全部失去，僅剩下一條命，若兩人豁出去的命，可以結束掉這些慘無人道的殺人魔，也沒有遺憾了。

泛藍的霧氣籠罩在酒店四周，沒多久天色就要微白了，陽花遞給在酒店工作的員工薪袋，並向他們告別。
「這段期間謝謝你們，盡可能去遠一點的地方，不管聽到什麼聲音都不要回頭看，也不要回來。」
侍者和員工都已打包行李，陽花和他們道別後轉身而去，獨自留守的酒店主人看起來比任何時候都要有氣魄，催促猶豫不決的人儘快離開，她出神看著這棟一手打理的酒店。被父親賣到工藤家後，即使挨打也都活了下來，在不知道母親的生死之下，唯獨擁有這棟酒店，但現在酒店也在日本的干擾之下，已經沒有任何留戀了，既沒有要尋找的人，也沒有等待的人，依依不捨之情也只是暫時的。
愛信從房裡走出來，對著陽花喊著：「已經點燃引信了，動作快。」
砲彈引信的火苗正在傳遞中，兩個女人往相反的方向開始奔跑。

再會

有兩位男子穿越了淩晨的霧氣，慢慢走在漢城的街頭，兩個人都來自遙遠的地方，隔了三年再回來，漢城的街道變得既簡陋又蕭條。即使在深夜，耳邊依舊傳來隱隱的悲傷哭泣聲，這滿街的遺骸中可有自己認識的人？兩位男子十分不安地四處張望。

「你似乎去了很遠的地方？」

披掛的長髮像是隨意修剪過，臉上負著傷，不知是歲月的痕跡，還是遭受了苦難，宥鎮看著東魅蒼白的臉忍不住詢問，好久不見了，能在這裡活著相見本是開心的事，但街上死亡的景象太過沉重了。

「你好像從遙遠的地方回來。」

東魅看見宥鎮提著簡陋的一只皮箱，他用提問來回答宥鎮。兩人眼神彼此交會，即使不發一語，心中都清楚為何要在街上四處搜尋觀望。

「我這邊沒有。」

「我這邊也沒有。」

兩人暫時鬆了一口氣。

原處卻傳來一聲槍響，傳出的位置似乎在酒店，宥鎮和東魅向酒店跑去，兩人卻又同時停了下來，呆立在原地。

有人從酒店跑了出來，是愛信和陽花，兩人的身後是一個巨大的轟鳴。

轟隆！

爆炸聲震動大地，建築物坍塌的同時，玻璃窗碎裂紛飛，大火吞噬著酒店，爆炸的威力將兩位奔跑的女人炸飛。他們像花瓣又像羽毛飛向空中，又墜落在建物的殘骸中。事情發生太過突然，宥鎮和東魅跑進火光之中。

在煙霧中充滿哀號，幾名殘活的日軍爬了出來。宥鎮和東魅瘋狂在廢墟堆中翻找愛信和陽花，他們在從建物飛濺出來的一塊巨大的牆下看見了一隻手，沾染了血跡，是隻女人的手，宥鎮和東魅用全身力氣推開牆塊，看見了渾身是傷失去意識的陽花。

東魅不忍閉上了眼睛，宥鎮急忙搭著陽花的手腕：「還有脈搏，快點帶到安全的地方。」

「你一定要找到另外一個女人。」

東魅囑咐宥鎮，背起陽花開始逃離。宥鎮看著東魅離開後，又開始在殘骸間翻找著愛信，他的內心焦急，從額頭滴下冷汗。

微藍的深夜漸漸透白，太陽劃開了黎明前的黑夜，又開始了殘酷的一天。

背著陽花奔跑的東魅，汗水沿著下巴直落地上，必須找一個可以躲藏的地方。因爆炸聲跑到街上的人，揉著眼睛不可置信地看著竄出黑煙的酒店，東魅避開人潮轉往巷口，這時打開洋服店門走出來的宗民看見了東魅，宗民曾在侍衛隊遭日軍追逐時和日軍對抗，臉上還挨了揍。遠處傳來出動的巡警吹哨子的聲音，宗民發現東魅的背上背的是陽花，立刻將門完全打開。

「請進來，因為昨天的騷亂，店面短期不會開張。」

東魅以銳利的眼睛看了下宗民，便匆忙跑進洋服店，沒有別的選擇。宗民小心觀察了四周將門關上，巡警們剛好從洋服店前飛奔經過。

東魅將陽花帶到洋服店內部的裁剪室，讓她好好躺下，受爆裂物波及的陽花模樣極其可怖，瘦到幾乎看不見的身體，帶著無法復原的重傷，只依靠著微弱的呼吸支撐著，東魅用袖口小心翼翼擦去陽花臉上的汗珠。

過了好一陣子，陽花才費力睜開眼睛。

「你醒了？」

一看見陽花睜眼，東魅馬上問。呆呆看著天花板的陽花慢慢轉頭看見了東魅。一直在等待的東魅來到了自己身邊。

「你回來了，具東魅！」

「這裡的職員去叫針灸醫生了，你再忍耐一下。」

「……你知道的，我很快會死，全身都受傷了。」

東魅皺了眉頭，因為不捨眼眶微熱，陽花即使危險也從不示弱，在海邊放聲大哭時也沒把死掛嘴上，令人十分心痛。

「你還是很美。」

聽見熟悉的東魅口吻，陽花無力笑著，感謝他沒有比自己更早死，同時也感到抱歉。東魅身上散發著濃厚的鴉片味，能夠充分理解他是怎麼活過來的，靠著鴉片苟延殘喘一天過一天，所以很抱歉，因為自己的奢念，讓他沒有辦法先離開人世。陽花神智恍惚喃喃自語：「帶我……去娘那裡，如果有鴉片的話給我一些，我十分痛苦……」

傷口撕裂著，燒傷處滾燙難熬，椎心的疼痛擊垮了陽花，眼角滿溢的淚水滑落，現在兩人不只有孤獨和淒涼相同，連身體的痛苦都相似，東魅點頭回答陽花。

「好的！」

宥鎮在廢墟堆中發現了身穿黑色洋服的愛信，雖然已經失去意識卻明顯活著，安心和不捨同時掠過心頭，他抱起了愛信。

宥鎮將愛信帶至打鐵鋪治療，在漢城醫院護理師和住院的學生幫助下，好不容易獲得了藥品。宥鎮愁容滿面，清除了嵌進她肋下的碎片並加以消毒，將傷口止血用繃帶包紮身體，宥鎮的手都是愛信的血，心像撕裂般，但是自己的痛苦不重要，只要愛信能平安無事張開眼睛，宥鎮祈禱再祈禱，只要能活著就好。

愛信像聽見了宥鎮的祈禱，吐了一大口氣醒了過來，因為疼痛皺著臉，意識尚未十分清晰，宥鎮抓住她：

「知道我是誰嗎？……雖然我知道你是朝向煙花活著的，但是不知道你會站在爆炸的酒店前面。」

宥鎮苦苦笑著，只有笑著，所有的時間才會安然度過。愛信以為又像某個日子一樣，在恍惚中凝望著宥鎮，嘴角浮現悲傷的微笑：「又是……這個夢。」

和宥鎮分手後常常做相同的夢，愛信開始乾嘔，轉過頭去。

「有點發暈作嘔吧，因為麻醉藥的關係。」

「我剛剛和酒店老闆在一起的……」

愛信看著四周，但在她的視線裡宥鎮不存在，宥鎮冷靜地對以為是在做夢的愛信說：「具東魅帶她去安全的地方了。」

「……她還活著啊！太好了。」

「……我……」

這時愛信才再次看見宥鎮，眼角開始泛淚。

「這個夢我已經夢過無數次，現在不會再被騙，閣下並不在朝鮮……」

掉下的眼淚滑過愛信的臉頰，宥鎮抓著愛信的手，相握的兩隻手都沾著血，卻是溫暖的，即使過了很久的時間仍熟悉的溫度。

「這不是夢，我在這裡。」

我是讓你靠著肩的宥鎮，總是會握著你的手，即使你道別了，始終還會回來的宥鎮。愛信悲傷哭出聲來：

「師父他……過世了……所以你不要回來，整個朝鮮如同地獄……也不要出現在我夢裡面，我至少要忘記你一天才能活得下去。」

哀傷的叮嚀讓宥鎮悲痛欲絕，用盡氣力醒來的愛信再次閉上眼睛沉沉睡去。宥鎮望著這張看一眼就會心疼的臉，隔了三年的相會卻盡是眼淚。

打鐵匠掀開帳子走了進來。

「同志就要到了，請不用擔心小姐，你走吧。」

「我不能一起去嗎？」

「那不行，我們不能對外人透露義兵的據點。」

宥鎮點了頭，已經確定了生命跡象，這時候要先把人安全送走。

如同陽花所說，自己的身體已走到盡頭，陽花和東魅都了解時間所剩不多，兩人朝著陽花的母親埋葬的地點江陵走去。途中經過了海邊。不論是朝鮮、陽花還是東魅在歲月中都只能走向衰弱，只有海洋永遠蔚藍，在空蕩蕩的沙灘上，只有一人無聲留下腳印，陽花的身體在東魅的背上，一隻腳上的洋鞋掉落在沙上，另外一隻鞋早已掉落，一直是光腳，所以東魅不在意，對背上那張臉問道：「如果你有話對長得像朝鮮人的美國人說的話，快說，他回來了。」

「……你見到他了？替我向他握手說歡迎歸來，……」

陽花說話有些吃力，東魅感覺到她呼吸太過微弱，常想要轉過頭來看看陽花，又費力想著不要回頭，聽著浪花聲，向前踽行。

「現在那男人已不在我心裡了……很久以前放他走了。」

「我都不知道。」

「你不知道？」

啞然失笑的陽花讓東魅放慢腳步。

「我在等另一個男人，在酒店後院、在路上、在電車裡……在那男人的房子裡……我希望他活著回來，一定要活著回來……但那男人只愛著高愛信，為愛痴狂，我在等那個為愛痴狂的男人。」

浪花強烈席捲著沙灘又退縮，東魅停下了腳步，陽花微微一笑，眼皮十分沉重，在生命最後的時刻，可以來到接近母親的海邊，可以在所等待的男人背上，十分歡喜。若要問從什麼時候開始可能很難回答，想起下雪那一天在電車上，東魅把她拉下車到自己懷裡的情景，如果雪下在這寬闊的海灘上一定更美。

「這條路上……下雪一定很美，是吧？下雪的話……要來看我，我等你……」

這次說好會等他，東魅一定會來，即使東魅的心意和自己不同，但他對待自己人是既心軟又溫暖的，所以一定會來。生命的終點可以有時間在一起說出心裡話，陽花覺得心中舒坦，閉上了雙眼。

「現在離下雪，還要好長一段時間。」

東魅聲氣微弱顫抖著，陽花的表白、陽花的死亡，他沒有一樣做好準備。

「你得再活過那好長一段時間，不要太早來……不然我就不等你……」

陽花環抱東魅脖子的手臂無力垂下，後背消失的熱氣讓東魅停止了呼吸，陽花是他一生漫長的旅程中，唯一存在可以稍作休息的旅店，悲傷湧上心頭，東魅強忍淚水，急切喚著她的名字。

「陽花……睡了嗎？……」

陽花如同睡著的人似的閉上眼睛，沒有再答話。在沙灘上，東魅掉下大顆眼淚。

「好好睡吧……就快到了……」

東魅停下的腳步又再次移動，默默向前行，陽花白皙的光腳兀自晃動著。

首先，我請求陛下保護傳送這封信的孩子。日本解散了大韓的軍隊，為了紀念這一天，在我的酒店舉辦慶功宴，我決定為他們舉辦一個超乎想像的盛宴。這宴席結束後，日本一定會追查真凶，請別讓他們誣陷無辜之人，希望陛下公布凶手為日本人工藤陽花，隨函附上用日文寫的陳述書。

陽花的陳述書透過秀美傳遞到皇帝手上。

酒店的爆炸讓日軍遭受損失，伊藤憤怒之下，宣布要找出全部的暴徒，日本憲兵在大街小巷掃蕩侍衛隊和義兵，威脅無辜的朝鮮人，搜查暴徒只不過是藉口，慘忍的掃蕩措施讓小孩和老人也慘遭殺害，殘酷的景象在每一天上演。皇帝將陽花的陳述書遞交給伊藤，陽花的犧牲讓事件落幕了。

但是，只有這件事情落幕，已經有無數的朝鮮人被置於死地，未來不能保證不再發生，生活像沒有日出的漫漫長夜。平凡的百姓也決定拿起各自的武器來救國，成為義兵來保護自己生活的地方。

宥鎮在城牆上看著每天降落又升起的朝鮮夜晚，東魅慢慢地走近他，向他伸出了手，宥鎮望著這隻孤伶伶的手。

「……她要我代替她，轉達歡迎之意。」

宥鎮慢慢伸出手和他相握，這握手也是哀悼陽花的死亡。

「另一個女人……平安無事，也和同志們會合了，她說你能回來真是太好了。」

東魅想起愛信說過：謝謝你來救我，不由得胸口發悶，不知不覺這世間出現了希望自己活下來的人，但是偏偏所剩的日子不多了。

「這樣的話我先告辭，有事得辦，很快就十五號了。」

「你是不是在抽鴉片？」

即使東魅想掩飾自己的表情，宥鎮還是逮住了他，東魅搖搖晃晃嘆了一口氣。

「每次都被你看穿，以後若有事要隱瞞，應該不要見面。」

「見到你我很高興，如果需要幫助請告訴我，我打算住在花月樓，你辦完要事之後，會回到花月樓嗎？」

「你真的無所不知，我很快就會去找你。」

宥鎮很擔心地看著東魅的背影，如果他是靠著鴉片勉強活下去的話，身體的狀況有多糟，可想而知了。

東魅站在自己以前住的家中，環顧四周，房間裡和自己離開時完全不同，沒有半點灰塵，整理得有條不紊，東魅的視線停留在牆上，多了一張畫，他向畫作跨了一步，想起自己說過的話：「好吧！就這樣盡情哭泣吧，明天開始做別的夢，既不要做李陽花，也不要以工藤陽花的身分活著；皮包裡不要藏槍，放些胭脂；房間裡不要掛西洋劍，放上美麗的畫作；然後遇見善良的男人，每次約會穿上和你一樣美的衣服；再也不要哭泣，也不要咬人，就做這樣的夢吧，平凡過生活。」

東魅滴下了一滴淚，凝望著這幅畫，感覺有些心酸，在落淚的瞬間垮掉的身體隱隱作痛，這是很熟悉的痛苦了。從畫前轉身，東魅來到大街上。

東魅離開泥峴後，附近街道由日本武臣會的浪人接管，他們對朝鮮商人毫不留情，動輒拳打腳踢，今天也是一樣。東魅解救了一位亂棍之下的商人，朝著引起騷亂的浪人走去。

「石田翔？」

當中有一位浪人發現是東魅，像看見鬼一般的恐懼，所有浪人一致轉向東魅。

「你這傢伙竟然還活著。」

「我很高興你們這麼歡迎我，現在是時候把我的東西歸還了。」

浪人拔出刀攻擊東魅，東魅雙手持刀對應，避開亂刀攻擊，向浪人們揮砍。

「如果老天幫忙，因訊號不良導致他們的電報遲送，或者氣候不穩使船班延期，即使這些全部都考慮進去，其他人從日本來找到我……」

東魅砍倒一名又一名浪人，猛然上氣不接下氣，他冷眼看著流著血倒地的浪人，不住喘著氣。

「最多只要十天。」

深濃的血水浸透了泥地，力氣消失的東魅就地屈膝半跪……有一個女人說我能回來真是太好了，另外有位埋在海邊的女人，要我多活好長一段日子，直到下雪為止，還幫我家裡掛了一幅和她一樣美的畫作。

「這十天……我要當一年來活著……我要那樣死去。」

東魅以刀插著地，支撐快倒下的身軀。

守護的理由

宥鎮繞著勝具的墳墓走一圈，將葫蘆裡裝的米酒灑上，放下還剩半瓶的酒，一屁股坐在墓堆前。和勝具第一次見面就是在這個地方，結果再次來到這裡相會。後方傳來窸窣窣的腳步聲，宥鎮回頭，殷山正撥開雜草走過來的。

「我以為你不會來了。」

「你來的路上沒看見嗎？每個牆上都貼著我的畫像，你不在的期間，我成了非常有名的人，出門很困難。臭小子，我知道你在等我，心急得不得了。」

殷山走來坐在宥鎮身旁，有些琢磨不定，宥鎮見到他依舊很高興又有點悲傷，只是無言地笑著。牢騷變多的殷山傳達了愛信的消息，她度過難關清醒過來了，只是完全不知道宥鎮已經回來，依舊以為那只是一個夢。宥鎮呆呆望向遠山，殷山布滿皺紋的臉則顯得心亂如麻，原以為宥鎮不會回來，結果回來了。不知什麼時候開始，宥鎮一直出現在愛信、殷山、義兵們走的路上，他了解宥鎮想救所有人的心情，有點不捨：「討厭挨子彈的話，你還是走別條路吧！」

「我知道該走別條路……明知到最終要走上別條路，卻賭上一生來到這裡，所以我明白了……原來我也會暈船。」

宥鎮比任何人都要困難才走到這裡，無法再推開他，叫他回去，殷山乾脆一笑。

「所以請你對我說『來得好』吧！」

「……來得好。」

「朝鮮比預料中更快天黑呢！」

日本加快殖民的速度，帶著無情的刀槍，迫害在這塊土地生活的人民。宥鎮回到朝鮮的那一天，街上哭泣的聲音在耳邊揮之不去，人民僅剩下無法被搶奪的忿恨的眼淚。

「我們每次增加一名義兵，他們就增加十位，想保護國家的人有一百名的話，要賣國的傢伙就有一千名。不過，他們增加的十名很容易就倒下。因為賣國的人不會賭上性命，而我們會賭上性命保護國家。」

列強沒有經過允許就將船駛進朝鮮強取豪奪，從那時候開始，殷山就展開長期抗戰，直到現在依舊不放棄，就為了心中那點希望。賭上性命的人並不是保護自己，而是為了父母、兄弟、子女、鄰里而保護國家，和為了自己拋棄祖國的人不同。

宥鎮思考著義士的死亡，雖然天空的黑暗綿延不絕，趕走黑暗的星星也在發光，宥鎮希望那星光不會只是虛幻。

愛信在藥材的倉庫裡，用手伸進地板的深處，挖出棉布上的槍枝，從槍口到扳機一一仔細地檢查。

這次作戰的目標是德文，在高家垮台時，德文很快拋棄愛純，選擇倒向莞翼，莞翼死了之後，又貼著伊藤博文的陣線，他手上握著森隆史之前掌握的義兵名單打算邀功，不願錯過這絕佳的機會，他直接去找了伊藤博文。此舉不但關係著殷山、愛信，包括義兵全體、投靠的侍衛隊和他們的基地都會受到威脅。

愛信慎重且快速檢查完槍枝，背後出現了開門聲，她馬上轉身舉槍瞄準開門的人，頓時她的眼珠大大震撼著，眼前站的是宥鎮，看見卻無法相信，愛信當場愣住，持槍的手鬆了，宥鎮快速接過了槍，愛信只是呆呆地望著宥鎮。

「……這不可能是夢。」

這分明是真實的，可是，如果閉上眼夢會醒嗎？但愛信也無法閉上眼。宥鎮站在驚嚇呆滯的愛信面前。德文手上握有義兵名單是宥鎮告訴殷山的，多虧了回朝鮮後和冠秀連絡，才獲得這個情報。

「是我連絡黃陶匠的，你的身體還好嗎？我還幫你治療了……」

宥鎮沒辦法再說下去，愛信掉下眼淚抱住了他，宥鎮也環抱著她，不敢相信可以這樣再次相擁，宥鎮輕拍著愛信溫柔地說。

「這樣看來，我的治療十分有效。」

「我以為是夢，可是實在太真實了，我還想了好幾天。」

「……既然如此，為何還叫我不要回來。」

心疼的宥鎮將愛信抱得更緊，感受這珍貴的體溫，將愛信抱在懷中好一陣子，宥鎮小心離身：「讓我看看你的臉，那時我只看到你痛苦的臉，現在更痛嗎？」

「你怎麼可以來這裡？怎麼可以真的這樣出現在我眼前？」

「我們離別的時候，我明明說還要再見。」

「現在朝鮮很危險。」

「沒有別的辦法，我沒辦法不回來。」

「不管怎麼樣，你都已經回美國了……」

實在太想愛信了，回來第一次看見她的面孔是痛苦的，直到現在才能好好和她對望，宥鎮的眼裡充滿淚水。

「那邊對我只有一個半手掌的跨度而已，我很想見你，所以沒有辦法不回來。不要擔心，你救你的朝鮮，我會拯救你的，這是我的歷史，我做的選擇。」

「你怎麼這麼魯莽？」

宥鎮聽著愛信焦急的聲音微微一笑，將手中的槍交還給愛信。

「這是你第一次被我發現的浪漫吧？」

「閣下給我的莫辛納甘步槍弄丟了。」

「實力不屬於槍，而是屬於狙擊手的。」

宥鎮又帶給愛信安慰。但也十分擔心她。

「這次目標是李德文，沒關係嗎？如果覺得困難，可以交給我。」

「我聽到酒店老闆的消息了，我會帶著她的熱血一起行事，不會讓每一條生命白白犧牲，射擊的實力我也贏過你。」

愛信堅定的眼神沒變，宥鎮從第一次見到她就無法抽離。從開始到現在，這女人沒有一刻不特別。宥鎮的擔憂一掃而空，露出了微笑。

德文已經和莞翼一起來過茅屋基地，日後一定會帶著日軍前來突擊，因此昔日義兵聚集的茅屋已經空無一人，基地曝光的消息一經確認，愛信馬上帶領在那生活的人離開了。

「這是怎麼回事？沒有人啊！」

前來茅屋撲空的長谷川對德文大發雷霆，分明有生火的痕跡和人的腳印，卻已人去樓空。

「他們不會走遠的，要全面搜索，有女人和小孩不會走太快，一定可以抓到他們。」

在茅屋區有許多新會合的成員，包括了侍衛隊的俊英、洋服店的宗民、人力車夫鎮國等年輕力壯的人，也有遭日軍蹂躪的老人和小孩。德文冒冷汗，企圖說服長谷川的時候，一名觀察四周的憲兵突然叫喚著隊長，一位抱著柴火的老人從林子裡被抓了出來，是幫莞翼針灸治療的醫生，德文睜大了眼睛，長谷川看著老人問道：

「是暴徒餘孽嗎？」

「是的，極有可能，他是耳朵聽不見的啞巴。」

「沒有用處，殺了他。」

憲兵聽令舉起槍裝填彈藥，發抖的針灸醫生發出聲音：「不……不要開槍，饒我一命的話，我都說出來。」

「你不是說他又聾又啞嗎？你到底知道什麼啊？」

德文目瞪口呆，對著針灸醫生喊：「所以……他說都會招出來，他都知道，快點說，快點，高愛信去哪裡了？黃殷山逃去哪？」

「從那裡下山了，聽說今天會舉事，愛信和行廊大叔、咸安大嬸，還有幾名同行，說要刺殺日軍隊長。」

還好不是完全撲空了，德文興奮地翻譯針灸醫生的話給長谷川，隊長一聽那些人是要下山暗殺自己，憤怒不已。

「您不用擔心，那女人和隨從的臉孔我都認得出來。」

「立刻停止搜查，全體下山！動作快！」

在茅屋附近搜索的日軍開始跑步列隊，急忙集合下山，卻也不放過無力站立的老人，朝針灸醫生開了槍，中槍的老人抓著胸口隨即倒下，聽著日軍離去的腳步聲，閉上眼的針灸醫生臉上隱約露出微笑。

原先以茅屋區為基地的義兵正在翻越山嶺，他們十分迅速、安靜地移動，但是老人們年事已大動作又慢，因此他們選擇了別條路，在上山的路上悄悄地脫隊，反正所剩的生命有限，與其生病死去，不如死得有價值些，正在下山的咸安大嬸和行廊大叔，以及裝作服侍愛信抬著空轎子的老人，他們都帶著恬靜的微笑。

「我聽到腳步聲了，他們肯定在跟著我們。」

沿著城牆行走的行廊大叔仔細聽著後方的聲音。

「那位針灸醫生真勇敢，耳朵聽不到，也不能講話，卻做得很好。」

「天啊，你說什麼，他很會說話，說起話來可溜著。」

大嬸一反駁，抬轎老人全都驚訝看著她。

「我一輩子沒見過他講一句話，他最後說的話一定很帥氣。」

「那麼，我們也說一些這輩子沒能說的話，如何？反正都要走了。」

「我有句一定要說出來的話，給我過來！過來請安！」

一位老人喊著，全部跟著起鬨，大家笑著。後方的腳步聲跟著逼近。咸安大嬸下定決心叫身旁的行廊大叔停下腳步。

「沒錯，如果今天是這輩子最後一天，還真的沒有不能說的話，我很高興有你陪在我身邊，過來吧，不是什麼大事，我們牽個手。」

人生到此就要結束了，唯一的遺憾就只是沒見愛信最後一面。行廊大叔靜默了一下，臉發紅賴皮笑著。老人們咯咯大笑，催促他們快牽手，走向死亡的步伐一點都不悲傷。就在咸安大嬸向行廊大叔伸出手的同時，子彈向老人們射了過來。

抬著轎子的老人倒了下去，空轎子翻倒，行廊大叔和咸安大嬸也滾到在地上，街頭上湧出老人們的血，行廊大叔閉著眼向倒地的咸安大嬸伸出了手，但是始終沒辦法握住她的手，他無力倒下。

德文掃蕩基地失敗，他的利用價值僅剩手上的義兵名單，下了山之後，長谷川要親自去追愛信一行人，讓德文先交出義兵名單。不管如何自己要對掃蕩義兵有功勞，才能出人頭地。德文跑到花月樓的某個房間，從榻榻米下掏出一張紙，上面記錄了義兵的名字。原來東魅離開後，德文成為花月樓的主人。

德文拿著名單起身，卻突然愣住向後退，發現宥鎮一動不動站在門前。

「聽說你手上有義兵的名單，就是這張嗎？」

「美國人為何要關心義兵的名單，難道你的名字也在上面嗎？」

德文冷冷望著宥鎮挖苦他，始終是一個靠阿諛奉承過生活的人，既無能又令人心寒，終身一事無成，只想著轉賣別人的東西。

「那張名單沒有我的名字，高士弘、黃殷山、莊勝具、李正炆、宋領、全承才、朴務傑和高愛信。」

宥鎮以冷靜的嗓音吟誦這些熱血保衛國家的義兵姓名，但是其實在紙上有著宥鎮的名字。那天，隆史看見宥鎮為洪波的死跑了過來，便在義兵的名單上加了「Eugene Choi」（尤金崔）的英文名，德文看不懂英文，以為是某個傳教士的名字，這下忽然驚覺，叫道：「我就知道，你果然是義兵，名單內有你的名字，現在才知道我為何看你那麼不順眼，你跟那女人同一陣線，對了，你知道我是那女人的姊夫吧？現在想起來我缺乏遠見，既然要跟高家結親家，該要選高愛信，臉蛋如此清秀，應該也很會生孩子，不是嗎？」

德文的嘻皮笑臉讓宥鎮咬牙切齒。

「我的槍擊實力比起某人稍嫌不足，所以讓你多活了十秒。」

「你說什麼屁話！」

稍微開啟的窗戶颳進了風，同時德文的額頭上中了彈，就這樣睜大眼栽倒在地。

宥鎮從他的夾克口袋裡掏出了義兵名單，房門被開啟，東魅走了進來。

「這房間看來很適合酒酣之際同時升天。」

東魅的視線望向開啟的窗戶，這房間也是羅根被暗殺的地點。

「花月樓我幫你要回來了，雖然地上濺了點血，請收下吧，不要有負擔。」

「一點血而已嗎，根本血流成漢江。」

東魅哭笑不得，此時背後出現震耳欲聾的連發槍聲，宥鎮和東魅同時轉頭看向窗外。

愛信在花月樓對面建築的屋頂上，透過準星確定德文倒下後，翻過屋頂跑開，但傳過來的槍聲讓她停下腳步轉過身來。在街道上日軍正對著某個轎子一行人射擊，距離有點遠看不太清楚長相，但是全部都是白髮老人，愛信神情僵硬，朝轎子方向跑去。

日軍發現是空轎子後撤退了。街上的人開始一位、兩位朝死去的老人身旁聚集，有婦女、湯泡飯館的老闆、在士弘土地上耕作的佃農、木棉學堂的史黛拉老師也在其中，他們用耳朵貼近老人們的臉，確認他們有沒有呼吸，眼中湧出了淚水。

「大嬸！大嬸！你醒醒，這位大嬸還活著嗎？」

一位老太太發現是咸安大嬸大聲呼喊著，她撕開裙角一塊布，按住了咸安大嬸的傷口，愛信踩在血跡斑斑的街道，穿越人群跑了過來，發現已經死去的行廊大叔，和倒在地上的咸安大嬸後痛哭失聲，不敢相信眼前的景象，她呼吸急促將渾身是血的大嬸抱在懷中。

「為什麼會這樣，你們怎麼會在這裡？……為什麼……」

咸安大嬸聽見愛信的聲音吃力張開眼，這是看見愛信最後的機會，這下去陰間的路沒有遺憾了，咸安大嬸露出開心的微笑。

「你應該在基地，應該要在那裡啊！」

「是小姐嗎……」

咸安大嬸不捨愛信如此傷心欲絕，叫喚了她，周圍的人聽到是消失已久音訊全無的小姐，開始激動，小姐一身男子裝扮，和四處張貼緝拿的義兵裝扮一模一樣。

「我要救他們……山上那些人……還有小姐……都要活下去。」

咸安大嬸說話的嘴吐出了鮮血，愛信脫下自己的面罩，壓在她的傷口上止血。

「不行……先別說話……不要再說了……」

愛信的聲音悲切，但是已經是喚不回的生命，咸安大嬸說著最後的話：「在雨中哭泣的嬰兒來到我懷中……學走路踏出第一步……開懷大笑……守護這一切是我活著的理由……也是我死去的理由……看到你的臉，現在我可以揮舞雙手一邊跳舞一邊……」

咸安大嬸無法把話說完，頭失去力氣垂下，安心閉上眼睛。愛信緊抱著她哭泣，如果咸安大嬸活著的理由是因為自己，她守護祖國的理由也是為了保護把自己帶大的咸安大嬸和行廊大叔，他們是人生中無法失去的依靠。

再次傳來了馬蹄聲，日軍決定要回來在死去老人的手裡放上武器，佯裝他們是暴徒。哭紅眼的愛信，瞪著跑來的日軍，手上還滴著咸安大嬸的血，她用染血的手拿起了槍枝，一旁的老太太抓著愛信搖頭，打算犧牲自己保護她，愛信現在不能在這裡死去。

周圍的人開始不分彼此，包圍在愛信和屍體四周，緊緊靠在一起的民眾把愛信藏了起來，在日軍面前形成一道銅牆鐵壁，軍官掏出槍警告性射擊都沒有擊倒這道牆。愛信賭上命守護的朝鮮，現在正在保護著愛信。

飄向血色天空

在日軍眼中，朝鮮人是低等即將消失的可笑族類，但是他們保護愛信的氣勢驚人，日軍顯得有些驚慌，已經殺死了手無寸鐵的無辜老人，更何況在這群人中還有美國人史黛拉，不能再無事生非，長谷川於是下令撤退。

日軍回頭之後，宥鎮和東魅找來可以載走愛信的馬匹，愛信失魂地望著宥鎮牽來的馬。

「走吧！我送你一程。」

「……我可以自己走。」

「路上可能會有盤查。」

「因此你最好在這裡，以美國人的身分比較安全。」

愛信看見宥鎮眼睛才有了焦點，現在甚至連悲傷的時間都沒有，更令人傷感。

「在我身邊很危險，在我設想的道路上沒有他們的死亡，現在我很害怕又看到誰死去，所以……」

「你必須要覺悟，不管誰死都要有心裡準備，戰爭就是這樣。」

宥鎮溫柔叮嚀變脆弱的愛信，愛信則回報以堅韌的眼神，現在必須要更堅強，不想讓他們白白犧牲的話，必須活下來，要償還的血債實在太多。

「你知道該去哪裡嗎？他們好像移動到新據點了。」

「……我們有一個約好的地方。」

「那麼路上小心，不要擔心他們，想幫忙的人很多，我也會送他們一程。」

「拜託你了！」

宥鎮和愛信平靜道別後各自上路，但是彼此交會的眼神無比深長。

愛信騎著馬，來到約定的溪谷，平安到達的義兵團正在休息。聽到馬蹄聲殷山和尚木裝上子彈四處警戒，在樹林間確定了黑色身影是愛信，他們才放下槍來，下馬的愛信將繩子綁在樹上走了過來，她的身上和手都是血跡，一時之間群體鴉雀無聲。

當時翻過山頭的殷山不久就發現老人們沒有跟著上來，當下卻又不能回頭，殷山艱難做出不去找他們決定，尊重他們崇高的抉擇。

「……任務完成了，看到大家都安全無事，他們最後的起義似乎也算……成功了。」愛信望著殷山後面的義兵、女人和小孩們，強忍住悲痛。

「他們……全體……陣亡了。」

「……請打起精神，這些人是他們保護的人，現在該由我們來保護。」

「……是，隊長。」

愛信艱難點了點頭，一位大嬸過來攙扶著她，溪邊保護孩子的女人在胸口畫十，為死者禱告。

熙星帶著照相機走進了皇宮偏殿，照相機是三年前宥鎮從東京寄給他的，支持他走上新的人生。熙星正在努力讓這份支持變得有意義。大臣們穿上正式服裝，胸前還掛著好幾個勛章，排排站在照相機前，他們是美國和日本的爪牙，贊成簽訂乙巳條約和丁未條約賣國的朴齊純、李址鎔、李根澤、權重顯、宋秉畯、李秉武、高永喜、趙重應、李載崑、任善準、李完用等十一人。

「今天為我們拍照的，是已故的漢城判尹金賢碩的孫子。」

「金賢碩大監？哼哼，那種家世的後人怎麼會做這等雜活？」

「男子和大丈夫應該建立功績才對，大監地下有知，一定死不瞑目。」

熙星看著這群挖苦自己假裝擔心的人，不由得一笑。

「今天能為創造歷史的各位拍照，還有比這更大的功績嗎？得讓大韓後代的子孫看到才行，為了留下紀錄，我將盡全力拍照，讓此照片代代相傳，成為歷史記憶。」

李完用整理衣裝點點頭：「可不是嘛！這是永存後世的照片，就拜託你了，來！拍照吧。」

熙星悲壯的表情隱藏在照相機後，他要把這群背叛民族的十一個人的面容，原封不動複製在照片裡。義兵的抗爭越激烈，熙星的抗爭也轉而激烈，這是以文字和照片進行的戰爭。

日軍槍殺了六位無辜的朝鮮人，誣陷他們為暴徒，他們將大韓的律法玩弄於掌心，因此如禽獸般的暴行將永不停歇。我兩千萬同胞啊，即使恐懼害怕，也應該挺身而出，如同閃電，如同暴風。

酒店爆炸案發生後，日植和春植離開了當鋪，和義兵團會合。熙星依舊在空蕩的當鋪發行號外，在學堂和愛信一起念書的南鍾成為熙星的幫手，她整理印刷好的號外，不禁擔心起來。

「社長，你真的要發行這份號外嗎？聽說日本要加強『新聞法』的管制。大韓每日申報的貝賽爾社長也許會被驅逐出境，即使是英國人也不能倖免。」

「這似乎就是報導真相之人的宿命，不過不要擔心，我早知如此，才創立沒有名字的報社，我對自己的先見之明，都非常感嘆。」

對於南鍾的擔憂，熙星一笑置之。南鍾嘆一口氣，將號外打包。

「我也十分感嘆社長樂觀的態度，我認識一些有意願的學堂後輩，請不要擔心發放號外的事。」

「我真是選對員工了。」

「我真是選錯了工作，我去去就回。」

道別後南鍾從後門離開，另有一人從那門走了進來，熙星發現是宥鎮站了起來。

「看看這是誰？不是三〇四號房嗎？你回來了。」

曾經認為再也見不到面的人回來了，在離開的路上還不忘支持仇家的兒子，熙星見到宥鎮開心不已，不禁溼了眼眶。

「我現在住在花月樓，我來拿寄放在你這的東西。」

宥鎮見到熙星一直都沒變，堅守在自己崗位感到非常欣慰，熙星從店面一角拿出用綢緞包裹的箱子遞給宥鎮。

「因為這個東西，害我都無法賣國。」

「謝謝了。」

熙星笑笑假裝覺得可惜，宥鎮解開綢緞，裡面裝的是很久以前皇帝賜贈的太極旗。

「不過，這裡的老闆都去了哪裡？」

「他們好像幫了酒店老闆的忙，所以暫時避開了。我保管這東西好像獲得太大的回報了。」

「照相機是聊表支持，這才是我的回報！」宥鎮將隆史記錄的義兵名單交給熙星。「這份名單若是落在日本手上是生死簿，如果跑到三〇三號手上，應該會成為歷史紀錄。」

熙星掃過名單上的人，一時停在愛信的名字上。

「我應該要請你喝一杯。」

「終於要請我了。」

雖然懷疑是開玩笑，但宥鎮接受了熙星的提議。

宥鎮和熙星來到泥峴，走進之前一起喝酒的酒館，東魅已經在裡頭獨自小酌，聽見他們的聲音回過頭，問道附近酒館只有這一家嗎？嘴角卻是帶著笑意放下了空酒杯，沒想到見到宥鎮之後又能看到東魅，熙星欣喜若狂來到他身邊一屁股坐下。

「你也回來了，沒有比這更開心的事了，老闆！請給我酒，要貴的，我請客，你們盡情喝。」

「終於要請我們喝酒了。」

對於熙星要請客這件事，東魅和宥鎮做出同樣的反應。宥鎮不相信熙星，要他先掏出錢包，酒店老闆端上酒瓶和小菜。熙星給自己的酒杯倒酒，代替了辯解。

「看來誤會大了，這段期間我沒有請客不是因為沒有心，更不是因為沒有錢。」

「那麼是因為沒有什麼？」

「是因為沒有朋友，我等你們很久了。」

對於東魅的提問熙星淒涼地回答，十分陌生的字眼，讓宥鎮和東魅忘了要喝的酒，一起看向熙星，朋友這個詞對這三位全然不同路線的人來說不太搭配。大家各走各的路也十分忙碌又孤單，但是話說回來，能像這樣聚在一起，是朋友沒錯。

「那麼，朋友之間應該碰個酒杯，來！乾杯。」

兩個朋友對自己向來冷淡，熙星心裡不抱任何期待，只是舉起酒杯，但是宥鎮和東魅居然都舉起酒杯輕碰了熙星的杯子。熙星意外地看著兩人：「太令我驚訝了，我以為你們又會亮出槍和刀，沒想到今天是舉起酒杯，那我們再一次，乾杯。」

原以為徒勞無功，熙星開心地大呼小叫，宥鎮和熙星有那麼一點後悔，但馬上就和熙星乾杯。三人酒杯碰撞的聲音清亮，酒水也彼此交融。

微醺的三人又像某個春日並肩散步，在這塊土地上歲月流逝，無以名之的友誼誕生，悲傷也同時到來，這次沒有飄下花瓣，取而代之是從屋頂飄下來無數的傳單，由熙星撰寫用來取代遺書的號外。

三個人停下了腳步。同時抬頭看著隨風飄揚的號外。這些號外就像東魅在衰弱的身體裡，注入足以燃燒餘生的鴉片；而餘生都是異鄉人的宥鎮，手裡卻握著太極旗。

是因為不知道停下來的方法？還是沒有停下來的理由？也許是愛國心讓三人各走各的，又一起走向終點。愛信第一次學的三個英文單字是槍（gun）、光榮（glory）、和悲傷的結局（sad ending），他們最終會走向哪裡？三個人的步伐像極了他們自己。

這是個炎熱又熾烈的夏日。

「欠你的錢！」

麵包坊老闆正在陳列各種麵包，突然看見一隻手伸過來，東魅在麵包旁扔下了銅錢和紙幣。

「這，全部要給我？一顆糖果給那麼多錢的話……」

「多出的錢反正要扔掉，我以後不需要用錢，你就收下吧，在這裡長長久久做生意。」

東魅無心說著，視線停在紅色的彩球糖上，是愛信曾經穿上美麗的衣裳笑著吃的糖，是回憶愛信就會想咬碎的糖，但是再也見不到愛信開心吃糖的笑容，果然甜蜜蜜的糖果不適合自己。東魅丟下不明就裡呆住的老闆，轉身離去。

還想多走幾步路的東魅，嘴裡被某些東西堵塞住。

他從嘴裡嘔出了血，沒剩多久的人生又再次縮短，雖然能活到現在已經算是奇蹟了，但東魅衷心希望閉眼之日不是今天，因為今天是滿月，就算想死也不能在這天死去。

這個月就要過完了，愛信沒有出現，東魅靜靜坐在茶樓把玩銅錢看著窗外，十五日那一天她沒有來柔道館，東魅期待在此不期而遇。茶館對街的紙鋪映照著紅色彩霞，東魅腦海浮現了下雨的那天，和愛信偶然相遇，手指觸碰到她鮮紅色裙角；削斷她長髮的那一天，唯一留在手上的髮帶也是紅色的，即使是被她鄙視的時刻都令人難忘，他想念著每個瞬間的愛信。

「那個頭目……」

太陽下山了，漆黑的夜晚到來，東魅坐在位置上，彷彿時間靜止。紙鋪熄滅了夜燈，茶館老闆關上窗戶，敬畏地看著東魅。

「我會走的。」

東魅如此回答卻一動也不動，茶館的老闆似乎很為難地讓開了，原來他的背後站著愛信，愛信放了五十圓銅板在東魅面前。

「我來還錢了。」

視線一度失焦的東魅再次聚焦在愛信身上，曾經想要放棄，見愛信最後一面的心意十分茫然，如今凝望著她，東魅的表情變得平和。

「以為見不到面就要走了，你十五號那天也沒有來，而今天是最後一天了。債都還完了，你今後不必再來。」

東魅收好銅錢從椅子上站了起來，連他寬闊的肩膀都看起來有些落寞，即使身體和心靈都如此邋遢不堪，只消這麼片刻就夠了，能最後一次把愛信看在眼裡便無遺憾。

「你打算離開嗎？去哪裡？我可以幫你。」

「小姐是無法幫我的。」

「聽說你的身體不太好，讓我幫你吧。」

愛信伸出的援手正是他期待過的，但是東魅露出悲傷的微笑搖著頭：「又想讓我坐上你的轎子嗎？這一次我不坐，小姐。」

現在非常清楚知道自己不能有所期待，也許從一開始就很清楚，因為知道愛信不會對自己伸出手，所以才有所期待。

「從我第一次踏進武臣會那一刻，就知道最後的下場會變這樣，如果我搭上轎子的話，小姐的處境會變得危險，他們只會追殺我。小姐現在該飛上天了。」

「養尊處優的貴族丫頭，你知道這句話讓我多痛苦？」

愛信朝著東魅離去的背影，吐出了長久壓在心裡的真心話，現在不是養尊處優的貴族丫頭了，因此抓著我不下轎子也沒關係。但是東魅沒有回答走了出去，愛信心疼看著他的背影，這是他們漫長因緣的最後一回合。

天亮的濟物浦港口人聲鼎沸，東魅兩手拔出了刀，呆呆地站立在市中心，殺氣騰騰的模樣讓路過的行人紛紛走避，在時間流逝中，東魅等待他的結局。街頭開始出現了騷動，魂飛魄散的行人向兩側竄逃，剛下船的日本浪人穿越人群朝東魅跑去，東魅沒有閃躲，正面迎接浪人們對著自己的刀。

「石田，謝謝你出來迎接我們。」

「你們晚了一天，我等了你們十天了。」

「天候太惡劣導致船班延誤了，搞什麼！」

「是老天爺幫我的忙……還是陽花幫了我……」

東魅的嘴角浮起輕微的笑意，因為他們延遲了一天，才可以和愛信見上最後一面。說是老天爺幫忙嗎？但至今老天從沒有幫過自己，或許是在天上的陽花相助吧！浪人頭目看見東魅直挺挺地站著不禁皺眉，下令後面的手下將屍體帶上來，浪人拖著一個屍體到東魅眼前扔下。

「這傢伙到處在找你，而且還是在日本，好歹你是他服侍過的頭目，要我幫你們在陰間相會嗎？」

浪人們嗤嗤嘲笑東魅，這具屍體遭亂刀砍得全身是傷，刀痕歷歷在目，這是雄三的屍體，東魅咬著牙忿忿盯著。

「原來我回來朝鮮是因為最後還有一件事要辦，雄三，不管是誰我依舊可以砍死他。」

東魅的眼神像禽獸般發紅，帶著滿腔憤怒往浪人間衝去，毫不留情揮刀，被砍傷的浪人噴湧鮮血，慘不忍睹的景象令街上的行人驚呼，每一個浪人死去的同時，東魅的身上也多出明顯的刀傷。

「只要再一個……」

已經超過了極限，東魅喘著氣，眼中依舊充滿怒火，即使倒下了也抓著浪人的褲腿，揮刀砍向跑過來的人。浪人們的血和東魅的血混合在一起，染紅了港口。海上吹來的風　哩作響，東魅的視線漸漸模糊開來，已經不太能區分眼前的事物，有人向東魅腹部深深插入一把刀。

倒地不起的東魅頂上的湛藍天空變成了紅色，視野全是一片血光。

「養尊處優的貴族丫頭，你知道這句話讓我多痛苦嗎？」

這是愛信想要留住東魅的最後一句話。

「我就是個不成材的傢伙，即使讓你很想忘記也都……痛苦的話……我也在小姐的一生中占據了片刻光陰，此生似乎也足夠了。」

像全身的骨頭和肉被搗碎，東魅在痛苦中無聲笑著閉上了雙眼。

SEE YOU AGAIN

深夜的外國人墓園前，殷山和宥鎮兩人祕密會面。每天夜裡熙星的號外突襲散發，激起了朝鮮人對日本的憤怒。日本決定實施懷柔政策，在街上張貼義兵畫像的同時，加貼榜文在各處公告，凡目擊暴徒者，向統監府和警視廳舉報，將獲得獎賞。

「街上四處都是懸賞圖像，賞金也十分驚人。」

宥鎮非常擔心殷山和義兵安危，殷山也認同。即使沒有被舉發，之前隊上也有一位叛徒差點洩漏基地位置，因此大家又必須要轉移陣地了，這次雖然安然度過，下次不知又會發生什麼事。

「因此有件事拜託你，是朝鮮人做不到的事。」

「你上次說我不是朝鮮人，而要殺了我時，口氣可不是這樣。」

殷山噗嗤一笑，從提來的袋中掏出沉甸甸的錦囊，是從各地募來的軍費。

「我該做什麼？」

「我們需要購買很多火車票，目的地是平壤，朝鮮人買的話會讓人起疑，總共約需要十二張票。」

「是誰要離開？」

面對宥鎮的提問，殷山只覺得惆悵。過去一年宋領和正炆在上海購入了槍砲已經到達滿州，原本可以從大陸直接進來朝鮮，但是因為日俄戰爭，南滿州一帶落入日本手裡，計畫生變，因此義兵必須親自赴滿州獲得武器。

日本軍隊正漸漸掐住義兵的咽喉，這時候大隊人馬要一起移動十分勉強，光是離開朝鮮就不容易，殷山將人馬分成三小隊。第一隊小隊長是尚木，第二小隊長是務傑，最後第三小隊的隊長是愛信。

「當然是必須活下去的人離開，孩子、女人、年輕人，還有愛信，他們是朝鮮的未來。」

十二張火車票是為了第三小隊買的。

他們預計先坐火車到平壤，再由陸路到新義州，從新義州渡過鴨綠江到達滿州。因為要坐火車，這趟路程便不平坦，而是充滿險惡的旅程。第三小隊搭火車，第一小隊和第二小隊為後發隊伍，準備和被解散的朝鮮軍人接頭，由陸路去平壤。

因某人的犧牲，某人得以存活，活下來的人再次犧牲救活某些人，這是長期抗戰。宥鎮將用綢緞包裹的太極旗交給殷山。

「朝鮮的東西要還給朝鮮。」

接下這面太極旗，殷山的皺紋更深了。

「第四小隊長為異鄉人。」

開始下起了溼答答的雨，就這樣，宥鎮成為了義兵組織第四小隊唯一隊員，也是隊長。

天空放晴，耀眼的陽光灑在太極旗上方，基地的義兵聚在一起欣賞由太皇帝親自賜下的太極旗，這時一位嬉鬧的小孩跌到了，小手掌沾染的泥巴就印在旗子上。孩子嚇到了爬起來看著大人的臉色。務傑笑著責備孩子：「哇！你這下完了，你這是畫押，你知道什麼是畫押嗎？你現在不能反悔了，必須做一個愛國者，要做嗎？」

孩子快要哭出來點著頭，義兵全都放聲大笑。

「連孩子都知道要愛國了，看來我們很快收復國土了，這樣我是不是也來插一腳？哪裡有類似墨汁的東西？」

「你可以用這個，我用鳳仙花染了指甲，即使要死，我也要死得美美的。」

老太太將搗有鳳仙花汁液的籃子遞給了找墨水的尚木，聚集的人紛紛將袖子挽起伸出了手，太極旗上一下蓋了數十個紅色的手印，像鳳仙花盛開一樣美麗。

就像暴風雨前會有難得的晴朗和寧靜，坐在後面的愛信無名指也染上鳳仙花汁，陽光照射下露出甜美的微笑，站在一旁的宥鎮則是染了小指。昨晚因為身邊死去的人留下了痛苦的回憶，雨水似淚水般打溼了愛信，但是今天十分慶幸活著的人可以在自己身邊，相處每一瞬間都變得更珍貴、更熱切，如此熱切的一生過完後，留下的會是悲傷的結局，還是光榮，抑或兩個都是，愛信有點感傷。

「染指甲的男人，我生平第一次見到。」

「我身邊這位男子也染了。」

宥鎮指著愛信說道，愛信忍不住苦笑了出來。
「我明天會以女人的裝扮現身，不要再認不出來了。」
明天就是分頭前往滿州的日子，宥鎮掩飾心中的不安笑著，照射在愛信身上的陽光異常耀眼。

熙星在當鋪打造了一個暗房，暗房的牆壁上密密麻麻貼滿相片。熙星粗魯摘下一部分相片，那是在皇宮偏殿拍攝的大臣群像，一旁掛的則是忠實記錄下來的相片，侍衛隊在南大門和日軍戰鬥的慘烈景象，熙星的手停了下來，相片裡遭到槍殺的解散軍人、赤手空拳和日軍戰鬥的朝鮮人，他們的身影悲壯無比。還有酒店炸掉前受陽花所託，拍攝員工和陽花充滿歡笑的大合照。熙星小心翼翼摘下這些相片，最後的一張是愛信和義兵們的懸賞相片。
「在我庸碌的生活中，因為這些人而感到光榮。」
相片中的每張面孔熙星銘記在心，用韓紙將這些珍貴的相片包裹起來，連同發行過的號外和相關紀錄文書放入箱子中，走出了漆黑的暗房。
「這裡是依山傍水的寶地，一定可以藏很久不被發現，之後再被人找出來。」
熙星用鏟子在地上挖了一個洞，將箱子放進去埋好，額頭上滴下了汗水，從後門進來的南鍾嚇了一跳，問他在做什麼。
「你來的正好，尹記者，快點下班，把照相機一起帶走。」
「照相機？為什麼？」
「這是某人送來支持我的禮物，我現在移交給你，聊表支持，尹記者。」

雖然熙星總是這樣滑頭地微笑相待，但是南鍾感到一絲的不安。

「社長，這話的感覺像是要把我解雇了。」

「知道的話趕快離開，短期間不要在這裡四處晃，可能連你都會危險，快走。」

時間所剩不多，發行號外的事讓伊藤眼裡冒火，正在查辦。雖然報社沒有名字尚未被發現，心中已有準備危險降臨。不安地看著熙星的南鍾立刻搶過照相機和熙星手中拿著的鑵子。

「你一定要來找我，我會好好保管的。」

一定要有人留下來繼續未完的事，熙星咬牙看著南鍾從後門跑開，露出淒涼的微笑，他繼續完成剩下的工作，將蓋上的土整踏平，上方鋪上草蓆，再移動一個抽屜櫃壓在草蓆上，如此藏匿似乎可以安心了。拍掉鞋子和襯衫沾染的土，熙星往後門走去。

打開了門，巡警突然現身。

警視廳地下刑房中，慘不忍睹的事正在發生。

「現在從頭再開始問起，號外的內容相當偏頗，你和暴徒高愛信又有婚約的關係。這段期間拍的相片放在哪裡？暴徒名單又在哪裡？你不是跟他們同伙的嗎？黃殷山、高愛信！」

熙星被綁在椅子上嚴刑拷打已經滿身是傷，眼睛無法完全張開，忍受著拷問，耳邊出現的懷表秒針聲音一直很沉重，現在也該跟這個聲音告別了，在這難忍的苦痛夜晚，總是浮現美麗的事物，熙星愛著的事物。

「他們都有美麗的名字……我原來就喜歡美麗而無用的東西……月亮、星星、花朵、笑容、玩笑諸如此類的東西……如果因為這樣，被歸類跟他們同一夥的話……是我的榮幸……」

耳邊的秒針的聲音漸漸轉弱。

「說日本話！在幹嘛！給我打！」

負責拷問的日軍惱火大喊，開始毆打，熙星連同椅子「砰！」一聲向側面倒下，已經破裂的嘴唇間吐出微弱的最後一口氣。

帶領第一小隊和第二小隊的殷山，為了和解散的軍人接觸，正翻越小山丘到外國人墓園，這時傳出了單聲的槍響，義兵們立刻壓低身子，隱藏在林子裡，觀察著墓園。騎馬的日軍占領了墓園，被抓住的解散軍人則跪在日軍前方，槍聲再起，解散軍人倒地。雖然聽不見他們的談話，但可以確定的是日軍正在威脅他們，想從他們口中探出情報。一位軍官下令，日軍掉轉馬頭朝某處前進。

「似乎走漏了消息，火車站？去火車站的第三小隊有危險！」

「我去火車站！」

務傑立刻向大隊長自告奮勇，但殷山的判斷卻有所不同。

「已經遲了，我們的速度不會比馬快，只能相信第三、第四小隊能克服危機了，我們要救我們自己。」

站在後頭的義兵們牢牢抓住槍。

「我們會打贏嗎？」

一位義兵問殷山，聲音有些發抖，因為日軍人數實在太多了，殷山深深嘆了口氣：「不是只有多彩多姿的日子才能成為歷史，明知道會輸，也知道以這樣的武器撐不了太久，但是我們還是必須戰鬥，要讓他們知道我們在這裡，即使恐懼仍然戰鬥到底。」

歷史是屬於戰鬥的人，只有奮戰到底的人即使今日死了，還可以活在明日。

打鐵匠將印滿鳳仙花手印的太極旗綁在長長的竿子上。

「對，要去戰鬥，反正人只會死一次，難道會死兩次嗎？」

「怪不得昨晚做了好夢，我可以帶走這些混蛋其中一半，跟我一起下黃泉。」

務傑補上一番話，殷山點了頭，高喊全員進攻。太極旗在最前線朝氣蓬勃地飛舞著。

站在火車站前的愛信穿著洋裝，車縫在帽子上的面紗遮住了臉，她走上火車，俊英和鎮國則穿著日本軍服偽裝成日軍，他們負責讓第三小隊的隊員迅速上車，義兵們故意各自穿著洋裝、西服、和服和韓服，才不容易被認為是一夥的。愛信的步伐顯得有些不捨，這次離開也許再也回不了祖國。鐘樓上的時鐘指針指著十一時二十分，離火車出發時間還剩四十分鐘。

火車站的另一邊，冠秀和秀美等著宥鎮，秀美雖然被收留在宮中，但決心要加入義兵行列，雖然是條危險的路，卻沒有人可以阻攔她，就像宥鎮攔不住愛信一樣。

穿越人潮向冠秀和秀美走來的宥鎮，神情有些凝重。

「大人，怎麼了？有哪裡出錯了嗎？」

冠秀走去問了宥鎮。原來宥鎮從擦身而過的日軍言談中得知，他們已經知道義兵的計畫，正在從別的部隊調配兵力當中，並下令增援的兵力未到之前，不會讓火車出發。宥鎮將手中的皮包遞給秀美。

「秀美，你要再次『左轉彎』了，因為火車變得危險，你去木棉學堂找史黛拉，把這個交給她保管。」

秀美睜著大眼，淚水在眼眶裡打轉。宥鎮將秀美託付給冠秀，並拉起他的手。當宥鎮剛回到朝鮮時，冠秀曾溫暖對待他，那時他常常不知怎麼使用朝鮮話，學習又緩慢，讓冠秀十分驚訝。宥鎮若有最後的話想說，想必是這個：「林……冠……」

宥鎮用手指在他手掌上寫下了冠秀的名字，手掌上雖然沒有留下字跡，但當冠秀唸出是自己的名字時，笑著笑著又哭了出來。宥鎮看著又哭又笑的冠秀和秀美，再次道別：「一直很感謝你，祝你順心。」

大人你也一定要再次回到朝鮮，冠秀難過地道別，話差點說不下去。冠秀緊緊牽著秀美的手，走出了車站。宥鎮摸著自己懷中的槍，觀察著日軍的舉動，他們搜身變得嚴格，恐怕連上火車都不容易，宥鎮思索解決的辦法，這時身旁經過了一位日本貴族。

這位貴族是帶著大批隨行人員的黑田男爵，他一現身，日軍便立正行禮。宥鎮泰然自若地走近他，用日語搭話，光是說到在紐約的時候認識森隆史，就讓黑田對宥鎮卸下心防，並產生了好感。宥鎮很自然地開啟了話題：「看來您是一位生意人。」

「我在平壤經營一個小礦場，今天有一個重要的合約，一定要過去，你為什麼去平壤？」

「我心愛的女人想去那裡散心。」

「喔！我為了煤炭去哪裡，你是為了愛情啊。」

黑田感嘆著，對宥鎮更顯露善意，宥鎮跟在身邊一起走著，想要避開搜查。列車正準備出發。

鎮國和俊英假裝在火車內驗票，接近就坐的愛信，鎮國壓低嗓音向愛信報告情況：「日本鬼子延後了火車的出發時間，一定是發現了什麼。」

愛信冷靜觀察內部人員，火車內的日軍只有十五名，一定會再增派兵力，在他們兵力到達前，必須要讓火車出發才行。

「還有兩位沒有搭上火車。」

要一起上路的宥鎮和秀美還沒到，愛信動搖了，但是她判斷必須儘快出發，只要已經上車的這些人能平安無事到達平壤，就算幸運了。雖然腦海裡浮現了宥鎮小指染上鳳仙花汁，洋洋得意的笑臉，但她冷靜做了決定：「你跟著我，我們一定要讓這班火車儘速出發。」

愛信起身，和鎮國一起往駕駛艙前進。

駕駛員看見眼前出現了美麗女子，並沒有防備，只是好奇問她有什麼事？鎮國從愛信身後快速跳出，以槍抵著駕駛員的太陽穴。

「不想死的話，立刻讓火車出發。」

駕駛員聽見額頭旁子彈上膛的聲音，身子發抖啟動火車，愛信嚴厲的眼神看著鎮國。

「你要負責不管發生什麼事，都不能讓火車停下來，可以做到嗎？」

「是，隊長。」

「我出去後，把門鎖上。」

緊張的氣氛籠罩之下，愛信離開了駕駛艙，火車的氣笛聲很快震動車站。

正往列車走去的黑田，眼見火車已經噴出蒸氣非常驚慌，日軍也是手足無措，明明已經交代要延後出發。宥鎮看到火車開始前進，馬上抓著貴族黑田的手腕，跟在火車後面奔跑，好不容易抓到火車的欄杆，他先把黑田送上火車，自己再跳上去。

黑田在特等車廂裡，既動氣發怒，還不忘感謝宥鎮。

「這群瘋子，我都還沒有上車，我該怎麼感謝你，如果不是因為你，我重要的合約就要飛了，要來杯威士忌嗎？」

「感謝你的盛情，但是我的座位在普通車廂，告辭了。」

即使追逐火車全身是汗，宥鎮依然冷靜。

走進普通車廂，一一檢視乘客，陸續看到熟悉的義兵面孔。穿著日本軍服驗票的俊英發現了宥鎮，驚訝想喊他的名字，但是忍住了，宥鎮將車票遞給像日本軍一樣行走的俊英。

「大約多了五、六名日軍上了火車，特等車廂有一個值得利用的人物，你就算死了也要到平壤，保護同志們，你是獅子啊！」

這時刻正是一隻獅子帶領的羊群要戰勝一隻羊所帶領的獅群，俊英壓低嗓門用周圍的人聽不見的聲音表達堅定的意志。宥鎮再度接過火車票，朝下一個車廂前進，他加快了腳步，越接近愛信，內心越沉重。

愛信的手在皮包中握緊了槍，出神地望著手上的戒指，正陷入沉思中時，宥鎮啪嗒一聲坐在愛信身旁，這舉動讓她更抓緊了槍，轉頭看見了宥鎮，原以為他沒有搭上火車，一時語塞說不話來。

「你的驚訝是因為打算拋棄我被發現了，還是因為太高興了？……你做了傑出的決策。」

「……我可是某個傑出美國人的妻子。」

火車一路晃蕩向前飛奔，宥鎮坐在如此靠近的地方像夢一樣，他以微笑回應了愛信，雖然愛信想盡可能報以溫暖的笑容，但是日軍檢查完上一車廂，打開了他們的車廂門走了進來。宥鎮掏出夾克口袋的槍，確定子彈的數目。

「我必須要走了！」

子彈只剩下一發，愛信急忙問道你要去哪？

「我的座位在特等車廂。」

宥鎮顯得十分匆忙，只怕再和愛信多待上一剎那，意志就會變薄弱。不安的愛信希望他永遠留在隔壁座位，握住他的手，兩人的手交疊著，兩個戒指也靠在一起。

「你想做什麼？不是說子彈只剩一發。」

「就像之前一樣，好好使用這一發就行了。」

宥鎮緊握愛信的手，就像之前一樣，這手是彼此最溫暖的慰藉，最不想放開的手。

宥鎮前往特等車廂，將黑田男爵當作人質，拉著他前往普通車廂，同時愛信正面臨被日軍揭發真面目的危機中，車廂內瞬間一片混亂。

「男爵！」

「全部退到後面！」

宥鎮以槍指著黑田的頭威脅日軍。

「叫你們後退！沒聽到嗎？不趕快退下?!」

宥鎮就這樣繼續逼著日軍退到了最後一節貨運車廂，包括第一節的特等車廂的日軍，所有的日軍都退到貨運車廂，愛信也舉起槍，跟在宥鎮身後。

「我的槍也沒子彈了，你有什麼打算？」愛信發抖問道。

「打算讓朝鮮晚一點滅亡，比起開槍射擊更艱難、更危險、更熱血。」

宥鎮冷靜地回答。是從什麼時候開始有心理準備走上這條路的？其實很久以前就已經上路了，今天並沒有什麼特別。

「再堅持一下，馬上就要進入隧道了。」

「……隧道？」

「類似通道橋的地方，所以我要說的是：不要哭。」
如果還有期許愛信的事，就只有這一項：不要哭泣，不要太悲傷。
「這是我的 history（歷史），也是我的 love story（愛情故事），所以我走了，我會祈求你的勝利。」
愛信僵立在原地，胸口感覺劇烈的疼痛，悲傷的預感來襲，像是既定的宿命。宥鎮的腳跨上最後一節車廂，一時愣住的愛信回過神跑了過來，普通車廂和貨運車廂的連結通道上颳起了強風，站在貨運車廂宥鎮背後漸漸黑暗，隧道近了。
「遠遠地，逃得遠遠地，宥鎮啊。」
母親的聲音在宥鎮耳邊響起，他甚至不忍回頭看看愛信。
「……就是這裡了。」
宥鎮紅了眼眶，不想做最後的道別，也不忍回頭的宥鎮最終轉頭看了愛信，愛信焦急看著他，宥鎮微笑著：「你必須向前走，我則要後退一步。」
他射出最後一發子彈，將兩個車廂的連接環口打斷。
「不……不可以！！！」
愛信驚呼一聲，在隧道內茫然哭泣著。愛信的車廂向前駛出了隧道，宥鎮的車廂慢慢停了下來。
火車在光線中繼續向前行，貨運車廂則留在看不見的黑暗中。
「崔宥鎮！！！」
愛信放聲大喊宥鎮的名字，頭髮胡亂飛舞著。隧道中爆發了槍聲，黑暗中燃起陣陣火花。
時光消逝，貨物車廂裡渾身是血的宥鎮睡著了，沾滿鮮血的手鳳仙花汁依舊美麗，一絲微弱的光線停在小指上。如果有一天，愛信能看到我留在藥房魚腥草盒裡的信就好了，不，無法看到也沒關係，這個道別已經足夠，兩人的「摟哺」像火花一樣熾烈。

明日我們將一起前往日本，或許那會是我們的離別，不管閣下想前往何處，我都想站在那前面，但我不知道在我眼前的，只有和你離別這條路。和你走的每一步，就是我一生的步旅。和你在一起的所有瞬間對我就像郊遊一樣，對，郊遊是「批客泥客」(picnic)，是P開頭的，你還在拯救朝鮮嗎？希望你能如此，高愛信真的很熾烈。我真的非常愛這樣的高愛信。那麼，goodbye。

滿州的某一處山麓，印著盛開鳳仙花的太極旗飄揚著，鳳仙花上染有斑斑血跡，處處可見子彈打出來的窟窿，那是兩年前戰鬥時留下的痕跡，愛信站在太極旗前手握著竿子，用從勝具那學來的方法，訓練年輕的義兵。

「射擊的時候暴露了所在位置，該怎麼辦？」

「再發射一槍！」

站在最前面的義兵是秀美，她的答案令愛信搖頭。

「應該儘快逃跑，來，大家跑到下面的岩石那裡，再折返回來，按照順序，開始！」

秀美帶頭，年輕的義兵提著新式的槍枝沿山路跑下去。在後方監督的愛信背著手，輕輕撫摸手指上的戒指，遠處的天空透著如火花的霞光，愛信凝望霞光在心中吟詠：

那些耀眼的日子，

我們全體都是火花，熾烈綻放後熄滅。
然後再次點燃，用同志遺留下的火種。
我的英文尚未進步，僅能簡短告別：
一路好走，同志們，
我們在獨立的祖國 see you again！

國家圖書館出版品預行編目（CIP）資料

陽光先生 / 金銀淑劇本 ; 金洙蓮小說 ; 黃秀華 , 宋美芳翻譯 . -- 初版 . -- 臺北市 : 遠流 , 2020.02

面； 公分

ISBN 978-957-32-8699-8 (平裝)

862.57 108022075

陽光先生

Mr. Sunshine

劇本／金銀淑
小說／金洙蓮
翻譯／黃秀華、宋美芳
總監暨總編輯／林馨琴
責任編輯／楊伊琳
編輯協力／金文蕙
行銷企畫／趙揚光
封面設計／謝佳穎

發行人／王榮文
出版發行／遠流出版事業股份有限公司
地址：臺北市南昌路二段 81 號 6 樓
電話：（02）2392-6899
傳真：（02）2392-6658
郵撥：0189456-1

著作權顧問／蕭雄淋律師
2020 年 2 月 1 日　初版一刷
定價新台幣 499 元（如有缺頁或破損，請寄回更換）

ISBN 978-957-32-8699-8

미스터 션샤인 1&2
By Kim Eun Sook, Kim Su Yeon

遠流博識網
http://www.ylib.com
E-mail: ylib @ ylib.com